未 来 通 识 丛 书

未来通识丛书

主　编

孙周兴

学术支持

同济大学欧洲思想文化研究院

同济大学人文学院

责任编辑：齐凤楠

装帧设计：纸想工作室

·未来通识丛书·孙周兴主编

中国古代文学经典导读

崔铭 周茜 主编

商务印书馆
创于1897 The Commercial Press
2019年·北京

图书在版编目（CIP）数据

中国古代文学经典导读 / 崔铭，周茜主编. — 北京：商务印书馆，2019（2021.11重印）
（未来通识丛书）
ISBN 978 - 7 - 100 - 18000 - 9

Ⅰ. ①中…　Ⅱ. ①崔…②周…　Ⅲ. ①中国文学 — 古典文学 — 文学欣赏 — 高等学校 — 教材　Ⅳ. ①I206.2

中国版本图书馆 CIP 数据核字（2019）第281479号

中国古代文学经典导读
崔铭　周茜　主编

商　务　印　书　馆　出　版
（北京王府井大街36号　邮政编码 100710）
商　务　印　书　馆　发　行
山东韵杰文化科技有限公司印刷
ISBN　978 - 7 - 100 - 18000 - 9

2019年12月第1版　　开本 705×960　1/16
2021年11月第2次印刷　　印张 35.5

定价：128.00元

总序

近些年来，国内关于大学教育改革的呼声越来越高，其中被议论得最多的题目大概就要算人文通识教育了。一些具有悠久人文传统的综合性大学开始实施各类试验班，比如文科基地班、博雅班、国学班之类；也有的大学着手构建和调整全校性的人文通识课程体系；一些以理工见长的院校则设法加强理工类学生的人文素质教育。我们也看到了不少反思人文教育的理论性成果。凡此种种都是可喜的。人文乃“人文化成”，是人之为人的基本构成条件。人文通识教育对于个体人性修养和公民人格塑造具有决定性的意义。就此而言，人文通识教育的实施、推进和改革，理当属于中国大学改革的关键步骤和核心内容。

由于众所周知的历史原因，我国高等院校的人文通识教育长期受到压制，历经三十年的排挤，被代之以严苛的政治意识形态灌输，以至于即便到今天，人们仍然倾向于把“政治”当贬义词，视“人文”为空疏无用之学，社会上轻文重理的低俗风气一直未能得到有效廓清。此外我们也必须看到，以欧洲—西方技术工业文明为主导的全球化进程本身越来越压迫人文科学，导致全球性的人文精神萎缩和人文教育危机，就此而言，人文通识教育问题恐怕还不能说只是中国特有的课题，而是一个世界性的难题。

若要区分一下，大学人文教育的改革应包括两项内容：一是人文学科内部的课程体系和课程内涵的改造，目标是要给学生们更大的自由选择空间；二是面向全校学生的人文通识选修课程的设置。这两项任务都涉及通史课程与经典课程的比例问题。多年来我们一直强调通史教育而轻视经典阅读，现在大有倒转过来的趋势。如何兼顾两者恐怕也不是一道轻松的题目，需要在实践中探索。与此相应的则是“通史类”与“经典类”的教材建设，自然也成为当前大学人文教育改革的必然内容。

而可能更为迫切的是新兴人文科学领域的通识教材建设。受制于国内旧意识形态的干预、学科制度僵化等，我们的人文科学研究和教育固守于传统，不能及时修正学科内涵，调整学科方向，扩建新的领域，质言之，不能对变化了的时代现实和未来方向做出适时的反应，从而失去了未来性。这本身是我们的人文研究和人文教育失败的标志。就此而言，对于新兴和交叉人文学科新领域来说，教材编写就不只具有教学辅助的意义，而更具有推进学术研究的意义了。

人文通识教育从根本上关乎公民个性的教化和公民社会的培育，从而是一个涉及社会整体的普全概念。我们启动“未来通识丛书”系列，意图不止于高等教育，也在于服务于公民社会。我们因此希望学界同仁襄助本项事业，日积月累，在不远的将来形成一套面向未来、具有国际视野、既稳重又创新的人文通识图书。

孙周兴

2017年3月20日于沪上同济

— 编撰例言 —

一、本书为同济大学人文学院未来通识系列教材之一。

二、本书选取先秦至清代的经典作品，按时代先后分为上、中、下三编：先秦两汉魏晋南北朝为上编，唐五代两宋为中编，元明清为下编。各编再依体裁或时代分设章节，力图尽可能突出文学发展各时期的中心与重心。

三、有的文学样式，如汉大赋、六朝骈文，虽然在文学史上曾兴盛一时，但在今天看来，其史的价值明显高于审美价值，且生僻字词过多，不适合本科通识教学，故本书不予选入。

四、本书各章由“导读”、“精读”、“泛读”、“延伸阅读”四个部分构成。其中“精读”部分所选内容尽量避免中小学语文课本已收录的作品，且每篇作品均有详细注释；“泛读”部分则多为中小学语文课本已收录的一些脍炙人口的经典名篇，分专题录入，便于学生温故知新，将中学时代所学知识进一步归类化、系统化，同时亦可加强对该时期文学的认识。泛读作品不加注释。

五、本书编撰具体分工如下：

上　编

第一章　为有源头活水来：《诗经》与《楚辞》——李群

第二章　通古今之变：先秦两汉历史散文——刘强

目　录

上　编

上　编

第一章　为有源头活水来:《诗经》与《楚辞》

【导读】

《诗经》是我国第一部诗歌总集，先秦时称《诗》，汉朝尊之为经，乃称《诗经》。收录诗歌三百零五篇，其产生年代，约自西周初年至春秋中叶，历五百多年，遍布中原大部分地区，最南面到达汉水北部。这些诗歌的来源，有些是公卿列士献诗，有些是从民间采集而来，还有的则为当时乐官制作。《史记·孔子世家》认为古者《诗》三千余篇，及至孔子而删诗。这说法不太可信，因为孔子也常说“诗三百”。不过孔子的确对《诗》做过一番整理：“吾自卫反鲁，然后乐正，《雅》、《颂》各得其所。”(《论语·子罕》)

战国时期，儒家学派中最有可能传诗的有两家：其一为孟子一派；其二则是荀子。秦始皇焚书坑儒，致先秦典籍散佚，其中大略也包括一些有关《诗》的著述。汉初有鲁人申培、齐人辕固、燕人韩婴三家《诗》并行于世，且立于学官。后又有《毛诗》，郑玄《诗谱》说：“鲁人大毛公为《诂训传》于家，河间献王得而献之，以小毛公为博士。”陆玑《毛诗草木鸟兽虫鱼疏》说：“荀卿授鲁国毛亨，亨作《诂训传》，以授赵国毛苌。”自郑玄为《毛诗》笺，三家遂废，《毛诗》独传。

《诗》有《风》、《雅》、《颂》三体。《风》谓十五《国风》，收诗一百六十篇。朱熹《诗集传·序》认为这些诗“多出于里巷歌谣之作，所谓男女相与咏歌，各言其情者也”，大抵是不错的，与《诗序》之“情动于中而形于言”也有相通之处。诗首先出于情性，至于政治、教化那是以后的事了，确切地说，是后之传诗者的意思，于作诗者则未必。《雅》有小大之分，《小雅》七十四篇，多燕飨赠答、感事述怀之作，近于《风》；《大雅》三十一篇，多受釐陈戒，天人奥蕴之旨，近于《颂》。《颂》乃《诗》年代最古的作品，包括《周颂》三十一篇，《鲁颂》四篇，《商颂》五篇。“颂者，美盛德之形容，以其成功告于神明者也。”（《毛诗序》）故《颂》是宗庙祭祀之诗，保留着歌舞乐合一的古老形式。

子曰：“《诗》三百，一言以蔽之，曰：思无邪。”无邪，纯正也。以《桃夭》、《鹿鸣》二诗言，前者叙夫妇之情，后者乃君臣之宴，皆得平和纯正之旨。至于起首两句“桃之夭夭，灼灼其华”、“呦呦鹿鸣，食野之苹”，以兴以比，在景在情，为全诗生发一派恰如其分的和乐氛围，与其说诗人体物之妙，不如说诗人创造了这样一个时空。

《诗经》的时代是一个四言的民歌时代，这民歌的土壤不仅孕育了《风》，就连《雅》、《颂》也往往受到影响。其中一个显著特征，便是重章叠句。《诗》三百原本都是唱出来的，重章叠句正是歌乐不分所遗留的痕迹。且民歌常在相互唱和时，每人各歌一章，可惜我们听不到这歌声了，但试以此眼光读《芣苢》、《桑中》诸篇，或将别有心得。重章既可以表现由浅入深的情意，如《樛木》；也是以抒情诗而叙事的一种手段，以此表现层层推进的行动或过程，如《将仲子》；或二者兼而有之，如《风雨》。《蒹葭》一篇“最得风人深致”（王国维语），这“诗中之诗”（陆侃如、冯沅君语），乃用重章表达深婉的情感，所谓一唱三叹，实在也还是有一份音乐或音乐性的力量。

当《风》、《雅》的歌声渐远渐渺，诗国落入几百年的寂寞，一位伟大的诗人和一种新的诗歌形式横空出世，这就是屈原和他的辞赋。屈原（约公元前343—约前277），名平，楚宗室贵族，曾任左徒和三闾大夫之职。“博闻强志，明于治乱，娴于辞令。入则与王图议国事，以出号令；出则接遇宾客，应对诸侯。王甚任之。”（《史记·屈原贾谊列传》）时值战国末年，楚国受到强秦威逼，屈原主张对外联齐抗秦，对内修明法度、举贤授能，却遭到嫉妒和谗毁，怀王怒而疏屈原。屈原忧愁幽思而作《离骚》。其后怀王内惑于郑袖，外见欺于张仪，兵挫地削，身客死于秦。顷襄王立，又听信令尹子兰谗言，再次迁逐屈原于沅湘之间。屈原忠而被谤，冤屈难申，国势又危殆无望，遂愤而自投汨罗以死。其后数十年楚国为秦所灭。

屈原死后，楚有宋玉、唐勒、景差等人，皆祖屈原之从容辞令，以辞赋见称。汉武帝时，淮南王刘安作《离骚传》(仅存片段)。司马迁作《屈原列传》，著录其辞多篇。西汉末刘向编订《楚辞》一书，收录屈原、宋玉辞赋及汉人模仿屈宋的作品。东汉王逸《楚辞章句》是今存最早的完整的《楚辞》注本，南宋洪兴祖又作《楚辞补注》，先列王逸原注，后补注于下。

据王逸标明为屈原作的辞赋共二十五篇，包括《离骚》一篇、《九歌》十一篇、《九章》九篇，《天问》、《远游》、《卜居》、《渔父》各一篇。其中最后三篇是否为屈原作，现今学术界尚有争议。又《招魂》一篇，王逸以为宋玉为招屈原之魂而作；今人多从司马迁说，认为是屈原招怀王之魂的作品。

《离骚》是屈原一生情感意志的精血结撰。他先自叙世系、生辰，自信有内美外修的高贵品质，期望辅佐君王行一番美政。然而现实的政治斗争如此激烈，他痛斥党人贪婪无厌、谗谄误国；悲叹怀王暗昧不察，反复无常。他曾竭力培植"兰蕙"，希冀能为国一用，却众芳芜秽、同流合污，令他痛心疾首。他愤怨孤独、穷困以极，却始终忠贞刚直、九死不悔。他向重华陈辞，从而开启了诡奇壮丽的幻境求索之旅。扣帝阍而不开，三次求女无成，屈原乃听从灵氛的劝告，以一种充满宗教意味的盛大仪式，近乎欣喜若狂的姿态，回归昆仑西极。然而篇末，临睨旧乡，"仆夫悲余马怀兮，蜷局顾而不行"。又从幻境猛然跌转回现实，屈原撕开胸膛，敞露的仍是一腔炽热悲怀。

《离骚》寓情草木，托意男女，语言朗丽婉恻，意象纷披陆离，是一篇惊天地、泣鬼神的千古奇文。《屈原贾谊列传》引刘安语说："《国风》好色而不淫，《小雅》怨诽而不乱。若《离骚》者，可谓兼之矣……其文约，其辞微，其志洁，其行廉。其称文小而其指极大，举类迩而见义远……推此志也，虽与日月争光可也。"班固《离骚·序》说："其文弘博丽雅，为辞赋宗，后世莫不斟酌其英华，则象其从容。"

《九歌》原是楚国民间的祭神乐歌，经屈原修改创作而成。王逸序说："昔楚国南郢之邑，沅湘之间，其俗信鬼而好祠。其祠必作歌乐鼓舞，以乐诸神。屈原放逐，窜伏其域，怀忧苦毒，愁思怫郁，出见俗人祭祀之礼，歌舞之乐，其词鄙陋，因为作《九歌》之曲。”大体是可信的。《九歌》之名出自《离骚》、《天问》及《山海经》都曾提到的远古乐章。今《九歌》十一篇：《东皇太一》、《云中君》、《湘君》、《湘夫人》、《大司命》、《少司命》、《东君》、《河伯》、《山鬼》、《国殇》、《礼魂》。这些祭歌往往叙人神之间的爱恋之情，在悲欢离合、缠绵哀怨中，见出坚贞高洁的性灵，精诚感人。《九歌》形式与骚体不同，轻歌微吟，绮丽婉转，兴象玲珑。其典型句式：“兮”字前后各三字，为后来七言诗之滥觞。

精读中所选《山鬼》一篇，描绘了一个楚楚动人的山鬼形象。她是大山哺育的、界于神和人之间的精灵，穿石兰和杜衡的衣裳，骑赤豹，从纹狸，饮石泉，住松柏荫下。她率直天然，颇具野性；又婉娈痴情，善解人意。正是这神性与人性的完美结合，使得山鬼形象俊秀飘举，历久弥新。

《诗经》是黄河流域的诗歌，《楚辞》是长江流域的诗歌。《诗经》代表了北方中原文化传统，《楚辞》则充满南国楚地风情。《诗经》风格温柔敦厚，平和节制；《楚辞》情感强烈奔放，纵情渲染。《诗经》重人伦道德，春耕秋获，皆人世间实在的事情；《楚辞》则人神杂糅，多浪漫幻想，具飞扬的想象力。《诗经》不曾见“乘赤豹兮从纹狸，辛夷车兮结桂旗”（《九歌·山鬼》）的奇异幻美的场面；《楚辞》也没有“采采芣苢，薄言采之”（《周南·芣苢》）的天真烂漫。《诗经》中的黍麦桑麻，皆经济作物；《楚辞》则是兰芷椒桂，芬芳馥郁。

然而在广漠的时空里，两者之间的隐秘联系，同样启人遐思。《国风》以“二南”始，“二南”中就有一些采自楚地的民歌，如《周南·汉广》，更有意味的是，这诗的背后很可能有一个人神恋爱的故事。又《陈风》，陈地的民歌。春秋时陈楚交界，公元前478年楚灭陈，陈并入楚国疆域。陈“俗好巫鬼”（《汉书·地理志》），试读《陈风·宛丘》“坎其击鼓，宛丘之下。无冬无夏，值其鹭羽”，及《东门之枌》“东门之枌，宛丘之栩。子仲之子，婆娑其下”，简直是预告《九歌》的存在，并为我们演示其鲜活的场景啊。而《楚辞》也有一些篇章与北方场景遥遥呼应，如《河伯》祭黄河水神。《橘颂》的体裁是如此独特：虽全篇逢双用“兮”字，却是一首四言诗。颂体，或颂的变体，如《文心雕龙·颂赞》所言，“及三闾《橘颂》，情采芬芳，比类寓意，又覃及细物矣”。

泱泱诗国，肇始于《诗经》，继兴于《楚辞》。两者或前后继流，或并肩而行，或携手交汇，乃成为泽溉万世、滔滔不息的活水源头。

【精读一·诗经】

周南·桃夭①

桃之夭夭，灼灼其华。②之子于归，宜其室家。③
桃之夭夭，有蕡其实。④之子于归，宜其家室。
桃之夭夭，其叶蓁蓁。⑤之子于归，宜其家人。⑥

【注释】

①《桃夭》三章，每章四句。此诗咏新娘之美善。②夭夭：《毛传》：“夭夭，其少壮也。灼灼，华之盛也。”又《说文》：“夭，屈也。”闻一多《诗经通义》因以为“夭夭”乃桃枝随风倾屈貌。又钱锺书《管锥编》“毛诗正义桃夭则”引《说文》认为“夭”即“笑”字，“盖‘夭夭’乃比喻之词，亦形容花之姣好，非指桃树之‘少壮’。李商隐《即目》‘夭桃唯是笑，舞蝶不空飞’，‘夭’即是‘笑’，正如‘舞’即是‘飞’”。灼灼：鲜明貌。华（huā）：花。③之子：这个女子。归：妇人谓嫁曰归。宜：合适，适宜。一说与仪通，仪，善也。室家：犹夫妇。男子有妻叫有室，女子有夫叫有家。④有：语助词，用在形容词前，起叠词作用。有蕡，即蕡蕡。蕡（fén）：（果实）多而大。⑤蓁蓁（zhēn）：叶茂盛貌。⑥家人：《郑笺》：“犹室家也。”

周南·汉广①

南有乔木，不可休息。②汉有游女，不可求思。③汉之广矣，不可泳思。江之永矣，不可方思。④

翘翘错薪，言刈其楚。⑤之子于归，言秣其马。⑥汉之广矣，不可泳思。江之永矣，不可方思。

翘翘错薪，言刈其蒌。⑦之子于归，言秣其驹。⑧汉之广矣，不可泳思。江之永矣，不可方思。

【注释】

①《汉广》三章，每章八句。此诗写男子爱慕江汉游女，却求而不得。②乔木：高耸的树。休息：《韩诗》作“休思”。③游女：出游的女子。三家诗以为指汉水女神（见王先谦《诗三家义集疏》），事亦见《列仙传》：“江妃二女者，不知何所人也。出游于江汉之湄，逢郑交甫，见而悦之，不知其神人也……交甫曰：‘愿请子之佩。’……遂手解佩与交甫。交甫悦，受而怀之中当心，趋去数十步，视佩，空怀无佩，顾二女，忽然不见。”思：语助词。④永：长。方：小筏子，用竹或木编成。此处用作动词，谓乘筏以渡。⑤翘翘：高起不平貌。错：错杂。刈：割。楚：一种荆属植物。⑥秣（mò）马：喂马。刈楚、秣马都与古时婚礼仪式有关。这四句是想象娶女的情形。⑦蒌：蒌蒿。叶似艾，青白色，生在水边。嫩时可作菜，老则为薪。⑧驹：少壮的马。

卫风·伯兮①

伯兮朅兮，邦之桀兮。②伯也执殳，为王前驱。③
自伯之东，首如飞蓬。④岂无膏沐，谁适为容？⑤
其雨其雨，杲杲出日。⑥愿言思伯，甘心首疾。⑦
焉得谖草，言树之背？⑧愿言思伯，使我心痗。⑨

【注释】

①《卫风·伯兮》四章，每章四句。《郑笺》：“卫宣公之时，蔡人、卫人、陈

人从王伐郑伯也。为王前驱久，故家人思之。”②伯：妻子称其夫之字。朅（qiè）：勇武。桀：通“杰”，英杰。③殳（shū）：古代兵器，杖类，长一丈二尺，无刃。④之：往。蓬：草名。其花如柳絮，风飞散乱。⑤膏：润发的膏油。沐：洗头。膏沐连用是偏义复词。适：悦。马瑞辰《毛诗传笺通释》：“此适字正当训悦。女为悦己者容，夫不在，故曰‘谁适为容’，即言谁悦为容也。”⑥其：语助词，这里有祈求的语气。杲杲（gǎo）：日出光明貌。⑦愿言：愿，念念不忘。言：语助词，无义。首疾：头痛。⑧谖（xuān）：忘记。《郑笺》：“忧以生疾，恐将危身，欲忘之。”是初非实有此草，而后人以谖、萱同音取义，遂谓萱草为忘忧草。萱草今又名黄花菜、金针菜。言：而、乃。树：种植。背：通“北”，指北堂。姚际恒《诗经通论》：“背，堂背也。堂面向南，堂背向北，故背为北堂。”⑨痗（mèi）：病。

王风·黍离①

彼黍离离，②彼稷之苗。③行迈靡靡，④中心摇摇。⑤知我者，谓我心忧；不知我者，谓我何求。⑥悠悠苍天，⑦此何人哉！⑧

彼黍离离，彼稷之穗。⑨行迈靡靡，中心如醉。⑩知我者，谓我心忧；不知我者，谓我何求。悠悠苍天，此何人哉！

彼黍离离，彼稷之实。行迈靡靡，中心如噎。⑪知我者，谓我心忧；不知我者，谓我何求。悠悠苍天，此何人哉！

【注释】

①《黍离》三章，每章十句。《毛诗序》：“《黍离》，闵宗周也。周大夫行役至于宗周，过故宗庙宫室，尽为禾黍，闵周室之颠覆，彷徨不忍去，而作是诗也。”②黍（shǔ）：子实叫黍子，去皮后叫黄米，有黏性。《说文》：“黍，禾属而黏者也。以大暑而种，故谓之黍。”离离：排成行列的样子。③稷（jì）：高粱。④行迈：复文，迈亦行也。靡靡：迟迟。⑤中心：心中。摇摇：愁闷难受，无可告诉。⑥“知我者”四句，《郑笺》：“知我者，知我之情；谓我何求，怪我久留不去。”⑦悠悠：遥远。苍

天：苍，青色。《毛传》："据远视之苍苍然，则称苍天。"⑧此何人哉：意谓导致这一切的，究竟是怎样的人？⑨穗（suì）：黍麦等禾本植物聚生在茎顶端的花。⑩中心如醉：意谓忧愁所致，如醉酒一般心神恍惚。⑪噎（yē）：本义为食物堵住喉咙，这里形容忧深至气息不顺。

王风·君子于役①

君子于役，不知其期，曷至哉？②鸡栖于埘，③日之夕矣，羊牛下来。君子于役，如之何勿思！

君子于役，不日不月，曷其有佸？④鸡栖于桀，⑤日之夕矣，羊牛下括。⑥君子于役，苟无饥渴！⑦

【注释】

①《王风·君子于役》二章，每章八句。此诗写妻子对于久役在外的丈夫的思念之情。②君子：古时妻子对丈夫的尊称。于：往。曷（hé）：何时。③埘（shí）：在墙上挖洞做的鸡窝。《毛传》："凿墙而栖曰埘。"④佸（huó）：会合。⑤桀：鸡栖的小木桩。《毛传》："鸡栖于杙为桀。"⑥括（kuò）：会、至。古与"佸"音义并同。⑦苟：且，或许。表示希望或推测的语气。

豳风·七月①

七月流火，九月授衣。②一之日觱发，二之日栗烈。无衣无褐，何以卒岁？③三之日于耜，四之日举趾。同我妇子，馌彼南亩，田畯至喜。④

七月流火，九月授衣。春日载阳，有鸣仓庚。⑤女执懿筐，遵彼微行。⑥爰求柔桑。春日迟迟，采蘩祁祁。⑦女心伤悲，殆及公子同归。

七月流火，八月萑苇。蚕月条桑，取彼斧斨，以伐远扬。猗彼女桑。⑧七月鸣鵙，八月载绩。载玄载黄，我朱孔阳，为公子裳。⑨

四月秀葽，五月鸣蜩。八月其获，十月陨萚。⑩一之日于貉，取彼狐狸，为公子裘。[11] 二之日其同，载缵武功。言私其豵，献豜于公。[12]

【注释】

①《七月》八章，每章十一句。此诗循月备纪豳地物候、风俗人情、农桑稼穑之事。②七月：夏历七月。火：火星的简称，亦名大火。流：向下行。夏历六月火星出现在正南方，七月即自西而下行，谓之流火。授衣：使妇女们制作冬衣。③一之日：即周历正月，夏历十一月。周时改以农历十一月为正月岁首，但民间农事仍沿用夏历。下文二之日，即周历二月，夏历十二月。三之日、四之日依此类推。觱（bì）发：风寒。栗烈：凛冽，寒气刺骨。褐：毛布制的粗衣。卒岁：终岁。岁，农历之岁。④于耜（sì）：《毛传》："于耜，始修耒耜也。"马瑞辰《毛诗传笺通释》："'于耜'与'举趾'相对成文，于犹为也，为与修同义。"耜：一种翻土的农具。举趾：举足下田，开始春耕。馌（yè）：送饭到田头。田畯（jùn）：田官。⑤春日：指夏历二月。载：开始。阳：和暖。有：词头，无义。仓庚：黄鹂。《郑笺》："温而仓庚又鸣，可蚕之候也。"⑥懿筐：深筐。遵：循。微行（háng）：小路。⑦迟迟：日长而温暖。蘩：白蒿。《毛传》："蘩，白蒿也，所以生蚕。"马瑞辰《毛诗传笺通释》："何楷《诗世本古义》引徐光启曰：'蚕之未出者，鬻蘩沃之则易出，故《毛传》曰："所以生蚕。"其说是也。'"祁祁：众多。殆：将要。《毛传》："春，女悲；秋，士悲，感其物化也。"⑧萑（huán）苇：即芦苇。收藏芦苇，用以制作养蚕的器具。蚕月：治蚕之月，三月。条桑：修剪桑树。斨（qiāng）：方孔的斧。远扬：指又长又高的桑枝。猗（yī）：用绳拉着采摘。女桑：嫩桑叶。⑨鵙（jú）：伯劳鸟。《郑笺》："伯劳鸣，将寒之候也。"绩：纺织。玄：黑而带红色。朱：红色。孔：甚。阳：鲜明。⑩秀：开花又结果。葽（yāo）：药草名，即远志。蜩（tiáo）：蝉。获：收获农作物。箨（tuò）：落叶。⑪于：取。貉（hé）：似狐而较小，肥胖，毛棕灰色。⑫同：会合。缵（zuǎn）：继续。武功：指田猎之事。豵（zōng）：一岁的小猪，这里泛指小兽。豜（jiān）：三岁的大猪，这里泛指大兽。

五月斯螽动股，六月莎鸡振羽。① 七月在野，八月在宇，九月在户，十月蟋蟀入我床下。穹窒熏鼠，塞向墐户。② 嗟我妇子，曰为改岁，③ 入此室处。

六月食郁及薁，七月亨葵及菽。④ 八月剥枣，十月获稻。为此春酒，以介眉寿。⑤ 七月食瓜，八月断壶。九月叔苴，采荼薪樗，食我农夫。⑥

九月筑场圃，十月纳禾稼。黍稷重穋，禾麻菽麦。⑦ 嗟我农夫，我稼既同，上入执宫功。⑧ 昼尔于茅，宵尔索绹。亟其乘屋，其始播百谷。⑨

二之日凿冰冲冲，三之日纳于凌阴。四之日其蚤，献羔祭韭。⑩ 九月肃霜，十月涤场。朋酒斯飨，曰杀羔羊。⑪ 跻彼公堂，称彼兕觥，万寿无疆！⑫

【注释】

① 斯螽（zhōng）：蝗类，今名蚱蜢。动股：古人误以为蚱蜢以腿摩擦发声。莎（suō）鸡：又名纺织娘。振羽：飞而以翅鸣。② 穹：除治之尽。窒：满塞的脏物。熏鼠：用烟熏赶老鼠。塞：堵塞。向：北窗。墐（jìn）：用泥涂抹。《郑笺》："为此四者以备寒。" ③ 曰：语助词。改岁：过年。④ 郁：郁李，一种落叶小灌木，似李而小，果味酸，亦称"唐棣"。薁（yù）：蘡薁，落叶藤本植物，浆果黑紫色，可酿酒。亨：同"烹"。葵：菜名。菽：大豆。⑤ 剥：轻轻击打。冬天用枣和稻酿酒，春天始成，故称春酒。介：助。眉寿：长寿。人老则眉毛长，故称眉寿。⑥ 断：摘取。壶：通"瓠"，葫芦。叔：收。苴（jū）：雌麻的果实。荼：苦菜。薪：此处作动词，以……为薪。樗（chū）：树名，臭椿。⑦ 禾稼：各种谷物的总称。后文"禾麻菽麦"之"禾"专指粟。重：同"穜"（tóng），早种晚熟的谷物。穋（lù）：晚种早熟的谷。⑧ 同：聚集。上：同"尚"，还得。宫功：修治房屋之事。宫：古者民室也称宫。⑨ 尔：语助词。于：取。宵：夜晚。索绹（táo）：搓绳。亟：急迫。乘：覆盖。其始：将要开始。⑩ 冲冲：凿冰的声音。凌阴：冰室。藏冰以备暑。蚤：同"早"，这里指早朝。献羔祭韭：开冰时举行的一种祭祀仪式。《礼记·月令》："（仲春）天子乃鲜（献）羔开冰，先荐寝庙。" ⑪ 涤场：农事结束，打扫场地。朋酒：两壶酒。飨：以酒待客。⑫ 跻：登。称：举起。兕觥（sì gōng）：古时用铜制的兕形酒器。

豳风·东山①

我徂东山，慆慆不归。我来自东，零雨其濛。②我东曰归，我心西悲。制彼裳衣，勿士行枚。③蜎蜎者蠋，烝在桑野。敦彼独宿，亦在车下。④

我徂东山，慆慆不归。我来自东，零雨其濛。果臝之实，亦施于宇。伊威在室，蠨蛸在户。⑤町畽鹿场，熠耀宵行。不可畏也，伊可怀也。⑥

我徂东山，慆慆不归。我来自东，零雨其濛。鹳鸣于垤，妇叹于室。洒扫穹窒，我征聿至。⑦有敦瓜苦，烝在栗薪。自我不见，于今三年。⑧

我徂东山，慆慆不归。我来自东，零雨其濛。仓庚于飞，熠耀其羽。之子于归，皇驳其马。⑨亲结其缡，九十其仪。⑩其新孔嘉，其旧如之何？⑪

【注释】

①《东山》四章，每章十二句。《逸周书·作洛解》云："武王克殷，乃立王子禄父，俾守商祀。建管叔于东，建蔡叔、霍叔于殷，俾监殷臣。"武王死，成王即位，年幼，周公摄政。禄父及三监叛乱，周公率师东征，三年而后归。此诗即写随征士兵归途中的思乡之情。东山在今山东省曲阜市，又名蒙山。②徂（cú）：往。慆慆（tāo）：同"滔滔"，长久。零：落。其濛：濛濛。③我东曰归，我心西悲《郑笺》："我在东山，常曰归也，我心则念西而悲。"裳衣：平时穿的衣服，非兵服。士：同"事"。勿士：不要从事。行（háng）：行阵。枚：衔枚。枚是像筷子一样的东西。古人行军，为禁发声，以枚衔口中。④蜎蜎（yuān）：蠕动貌。蠋（zhú）：毛毛虫。烝：乃，发语词，无义。敦（duī）彼：敦敦，蜷曲成一团。⑤果臝（luǒ）：瓜蒌，又名栝楼，蔓生葫芦科植物。施（yì）：蔓延。伊威：虫名，一名湿生虫，又名鼠妇、鼠负。形扁，多足，于墙根砖瓦下、阴暗潮湿处多有之。蠨蛸（xiāo shāo）：长脚蜘蛛。⑥町畽（tǐng tuǎn）：田舍旁空地。因无人，野鹿得以为场地。熠耀：萤光。宵行：夜行，指萤火虫。伊：是。⑦鹳（guàn）：鸟名。《郑笺》："鹳，水鸟也，将阴雨则鸣。"陆玑《毛诗草木鸟兽虫鱼疏》："鹳，鹳雀也。似鸿而大，长颈赤喙，白身黑尾翅。"垤（dié）：土丘。穹窒：释见《七月》。聿：语助词。⑧有敦：敦敦，团

团。瓜苦：即苦瓜。⑨仓庚：黄鹂。《郑笺》："仓庚仲春而鸣，嫁取之候也。"皇：黄白色的马。驳：红白色的马。皆指迎亲的马。《郑笺》："之子于归，谓始嫁时也。皇驳其马，车服盛也。"⑩亲：母亲。缡（lí）：佩巾。女儿出嫁时，母亲为其结佩巾。九十其仪：言婚礼的仪式、礼节繁多。⑪新：指新婚。孔：甚、很。嘉：美好。旧：指久别。

小雅·鹿鸣①

呦呦鹿鸣，食野之苹。②我有嘉宾，鼓瑟吹笙。吹笙鼓簧，承筐是将。③人之好我，示我周行。④

呦呦鹿鸣，食野之蒿。我有嘉宾，德音孔昭。⑤视民不恌，⑥君子是则是效。我有旨酒，嘉宾式燕以敖。⑦

呦呦鹿鸣，食野之芩。⑧我有嘉宾，鼓瑟鼓琴。鼓瑟鼓琴，和乐且湛。我有旨酒，以燕乐嘉宾之心。⑨

【注释】

①《小雅·鹿鸣》三章，每章八句。《毛诗序》："《鹿鸣》，燕群臣嘉宾也。"②呦呦（yōu）：鹿鸣声。苹：皤蒿，俗名艾蒿。一说即萍。③簧：乐器中用以发声的片状振动体。承筐是将：古代用筐盛币帛送宾客。承：奉。将：送。④示我周行（háng）：指我路途。周行：大路。⑤德音：好品德。《郑笺》："德音，先王道德之教也。"孔昭：十分显著彰明。孔：很。⑥视：示也。民：奴隶。一说自由民。恌（tiāo）：古同"佻"，轻薄；轻佻。⑦燕：通"宴"，宴会。式：语助词。敖：游乐。⑧芩（qín）：（黄芩）多年生草本植物，叶对生，花淡紫色，或带青白色，根长大，色深黄，可入药。⑨湛（dān）：乐之久，尽兴。燕：安。

大雅·绵①

绵绵瓜瓞，②民之初生，自土沮漆。③古公亶父，④陶复陶穴，未有家室。⑤

古公亶父，来朝走马，⑥ 率西水浒，至于岐下。⑦ 爰及姜女，聿来胥宇。⑧
周原膴膴，堇荼如饴。⑨ 爰始爰谋，爰契我龟。⑩ 曰止曰时，⑪ 筑室于兹。
迺慰迺止，迺左迺右，迺疆迺理，迺宣迺亩。⑫ 自西徂东，周爰执事。⑬

【注释】

①《绵》九章，每章六句。这是一首周民族史诗。写古公亶父自豳迁岐，艰苦卓绝，经营立国；至文王而威服夷狄，德感邻邦，善用贤臣，天下归心，周民族由此兴盛。② 绵绵：不绝貌。瓜瓞（dié）：孔颖达《疏》："大者曰瓜，小者曰瓞。"从小瓜长到大瓜，其蔓长而不绝。③ 民：周人。沮（jǔ）、漆：皆水名，在豳地（今陕西邠县一带）。"自土沮漆"是"自沮漆之土"的倒语。④ 古公亶父（dǎn fǔ）：文王的祖父。朱熹《诗集传》："古公，号也。亶父，名也，或曰字也。"后被追尊为太王。⑤ 陶复陶穴：《毛传》："陶其土而复之，陶其壤而穴之。"陶：挖洞。复：从山崖旁往里挖的洞，如窑洞。穴：向下挖的洞，如地穴。家室：房屋。⑥ 来朝走马：《郑笺》："言其辟恶早且疾也。"朱熹《诗集传》："朝，早也。走马，避狄难也。"走马：驰马。⑦ 率西水浒：沿沮漆的西侧岸边。率：循，沿着。浒：水边。岐下：岐山之下。在今陕西省岐山县东北。《孟子·梁惠王下》："昔者太王居邠，狄人侵之。事之以皮币，不得免焉；事之以犬马，不得免焉；事之以珠玉，不得免焉。乃属其耆老而告之曰：狄人之所欲者，吾土地也。吾闻之也：'君子不以其所以养人者害人。'二三子何患乎无君？我将去之。去邠，逾梁山，邑于岐山之下，居焉。邠人曰：'仁人也，不可失也。'从之者如归市。"⑧ 爰：于是。及：与。姜女：古公亶父之妻，姓姜，也称太姜。聿：语助词。胥：察看。宇：居处，指建筑房屋的地址。⑨ 周：地名，在岐山之南。原：广平之地。膴膴（wǔ）：肥美。堇（jǐn）：堇葵，味苦。荼：苦菜。饴：饴糖，俗称麦芽糖。⑩ 始、谋：二字义同，谋划。马瑞辰《毛诗传笺通释》："《尔雅》基、肇皆训为始，又皆训谋，则始与谋义正相成耳。"契：刻。古人占卜，先用凿刻开龟甲，然后以火灼烧，视其裂纹来断吉凶。⑪ 曰：语助词。止、时：二字义同，居住。⑫ 迺：乃。慰：安。止：定居。左、右：分别左右区域。疆理：划定界限，整治田地。宣亩：导

沟洫和治田亩。⑬ 徂（cú）：往。周：遍。爰：语助词。执事：从事工作。

乃召司空，乃召司徒，俾立室家。① 其绳则直，缩版以载，作庙翼翼。② 捄之陾陾，度之薨薨，筑之登登，削屡冯冯。③ 百堵皆兴，鼛鼓弗胜。④ 迺立皋门，皋门有伉。迺立应门，应门将将。⑤ 迺立冢土，戎丑攸行。⑥ 肆不殄厥愠，亦不陨厥问。⑦ 柞棫拔矣，行道兑矣，混夷駾矣，维其喙矣。⑧ 虞芮质厥成，文王蹶厥生。⑨ 予曰有疏附，予曰有先后，予曰有奔奏，予曰有御侮。⑩

【注释】

① 司空、司徒：《郑笺》："司空、司徒，卿官也。司空掌营国邑，司徒掌徒役之事，故召之使立室家之位处。"俾：使。立：建立，建筑。② 绳：指绳墨，建筑用以正地基的工具。缩版：用绳索捆木板，为两层，中实土为墙。载：上下相承而起。翼翼：严正。《毛传》："君子将营宫室，宗庙为先，厩库为次，居室为后。"③ 捄（jū）：把土铲进筐里。陾陾（réng）：铲土声。度（duó）：填土于版中。薨薨（hōng）：填土声。筑：捣土使墙坚实。登登：捣土声。削屡（lóu）：将土墙隆起的地方刮平。屡：同"偻"，土墙隆起处。冯冯（píng）：刮土墙声。④ 堵：墙，五版为堵。兴：起。鼛（gāo）鼓：大鼓名，长一丈二尺。劳动时敲鼛鼓以助兴劝役。弗胜：胜不过。⑤ 皋门：《毛传》："王之郭门曰皋门。"有伉：即伉伉，高大的样子。应门：《毛传》："王之正门曰应门。"将将（qiāng）：庄严堂皇的样子。⑥ 冢土：大社神坛。有大事，必先祭大社神。戎丑：大众。攸：所。 ⑦ 肆不殄厥愠：肆：故，遂。殄：消除。厥：其，指混夷。愠：怒怨。亦不陨厥问：陨：坠失。厥：其，指文王。问：通"闻"，声闻，名誉。马瑞辰《毛诗传笺通释》："《孟子》曰：'文王事昆夷。'又曰：'肆不殄厥愠，亦不陨厥问，文王也。'赵注：'言文王不殄绝畎夷之愠怒，亦不能陨失文王之善声问也。'今按赵说是也。此二句正言文王事混夷之事，下四句乃言终伐混夷之事。"⑧ 柞（zuò）：栎树，丛生有刺。棫（yù）：白桵，一种小树，丛生有刺，

果实紫红色。拔：拔除。兑：通畅。混（kūn）夷：亦作昆夷，西戎名。駾（tuì）：受惊奔逃。维其：何其。喙：气短病困。⑨虞、芮：二古国名。虞在今山西省平陆县东北，芮在今山西省芮城县西。质：评断。成：平息纠纷。《毛传》："虞芮之君相与争田，久而不平，乃相谓曰：'西伯，仁人也，盍往质焉。'乃相与朝周。入其境，则耕者让畔，行者让路；入其邑，男女异路，班白不提挈；入其朝，士让为大夫，大夫让为卿。二国之君感而相谓曰：'我等小人，不可以履君子之庭。'乃相让，以其所争田为闲田而退。天下闻之而归者四十余国。"蹶（guì）：感动。《毛传》："蹶，动也。"生：通"性"，善良的本性。⑩予：我，诗人自称。《毛传》："率下亲上曰疏附，相道前后曰先后，喻德宣誉曰奔奏，武臣折冲曰御侮。"四句言众贤臣之助文王。

周颂·敬之①

敬之敬之，②天维显思。③命不易哉！④无曰高高在上！陟降厥士，⑤日监在兹。⑥

维予小子，⑦不聪敬止？日就月将，⑧学有缉熙于光明。⑨佛时仔肩，⑩示我显德行。

【注释】

①《敬之》二章，每章六句。此诗有三种理解，一是《毛诗序》："《敬之》，群臣进戒嗣王。"二是朱熹《诗集传》以为前六句为群臣规诫成王之语，后六句为成王自答之言。三是方玉润《诗经原始》："《敬之》，成王自箴也。"②敬：警戒。《大雅·常武》："既敬既戒。"《郑笺》："敬之言警也。"《说文》："警，言之戒也。"马瑞辰《毛诗传笺通释》："'敬之敬之'犹云'戒之戒之'。"③天维显：天道善恶显明。思：语助词。④命：天命。易：容易。⑤士：《毛传》："士，事也。"⑥日：每日。监：监视。⑦小子：《毛传》："嗣王也。"这里是成王自谦称。⑧日就月将：犹言"日积月累"。就：成就。将：进步。⑨缉熙：积渐光明。缉：继续。熙：光明。此光明与后之"光明"有小大之分。⑩佛（bì）：通"弼"，辅佐。时：是。仔（zī）肩：责任。

【泛读】

诗经·周南·关雎

关关雎鸠，在河之洲。窈窕淑女，君子好逑。
参差荇菜，左右流之。窈窕淑女，寤寐求之。
求之不得，寤寐思服。悠哉悠哉，辗转反侧。
参差荇菜，左右采之。窈窕淑女，琴瑟友之。
参差荇菜，左右芼之。窈窕淑女，钟鼓乐之。

诗经·周南·樛木

南有樛木，葛藟累之。乐只君子，福履绥之。
南有樛木，葛藟荒之。乐只君子，福履将之。
南有樛木，葛藟萦之。乐只君子，福履成之。

诗经·周南·芣苢

采采芣苢，薄言采之。采采芣苢，薄言有之。
采采芣苢，薄言掇之。采采芣苢，薄言捋之。
采采芣苢，薄言袺之。采采芣苢，薄言襭之。

诗经·鄘风·桑中

爰采唐矣，沬之乡矣。云谁之思？美孟姜矣。期我乎桑中，要我乎上宫，送我乎淇之上矣。

爰采麦矣，沬之北矣。云谁之思？美孟弋矣。期我乎桑中，要我乎上宫，送我乎淇之上矣。

爰采葑矣，沬之东矣。云谁之思？美孟庸矣。期我乎桑中，要我乎上宫，送我乎淇之上矣。

诗经·卫风·氓

氓之蚩蚩，抱布贸丝。匪来贸丝，来即我谋。送子涉淇，至于顿丘。匪我愆期，子无良媒。将子无怒，秋以为期。

乘彼垝垣，以望复关。不见复关，泣涕涟涟。既见复关，载笑载言。尔卜尔筮，体无咎言。以尔车来，以我贿迁。

桑之未落，其叶沃若。于嗟鸠兮！无食桑葚。于嗟女兮！无与士耽。士之耽兮，犹可说也。女之耽兮，不可说也。

桑之落矣，其黄而陨。自我徂尔，三岁食贫。淇水汤汤，渐车帷裳。女也不爽，士贰其行。士也罔极，二三其德。

三岁为妇，靡室劳矣。夙兴夜寐，靡有朝矣。言既遂矣，至于暴矣。兄弟不知，咥其笑矣。静言思之，躬自悼矣。

及尔偕老，老使我怨。淇则有岸，隰则有泮。总角之宴，言笑晏晏。信誓旦旦，不思其反。反是不思，亦已焉哉！

诗经·秦风·蒹葭

蒹葭苍苍，白露为霜。所谓伊人，在水一方。溯洄从之，道阻且长；溯游从之，宛在水中央。

蒹葭凄凄，白露未晞。所谓伊人，在水之湄。溯洄从之，道阻且跻；溯游从之，宛在水中坻。

蒹葭采采，白露未已，所谓伊人，在水之涘。溯洄从之，道阻且右；溯游从之，宛在水中沚。

诗经·郑风·将仲子

将仲子兮，无逾我里，无折我树杞。岂敢爱之，畏我父母。仲可怀也，父母之言，亦可畏也。

将仲子兮，无逾我墙，无折我树桑。岂敢爱之，畏我诸兄。仲可怀也，诸兄之言，亦可畏也。

将仲子兮，无逾我园，无折我树檀。岂敢爱之，畏人之多言。仲可怀也，人之多言，亦可畏也。

诗经·郑风·风雨

风雨凄凄，鸡鸣喈喈。既见君子，云胡不夷？
风雨潇潇，鸡鸣胶胶。既见君子，云胡不瘳？
风雨如晦，鸡鸣不已。既见君子，云胡不喜？

诗经·陈风·东门之枌

东门之枌，宛丘之栩。子仲之子，婆娑其下。
縠旦于差，南方之原。不绩其麻，市也婆娑。
縠旦于逝，越以鬷迈。视尔如荍，贻我握椒。

诗经·小雅·采薇

采薇采薇，薇亦作止。曰归曰归，岁亦莫止。靡室靡家，猃狁之故。不遑启居，猃狁之故。

采薇采薇，薇亦柔止。曰归曰归，心亦忧止。忧心烈烈，载饥载渴。我戍未定，靡使归聘。

采薇采薇，薇亦刚止。曰归曰归，岁亦阳止。王事靡盬，不遑启处。忧心孔疚，我行不来！

彼尔维何？维常之华。彼路斯何？君子之车。戎车既驾，四牡业业。岂敢定居？一月三捷。

驾彼四牡，四牡骙骙。君子所依，小人所腓。四牡翼翼，象弭鱼服。岂不日戒？猃狁孔棘！

昔我往矣，杨柳依依。今我来思，雨雪霏霏。行道迟迟，载渴载饥。我心伤悲，莫知我哀！

诗经·大雅·卷阿

有卷者阿，飘风自南。岂弟君子，来游来歌，以矢其音。

伴奂尔游矣，优游尔休矣。岂弟君子，俾尔弥尔性，似先公酋矣。

尔土宇昄章，亦孔之厚矣。岂弟君子，俾尔弥尔性，百神尔主矣。

尔受命长矣，茀禄尔康矣。岂弟君子，俾尔弥尔性，纯嘏尔常矣。

有冯有翼，有孝有德，以引以翼。岂弟君子，四方为则。

颙颙卬卬，如圭如璋。令闻令望。岂弟君子，四方为纲。

凤凰于飞，翙翙其羽，亦集爰止。蔼蔼王多吉士，维君子使，媚于天子。

凤凰于飞，翙翙其羽，亦傅于天。蔼蔼王多吉人，维君子命，媚于庶人。

凤凰鸣矣，于彼高冈。梧桐生矣，于彼朝阳。菶菶萋萋，雝雝喈喈。

君子之车，既庶且多。君子之马，既闲且驰。矢诗不多，维以遂歌。

诗经·周颂·闵予小子

闵予小子，遭家不造，嬛嬛在疚。於乎皇考，永世克孝。念兹皇祖，陟降庭止。

维予小子，夙夜敬止。於乎皇王，继序思不忘。

【精读二·楚辞】

九章·涉江①

余幼好此奇服兮，年既老而不衰。②带长铗之陆离兮，冠切云之崔嵬。③被明月兮珮宝璐，④世溷浊而莫余知兮，吾方高驰而不顾。⑤驾青虬兮骖白螭，吾与重华游兮瑶之圃。⑥登昆仑兮食玉英，与天地兮同寿，与日月兮齐光。⑦

哀南夷之莫吾知兮，旦余济乎江、湘。⑧乘鄂渚而反顾兮，欸秋冬之绪风。⑨步余马兮山皋，邸余车兮方林。⑩乘舲船余上沅兮，齐吴榜以击汰。⑪船容与而不进兮，淹回水而凝滞。⑫ 朝发枉陼兮，夕宿辰阳。⑬ 苟余心其端直兮，虽僻远之何伤！⑭

【注释】

① 此篇是屈原晚年流放于辰沅时的作品。叙述自陵阳渡江而南，过枉陼、辰阳，而止于溆浦的荒僻深山，抒发自己虽愁苦终穷，却坚守正道的志向情怀。② 奇服：奇装异服，象征自己与众不同的高洁品行。衰：懈怠，衰减。③ 铗（jiá）：剑柄。长铗即长剑。陆离：长貌。切云：当时一种高帽名。崔嵬：高耸。④ 被：同“披”，戴着。明月：珠名，以其夜光有似明月，故以为名。珮，通“佩”，一作“佩”。璐：玉名。按此句与下文意不相联属，疑有错简。刘永济移之于“登昆仑”句前，稍通。⑤ 溷：乱。莫余知：即“莫知余”，没有人理解我。方：将要。高驰：远走高飞。顾：回头看。⑥ 虬：有角的龙。骖：四马驾车，两边的马称为骖，这里指用螭来做骖马。螭（chī）：无角的龙。重华：帝舜的名字。瑶：美玉。圃：花园。瑶之圃：指神话传说中天帝所居的盛产美玉的花园。⑦ 玉英：玉的精华。“与天地”二句：一本作“比寿”、“同光”。⑧ 夷：当时对周边落后民族的称呼，带有蔑视的意思。南夷：指屈原流放地辰溆一带杂居的三苗异族。旦：明日。济：渡过。湘：湘江。⑨ 乘：登上。鄂渚：地名，在今湖北武昌西。反顾：回头看。欸（āi）：叹息声。绪风：余风。⑩ 步马：让马徐行。山皋：山冈。邸：同“抵”，止。方林：地名。姜亮夫以为当在今湖南岳阳一带。⑪ 舲（líng）船：有窗的小船。上：溯流而上。沅：沅江，在湖南境内。齐：同时并举。吴：国名，或训为“大”。榜：船桨。汰：水波。⑫ 容与：缓慢，舒缓。淹：停留。回水：回旋的水。这句是说船徘徊在回旋的水流中停滞不前。⑬ 陼（zhǔ）：同“渚”。枉陼：地名，在今湖南常德一带。辰阳：地名，在今湖南辰溪县西。⑭ 苟：如果。端：正。伤：损害。这两句是说如果我的心是正直的，即使流放在偏僻荒远的地方，对我又有什么伤害呢？

入溆浦余儃佪兮，迷不知吾所如。① 深林杳以冥冥兮，乃猿狖之所居。② 山峻高以蔽日兮，下幽晦以多雨。③ 霰雪纷其无垠兮，云霏霏而承宇。④ 哀吾生之无乐兮，幽独处乎山中。吾不能变心而从俗兮，固将愁苦而终穷。⑤

接舆髡首兮，桑扈臝行。⑥忠不必用兮，贤不必以。伍子逢殃兮，比干菹醢。⑦与前世而皆然兮，吾又何怨乎今之人！余将董道而不豫兮，固将重昏而终身。⑧

乱曰：鸾鸟凤皇，日以远兮。燕雀乌鹊，巢堂坛兮。⑨露申辛夷，死林薄兮。⑩腥臊并御，芳不得薄兮。⑪阴阳易位，时不当兮。⑫怀信侘傺，忽乎吾将行兮。⑬

【注释】

①溆浦：地名，今湖南省溆浦县。儃（chán）徊：徘徊。这两句是说进入溆浦之后，我徘徊犹豫，不知该去哪儿。如：到，往。②杳：幽暗。冥冥：幽昧昏暗。狖（yòu）：长尾猿。③幽晦：幽深阴暗。霰：雪珠。纷：繁多。垠：边际。这句是说雪下得很大，一望无际。④霏霏：云气浓重的样子。承宇：承之于宇。宇：屋檐。⑤终穷：终生困厄。⑥接舆：春秋时楚国隐士，佯狂傲世。髡（kūn）首：古代刑罚之一，即剃发。相传接舆自己剃去头发，避世不仕。桑扈：古代隐士。臝：同“裸”。桑扈用裸体行走来表示自己的愤世嫉俗。⑦以：用。这两句是说忠臣贤士未必会为世所用。伍子：伍子胥，春秋时吴国贤臣。逢殃：指伍子胥被吴王夫差杀害。比干：商纣王时贤臣，因为直谏，被纣王杀死剖心。菹醢（zū hǎi）：古代酷刑，将人剁成肉酱。⑧董道：坚守正道。董：正。豫：犹豫，踟蹰。重：重复。昏：暗昧。这句是说必定将终身看不到光明。⑨乱曰：《离骚》王逸注：“乱，理也。所以发理词指，总撮其要也。”刘勰《文心雕龙》：“归余总乱，乱以理篇。”又，乱为古代音乐术语，即乐章的尾声。蒋骥《山带阁注楚辞·楚辞余论》：“余意乱者，盖乐之将终，众音毕会，而诗歌之节亦与相赴，繁音促节，交错纷乱，故有是名耳。”鸾鸟、凤凰：都是祥瑞之鸟，比喻贤才。这两句是说贤者一天天远离朝廷。燕雀、乌鹊：比喻谄佞小人。堂：殿堂。坛：祭坛。比喻小人挤满朝廷。⑩“露申”：一作“露甲”，即瑞香花。辛夷：一种香木，即木兰。林薄：草木杂生的地方。⑪腥臊：恶臭之物，比喻谄佞之人。御：进用。芳：芳洁之物，比喻忠直君子。薄：靠近。⑫阴阳易位：阴谓小人，阳谓君子。此喻楚国混乱颠倒的现实。时不当：不得其时。⑬怀信：怀抱忠信。侘傺（chà chì）：惆怅失意。忽：恍惚，

茫然。将行：朱熹《楚辞集注》："将行谓将远去也。"刘永济以为乃"将死的隐语"。群按，"将行"应前文"驾青虬兮骖白螭，吾与重华游兮瑶之圃"句意。

九歌·山鬼①

若有人兮山之阿，被薜荔兮带女萝。②既含睇兮又宜笑，子慕予兮善窈窕。③乘赤豹兮从文狸，辛夷车兮结桂旗。④被石兰兮带杜衡，折芳馨兮遗所思。⑤

余处幽篁兮终不见天，路险难兮独后来。⑥表独立兮山之上，云容容兮而在下。⑦杳冥冥兮羌昼晦，东风飘兮神灵雨。⑧留灵修兮憺忘归，岁既晏兮孰华予？⑨

采三秀兮於山间，石磊磊兮葛蔓蔓。⑩怨公子兮怅忘归，君思我兮不得闲。山中人兮芳杜若，饮石泉兮荫松柏。⑪君思我兮然疑作。⑫雷填填兮雨冥冥，猨啾啾兮又夜鸣。⑬风飒飒兮木萧萧，思公子兮徒离忧。⑭

【注释】

①本篇描绘山鬼失恋的忧伤。篇中的山鬼形象，或与楚国民间神话传说中的巫山神女有关。②阿（ē）：曲隅。山阿：山深处。被（pī）：同"披"，穿着。薜荔（bì lì）：常绿攀缘藤本植物，叶厚实，蔓状丛生，常覆盖在岩石、墙壁或石阶上。女萝：一名松萝。为藻和菌共生的丝状地衣，常附生于松柏枝上。带女萝：以女萝为带。③睇（dì）：斜视，引申为顾盼。含睇：指眼睛含情而视。宜笑：恰当的笑。这里形容笑容美丽。子：古时男子的尊称。此"子"与下文"灵修"、"公子"、"君"皆指山鬼所思念的人。窈窕：娴静美好。④赤豹：毛色赤红，有黑色斑点的豹子。文狸：野山猫，大小似狐，毛杂黄黑，有斑纹。从文狸：以文狸为随从。赤豹、文狸皆奇兽。辛夷：香木名，落叶灌木，又名紫玉兰、木笔。桂：今名肉桂，常绿乔木，叶、树皮及嫩枝均富香味。⑤石兰：生长在岩石上的兰花，今名石斛。杜衡：香草名。叶似葵，形如马蹄，故又名"马蹄香"。全株具香辛味，可当香料随身佩带。衡，一作"蘅"。遗（wèi）：赠送。⑥幽篁（huáng）：幽深的竹林。篁：竹林。⑦表：特出。引申为高高地。容容：云团浮动貌。⑧杳：深。冥冥：昏暗不明。羌：楚方言，发语词。晦：昏暗。飘：风猛烈

回旋貌。王逸注："（两句）言东风飘然而起，则神灵应之而雨。"⑨ 憺（dàn）：安然。岁：年岁。晏：晚。孰：谁。华：这里作使动词，使……荣华。⑩ 三秀：灵芝的别名。灵芝一年开三次花，故称三秀。古人以为仙草、瑞草。《文选》江淹《别赋》李善注："宋玉《高唐赋》曰：'我帝之季女，名曰瑶姬。未行而亡，封于巫山之台。精魂为草，实曰灵芝。'"於（wū）山：於、巫古音相同，假借为"巫"。郭沫若以为於山即巫山。磊磊：乱石堆积貌。葛：藤本植物，茎长可十余米，常四处蔓生或缠结树上。蔓蔓：蔓延，缠绕。⑪ 山中人：山鬼自称。杜若：香草名，今名高良姜。全株具香味。芳杜若：像杜若一样芬芳。⑫ 然：信。然疑作：疑信交替而起。闻一多《楚辞校补》疑此句上有脱简。⑬ 填填：雷声。雨冥冥：犹细雨蒙蒙。猨：同"猿"。啾啾：猿叫声。又：同"狖"，黑色长尾猿。⑭ 飒飒：风寒急声。萧萧：风吹林木声。离：同"罹"，遭受。

【泛读】

楚辞·离骚

帝高阳之苗裔兮，朕皇考曰伯庸。摄提贞于孟陬兮，惟庚寅吾以降。皇览揆余初度兮，肇锡余以嘉名。名余曰正则兮，字余曰灵均。纷吾既有此内美兮，又重之以修能。扈江离与辟芷兮，纫秋兰以为佩。汩余若将不及兮，恐年岁之不吾与。朝搴阰之木兰兮，夕揽洲之宿莽。日月忽其不淹兮，春与秋其代序。惟草木之零落兮，恐美人之迟暮。不抚壮而弃秽兮，何不改乎此度也。乘骐骥以驰骋兮，来吾道夫先路。

昔三后之纯粹兮，固众芳之所在。杂申椒与菌桂兮，岂维纫夫蕙茝。彼尧舜之耿介兮，既遵道而得路。何桀纣之猖披兮，夫唯捷径以窘步。惟夫党人之偷乐兮，路幽昧以险隘。岂余身之惮殃兮，恐皇舆之败绩。忽奔走以先后兮，及前王之踵武。荃不察余之中情兮，反信谗而齌怒。余固知謇謇之为患兮，忍而不能舍也。指九天以为正兮，夫唯灵修之故也。曰黄昏以为期兮，羌中道而改路。初既与余成言兮，后悔遁而有他。余既不难夫离别兮，伤灵修之数化。

余既滋兰之九畹兮，又树蕙之百亩。畦留夷与揭车兮，杂杜衡与芳芷。冀枝叶之峻茂兮，愿俟时乎吾将刈。虽萎绝其亦何伤兮，哀众芳之芜秽。众皆竞进以贪婪兮，凭不厌乎求索。羌内恕己以量人兮，各兴心而嫉妒。忽驰骛以追逐兮，非余心之所急。老冉冉其将至兮，恐修名之不立。朝饮木兰之坠露兮，夕餐秋菊之落英。苟余情其信姱以练要兮，长颇颔亦何伤。揽木根以结茝兮，贯薜荔之落蕊。矫菌桂以纫蕙兮，索胡绳之纚纚。謇吾法夫前修兮，非世俗之所服。虽不周于今之人兮，愿依彭咸之遗则。

长太息以掩涕兮，哀民生之多艰。余虽好修姱以鞿羁兮，謇朝谇而夕替。既替余以蕙纕兮，又申之以揽茝。亦余心之所善兮，虽九死其犹未悔。怨灵修之浩荡兮，终不察夫民心。众女嫉余之蛾眉兮，谣诼谓余以善淫。固时俗之工巧兮，偭规矩而改错。背绳墨以追曲兮，竞周容以为度。忳郁邑余侘傺兮，吾独穷困乎此时也。宁溘死以流亡兮，余不忍为此态也。鸷鸟之不群兮，自前世而固然。何方圜之能周兮，夫孰异道而相安。屈心而抑志兮，忍尤而攘诟。伏清白以死直兮，固前圣之所厚。

悔相道之不察兮，延伫乎吾将反。回朕车以复路兮，及行迷之未远。步余马于兰皋兮，驰椒丘且焉止息。进不入以离尤兮，退将复修吾初服。制芰荷以为衣兮，集芙蓉以为裳。不吾知其亦已兮，苟余情其信芳。高余冠之岌岌兮，长余佩之陆离。芳与泽其杂糅兮，唯昭质其犹未亏。忽反顾以游目兮，将往观乎四荒。佩缤纷其繁饰兮，芳菲菲其弥章。民生各有所乐兮，余独好修以为常。虽体解吾犹未变兮，岂余心之可惩。

女媭之婵媛兮，申申其詈予。曰鲧婞直以亡身兮，终然殀乎羽之野。汝何博謇而好修兮，纷独有此姱节。薋菉葹以盈室兮，判独离而不服。众不可户说兮，孰云察余之中情。世并举而好朋兮，夫何茕独而不予听。

依前圣以节中兮，喟凭心而历兹。济沅湘以南征兮，就重华而陈词。启九辩与九歌兮，夏康娱以自纵。不顾难以图后兮，五子用失乎家巷。羿淫游以佚畋兮，又好射夫封狐。固乱流其鲜终兮，浞又贪夫厥家。浇身被服强圉兮，纵欲而不忍。日康娱以自忘兮，厥首用夫颠陨。夏桀之常违兮，乃遂焉而逢殃。后辛之菹醢兮，殷宗用而不长。汤禹俨而祗敬兮，周论道而莫差。举贤而授能兮，循绳墨而不颇。皇天无私阿兮，览民德焉错辅。夫维圣哲以茂行兮，苟得用此下土。瞻前而顾后兮，相观民之计极。夫孰非义而可用兮，孰非善而可服。阽余身而危死兮，览余初其犹未悔。不量凿而正枘兮，固前修以菹醢。曾歔欷余郁邑兮，哀朕时之不当。揽茹蕙以掩涕兮，沾余襟之浪浪。

跪敷衽以陈辞兮，耿吾既得此中正。驷玉虬以乘鹥兮，溘埃风余上征。朝发轫于苍梧兮，夕余至乎县圃。欲少留此灵琐兮，日忽忽其将暮。吾令羲和弭节兮，望崦嵫而勿迫。路曼曼其修远兮，吾将上下而求索。饮余马于咸池兮，总余辔乎扶桑。折若木以拂日兮，聊逍遥以相羊。前望舒使先驱兮，后飞廉使奔属。鸾皇为余先戒兮，雷师告余以未具。吾令凤鸟飞腾兮，继之以日夜。飘风屯其相离兮，帅云霓而来御。纷总总其离合兮，斑陆离其上下。吾令帝阍开关兮，倚阊阖而望予。时暧暧其将罢兮，结幽兰而延伫。世溷浊而不分兮，好蔽美而嫉妒。

朝吾将济于白水兮，登阆风而绁马。忽反顾以流涕兮，哀高丘之无女。溘吾游此春宫兮，折琼枝以继佩。及荣华之未落兮，相下女之可诒。吾令丰隆乘云兮，求宓妃之所在。解佩纕以结言兮，吾令蹇修以为理。纷总总其离合兮，忽纬繣其难迁。夕归次于穷石兮，朝濯发乎洧盘。保厥美以骄傲兮，日康娱以淫游。虽信美而无礼兮，来违弃而改求。览相观于四极兮，周流乎天余乃下。望瑶台之偃蹇兮，见有娀之佚女。吾令鸩为媒兮，鸩告余以不好。雄鸠之鸣逝兮，余犹恶其佻巧。心犹豫而狐疑兮，欲自适而不可。凤凰既受诒兮，恐高辛之先我。欲远集而无所止兮，聊浮游以逍遥。及少康之未家兮，留有虞之二姚。理弱而媒拙兮，恐导言之不固。世溷浊而嫉贤兮，好蔽美而称恶。

闺中既以邃远兮，哲王又不寤。怀朕情而不发兮，余焉能忍与此终古。索藑茅以筳篿兮，命灵氛为余占之。曰两美其必合兮，孰信修而慕之。思九州之博大兮，岂唯是其有女。曰勉远逝而无狐疑兮，孰求美而释女。何所独无芳草兮，尔何怀乎故宇。世幽昧以眩曜兮，孰云察余之善恶。民好恶其不同兮，惟此党人其独异。户服艾以盈要兮，谓幽兰其不可佩。览察草木其犹未得兮，岂珵美之能当。苏粪壤以充帏兮，谓申椒其不芳。

欲从灵氛之吉占兮，心犹豫而狐疑。巫咸将夕降兮，怀椒糈而要之。百神翳其备降兮，九嶷缤其并迎。皇剡剡其扬灵兮，告余以吉故。曰勉升降以上下兮，求榘矱之所同。汤禹严而求合兮，挚咎繇而能调。苟中情其好修兮，又何必用夫行媒？说操筑于傅岩兮，武丁用而不疑。吕望之鼓刀兮，遭周文而得举。宁戚之讴歌兮，齐桓闻以该辅。及年岁之未晏兮，时亦犹其未央。恐鹈鴂之先鸣兮，使夫百草为之不芳。

何琼佩之偃蹇兮，众薆然而蔽之。惟此党人之不谅兮，恐嫉妒而折之。时缤纷其变易兮，又何可以淹留。兰芷变而不芳兮，荃蕙化而为茅。何昔日之芳草兮，今直为此萧艾也。岂其有他故兮，莫好修之害也。余以兰为可恃兮，羌无实而容长。委厥美以从俗兮，苟得列乎众芳。椒专佞以慢慆兮，樧又欲充夫佩帏。既干进而务入兮，又何芳之能祗。固时俗之流从兮，又孰能无变化。览椒兰其若兹兮，又况揭车与江离。惟兹佩之可贵兮，委厥美而历兹。芳菲菲而难亏兮，芬至今犹未沫。和调度以自娱兮，聊浮游而求女。及余饰之方壮兮，周流观乎上下。

灵氛既告余以吉占兮，历吉日乎吾将行。折琼枝以为羞兮，精琼爢以为粻。为余驾飞龙兮，杂瑶象以为车。何离心之可同兮，吾将远逝以自疏。邅吾道夫昆仑兮，路修远以周流。扬云霓之晻蔼兮，鸣玉鸾之啾啾。朝发轫于天津兮，夕余至乎西极。凤皇翼其承旂兮，高翱翔之翼翼。忽吾行此流沙兮，遵赤水而容与。麾蛟龙使梁津兮，诏西皇使涉予。路修远以多艰兮，腾众车使径待。路不周以左转兮，指西海以为期。屯余车其千乘兮，齐玉轪而并驰。驾八龙之婉婉兮，载云旗之委蛇。抑志而弭节兮，神高驰之邈邈。奏九歌而舞韶兮，聊假日以媮乐。陟升皇之赫戏兮，忽临睨夫旧乡。仆夫悲余马怀兮，蜷局顾而不行。

乱曰：已矣哉，国无人莫我知兮，又何怀乎故都？既莫足与为美政兮，吾将从彭咸之所居。

九歌・湘君

君不行兮夷犹，蹇谁留兮中洲？美要眇兮宜修，沛吾乘兮桂舟。令沅、湘兮无波，使江水兮安流。望夫君兮未来，吹参差兮谁思？

驾飞龙兮北征，邅吾道兮洞庭。薜荔柏兮蕙绸，荪桡兮兰旌。望涔阳兮极浦，横大江兮扬灵。扬灵兮未极，女婵媛兮为余太息。横流涕兮潺湲，隐思君兮陫侧。

桂棹兮兰枻，斫冰兮积雪。采薜荔兮水中，搴芙蓉兮木末。心不同兮媒劳，恩不甚兮轻绝。石濑兮浅浅，飞龙兮翩翩。交不忠兮怨长，期不信兮告余以不闲。

朝骋骛兮江皋，夕弭节兮北渚。鸟次兮屋上，水周兮堂下。捐余玦兮江中，遗余佩兮醴浦。采芳洲兮杜若，将以遗兮下女。时不可兮再得，聊逍遥兮容与。

九歌・湘夫人

帝子降兮北渚，目眇眇兮愁予。袅袅兮秋风，洞庭波兮木叶下。登白薠兮骋望，与佳期兮夕张。鸟何萃兮蘋中？罾何为兮木上？

沅有芷兮醴有兰，思公子兮未敢言。荒忽兮远望，观流水兮潺湲。麋何食兮庭中？蛟何为兮水裔？朝驰余马兮江皋，夕济兮西澨。闻佳人兮召予，将腾驾兮偕逝。

筑室兮水中，葺之兮荷盖。荪壁兮紫坛，播芳椒兮成堂。桂栋兮兰橑，辛夷楣兮药房。罔薜荔兮为帷，擗蕙櫋兮既张。白玉兮为镇，疏石兰兮为芳。芷葺兮荷屋，缭之兮杜衡。合百草兮实庭，建芳馨兮庑门。九嶷缤兮并迎，灵之来兮如云。

捐余袂兮江中，遗余褋兮醴浦。搴汀洲兮杜若，将以遗兮远者。时不可兮骤得，聊逍遥兮容与。

九歌・国殇

操吴戈兮披犀甲，车错毂兮短兵接。旌蔽日兮敌若云，矢交坠兮士争先。凌余阵兮躐余行，左骖殪兮右刃伤。霾两轮兮絷四马，援玉枹兮击鸣鼓。天时坠兮威灵怒，严杀尽兮弃原野。出不入兮往不反，平原忽兮路超远。带长剑兮挟秦弓，首身离兮心不惩。诚既勇兮又以武，终刚强兮不可凌。身既死兮神以灵，子魂魄兮为鬼雄！

九章・橘颂

后皇嘉树，橘徕服兮。受命不迁，生南国兮。深固难徙，更壹志兮。绿叶素荣，纷其可喜兮。曾枝剡棘，圆果抟兮。青黄杂糅，文章烂兮。精色内白，类可任兮。纷缊宜修，姱而不丑兮。嗟尔幼志，有以异兮。独立不迁，岂不可喜兮。深固难徙，廓其无求兮。苏世独立，横而不流兮。闭心自慎，不终失过兮。秉德无私，参天地兮。愿岁并谢，与长友兮。淑离不淫，梗其有理兮。年岁虽少，可师长兮。行比伯夷，置以为像兮。

【延伸阅读】

1.（清）方玉润：《诗经原始》，中华书局，1986。
2. 余冠英：《诗经选》，人民文学出版社，1978。
3. 程俊英：《诗经译注》，上海古籍出版社，1985。
4. 周振甫：《诗经译注》，中华书局，2002。
5. 扬之水：《诗经别裁》，中华书局，2007。
6.（宋）洪兴祖：《楚辞补注》，中华书局，1983。
7. 姜亮夫：《重订屈原赋校注》，人民文学出版社，1987。
8. 马茂元：《楚辞选》，人民文学出版社，1958。

第二章　通古今之变：先秦两汉历史散文

【导读】

散文是与韵文相对的一个概念，如以诗词歌赋骈文散曲为韵文，则其他文类属广义上的散文。章炳麟《文学说例》云："韵文完具而后有散文，史诗功善而后有戏曲。"如果说，《诗经》、《楚辞》双水分流，形成了古代韵文（主要是诗歌）的两大源头，那么，先秦两汉的史书记言叙事文与诸子论道说理文，则双峰对峙，绵延不绝，也形成了历史散文与诸子散文这两大散文系统。

中国史学之发达，世所公认。古人修史，旨在鉴往知来，经世致用。而推究起来，人类最初的修史活动不过就是"记事"。故《说文》云："史，记事者也。"又《文心雕龙·史传》："开辟草昧，岁纪绵邈，居今识古，其载籍乎？轩辕之世，史有仓颉，主文之职，其来久矣。《曲礼》曰：'史载笔。'史者，使也。执笔左右，使之记也。"西周王室即设史官，负责祭祀、星历、卜筮、记事等职，"天子玄端而居，动则左史书之，言则右史书之"（《礼记·玉藻》）。班固《汉书·艺文志》亦称："古之王者，世有史官……（君举必书）所以慎言行、昭法式也。左史记言，右史记事。"史官所书之言、所记之事，汇编起来就是早期的史书，也即今之所谓历史散文。

先秦的历史散文，就内容言，有记言、记事之别；就体例言，则有编年、国别之分。其记言者，以《尚书》为早；记事者，则以《春秋》为著。故班固云："左史记言，右史记事。事为《春秋》，言为《尚书》。”

《尚书》又称《书》，是我国最早的一部史书，汉代改称《尚书》，意即“上古之书”，为儒家五经之一，又称《书经》。《尚书》分《虞书》、《夏书》、《商书》、《周书》四类，大部分是商周的记言史料。其中有典、谟、诰、命、训、誓等多种体裁，今之所谓应用文体大多滥觞于此。《尚书》有些篇章采用上古语言写成，年代久远，读之不易，以至于韩愈谓之“周诰殷盘，佶屈聱牙”（《进学解》）。不过《尚书》还是留下许多生动的语言资料，如《商书·盘庚》就颇有形象性的比喻，“有条不紊”等成语即出自该篇。而《周书》中《金縢》、《顾命》等文述周公、成王之事，结构完整，委曲详至，实已开先秦叙事文学之端绪。

《春秋》本是周王朝各诸侯国史书的通称，后特指由孔子修订的鲁国编年史，所记乃为自鲁隐公元年（公元前722）至鲁哀公十四年（公元前481）的历史，其撰述方式是“以事系日，以日系月，以月系时，以时系年”（杜预《春秋左传集解·序》），语言简洁，有时如老吏断狱，寓褒贬于一字之中，故有“春秋笔法”、“微言大义”之说。《左传·成公十四年》：“《春秋》之称，微而显，志而晦，婉而成章，尽而不污，惩恶而劝善，非圣人谁能修之。”故孟子说：“孔子作《春秋》而乱臣贼子惧。”是说《春秋》承担道义审判的责任，有鲜明的是非立场和价值判断，使暴行邪说无可逃遁，堪为万世立法也。不过，《春秋》毕竟是历史纲要，在文学价值上当然不如后来的《左传》。

《左传》是《春秋左氏传》的简称，相传乃春秋末年鲁国左丘明所作，与汉代成书的另外两部传述《春秋》的史著《公羊传》、《穀梁传》合称“春秋三传”。《左传》以《春秋》为纲目，对自鲁隐公元年（公元前722）至鲁哀公二十七年（公元前468）两百多年的历史，进行全景式的展现，对当时的政治、社会、宗教、文化、习俗诸方面均有生动反映，可称百科全书式著作，叙事、描写与议论兼擅，代表了先秦史学和文学的最高成就，有“叙事之最”的美誉（刘知幾《史通·模拟》）。《左传》尤其善于描写战争（如著名的城濮之战、崤之战、鞌之战、鄢陵之战等），并在描述战争过程中刻画人物，透视历史，表达爱憎，体现了鲜明的历史观、道德观和价值观。《左传》的语言典雅俊茂，缓急有度，摇曳多姿，虚实掩映，气象蓬勃，读之令人神往。清人刘熙载谓："左氏叙事，纷者整之，孤者辅之，板者活之，直者婉之，俗者雅之，枯者腴之；剪裁运化之方，斯为大备。"(《艺概·文概》)良有以也！

《国语》是中国最早的一部国别体史书。司马迁《报任安书》说："左丘失明，厥有《国语》。"以为是左丘明所作。然作者究竟是谁，迄无定论。《国语》记录了周朝王室和鲁、齐、晋、郑、楚、吴、越八国的历史，举凡西周各国贵族间朝聘、宴飨、讽谏、辩说、应对之辞等无不备载。其文学价值虽不及《左传》，然记言叙事亦婉转周至而饶富辞令之美，个别篇章还不避合理之想象与虚构，读之颇有小说意味，以致招来"务富文采，不顾事实，而益之以诬怪，张之以阔诞"（柳宗元《非〈国语〉》）的指摘。《国语》长于记言，留下了许多脍炙人口的成语典故，如《周语》"召公谏弭谤"的"防民之口，甚于防川"，就是千古不易的为政箴言，至今仍有其现实意义。

《战国策》又称《国策》、《国事》、《短长》等，主要记述战国纵横家或曰策士的政治主张和外交策略，是研究战国历史的重要文献。西汉时由刘向编订成书，按国别共分十二策，三十三篇。《战国策》在叙事语言上更加成熟，描写策士纵横捭阖的演说，文采华赡，辩才无碍，慷慨明快，朗朗上口，善于用比喻和寓言阐述道理，如"南辕北辙"、"亡羊补牢"、"画蛇添足"、"狡兔三窟"、"狐假虎威"等典故便出自该书。《战国策》不仅是一部重要的史书，也是先秦历史散文的典范之作。

先秦历史散文一如上述。汉代历史散文则以司马迁《史记》和班固《汉书》为最要。尤其《史记》，一改先秦史书编年、国别二体，别开纪传一途，遂成为后世史家之楷模，可谓继往开来之巨著。

《史记》又称《太史公书》，记载了上自传说中的黄帝，下至汉武帝元狩元年间（公元前122）共3 000多年的历史，是我国第一部纪传体通史。全书共一百三十篇，有十二本纪、十表、八书、三十世家、七十列传，526 515字，仅从篇幅和体例上看，也堪称一部划时代的文史巨制。作者司马迁（公元前145—前90），字子长，夏阳（今陕西韩城）人。其父司马谈，为太史令，撰《史记》未成而卒。司马迁幼承家学，又师从当世大儒孔安国和董仲舒，乃继承父亲遗志，历经艰难，即使因李陵事件遭宫刑之辱、牢狱之灾亦不改其志，前后历二十年，终于撰成《史记》。司马迁称其撰《史记》，乃“亦欲究天人之际，通古今之变，成一家之言”(《报任少卿书》)，又在《太史公自序》中说：“先人有言，自周公卒，五百岁而有孔子，孔子卒后，至于今五百岁，有能绍明世，正《易传》，继《春秋》，本《诗》、《书》、《礼》、《乐》之际，意在斯乎？意在斯乎？小子何敢让焉？”可知其秉笔直书，有着超乎史官职责与家国忠诚之上的宏大抱负。《史记》一书，不仅刷新了中国古代史学的千年传统，开启了源远流长的纪传体史书的书写规范，更缔造了“其文直，其事核，不虚美，不隐恶”(《汉书·司马迁传》)的史家“实录”精神。

《史记》在文学上达到了极高成就，是中国散文史上里程碑式的著作。其体例完足，气象恢宏，有吞吐八荒、驱遣万有之势，全书所展现的是一幅全息图式的历史人物画卷。《史记》叙事手法变化多端，左右逢源；叙写重大历史事件和特定场景时下笔千钧，举重若轻；描写人物声口毕肖，栩栩如生；还善于通过事件的陈述展现命运因果与社会兴衰，探寻深埋在现象之内的历史规律。故刘熙载说：“太史公文，精神气血，无所不具。”又说：“《史记》叙事，文外无穷，虽一溪一壑，皆与长江、大河相若。”(《艺概·文概》)特别值得称道的是，司马迁极具不以成败论英雄、不以贵贱分高低的卓见与通识，《史记》发凡起例，同时又敢于突破俗见和成规，如项羽、吕后入本纪，孔子、陈涉入世家，伯夷、叔齐置于“列传第一”，又如为游侠、佞幸、滑稽、货殖人物写“列传”，无不是司马迁对历史的深刻判断与对人性的丰富体察。惟其如此，《史记》才为后世奉为文章圭臬，成为无数文人墨客效法的榜样和小说、散文、戏剧取材的渊薮。

《汉书》作为我国第一部断代史，文学成就也很高，地位仅次于《史记》。其主要作者班固(32—92)，字孟坚，扶风安陵人(今陕西咸阳东北)。和司马迁一样，班固的父亲班彪也是一位史官，并且效法司马迁撰写《史记后传》，未成而卒，班固在《后传》基础上，进一步广校群书，历二十余年而撰成《汉书》。《汉书》包括十二本纪、八表、十志、列传七十，共一百篇，一百二十卷，其中《八表》和《天文志》分由班固之妹班昭和另一位史官马续补作。《汉书》新增《刑法志》、《五行志》、《地理志》、《艺文志》等篇，是对《史记》的重大突破。

《汉书》采用了《史记》的不少材料，语言更为典雅精致，叙事比较详备丰赡，故范晔比较二书时说："迁文直而事核，固文赡而事详。"(《后汉书·班固传》) 从思想的深刻程度来看，《汉书》则不如《史记》，班固曾批评司马迁"是非颇谬于圣人"(《汉书·司马迁传》)，可知班固是站在无条件忠君报国的立场，而这也正是班固思想的局限所在。

【精读一·尚书】

周书·金縢

武王有疾，周公作《金縢》。①

既克商二年，王有疾，弗豫。② 二公曰："我其为王穆卜？" ③ 周公曰："未可以戚我先王。" ④

公乃自以为功：为三坛，同墠；⑤ 为坛于南方，北面，周公立焉。植璧秉珪，乃告太王、王季、文王。⑥ 史乃册祝曰：

"惟尔元孙某遘厉虐疾⑦，若尔三王是有丕子之责于天，以旦代某之身。予仁若考能，多材多艺，能事鬼神。乃元孙不若旦多材多艺，不能事鬼神。⑧

乃命于帝庭，敷佑四方，用能定尔子孙于下地⑨，四方之民罔不祗畏。呜呼！无坠天之降宝命，我先王亦永有依归！⑩

今我即命于元龟。尔之许我，我其以璧与珪，归俟尔命。⑪ 尔不许我，我乃屏璧与珪。" ⑫

乃卜三龟，一习吉。启籥见书，乃并是吉。⑬ 公曰："体，王其罔害！予小子新命于三王，惟永终是图。兹攸俟，能念予一人。" ⑭

公归，乃纳册于金縢之匮中。王翌日乃瘳⑮。

【注释】

① 武王：指周武王姬发，周公姬旦是武王之弟，成王叔父。这是文章的小序。金縢，此指"金縢之匮"，即用金线缠系的匣子。② 豫：安乐。汉代以后，天子生病叫

做“弗豫”。③二公：指太公和召公。穆：恭敬。卜：占卜。《周礼·大卜》注：“问龟曰卜。”《礼记·曲礼》：“龟为卜，蓍为筮。”④戚：祈祷。《尚书易解》认为“戚”应当读为祷，告事求福。或亦可读为“祈”。⑤功：《史记》易为质，抵押之意。自以为功，即以自身为抵押。三坛：为太王、王季、文王各为一坛。墠（shàn）：用作祭祀的场地。《礼祀·祭法》郑玄注：“除地曰墠。”⑥植：置也。璧：圆形的玉。珪：上圆下方的玉。古时祈祷用珪、璧等为礼器。太王：武王的曾祖父，名古亶父。王季：周武王的祖父，名季历。文王：周武王的父亲，名昌。⑦史：内史，主作册之事。册：《史记》作策，这里作动词用，意为写册书。惟：语气助词。元：长。某：指周武王姬发。史官避讳，不书周武王姓名。遘（gòu）厉虐疾：遇到危险凶恶的疾病。⑧丕子：布席祭祀。考能：巧能。丕子之责，就是助祭的职责。意言三王当在天帝左右，担任奉事鬼神的助祭之责，就请以我代武王之身，盖武王不如我多才多艺，善事鬼神也。仁若：柔顺。考：巧。乃元孙：你们的长孙。乃：始，初。命：见命，被命。⑨命于帝庭：被命于帝庭。敷佑四方：敷：普遍。佑：有。用：因。下地：人间。⑩祗（zhī）畏：敬畏。坠：丧失。宝命：指前面所说“命于帝庭，敷佑四方”的使命。归：归于三王之所。⑪即命：就而听命。尔：指三王。之：如果。⑫屏：放弃，收藏。⑬一：都。习：重复。启：打开。籥（yuè）：同“钥”，钥匙。指藏兆书的匣柜的锁钥。书：占卜的书。⑭体：兆形。命：告。惟永终是图：即“惟图永终”。攸：所。俟：期待。⑮翼日：翼通翌，第二天。瘳（chōu）：病愈。

武王既丧，管叔及其群弟乃流言于国①，曰：“公将不利于孺子！”②

周公乃告二公曰：“我之弗辟，我无以告我先王。”周公居东二年，则罪人斯得。③于后，公乃为诗以贻王，名之曰《鸱鸮》。王亦未敢诮公。④

秋，大熟，未获，天大雷电以风，禾尽偃，大木斯拔，邦人大恐。⑤王与大夫尽弁，以启金縢之书，乃得周公所自以为功代武王之说。⑥

二公及王乃问诸史与百执事。对曰：“信。噫！公命我勿敢言。”⑦王执书以泣曰：“其勿穆卜！昔公勤劳王家，惟予冲人弗及知。⑧今天动威以彰周公之德，惟朕小子其新逆；我国家礼亦宜之。”⑨

王出郊，天乃雨，反风，禾则尽起。⑩二公命邦人，凡大木所偃，尽起而筑之，岁则大熟。⑪

【注释】

①丧：死。《史记·封禅书》：“武王克殷二年，天下未宁而崩。”管叔：名鲜，周文王第三子。群弟：指蔡叔、霍叔。武王克殷，乃立王子禄父俾守商祀，建管叔于东，建蔡叔、霍叔于殷，俾监殷臣。②公将不利于孺子：公即周公。孺子：年幼的人，此指成王。《史记·鲁世家》：“武王既崩，成王少，周公恐天下闻武王崩而畔。周公乃践阼代成王，摄行政当国。管叔及其群弟流言于国曰：‘周公将不利于成王。’”③辟（bì）：摄政为君。居东：居在东土，指周公东征。罪人：指武庚和三叔等人。斯得：乃得以惩处。④贻：赠。鸱鸮（chī xiāo）：即猫头鹰。《诗经·豳风·鸱鸮》：“鸱鸮鸱鸮，既取我子，无毁我室。恩斯勤斯，鬻子之闵斯。迨天之未阴雨，彻彼桑土，绸缪牖户。今女下民，或敢侮予？予手拮据，予所捋荼。予所蓄租，予口卒瘏，曰予未有室家。予羽谯谯，予尾翛翛，予室翘翘。风雨所漂摇，予维音哓哓！”《诗序》说：“《鸱鸮》，周公救乱也。成王未知周公之志，公乃为诗以遗王，名之曰《鸱鸮》焉。”亦：只是。诮：责备。⑤以：与，和。偃：倒伏。斯：尽。⑥弁：爵弁，礼服。一说，礼帽，这里作动词用。说：指周公祷告的祝词。⑦百执事：众多办事官员。信：确实。噫：唉。叹词。⑧冲人：年幼的人。⑨新逆：亲自迎接。新即亲。⑩王出郊：成王出郊迎周公。反风：刮起反方向的风。起：立起，扶起。⑪筑：用土培根。

【泛读】

尚书·虞书·舜典（节选）

月正元日，舜格于文祖，询于四岳，辟四门，明四目，达四聪。咨十有二牧曰：“食哉惟时，柔远能迩，惇德允元，而难任人，蛮夷率服。”

舜曰："咨四岳，有能奋庸，熙帝之载，使宅百揆，亮采惠畴？"佥曰："伯禹作司空。"帝曰："俞！"咨禹："汝平水土，惟时懋哉！"禹拜稽首，让于稷、契暨皋陶。帝曰："俞！汝往哉！"

帝曰："弃，黎民阻饥，汝后稷，播时百谷。"

帝曰："契，百姓不亲，五品不逊，汝作司徒，敬敷五教在宽。"

帝曰："皋陶，蛮夷猾夏，寇贼奸宄，汝作士。五刑有服，五服三就；五流有宅，五宅三居。惟明克允。"

帝曰："畴若予工？"佥曰："垂哉！"帝曰："俞！"咨垂："汝共工。"垂拜稽首，让于殳斨暨伯与。帝曰："俞！往哉，汝谐。"

帝曰："畴若予上下草木鸟兽？"佥曰："益哉！"帝曰："俞！"咨益："汝作朕虞。"益拜稽首，让于朱、虎、熊、罴。帝曰："俞！往哉！汝谐。"

帝曰："咨四岳，有能典朕三礼？"佥曰："伯夷。"帝曰："俞！"咨伯："汝作秩宗，夙夜惟寅，直哉惟清。"伯拜稽首，让于夔、龙。帝曰："俞！往，钦哉！"

帝曰："夔，命汝典乐，教胄子。直而温，宽而栗，刚而无虐，简而无傲。诗言志，歌永言，声依永，律和声。八音克谐，无相夺伦，神人以和。"夔曰："於！予击石拊石，百兽率舞。"

帝曰："龙，朕堲谗说殄行，震惊朕师，命汝作纳言，夙夜出纳朕命，惟允。"

帝曰："咨汝二十有二人，钦哉！惟时亮天功。"

三载考绩，三考，黜陟幽明，庶绩咸熙。

分北三苗。

舜生三十征庸，三十在位，五十载，陟方乃死。

【精读二·左传】

郑伯克段于鄢[①]

初，郑武公娶于申，曰武姜，[②]生庄公及共叔段。[③]庄公寤生，惊姜氏，故名曰寤生，遂恶之。④ 爱共叔段，欲立之。亟请于武公，公弗许。⑤

及庄公即位，为之请制。⑥ 公曰："制，岩邑也⑦，虢叔死焉。佗邑唯命。"⑧ 请京，使居之，谓之京城大叔。⑨

祭仲⑩曰："都城过百雉，国之害也。⑪ 先王之制：大都不过参国之一，⑫ 中五之一，小九之一。今京不度，非制也，君将不堪。⑬" 公曰："姜氏欲之，焉辟害？"⑭ 对曰："姜氏何厌之有？⑮ 不如早为之所，无使滋蔓。⑯ 蔓，难图也。⑰ 蔓草犹不可除，况君之宠弟乎？"公曰："多行不义必自毙，子姑待之。"⑱

【注释】

① 本文选自《左传·隐公元年》，题目为编者所加。郑：国名，姬姓，在今河南新郑市等地。郑伯：指郑庄公。春秋时有五等爵：公、侯、伯、子、男。郑属伯爵。克：战胜。段：庄公之弟。鄢（yān），郑地名，在今河南鄢陵县境。隐公，鲁隐公。《春秋》是以鲁国的纪元编年的。隐公元年即公元前 722 年。② 初：当初。申：国名，姜姓，在今河南南阳市。娶于申，即娶申国国君之女为妻。武姜："武"即丈夫为武公，"姜"指母家姓姜。③ 共（gōng）：国名，在今河南辉县。叔：排行在末的。这里"叔"表示段是庄公的弟弟。段后出奔共，所以称之为共叔段。④ 寤：通"牾"。逆：倒着。寤生：胎儿的脚先生出来，当是难产。遂：从此就。恶：厌恶，嫌恶。⑤ 亟（qì）：屡次。弗：不。⑥ 及：到。即位：天子或诸侯就职叫即位。制：又名虎牢，在今河南巩县东，原是东虢（guó）国的领地，东虢为郑所灭，制遂为郑地。为之请制：替段请求制这个地方。⑦ 岩：险要。邑：人聚居的地方，大小不定。⑧ 佗：同"他"。唯命：是"唯命是听"的省略。⑨ 京：郑邑名。大（tài）：同"太"。姜氏请求要京，庄公使共叔段住在那里，称他为京城大叔。⑩ 祭（zhài）仲：郑大夫。⑪ 城：指城墙。雉：量词，长三丈，高一丈。害：祸害。⑫ 参：三。国：国都。参国之一：国都的三分之一。古制，侯伯之国，城墙为三百雉。三分之一就是百雉。⑬ 不度：不合法度。非制：不是先王的制度。君将不堪：您将要受不了。堪：承受。⑭ 辟：同"避"。焉：哪里。此句言姜氏要这样，哪里能够避开祸害呢？⑮ 厌：满足。这句是

说：姜氏哪里有什么满足？⑯所：处所。无：通“毋”，不要。滋蔓：滋长蔓延。这两句意为：不如早点安排他个地方，不要使他发展。⑰图：图谋，这里指设法对付。⑱不义：不道义的事。毙：倒下去。姑：故且。

既而大叔命西鄙、北鄙贰于己。①公子吕曰：“国不堪贰，君将若之何？②欲与大叔，臣请事之；若弗与，则请除之，无生民心。③”公曰：“无庸，将自及。”④大叔又收贰以为己邑，至于廪延。⑤子封曰：“可矣。厚将得众。”公曰：“不义不昵，厚将崩。”⑥大叔完聚，缮甲兵，具卒乘，将袭郑。夫人将启之。⑦公闻其期⑧，曰：“可矣！”命子封帅车二百乘以伐京。⑨京叛大叔段。段入于鄢。公伐诸鄢。五月辛丑⑩，大叔出奔共⑪。

书曰：“郑伯克段于鄢。”段不弟，故不言弟；如二君，故曰克；称郑伯，讥失教也；谓之郑志。不言出奔，难之也。

遂置姜氏于城颍，而誓之曰⑫：“不及黄泉，无相见也。”既而悔之。⑬

颍考叔为颍谷封人，闻之，有献于公。⑭公赐之食。食舍肉。⑮公问之。对曰：“小人有母，皆尝小人之食矣，未尝君之羹，请以遗之。”⑯公曰：“尔有母遗，繄我独无！”⑰颍考叔曰：“敢问何谓也？”⑱公语之故，且告之悔。⑲对曰：“君何患焉？若阙地及泉，隧而相见，其谁曰不然？”⑳公从之。公入而赋㉑：“大隧之中，其乐也融融。”姜出而赋：“大隧之外，其乐也泄泄。”㉒遂为母子如初。㉓

君子曰㉔：“颍考叔，纯孝也，爱其母，施及庄公。㉕《诗》曰：‘孝子不匮，永锡尔类。’㉖其是之谓乎！㉗”

【注释】

①既而：不久。鄙：边邑。贰：两属，属二主。贰于己：一方面属于庄公，一方面属于自己。②公子吕：字子封，郑大夫。国家受不了两属的情况，您将怎么办？③“欲与大叔”等句：如果打算把郑国让给大叔，就请您允许我侍奉他；如果不给他，就请你除掉他。不要使民生二心。④庸：用。及：赶上。这两句是说：用不着，他将会自己赶上（灾祸）。⑤贰：指前两属的地方。原先该地是两属，现在段则正式

收归己有。廪（lǐn）延：郑邑名，在今河南延津县北。⑥ 厚：指土地扩大。众：百姓，此指民心。昵（nì）：亲近。这里指能团结人。崩：山塌，垮下来，崩溃。这句是说：段既然不义，就不能得到民心；土地占多了就将会垮台。⑦ 完：修葺，这里指修城。聚：屯积粮食。缮：修理，制造。甲：铠甲。具：准备。卒：步兵。乘（shèng）：兵车。夫人：指武姜。启：开门。启之：为段开城门，以作内应。⑧ 其期：指段袭郑的日期。⑨ 帅：通率，率领。⑩ 古人以干支纪日，五月辛丑，即隐公元年五月二十三日。⑪ 奔：快跑。出奔：指逃到外国避难。⑫ 置（zhì）：放置，安顿，这里有放逐之意。城颍：郑邑名，在今河南临颍县西北。誓之：向她发誓。⑬ 黄泉：地下的泉水，这里指墓穴。这句是说：咱们这辈子就不要再见面了。既而：随后，紧接着。悔之：后悔置姜氏于城颍并发誓这件事。⑭ 颍考叔：郑大夫。颍谷：郑边邑，在今河南登封市西南。封：疆界。封人：管理疆界的官。有献：有所献。⑮ 舍：放着不吃。⑯ 小人：颍考叔自己的谦称。尝：吃。遗（wèi）：给，这里指留给。之：代指其母。⑰ 尔：你。繄（yī）：句首语气词。这句是说：你还有母亲可以留给她东西吃，惟独我没有！⑱ 敢：表敬副词。何谓：这话怎么讲？⑲ 语（yù）：告诉。之：间接宾语。语之故：告诉他其中的缘故。⑳ 患：忧虑。阙地：挖地。隧：动词，挖隧道。其：语气词，加强反问语气。然：这样，指黄泉相见的誓言。此句意为：谁说不是这样（黄泉相见）呢？㉑ 赋：赋诗。㉒ 泄泄（xiè）：和融融意思相近，都是形容快乐的样子。㉓ 从此做母亲和做儿子还和当初一样。㉔ 君子：作者的假托。《左传》中习用的发表评论的方式。㉕ 纯孝：笃厚之孝。施（yì）：延，扩展，犹言扩大影响。㉖ 语出《诗经·大雅·既醉》。匮（kuì）：尽。锡：赐，给与。孝子的孝没有穷尽，永久把它给与你（指孝子）的同类。㉗ 其是之谓乎：大概说的正是这种情况吧。其：语气词。是：这个。

【泛读】

春秋公羊传·隐公元年

元年春，王正月。

元年者何？君之始年也。春者何？岁之始也。王者孰谓？谓文王也。曷为先言王而后言正月？王正月也。何言乎王正月？大一统也。公何以不言即位？成公意也。何成乎公之意？公将平国而反之桓。曷为反之桓？桓幼而贵，隐长而卑，其为尊卑也微，国人莫知。隐长又贤，诸大夫扳隐而立之。隐于是焉而辞立，则未知桓之将必得立也；且如桓立，则恐诸大夫之不能相幼君也。故凡隐之立，为桓立也。隐长又贤，何以不宜立？立適以长，不以贤；立子以贵，不以长。桓何以贵？母贵也。母贵则子何以贵？子以母贵，母以子贵。

三月，公及邾娄仪父盟于眛。

及者何？与也，会、及、暨，皆与也，曷为或言会，或言及，或言暨？会，犹最也；及，犹汲汲也；暨，犹暨暨也。及，我欲之；暨，不得已也。仪父者何？邾娄之君也。何以名？字也。曷为称字？褒之也。曷为褒之？为其与公盟也。与公盟者众矣，曷为独褒乎此？因其可褒而褒之。此其为可褒奈何？渐进也。眛者何？地期也。

夏五月，郑伯克段于鄢。

克之者何？杀之也。杀之则曷为谓之克？大郑伯之恶也。曷为大郑伯之恶？母欲立之，己杀之，如勿与而已矣。段者何？郑伯之弟也。何以不称弟？当国也。其地何？当国也。齐人杀无知，何以不地？在内也。在内，虽当国，不地也。不当国，虽在外亦不地也。

左传·曹刿论战

十年春，齐师伐我。公将战。曹刿请见。其乡人曰："肉食者谋之，又何间焉？"刿曰："肉食者鄙，未能远谋。"乃遂入见，问："何以战？"公曰："衣食所安，弗敢专也，必以分人。"对曰："小惠未遍，民弗从也。"公曰："牺牲玉帛，弗敢加也，必以信。"对曰："小信未孚，神弗福也。"公曰："小大之狱，虽不能察，必以情。"对曰："忠之属也，可以一战。战则请从。"

公与之乘，战于长勺。公将鼓之，刿曰："未可。"齐人三鼓，刿曰："可矣。"齐师败绩。公将驰之，刿曰："未可。"下，视其辙，登轼而望之，曰："可矣。"遂逐齐师。

既克，公问其故。对曰："夫战，勇气也。一鼓作气，再而衰，三而竭。彼竭我盈，故克之。夫大国，难测也，惧有伏焉。吾视其辙乱，望其旗靡，故逐之。"

【精读三 · 国语】

召公谏弭谤①

厉王虐，国人谤王。②召公告曰："民不堪命矣！"③王怒，得卫巫，使监谤者。④以告，则杀之。国人莫敢言，道路以目。⑤

王喜，告召公曰："吾能弭谤矣，乃不敢言。"召公曰："是鄣之也。防民之口，甚于防川。⑥川壅而溃⑦，伤人必多，民亦如之。是故为川者决之使导，为民者宣之使言。⑧故天子听政，使公卿至于列士献诗⑨，瞽献曲，史献书，⑩师箴，瞍赋，矇诵⑪，百工谏，庶人传语⑫，近臣尽规，亲戚补察，瞽史教诲，耆艾修之，⑬而后王斟酌焉，是以事行而不悖。⑭民之有口也，犹土之有山川也，财用于是乎出。⑮犹其有原隰衍沃也，衣食于是乎生。⑯口之宣言也，善败于是乎兴。⑰行善而备败，其所以阜财用衣食者也。⑱夫民虑之于心，而宣之于口，成而行之，胡可壅也！若壅其口，其与能几何？"⑲

王弗听，于是国人莫敢出言。三年，乃流王于彘。⑳

【注释】

①召（shào）公：召穆公，名虎，西周宗室召康公之孙，周厉王卿士。谏：规劝君王。弭（mǐ）：消除。谤：指责。②王，即周厉王，姬姓，名胡，夷王之子。虐（nüè）：残暴。厉王在位三十七年（公元前878—前841），性残暴，深为国人所痛恨。公元前841年，爆发"国人暴动"，周厉王逃到彘，十四年后死于彘。国人：对住在国都的人的通称。国，诸侯食邑。③堪：能忍受。命：指厉王暴虐的政令。④卫巫：卫国的巫者。巫：古代谓能与鬼神交通的人。监：监视。⑤以目：用眼睛看。⑥鄣（zhàng）：同"障"，筑堤防水。喻指周厉王用暴力堵住国人的嘴巴，不让说话。防：

堵住。甚：厉害，过分。川：河流。⑦ 壅：阻塞。溃：水冲破堤防。⑧ 为川者：治水的人。为：治理。下句“为民”的“为”同义。决：开通水道，导引水流。导：疏通。宣：放。为民者：治理国家、统治民众的人。宣之使言：引导老百姓，让他们尽言。⑨ 公卿、列士：朝廷各级官员。献诗：进献民间讽谏国王的诗歌。⑩ 瞽献曲：乐师向国王进献乐曲。周代乐官都由盲人担任。他们所献的乐曲，大多从民间采集。瞽：无目曰瞽，指盲人乐师。曲：乐曲。史：史官。书：史书典籍。指可作借鉴历史经验的书籍。⑪ 师：少师，位低于太师的乐官。箴：一种寓有劝诫作用的文辞，类似今天的格言、警句。瞍：盲人，无眸子曰瞍。赋：有一定音节腔调的朗诵。这里指公卿、列士所献的诗。矇：盲人。有眸子而什么也看不见曰矇。诵：不配合乐曲的朗诵。⑫ 百工：古代泛指各种手工工匠。《论语·子张》：“百工居肆，以成其事。”庶人：西周时用以称农业生产者。春秋时其地位在士之下，工商皂隶之上。秦汉后泛指无官爵的平民。传语：传播对朝政的意见。⑬ 近臣：最接近国王的大臣。尽规：尽规谏的职责。亲戚：与国王同宗的大臣。补察：弥补国王的过失，监督他们的行为。教诲：教育、引导。耆艾：分别指六十岁、五十岁的长者，这里代指国中的元老。修：修饬、警告、提醒。⑭“而后”句：而后由国王斟酌取舍，决策行效。“事行”句：国王的行事因此才不至于违背情理。悖，逆、违背。⑮ 于：从。是；此。⑯ 原：宽阔而平坦的土地。隰（xí）：低下而潮湿的土地。衍：低下而平坦的土地。沃：有河流灌溉的土地。⑰ 兴：起。⑱ 行善而备败：实行百姓认为好的，防止百姓认为坏的。所以：用来。阜：增多，丰富。后句意为：这大概才是用来增多财物衣食的办法吧。⑲ 成：成熟。行：有“自然流露”意。胡：怎么，表示疑问语气。壅：堵塞。其；那。与：助，同盟者，赞助者。⑳ 弗：不。流：流放，放逐。彘（zhì）：晋地，在今山西省霍县境内。

【泛读】

国语·越语·勾践灭吴

越王勾践栖于会稽之上，乃号令于三军曰：“凡我父兄昆弟及国子姓，有能助寡人谋而退吴者，吾与之共知越国之政。”大夫种进对曰：“臣闻之，贾人夏则资皮，冬则资绨，旱则资舟，水则资车，以待乏也。夫虽无四方之忧，然谋臣与爪牙之士，不可不养而择也。譬如蓑笠，时雨既至，必求之。今君王既栖于会稽之上，然后乃求谋臣，无乃后乎？”勾践曰：“苟得闻子大夫之言，何后之有？”执其手而与之谋。

遂使之行成于吴，曰：“寡君勾践乏无所使，使其下臣种，不敢彻声闻于大王，私于下执事曰：‘寡君之师徒不足以辱君矣，愿以金玉、子女赂君之辱，请勾践女女于王，大夫女女于大夫，士女女于士。越国之宝器毕从。寡君帅越国之众，以从君之师徒，唯君左右之。’若以越国之罪为不可赦也，将焚宗庙，系妻孥，沉金玉于江。有带甲五千人，将以致死，乃必有偶，是以带甲万人事君也。无乃即伤君王之所爱乎？与其杀是人也，宁其得此国也，其孰利乎？”

夫差将欲听与之成，子胥谏曰：“不可。夫吴之与越也，仇雠敌战之国也。三江环之，民无所移，有吴则无越，有越则无吴，将不可改于是矣。员闻之：陆人居陆，水人居水。夫上党之国，我攻而胜之，吾不能居其地，不能乘其车。夫越国，吾攻而胜之，吾能居其地，吾能乘其舟。此其利也，不可失也已。君必灭之。失此利也，虽悔之，必无及已！”

越人饰美女八人，纳之太宰嚭，曰：“子苟赦越国之罪，又有美于此者将进之。”太宰嚭谏曰：“嚭闻古之伐国者，服之而已；今已服矣，又何求焉。”夫差与之成而去之。

勾践说于国人曰：“寡人不知其力之不足也，而又与大国执仇，以暴露百姓之骨于中原，此则寡人之罪也。寡人请更。”于是葬死者，问伤者，养生者，吊有忧，贺有喜，送往者，迎来者，去民之所恶，补民之不足。然后卑事夫差，宦士三百人于吴，其身亲为夫差前马。

勾践之地，南至于句无，北至于御儿，东至于鄞，西至于姑蔑，广运百里。乃致其父兄昆弟而誓之曰：“寡人闻古之贤君，四方之民归之，若水之归下也。今寡人不能，将帅二三子夫妇以蕃。”令壮者无取老妇，令老者无取壮妻。女子十七不嫁，其父母有罪；丈夫二十不取，其父母有罪。将免者以告，公令医守之。生丈夫，二壶酒，一犬；生女子，二壶酒，一豚。生三人，公与之母；生二子，公与之饩。当室者死，三年释其政；支子死，三月释其政；必哭泣葬埋之如其子。令孤子、寡妇、疾疹、贫病者，纳宦其子。其达士，絜其居，美其服，饱其食，而摩厉之于义。四方之士来者，必庙礼之。勾践载稻与脂于舟以行，国之孺子之游者，无不铺也，无不歠也，必问其名。非其身之所种则不食，非其夫人之所织不衣。十年不收于国，民俱有三年之食。

国之父兄请曰："昔者夫差耻吾君于诸侯之国，今越国亦节矣，请报之！"勾践辞曰："昔者之战也，非二三子之罪也，寡人之罪也。如寡人者，安与知耻？请姑无庸战。"父兄又请曰："越四封之内，亲吾君也，犹父母也。子而思报父母之仇，臣而思报君之仇，其有敢不尽力者乎？请复战。"勾践既许之，乃致其众而誓之曰："寡人闻古之贤君，不患其众之不足也，而患其志行之少耻也。今夫差衣水犀之甲者亿有三千，不患其志行之少耻也，而患其众之不足也。今寡人将助天灭之。吾不欲匹夫之勇也，欲其旅进旅退也。进则思赏，退则思刑，如此，则有常赏。进不用命，退则无耻，如此，则有常刑。"

果行，国人皆劝。父勉其子，兄勉其弟，妇勉其夫，曰："孰是君也，而可无死乎？"是故败吴于囿，又败之于没，又郊败之。

夫差行成，曰："寡人之师徒，不足以辱君矣。请以金玉、子女，赂君之辱。"勾践对曰："昔天以越予吴，而吴不受命；今天以吴予越，越可以无听天命，而听君之令乎？吾请达王甬、句东，吾与君为二君乎。"夫差对曰："寡人礼先壹饭矣，君若不忘周室，而为弊邑宸宇，亦寡人之愿也。君若曰：'吾将残汝社稷，灭汝宗庙。'寡人请死，余何面目以视于天下乎！"越君其次也，遂灭吴。

【精读四·战国策】

苏秦以连横说秦①

苏秦始将连横，说秦惠王曰②："大王之国，西有巴、蜀、汉中之利③，北有胡貉、代马之用④，南有巫山、黔中之限，东有肴、函之固⑤。田肥美，民殷富，战车万乘，奋击百万⑥，沃野千里，蓄积饶多，地势形便，此所谓天府⑦，天下之雄国也。以大王之贤，士民之众，车骑之用，兵法之教⑧，可以并诸侯，吞天下，称帝而治。愿大王少留意，臣请奏其效。”⑨

秦王曰：“寡人闻之，毛羽不丰满者，不可以高飞；文章⑩不成者，不可以诛罚；道德不厚者，不可以使民；政教不顺者，不可以烦大臣。今先生俨然不远千里而庭教之，愿以异日。”⑪

【注释】

①本文选自《战国策·秦策》，题目为编者所加。②苏秦（公元前？—前284）：东周洛阳人，年辈后于张仪。连横：东西连接为横。当时秦在西，其他国家在东，连横是指秦国与数国结盟，打击一国，然后如法炮制逐个将六国消灭。与连横相对的是“合纵”，即齐、楚、燕、赵、魏、韩六国纵向联合，共同打击强秦。说秦惠王：说（shuì）：劝说。秦惠王，公元前336年至公元前311年在位。③巴、蜀、汉中：地名。巴：今四川东部。蜀：今四川西部。汉中：今陕西秦岭以南。④胡貉（hè）：北方胡人地区出产的貉。貉：状似狸，毛厚温滑，其皮可以制裘。代马：代地出产的良马。代：今河北、山西省的北部。⑤巫山：在今重庆巫山县东。黔中：在今湖南沅陵县西。这两地是秦国与南方楚国的边界之地。肴：同“崤”（yáo），崤山，在今河南洛宁县西北。函：指函谷关，在今河南灵宝市西南，是秦国防御外来侵略的重要关隘。⑥奋击：英勇奋战的士兵。⑦形便：地理形势好，又有丰饶的物产。天府：大自然赐予的物产丰富的地方。⑧兵法之教：军事训练。⑨称帝而治：先秦时，人间的统治者称王，只有古代的圣主与上天的主宰才能称帝。效：功效，成效。⑩文章：指法令制度。⑪俨（yǎn）然：恭敬、庄重貌。愿以异日：请他日再领教。异日，他日。

苏秦曰：“臣固疑大王之不能用也。①昔者神农伐补遂，黄帝伐涿鹿而禽蚩尤②，尧伐驩兜，舜伐三苗，禹伐共工③，汤伐有夏，文王伐崇，武王伐纣④，齐桓任战而伯天下⑤。由此观之，恶有不战者乎？古者使车毂击驰⑥，言语相结，天下为一；约纵连横，兵革不藏；文士并饰⑦，诸侯乱惑；万端俱起，不可胜理；科条既备，民多伪态；书策稠浊，百姓不足；⑧上下相愁，民无所聊；明言章理，兵甲愈起；辩言伟服，战攻不息；⑨繁称文辞，天下不治；舌弊耳聋，不见成功；行义约信，天下不亲。于是，乃废文任武，厚养死士，缀甲厉兵，效胜于战场。夫徒处而致利，安坐而广地⑩，虽古五帝、三王、五伯，明主贤君，常欲坐而致之，其势不能，故以战续之。宽则两军相攻，迫则杖戟相橦⑪，然后可建大功。是故兵胜于外，义强于内；威立于上，民服于下。今欲并天下，凌万乘，诎敌国⑫，制海内，子元元⑬，臣诸侯，非兵不可！今之嗣主，忽于至道，皆惛于教⑭，乱于治，迷于言，惑于语，沉于辩，溺于辞。以此论之，王固不能行也。”

【注释】

①此句意为：我本来就怀疑大王不会用我的策略。②神农：传说中的远古三皇之一。黄帝伐涿鹿而禽蚩尤：黄帝，传说中的古帝名，称轩辕氏。涿鹿：山名，在今河北涿鹿县南。禽，同“擒”。蚩尤：九黎部落的酋长，和黄帝大战于涿鹿，为黄帝所杀。③尧伐驩兜（huān dōu）：尧：古帝名，姬姓，称陶唐氏，传位于舜。驩兜：尧的叛臣。三苗：古代南方部族，又称有苗。共工：原为水官名，子孙世代为水官，以官为氏，称共工氏。④有夏：即夏桀。崇：商代一个诸侯国，在今陕西户县东。纣：殷的末世国君，名辛。⑤齐桓任战而伯天下：齐桓公用兵打仗而称霸天下。齐桓：姜姓，名小白。⑥车毂（gǔ）：车轮中穿车轴的孔，代指车。击驰：指多车而疾行，车轴相击。⑦文士并饰：文士修饰辞令，游说论辩。⑧科条：指法令制度。伪态：犯奸作伪的现象。稠浊：繁多混乱，文意不清。聊：依凭。⑨明言章理：言辞清晰，道理清楚。章：同“彰”。兵甲愈起：战争更加频繁地发生。伟服：华丽整洁的盛装。⑩缀甲：用金属片连缀的铠甲。徒处：空坐着。广地：即开疆拓土。广：用作动词。⑪橦（tóng）：冲刺。⑫凌万乘：凌驾于有万乘战车的大国之上。诎敌国：使敌对的国家屈服，诎：同“屈”。⑬子元元：以百姓为子。元元：百姓。⑭臣诸侯：使诸侯国

为臣。惛：愚暗不明。

说秦王书十上而说不行。黑貂之裘弊，黄金百斤尽，资用乏绝，去秦而归。羸縢履蹻①，负书担橐，形容枯槁，面目黧黑，状有归色。②归至家，妻不下纴③，嫂不为炊，父母不与言。苏秦喟叹曰："妻不以我为夫，嫂不以我为叔，父母不以我为子，是皆秦之罪也。"乃夜发书，陈箧数十，得太公《阴符》之谋，伏而诵之，简练以为揣摩。④读书欲睡，引锥自刺其股，血流至足，曰："安有说人主不能出其金玉锦绣，取卿相之尊者乎？"期年⑤，揣摩成，曰："此真可以说当世之君矣！"

于是乃摩燕乌集阙，见说赵王于华屋之下，抵掌而谈。赵王大悦，封为武安君。⑥受相印，革车百乘，锦绣千纯，白璧百双，黄金万溢，以随其后，约纵散横，以抑强秦。⑦

故苏秦相于赵而关不通。当此之时，天下之大，万民之众，王侯之威，谋臣之权，皆欲决苏秦之策。⑧不费斗粮，未烦一兵，未战一士，未绝一弦，未折一矢，诸侯相亲，贤于兄弟。夫贤人在而天下服，一人用而天下从。故曰：式于政，不式于勇；式于廊庙之内⑨，不式于四境之外。当秦之隆，黄金万溢为用，转毂连骑，炫熿于道，山东之国，从风而服，使赵大重。⑩且夫苏秦特穷巷掘门、桑户棬枢之士耳，伏轼撙衔⑪，横历天下，廷说诸侯之王，杜左右之口，天下莫之能伉。⑫

将说楚王，路过洛阳，父母闻之，清宫除道，张乐设饮，郊迎三十里。⑬妻侧目而视，倾耳而听；嫂蛇行匍伏⑭，四拜自跪而谢。苏秦曰："嫂何前倨而后卑也？"⑮嫂曰："以季子之位尊而多金。"苏秦曰："嗟乎！贫穷则父母不子⑯，富贵则亲戚畏惧。人生世上，势位富贵，盖可忽乎哉！"⑰

【注释】

①羸（léi）縢：羸，通"缧"，缠绕。縢（téng）：绑腿布。蹻（jué）：草鞋。②橐（tuó）：袋子。黧（lí）：黑色。归：一说当为"愧"。③不下纴（rèn）：不停止织绸。④箧：书箱。太公：即姜太公吕尚。简练以为揣摩：选择性地练习并反复思考研

究。⑤期（jī）年：一整年。⑥摩燕乌集阙：靠近赵王华丽的殿堂。摩：靠近。燕乌集阙：宫阙名。华屋：华丽的宫室。抵掌：击掌，谈得十分投机。武安：在今河北武安县。⑦受相印：接受相国的委任。革车：兵车。纯（tún）：匹。双：对。溢：同"镒"。二十四两为一镒。约纵散横：订立南北六国的纵约，拆散东方诸国与秦的连横关系。⑧关不通：六国与秦国处于敌对的状态。关：指函谷关。决苏秦之策：取决于苏秦的战略方针。⑨式于政，不式于勇：运用政治，不运用武力。式于廊庙之内：在朝廷上用外交手段取胜。⑩当秦之隆：在苏秦隆盛得意之时。转毂连骑：形容车马接连不断。炫熿于道：在道路上炫耀。熿：煌。山东之国，从风而服：崤山以东的六个国家都像草木一样随风而倒，服从赵国。使赵大重：使赵国在诸侯国中的地位变得重要起来。⑪特穷巷掘门、桑户棬枢之士：出身贫苦之人。特：不过。掘门：凿墙为门。桑户：桑木为门板。棬（quān）枢：弯木为木轴。伏轼撙衔：伏在马车的横木上，拉住马缰。轼：为车前横木。撙（zǔn），控制。衔：马勒头。⑫廷说：在朝堂上游说。杜：闭塞。伉：通"抗"，相匹敌。⑬清宫除道：清洁房屋，打扫街道。古代的"宫"也指一般民居。张乐设饮：安排音乐演奏与酒宴。郊迎：到郊处迎接。⑭侧目而视：不敢用正眼看着。蛇行匍伏：像蛇一样爬行。⑮前倨而后卑：前面对人傲慢，后面以卑微的态度待人。⑯季子：小叔子。父母不子：父母不认作儿子。⑰"盖（hé）可"句：盖，同"盍"，意为何、岂能。忽：轻视。

【泛读】

战国策·魏策·唐雎不辱使命

秦王使人谓安陵君曰："寡人欲以五百里之地易安陵，安陵君其许寡人？"安陵君曰："大王加惠，以大易小，甚善；虽然，受地于先王，愿终守之，弗敢易！"秦王不说。安陵君因使唐雎使于秦。

秦王谓唐雎曰："寡人以五百里之地易安陵，安陵君不听寡人，何也？且秦灭韩亡魏，而君以五十里之地存者，以君为长者，故不错意也。今吾以十倍之地，请广于君，而君逆寡人者，轻寡人与？”唐雎对曰：“否，非若是也。安陵君受地于先王而守之，虽千里不敢易也，岂直五百里哉？”

秦王怫然怒，谓唐雎曰：“公尝闻天子之怒乎？”唐雎对曰：“臣未尝闻也。”秦王曰：“天子之怒，伏尸百万，流血千里。”唐雎曰：“大王尝闻布衣之怒乎？”秦王曰：“布衣之怒，亦免冠徒跣，以头抢地耳。”唐雎曰：“此庸夫之怒也，非士之怒也。夫专诸之刺王僚也，彗星袭月；聂政之刺韩傀也，白虹贯日；要离之刺庆忌也，仓鹰击于殿上。此三子者，皆布衣之士也。怀怒未发，休祲降于天，与臣而将四矣。若士必怒，伏尸二人，流血五步，天下缟素，今日是也。”挺剑而起。

秦王色挠，长跪而谢之曰：“先生坐，何至于此！寡人谕矣，夫韩、魏灭亡，而安陵以五十里之地存者，徒以有先生也。”

【精读五·史记】

伯夷列传 ①

夫学者载籍极博，尤考信于六艺。②《诗》、《书》虽缺，然虞、夏之文可知也。尧将逊位，③让于虞舜，舜、禹之间，岳牧咸荐，④乃试之于位，典职数十年，功用既兴，然后授政。示天下重器，王者大统，传天下若斯之难也。而说者曰：“尧让天下于许由⑤，许由不受，耻之，逃隐。及夏之时，有卞随⑥、务光⑦者。”此何以称焉？太史公曰：余登箕山，其上盖有许由冢云。孔子序列古之仁圣贤人，如吴太伯⑧、伯夷之伦详矣。余以所闻由、光义至高，其文辞不少概见，何哉？

孔子曰：“伯夷、叔齐，不念旧恶，怨是用希。”“求仁得仁，又何怨乎？”⑨余悲伯夷之意，睹轶诗可异焉。其传曰：

伯夷、叔齐，孤竹君之二子也。父欲立叔齐。及父卒，叔齐让伯夷。伯夷曰：“父命也。”遂逃去。叔齐亦不肯立而逃之。国人立其中子。于是伯夷、叔齐闻西伯昌善养老，盍往归焉。⑩及至，西伯卒，武王载木主，⑪号为文王，东伐纣。伯夷、叔齐叩马而谏曰⑫：“父死不葬，爰及干戈，可谓孝乎？以臣弑君，可谓仁乎？”左右欲兵之。太公曰："此义人也。"扶而去之。武王已平殷乱，天下宗周，而伯夷、叔齐耻之，义不食周粟，隐于首阳山，采薇而食之。及饿且死，作歌，其辞曰："登彼西山兮，采其薇矣。以暴易暴兮，不知其非矣。神农、虞、夏，忽焉没兮，我安适归矣？于嗟徂兮，命之衰矣！"遂饿死于首阳山。由此观之，怨邪？非邪？

或曰："天道无亲，常与善人。"若伯夷、叔齐，可谓善人者非邪？积仁洁行如此而饿死。且七十子之徒，仲尼独荐颜渊为好学。然回也屡空，⑬糟糠不厌，而卒蚤夭。天之报施善人，其何如哉？盗跖日杀不辜，⑭肝人之肉，暴戾恣睢，聚党数千人，横行天下，竟以寿终，是遵何德哉？此其尤大彰明较著者也。若至近世，操行不轨，专犯忌讳，而终身逸乐，富厚累世不绝。或择地而蹈之，时然后出言，行不由径，非公正不发愤，而遇祸灾者，不可胜数也。余甚惑焉，倘所谓天道，是邪？非邪？

子曰："道不同，不相为谋。"⑮亦各从其志也。故曰："富贵如可求，虽执鞭之士，吾亦为之。如不可求，从吾所好。""岁寒，然后知松柏之后凋。"举世混浊，清士乃见。岂以其重若彼，其轻若此哉？

"君子疾没世而名不称焉。"⑯贾子曰："贪夫徇财，烈士徇名，夸者死权，众庶冯生。"⑰"同明相照，同类相求。""云从龙，风从虎，圣人作而万物睹。"⑱伯夷、叔齐虽贤，得夫子而名益彰；颜渊虽笃学，附骥尾⑲而行益显。岩穴之士，趣舍⑳有时若此，类名湮灭而不称，悲夫！闾巷之人，欲砥行立名者，非附青云之士，恶能施于后世哉！

【注释】

①伯夷：商朝末年孤竹国君之子。《论语·公冶长》："伯夷、叔齐不念旧恶，怨是用希。"邢昺疏引《春秋少阳篇》："伯夷姓墨，名允，字公信。伯，长也；夷，谥。叔齐名智，字公达，伯夷之弟，齐亦谥也。"伯夷、叔齐兄弟，放弃君位，投奔西伯（即周文王）。文王死后，武王兴兵讨伐商纣，二人叩马而谏，未果。周武王灭商以后，兄弟二人"不食周粟"，一同饿死在首阳山。孔子谓其"求仁得仁，又何怨"（《论

语·述而》)，给予很高的评价。② 载籍：书籍；典籍。考信：谓查考其真实。语出《礼记·礼运》："此六君子者，未有不谨于礼者也，以著其义，以考其信。"六艺：一指古代礼（礼仪）、乐（音乐）、射（射箭）、御（驾车）、书（识字）、数（计算）等六种科目；二指古代《诗》、《书》、《礼》、《乐》、《易》、《春秋》六种儒家经书。这里当据第二种义。③ 虞、夏之文：指有虞氏之世和夏代的典章制度。《礼记·表记》："虞夏之质，殷周之文，至矣。"《国语·周语上》："昔我先王世后稷，以服事虞夏。"逊位：让出帝位或官位。④ 岳牧：传说为尧舜时四岳十二牧的省称。《书·周官》："曰唐虞稽古，建官惟百，内有百揆四岳，外有州牧侯伯。"后用"岳牧"泛称封疆大吏。⑤ 许由：上古隐士。《庄子·逍遥游》载：隐士许由，相传尧让以天下，不受，隐居在颍水之阳的箕山之下。尧又召为九州长，由不愿闻，洗耳于颍水之滨。又，许由与巢父为友，后因称隐士为"巢许"、"巢由"。⑥ 卞随：古代隐士。相传商汤将讨伐夏桀，曾和卞随商量，卞随拒不回答。汤战胜夏桀后，要让天下给卞随，卞随认为受到污辱，自投稠水（一说颍水）而死。见《庄子·让王》、《吕氏春秋·离俗》。⑦ 务光：古代隐士。相传汤让位给他，他不肯接受，负石沉水而死。⑧ 吴太伯：周古公亶父（太王）长子，仲雍、季历之兄。太王欲传位季历及其子昌（即周文王），太伯乃与仲雍出逃至荆蛮，号勾吴。《论语·泰伯》："子曰：'泰伯，其可谓至德也已矣。三以天下让，民无得而称焉。'"⑨ 两则引文分别出自《论语·公冶长》及《论语·述而》。⑩ 盍：何不。⑪ 木主：木制的神位。上书死者姓名以供祭祀。又称神主。俗称牌位。⑫ 叩马：勒住马。叩，通"扣"。⑬ 屡空：经常贫困。谓贫穷无财。《论语·先进》："子曰：'回也其庶乎，屡空；赐不受命，而货殖焉，亿则屡中。"⑭ 盗跖（zhí）：人名，传说是先秦时造反军领袖，"盗"是对他的贬称。后用作盗贼或盗魁的代称。⑮"道不同，不相为谋"：语出《论语·卫灵公》。⑯"君子疾没世而名不称焉"：语出《论语·卫灵公》。称：相称。⑰ 贾子：即西汉文学家贾谊。此四句出自贾谊所作《鹏鸟赋》。⑱"云从龙"三句：出自《周易·乾》。⑲ 附骥尾：附着在千里马的尾巴上。比喻仰仗别人而成名。⑳ 趣舍：取舍，进退，动止。

【泛读】

史记·孔子世家

孔子生鲁昌平乡陬邑。其先宋人也，曰孔防叔。防叔生伯夏，伯夏生叔梁纥。纥与颜氏女野合而生孔子，祷于尼丘得孔子。鲁襄公二十二年而孔子生。生而首上圩顶，故因名曰丘云。字仲尼，姓孔氏。

丘生而叔梁纥死，葬于防山。防山在鲁东，由是孔子疑其父墓处，母讳之也。孔子为儿嬉戏，常陈俎豆，设礼容。孔子母死，乃殡五父之衢，盖其慎也。陬人挽父之母诲孔子父墓，然后往合葬于防焉。

孔子要绖，季氏飨士，孔子与往。阳虎绌曰："季氏飨士，非敢飨子也。"孔子由是退。

孔子年十七，鲁大夫孟釐子病且死，诫其嗣懿子曰："孔丘，圣人之后，灭于宋。其祖弗父何始有宋而嗣让厉公。及正考父佐戴、武、宣公，三命兹益恭，故鼎铭云：'一命而偻，再命而伛，三命而俯，循墙而走，亦莫敢余侮。饘于是，粥于是，以糊余口。'其恭如是。吾闻圣人之后，虽不当世，必有达者。今孔丘年少好礼，其达者欤？吾即没，若必师之。"及釐子卒，懿子与鲁人南宫敬叔往学礼焉。是岁，季武子卒，平子代立。

孔子贫且贱。及长，尝为季氏史，料量平；尝为司职吏，而畜蕃息。由是为司空。已而去鲁，斥乎齐，逐乎宋、卫，困于陈、蔡之间，于是反鲁。孔子长九尺有六寸，人皆谓之"长人"而异之。鲁复善待，由是反鲁。

鲁南宫敬叔言鲁君曰："请与孔子适周。"鲁君与之一乘车，两马，一竖子俱，适周问礼，盖见老子云。辞去，而老子送之曰："吾闻富贵者送人以财，仁人者送人以言。吾不能富贵，窃仁人之号，送子以言，曰：'聪明深察而近于死者，好议人者也。博辩广大危其身者，发人之恶者也。为人子者毋以有己，为人臣者毋以有己。'"孔子自周反于鲁，弟子稍益进焉。

是时也，晋平公淫，六卿擅权，东伐诸侯；楚灵王兵强，陵轹中国；齐大而近于鲁。鲁小弱，附于楚则晋怒；附于晋则楚来伐；不备于齐，齐师侵鲁。

鲁昭公之二十年，而孔子盖年三十矣。齐景公与晏婴来适鲁，景公问孔子曰："昔秦穆公国小处辟，其霸何也？"对曰："秦，国虽小，其志大；处虽辟，行中正。身举五羖，爵之大夫，起累绁之中，与语三日，授之以政。以此取之，虽王可也，其霸小矣。"景公说。

孔子年三十五，而季平子与郈昭伯以斗鸡故得罪鲁昭公，昭公率师击平子，平子与孟氏、叔孙氏三家共攻昭公，昭公师败，奔于齐，齐处昭公乾侯。其后顷之，鲁乱。孔子适齐，为高昭子家臣，欲以通乎景公。与齐太师语乐，闻《韶》音，学之，三月不知肉味，齐人称之。

景公问政孔子，孔子曰："君君，臣臣，父父，子子。"景公曰："善哉！信如君不君，臣不臣，父不父，子不子，虽有粟，吾岂得而食诸！"他日又复问政于孔子，孔子曰："政在节财。"景公说，将欲以尼谿田封孔子。晏婴进曰："夫儒者滑稽而不可轨法；倨傲自顺，不可以为下；崇丧遂哀，破产厚葬，不可以为俗；游说乞贷，不可以为国。自大贤之息，周室既衰，礼乐缺有间。今孔子盛容饰，繁登降之礼，趋详之节，累世不能殚其学，当年不能究其礼。君欲用之以移齐俗，非所以先细民也。"后景公敬见孔子，不问其礼。异日，景公止孔子曰："奉子以季氏，吾不能。"以季、孟之间待之。齐大夫欲害孔子，孔子闻之。景公曰："吾老矣，弗能用也。"孔子遂行，反乎鲁。

孔子年四十二，鲁昭公卒于乾侯，定公立。定公立五年，夏，季平子卒，桓子嗣立。季桓子穿井得土缶，中若羊，问仲尼云"得狗"。仲尼曰："以丘所闻，羊也。丘闻之，木石之怪夔、罔阆，水之怪龙、罔象，土之怪坟羊。"

吴伐越，堕会稽，得骨节专车。吴使使问仲尼："骨何者最大？"仲尼曰："禹致群神于会稽山，防风氏后至，禹杀而戮之，其节专车，此为大矣。"吴客曰："谁为神？"仲尼曰："山川之神足以纲纪天下，其守为神，社稷为公侯，皆属于王者。"客曰："防风何守？"仲尼曰："汪罔氏之君守封、禺之山，为釐姓。在虞、夏、商为汪罔，于周为长翟，今谓之大人。"客曰："人长几何？"仲尼曰："僬侥氏三尺，短之至也。长者不过十之，数之极也。”于是吴客曰：“善哉圣人！”

桓子嬖臣曰仲梁怀，与阳虎有隙。阳虎欲逐怀，公山不狃止之。其秋，怀益骄，阳虎执怀。桓子怒，阳虎因囚桓子，与盟而醳之。阳虎由此益轻季氏。季氏亦僭于公室，陪臣执国政，是以鲁自大夫以下皆僭离于正道。故孔子不仕，退而脩诗书礼乐，弟子弥众，至自远方，莫不受业焉。

定公八年，公山不狃不得意于季氏，因阳虎为乱，欲废三桓之適，更立其庶孽阳虎素所善者，遂执季桓子。桓子诈之，得脱。定公九年，阳虎不胜，奔于齐。是时孔子年五十。

公山不狃以费畔季氏，使人召孔子。孔子循道弥久，温温无所试，莫能己用，曰：“盖周文、武起丰、镐而王，今费虽小，傥庶几乎！”欲往。子路不说，止孔子。孔子曰：“夫召我者岂徒哉？如用我，其为东周乎！”然亦卒不行。

其后定公以孔子为中都宰，一年，四方皆则之。由中都宰为司空，由司空为大司寇。

定公十年春，及齐平。夏，齐大夫黎鉏言于景公曰：“鲁用孔丘，其势危齐。”乃使使告鲁为好会，会于夹谷。鲁定公且以乘车好往。孔子摄相事，曰：“臣闻有文事者必有武备，有武事者必有文备。古者诸侯出疆，必具官以从。请具左右司马。”定公曰：“诺。”具左右司马。会齐侯夹谷，为坛位，土阶三等，以会遇之礼相见，揖让而登。献酬之礼毕，齐有司趋而进曰：“请奏四方之乐。”景公曰：“诺。”于是旍旄羽袚矛戟剑拨鼓噪而至。孔子趋而进，历阶而登，不尽一等，举袂而言曰：“吾两君为好会，夷狄之乐何为于此！请命有司！”有司却之，不去，则左右视晏子与景公。景公心怍，麾而去之。有顷，齐有司趋而进曰：“请奏宫中之乐。”景公曰：“诺。”优倡侏儒为戏而前。孔子趋而进，历阶而登，不尽一等，曰：“匹夫而营惑诸侯者罪当诛！请命有司！”有司加法焉，手足异处。景公惧而动，知义不若，归而大恐，告其群臣曰：“鲁以君子之道辅其君，而子独以夷狄之道教寡人，使得罪于鲁君，为之奈何？”有司进对曰：“君子有过则谢以质，小人有过则谢以文。君若悼之，则谢以质。”于是齐侯乃归所侵鲁之郓、汶阳、龟阴之田以谢过。

定公十三年夏，孔子言于定公曰："臣无藏甲，大夫毋百雉之城。"使仲由为季氏宰，将堕三都。于是叔孙氏先堕郈。季氏将堕费，公山不狃、叔孙辄率费人袭鲁。公与三子入于季氏之宫，登武子之台。费人攻之，弗克，入及公侧。孔子命申句须、乐颀下伐之，费人北。国人追之，败诸姑蔑。二子奔齐，遂堕费。将堕成，公敛处父谓孟孙曰："堕成，齐人必至于北门。且成，孟氏之保鄣，无成是无孟氏也。我将弗堕。"十二月，公围成，弗克。

定公十四年，孔子年五十六，由大司寇行摄相事，有喜色。门人曰："闻君子祸至不惧，福至不喜。"孔子曰："有是言也。不曰'乐其以贵下人'乎？"于是诛鲁大夫乱政者少正卯。与闻国政三月，粥羔豚者弗饰贾，男女行者别于涂，涂不拾遗，四方之客至乎邑者不求有司，皆予之以归。

齐人闻而惧，曰："孔子为政必霸，霸则吾地近焉，我之为先并矣。盍致地焉？"黎鉏曰："请先尝沮之；沮之而不可则致地，庸迟乎！"于是选齐国中女子好者八十人，皆衣文衣而舞《康乐》，文马三十驷，遗鲁君。陈女乐文马于鲁城南高门外，季桓子微服往观再三，将受，乃语鲁君为周道游，往观终日，怠于政事。子路曰："夫子可以行矣。"孔子曰："鲁今且郊，如致膰乎大夫，则吾犹可以止。"桓子卒受齐女乐，三日不听政；郊，又不致膰俎于大夫。孔子遂行，宿乎屯。而师己送，曰："夫子则非罪。"孔子曰："吾歌可夫？"歌曰："彼妇之口，可以出走；彼妇之谒，可以死败。盖优哉游哉，维以卒岁！"师己反，桓子曰："孔子亦何言？"师己以实告。桓子喟然叹曰："夫子罪我以群婢故也夫！"

孔子遂适卫，主于子路妻兄颜浊邹家。卫灵公问孔子："居鲁得禄几何？"对曰："奉粟六万。"卫人亦致粟六万。居顷之，或谮孔子于卫灵公。灵公使公孙余假一出一入。孔子恐获罪焉，居十月，去卫。

将适陈，过匡，颜刻为仆，以其策指之曰："昔吾入此，由彼缺也。"匡人闻之，以为鲁之阳虎。阳虎尝暴匡人，匡人于是遂止孔子。孔子状类阳虎，拘焉五日。颜渊后，子曰："吾以汝为死矣。"颜渊曰："子在，回何敢死！"匡人拘孔子益急，弟子惧。孔子曰："文王既没，文不在兹乎？天之将丧斯文也，后死者不得与于斯文也。

天之未丧斯文也，匡人其如予何！”孔子使从者为甯武子臣于卫，然后得去。

去即过蒲。月余，反乎卫，主蘧伯玉家。灵公夫人有南子者，使人谓孔子曰：“四方之君子不辱欲与寡君为兄弟者，必见寡小君。寡小君愿见。”孔子辞谢，不得已而见之。夫人在绨帷中。孔子入门，北面稽首。夫人自帷中再拜，环珮玉声璆然。孔子曰：“吾乡为弗见，见之礼答焉。”子路不说。孔子矢之曰：“予所不者，天厌之！天厌之！”居卫月余，灵公与夫人同车，宦者雍渠参乘，出，使孔子为次乘，招摇市过之。孔子曰：“吾未见好德如好色者也。”于是丑之，去卫，过曹。是岁，鲁定公卒。

孔子去曹适宋，与弟子习礼大树下。宋司马桓魋欲杀孔子，拔其树。孔子去。弟子曰：“可以速矣。”孔子曰：“天生德于予，桓魋其如予何！”

孔子适郑，与弟子相失，孔子独立郭东门。郑人或谓子贡曰：“东门有人，其颡似尧，其项类皋陶，其肩类子产，然自要以下不及禹三寸，累累若丧家之狗。”子贡以实告孔子。孔子欣然笑曰：“形状，末也。而谓似丧家之狗，然哉！然哉！”

孔子遂至陈，主于司城贞子家。岁余，吴王夫差伐陈，取三邑而去。赵鞅伐朝歌。楚围蔡，蔡迁于吴。吴败越王句践会稽。

有隼集于陈廷而死，楛矢贯之，石砮，矢长尺有咫。陈湣公使使问仲尼。仲尼曰：“隼来远矣，此肃慎之矢也。昔武王克商，通道九夷百蛮，使各以其方贿来贡，使无忘职业。于是肃慎贡楛矢石砮，长尺有咫。先王欲昭其令德，以肃慎矢分大姬，配虞胡公而封诸陈。分同姓以珍玉，展亲；分异姓以远方职，使无忘服。故分陈以肃慎矢。”试求之故府，果得之。

孔子居陈三岁，会晋楚争强，更伐陈，及吴侵陈，陈常被寇。孔子曰：“归与归与！吾党之小子狂简，进取不忘其初。”于是孔子去陈。

过蒲，会公叔氏以蒲畔，蒲人止孔子。弟子有公良孺者，以私车五乘从孔子。其为人长贤，有勇力，谓曰：“吾昔从夫子遇难于匡，今又遇难于此，命也已。吾与夫子再罹难，宁斗而死。”斗甚疾。蒲人惧，谓孔子曰：“苟毋适卫，吾出子。”与之盟，出孔子东门。孔子遂适卫。子贡曰：“盟可负邪？”孔子曰：“要盟也，神不听。”

卫灵公闻孔子来，喜，郊迎。问曰：“蒲可伐乎？”对曰：“可。”灵公曰：“吾大夫以为不可。今蒲，卫之所以待晋、楚也，以卫伐之，无乃不可乎？”孔子曰：“其男子有死之志，妇人有保西河之志。吾所伐者不过四五人。”灵公曰：“善。”然不伐蒲。

灵公老，怠于政，不用孔子。孔子喟然叹曰：“苟有用我者，期月而已，三年有成。”孔子行。

佛肸为中牟宰。赵简子攻范、中行，伐中牟。佛肸畔，使人召孔子。孔子欲往。子路曰：“由闻诸夫子，‘其身亲为不善者，君子不入也’。今佛肸亲以中牟畔，子欲往，如之何？”孔子曰：“有是言也。不曰坚乎，磨而不磷；不曰白乎，涅而不淄。我岂匏瓜也哉，焉能系而不食？”

孔子击磬。有荷蒉而过门者，曰：“有心哉，击磬乎！硁硁乎，莫己知也夫而已矣！”

孔子学鼓琴师襄子，十日不进。师襄子曰：“可以益矣。”孔子曰：“丘已习其曲矣，未得其数也。”有间，曰：“已习其数，可以益矣。”孔子曰：“丘未得其志也。”有间，曰：“已习其志，可以益矣。”孔子曰：“丘未得其为人也。”有间，曰有所穆然深思焉，有所怡然高望而远志焉。曰：“丘得其为人，黯然而黑，几然而长，眼如望羊，如王四国，非文王其谁能为此也！”师襄子辟席再拜，曰：“师盖云《文王操》也。”

孔子既不得用于卫，将西见赵简子。至于河而闻窦鸣犊、舜华之死也，临河而叹曰：“美哉水，洋洋乎！丘之不济此，命也夫！”子贡趋而进曰：“敢问何谓也？”孔子曰：“窦鸣犊、舜华，晋国之贤大夫也。赵简子未得志之时，须此两人而后从政；及其已得志，杀之乃从政。丘闻之也，刳胎杀夭则麒麟不至郊，竭泽涸渔则蛟龙不合阴阳，覆巢毁卵则凤皇不翔。何则？君子讳伤其类也。夫鸟兽之于不义也尚知辟之，而况乎丘哉！”乃还息乎陬乡，作为《陬操》以哀之。而反乎卫，入主蘧伯玉家。

他日，灵公问兵陈。孔子曰：“俎豆之事则尝闻之，军旅之事未之学也。”明日，与孔子语，见蜚雁，仰视之，色不在孔子。孔子遂行，复如陈。

夏，卫灵公卒，立孙辄，是为卫出公。六月，赵鞅内太子蒯聩于戚。阳虎使太子绕，八人衰绖，伪自卫迎者，哭而入，遂居焉。冬，蔡迁于州来。是岁鲁哀公三年，而孔子年六十矣。齐助卫围戚，以卫太子蒯聩在故也。

夏，鲁桓、釐庙燔，南宫敬叔救火。孔子在陈，闻之，曰：“灾必于桓、釐庙乎？”已而果然。

秋，季桓子病，辇而见鲁城，喟然叹曰：“昔此国几兴矣，以吾获罪于孔子，故不兴也。”顾谓其嗣康子曰：“我即死，若必相鲁；相鲁，必召仲尼。”后数日，桓子卒，康子代立。已葬，欲召仲尼。公之鱼曰：“昔吾先君用之不终，终为诸侯笑。今又用之，不能终，是再为诸侯笑。”康子曰：“则谁召而可？”曰：“必召冉求。”于是使使召冉求。冉求将行，孔子曰：“鲁人召求，非小用之，将大用之也。”是日，孔子曰：“归乎归乎！吾党之小子狂简，斐然成章，吾不知所以裁之。”子贡知孔子思归，送冉求，因诫曰“即用，以孔子为招”云。

冉求既去，明年，孔子自陈迁于蔡。蔡昭公将如吴，吴召之也。前昭公欺其臣迁州来，后将往，大夫惧复迁，公孙翩射杀昭公。楚侵蔡。秋，齐景公卒。

明年，孔子自蔡如叶。叶公问政，孔子曰：“政在来远附迩。”他日，叶公问孔子于子路，子路不对。孔子闻之，曰：“由，尔何不对曰‘其为人也，学道不倦，诲人不厌，发愤忘食，乐以忘忧，不知老之将至’云尔。”

去叶，反于蔡。长沮、桀溺耦而耕，孔子以为隐者，使子路问津焉。长沮曰：“彼执舆者为谁？”子路曰：“为孔丘。”曰：“是鲁孔丘与？”曰：“然。”曰：“是知津矣。”桀溺谓子路曰：“子为谁？”曰：“为仲由。”曰：“子，孔丘之徒与？”曰：“然。”桀溺曰：“悠悠者天下皆是也，而谁以易之？且与其从辟人之士，岂若从辟世之士哉！”耰而不辍。子路以告孔子，孔子怃然曰：“鸟兽不可与同群。天下有道，丘不与易也。”

他日，子路行，遇荷蓧丈人，曰：“子见夫子乎？”丈人曰：“四体不勤，五谷不分，孰为夫子！”植其杖而芸。子路以告，孔子曰：“隐者也。”复往，则亡。

孔子迁于蔡三岁，吴伐陈。楚救陈，军于城父。闻孔子在陈、蔡之间，楚使人聘孔子。孔子将往拜礼，陈、蔡大夫谋曰：“孔子贤者，所刺讥皆中诸侯之疾。今者久留陈、蔡之间，诸大夫所设行皆非仲尼之意。今楚，大国也，来聘孔子。孔子用于楚，则陈、蔡用事大夫危矣。”于是乃相与发徒役围孔子于野。不得行，绝粮。从者病，莫能兴。孔子讲诵弦歌不衰。子路愠见曰：“君子亦有穷乎？”孔子曰：“君子固穷，小人穷斯滥矣。”

子贡色作。孔子曰：“赐，尔以予为多学而识之者与？”曰：“然。非与？”孔子曰：“非也。予一以贯之。”

孔子知弟子有愠心，乃召子路而问曰：“《诗》云‘匪兕匪虎，率彼旷野’。吾道非邪？吾何为于此？”子路曰：“意者吾未仁邪？人之不我信也。意者吾未知邪？人之不我行也。”孔子曰：“有是乎！由，譬使仁者而必信，安有伯夷、叔齐？使知者而必行，安有王子比干？”

子路出，子贡入见。孔子曰：“赐，《诗》云‘匪兕匪虎，率彼旷野’。吾道非邪？吾何为于此？”子贡曰：“夫子之道至大也，故天下莫能容夫子。夫子盖少贬焉？”孔子曰：“赐，良农能稼而不能为穑，良工能巧而不能为顺。君子能修其道，纲而纪之，统而理之，而不能为容。今尔不修尔道而求为容。赐，而志不远矣！”

子贡出，颜回入见。孔子曰：“回，《诗》云‘匪兕匪虎，率彼旷野’。吾道非邪？吾何为于此？”颜回曰：“夫子之道至大，故天下莫能容。虽然，夫子推而行之，不容何病，不容然后见君子！夫道之不修也，是吾丑也。夫道既已大修而不用，是有国者之丑也。不容何病，不容然后见君子！”孔子欣然而笑曰：“有是哉颜氏之子！使尔多财，吾为尔宰。”

于是使子贡至楚。楚昭王兴师迎孔子，然后得免。

昭王将以书社地七百里封孔子。楚令尹子西曰：“王之使使诸侯有如子贡者乎？”曰：“无有。”“王之辅相有如颜回者乎？”曰：“无有。”“王之将率有如子路者乎？”曰：“无有。”“王之官尹有如宰予者乎？”曰：“无有。”“且楚之祖封于周，号为子男五十里。今孔丘述三五之法，明周召之业，王若用之，则楚安得世世堂堂方数千里乎？夫文王在丰，武王在镐，百里之君卒王天下。今孔丘得据土壤，贤弟子为佐，非楚之福也。”昭王乃止。其秋，楚昭王卒于城父。

楚狂接舆歌而过孔子，曰：“凤兮凤兮，何德之衰！往者不可谏兮，来者犹可追也！已而已而，今之从政者殆而！”孔子下，欲与之言。趋而去，弗得与之言。

于是孔子自楚反乎卫。是岁也，孔子年六十三，而鲁哀公六年也。

其明年，吴与鲁会缯，征百牢。太宰嚭召季康子。康子使子贡往，然后得已。

孔子曰：“鲁卫之政，兄弟也。”是时，卫君辄父不得立，在外，诸侯数以为让。而孔子弟子多仕于卫，卫君欲得孔子为政。子路曰：“卫君待子而为政，子将奚先？”孔子曰：“必也正名乎！”子路曰：“有是哉，子之迂也！何其正也？”孔子曰：“野哉由也！夫名不正则言不顺，言不顺则事不成，事不成则礼乐不兴，礼乐不兴则刑罚不中，刑罚不中则民无所错手足矣。夫君子为之必可名，言之必可行。君子于其言，无所苟而已矣。”

其明年，冉有为季氏将师，与齐战于郎，克之。季康子曰：“子之于军旅，学之乎？性之乎？”冉有曰：“学之于孔子。”季康子曰：“孔子何如人哉？”对曰：“用之有名；播之百姓，质诸鬼神而无憾。求之至于此道，虽累千社，夫子不利也。”康子曰：“我欲召之，可乎？”对曰：“欲召之，则毋以小人固之，则可矣。”而卫孔文子将攻太叔，问策于仲尼。仲尼辞不知，退而命载而行，曰：“鸟能择木，木岂能择鸟乎！”文子固止。会季康子逐公华、公宾、公林，以币迎孔子，孔子归鲁。

孔子之去鲁凡十四岁而反乎鲁。

鲁哀公问政，对曰：“政在选臣。”季康子问政，曰：“举直错诸枉，则枉者直。”康子患盗，孔子曰：“苟子之不欲，虽赏之不窃。”然鲁终不能用孔子，孔子亦不求仕。

孔子之时，周室微而礼乐废，《诗》、《书》缺。追迹三代之礼，序《书传》，上纪唐虞之际，下至秦缪，编次其事。曰：“夏礼吾能言之，杞不足征也。殷礼吾能言之，宋不足征也。足，则吾能征之矣。”观殷、夏所损益，曰：“后虽百世可知也，以一文一质。周监二代，郁郁乎文哉。吾从周。”故《书传》、《礼记》自孔氏。

孔子语鲁大师：“乐其可知也。始作翕如，纵之纯如，皦如，绎如也，以成。”“吾自卫反鲁，然后乐正，《雅》《颂》各得其所。”

古者《诗》三千余篇，及至孔子，去其重，取可施于礼义，上采契、后稷，中述殷、周之盛，至幽、厉之缺，始于衽席，故曰“《关雎》之乱以为《风》始，《鹿鸣》为《小雅》始，《文王》为《大雅》始，《清庙》为《颂》始”。三百五篇孔子皆弦歌之，以求合《韶》《武》《雅》《颂》之音。礼乐自此可得而述，以备王道，成六艺。

孔子晚而喜《易》，序《彖》、《系》、《象》、《说卦》、《文言》。读《易》，韦编三绝。曰："假我数年，若是，我于《易》则彬彬矣。"

孔子以《诗》《书》《礼》《乐》教，弟子盖三千焉，身通六艺者七十有二人。如颜浊邹之徒，颇受业者甚众。

孔子以四教：文，行，忠，信。绝四：毋意，毋必，毋固，毋我。所慎：齐，战，疾。子罕言利与命与仁。不愤不启，举一隅不以三隅反，则弗复也。

其于乡党，恂恂似不能言者。其于宗庙朝廷，辩辩言，唯谨尔。朝，与上大夫言，訚訚如也；与下大夫言，侃侃如也。

入公门，鞠躬如也；趋进，翼如也。君召使傧，色勃如也。君命召，不俟驾行矣。

鱼馁，肉败，割不正，不食。席不正，不坐。食于有丧者之侧，未尝饱也。

是日哭，则不歌。见齐衰、瞽者，虽童子必变。

"三人行，必得我师。""德之不修，学之不讲，闻义不能徙，不善不能改，是吾忧也。"使人歌，善，则使复之，然后和之。

子不语：怪，力，乱，神。

子贡曰："夫子之文章，可得闻也。夫子言天道与性命，弗可得闻也已。"颜渊喟然叹曰："仰之弥高，钻之弥坚。瞻之在前，忽焉在后。夫子循循然善诱人，博我以文，约我以礼，欲罢不能。既竭我才，如有所立，卓尔。虽欲从之，蔑由也已。"达巷党人曰："大哉孔子，博学而无所成名。"子闻之曰："我何执？执御乎？执射乎？我执御矣。"牢曰："子云'不试，故艺'。"

鲁哀公十四年春，狩大野。叔孙氏车子鉏商获兽，以为不祥。仲尼视之，曰："麟也。"取之。曰："河不出图，雒不出书，吾已矣夫！"颜渊死，孔子曰："天丧予！"及西狩见麟，曰："吾道穷矣！"喟然叹曰："莫知我夫！"子贡曰："何为莫知子？"子曰："不怨天，不尤人，下学而上达，知我者其天乎！"

"不降其志，不辱其身，伯夷、叔齐乎！"谓"柳下惠、少连降志辱身矣"。谓："虞仲、夷逸隐居放言，行中清，废中权"。"我则异于是，无可无不可。"

子曰："弗乎弗乎，君子病没世而名不称焉。吾道不行矣，吾何以自见于后世哉？"乃因史记作《春秋》，上至隐公，下讫哀公十四年，十二公。据鲁，亲周，故殷，运之三代。约其文辞而指博。故吴、楚之君自称王，而《春秋》贬之曰"子"；践土之会实召周天子，而《春秋》讳之曰"天王狩于河阳"：推此类以绳当世。贬损之义，后有王者举而开之。《春秋》之义行，则天下乱臣贼子惧焉。

孔子在位听讼，文辞有可与人共者，弗独有也。至于为《春秋》，笔则笔，削则削，子夏之徒不能赞一辞。弟子受《春秋》，孔子曰："后世知丘者以《春秋》，而罪丘者亦以《春秋》。"

明岁，子路死于卫。孔子病，子贡请见。孔子方负杖逍遥于门，曰："赐，汝来何其晚也？"孔子因叹，歌曰："太山坏乎！梁柱摧乎！哲人萎乎！"因以涕下。谓子贡曰："天下无道久矣，莫能宗予。夏人殡于东阶，周人于西阶，殷人两柱间。昨暮予梦坐奠两柱之间，予始殷人也。"后七日卒。

孔子年七十三，以鲁哀公十六年四月己丑卒。

哀公诔之曰："旻天不吊，不慭遗一老，俾屏余一人以在位，茕茕余在疚。呜呼哀哉！尼父，毋自律！"子贡曰："君其不没于鲁乎！夫子之言曰：'礼失则昏，名失则愆。失志为昏，失所为愆。'生不能用，死而诔之，非礼也。称'余一人'，非名也。"

孔子葬鲁城北泗上，弟子皆服三年。三年心丧毕，相诀而去，则哭，各复尽哀；或复留。唯子贡庐于冢上，凡六年，然后去。弟子及鲁人往从冢而家者百有余室，因命曰孔里。鲁世世相传以岁时奉祠孔子冢，而诸儒亦讲礼乡饮大射于孔子冢。孔子冢大一顷。故所居堂弟子内，后世因庙藏孔子衣冠琴车书，至于汉二百余年不绝。高皇帝过鲁，以太牢祠焉。诸侯卿相至，常先谒然后从政。

孔子生鲤，字伯鱼。伯鱼年五十，先孔子死。

伯鱼生伋，字子思，年六十二。尝困于宋。子思作《中庸》。

子思生白，字子上，年四十七。子上生求，字子家，年四十五。子家生箕，字子京，年四十六。子京生穿，字子高，年五十一。子高生子慎，年五十七，尝为魏相。

子慎生鲋，年五十七，为陈王涉博士，死于陈下。

鲋弟子襄，年五十七。尝为孝惠皇帝博士，迁为长沙太守。长九尺六寸。

子襄生忠，年五十七。忠生武，武生延年及安国。安国为今皇帝博士，至临淮太守，蚤卒。安国生卬，卬生驩。

太史公曰：《诗》有之："高山仰止，景行行止。"虽不能至，然心乡往之。余读孔氏书，想见其为人。适鲁，观仲尼庙堂车服礼器，诸生以时习礼其家，余低回留之不能去云。天下君王至于贤人众矣，当时则荣，没则已焉。孔子布衣，传十余世，学者宗之。自天子王侯，中国言六艺者折中于夫子，可谓至圣矣！

史记·屈原列传

屈原者，名平，楚之同姓也。为楚怀王左徒。博闻强志，明于治乱，娴于辞令。入则与王图议国事，以出号令；出则接遇宾客，应对诸侯。王甚任之。

上官大夫与之同列，争宠而心害其能。怀王使屈原造为宪令，屈平属草稿未定。上官大夫见而欲夺之，屈平不与，因谗之曰："王使屈平为令，众莫不知，每一令出，平伐其功，以为'非我莫能为'也。"王怒而疏屈平。

屈平疾王听之不聪也，谗谄之蔽明也，邪曲之害公也，方正之不容也，故忧愁幽思而作《离骚》。离骚者，犹离忧也。夫天者，人之始也；父母者，人之本也。人穷则反本，故劳苦倦极，未尝不呼天也；疾痛惨怛，未尝不呼父母也。屈平正道直行，竭忠尽智以事其君，谗人间之，可谓穷矣。信而见疑，忠而被谤，能无怨乎？屈平之作《离骚》，盖自怨生也。《国风》好色而不淫，《小雅》怨诽而不乱。若《离骚》者，可谓兼之矣。上称帝喾，下道齐桓，中述汤武，以刺世事。明道德之广崇，治乱之条贯，靡不毕见。其文约，其辞微，其志絜，其行廉，其称文小而其指极大，举类迩而见义远。其志絜，故其称物芳。其行廉，故死而不容。自疏濯淖污泥之中，蝉蜕于浊秽，以浮游尘埃之外，不获世之滋垢，皭然泥而不滓者也。推此志也，虽与日月争光可也。

屈平既绌，其后秦欲伐齐，齐与楚从亲，惠王患之，乃令张仪详去秦，厚币委质事楚，曰："秦甚憎齐，齐与楚从亲，楚诚能绝齐，秦愿献商、於之地六百里。"楚怀王贪而信张仪，遂绝齐，使使如秦受地。张仪诈之曰："仪与王约六里，不闻六百里。"楚使怒去，归告怀王。怀王怒，大兴师伐秦。秦发兵击之，大破楚师于丹、淅，斩首八万，虏楚将屈匄，遂取楚之汉中地。怀王乃悉发国中兵以深入击秦，战于蓝田。魏闻之，袭楚至邓。楚兵惧，自秦归。而齐竟怒不救楚，楚大困。

明年，秦割汉中地与楚以和。楚王曰："不愿得地，愿得张仪而甘心焉。"张仪闻，乃曰："以一仪而当汉中地，臣请往如楚。"如楚，又因厚币用事者臣靳尚，而设诡辩于怀王之宠姬郑袖。怀王竟听郑袖，复释去张仪。是时屈平既疏，不复在位，使于齐，顾反，谏怀王曰："何不杀张仪？"怀王悔，追张仪不及。

其后诸侯共击楚，大破之，杀其将唐眛。

时秦昭王与楚婚，欲与怀王会。怀王欲行，屈平曰："秦虎狼之国，不可信，不如毋行。"怀王稚子子兰劝王行："奈何绝秦欢！"怀王卒行。入武关，秦伏兵绝其后，因留怀王，以求割地。怀王怒，不听。亡走赵，赵不内。复之秦，竟死于秦而归葬。

长子顷襄王立，以其弟子兰为令尹。楚人既咎子兰以劝怀王入秦而不反也。

屈平既嫉之，虽放流，眷顾楚国，系心怀王，不忘欲反，冀幸君之一悟，俗之一改也。其存君兴国而欲反覆之，一篇之中三致志焉。然终无可奈何，故不可以反，卒以此见怀王之终不悟也。人君无愚智贤不肖，莫不欲求忠以自为，举贤以自佐，然亡国破家相随属，而圣君治国累世而不见者，其所谓忠者不忠，而所谓贤者不贤也。怀王以不知忠臣之分，故内惑于郑袖，外欺于张仪，疏屈平而信上官大夫、令尹子兰。兵挫地削，亡其六郡，身客死于秦，为天下笑。此不知人之祸也。《易》曰："井泄不食，为我心恻，可以汲。王明，并受其福。"王之不明，岂足福哉！

令尹子兰闻之大怒，卒使上官大夫短屈原于顷襄王，顷襄王怒而迁之。

屈原至于江滨，被发行吟泽畔。颜色憔悴，形容枯槁。渔父见而问之曰："子非三闾大夫欤？何故而至此？"屈原曰："举世混浊而我独清，众人皆醉而我独醒，是以见放。"渔父曰："夫圣人者，不凝滞于物而能与世推移。举世混浊，何不随其流而扬其波？众人皆醉，何不餔其糟而啜其醨？何故怀瑾握瑜而自令见放为？"屈原曰："吾闻之，新沐者必弹冠，新浴者必振衣，人又谁能以身之察察，受物之汶汶者乎！宁赴常流而葬乎江鱼腹中耳，又安能以皓皓之白而蒙世俗之温蠖乎！”乃作《怀沙》之赋。

……

于是怀石遂自沉汨罗以死。屈原既死之后，楚有宋玉、唐勒、景差之徒者，皆好辞而以赋见称；然皆祖屈原之从容辞令，终莫敢直谏。其后楚日以削，数十年竟为秦所灭。

汉书·苏武传

武字子卿，少以父任，兄弟并为郎，稍迁至栘中厩监。时汉连伐胡，数通使相窥观。匈奴留汉使郭吉、路充国等前后十余辈。匈奴使来，汉亦留之以相当。天汉元年，且鞮侯单于初立，恐汉袭之，乃曰：“汉天子，我丈人行也。”尽归汉使路充国等。武帝嘉其义，乃遣武以中郎将使持节送匈奴使留在汉者，因厚赂单于，答其善意。武与副中郎将张胜及假吏常惠等募士斥候百余人俱。既至匈奴，置币遗单于。单于益骄，非汉所望也。

方欲发使送武等，会缑王与长水虞常等谋反匈奴中。缑王者，昆邪王姊子也，与昆邪王俱降汉，后随浞野侯没胡中。及卫律所将降者，阴相与谋劫单于母阏氏归汉。会武等至匈奴。虞常在汉时素与副张胜相知，私候胜曰：“闻汉天子甚怨卫律，常能为汉伏弩射杀之。吾母与弟在汉，幸蒙其赏赐。”张胜许之，以货物与常。后月余，单于出猎，独阏氏子弟在。虞常等七十余人欲发，其一人夜亡，告之。单于子弟发兵与战，缑王等皆死，虞常生得。

单于使卫律治其事。张胜闻之，恐前语发，以状语武。武曰：“事如此，此必及我。见犯乃死，重负国。”欲自杀，胜、惠共止之。虞常果引张胜。单于怒，召诸贵人议，欲杀汉使者。左伊秩訾曰：“即谋单于，何以复加？宜皆降之。”单于使卫律召武受辞，武谓惠等：“屈节辱命，虽生，何面目以归汉！”引佩刀自刺。卫律惊，自抱持武，驰召医。凿地为坎，置煴火，覆武其上，蹈其背以出血。武气绝，半日复息。惠等哭，舆归营。单于壮其节，朝夕遣人候问武，而收系张胜。

武益愈，单于使使晓武，会论虞常，欲因此时降武。剑斩虞常已，律曰：“汉使张胜谋杀单于近臣，当死，单于募降者赦罪。”举剑欲击之，胜请降。律谓武曰：“副有罪，当相坐。”武曰：“本无谋，又非亲属，何谓相坐？”复举剑拟之，武不动。律曰：“苏君，律前负汉归匈奴，幸蒙大恩，赐号称王，拥众数万，马畜弥山，富贵如此。苏君今日降，明日复然。空以身膏草野，谁复知之！”武不应。律曰：“君因我降，与君为兄弟。今不听吾计，后虽欲复见我，尚可得乎？”武骂律曰：“女为人臣子，不顾恩义，畔主背亲，为降虏于蛮夷，何以女为见？且单于信女，使决人死生，不平心持正，反欲斗两主，观祸败。南越杀汉使者，屠为九郡；宛王杀汉使者，头县北阙；朝鲜杀汉使者，即时诛灭。独匈奴未耳。若知我不降明，欲令两国相攻，匈奴之祸，从我始矣。”

律知武终不可胁，白单于。单于愈益欲降之，乃幽武置大窖中，绝不饮食。天雨雪，武卧啮雪与旃毛并咽之，数日不死。匈奴以为神，乃徙武北海上无人处，使牧羝，羝乳乃得归。别其官属常惠等，各置他所。

武既至海上，廪食不至，掘野鼠去草实而食之。杖汉节牧羊，卧起操持，节旄尽落。积五六年，单于弟於靬王弋射海上。武能网纺缴，檠弓弩，於靬王爱之，给其衣食。三岁余，王病，赐武马畜、服匿、穹庐。王死后，人众徙去。其冬，丁令盗武牛羊，武复穷厄。

初，武与李陵俱为侍中。武使匈奴明年，陵降，不敢求武。久之，单于使陵至海上，为武置酒设乐，因谓武曰：“单于闻陵与子卿素厚，故使陵来说足下，虚心欲相待。终不得归汉，空自苦亡人之地，信义安所见乎？前长君为奉车，从至雍棫阳宫，扶辇下除，触柱折辕，劾大不敬，伏剑自刎，赐钱二百万以葬。孺卿从祠河东后土，宦骑与黄门驸马争船，推堕驸马河中溺死。宦骑亡，诏使孺卿逐捕，不得，惶恐饮药而死。来时，大夫人已不幸，陵送葬至阳陵。子卿妇年少，闻已更嫁矣。独有女弟二人，两女一男，今复十余年，存亡不可知。人生如朝露，何久自苦如此！陵始降时，忽忽如狂，自痛负汉，加以老母系保宫，子卿不欲降，何以过陵！且陛下春秋高，法令亡常，大臣亡罪夷灭者数十家，安危不可知，子卿尚复谁为乎？愿听陵计，勿复有云。”武曰：“武父子亡功德，皆为陛下所成就，位列将，爵通侯，兄弟亲近，常愿肝脑涂地。今得杀身自效，虽蒙斧钺汤镬，诚甘乐之。臣事君，犹子事父也，子为父死，亡所恨。愿勿复再言。”陵与武饮数日，复曰：“子卿壹听陵言。”武曰：“自分已死久矣！王必欲降武，请毕今日之欢，效死于前！”陵见其至诚，喟然叹曰：“嗟乎，义士！陵与卫律之罪上通于天。”因泣下沾衿，与武决去。

陵恶自赐武，使其妻赐武牛羊数十头。后陵复至北海上，语武：“区脱捕得云中生口，言太守以下吏民皆白服，曰上崩。”武闻之，南乡号哭，欧血，旦夕临数月。

昭帝即位，匈奴与汉和亲。汉求武等，匈奴诡言武死。后汉使复至匈奴，常惠请其守者与俱，得夜见汉使，具自陈道。教使者谓单于，言天子射上林中，得雁，足有系帛书，言武等在某泽中。使者大喜，如惠语以让单于。单于视左右而惊，谢汉使曰：“武等实在。”于是李陵置酒贺武曰：“今足下还归，扬名于匈奴，功显于汉室。虽古竹帛所载，丹青所画，何以过子卿！陵虽驽怯，令汉且贳陵罪，全其老母，使得奋大辱之积志，庶几乎曹柯之盟，此陵宿昔之所不忘也！收族陵家，为世大戮，陵尚复何顾乎？已矣！令子卿知吾心耳。异域之人，壹别长绝！”陵起舞，歌曰：“径万里兮度沙幕，为君将兮奋匈奴。路穷绝兮矢刃摧，士众灭兮名已隤。老母已死，虽欲报恩将安归！”陵泣下数行，因与武决。单于召会武官属，前以降及物故，凡随武还者九人。

武以始元六年春至京师。诏武奉一太牢谒武帝园庙。拜为典属国，秩中二千石，赐钱二百万，公田二顷，宅一区。常惠、徐圣、赵终根皆拜为中郎，赐帛各二百匹。其余六人老，归家，赐钱人十万，复终身。常惠后至右将军，封列侯，自有传。武留匈奴凡十九岁，始以强壮出，及还，须发尽白。

武来归明年，上官桀子安与桑弘羊及燕王、盖主谋反，武子男元与安有谋，坐死。

初桀、安与大将军霍光争权，数疏光过失予燕王，令上书告之。又言苏武使匈奴二十年不降，还乃为典属国，大将军长史无功劳，为搜粟都尉，光颛权自恣。及燕王等反诛，穷治党与，武素与桀、弘羊有旧，数为燕王所讼，子又在谋中，廷尉奏请逮捕武。霍光寝其奏，免武官。

数年，昭帝崩。武以故二千石与计谋立宣帝，赐爵关内侯，食邑三百户。久之，卫将军张安世荐武明习故事，奉使不辱命，先帝以为遗言。宣帝即时召武待诏宦者署，数进见，复为右曹典属国。以武著节老臣，令朝朔望，号称祭酒，甚优宠之。

武所得赏赐，尽以施予昆弟故人，家不余财。皇后父平恩侯，帝舅平昌侯、乐昌侯，车骑将军韩增，丞相魏相，御史大夫丙吉，皆敬重武。武年老，子前坐事死，上闵之。问左右："武在匈奴久，岂有子乎？"武因平恩侯自白："前发匈奴时，胡妇适产一子通国，有声问来，愿因使者致金帛赎之。"上许焉。后通国随使者至，上以为郎。又以武弟子为右曹。

武年八十余，神爵二年病卒……

【延伸阅读】

1.（汉）孔安国传，（唐）孔颖达正义，黄怀信整理：《尚书正义》《十三经注疏》本，上海古籍出版社，2007。

2. 江灏、钱宗武译注，周秉钧审校：《今古文尚书全译》，贵州人民出版社，1990。

3. 杨伯峻：《春秋左传注》，中华书局，2016。

4. 王守谦等译注：《左传全译》，贵州人民出版社，1991。

5. 黄永堂译注：《国语全译》，贵州人民出版社，2009。

6. 王守谦等译注：《战国策全译》，贵州人民出版社，1992。

7. 朱东润：《史记考索》，华东师大出版社，1996。

8. 韩兆琦：《史记选注集说》，江西人民出版社，1982。

9. 李长之：《司马迁之人格与风格》，生活·读书·新知三联书店，1984。

10. 杨树达：《汉书窥管》，上海古籍出版社，1984。

11. 冉昭德、陈直主编：《汉书选》，中华书局，1962。

第三章　究天人之际：先秦诸子散文

【导读】

诸子无意作散文。刘勰《文心雕龙·诸子》云："诸子者，入道见志之书。"明乎此，则知今之所谓诸子散文者，实诸子百家论道说理、各抒已见、不拘格套之文也。上自先秦，下迄汉魏六朝，诸子之书源远流长，代不乏人，遂在经、史、子、集四部之中，自成一大系统。

《汉书·艺文志》云："诸子十家，其可观者九家而已。皆起于王道既微，诸侯力政，时君世主，好恶殊方，是以九家之术蜂出并作，各引一端，崇其所善，以此驰说，取合诸侯。"当时王室衰微，诸侯争霸，学者们便周游列国，为诸侯出谋划策，到战国时代形成了"百家争鸣"的局面。所谓百家，也是夸张的说法，实际较有影响的也不过"九流十家"，即《汉书·艺文志》中所说的儒、道、阴阳、法、名、墨、纵横、杂、农、小说诸家。

本书所谓的诸子散文，主要指儒、墨、道、法各家的文学性较高的典籍和篇章，限于篇幅，我们只能选择《论语》、《大学》、《中庸》、《孟子》、《庄子》、《荀子》、《韩非》及《吕氏春秋》中较有代表性的篇目。值得一提的是，我们特地把《四书》作为先秦诸子散文的必读经典推荐给大家，以此彰显儒家元典在汉语言文学发展中所起到的发凡起例的"原型"价值以及功在千秋的"载道"作用。以往的文学史教材，多将

《论语》、《孟子》中个别章节选为必读篇目，虽用心良苦，然断章取义，零碎支离，于圣贤之意，终显隔膜。今将《四书》作为一整体，即把《论语》首篇，《孟子》首篇首章，《大学》、《中庸》全篇列于篇中，由主讲教师自行安排学生阅读和讨论。

《论语》是记录孔子及其弟子言行的语录体著作，约成书于战国初年，传为孔子的弟子及其门人“相与辑而论纂”(《汉书·艺文志》) 之书，是研究孔子及早期儒家最为重要的经典，孔子的一系列道德伦理主张，如仁、义、礼、知、信、孝、悌、忠、恕之道，以及为学、为政、为仁、为教等的基本理念，无不自《论语》出，故此书堪称“圣门之教”的渊薮。《论语》以格言语录形式出之，不加雕琢而韵味悠长，许多格言如“己所不欲，勿施于人”、“己欲立而立人，己欲达而达人”、“岁寒，然后知松柏之后凋也”、“君子周而不比，小人比而不周”等，可以说放之四海皆准，单以文学角度去看，反而减损其丰厚的哲学人文价值了。

其次是《大学》。《大学》乃孔子讲授“初学入德之门”的要籍，一般认为是经孔子的高足弟子曾参整理成文。《大学》“三纲八目”之说，以修身为本，以齐家、治国、平天下为末，楬橥内圣外王之道，实为初学者规定畛域，设定目标，一生努力，先后始终，无不由此开出。质言之，大学者，乃学大之谓也；学大者，乃学大人、成全人、齐圣人之谓也。朱熹以为：“于今可见古人为学次第者，独赖此篇之存，而《论》《孟》次之。学者必由是而学焉，庶几乎其不差矣。”良有以也。

其次是《中庸》。子程子释《中庸》云：“不偏之谓中，不易之谓庸。中者，天下之正道。庸者，天下之定理。”根据朱熹的说法，《中庸》“乃孔门传授心法，子思恐其久而差也，故笔之于书，以授孟子”的“实学”之书 (朱熹《四书章句集注》)。此书开篇即道：“天命之谓性，率性之谓道，修道之谓教。”将儒家形上之学最高明处一语道破。其后所言戒慎恐惧、慎独中和、至诚尽性之道，至于五达道、三达德之辨，知行合一之旨，以及天道下贯、性命双修之理，无不幽微深邃，既是最高深之哲学，亦涵道德宗教之意味。孔子说：“中庸之为德也，其至矣乎，民鲜久矣。”而就目前学校教育而言，《中庸》一书亦被抛弃无视久矣，实在愧对往圣先贤。

再次是《孟子》。孟子自称“私淑诸人”，其学实亦从曾子、子思处发端，更与孔子仁学之旨遥相呼应，故司马迁谓《孟子》七篇乃“述仲尼之意”（《史记·孟子荀卿列传》）。《孟子》一书，思虑精湛，雄辩滔滔，历来被视为《论语》之辅翼。程子说：“学者当以《论语》、《孟子》为本。《论语》、《孟子》既治，则《六经》可不治而明矣。读书者当观圣人所以作经之意，与圣人所以用心，圣人之所以至于圣人，而吾之所以未至者，所以未得者，句句而求之，书诵而味之，中夜而思之，平其心，易其气，阙其疑，则圣人之意可见矣。”又说：“读《论语》、《孟子》而不知道，所谓‘虽多，亦奚以为’？”《孟子》不仅伸发仁政、民本、性善、养气、求放心、法先王诸说，亦且将孔子“罕言”之“性与天道”，反复追寻，遂在《大学》、《中庸》基础上，开出气脉贯通、万物皆备于我的儒家心性之学。将孔子践仁体道之功夫进一步发明弘扬，终使儒学自成一天人合一、明心见性、性命与天道遥契之大格局、大系统。可以说，儒学中最具哲学深度、最近宗教品格的道德生命之学问，几乎都蕴含于“四书”的字里行间，《四书》的确堪称“为天地立心、为生民立命”之圣门要籍。精读《四书》，乃文史哲诸科学子必备之功课，早诵读早受益，万万不可轻忽。

《老子》一书，相传是道家创始人老聃的著作，共八十一章，约五千言。通常的说法，以为道家早于儒家，而从思想史及其概念的辨析上看，道家之所出，当从儒家而来。孔子的思想本身，就含有道家的因子，如孔子说：“贤者辟（避）世，其次辟地，其次辟色，其次辟言。”又说：“天下有道则见，无道则隐。”孔子的得意门生颜回，“一箪食，一瓢饮，在陋巷，人不堪其忧，回也不改其乐”，本身即带有道家色彩。司马谈《论六家要旨》云：“道家使人精神专一，动合无形，赡足万物。其为术也，因阴阳之大顺，采儒墨之善，撮名法之要，与时迁移，应物变化，立俗施事，无所不宜，指约而易操，事少而功多。”故老子其人，或与孔子同时，而《老子》一书，则很可能是战国的产物（梁启超、钱穆等先生即持此论）。《老子》之所以给人以“古老”的印象，大概与其深入探讨哲学本体论问题以及古奥、深邃、充满张力和多义性的语言风格有关。钱穆先生从“思想线索”着眼，探讨《老子》成书时代，提出《老子》一书不仅在《论语》、《墨子》之后，甚至还在庄子、惠施之后。如《论语》多次谈到“仁”，而《老子》则说：“失道而后德，失德而后仁。”又说：“天地不仁，以万物为刍狗。"《墨子》一书有《尚贤》篇，而《老子》则称："不尚贤，使民不争。"《庄子》就"道"立论，惠施因"名"为说，而《老子》开篇即标举"道可道，非常道；名可名，非常名。"故"老子特综汇此两家，而别创一新义耳"（钱穆《庄老通辨·自序》）。《老子》一书虽不以文学性见长，但其贯通天、地、人三才之道，富于抽象思辨，充满哲理智慧，以及朗朗上口的格言体风格，都使这部书具有启蒙祛蔽、陶冶性灵之功效，成为中国古代典籍中最具世界影响的思想著作之一，至今有着强大的生命力。

道家思想的另一部重要著作《庄子》，又称《南华经》，是战国时期思想家庄周（约公元前369—前286）及其后学所著。《庄子》书分内、外、杂篇，《汉书·艺文志》著录有五十二篇，今存三十三篇，其中内七篇（《逍遥游》、《齐物论》、《养生主》、《人间世》、《德充符》、《大宗师》、《应帝王》）可以确定为庄子所作，外、杂篇则参杂黄老、庄子后学的论述，形成复杂的道家思想体系。司马迁认为庄子思想"其要归本于老子"，实则庄、老尚有不同。正如钱穆先生所说："庄周的心情，初看像悲观，其实是乐天的。初看像淡漠，其实是恳切的。初看像荒唐，其实是平实的。初看像恣纵，其实是单纯的。"从文学角度言，《庄子》一书可谓奇葩。其构思奇特，想象瑰丽，天马行空，恣肆汪洋，行止随意，形散神聚，收放自如，真的达到了"从心所欲不逾矩"的境界。特别是其擅用精巧怪诞的寓言故事说理，给人以扑朔迷离、亦真亦幻之感，难怪清代学者刘熙载要说：庄子的文章"意出尘外，怪生笔端"，寓言"寓真于诞，寓实于玄"（《艺概·文概》）。《庄子》一改语录体的形制特点，标志着先秦散文的独立和成熟。庄子可以说是中国散文史上的第一位大师，他的思想和文风深深地影响着后世文学的发展，诸如阮籍、嵇康、陶渊明、李白、苏轼、曹雪芹等人的诗文，无不带有庄子的基因和影响。

荀子（约公元前313—前238）名况，战国末期赵国猗氏（今山西安泽）人，是先秦儒家的又一位大师，有《荀子》一书传世。荀子曾三次出任齐国稷下学宫祭酒，后为楚兰陵（今山东兰陵）令。荀子对儒家思想有所发展，也有所出离，比如他在"仁"、"义"之外，标举"隆礼"和"法后王"，又提倡"性恶"论，与孟子的"性善”论针锋相对，致使他的一套“帝王之术”与圣贤之道渐行渐远，成为法家重要的思想来源。他的两个学生李斯和韩非，都成了法家的重要代表。荀子的文章结构严谨，说理透彻，语言整饬，逻辑性很强，标志着先秦诸子散文已经完成由语录体向专题论文的成功转型。

作为先秦法家思想的集大成者，韩非（约公元前281—前233）可谓“黑暗的天才”，其思想熔“法”、“术”、“势”于一炉，成了历代统治者集权专制、钳制民众的理论武器。然从文学角度而言，韩非的确是一位文章高手，其文章角度新颖，构思精巧，议论透辟，善于揣摩人的心理，往往三言两语切中要害，虽离大道颇远，而颇有可观之辞。韩非善于运用寓言和故事说理，诸如“自相矛盾”、“守株待兔”、“讳疾忌医”、“滥竽充数”、“老马识途”等都出自他的笔下。韩非还是一个勤于著述和搜集民间传说的杂家，记录在《说林》（上、下）和《内储说》、《外储说》（共六篇）中的那些生动有趣的故事和传说，可以说是中国最早的笔记小说。从这个角度言，说韩非是“中国笔记小说的鼻祖”也毫不为过。

【精读一·论语】

子路、曾皙、冉有、公西华侍坐

子路、曾皙、冉有、公西华侍坐。①子曰：“以吾一日长乎尔，毋吾以也！②居则曰③：‘不吾知也。’④如或知尔⑤，则何以哉？⑥”子路率尔而对曰⑦：“千乘之国⑧，摄乎大国之间⑨，加之以师旅⑩，因之以饥馑⑪，由也为之，比及三年⑫，可使有勇，且知方也⑬。”夫子哂之。⑭“求，尔何如？”对曰：“方六七十，如五六十⑮，求也为之，比及三年，可使足民⑯，如其礼乐，以俟君子。⑰”“赤，尔何如？”对曰：“非曰能之，愿学焉。⑱宗庙之事⑲，如会同，端章甫，愿为小相焉。”⑳

【注释】

①本文选自《论语·先进篇》。子路即仲由；曾皙名点，曾参的父亲；冉有即冉求；

公西华名赤，字子华；这四人都是孔子的学生。侍坐：陪坐。②以：因。乎：于。尔：你们。毋：不要。以：同“已”，止。毋吾以也：意谓不要因为我年长于你们就不敢发言。③居：闲居，在家。意谓平时。④不吾知：即不知吾，别人都不了解我。⑤或：有人，无定代词。⑥此句犹言：（如果有人愿意了解你们，）你们打算做些什么事情呢？⑦率尔：轻率急忙的样子。⑧乘（shèng）：兵车。拥有一千辆兵车的国家在当时只能算中等国家。⑨摄（niè）：逼近。摄乎大国之间：意为处于大国中间不得伸展。⑩加：加到……之上。师旅：军队，代指侵略战争。⑪因之：犹言“继之”。饥馑：泛指荒年。⑫比（bì）：及，等到了。⑬方：道义的方向，这里指道理。⑭哂（shěn）：笑。⑮如：或者。下文“如会同”的“如”同。这两句是指方圆六七十里或者五六十里的小国家。⑯足民：使民富足。⑰如：若，至于。俟（sì）：等待。⑱意为：我不敢说我能够做，但是我愿意在这方面学习。⑲宗庙之事：指诸侯祭祀祖先的事。⑳会：指诸侯会盟。同：指诸侯共同朝见天子。端：古人用整幅布做的礼服，又叫玄端。章甫：一种礼帽。端章甫：即穿着礼服，戴着礼帽。相：在祭祀或会盟时，主持赞礼和司仪的人。

“点，尔何如？”鼓瑟希①，铿尔，舍瑟而作。②对曰：“异乎三子者之撰。”③

子曰：“何伤乎？④亦各言其志也！⑤”曰：“莫春者，春服既成；⑥冠者五六人⑦，童子六七人⑧，浴乎沂⑨，风乎舞雩，咏而归。⑩”夫子喟然叹曰⑪：“吾与点也。⑫”三子者出，曾皙后。曾皙曰：“夫三子者之言何如？”⑬子曰：“亦各言其志也已矣。”⑭曰：“夫子何哂由也？”曰：“为国以礼，其言不让⑮，是故哂之。”“唯求则非邦也与？”⑯“安见方六七十，如五六十，而非邦也者？”⑰“唯赤则非邦也与？”“宗庙会同，非诸侯而何？⑱赤也为之小，孰能为之大？⑲”

【注释】

①希：稀。这里是说瑟的声音已近尾声。②铿（kēng）：象声词。铿尔：犹铿然，形容推瑟时发出的声音。舍：舍弃，放下。作：起，这里指站起来。③撰：才具，才干。这里指从事政治工作的才能。④伤：伤害，妨碍。何伤乎：有什么妨碍呢？

⑤ 亦：副词，这里有“只是”、“不过是”的意思。⑥ 莫：同“暮”。暮春：指三月。者：语气词。⑦ 冠者：成年人。古时男子到了二十岁须行冠礼，此后就是成年人了，故以冠者称成年人。⑧ 童子：未冠的少年。⑨ 沂（yí）：水名，在今山东曲阜市南。⑩ 风：用作动词，吹风，乘凉。舞雩（yú）：是古时求雨的坛，在曲阜市东南。咏：唱歌。⑪ 喟（kuì）然：长叹的样子。⑫ 与（yù）：赞成，同意。⑬ 夫：指示代词。⑭ 已矣：罢了。⑮ 让：谦让。⑯ 此句意为：难道冉有说的就不是治国大事吗？唯：句首语气词。邦，国家。与（yú）：同“欤”，语气词。⑰ 安见，怎见得。者：语气词。⑱ 非诸侯而何：意为不是诸侯的事情是什么？⑲ 二句意为：公西华只能给诸侯作小相，那么谁能给诸侯作大相呢？为之小：是双宾语结构，下句同此。

【泛读】

论语·学而第一

1　子曰：“学而时习之，不亦说乎？有朋自远方来，不亦乐乎？人不知而不愠，不亦君子乎？”

2　有子曰：“其为人也孝弟，而好犯上者，鲜矣；不好犯上而好作乱者，未之有也。君子务本，本立而道生。孝弟也者，其为仁之本与！”

3　子曰：“巧言令色，鲜矣仁！”

4　曾子曰：“吾日三省吾身：为人谋而不忠乎？与朋友交而不信乎？传不习乎？”

5　子曰：“道千乘之国，敬事而信，节用而爱人，使民以时。”

6　子曰：“弟子入则孝，出则悌，谨而信，泛爱众而亲仁。行有余力，则以学文。”

7　子夏曰：“贤贤易色，事父母能竭其力，事君能致其身，与朋友交言而有信。虽曰未学，吾必谓之学矣。”

8　子曰：“君子不重则不威，学则不固。主忠信，无友不如己者。过则勿惮改。”

9　曾子曰：“慎终追远，民德归厚矣。”

10　子禽问于子贡曰："夫子至于是邦也，必闻其政，求之与？抑与之与？"子贡曰："夫子温、良、恭、俭、让以得之。夫子之求之也，其诸异乎人之求之与？"

11　子曰："父在，观其志；父没，观其行；三年无改于父之道，可谓孝矣。"

12　有子曰："礼之用，和为贵。先王之道，斯为美。小大由之，有所不行，知和而和，不以礼节之，亦不可行也。"

13　有子曰："信近于义，言可复也。恭近于礼，远耻辱也。因不失其亲，亦可宗也。"

14　子曰："君子食无求饱，居无求安，敏于事而慎于言，就有道而正焉，可谓好学也已。"

15　子贡曰："贫而无谄，富而无骄，何如？"子曰："可也。未若贫而乐，富而好礼者也。"子贡曰："《诗》云'如切如磋，如琢如磨'，其斯之谓与？"子曰："赐也，始可与言《诗》已矣，告诸往而知来者。"

16　子曰："不患人之不己知，患不知人也。"

【精读二·大学】

大学·经首章①

大学之道②，在明明德③，在亲民④，在止于至善⑤。知止而后有定，定而后能静，静而后能安，安而后能虑，虑而后能得。物有本末，事有终始，知所先后，则近道矣。

古之欲明明德于天下者，先治其国，欲治其国者，先齐其家；欲齐其家者，先修其身；欲修其身者，先正其心；欲正其心者，先诚其意；欲诚其意者，先致其知；致知在格物⑥。物格而后知至，知至而后意诚，意诚而后心正，心正而后身修，身修而后家齐，家齐而后国治，国治而后天下平。自天子以至于庶人，壹是皆以修身为本。⑦其本乱而末治者，否矣⑧。其所厚者薄，而其所薄者厚，未之有也。⑨

【注释】

①选自《礼记·大学》。自南宋朱熹《四书章句集注》出，《大学》遂与《论语》、《孟子》和《礼记》中的《中庸》合称“四书”，成为科举考试的重要内容。《大学》分为经、传两部分，本文是经首章，据说是孔子之言，曾子述之。传十章见泛读材料。②大学之道：大学的宗旨。大学者，“大人之学”也，相对于小学而言。朱熹《大学章句序》：“人生八岁，则自王公以下，至于庶人之子弟，皆入小学，而教之以洒扫、应对、进退之节，礼乐、射御、书数之文；及其十有五年，则自天子之元子、众子，以至公、卿、大夫、元士之適子，与凡民之俊秀，皆入大学，而教之以穷理、正心、修己、治人之道。此又学校之教、大小之节所以分也。”又说：“大学之书，古之大学所以教人之法也。”③明明德：明德，即光明正大之美德。明明德，有使其彰明、光大之意。④亲民：程子曰：“亲，当作新。”朱熹注：“新者，革其旧之谓也，言既自明其明德，又当推以及人，使之亦有以去其旧染之污也。”亲民，也就是新民，使人弃旧图新、去恶从善。王阳明则以为是“亲民”而非“新民”，理由是：“下面治国平天下处，皆于‘新’字无发明。如云‘君子贤其贤而亲其亲，小人乐其乐而利其利’，‘如保赤子’，‘民之所好好之，民之所恶恶之，此之谓民之父母之类’，皆是‘亲’字意。‘亲民’犹孟子‘亲亲仁民’之谓。亲之即仁之也。百姓不亲，舜使契为司徒，敬敷五教，所以亲之也。《尧典》‘克明峻德’便是‘明明德’。‘以亲九族’，至‘平章协和’，便是‘亲民’，便是‘明明德于天下’。又如孔子言‘修己以安百姓’，‘修己’便是‘明明德’，‘安百姓’便是‘亲民’。说亲民便是兼教养意，说新民便觉偏了。”（《传习录》卷一）亦可备一说。⑤朱熹注称：“止者，必至于是而不迁之意。至善，则事理当然之极也。言明明德、新民，皆当至于至善之地而不迁。盖必其有以尽夫天理之极，而无一毫人欲之私也。此三者，大学之纲领也。”⑥齐其家：管理好自己的家庭或家族，使家族兴旺，家庭和睦。修其身：修养自身的品性。致其知：使自己获得知识。格物：认识、推究万事万物之理。⑦庶人：指平民百姓。壹是：都是。⑧本：根本。末：相对于本而言，指枝末、枝节。厚者薄：该重视的不重视。薄者厚：不该重视的却加以重视。⑨未之有也：即未有之也，没有这样的道理（事情、做法等）。

【泛读】

大学·传首章

《康诰》曰："克明德。"《大甲》曰："顾諟天之明命。"《帝典》曰："克明峻德。"皆自明也。（释"明明德"）

大学·传二章

汤之《盘铭》曰："苟日新，日日新，又日新。"《康诰》曰："作新民。"《诗》云："周虽旧邦，其命维新。"是故君子无所不用其极。（释"新民"）

大学·传三章

《诗》云："邦畿千里，唯民所止。"《诗》云："缗蛮黄鸟，止于丘隅。"子曰："於止，知其所止，可以人而不如鸟乎？"《诗》云："穆穆文王，於缉熙敬止。"为人君止于仁，为人臣止于敬，为人子止于孝，为人父止于慈，与国人交止于信。《诗》云："瞻彼淇澳，绿竹猗猗。有斐君子，如切如磋，如琢如磨。瑟兮僩兮，赫兮喧兮。有斐君子，终不可諠兮。""如切如磋"者，道学也；"如琢如磨"者，自修也；"瑟兮僩兮"者，恂慄也；"赫兮喧兮"者，威仪也；"有斐君子，终不可諠兮"者，道盛德至善，民之不能忘也。《诗》云："於戏前王不忘！"君子贤其贤而亲其亲，小人乐其乐而利其利，此以没世不忘也。（释"止于至善"）

大学·传四章

子曰："听讼，吾犹人也，必也使无讼乎！"无情者不得尽其辞，大畏民志，此谓知本。（释"本末"）

大学·传五章

此谓知本，此谓知之至也。（释"格物、致知"之义）

大学·传六章

所谓诚其意者，毋自欺也。如恶恶臭，如好好色，此之谓自谦。故君子必慎其独也。小人闲居为不善，无所不至，见君子而后厌然掩其不善，而著其善。人之视己，如见其肺肝然，则何益矣。此谓诚于中形于外。故君子必慎其独也。曾子曰："十目所视，十手所指，其严乎！"富润屋，德润身，心广体胖，故君子必诚其意。（释"诚意"）

大学·传七章

所谓修身在正其心者，身有所忿懥则不得其正，有所恐惧则不得其正，有所好乐则不得其正，有所忧患则不得其正。心不在焉，视而不见，听而不闻，食而不知其味，此谓修身在正其心。（释"正心修身"）

大学·传八章

所谓齐其家在修其身者，人之其所亲爱而辟焉，之其所贱恶而辟焉，之其所敬畏而辟焉，之其所哀矜而辟焉，之其所敖惰而辟焉。故好而知其恶，恶而知其美者，天下鲜矣。故谚有之曰："人莫知其子之恶，莫知其苗之硕。"此谓身不修不可以齐其家。（释"修身齐家"）

大学·传九章

所谓治国必先齐其家者，其家不可教而能教人者，无之。故君子不出家而成教于国。孝者，所以事君也；弟者，所以事长也；慈者，所以使众也。《康诰》曰："如保赤子。"心诚求之，虽不中，不远矣。未有学养子而后嫁者也。一家仁，一国兴仁；一家让，一国兴让；一人贪戾，一国作乱，其机如此。此谓一言偾事，一人定国。尧舜率天下以仁，而民从之；桀纣率天下以暴，而民从之。其所令，反其所好，而民不从。是故君子有诸己而后求诸人，无诸己而后非诸人。所藏乎身不恕，而能喻诸人者，未之有也。故治国在齐其家。《诗》云："桃之夭夭，其叶蓁蓁，之子于归，宜其家人。”宜其家人而后可以教国人。《诗》云：“宜兄宜弟。”宜兄宜弟，而后可以教国人。《诗》云：“其仪不忒，正是四国。”其为父子兄弟足法，而后民法之也。此谓治国在齐其家。（释“齐家治国”）

大学·传十章

所谓平天下在治其国者，上老老而民兴孝，上长长而民兴弟，上恤孤而民不倍，是以君子有絜矩之道也。所恶于上，毋以使下；所恶于下，毋以事上；所恶于前，毋以先后；所恶于后，毋以从前；所恶于右，毋以交于左；所恶于左，毋以交于右，此之谓絜矩之道。《诗》云：“乐只君子，民之父母。”民之所好好之，民之所恶恶之，此之谓民之父母。《诗》云：“节彼南山，维石岩岩，赫赫师尹，民具尔瞻。”有国者不可以不慎，辟则为天下僇矣。《诗》云：“殷之未丧师，克配上帝。仪监于殷，峻命不易。”道得众则得国，失众则失国。是故君子先慎乎德，有德此有人，有人此有土，有土此有财，有财此有用。德者本也，财者末也。外本内末，争民施夺。是故财聚则民散，财散则民聚。是故言悖而出者，亦悖而入；货悖而入者，亦悖而出。《康诰》曰：“唯命不于常。”道善则得之，不善则失之矣。《楚书》曰：“楚国无以为宝，惟善以为宝。”舅犯曰：“亡人无以为宝，仁亲以为宝。”《秦誓》曰：“若有一个臣，断断兮无他技，其心休休焉，其如有容焉。人之有技，若己有之；人之彦圣，其心好之，不啻若自其口出，实能容之，以能保我子孙黎民，尚亦有利哉！人之有技，媢嫉以恶之，人之彦圣，而违之俾不通，寔不能容，以不能保我子孙黎民，亦曰殆哉！”唯仁人放流之，迸诸四夷，不与同中国。此谓唯仁人为能爱人，能恶人。见贤而不能举，举而不能先，命也。见不善而不能退，退而不能远，过也。好人之所恶，恶人之所好，是谓拂人之性，灾必逮夫身。是故君子有大道，必忠信以得之，骄泰以失之。生财有大道，生之者众，食之者寡，为之者疾，用之者舒，则财恒足矣。仁者以财发身，不仁者以身发财。未有上好仁而下不好义者也，未有好义其事不终者也，未有府库财非其财者也。孟献子曰：“畜马乘，不察于鸡豚；伐冰之家，不畜牛羊；百乘之家，不畜聚敛之臣。与其有聚敛之臣，宁有盗臣。”此谓国不以利为利，以义为利也。

长国家而务财用者，必自小人矣。彼为善之，小人之使为国家，灾害并至，虽有善者，亦无如之何矣。此谓国家不以利为利，以义为利也。（释“治国平天下”）

【精读三·中庸①】

中庸首章

天命之谓性；②率性之谓道；③修道之谓教。④道也者，不可须臾离也；⑤可离，非道也。是故君子戒慎乎其所不睹，恐惧乎其所不闻。⑥莫见乎隐，莫显乎微。⑦故君子慎其独也。喜、怒、哀、乐之未发，谓之中。⑧发而皆中节，谓之和。中也者，天下之大本也。⑨和也者，天下之达道也。致中和，天地位焉，万物育焉。⑩

【注释】

①选自《礼记·中庸》。朱熹以为《中庸》乃孔子的孙子子思“忧道学之失其传而作也”。程颐释“中庸”：“不偏之谓中，不易之谓庸。中者，天下之正道；庸者，天下之定理。”朱熹称：“中者，不偏不倚，无过不及之名；庸，平常也。”②天命：天赋之命，这里指人的自然禀赋。朱熹《中庸章句》说：“天以阴阳五行化生万物，气以成形，而理亦赋焉，犹命令也。于是人物之生，因各得其所赋之理，以为健顺五常之德，所谓性也。”③率性：遵循本性。率：遵循，按照。朱熹称：“率，循也。道，犹路也。人物各循其行之自然，则其日用事物之间，莫不各有当行之路，是则所谓道也。”④修：品节之。朱熹说：“性道虽同，而气禀或异，故不能无过不及之差，圣人因人物之所当行者而品节之，以为法于天下，则谓之教，若礼、乐、刑、政之属是也。”⑤须臾：顷刻，瞬间。朱熹云：“道者，日用事物当行之理，皆性之德而具于心，无物不有，无时不然，所以不可须臾离也。若其可离，则为外物而非道也。”⑥戒慎乎其所不睹，恐惧乎其所不闻：独者，人所不知而己所独知之地也。言幽暗之中，细微之事，迹虽未形而几则已动，人虽不知而己独知之，则是天下之事无有著见明显而过于此者。是以君子既常戒惧，而于此尤加谨焉，所以遏人欲于将萌，而不使

其滋长于隐微之中，以至离道之远也。⑦ 莫："莫不"的省略，"没有什么更……"。见（xiàn）：显现。隐：暗处。微：细微。⑧ 慎其独：一人独处时亦要谨言慎行，不违常道。中（zhòng）：符合。节：节度，法度。朱熹云："喜、怒、哀、乐，情也。其未发，则性也，无所偏倚，故谓之中。发皆中节，情之正也，无所乖戾，故谓之和。"⑨ 大本、达道：朱熹云："大本者，天命之性，天下之理皆由此出，道之体也。达道者，循性之谓，天下古今之所共由，道之用也。此言性情之德，以明道不可离之意。"⑩ 致：达到。位：安其所。育：化育。朱熹云："致，推而极之也。位者，安其所也。育者，遂其生也。自戒惧而约之，以至于至静之中，无少偏倚，而其守不失，则极其中而天地位矣。自谨独而精之，以至于应物之处，无少差谬，而无适不然，则极其和而万物育矣。盖天地万物本吾一体，吾之心正，则天地之心亦正矣，吾之气顺，则天地之气亦顺矣。故其效验至于如此。"

【泛读】

中庸・第二章

仲尼曰："君子中庸，小人反中庸。君子之中庸也，君子而时中。小人之中庸也，小人而无忌惮也。"

中庸・第三章

子曰："中庸其至矣乎！民鲜能久矣。"

中庸・第四章

子曰："道之不行也，我知之矣：知者过之，愚者不及也。道之不明也，我知之矣：贤者过之，不肖者不及也。人莫不饮食也。鲜能知味也。"

中庸・第五章

子曰："道其不行矣夫。"

中庸·第六章

子曰："舜其大知也与！舜好问而好察迩言，隐恶而扬善。执其两端，用其中于民，其斯以为舜乎！"

中庸·第七章

子曰："人皆曰'予知'，驱而纳诸罟擭陷阱之中，而莫之知辟也。人皆曰'予知'，择乎中庸，而不能期月守也。"

中庸·第八章

子曰："回之为人也，择乎中庸，得一善，则拳拳服膺，而弗失之矣。"

中庸·第九章

子曰："天下国家，可均也；爵禄，可辞也；白刃，可蹈也；中庸不可能也。"

中庸·第十章

子路问强。子曰："南方之强与，北方之强与，抑而强与？宽柔以教，不报无道，南方之强也，君子居之。衽金革，死而不厌，北方之强也，而强者居之。故君子和而不流，强哉矫！中立而不倚，强哉矫！国有道，不变塞焉，强哉矫！国无道，至死不变，强哉矫！"

中庸·第十一章

子曰："素隐，行怪，后世有述焉，吾弗为之矣。君子遵道而行，半途而废，吾弗能已矣。君子依乎中庸，遁世不见知而不悔，唯圣者能之。"

中庸·第十二章

君子之道，费而隐。夫妇之愚，可以与知焉，及其至也，虽圣人亦有所不知焉。

夫妇之不肖，可以能行焉，及其至也，虽圣人亦有所不能焉。天地之大也，人犹有所憾。故君子语大，天下莫能载焉；语小，天下莫能破焉。《诗》云："鸢飞戾天；鱼跃于渊。"言其上下察也。君子之道，造端乎夫妇；及其至也，察乎天地。

中庸·第十三章

子曰："道不远人。人之为道而远人，不可以为道。《诗》云：'伐柯伐柯，其则不远。'执柯以伐柯，睨而视之，犹以为远。故君子以人治人，改而止。忠恕违道不远。施诸己而不愿，亦勿施于人。君子之道四，丘未能一焉：所求乎子，以事父，未能也；所求乎臣，以事君，未能也；所求乎弟，以事兄，未能也；所求乎朋友，先施之，未能也。庸德之行，庸言之谨；有所不足，不敢不勉；有余不敢尽。言顾行，行顾言。君子胡不慥慥尔。"

中庸·第十四章

君子素其位而行，不愿乎其外。素富贵，行乎富贵；素贫贱，行乎贫贱；素夷狄，行乎夷狄；素患难，行乎患难。君子无入而不自得焉。在上位，不陵下；在下位，不援上；正己而不求于人，则无怨。上不怨天，下不尤人。故君子居易以俟命，小人行险以徼幸。子曰："射有似乎君子，失诸正鹄，反求诸其身。"

中庸·第十五章

君子之道，辟如行远必自迩，辟如登高必自卑。《诗》曰："妻子好合，如鼓瑟琴。兄弟既翕，和乐且耽。宜尔室家，乐尔妻帑。"子曰："父母其顺矣乎。"

中庸·第十六章

子曰："鬼神之为德，其盛矣乎！视之而弗见，听之而弗闻，体物而不可遗。使天下之人齐明盛服，以承祭祀。洋洋乎，如在其上，如在其左右。《诗》曰：'神之格思，不可度思，矧可射思？'夫微之显，诚之不可掩如此夫。"

中庸·第十七章

子曰："舜其大孝也与！德为圣人，尊为天子，富有四海之内，宗庙飨之，子孙保之。故大德必得其位，必得其禄，必得其名，必得其寿。故天之生物必因其材而笃焉。故栽者培之，倾者覆之。《诗》曰：'嘉乐君子，宪宪令德，宜民宜人，受禄于天。保佑命之，自天申之。'故大德者必受命。"

中庸·第十八章

子曰："无忧者，其惟文王乎！以王季为父，以武王为子。父作之，子述之。武王缵大王、王季、文王之绪，壹戎衣而有天下。身不失天下之显名。尊为天子，富有四海之内。宗庙飨之，子孙保之。武王末受命，周公成文、武之德，追王大王、王季，上祀先公以天子之礼。斯礼也，达乎诸侯、大夫，及士、庶人。父为大夫，子为士，葬以大夫，祭以士。父为士，子为大夫，葬以士，祭以大夫。期之丧，达乎大夫；三年之丧，达乎天子；父母之丧，无贵贱，一也。"

中庸·第十九章

子曰："武王、周公，其达孝矣乎。夫孝者，善继人之志，善述人之事者也。春秋修其祖庙，陈其宗器，设其裳衣，荐其时食。宗庙之礼，所以序昭穆也。序爵，所以辨贵贱也。序事，所以辨贤也。旅酬下为上，所以逮贱也。燕毛，所以序齿也。践其位，行其礼，奏其乐，敬其所尊，爱其所亲，事死如事生，事亡如事存，孝之至也。郊社之礼，所以事上帝也。宗庙之礼，所以祀乎其先也。明乎郊社之礼，禘尝之义，治国其如示诸掌乎。"

中庸·第二十章

哀公问政。子曰："文、武之政，布在方策。其人存，则其政举；其人亡，则其政息。人道敏政，地道敏树。夫政也者，蒲卢也。故为政在人。取人以身，修身以道，修道以仁。仁者，人也，亲亲为大。义者，宜也，尊贤为大。亲亲之杀，尊贤之等，礼所生也。在下位，不获乎上，民不可得而治矣。故君子不可以不修身。思修身，不可以不事亲。思事亲，不可以不知人。思知人，不可以不知天。天下之达道五，所以行之者三，曰：君臣也、父子也、夫妇也、昆弟也、朋友之交也。五者，天下之达道也。知、仁、勇三者，天下之达德也。所以行之者一也。或生而知之，或学而知之，或困而知之，及其知之，一也。或安而行之，或利而行之，或勉强而行之，及其成功，一也。”子曰：“好学近乎知。力行近乎仁。知耻近乎勇。知斯三者，则知所以修身。知所以修身，则知所以治人。知所以治人，则知所以治天下国家矣。凡为天下国家有九经，曰：修身也、尊贤也、亲亲也、敬大臣也、体群臣也、子庶民也、来百工也、柔远人也、怀诸侯也。修身，则道立。尊贤，则不惑。亲亲，则诸父昆弟不怨。敬大臣，则不眩。体群臣，则士之报礼重。子庶民，则百姓劝。来百工，则财用足。柔远人，则四方归之。怀诸侯，则天下畏之。齐明盛服，非礼不动，所以修身也。去谗远色，贱货而贵德，所以劝贤也。尊其位，重其禄，同其好恶，所以劝亲亲也。官盛任使，所以劝大臣也。忠信重禄，所以劝士也。时使薄敛，所以劝百姓也。日省月试，既禀称事，所以劝百工也。送往迎来，嘉善而矜不能，所以柔远人也。继绝世，举废国，治乱持危，朝聘以时，厚往而薄来，所以怀诸侯也。凡为天下国家有九经，所以行之者一也。凡事豫则立，不豫则废。言前定，则不跲。事前定，则不困。行前定，则不疚。道前定，则不穷。在下位不获乎上，民不可得而治矣。获乎上有道：不信乎朋友，不获乎上矣。信乎朋友有道：不顺乎亲，不信乎朋友矣。顺乎亲有道：反诸身不诚，不顺乎亲矣。诚身有道：不明乎善，不诚乎身矣。诚者，天之道也。诚之者，人之道也。诚者，不勉而中，不思而得，从容中道，圣人也。诚之者，择善而固执之者也。博学之，审问之，慎思之，明辨之，笃行之。有弗学，学之弗能，弗措也。有弗问，问之弗知，弗措也。有弗思，思之弗得，弗措也。有弗辨，辨之弗明，弗措也。有弗行，行之弗笃，弗措也。人一能之，己百之。人十能之，己千之。果能此道矣，虽愚必明，虽柔必强。”

中庸・第二十一章

自诚明，谓之性；自明诚，谓之教。诚则明矣，明则诚矣。

中庸·第二十二章

唯天下至诚为能尽其性；能尽其性，则能尽人之性；能尽人之性，则能尽物之性；能尽物之性，则可以赞天地之化育；可以赞天地之化育，则可以与天地参矣。

中庸·第二十三章

其次致曲。曲能有诚。诚则形，形则著，著则明，明则动，动则变，变则化。唯天下至诚为能化。

中庸·第二十四章

至诚之道可以前知。国家将兴，必有祯祥；国家将亡，必有妖孽。见乎蓍龟，动乎四体。祸福将至，善，必先知之；不善，必先知之。故至诚如神。

中庸·第二十五章

诚者自成也，而道自道也。诚者，物之终始，不诚无物。是故君子诚之为贵。诚者，非自成己而已也，所以成物也。成己，仁也。成物，知也。性之德也，合外内之道也，故时措之宜也。

中庸·第二十六章

故至诚无息。不息则久，久则征，征则悠远，悠远则博厚，博厚则高明。博厚，所以载物也。高明，所以覆物也。悠久，所以成物也。博厚，配地；高明，配天；悠久，无疆。如此者，不见而章，不动而变，无为而成。天地之道，可一言而尽也。其为物不贰，则其生物不测。天地之道，博也、厚也、高也、明也、悠也、久也。今夫天，斯昭昭之多，及其无穷也，日月星辰系焉，万物覆焉。今夫地，一撮土之多，及其广厚，载华岳而不重，振河海而不泄，万物载焉。今夫山，一卷石之多，及其广大，草木生之，禽兽居之，宝藏兴焉。今夫水，一勺之多，及其不测，鼋鼍、蛟龙、鱼鳖生焉，货财殖焉。《诗》云："维天之命，於穆不已。"盖曰天之所以为天也。"於乎不显，文王之德之纯。”盖曰文王之所以为文也，纯亦不已。

中庸·第二十七章

大哉圣人之道！洋洋乎，发育万物，峻极于天。优优大哉，礼仪三百，威仪三千。待其人而后行。故曰：“苟不至德，至道不凝焉。”故君子尊德性而道问学，致广大而尽精微，极高明而道中庸。温故而知新，敦厚以崇礼。是故居上不骄，为下不倍。国有道，其言足以兴；国无道，其默足以容。《诗》曰：“既明且哲，以保其身。”其此之谓与?

中庸·第二十八章

子曰：“愚而好自用，贱而好自专。生乎今之世，反古之道。如此者，灾及其身者也。”非天子不议礼，不制度，不考文。今天下车同轨，书同文，行同伦。虽有其位，苟无其德，不敢作礼乐焉；虽有其德，苟无其位，亦不敢作礼乐焉。子曰：“吾说夏礼，杞不足征也。吾学殷礼，有宋存焉。吾学周礼，今用之，吾从周。”

中庸·第二十九章

王天下有三重焉，其寡过矣乎！上焉者虽善无征，无征不信，不信民弗从；下焉者虽善不尊，不尊不信，不信民弗从。故君子之道，本诸身，征诸庶民。考诸三王而不缪，建诸天地而不悖，质诸鬼神而无疑，百世以俟圣人而不惑。质鬼神而无疑，知天也。百世以俟圣人而不惑，知人也。是故君子动而世为天下道，行而世为天下法，言而世为天下则。远之，则有望；近之，则不厌。《诗》曰：“在彼无恶，在此无射。庶几夙夜，以永终誉。”君子未有不如此，而蚤有誉于天下者也。

中庸·第三十章

仲尼祖述尧舜，宪章文武。上律天时，下袭水土。辟如天地之无不持载，无不覆帱。辟如四时之错行，如日月之代明。万物并育而不相害，道并行而不相悖。小德川流，大德敦化。此天地之所以为大也。

中庸·第三十一章

唯天下至圣，为能聪明睿知，足以有临也；宽裕温柔，足以有容也；发强刚毅，足以有执也；齐庄中正，足以有敬也；文理密察，足以有别也。溥博渊泉，而时出之。溥博如天，渊泉如渊。见而民莫不敬，言而民莫不信，行而民莫不说。是以声名洋溢乎中国，施及蛮貊。舟车所至，人力所通，天之所覆，地之所载，日月所照，霜露所队（坠），凡有血气者莫不尊亲，故曰“配天”。

中庸·第三十二章

唯天下至诚，为能经纶天下之大经，立天下之大本，知天地之化育。夫焉有所倚？肫肫其仁！渊渊其渊！浩浩其天！苟不固聪明圣知达天德者，其孰能知之？

中庸·第三十三章

诗曰：“衣锦尚絅。”恶其文之著也。故君子之道，暗然而日章；小人之道，的然而日亡。君子之道，淡而不厌、简而文、温而理。知远之近，知风之自，知微之显，可与入德矣。《诗》云：“潜虽伏矣，亦孔之昭。”故君子内省不疚，无恶于志。君子之所不可及者，其唯人之所不见乎。《诗》云：“相在尔室，尚不愧于屋漏。”故君子不动而敬，不言而信。《诗》曰：“奏假无言，时靡有争。”是故君子不赏而民劝，不怒而民威于𫓧钺。《诗》曰：“不显惟德，百辟其刑之。”是故君子笃恭而天下平。《诗》云：“予怀明德，不大声以色。”子曰：“声色之于以化民，末也。”《诗》曰：“德輶如毛。”毛犹有伦。“上天之载，无声无臭。”至矣！

【精读四·孟子】

滕文公下（节选）

枉己者，未有能直人者

陈代①曰：“不见诸侯，宜若小然；②今一见之，大则以王，小则以霸。且《志》

曰：‘枉尺而直寻’，宜若可为也。”③

孟子曰：“昔齐景公田，招虞人以旌，不至，将杀之。志士不忘在沟壑，勇士不忘丧其元④。孔子奚取焉？取非其招不往也。⑤如不待其招而往，何哉？且夫枉尺而直寻者，以利言也。如以利，则枉寻直尺而利，亦可为与？昔者赵简子使王良与嬖奚乘⑥，终日而不获一禽。嬖奚反命曰：‘天下之贱工也。’⑦或以告王良。良曰：‘请复之。’强而后可，一朝而获十禽。嬖奚反命曰：‘天下之良工也。’简子曰：‘我使掌与女乘。’谓王良，良不可，曰：‘吾为之范我驰驱，终日不获一；为之诡遇，一朝而获十。《诗》云：‘不失其驰，舍矢如破。’⑧我不贯与小人乘，请辞。’⑨御者且羞与射者比，比而得禽兽，虽若丘陵，弗为也。如枉道而从彼，何也？且子过矣，枉己者未有能直人者也。”

【注释】

①陈代：孟子弟子。②“不见诸侯”是孟子的一个主张，本篇第七章公孙丑曾问：“不见诸侯何义？”孟子回答：“古者不为臣不见。”体现了士的气节。宜若小然：似乎气量小了些。③枉尺而直寻：弯曲的尺子伸直了可以达到八尺。寻：古度量名，八尺为一寻。④元：首级。⑤古代君子召唤臣下，按规定应有相当的物件作标志，如齐景公召管园囿的小吏应以打猎的皮冠为标志，他不遵守规定，以旌旗相召，小吏就不应召。奚取：赞同他哪一点呢？⑥赵简子：即晋国大夫赵鞅，“简”是其谥号。王良：春秋末年著名的驾车能手。嬖：宠幸。奚：人名。⑦反命：回来报告。⑧以上两句出自《诗经·小雅·车攻》。⑨贯：即今“惯”字。

食志乎？食功乎？

彭更问曰①：“后车数十乘，从者数百人，以传食于诸侯，不以泰乎？”②

孟子曰：“非其道，则一箪食不可受于人；③如其道，则舜受尧之天下，不以为泰，子以为泰乎？”

曰：“否，士无事而食，不可也。”

曰："子不通功易事，以羡补不足，④则农有余粟，女有余布；子如通之，则梓、匠、轮、舆皆得食于子。⑤于此有人焉，入则孝，出则悌⑥，守先王之道，以待后之学者，而不得食于子，子何尊梓、匠、轮、舆，而轻为仁义者哉？"

曰："梓、匠、轮、舆，其志将以求食也⑦。君子之为道也，其志亦将以求食与？"

曰："子何以其志为哉？其有功于子，可食而食之矣。且子食志乎？食功乎？"⑧

曰："食志。"

曰："有人于此，毁瓦画墁⑨，其志将以求食也，则子食之乎？⑩"

曰："否。"

曰："然则子非食志也，食功也。"

【注释】

①彭更：孟子弟子。②传食：从这里吃到那里。泰：过分。③箪：古代盛饭的圆竹器。④通功易事：流通成果，交换产品。羡：多余的。⑤农：农民。女：织女。梓、匠、轮、舆：分别是制造木器、宫室、车轮、车厢的木匠，这里代指各类工匠。⑥入则孝，出则悌：语出《论语·学而》，意为在家孝顺父母，出门恭顺兄长。这里是合乎礼度之意。⑦志：做事的动机。⑧功：做事的功效。⑨毁瓦画墁：毁坏了屋瓦，画脏了新刷的墙。⑩食（sì）：动词，给他吃。

【泛读】

孟子·梁惠王上（三章）

第一章

孟子见梁惠王。王曰："叟不远千里而来，亦将有以利吾国乎？"孟子对曰："王何必曰利？亦有仁义而已矣。王曰：'何以利吾国？'大夫曰：'何以利吾家？'士庶人曰：'何以利吾身？'上下交征利，而国危矣！万乘之国，弑其君者，必千乘之家；千乘之国，弑其君者，必百乘之家。万取千焉，千取百焉，不为不多矣。苟为后义而先利，不夺不餍。未有仁而遗其亲者也，未有义而后其君者也。王亦曰仁义而已矣，何必曰利？”

第二章

孟子见梁惠王。王立于沼上，顾鸿雁、麋鹿，曰：“贤者亦乐此乎？”

孟子对曰：“贤者而后乐此，不贤者虽有此不乐也。《诗》云：‘经始灵台，经之营之；庶民攻之，不日成之。经始勿亟，庶民子来。王在灵囿，麀鹿攸伏。麀鹿濯濯，白鸟鹤鹤。王在灵沼，于牣鱼跃。’文王以民力为台为沼，而民欢乐之，谓其台曰灵台，谓其沼曰灵沼，乐其有麋鹿鱼鳖。古之人与民偕乐，故能乐也。《汤誓》曰：‘时日害丧，予及女偕亡！’民欲与之偕亡，虽有台池鸟兽，岂能独乐哉！”

第三章

梁惠王曰：“寡人之于国也，尽心焉耳矣！河内凶，则移其民于河东，移其粟于河内。河东凶亦然。察邻国之政，无如寡人之用心者。邻国之民不加少，寡人之民不加多，何也？”孟子对曰：“王好战，请以战喻。填然鼓之，兵刃既接，弃甲曳兵而走，或百步而后止，或五十步而后止。以五十步笑百步，则何如？”曰：“不可。直不百步耳，是亦走也！”曰：“王如知此，则无望民之多于邻国也。不违农时，谷不可胜食也；数罟不入洿池，鱼鳖不可胜食也；斧斤以时入山林，材木不可胜用也。谷与鱼鳖不可胜食，材木不可胜用，是使民养生丧死无憾也。养生丧死无憾，王道之始也。五亩之宅，树之以桑，五十者可以衣帛矣；鸡豚狗彘之畜，无失其时，七十者可以食肉矣；百亩之田，勿夺其时，数口之家可以无饥矣；谨庠序之教，申之以孝悌之义，颁白者不负戴于道路矣。七十者衣帛食肉，黎民不饥不寒，然而不王者未之有也！狗彘食人食而不知检，涂有饿莩而不知发；人死，则曰：‘非我也，岁也。’是何异于刺人而杀之，曰：‘非我也，兵也！’王无罪岁，斯天下之民至焉。”

【精读五·老子】

第一章

道可道，非常道。① 名可名，非常名。② 无名，天地之始。③ 有名，万物之母。④

故常无，欲以观其妙；⑤常有，欲以观其徼。⑥此两者，同出而异名，同谓之玄。⑦玄之又玄，众妙之门。⑧

【注释】

①道可道，非常道："道"是老子哲学最重要的范畴。第一个"道"是名词，指可以被言说的现象界的道，如治国之道。第二个"道"是动词，犹解说、表述。第三个"道"则是指创生天地宇宙的本原和实质，是世界的本源和本质规律。常道：恒常不易之道。此句意为：常道之深奥是语言无法表达和穷尽的。②名可名，非常名：第一个"名"是名词，指现象世界的物，事，象。第二个"名"是动词，命名、说明之意。常名：恒常之道的名。③无名：指无法命名的道。天地之始：诞生天地的元始。④有名：指由道创生的天地宇宙，乃是滋生、化育万物的母体。⑤常无：常体"无"。妙：奥妙、微妙。二句意思是常体"无"，以观照道的奥妙。⑥常有：常体"有"。徼（jiào）：边际、边界。二句意为总是处于常有的状态，只可观察到"道"的边际。⑦此两者：指"无"和"有"。二者皆出于"道"，只是称谓不同，从其相同的一面看，都有幽昧深远、混沌不分之特点，故可谓之"玄"。玄：深黑色，玄妙深远。⑧玄之又玄：幽深玄妙之中更有幽深玄妙。众妙之门：指一切奥妙变化的总门径，以此比喻宇宙万物的唯一本原——"道"。

【泛读】

老子·第二章

天下皆知美之为美，斯恶已；皆知善之为善，斯不善已。故有无相生，难易相成，长短相形，高下相倾，音声相和，前后相随。是以圣人处无为之事，行不言之教。万物作焉而不辞。生而不有，为而不恃，功成而弗居。夫唯弗居，是以不去。

老子·第三章

不尚贤，使民不争。不贵难得之货，使民不为盗。不见可欲，使民心不乱。是以圣人之治，虚其心，实其腹，弱其志，强其骨；常使民无知、无欲，使夫智者不敢为也。为无为，则无不治。

老子 · 第十一章

三十辐共一毂，当其无，有车之用。埏埴以为器，当其无，有器之用。凿户牖以为室，当其无，有室之用。故有之以为利，无之以为用。

老子 · 第四十四章

名与身孰亲？身与货孰多？得与亡孰病？甚爱必大费，多藏必厚亡。知足不辱，知止不殆，可以长久。

老子 · 第四十七章

不出户知天下，不窥牖见天道。其出弥远，其知弥少。是以圣人不行而知，不见而名，不为而成。

老子 · 第四十八章

为学日益，为道日损。损之又损，以至于无为。无为而无不为。取天下常以无事，及其有事，不足以取天下。

老子 · 第七十七章

天之道其犹张弓与？高者抑之，下者举之。有余者损之，不足者补之。天之道，损有余而补不足。人之道则不然，损不足以奉有余。孰能有余以奉天下，唯有道者。是以圣人为而不恃，功成而不处，其不欲见贤邪！

老子 · 第七十八章

天下莫柔弱于水，而攻坚强者，莫之能胜。以其无以易之。弱之胜强，柔之胜刚。

天下莫不知，莫能行。是以圣人云，受国之垢是谓社稷主，受国不祥是为天下王。正言若反。

老子·第七十九章

和大怨必有余怨，安可以为善。是以圣人执左契而不责于人。有德司契，无德司彻。天道无亲，常与善人。

老子·第八十章

小国寡民，使有什伯之器而不用，使民重死而不远徙。虽有舟舆无所乘之，虽有甲兵无所陈之。使民复结绳而用之。甘其食，美其服，安其居，乐其俗。邻国相望，鸡犬之声相闻，民至老死不相往来。

第八十一章

信言不美，美言不信。善者不辩，辩者不善。知者不博，博者不知。圣人不积，既以为人己愈有，既以与人己愈多。天之道利而不害，圣人之道为而不争。

【精读六·庄子】

齐物论（节选）

啮缺问乎王倪

啮缺问乎王倪曰①："子知物之所同是乎？②"曰："吾恶乎知之！""子知子之所不知邪？"曰："吾恶乎知之！""然则物无知邪？"曰："吾恶乎知之！虽然，尝试言之。庸讵知吾所谓知之非不知邪？庸讵知吾所谓不知之非知邪？③且吾尝试问乎女④：民湿寝则腰疾偏死⑤，鳝然乎哉？⑥木处则惴慄恂惧⑦，猨猴然乎哉？⑧三者孰知正处？民食刍豢⑨，麋鹿食荐⑩，蝍蛆甘带⑪，鸱鸦耆鼠⑫，四者孰知正味？猨猵狙以为雌⑬，麋与鹿交，鳝与鱼游。⑭毛嫱丽姬⑮，人之所美也，鱼见之深入，鸟见之高飞，麋鹿见之决骤。[16]四者孰知天下之正色哉？自我观之，仁义之端[17]，是非之涂[18]，樊然殽乱[19]，吾恶能知其辩！[20]”

啮缺曰：“子不知利害，则至人固不知利害乎？”[21]王倪曰：“至人神矣[22]！大泽焚而不能热[23]，河汉沍而不能寒[24]，疾雷破山、飘风振海而不能惊[25]。若然者，乘云气，骑日月，而游乎四海之外。死生无变于己[26]，而况利害之端乎！”

【注释】

①啮（niè）缺、王倪：传说中的古代贤人，实为庄子寓言故事中虚拟的人物。②所同是：意思是相互间共同的地方。③庸讵：怎么、哪里。④女：汝，你。⑤湿寝：在潮湿的地方寝卧。偏死：偏瘫，即半身不遂。⑥鳝（qiū）：“鳅”字的异体，即泥鳅。⑦木处：在高高的树木上居住。惴、慄、恂（xún）、惧：四字都是恐惧、惧怕的意思。⑧猨：“猿”字的异体，“猨猴”即“猿猴”。⑨刍：草。豢（huàn）：养。刍豢：用草喂养，这里代指家畜、牲口。⑩麋（mí）：一种食草的珍贵兽类，与鹿同科。荐（jiàn）：美草。⑪蝍（jí）蛆（jū）：蜈蚣。甘：甜美，嗜好，这里作动词。带：小蛇。“甘带”意思是以小蛇为美食。⑫鸱（chī）：猫头鹰。耆：亦写作“嗜”，嗜好。⑬猵（biān）狙（jū）：一种类似猿猴的动物。“猨猵狙以为雌”，即“猿以狙猵为雌”。旧注猵狙喜与雌猿交配，“以猿为雌”，但与句法不合，姑备参考。⑭游：戏游，即交尾。⑮毛嫱（qiáng）、丽姬：古代著名的美人。⑯决（xuè）：迅疾的样子。骤：快速奔跑。⑰端：端绪。⑱涂：通“途”，道路，途径。⑲樊然：杂乱的样子。殽（yáo）：同“淆”，混杂的意思。⑳辩：通“辨”，分别、区分的意思。㉑至人：这里指能够达到忘我境界的、道德修养极高的人。㉒神：神妙不测。㉓泽：聚水的洼地。泽地水源充足，林木灌丛生长茂密。㉔沍（hù）：河水冻结。㉕根据前两句的句式结构分析，这一句似应分别成两个七字句，故有人认为此处有脱落，疑为“疾雷破山不能伤，飘风振海不能惊”。㉖无变于己：对于他自己全无变化。

大宗师（节选）

子桑户、孟子反、子琴张三人相与友。[1]曰：“孰能相与于无相与，相为于无相为？②孰能登天游雾，挠挑无极，相忘以生，无所终穷！”③三人相视而笑，莫逆于心，遂相与为友。④

莫然有间⑤，而子桑户死，未葬。孔子闻之，使子贡往侍事焉。⑥或编曲，或鼓琴，相和而歌曰：“嗟来桑户乎！嗟来桑户乎！而已反其真，而我犹为人猗！”⑦

子贡趋而进曰：“敢问临尸而歌，礼乎？”⑧

二人相视而笑曰：“是恶知礼意！”⑨

子贡反，以告孔子曰：“彼何人者邪？修行无有，而外其形骸，临尸而歌，颜色不变，无以命之。⑩彼何人者邪？”孔子曰：“彼游方之外者也；而丘，游方之内者也。⑪外内不相及，而丘使女往吊之，丘则陋矣！⑫彼方且与造物者为人，而游乎天地之一气。⑬彼以生为附赘县疣，以死为决疣溃痈。⑭夫若然者又恶知死生先后之所在！假于异物，托于同体；⑮忘其肝胆，遗其耳目；反复终始，不知端倪；⑯芒然彷徨乎尘垢之外，逍遥乎无为之业。⑰彼又恶能愦愦然为世俗之礼，以观众人之耳目哉！”⑱

子贡曰：“然则夫子何方之依？”孔子曰：“丘，天之戮民也。⑲虽然，吾与汝共之。”子贡曰：“敢问其方？”⑳孔子曰：“鱼相造乎水，人相造乎道㉑。相造乎水者，穿池而养给；相造乎道者，无事而生定㉒。故曰：“鱼相忘乎江湖，人相忘乎道术。”㉓

子贡曰：“敢问畸人㉔？”曰：“畸人者，畸于人而侔于天㉕。故曰天之小人，人之君子；人之君子，天之小人也。”

【注释】

①子桑户、孟子反、子琴张：庄子假托的寓言人物。相与：相处，交往。②相为：相助。二句言谁能相交而出于自然，相助而不露痕迹？③挠挑（náo tiāo）：宛转循环跳跃貌。④莫逆于心：心中没有抵触。指情感一致，心意相投。⑤莫然有间（jiàn）：没有多久。⑥子贡：孔子弟子，姓端木，名赐。这里是庄子设喻，未必真有其事。侍

事：帮助办理丧事。⑦ 嗟来：犹如“嗟乎”。而：你。反：返回。真：本真。“反其真”即返归自然。猗（yī）：语气词。⑧ 趋：快步疾行。礼乎：合乎礼吗？⑨ 恶（wū）：古同“乌”，疑问词，哪，何。⑩ 修行：修养自己的德行。一说不以礼文修饰自己。外其形骸：将形骸置之度外，意思是不把死亡当作一件大事。命：名，称述。⑪ 方之外：方域之外，形容超脱礼教束缚，纵心事外。⑫ 陋：浅薄，见识不广。⑬ 为人：为偶；即相互做为伴侣。一气：元气。⑭ 县（xuán）：同“悬”。疣（yóu）：“瘤”。“附赘县疣”喻指多余的东西。疣（huán）、痈（yōng）：均为毒疮。“决疣溃痈”指毒疮化浓而破溃。⑮ 假于异物，托于同体：借着不同的本质，寄托在同一形体之内。假：凭借。⑯ 端倪：指推测事物的始末。⑰ 芒然：即茫然。尘垢：这里喻指人世。无为之业：无所作为的境界。⑱ 愦愦（kuì）然：烦乱的样子。观：显示。⑲ 戮：刑戮。天之戮民：指受到自然惩罚的人，即摆脱不了方内束缚的人。⑳ 方：方法，准则。㉑ 造：往，适。相造：相遇。㉒ 给：足。养给：即给养充裕。生：通“性”。生定：即性情平静安适。一说“定”字为“足”字之误，“生定”则是性分自足之意。㉓ 道术：这里指大道。㉔ 畸（jī）人：奇异的人，这里指不合于世俗的人。㉕ 侔（móu）：齐同。

【泛读】

庄子·逍遥游（节选）

北冥有鱼，其名曰鲲。鲲之大，不知其几千里也；化而为鸟，其名为鹏。鹏之背，不知其几千里也。怒而飞，其翼若垂天之云。是鸟也，海运则将徙于南冥。南冥者，天池也。

《齐谐》者，志怪者也。《谐》之言曰：“鹏之徙于南冥也，水击三千里，抟扶摇而上者九万里，去以六月息者也。”野马也，尘埃也，生物之以息相吹也。天之苍苍，其正色邪？其远而无所至极邪？其视下也，亦若是则已矣。且夫水之积也不厚，则其负大舟也无力。覆杯水于坳堂之上，则芥为之舟；置杯焉则胶，水浅而舟大也。风之积也不厚，则其负大翼也无力，故九万里则风斯在下矣。而后乃今培风，背负青天而莫之夭阏者，而后乃今将图南。

蜩与学鸠笑之曰："我决起而飞，抢榆枋，时则不至，而控于地而已矣，奚以之九万里而南为？"适莽苍者，三飡而反，腹犹果然；适百里者，宿舂粮；适千里者，三月聚粮。之二虫，又何知？小知不及大知，小年不及大年。奚以知其然也？朝菌不知晦朔，蟪蛄不知春秋，此小年也。楚之南有冥灵者，以五百岁为春，五百岁为秋；上古有大椿者，以八千岁为春，八千岁为秋。而彭祖乃今以久特闻，众人匹之，不亦悲乎？

汤之问棘也是已："穷发之北有冥海者，天池也。有鱼焉，其广数千里，未有知其修者，其名为鲲。有鸟焉，其名为鹏，背若太山，翼若垂天之云，抟扶摇羊角而上者九万里，绝云气，负青天，然后图南，且适南冥也。斥鴳笑之曰：'彼且奚适也？我腾跃而上，不过数仞而下，翱翔蓬蒿之间，此亦飞之至也，而彼且奚适也？'"此小大之辩也。

故夫知效一官，行比一乡，德合一君而征一国者，其自视也亦若此矣。而宋荣子犹然笑之。且举世而誉之而不加劝，举世而非之而不加沮，定乎内外之分，辩乎荣辱之境，斯已矣。彼其于世，未数数然也。虽然，犹有未树也。夫列子御风而行，泠然善也，旬有五日而后反。彼于致福者，未数数然也。此虽免乎行，犹有所待者也。若夫乘天地之正，而御六气之辩，以游无穷者，彼且恶乎待哉？故曰：至人无己，神人无功，圣人无名。

庄子·养生主（节选）

吾生也有涯，而知也无涯。以有涯随无涯，殆已；已而为知者，殆而已矣！为善无近名，为恶无近刑。缘督以为经，可以保身，可以全生，可以养亲，可以尽年。

庖丁为文惠君解牛，手之所触，肩之所倚，足之所履，膝之所踦，砉然向然，奏刀騞然，莫不中音，合于《桑林》之舞，乃中《经首》之会。

文惠君曰："嘻，善哉！技盖至此乎？"

庖丁释刀对曰："臣之所好者道也，进乎技矣。始臣之解牛之时，所见无非全牛者。三年之后，未尝见全牛也。方今之时，臣以神遇而不以目视，官知止而神欲行。依乎天理，批大郤，导大窾，因其固然，技经肯綮之未尝，而况大軱乎！良庖岁更刀，割也；族庖月更刀，折也。今臣之刀十九年矣，所解数千牛矣，而刀刃若新发于硎。彼节者有间，而刀刃者无厚。以无厚入有间，恢恢乎其于游刃必有余地矣，是以十九年而刀刃若新发于硎。虽然，每至于族，吾见其难为，怵然为戒，视为止，行为迟，动刀甚微。謋然已解，如土委地。提刀而立，为之四顾，为之踌躇满志，善刀而藏之。"

文惠君曰："善哉！吾闻庖丁之言，得养生焉。"

公文轩见右师而惊曰："是何人也？恶乎介也？天与，其人与？"曰："天也，非人也。天之生是使独也，人之貌有与也。以是知其天也，非人也。"泽雉十步一啄，百步一饮，不蕲畜乎樊中。神虽王，不善也。

老聃死，秦失吊之，三号而出。弟子曰："非夫子之友邪？"曰："然"。"然则吊焉若此，可乎？"曰："然。始也吾以为其人也，而今非也。向吾入而吊焉，有老者哭之，如哭其子；少者哭之，如哭其母。彼其所以会之，必有不蕲言而言，不蕲哭而哭者。是遁天倍情，忘其所受，古者谓之遁天之刑。适来，夫子时也；适去，夫子顺也。安时而处顺，哀乐不能入也，古者谓是帝之县解。"

指穷于为薪，火传也，不知其尽也。

庄子·秋水（节选）

秋水时至，百川灌河；泾流之大，两涘渚崖之间，不辩牛马。于是焉河伯欣然自喜，以天下之美为尽在已。顺流而东行，至于北海，东面而视，不见水端。于是焉河伯始旋其面目，望洋向若而叹曰："野语有之曰，'闻道百，以为莫己若'者，我之谓也。且夫我尝闻少仲尼之闻而轻伯夷之义者，始吾弗信；今我睹子之难穷也，吾非至于子之门则殆矣，吾长见笑于大方之家。"

北海若曰："井蛙不可以语于海者，拘于虚也；夏虫不可以语于冰者，笃于时也；曲士不可以语于道者，束于教也。今尔出于崖涘，观于大海，乃知尔丑，尔将可与语大理矣。天下之水，莫大于海，万川归之，不知何时止而不盈；尾闾泄之，不知何时已而不虚；春秋不变，水旱不知。此其过江河之流，不可为量数。而吾未尝以此自多者，自以比形于天地而受气于阴阳，吾在于天地之间，犹小石小木之在大山也。方存乎见少，又奚以自多！计四海之在天地之间也，不似礨空之在大泽乎？计中国之在海内，不似稊米之在大仓乎？号物之数谓之万，人处一焉；人卒九州，谷食之所生，舟车之所通，人处一焉；此其比万物也，不似豪末之在于马体乎？五帝之所连，三王之所争，仁人之所忧，任士之所劳，尽此矣！伯夷辞之以为名，仲尼语之以为博，此其自多也；不似尔向之自多于水乎？"

河伯曰："然则吾大天地而小豪末，可乎？"

北海若曰："否。夫物，量无穷，时无止，分无常，终始无故。是故大知观于远近，故小而不寡，大而不多，知量无穷，证曏今故，故遥而不闷，掇而不跂，知时无止；察乎盈虚，故得而不喜，失而不忧，知分之无常也；明乎坦途，故生而不说，死而不祸，知终始之不可故也。计人之所知，不若其所不知；其生之时，不若未生之时；以其至小求穷其至大之域，是故迷乱而不能自得也。由此观之，又何以知豪末之足以定至细之倪？又何以知天地之足以穷至大之域？"

……

庄子钓于濮水，楚王使大夫二人往先焉，曰："愿以境内累矣！"庄子持竿不顾，曰："吾闻楚有神龟，死已三千岁矣，王巾笥而藏之庙堂之上。此龟者，宁其死为留骨而贵乎？宁其生而曳尾于涂中乎？"二大夫曰："宁生而曳尾涂中。"庄子曰："往矣，吾将曳尾于涂中。"

惠子相梁，庄子往见之。或谓惠子曰："庄子来，欲代子相。"于是惠子恐，搜于国中，三日三夜。庄子往见之，曰："南方有鸟，其名为鹓雏，子知之乎？夫鹓雏，发于南海而飞于北海；非梧桐不止，非练实不食，非醴泉不饮。于是鸱得腐鼠，鹓雏过之，仰而视之曰：'吓！'今子欲以子之梁国而吓我邪？"

庄子与惠子游于濠梁之上。庄子曰："儵鱼出游从容，是鱼之乐也。"惠子曰："子非鱼，安知鱼之乐？"庄子曰："子非我，安知我不知鱼之乐？"惠子曰："我非子，固不知子矣；子固非鱼也，子之不知鱼之乐，全矣。”庄子曰：“请循其本。子曰‘汝安知鱼乐’云者，既已知吾知之而问我，我知之濠上也。”

【精读七·荀子】

劝学（节选）

君子曰①：学不可以已②。青，取之于蓝③，而青于蓝；冰，水为之，而寒于水。木直中绳，𫐓以为轮④，其曲中规，虽有槁暴⑤，不复挺者，𫐓使之然也。故木受绳则直，金就砺则利，君子博学而日参省乎己⑥，则知明而行无过矣。

故不登高山，不知天之高也；不临深谿，不知地之厚也；不闻先王之遗言，不知学问之大也。干、越、夷、貉之子⑦，生而同声，长而异俗，教使之然也。《诗》⑧曰：“嗟尔君子，无恒安息。靖共尔位⑨，好是正直。神之听之，介尔景福。⑩”神莫大于化道，福莫长于无祸。

【注释】

① 君子：指有道德的人。② 已：停止，终止。③ 蓝：即蓼（liǎo），一年生草本植物，其叶经过发酵后可以提制深蓝色的有机染料靛蓝。④ 𫐓：通“煣”，用微火熏烤木料使它弯曲。⑤ 有：通“又”。槁（gǎo）：通“熇”，烤。暴（pù）：古“曝”字，晒。⑥ 参：检验。省（xǐng）：考察。⑦ 干：同“邗”（hán），古国名，在今江苏扬州东北，春秋时为吴国所灭而成为吴邑，此指代吴国。夷：我国古代居住在东部的民族。貉（mò）：通“貊”，古代居住在东北部的民族。⑧ 见《诗经·小雅·小明》。⑨ 靖：安。共：通“供”。⑩ 介：给予。景：大。

吾尝终日而思矣，不如须臾之所学也；吾尝跂而望矣①，不如登高之博见也。登高而招，臂非加长也，而见者远；顺风而呼，声非加疾也，而闻者彰。假舆马者，非利足也，而致千里；假舟楫者，非能水也，而绝江河。君子生非异也，善假于物也。②

南方有鸟焉，名曰蒙鸠。③以羽为巢，而编之以发，系之苇苕④，风至苕折，卵破子死。巢非不完也，所系者然也。西方有木焉，名曰射干⑤，茎长四寸，生于高山之上，而临百仞之渊。木茎非能长也，所立者然也。蓬生麻中，不扶而直；白沙在涅，与之俱黑。⑥兰槐之根是为芷⑦，其渐之滫⑧，君子不近，庶人不服。其质非不美也，所渐者然也。故君子居必择乡，游必就士，所以防邪僻而近中正也。⑨

物类之起，必有所始；荣辱之来，必象其德。肉腐出虫，鱼枯生蠹。怠慢忘身，祸灾乃作。强自取柱⑩，柔自取束。邪秽在身，怨之所构。⑪施薪若一，火就燥也；平地若一，水就湿也。草木畴生⑫，禽兽群焉，物各从其类也。是故质的张而弓矢至焉⑬，林木茂而斧斤至焉⑭，树成荫而众鸟息焉，醯酸而蜹聚焉。⑮故言有召祸也，行有招辱也，君子慎其所立乎！

【注释】

①跂（qǐ）：通“企”，踮起脚后跟。②生：通“性”，指人的资质。假：凭借。指君子凭借向贤师益友学习来提高自己的修养。③蒙鸠：即鷦鷯，俗称黄脰鸟，又称巧妇鸟，全身灰色，有斑，常取茅苇毛毳为巢。④苕（tiáo）：古书上指凌霄花，一说芦苇的花穗。⑤射（yè）干：古书上的一种草，根可入药。⑥白沙在涅，与之俱黑：《说文》云：涅，黑土在水中者也。⑦兰槐：香草名，又叫白芷（zhǐ），开白花，味香。古人称其苗为“兰”，称其根为“芷”。⑧渐（jiān）：浸。滫（xiū）：泔水，已酸臭的淘米水。杨倞以为是尿。⑨邪僻：品行不端的人。⑩柱：通“祝”（王引之说），折断。《大戴礼记·劝学》作“折”。⑪构：结，造成。⑫畴：通“俦”，类。⑬质：箭靶。的（dì）：箭靶的中心。⑭斤，斧子。⑮醯（xī）：醋。蜹（ruì）：飞虫名，属蚊类。

积土成山，风雨兴焉；积水成渊，蛟龙生焉；积善成德，而神明自得，圣心备焉。故不积跬步①，无以至千里；不积小流，无以成江海。骐骥一跃②，不能十步③；驽马十驾④，功在不舍⑤。锲而舍之，朽木不折；锲而不舍，金石可镂。螾无爪牙之利、筋骨之强，上食埃土，下饮黄泉，用心一也；蟹八跪而二螯⑥，非蛇、蟺之穴无可寄托者⑦，用心躁也。是故无冥冥之志者，无昭昭之明；无惛惛之事者⑧，无赫赫之功。行衢道者不至，事两君者不容。目不能两视而明，耳不能两听而聪。螣蛇无足而飞⑨，鼫鼠五技而穷⑩。《诗》曰⑪："尸鸠在桑，其子七兮。淑人君子，其仪一兮⑫。其仪一兮，心如结兮⑬。"故君子结于一也。

【注释】

①跬（kuǐ）：行走时两脚之间的距离，古人所说的半步。步：古人说一步，指左右脚都向前迈一次的距离，等于现在的两步。②骐骥：骏马。③步：长度单位，六尺为步。④驾：古代马拉车时，早晨套上车，晚上卸去。套车叫驾，所以这里用"驾"指代马车一天的行程。十驾：套十次车，指十天的行程。此指千里的路程。⑤舍：舍弃。指不放弃行路。⑥八：《集解》作"六"，据《大戴礼记·劝学》改。跪：脚。螯：螃蟹等节肢动物身前的大爪，形如钳。⑦蟺（shàn）：同"鳝"。⑧冥冥、惛惛（hūn）：昏暗不明的样子，形容专心致志、埋头苦干。昭昭：明白的样子。⑨螣（téng）蛇：传说中一种能飞的神蛇。⑩鼫（shí）鼠：原作"梧鼠"，据《大戴礼记·劝学》改。鼫鼠能飞但不能飞上屋面，能爬树但不能爬到树梢，能游泳但不能渡过山谷，能挖洞但不能藏身，能奔跑但不能追过人，所以说它"五技而穷"。穷：窘困。⑪见《诗·曹风·鸤鸠》。⑫仪：通"义"。⑬结：结聚不散开，比喻专心一致，坚定不移。

昔者瓠巴鼓瑟而沈鱼出听①，伯牙鼓琴而六马仰秣②。故声无小而不闻，行无隐而不形。玉在山而草木润，渊生珠而崖不枯③。为善不积邪④，安有不闻者乎？

学恶乎始？恶乎终？曰：其数则始乎诵经⑤，终乎读《礼》⑥；其义则始乎为士，终乎为圣人。真积力久则入，学至乎没而后止也⑦。故学数有终，若其义则不可须臾舍也。为之，人也；舍之，禽兽也。故《书》者⑧，政事之纪也；《诗》者，中声之所止也[⑨]；《礼》者，法之大分、类之纲纪也[⑩]。故学至乎《礼》而止矣，夫是之谓道德之极。《礼》之敬文也[⑪]，《乐》之中和也[⑫]，《诗》、《书》之博也，《春秋》之微也[⑬]，在天地之间者毕矣。

【注释】

①瓠（hù）巴：楚国人，善于弹瑟。沈：同“沉”。②伯牙：古代善于弹琴的人。六马：古代天子之车驾用六匹马拉；此指拉车之马。仰秣：《淮南子·说山训》高诱注：“仰秣，仰头吹吐，谓马笑也。”③崖：岸边。④邪（yé）：同“耶”，疑问语气词。⑤数：指学习的具体科目。⑥《礼》：汉代称为《礼经》，是春秋战国时代一部分礼制的汇编，梁、陈以后称为《仪礼》。⑦没：通“殁”。死。⑧《书》：《尚书》，汉以后又称《书经》，是上古历史文献的汇编。⑨《诗》：即《诗经》。中声：和谐的音乐。止：存。⑩大分（fèn）：要领，总纲。类：与“法”同义，规范、准则。⑪文：文采，花纹，引申指表现义的礼仪制度。《韩非子·解老》：“礼者，义之文也。”⑫《乐》：《乐经》，六经之一，据说它是附于《诗经》的一种乐谱，后亡佚。⑬《春秋》：是春秋时鲁国史官记载当时史事的编年史，相传孔子曾修订过。微：精深隐微，此指微言大义、通过隐微精深的语言来隐喻对人事的褒贬的“《春秋》笔法”。故孟子说：“孔子成《春秋》而乱臣贼子惧。”

君子之学也，入乎耳，箸乎心[①]，布乎四体[②]，形乎动静。端而言，蝡而动[③]，一可以为法则。小人之学也，入乎耳，出乎口。口、耳之间则四寸耳，曷足以美七尺之躯哉？[④]古之学者为己，今之学者为人。君子之学也，以美其身；小人之学也，以为禽犊。故不问而告谓之傲[⑤]，问一而告二谓之囋[⑥]。傲，非也；囋，非也；君子如响矣[⑦]。学莫便乎近其人。《礼》、《乐》法而不说，《诗》、《书》故而不切，《春秋》约而不速。方其人之习君子之说，则尊以遍矣[⑧]，周于世矣。故曰：学莫便乎近其人。

学之经莫速乎好其人[⑨]，隆礼次之[⑩]。上不能好其人，下不能隆礼，安特将学杂识志⑪，顺《诗》、《书》而已耳，则末世穷年，不免为陋儒而已！⑫将原先王，本仁义，则礼正其经纬、蹊径也⑬。若挈裘领，诎五指而顿之⑭，顺者不可胜数也。不道礼宪，以《诗》、《书》为之，譬之，犹以指测河也，以戈舂黍也，以锥飡壶也，不可以得之矣。故隆礼，虽未明，法士也；不隆礼，虽察辩，散儒⑮也。

【注释】

①箸：通"著"（zhù），附着。②布：分布。四体：四肢。③端：通"喘"，微言。蠕：微动。④则：才。曷：何。⑤傲：通"躁"。⑥囋（zá）：唠叨。⑦响：回声。⑧方：通"仿"，仿效。第一个"之"训"而"。以：而。⑨经：通"径"。⑩隆礼：尊崇礼法。《礼记·经解》："是故隆礼，由礼，谓之有方之士；不隆礼，不由礼，谓之无方之民。"⑪安：语助词。特：只。识：了解。⑫陋儒：学识浅陋的儒生。⑬原、本：推究、遵循。经纬：纵横的道路，南北向的叫经，东西向的叫纬。蹊径：小路，此指途径。⑭诎：通"屈"，弯曲。顿：上下抖动使整齐。⑮散儒：不遵礼法、不自检束的儒生。

问楛①者，勿告也；告楛者，勿问也；说楛者，勿听也；有争气者，勿与辩也。故必由其道至，然后接之；非其道，则避之。故礼恭，而后可与言道之方；辞顺，而后可与言道之理；色从，而后可与言道之致。故未可与言而言谓之傲，可与言而不言谓之隐，不观气色而言谓之瞽。故君子不傲、不隐、不瞽，谨顺其身。《诗》曰②："匪交匪舒，天子所予。"③此之谓也。

百发失一，不足谓善射；千里跬步不至，不足谓善御；伦类不通，④仁义不一，不足谓善学。学也者，固学一之也。一出焉，一入焉，涂巷之人也；⑤其善者少，不善者多，桀、纣、盗跖也；⑥全之尽之，然后学者也。

君子知夫不全不粹之不足以为美也，故诵数以贯之，思索以通之，为其人以处之，除其害者以持养之；使目非是无欲见也，使耳非是无欲闻也，使口非是无欲言也，使心非是无欲虑也。及至其致好之也，目好之五色，耳好之五声，口好之五味，心利之有天下。⑦是故权利不能倾也，群众不能移也，天下不能荡也。生乎由是，死乎由是，夫是之谓德操。德操然后能定，能定然后能应。能定能应，夫是之谓成人。天见其明，地见其光⑧，君子贵其全也。

【注释】

①楛（kǔ）：粗劣的，粗制滥造的。②《诗经·小雅·采菽》。③匪：同“非”，不。交：通“绞”，急。予：通“与”，赞许。④类：法，规范。⑤涂：通“途”。⑥桀：名履癸，夏朝末代君王，传说中的暴君。纣：即帝辛，商朝末代君王，传说中的暴君。跖（zhí）：传说中春秋战国时人，被当作是贪婪强盗的典型，称他为“盗跖”。⑦利：贪。⑧见：同“现”。光：通“广”。

【泛读】

荀子·性恶篇

人之性恶，其善者伪也。今人之性，生而有好利焉，顺是，故争夺生而辞让亡焉；生而有疾恶焉，顺是，故残贼生而忠信亡焉；生而有耳目之欲，有好声色焉，顺是，故淫乱生而礼义文理亡焉。然则从人之性，顺人之情，必出于争夺，合于犯分乱理而归于暴。故必将有师法之化，礼义之道，然后出于辞让，合于文理，而归于治。用此观之，然则人之性恶明矣，其善者伪也。故枸木必将待檃栝、烝、矫然后直，钝金必将待砻、厉然后利。今人之性恶，必将待师法然后正，得礼义然后治。今人无师法则偏险而不正，无礼义则悖乱而不治。古者圣王以人之性恶，以为偏险而不正，悖乱而不治，是以为之起礼义，制法度，以矫饰人之情性而正之，以扰化人之情性而导之也。始皆出于治、合于道者也。今之人化师法，积文学，道礼义者为君子；纵性情，安恣睢，而违礼义者为小人。用此观之，然则人之性恶明矣，其善者，伪也。

孟子曰：“人之学者，其性善。”曰：是不然。是不及知人之性，而不察乎人之性、伪之分者也。凡性者，天之就也，不可学，不可事。礼义者，圣人之所生也，人之所学而能，所事而成者也。不可学、不可事而在人者谓之性，可学而能、可事而成之在人者谓之伪，是性、伪之分也。今人之性，目可以见，耳可以听。夫可以见之明不离目，可以听之聪不离耳，目明而耳聪，不可学明矣。孟子曰："今人之性善，将皆失丧其性故也。"曰：若是，则过矣。今人之性，生而离其朴，离其资，必失而丧之。用此观之，然则人之性恶明矣。所谓性善者，不离其朴而美之，不离其资而利之也。使夫资朴之于美，心意之于善，若夫可以见之明不离目，可以听之聪不离耳，故曰目明而耳聪也。

今人之性，饥而欲饱，寒而欲暖，劳而欲休，此人之情性也。今人饥，见长而不敢先食者，将有所让也；劳而不敢求息者，将有所代也。夫子之让乎父、弟之让乎兄，子之代乎父、弟之代乎兄，此二行者，皆反于性而悖于情也。然而孝子之道，礼义之文理也。故顺情性则不辞让矣，辞让则悖于情性矣。用此观之，然则人之性恶明矣，其善者伪也。

问者曰："人之性恶，则礼义恶生？"应之曰：凡礼义者，是生于圣人之伪，非故生于人之性也。故陶人埏埴而为器，然则器生于工人之伪，非故生于人之性也。故工人斫木而成器，然则器生于工人之伪，非故生于人之性也。圣人积思虑、习伪故，以生礼义而起法度，然则礼义法度者，是生于圣人之伪，非故生于人之性也。若夫目好色，耳好声，口好味，心好利，骨体肤理好愉佚，是皆生于人之情性者也，感而自然，不待事而后生之者也。夫感而不能然，必且待事而后然者，谓之生于伪。是性、伪之所生，其不同之征也。

故圣人化性而起伪，伪起而生礼义，礼义生而制法度。然则礼义法度者，是圣人之所生也。故圣人之所以同于众，其不异于众者，性也；所以异而过众者，伪也。夫好利而欲得者，此人之情性也。假之人有弟兄资财而分者，且顺情性，好利而欲得，若是，则兄弟相拂夺矣；且化礼义之文理，若是则让乎国人矣。故顺情性则弟兄争矣，化礼义则让乎国人矣。凡人之欲为善者，为性恶也。夫薄愿厚，恶愿美，狭愿广，贫愿富，贱愿贵，苟无之中者，必求于外。故富而不愿财，贵而不愿势，苟有之中者，必不及于外。用此观之，人之欲为善者，为性恶也。

今人之性固无礼义，故强学而求有之也；性不知礼义，故思虑而求知之也。然则生而已，则人无礼义，不知礼义。人无礼义则乱，不知礼义则悖。然则生而已，则悖乱在已。用此观之，人之性恶明矣，其善者伪也。

孟子曰："人之性善。"曰：是不然。凡古今天下之所谓善者，正理平治也；所谓恶者，偏险悖乱也。是善恶之分也已。今诚以人之性固正理平治邪？则有恶用圣王，恶用礼义矣哉？虽有圣王礼义，将曷加于正理平治也哉？今不然，人之性恶。故古者圣人以人之性恶，以为偏险而不正，悖乱而不治，故为之立君上之势以临之，明礼义以化之，起法正以治之，重刑罚以禁之，使天下皆出于治，合于善也。是圣王之治，而礼义之化也。今当试去君上之势，无礼义之化，去法正之治，无刑罚之禁，倚而观天下民人之相与也，若是，则夫强者害弱而夺之，众者暴寡而哗之，天下之悖乱而相亡不待顷矣。用此观之，然则人之性恶明矣，其善者伪也。

故善言古者必有节于今，善言天者必有征于人。凡论者，贵其有辨合，有符验，故坐而言之，起而可设，张而可施行。今孟子曰："人之性善。"无辨合符验，坐而言之，起而不可设，张而不可施行，岂不过甚矣哉！故性善则去圣王，息礼义矣；性恶则与圣王，贵礼义矣。故檃栝之生，为枸木也；绳墨之起，为不直也；立君上、明礼义，为性恶也。用此观之，然则人之性恶明矣，其善者伪也。

直木不待檃栝而直者，其性直也；枸木必将待檃栝、烝、矫然后直者，以其性不直也。今人之性恶，必将待圣王之治、礼义之化，然后皆出于治，合于善也。用此观之，然则人之性恶明矣，其善者伪也。

问者曰："礼义积伪者，是人之性，故圣人能生之也。"应之曰：是不然。

夫陶人埏埴而生瓦，然则瓦埴岂陶人之性也哉？工人斫木而生器，然则器木岂工人之性也哉？夫圣人之于礼义也，辟则陶埏而生之也，然则礼义积伪者，岂人之本性也哉？凡人之性者，尧、舜之与桀、跖，其性一也；君子之与小人，其性一也。今将以礼义积伪为人之性邪？然则有曷贵尧、禹，曷贵君子矣哉？凡所贵尧、禹、君子者，能化性，能起伪，伪起而生礼义。然则圣人之于礼义积伪也，亦犹陶埏而为之也。用此观之，然则礼义积伪者，岂人之性也哉？所贱于桀、跖、小人者，从其性，顺其情，安恣睢，以出乎贪利争夺。故人之性恶明矣，其善者伪也。

天非私曾、骞、孝己而外众人也，然而曾、骞、孝己独厚于孝之实，而全于孝之名者，何也？以綦于礼义故也。天非私齐、鲁之民而外秦人也，然而于父子之义、夫妇之别，不如齐、鲁之孝具敬父者，何也？以秦人之从情性，安恣睢，慢于礼义故也，岂其性异矣哉？

"涂之人可以为禹"，曷谓也？曰：凡禹之所以为禹者，以其为仁义法正也。

然则仁义法正有可知可能之理，然而涂之人也，皆有可以知仁义法正之质，皆有可以能仁义法正之具，然则其可以为禹明矣。今以仁义法正为固无可知可能之理邪？然则唯禹不知仁义法正，不能仁义法正也。将使涂之人固无可以知仁义法正之质，而固无可以能仁义法正之具邪？然则涂之人也，且内不可以知父子之义，外不可以知君臣之正。今不然。涂之人者，皆内可以知父子之义，外可以知君臣之正，然则其可以知之质，可以能之具，其在涂之人明矣。今使涂之人者以其可以知之质，可以能之具，本夫仁义法正之可知之理，可能之具，然则其可以为禹明矣。今使涂之人伏术为学，专心一志，思索孰察，加日县久，积善而不息，则通于神明，参于天地矣。故圣人者，人之所积而致矣。曰："圣可积而致，然而皆不可积，何也？"曰：可以而不可使也。故小人可以为君子而不肯为君子，君子可以为小人而不肯为小人。小人、君子者，未尝不可以相为也，然而不相为者，可以而不可使也。故涂之人可以为禹则然，涂之人能为禹，未必然也。虽不能为禹，无害可以为禹。足可以遍行天下，然而未尝有能遍行天下者也。夫工匠、农、贾，未尝不可以相为事也，然而未尝能相为事也。用此观之，然则可以为，未必能也；虽不能，无害可以为。然则能不能之与可不可，其不同远矣，其不可以相为明矣。

尧问于舜曰："人情何如？"舜对曰："人情甚不美，又何问焉？妻子具而孝衰于亲，嗜欲得而信衰于友，爵禄盈而忠衰于君。人之情乎！人之情乎！甚不美，又何问焉！"唯贤者为不然。

有圣人之知者，有士君子之知者，有小人之知者，有役夫之知者，多言则文而类，终日议其所以，言之千举万变，其统类一也：是圣人之知也。少言则径而省，论而法，若佚之以绳，是士君子之知也。其言也谄，其行也悖，其举事多悔，是小人之知也。齐给、便敏而无类，杂能、旁魄而无用，析速、粹孰而不急，不恤是非，不论曲直，以期胜人为意，是役夫之知也。有上勇者，有中勇者，有下勇者。天下有中，敢直其身；先王有道，敢行其意；上不循于乱世之君，下不俗于乱世之民；仁之所在无贫穷，仁之所亡无富贵；天下知之，则欲与天下同苦乐之；天下不知之，则傀然独立天地之间而不畏：是上勇也。礼恭而意俭，大齐信焉而轻货财，贤者敢推而尚之，不肖者敢援而废之，是中勇也。轻身而重货，恬祸而广解，苟免不恤是非，然不然之情，以期胜人为意，是下勇也。繁弱、钜黍，古之良弓也，然而不得排檠则不能自正。桓公之葱，大公之阙，文王之录，庄君之曶（hū），阖闾之干将、莫邪、钜阙、辟闾，此皆古之良剑也，然而不加砥厉则不能利，不得人力则不能断。骅骝、骐、骥、纤离、绿耳，此皆古之良马也，然而前必有衔辔之制，后有鞭策之威，加之以造父之驭，然后一日而致千里也。夫人虽有性质美而心辩知，必将求贤师而事之，择良友而友之。得贤师而事之，则所闻者尧、舜、禹、汤之道也；得良友而友之，则所见者忠信敬让之行也。

身日进于仁义而不自知也者，靡使然也。今与不善人处，则所闻者欺诬诈伪也，所见者污漫、淫邪、贪利之行也，身且加于刑戮而不自知者，靡使然也。传曰：“不知其子视其友，不知其君视其左右。”靡而已矣，靡而已矣。

【精读八 · 韩非子】

和　氏

楚人和氏得玉璞楚山中①，奉而献之厉王②。厉王使玉人相之，玉人曰：“石也。”王以和为诳，③而刖其左足④。及厉王薨⑤，武王即位，⑥和又奉其璞而献之武王。武王使玉人相之，又曰：“石也。”王又以和为诳，而刖其右足。武王薨，文王即位，⑦ 和乃抱其璞而哭于楚山之下，三日三夜，泪尽而继之以血。王闻之，使人问其故，曰："天下之刖者多矣，子奚哭之悲也？"和曰："吾非悲刖也，悲夫宝玉而题之以石，贞士而名之以诳，此吾所以悲也。"王乃使玉人理其璞而得宝焉，遂命曰"和氏之璧"。

夫珠玉，人主之所急也。和虽献璞而未美，未为主之害也，然犹两足斩而宝乃论，论宝若此其难也！今人主之于法术也，未必和璧之急也；而禁群臣士民之私邪。然则有道者之不僇也，⑧ 特帝王之璞未献耳。主用术，则大臣不得擅断，近习不敢卖重；官行法，则浮萌趋于耕农，⑨ 而游士危于战陈；⑩ 则法术者乃群臣士民之所祸也。人主非能倍大臣之议，⑪ 越民萌之诽，独周乎道言也，则法术之士虽至死亡，道必不论矣。

【注释】

① 和氏：春秋时期楚国人，姓卞，名和。② 厉王：春秋时楚国国君，名熊眴，公元前 757 年至前 741 年在位。③ 诳（kuáng）：欺骗，迷惑。《说文》："诳，欺也。"《玉篇》："诳，诳惑也。" ④ 刖（yuè）：古代削足之刑。⑤ 薨（hōng）：《尔雅》："薨，死也。"古代称诸侯之死为薨。⑥ 武王：楚厉王的弟弟，名熊通，公元前 740 至前 690 年在位。⑦ 文王：楚武王的儿子，名赀，公元前 689 至前 677 年在位。⑧ 僇（lù）：通"戮"。杀戮之意。⑨ 萌：通"民"、"氓"。⑩ 陈：同"阵"。《广雅》："陈，列也。"《玉篇》："陈，布也。"这里用为陈兵布阵之意。⑪ 倍：同"背"。背弃，背叛。

昔者吴起教楚悼王以楚国之俗，① 曰："大臣太重，封君太众。② 若此，则上逼主而下虐民，此贫国弱兵之道也。不如使封君之子孙三世而收爵禄，绝灭百吏之禄秩，损不急之枝官，以奉选练之士。"悼王行之期年而薨矣，吴起枝解于楚。③ 商君教秦孝公以连什伍，④ 设告坐之过，⑤ 燔《诗》、《书》而明法令，⑥ 塞私门之请而遂公家之劳，⑦ 禁游宦之民而显耕战之士。孝公行之，主以尊安，国以富强，八年而薨，商君车裂于秦⑧。楚不用吴起而削乱，秦行商君法而富强。二子之言也已当矣，然而枝解吴起而车裂商君者，何也？大臣苦法而细民恶治也⑨。当今之世，大臣贪重，细民安乱，甚于秦、楚之俗，而人主无悼王、孝公之听，⑩则法术之士，安能蒙二子之危也而明己之法术哉？此世所以乱无霸王也。

【注释】

①吴起：战国时政治家和军事家。卫国左氏（今山东定陶西）人，曾师事左丘明的弟子曾申。楚悼王时为令尹实行变法，楚因而强盛一时。悼王既死，宗室大臣作乱，吴起被攻杀于治丧之所。楚悼王：战国时楚国君主，名类。公元前401至前381年在位。②封君：受有封邑的贵族。③枝解：分解肢体。枝，通“肢”。④商君：即商鞅。又名公孙鞅，公孙氏，名鞅。战国时期卫国人，又称卫鞅。先秦法家的代表人物。公元前338年，秦孝公死，他被公子虔等诬害，车裂而死。有《商君书》传世。秦孝公：名渠梁。战国时期秦国君主，公元前371至前338年在位。什伍：五人为伍，十人为什，称什伍。⑤告坐：谓被告发而连坐。过：通“祸”。本意为“灾祸”，这里引申为罪责之意。⑥燔（fán）：焚烧。⑦私门：行私请托的门路。⑧车裂：古代酷刑之一。将被杀者（活人或尸体）的头及四肢分别拴在五辆车上，以五马驾车，同时向不同方向分驰，撕裂肢体。俗称“五马分尸”。⑨苦：苦于、困于之意。⑩听：动词用作名词，意为接受，听信，接纳。

【泛读】

韩非子·说难

凡说之难，非吾知之有以说之之难也，又非吾辩之能明吾意之难也，又非吾敢横失而能尽之难也。凡说之难，在知所说之心，可以吾说当之。

所说出于为名高者也，而说之以厚利，则见下节而遇卑贱，必弃远矣。所说出于厚利者也，而说之以名高，则见无心而远事情，必不收矣。所说阴为厚利而显为名高者也，而说之以名高，则阳收其身而实疏之；说之以厚利，则阴用其言显弃其身矣。此不可不察也。

夫事以密成，语以泄败。未必其身泄之也，而语及所匿之事，如此者身危。彼显有所出事，而乃以成他故，说者不徒知所出而已矣，又知其所以为，如此者身危。规异事而当，知者揣之外而得之，事泄于外，必以为己也，如此者身危。周泽未渥也，而语极知，说行而有功则德忘，说不行而有败则见疑，如此者身危。贵人有过端，而说者明言礼义以挑其恶，如此者身危。贵人或得计而欲自以为功，说者与知焉，如此者身危。强以其所不能为，止以其所不能已，如此者身危。故与之论大人，则以为间己矣；与之论细人，则以为卖重；论其所爱，则以为借资；论其所憎，则以为尝己也。径省其说，则以为不智而拙之；米盐博辩，则以为多而交之。略事陈意，则曰怯懦而不尽；虑事广肆，则曰草野而倨侮。此说之难，不可不知也。

凡说之务，在知饰所说之所矜而灭其所耻。彼有私急也，必以公义示而强之。其意有下也，然而不能已，说者因为之饰其美而少其不为也。其心有高也，而实不能及，说者为之举其过而见其恶，而多其不行也。有欲矜以智能，则为之举异事之同类者，多为之地，使之资说于我，而佯不知也以资其智。欲内相存之言，则必以美名明之，而微见其合于私利也。欲陈危害之事，则显其毁诽，而微见其合于私患也。誉异人与同行者，规异事与同计者。有与同污者，则必以大饰其无伤也；有与同败者，则必以明饰其无失也。彼自多其力，则毋以其难概之也；自勇其断，则无以其谪怒之；自智其计，则毋以其败穷之。大意无所拂悟，辞言无所系縻，然后极骋智辩焉。此道所得亲近不疑而得尽辞也。

伊尹为宰，百里奚为虏，皆所以干其上也。此二人者，皆圣人也，然犹不能无役身以进，如此其污也。今以吾言为宰虏，而可以听用而振世，此非能仕之所耻也。夫旷日弥久，而周泽既渥，深计而不疑，引争而不罪，则明割利害以致其功，直指是非以饰其身。以此相持，此说之成也。

昔者郑武公欲伐胡，故先以其女妻胡君以娱其意，因问于群臣："吾欲用兵，谁可伐者？"大夫关其思对曰："胡可伐。"武公怒而戮之，曰："胡，兄弟之国也，子言伐之何也？”胡君闻之，以郑为亲己，遂不备郑，郑人袭胡，取之。宋有富人，天雨墙坏，其子曰：“不筑，必将有盗。”其邻人之父亦云。暮而果大亡其财。其家甚智其子，而疑邻人之父。此二人说者皆当矣，厚者为戮，薄者见疑，则非知之难也，处之则难也。故绕朝之言当矣，其为圣人于晋而为戮于秦也，此不可不察。

昔者弥子瑕有宠于卫君。卫国之法：窃驾君车者罪刖。弥子瑕母病，人间往夜告弥子，弥子矫驾君车以出。君闻而贤之，曰：“孝哉！为母之故，忘其犯刖罪。”异日，与君游于果园，食桃而甘，不尽，以其半啖君。君曰：“爱我哉！忘其口味，以啖寡人。”及弥子色衰爱弛，得罪于君，君曰：“是固尝矫驾吾车，又尝啖我以余桃。”故弥子之行未变于初也，而以前之所以见贤而后获罪者，爱憎之变也。故有爱于主，则智当而加亲；有憎于主，则智不当见罪而加疏。故谏说谈论之士，不可不察爱憎之主而后说焉。

夫龙之为虫也，柔可狎而骑也；然其喉下有逆鳞径尺，若人有婴之者，则必杀人。人主亦有逆鳞，说者能无婴人主之逆鳞，则几矣！

【延伸阅读】

1.（宋）朱熹：《四书章句集注》，中华书局，1983。
2. 杨伯峻：《论语译注》，中华书局，1980。
3. 钱穆：《论语新解》，生活·读书·新知三联书店，2002。
4. 李泽厚：《论语今读》，生活·读书·新知三联书店，2004。
5. 杨伯峻：《孟子译注》，中华书局，1960。
6. 陈荣捷：《王阳明〈传习录〉详注集评》，华东师范大学出版社，2009。
7. 陈鼓应：《老子注译与评介》，中华书局，1984。
8. 陈鼓应：《庄子今注今译》，中华书局，1983。
9. 钱穆：《庄老通辨》，生活·读书·新知三联书店，2006。
10. 骆玉明：《老庄随谈》，复旦大学出版社，2007。

11. 刘文典：《庄子补正》，安徽大学出版社，1999。

12. 王先谦集解，沈啸寰、王星贤校：《荀子集解》，中华书局，1988。

13. 张觉：《荀子译注》，上海古籍出版社，1995。

14. 王先慎撰，锺哲点校：《韩非子集解》，中华书局，1998。

15. 张觉：《韩非子全译》，贵州人民出版社，1992。

第四章　寻找最有意味的形式：汉乐府民歌与古诗十九首

【导读】

乐府原是汉官署名。武帝以前的乐府不采诗，只保管宗庙祭歌与贵族宴乐，且又“习常隶旧”(《史记·乐书》)，所以无甚可观，竟可略而不谈了。至武帝雅爱风骚，精晓音律，故大兴乐府，尤重采诗。《汉书·礼乐志》说：“至武帝定郊祀之礼，乃立乐府，采诗夜诵，有赵、代、秦、楚之讴，以李延年为协律都尉。”据《汉书·艺文志》记载，当时乐府中各类乐人八百余人，民歌采集范围遍及黄河、长江流域，各类乐府作品二百三十四篇，其中民歌一百三十八篇。这数量不算多，大概哀帝罢乐府以后，亡佚了不少。到东汉时期，乐府采诗工作有所恢复，据《后汉书》记载，光武帝曾“广求民瘼，观纳风谣”；和帝“分遣使者，皆微服单行，各至州县，观采风谣”。现存汉乐府民歌四十多篇，即多为东汉作品，有些当是乐府采集，有些则由私家传习下来。

后人又把汉乐府所采集或制作的歌诗称为汉乐府。南朝有一些收录这些歌辞的总集，如《古乐府》、《古歌录钞》等(《隋书·经籍志》)，今已不传。今所见最早的记录在梁沈约《宋书·乐志》，有些则更晚，如《孔雀东南飞》始见于陈徐陵《玉台新咏》。到宋郭茂倩编《乐府诗集》，收罗最为完备，分类也最合理。郭茂倩将汉乐府分为《郊庙歌辞》、《燕射歌辞》、《鼓吹曲辞》、《横吹曲辞》、《相和歌辞》、《舞曲歌辞》

及《杂曲歌辞》等七类。又经梁启超考证（陆侃如、冯沅君《中国诗史》从之），《相和歌辞》中有一部分实为汉《清商曲辞》，因此汉乐府实有八类。

《郊庙歌》乃祭祀歌舞，有如《诗经》的《颂》；《燕射歌》和《舞曲》为贵族乐章（仅存片段），有如《诗经》的《雅》。这些作品年代最早，多四言和骚体句式，几乎没有五言句。

《鼓吹曲》和《横吹曲》年代稍后，约在武帝和宣帝时，为军乐，多半是从西域传入的胡乐，乐器用箫、笳及鼓角。今《横吹曲辞》无传，《鼓吹曲辞》仅存《铙歌十八曲》，然声辞相杂，字多讹误，漫不可解者大半。只《战城南》、《有所思》、《上邪》三篇较通畅明白，且均为杂言体而夹杂五言句式。《有所思》和《上邪》情感表现异常直率强烈，惊世骇俗。清庄述祖《汉鼓吹铙歌曲句解》以为二诗乃男女问答之辞，应合为一篇。闻一多《乐府诗笺》称其说为“妙悟”，又“以为皆女子之辞，弥觉曲折反复，声情顽艳”。

乐府民歌更多在《相和歌》、《清商曲》和《杂曲》。《相和歌》为“汉世街陌歌谣”，“丝竹更相和，执节者歌”。（《宋书·乐志》）乐器有笙、笛、节、琴、瑟、琵琶等。古辞今存《江南》、《薤露》、《蒿里》等六篇，年代约在武帝时。《薤露》、《蒿里》并挽歌，为杂言体。《薤露》很可能是最早将人生比作朝露的诗歌。《江南》一篇天真烂漫，为后世采莲歌之祖，也是较早出现的整齐的五言诗。

《清商曲》年代较晚，多为东汉末年作品。音节凄清优美，古诗时有提及，如《西北有高楼》：“《清商》随风发，中曲正徘徊。”所用乐器与《相和歌》近似，有的还加以筝、筑等。今存古辞二十六篇，有杂言体，如《妇病行》；同时也出现了五言体的杰作，如《长歌行》、《饮马长城窟行》、《陌上桑》等。《饮马长城窟行》，《玉台新咏》以为蔡邕作，用《诗经·大雅·文王》的“顶真”手法，流丽婉转，是一首技艺纯熟的五言诗。

以音乐论，无可归类者，都列入《杂曲》，年代也多在东汉末年。古辞今存《蛱蝶行》、《驱车上东门行》、《孔雀东南飞》、《枯鱼过河泣》、《冉冉孤生竹》等十篇。《蛱蝶行》是一首杂言体寓言诗，从蝴蝶的眼光，以儿童般的新奇口吻，摹写自己被燕吞吃的残酷景象。《孔雀东南飞》叙事从容夷犹，哀婉动人，与《陌上桑》同为乐府长篇五言叙事诗“双璧”。

汉乐府民歌的时代是五言诗起源和发展的时代。《清商曲》和《杂曲》年代最晚，大概同时也正是古诗产生的时期，以致二者常有混淆不清、难以归属的现象。如《十五从军征》，《乐府诗集》附录在《梁鼓角横吹曲》下，又名《紫骝马》，余冠英《乐府诗选》列之《杂曲歌辞》，而明冯惟讷《古诗纪》、陆时雍《古诗镜》皆引作“古诗”，陆氏且评曰：“直而肆，似乐府语意。”又《上山采蘼芜》，始见于《玉台新咏》，题作“古诗”，《乐府诗集》未收，《太平御览》卷三十八、卷九百八十三题作“古诗”，而卷五百二十一题作“古乐府”，余冠英亦列之《杂曲歌辞》。我们不妨将《上山采蘼芜》看作乐府民歌向古诗过渡的作品，其弃妇题材（古诗无此，而特多思妇篇什）、叙事性、语言的质直都是乐府民歌的，但其神境直追《古诗十九首》。

尤可注意的是，《杂曲》中的《驱车上东门行》、《冉冉孤生竹》，又同列《古诗十九首》，足见乐府与古诗有着千丝万缕的联系。至此，汉乐府民歌已经找到，并最终确立了最有意味的形式：五言诗。《古诗十九首》便是“五言之冠冕”。

古诗原不止十九首。按锺嵘《诗品》的说法有六十一首。今所见者，《文选》于十九首外，另载苏武李陵别诗七首；《玉台新咏》载枚乘诗九首，无主名诗八首。除去二书相重的十二首，还有三十一首。又《古诗纪》载《橘柚垂华实》、《新树兰蕙葩》、《步出城东门》全诗三首，共得古诗三十四首。

论其作者，枚乘、傅毅、苏武、李陵、曹植、王粲诸说都不可信，故通归于无名氏。这无名氏多半为文人诗人，因为古诗虽从乐府脱胎，有的甚或本是失掉了乐曲的歌辞，但其文人气息也是显而易见的。这无名氏非一人，年代也非一时，但总在乐府民歌之后，建安诗人之前。自《文选》录其中十九首，因“人代冥灭”，题作《古诗十九首》，遂为后世袭用。

《古诗十九首》远绍国风，近取乐府，下启建安诗歌。其题材主要分为两类：第一类写游子思妇的离情别绪（十首）。如《庭中有奇树》，欲折花赠远，却“馨香盈怀袖，路远莫致之”，正是“深衷浅貌，语短情长”（陆时雍语）。又如《青青河畔草》连用“青青”、“郁郁”、“盈盈”、“皎皎”、“娥娥”、“纤纤”六个叠词，直绘出青春的鲜活感和寂寞之情。《迢迢牵牛星》是最早写牵牛织女隔河相望的诗。《明月何皎皎》则以一连串的细微动作，来表现月夜情思的绵密层次。

第二类感叹人生短暂，流露出虚无悲哀的情绪（七首）。这虚无悲哀，有着一份“四顾何茫茫，东风摇百草”的美和感动。然而接下来的反应是不一样的，或及时行乐，如“驱车策驽马，游戏宛与洛”（《青青陵上柏》）、“不如饮美酒，被服纨与素”（《驱车上东门》）、“昼短苦夜长，何不秉烛游”（《生年不满百》）；或欲求富贵，如“何不策高足，先据要路津”（《今日良宴会》）；或欲求荣名，如“奄忽随物化，荣名以为宝”（《回车驾言迈》）；或思归故里（《去者日以疏》）；或荡涤情志，于佳人处寻求安慰（《东城高且长》）。

此外《西北有高楼》咏高楼上的哀歌，可附于第一类；《明月皎夜光》写对于世态凉薄的怨愤，可附于第二类。

无论抒情写意，《古诗十九首》都出以真淳温厚，浑融蕴藉，天衣无缝。平淡之中，蕴涵丰美幽婉的人生体验，使人低回流连，不忍去之。《文心雕龙》说它“直而不野，婉转附物，怊怅切情”，《诗品》谓之“惊心动魄”、“一字千金”，皆千载不易之论。

大体而言，汉乐府民歌重叙事，所谓“感于哀乐，缘事而发”（《汉书·艺文志》），《古诗十九首》则主抒情。汉乐府民歌在想象丰富、情感强烈、向外发扬、不拘守儒家规范等方面受《楚辞》的影响，《古诗十九首》则回到了《诗经》的抒情风格，温柔敦厚，纯正内敛。

汉乐府民歌新鲜冲动、不讲规矩、直截了当，是儿童的诗，青年的诗；到《古诗十九首》，“思君令人老，岁月忽已晚”（《行行重行行》），是已入中年，至于“所遇无故物，焉得不速老”（《回车驾言迈》），则确乎是人生的暮年了。

汉乐府民歌淳厚质朴、有棱有角，语句长短参差不齐；《古诗十九首》则珠圆玉润、玲珑剔透、炉火纯青。汉乐府民歌使人震撼，《古诗十九首》使人沉思。二者皆有出于《诗经》、《楚辞》之外者。

【精读一·汉乐府民歌】

战城南①

战城南，死郭北，②野死不葬乌可食。③为我谓乌：④“且为客豪，野死谅不葬，腐肉安能去子逃？”⑤水深激激，蒲苇冥冥。⑥枭骑战斗死，驽马徘徊鸣。⑦梁筑室，何以南，何以北？⑧禾黍不获君何食？愿为忠臣安可得？⑨思子良臣，良臣诚可思。⑩朝行出攻，暮不夜归。

【注释】

①此诗为汉乐府《鼓吹曲辞·汉铙歌十八曲》之一，写战争的惨烈。②城南、郭北：古时内城叫城，外城叫郭。③乌：乌鸦。④我：战死者自称，一说诗人自称，亦通。⑤客：指战死者，因死在野外，故称客。豪：通“嚎”，哭号。谅：料想。子：指乌鸦。⑥激激：水势湍急。冥冥：幽暗。⑦枭骑（jì）：即骁骑，勇猛健壮的骑兵。驽马：疲敝的马。⑧梁：表声字，后混入歌辞，此处无义。筑室：指建筑宫室、城堡等各种劳役。⑨这句是说劳役不息，致田地荒芜，禾黍不获，恐将饿死，即便愿做战死的忠臣又怎么做得成呢？⑩子、良臣：二者为同位语，都指战死者，即开篇野死的“客”，与末句“暮不夜归”的战士。或说良臣指善于谋划调度的大臣。

上　邪①

上邪！我欲与君相知，②长命无绝衰。③山无陵，江水为竭，冬雷震震，夏雨雪，天地合，乃敢与君绝！④

【注释】

①此诗为汉乐府《鼓吹曲辞·汉铙歌十八曲》之一，以奇肆的想象和逆转，表达异常强烈的爱情。上邪（yé）：犹言“天啊”。整首诗可理解为指天为誓的誓言，感情炽烈。②相知：相亲。③命：令，使。“长命”句：意谓要使这种相知永远不绝不衰。

④“山无陵”六句：除非高山变平地，江水干涸，冬天打雷，夏天下大雪，天地合并为一体（这些都是自然界中不可能发生的事），我才会和你断绝。

鸡　鸣①

鸡鸣高树巅，狗吠深宫中。②荡子何所之，天下方太平。③刑法非有贷，柔协正乱名。④

黄金为君门，璧玉为轩堂。⑤上有双樽酒，作使邯郸倡。⑥刘王碧青甓，后出郭门王。⑦舍后有方池，池中双鸳鸯。鸳鸯七十二，罗列自成行。⑧鸣声何啾啾，闻我殿东厢。

兄弟四五人，皆为侍中郎。⑨五日一时来，观者满路旁。⑩黄金络马头，颎颎何煌煌。⑪桃生露井上，李树生桃旁。虫来啮桃根，李树代桃殭。⑫树木身相代，兄弟还相忘。

【注释】

①此诗属汉乐府《相和歌辞·相和曲》，讽刺当时豪贵干法乱名，奢华荣耀；一旦罹祸，兄弟莫救。②鸡鸣高树巅：谓鸡栖树上。陆机《赴洛道中作》：“虎啸深谷底，鸡鸣高树巅。”“鸡鸣”二句写太平景象。《老子》：“邻国相望，鸡犬之声相闻，民至老死不相往来。”③荡子：离家游荡不归者。之：往。④贷：宽恕。柔协：犹柔服。协：顺服。乱名：名不正言不顺。⑤轩堂：高大的殿堂。⑥作使：役使。邯郸：赵地，在今河北省。倡：歌伎。⑦刘王：汉同姓诸侯王。甓（pì）：砖。黄节《汉魏乐府风笺》：“《乐府广序》：‘碧青甓，惟王家用之。’”郭门：即皋门，诸侯之宫外门。参见《诗经·大雅·绵》“迺立皋门”注。郭门王：指异姓诸侯王。二句是说同姓诸侯王放侈于前，异姓诸侯王继之于后。⑧“舍后”四句：写郭门王舍的奢华。陶宗仪《说郛》：“《真率笔记》：霍光园中凿大池，植五色睡莲，养鸳鸯三十六对，望之烂若披锦。故《相逢行》曰：‘鸳鸯七十二，罗列自成行。’”⑨侍中郎：汉代官名，侍从皇帝左右。卫青、霍去病、

霍光都以侍中进升，权势过宰相。⑩ 五日：《初学记》："汉律：吏五日得一休沐。"休沐，休息以洗沐之谓，即休假。⑪ 颎颎（jiǒng）：光亮。何：句中语气词，相当于"啊"。煌煌：明亮辉耀。⑫ 啮（niè）：咬。殭（jiāng）：同"僵"，僵死。"桃生"以下四句为比喻。

陌上桑 ①

日出东南隅，② 照我秦氏楼。秦氏有好女，③ 自名为罗敷。④ 罗敷喜蚕桑，⑤ 采桑城南隅。青丝为笼系，桂枝为笼钩。⑥ 头上倭堕髻，耳中明月珠。⑦ 缃绮为下裙，紫绮为上襦。⑧ 行者见罗敷，下担捋髭须。⑨ 少年见罗敷，脱帽著帩头。⑩ 耕者忘其犁，锄者忘其锄。来归相怒怨，但坐观罗敷。⑪

【注释】

① 本篇又名《艳歌罗敷行》、《日出东南隅行》，《乐府诗集》列之于《相和歌辞·相和曲》，又引《古今乐录》曰"《陌上桑》歌瑟调"，故陆侃如以为当属《清商曲辞》。诗以铺陈艳异的笔墨，叙述美丽坚贞的采桑女罗敷严正斥退使君的故事。② 隅：方。北回归线以北地区见太阳东升稍偏南方。③ 好：美貌。④ 自名：自道其名。罗敷：汉代常用以作美女名。《孔雀东南飞》："东家有贤女，自名秦罗敷。"⑤ 蚕桑：作动词，养蚕和采桑。⑥ 笼：篮子。系：系物的绳子。⑦ 倭堕（wō duò）髻：东汉时流行的女子发式。又张玉谷《古诗赏析》："倭堕犹'婑媠'，美好貌。"明月珠：大珠。⑧ 缃（xiāng）：浅黄色，即杏黄。绮：细薄而有花纹的丝织品。襦（rú）：短衣。⑨ 下担：放下担子。捋（lǚ）：抚摸。用手指顺着抹过去，使物体顺溜或干净。髭（zī）：口上须。⑩ 帩（qiào）头：古时男子束发用的纱巾。著（zhuó）：同"着"，戴。"脱帽著帩头"，是说除下帽子，仅戴帩头。这是少年自我炫耀的动作。⑪ 坐：因为。以上四句说耕者、锄者归来互相抱怨，只因为看罗敷采桑，误了工作。一说，男子因看罗敷，回家后便觉妻室丑陋，而其妻亦怨怒丈夫。这是诙谐的笔法。以上种种叙写都是在衬托罗敷的美。

使君从南来，五马立踟蹰。① 使君遣吏往，“问是谁家姝？” ② “秦氏有好女，自名为罗敷。”“罗敷年几何？”“二十尚不足，十五颇有余。”使君谢罗敷：“宁可共载不？” ③ 罗敷前置辞：“使君一何愚！ ④ 使君自有妇，罗敷自有夫。”

“东方千余骑，夫婿居上头。⑤ 何用识夫婿？白马从骊驹。⑥ 青丝系马尾，黄金络马头。⑦ 腰中鹿卢剑，可直千万余。⑧ 十五府小史，二十朝大夫，三十侍中郎，四十专城居。⑨ 为人洁白皙，鬑鬑颇有须。⑩ 盈盈公府步，冉冉府中趋。⑪ 坐中数千人，皆言夫婿殊。” ⑫

【注释】

① 使君：东汉时对太守或刺史的称呼。五马：汉制，太守御五马。这句是说使君的车停止不进。② 姝（shū）：美女。这句是使君给吏人的命令。以下三句是使君和吏人的问答。③ 谢：以辞相告。《董娇饶》：“请谢彼姝子”。宁（nìng）可：愿意。不（fǒu）：通“否”。④ 置辞：同“致辞”，答话。一何：何其，多么。一，语助字，无义。⑤ 上头：行列的前端。⑥ 何用：何以。从：跟从。骊（lí）驹：纯黑的马。⑦ 络：用网状物兜住，笼住。⑧ 鹿卢：即辘轳（lù lu），滑车。古时剑柄用玉做成井辘轳形。直：通“值”，价值。黄节《汉魏乐府风笺》注《羽林郎》：“《汉书·食货志》：‘黄金重一斤直钱万。’曰‘千万余’，谓钱也。当黄金千斤。”此处为夸张写法。⑨ 府小史：太守府里掌书者。侍中郎：参见《鸡鸣》注。专城居：一城之主，如州牧和太守。⑩ 鬑鬑（lián）：长貌。白面长须是当时男性美的标准。⑪ 盈盈：美好。冉冉：缓缓。“盈盈”、“冉冉”皆形容贵人的步法。公府步、府中趋：即今所谓“官步”。⑫ 坐：通“座”。殊：秀异出众。

饮马长城窟行 ①

青青河畔草，绵绵思远道。② 远道不可思，宿昔梦见之。③ 梦见在我傍，忽觉在他乡。他乡各异县，展转不相见。④ 枯桑知天风，海水知天寒。⑤ 入门各自媚，谁肯相为言。⑥ 客从远方来，遗我双鲤鱼。⑦ 呼儿烹鲤鱼，中有尺素书。⑧ 长跪读素书，书中竟何如？⑨ 上言加餐食，下言长相忆。⑩

【注释】

① 此篇《乐府诗集》列入《相和歌辞·瑟调曲》，陆侃如以为当属清商曲辞。《乐府诗集》："言征戍之客至于长城而饮其马，妇人思念其勤劳，故作是曲也……郦道元《水经注》曰：'……今白道南谷口有长城，自城北出，有高坂，傍有土穴出泉，挹之不穷。《歌录》云：饮马长城窟，信非虚言也。'"又引《乐府广题》："长城南有溪坂，上有土窟，窟中泉流。汉时将士征塞北，皆饮马此水也。"② 畔：《文选》、《玉台新咏》作"边"。绵绵：延续不绝。③ 宿昔：昨夜。宿：《文选》作"夙"。④ 展：同"辗"。展转：写游子行踪不定，亦写思妇翻转难眠。⑤"枯桑"二句：《文选》李善注："枯桑无枝，尚知天风；海水广大，尚知天寒，君子行役，岂不离风寒之患乎？"张玉谷《古诗赏析》："喻惟独居者知寂寥况味也。"⑥ 媚：爱。言：问讯。⑦ 遗（wèi）：赠送。双鲤鱼：指藏书信的函，即刻成鲤鱼形的两块木版，一底一盖，把书信夹在里面。一说将写着书信的绢结成鲤鱼形。⑧ 烹：煮。此为譬况之辞。尺素：古人写文章或书信，用长一尺左右的绢帛，称为"尺素"。素：生绢。书：书信。⑨ 长跪：古人表敬重的坐姿。古人席地而坐，腰伸直，两膝着地，臀部坐在脚后跟上，称为"长跪"。⑩ 加餐食：当时人习用语，表示"多珍重"之意。《古诗·行行重行行》："弃捐勿复道，努力加餐饭。"末二句：信中只言"加餐食"、"长相忆"，却不曾道及归期，是归无期也。

妇病行 ①

妇病连年累岁，② 传呼丈人前，③ 一言当言；未及得言，不知泪下一何翩翩。④"属累君两三孤子，莫我儿饥且寒，⑤ 有过慎莫笪笞。⑥ 行当折摇，思复念之！"⑦

乱曰 ⑧：抱时无衣，襦复无里。⑨ 闭门塞牖，舍孤儿到市。⑩ 道逢亲交，泣坐不能起。从乞求与孤儿买饵，⑪对交啼泣，泪不可止，“我欲不伤悲不能已”。探怀中钱持授交。⑫入门见孤儿，啼索其母抱。徘徊空舍中，⑬“行复尔耳！弃置勿复道。”⑭

【注释】

①此篇《乐府诗集》列入《相和歌辞·瑟调曲》，陆侃如以为当属《清商曲辞》。写病妇临终的悲痛，以及妇死后其夫与孤儿的凄惨境况。②连年、累岁：连年即累岁之意，重复是为强调妇病已久，至于临终。③丈人：古时称老年男子为丈人，此指病妇的丈夫。④翩翩：泪流不止。“一言当言”三句写妇临死情态，宛在目前，悲极。⑤属（zhǔ）：通“嘱”，托付。此句谓把两三孤儿托付连累给你。“属累”以下五句乃妇叮咛其夫。⑥过：过错。笪笞（dá chī）：用竹片或荆条鞭打。笪：《乐府诗集》作笪（qiè）。张玉谷《古诗赏析》：“麻无子曰笪。笪笞，以笪杖笞也。”⑦行当：即将。折摇：死去。黄节《汉魏乐府风笺》：“折摇即折夭，妇自谓将死也。摇、夭声相近，故通用。”思复念之：思念他们。复：且，连词。夹在“思”、“念”之间，起缓声作用，表示留恋不舍。之：指“两三孤子”。⑧乱曰：参见《楚辞·涉江》注。此为分段叙事，并无“乱以理篇”之意，故“乱曰”只是乐章末段（可能是合唱）的符号，与歌辞正文无关。⑨襦（rú）：短衣。复：同“複”，夹衣。里：衣内层。黄节《汉魏乐府风笺》：“无衣：无长衣；而有短衣，短衣又无里也。”⑩牖（yǒu）：窗户。⑪亲交：亲近的友人。从：介词，向（亲交），此处省略介词宾语。饵：糕饼。⑫我：指丈夫。⑬空舍：指妇死后的家。⑭弃置勿复道：这句为当时习语，意谓：“放在一边，算了吧，别提了。”《古诗·行行重行行》：“弃捐勿复道，努力加餐饭。”

白头吟①

皑如山上雪，皎若云间月。②闻君有两意，故来相决绝。③今日斗酒会，明旦沟水头。④躞蹀御沟上，沟水东西流。⑤凄凄复凄凄，嫁娶不须啼。愿得一心人，白头不相离。竹竿何袅袅，鱼尾何簁簁。⑥男儿重意气，何用钱刀为？⑦

【注释】

①本篇写一女子与负心郎决绝，责备他不重情义，富则变心。或以为卓文君作，《西京杂记》："司马相如将聘茂陵人女为妾，卓文君作《白头吟》以自绝，相如乃止。"但《宋书》、《玉台新咏》、《乐府诗集》皆题作古辞。《乐府诗集》列入《相和歌辞·楚调曲》，陆侃如以为当属《清商曲辞》。②皑：霜雪之白也。皎：明亮。二句以白雪之洁、月光之明，喻昔日之信誓旦旦，或说喻己之纯洁。③两意：即二心。决绝：断绝关系。④斗：盛酒的器具。二句说今天置酒作最后的相会，明早沟水边分手。⑤躞蹀（xiè dié）：即蹀躞，徘徊的意思。御沟：流经御苑或环绕宫墙的沟。东西流：沟水分岔而流，喻两人各奔东西。⑥竹竿：指钓竿。袅袅：柔弱细长的样子。簁簁（shī）：鱼尾摇摆的样子。一说鱼尾长貌。二句喻男女求偶，两情相悦。⑦意气：这里指感情、恩义。钱刀：古时钱币铸成刀形，叫作刀币，又称钱刀。

怨歌行①

新裂齐纨素，鲜洁如霜雪。②裁为合欢扇，团团似明月。③出入君怀袖，动摇微风发。④常恐秋节至，凉飙夺炎热。⑤弃捐箧笥中，恩情中道绝。⑥

【注释】

①本篇《文选》、《玉台新咏》及《乐府诗集》均题作班婕妤诗，但刘勰已疑之，《文心雕龙·明诗》曰："至成帝品录，三百余篇，朝章国采，亦云周备。而辞人遗翰，莫见五言，所以李陵、班婕妤见疑于后代也。"《文选》李善注引《歌录》云："怨歌行，古辞。"近人多从之，以为乐府古辞。这是一首咏物诗，通首比体，言女子常恐如团扇之见弃，怨深辞婉。②裂：截断。纨：素之更精细者。素：生绢。纨素以齐国所产为最著名。《文选》李善注："荀悦曰：齐国献纨素绢，天子为三官服也。"③合欢扇：扇面绣着合欢图案，象征男女和合。《古诗》："文彩双鸳鸯，裁为合欢被。"团团：状扇形，亦含团圆之意。④"出入"二句：《文选》李善注："谓蒙恩幸之时。"⑤常恐：远虑也。《长歌行》："常恐秋节至，焜黄华叶衰。"飙（biāo）：急风。⑥箧笥

（qiè sì）：收藏衣物的竹箱。

上山采蘼芜①

上山采蘼芜，②下山逢故夫。③长跪问故夫：④“新人复何如？”“新人虽言好，未若故人姝。⑤颜色类相似，手爪不相如。”⑥“新人从门入，故人从阁去。”⑦“新人工织缣，故人工织素；⑧织缣日一匹，⑨织素五丈余。将缣来比素，新人不如故。”

【注释】

①本篇为弃妇诗，从通篇问答中见出弃妇之无辜、故夫之悔意。②蘼芜：香草名，又名江离、芎䓖、川芎。多年生草本植物，叶似芹，秋开白花，有香气，根茎皆可入药。古人以为蘼芜可使妇人多子。宋罗愿《尔雅翼》：“《少司命》曰：‘秋兰兮蘼芜，罗生兮堂下。’兰有国香，人服媚之，古以为生子之祥；而蘼芜之根主妇人无子，故《少司命》引之。”③故夫：前夫。④长跪：参见《饮马长城窟行》注。⑤好、姝：皆美貌之意。⑥颜色：指容貌。手爪：指纺织裁剪等技巧。张玉谷《古诗赏析》以“颜色”二句为妇问辞，余冠英《乐府诗选》则认为此亦故夫答辞。⑦阁（gé）：旁门。王夫之、张玉谷皆以“新人从门入”以下八句为夫答辞，余冠英则认为这两句须作妇辞才有味。⑧工：擅长。缣（jiān）：浅黄色双丝细绢。素：白色的绢，价格较贵。⑨一匹：长四丈、宽二尺二寸的布帛为一匹。

【泛读】

有所思

有所思，乃在大海南。何用问遗君？双珠玳瑁簪，用玉绍缭之。闻君有他心，拉杂摧烧之。摧烧之，当风扬其灰。从今以往，勿复相思。相思与君绝。鸡鸣狗吠，兄嫂当知之。妃呼豨，秋风肃肃晨风飔，东方须臾高知之！

江　南

江南可采莲，莲叶何田田。鱼戏莲叶间，鱼戏莲叶东，鱼戏莲叶西，鱼戏莲叶南，鱼戏莲叶北。

薤　露

薤上露，何易晞。露晞明朝更复落，人死一去何时归？

蒿　里

蒿里谁家地？聚敛魂魄无贤愚。鬼伯一何相催促，人命不得少踟蹰。

长歌行

青青园中葵，朝露待日晞。阳春布德泽，万物生光辉。常恐秋节至，焜黄华叶衰。百川东到海，何时复西归？少壮不努力，老大徒伤悲。

孤儿行

孤儿生，孤子遇生，命独当苦。父母在时，乘坚车，驾驷马。父母已去，兄嫂令我行贾。南到九江，东到齐与鲁。腊月来归，不敢自言苦。头多虮虱，面目多尘。大兄言办饭，大嫂言视马。上高堂，行取殿下堂，孤儿泪下如雨。使我朝行汲，暮得水来归。手为错，足下无菲。怆怆履霜，中多蒺藜。拔断蒺藜肠肉中，怆欲悲。泪下渫渫，清涕累累。冬无复襦，夏无单衣。居生不乐，不如早去，下从地下黄泉。春气动，草萌芽。三月蚕桑，六月收瓜。将是瓜车，来到还家。瓜车反覆，助我者少，啖瓜者多。愿还我蒂，兄与嫂严，独且急归，当兴校计。乱曰：里中一何诜诜，愿欲寄尺书，将与地下父母，兄嫂难与久居。

艳歌行

翩翩堂前燕，冬藏夏来见。兄弟两三人，流宕在他县。故衣谁当补？新衣谁当绽？赖得贤主人，览取为吾组。夫婿从门来，斜柯西北眄。“语卿且勿眄，水清石自见。”石见何累累，远行不如归。

梁甫吟

步出齐城门，遥望荡阴里。里中有三坟，累累正相似。问是谁家墓，田疆古冶氏。力能排南山，又能绝地纪。一朝被谗言，二桃杀三士。谁能为此谋？相国齐晏子。

蜨蝶行

蜨蝶（之）遨游东园，奈何卒逢三月养子燕。接我苜蓿间。持（之）我入紫深宫中，行缠（之）傅欂栌间，雀来燕。燕子见衔哺来，摇头鼓翼何轩（奴）轩！

枯鱼过河泣

枯鱼过河泣，何时悔复及！作书与鲂鱮，相教慎出入。

古　歌

秋风萧萧愁杀人，出亦愁，入亦愁。座中何人，谁不怀忧？令我白头。胡地多飚风，树木何修修。离家日趋远，衣带日趋缓。心思不能言，肠中车轮转。

十五从军征

十五从军征，八十始得归。道逢乡里人：“家中有阿谁？”“遥看是君家”，松柏冢累累。兔从狗窦入，雉从梁上飞。中庭生旅谷，井上生旅葵。舂谷持作饭，采葵持作羹。羹饭一时熟，不知贻阿谁。出门东向看，泪落沾我衣。

孔雀东南飞

序曰：汉末建安中，庐江府小吏焦仲卿妻刘氏，为仲卿母所遣，自誓不嫁。其家逼之，乃投水而死。仲卿闻之，亦自缢于庭树。时人伤之，为诗云尔。

孔雀东南飞，五里一徘徊。“十三能织素，十四学裁衣。十五弹箜篌，十六诵诗书。十七为君妇，心中常苦悲。君既为府吏，守节情不移。贱妾留空房，相见常日稀。鸡鸣入机织，夜夜不得息。三日断五匹，大人故嫌迟。非为织作迟，君家妇难为！妾不堪驱使，徒留无所施。便可白公姥，及时相遣归。"

府吏得闻之，堂上启阿母："儿已薄禄相，幸复得此妇。结发同枕席，黄泉共为友。共事二三年，始尔未为久。女行无偏斜，何意致不厚。"阿母谓府吏："何乃太区区！此妇无礼节，举动自专由。吾意久怀忿，汝岂得自由！东家有贤女，自名秦罗敷。可怜体无比，阿母为汝求。便可速遣之，遣去慎莫留！"府吏长跪告："伏惟启阿母。今若遣此妇，终老不复取！"阿母得闻之，槌床便大怒："小子无所畏，何敢助妇语！吾已失恩义，会不相从许！"

府吏默无声，再拜还入户。举言谓新妇，哽咽不能语："我自不驱卿，逼迫有阿母。卿但暂还家，吾今且报府。不久当归还，还必相迎取。以此下心意，慎勿违吾语。"新妇谓府吏："勿复重纷纭。往昔初阳岁，谢家来贵门。奉事循公姥，进止敢自专？昼夜勤作息，伶俜萦苦辛。谓言无罪过，供养卒大恩；仍更被驱遣，何言复来还！妾有绣腰襦，葳蕤自生光；红罗复斗帐，四角垂香囊；箱帘六七十，绿碧青丝绳，物物各自异，种种在其中。人贱物亦鄙，不足迎后人，留待作遗施，于今无会因。时时为安慰，久久莫相忘！"

鸡鸣外欲曙，新妇起严妆。著我绣夹裙，事事四五通。足下蹑丝履，头上玳瑁光。腰若流纨素，耳著明月珰。指如削葱根，口如含朱丹。纤纤作细步，精妙世无双。上堂拜阿母，阿母怒不止。"昔作女儿时，生小出野里。本自无教训，兼愧贵家子。受母钱帛多，不堪母驱使。今日还家去，念母劳家里。"却与小姑别，泪落连珠子："新妇初来时，小姑始扶床；今日被驱遣，小姑如我长。勤心养公姥，好自相扶将。初七及下九，嬉戏莫相忘。"

出门登车去，涕落百余行。府吏马在前，新妇车在后。隐隐何甸甸，俱会大道口。下马入车中，低头共耳语："誓不相隔卿，且暂还家去。吾今且赴府，不久当还归。誓天不相负！"新妇谓府吏："感君区区怀！君既若见录，不久望君来。君当作磐石，妾当作蒲苇。蒲苇纫如丝，磐石无转移。我有亲父兄，性行暴如雷，恐不任我意，逆以煎我怀。”举手长劳劳，二情同依依。

入门上家堂，进退无颜仪。阿母大拊掌：“不图子自归。十三教汝织，十四能裁衣。十五弹箜篌，十六知礼仪。十七遣汝嫁，谓言无誓违。汝今无罪过，不迎而自归？”兰芝惭阿母：“儿实无罪过。”阿母大悲摧。还家十余日，县令遣媒来。云有第三郎，窈窕世无双。年始十八九，便言多令才。阿母谓阿女：“汝可去应之。”阿女含泪答：“兰芝初还时，府吏见丁宁，结誓不别离。今日违情义，恐此事非奇。自可断来信，徐徐更谓之。”阿母白媒人：“贫贱有此女，始适还家门。不堪吏人妇，岂合令郎君？幸可广问讯，不得便相许。”媒人去数日，寻遣丞请还，说有兰家女，承籍有宦官。云有第五郎，娇逸未有婚。遣丞为媒人，主簿通语言。直说太守家，有此令郎君，既欲结大义，故遣来贵门。阿母谢媒人：“女子先有誓，老姥岂敢言！”阿兄得闻之，怅然心中烦。举言谓阿妹：“作计何不量！先嫁得府吏，后嫁得郎君。否泰如天地，足以荣汝身。不嫁义郎体，其往欲何云？”兰芝仰头答：“理实如兄言。谢家事夫婿，中道还兄门。处分适兄意，那得自任专！虽与府吏要，渠会永无缘。登即相许和，便可作婚姻。”

媒人下床去，诺诺复尔尔。还部白府君：“下官奉使命，言谈大有缘。”府君得闻之，心中大欢喜。视历复开书，便利此月内，六合正相应。良吉三十日，今已二十七，卿可去成婚。交语速装束，络绎如浮云。青雀白鹄舫，四角龙子幡。婀娜随风转，金车玉作轮。踯躅青骢马，流苏金镂鞍。赍钱三百万，皆用青丝穿。杂彩三百匹，交广市鲑珍。从人四五百，郁郁登郡门。阿母谓阿女：“适得府君书，明日来迎汝。何不作衣裳？莫令事不举！”阿女默无声，手巾掩口啼，泪落便如泻。移我琉璃榻，出置前窗下。左手持刀尺，右手执绫罗。朝成绣夹裙，晚成单罗衫。晻晻日欲暝，愁思出门啼。

府吏闻此变，因求假暂归。未至二三里，摧藏马悲哀。新妇识马声，蹑履相逢迎。怅然遥相望，知是故人来。举手拍马鞍，嗟叹使心伤：“自君别我后，人事不可量。果不如先愿，又非君所详。我有亲父母，逼迫兼弟兄。以我应他人，君还何所望！”府吏谓新妇：“贺卿得高迁！磐石方且厚，可以卒千年；蒲苇一时纫，便作旦夕间。卿当日胜贵，吾独向黄泉！”新妇谓府吏：“何意出此言！同是被逼迫，君尔妾亦然。黄泉下相见，勿违今日言！”执手分道去，各各还家门。生人作死别，恨恨那可论？念与世间辞，千万不复全！

府吏还家去，上堂拜阿母：“今日大风寒，寒风摧树木，严霜结庭兰。儿今日冥冥，令母在后单。故作不良计，勿复怨鬼神！命如南山石，四体康且直！”阿母得闻之，零泪应声落：“汝是大家子，仕宦于台阁。慎勿为妇死，贵贱情何薄！东家有贤女，窈窕艳城郭，阿母为汝求，便复在旦夕。”府吏再拜还，长叹空房中，作计乃尔立。转头向户里，渐见愁煎迫。

其日牛马嘶，新妇入青庐。奄奄黄昏后，寂寂人定初。我命绝今日，魂去尸长留！揽裙脱丝履，举身赴清池。府吏闻此事，心知长别离。徘徊庭树下，自挂东南枝。两家求合葬，合葬华山傍。东西植松柏，左右种梧桐。枝枝相覆盖，叶叶相交通。中有双飞鸟，自名为鸳鸯。仰头相向鸣，夜夜达五更。行人驻足听，寡妇起彷徨。多谢后世人，戒之慎勿忘。

【精读二 · 古诗十九首】

行行重行行 ①

行行重行行，② 与君生别离。③ 相去万余里，各在天一涯。④ 道路阻且长，会面安可知。⑤ 胡马依北风，越鸟巢南枝。⑥ 相去日已远，衣带日已缓。⑦ 浮云蔽白日，游子不顾返。⑧ 思君令人老，岁月忽已晚。⑨ 弃捐勿复道，努力加餐饭。⑩

【注释】

① 这是《古诗十九首》的第一首，以下各首皆依《文选》中的次序。“精读”选注前十首，余下九首在“泛读”。② 行行：当时习用语，意谓走啊走啊，走个不停。曹操《苦寒行》：“行行日已远，人马同时饥。”陶渊明《饮酒二十首》其十七：“行行失故路，任道或能通。”此句“行”字四叠，五字全平，给人“往而不返”（叶嘉莹语）

的感觉。故声平意险，平仄律下断不能出此奇句。③ 生别离：有生离死别、别后不复得见之意。《九歌・少司命》："悲莫悲兮生别离。" ④ 涯：边际。《广雅》："涯，方也。"《诗经・蒹葭》《毛传》："一方，难至矣。" ⑤ 道路阻且长：《诗经・蒹葭》："溯洄从之，道阻且长。" 安可之：陈祚明《采菽堂古诗选》："'安可知'者，可知也。可知不更得会，而心未已，故强言'安可知'。" ⑥ 胡马：北方的马。古时称北方少数民族为胡。越鸟：南方的鸟。越指南方百越之地。《文选》李善注："《韩诗外传》曰：诗曰'代马依北风，飞鸟栖故巢'，皆不忘本之谓也。" 桓宽《盐铁论》："故代马依北风，飞鸟翔故巢，莫不哀其生。" 赵晔《吴越春秋》："胡马望北风而立，越燕向日而熙。谁不爱其所近，悲其所思者乎？" 可见这两句为当时流行语，而诸家引之含义有别。又隋树森《古诗十九首集释》引纪昀言："此以一南一北申足'各在天一涯'意，以起下相去之远。" ⑦ 缓：宽松。衣带日已缓：表示人因为相思一天比一天消瘦。《古歌》："离家日趋远，衣带日趋缓。" ⑧ 蔽：遮掩。浮云蔽白日：比喻的用法。思妇想象游子在外被人所惑，另有新欢。张玉谷《古诗赏析》："浮云蔽日，喻有所惑；游不顾返，点出负心，略露怨意。" 顾：念。⑨ 思君令人老："老" 以见思之切，思之深，思之痛。《诗经・小雅・小弁》："我心忧伤，惄焉如捣。假寐永叹，维忧用老。" ⑩ 努力加餐饭：自勉之辞。陈祚明《采菽堂古诗选》："然或者幸不即死，冀倖万一犹有见期，故'努力加餐'，姑留此未死之身以待之。总是甚言生别之苦。"

青青河畔草

青青河畔草，郁郁园中柳。① 盈盈楼上女，② 皎皎当窗牖。娥娥红粉妆，纤纤出素手。③ 昔为倡家女，今为荡子妇。④ 荡子行不归，空床难独守。⑤

【注释】

① 郁郁：茂盛。② 盈盈：端丽美好。皎皎：本义为月光的洁白，这里形容女子容貌明艳。③ 娥娥：美丽。《方言》："秦晋之间，美貌谓之娥。" 纤纤：细长而柔美。素：白皙。④ 倡家女：歌伎。荡子：指长期漫游在外乡的人，与"游子"义近。这两句点

出女子身份，则前文“皎皎当窗牖”的“当”字、“纤纤出素手”的“出”字，尤为微妙，是不语之语。⑤ 空床难独守：语直而真。

青青陵上柏

青青陵上柏，磊磊涧中石。① 人生天地间，忽如远行客。② 斗酒相娱乐，聊厚不为薄。③ 驱车策驽马，游戏宛与洛。④ 洛中何郁郁，冠带自相索。⑤ 长衢罗夹巷，王侯多第宅。⑥ 两宫遥相望，双阙百余尺。⑦ 极宴娱心意，戚戚何所迫？⑧

【注释】

① 陵：大的土山。《庄子·德充符》：“仲尼曰：受命于地，唯松柏独也在，冬夏青青。”磊磊：众石堆积貌。涧：山间的水沟。《说文》：“涧，山夹水也。”柏、石皆坚实长久之物，反兴下文人生短促之慨。② 忽：疾速。远行客：喻人生短促。《文选》李善注：“《尸子》：‘老莱子曰：人生于天地之间，寄也，寄者固归。’《列子》曰：‘死人为归人，则生人为行人矣。’”③ 斗：酒器。斗酒：指少量的酒。聊厚不为薄：斗酒本薄，姑且以为厚。④ 策：鞭策。驽马：愚钝的马。“驽马”及“斗酒”两句以自嘲口吻写出诗人的贫贱生活，“娱乐”和“游戏”也就带着聊以忘忧的意味。宛：宛县，东汉南阳郡治，有南都之称。洛：洛阳，东汉的首都，称东都。宛与洛是当时最繁盛的城市。⑤ 郁郁：盛多，指冠带之人。冠带：借指权贵。自相索：同气相求，自相往来。索：求。⑥ 衢：四通八达的大街。罗：罗列。夹巷：夹在长衢两旁的小巷。第宅：权贵的住宅。《汉书·高帝纪》：“赐大第宅”，注：“有甲乙次第，故曰第。”⑦ 两宫：当时洛阳城内有南北两宫。双阙：宫门前的两座望楼。⑧ 极宴：穷极奢华的宴乐。戚戚：忧惧的样子。《论语·述而》：“君子坦荡荡，小人长戚戚。”迫：逼迫。末两句写权贵。

今日良宴会①

今日良宴会，欢乐难具陈。② 弹筝奋逸响，新声妙入神。③ 令德唱高言，识曲听其真。[④] 齐心同所愿，含意俱未申。[⑤] 人生寄一世，奄忽若飙尘。[⑥] 何不策高足，先居要路津？[⑦] 无为守穷贱，轗轲长苦辛。[⑧]

【注释】

① 这首诗写听曲感心：人生短促，应及早富贵。有愤激和自嘲意味。② 良：和乐，欢悦。难具陈：难以一一述说。③ 筝：古弦乐器，形如瑟。战国时流行于秦地，又称“秦筝”。古筝十二弦，唐以后改为二十五弦。奋逸响：发出不同凡俗的音响。奋：振起。新声：当时流行的胡乐曲调。朱自清说也许就是《西北有高楼》里的“清商”、《东城一何高》里的“清曲”。弹筝是乐，新声是歌。妙入神：美妙超凡的意境。刘向《雅琴赋》：“穷音之至，至于入神。”④ 令德：贤者，这里指知音识曲的人。唱高言：高谈阔论。高言，妙论，即“人生寄一世”以下六句。真：曲中真意。⑤“齐心”二句：是说人人心中所想，口中却说不出来。所愿：富贵也。⑥ 奄忽：急遽。飙（biāo）：暴风自下而上为飙。若飙尘：像一阵被狂风卷起来的尘土，旋起旋落，旋聚旋散。⑦ 策：鞭策。高足：指快马。先居：捷足先登的意思。《史记·淮阴侯列传》：“蒯通曰：‘秦失其鹿，天下共逐之，于是高材疾足者先得焉。’”“何不”、“先居”，语气迫切。要路津：比喻有权势的位置。津：渡口，这里是因“路”连类而及。⑧ 无为：不要。为：语助词。轗轲：本义是车行不利，引申为人不得志，也写作“坎坷”。陆时雍《古诗镜》曰：“慷慨激昂。‘何不’、‘无为’，正是欲尔不得。”

西北有高楼[①]

西北有高楼，上与浮云齐。交疏结绮窗，[②] 阿阁三重阶。[③] 上有弦歌声，[④] 音响一何悲！谁能为此曲，无乃杞梁妻？[⑤] 清商随风发，中曲正徘徊。[⑥] 一弹再三叹，慷慨有余哀。[⑦] 不惜歌者苦，但伤知音稀。[⑧] 愿为双鸿鹄，奋翅起高飞。[⑨]

【注释】

① 这首诗也写听乐所感：高楼上传来的悲歌，引起听者的同情和“但伤知音稀”

的感慨。② 交疏：一横一直的窗格子。结绮：格子联结着像丝织品的花纹。绮：有花纹的丝织品。交疏结绮：指窗子的精致华美，玲珑工细。③ 阁：楼。阿（ē）阁：即“四阿”的楼。四阿，四面有檐，四面有廊，有四根高而粗大的柱子支撑的建筑。《文选》李善注：“《尚书中候》曰：‘昔黄帝轩辕凤皇巢阿阁。’《周书》曰：‘明堂咸有四阿。’”四阿屋是古代最考究的宫殿式建筑。三重阶：有多层平台的台阶，可见楼建在台上。④ 弦歌：有琴、瑟、琵琶一类弦乐器伴奏的歌曲。《论语·阳货》：“子之武城，闻弦歌之声。”⑤ 无乃：莫非，表揣测的语气。杞梁妻：春秋时齐人杞梁之妻。据刘向《列女传》记载，杞梁战死，“杞梁之妻无子，内外皆无五属之亲，既无所归，乃枕其夫之尸，于城下而哭，内诚动人，道路过者莫不为之挥涕。十日而城为之崩”。琴曲有《杞梁妻叹》，悲哀至极。蔡邕《琴操》说：梁死，“妻叹曰：‘上则无父，中则无夫，下则无子，将何以立吾节？亦死而已！’援琴而鼓之。曲终，遂自投淄水而死。”⑥ 清商：即清商曲，流行于汉代，是一种凄清悲哀的乐曲。中曲：曲子的中段。徘徊：指乐曲的往复萦回。⑦ 三叹：指乐曲中的和声。《乐记》：“‘清庙’之瑟……一唱而三叹，有遗音者矣。”郑玄注：“倡，发歌句也。三叹，三人从而叹之耳。”慷慨：情绪激愤高昂。《说文》：“慷慨，壮士不得志于心也。”⑧ 不惜：相对于“但伤”而言，是说“知音稀”比别的苦更令人悲伤。知音：用伯牙和钟子期的故事。《列子》：“伯牙善鼓琴，钟子期善听。伯牙鼓琴，志在高山，钟子期曰：‘善哉，峨峨兮若泰山。’志在流水，钟子期曰：‘善哉，洋洋兮若江河。’伯牙每有所念，钟子期必得之。”⑨ 鸿鹄：又称黄鹄，即天鹅。善飞。刘邦《鸿鹄歌》：“鸿鹄高飞，一举千里。”末二句隐含两层意思：一是双鸟比翼齐飞，喻男女相爱；二是高飞远举，免受尘世伤害。这都是听者所“愿”，也即听者所表示的对于歌者的深切同情。

涉江采芙蓉①

涉江采芙蓉，兰泽多芳草。②采之欲遗谁？所思在远道。③还顾望旧乡，长路漫浩浩。④同心而离居，忧伤以终老。⑤

【注释】

①这首诗写游子思乡。②涉江：屈原作《九章·涉江》，叙述自己流离迁徙的情形。本诗也写诗人远离故乡，长路漫漫，境况或有相似，故首二字借用此篇名。芙蓉：即荷花。兰泽：有兰草的低湿之地。二句是说在水中采芙蓉，在泽地采兰草。下句省略"采"字，以作变化。③遗：赠送。采芳相赠，是结恩情的意思，《诗经》和《楚辞》中常见。如《诗经·郑风·溱洧》："维士与女，伊其相谑，赠之以芍药。"郑笺："送女以芍药，结恩情也。"《楚辞·九歌·湘君》："采芳洲兮杜若，将以遗兮下女。"《楚辞·九歌·山鬼》："被石兰兮带杜衡，折芳馨兮遗所思。"④漫：即漫漫，长远貌。此处为五言所限，叠词省为单字。《诗经·召南·殷其雷》"殷其雷"、曹丕《善哉行》"还望故乡，郁何磊磊"，用法相同。浩浩：广大貌。⑤同心：指男女间的爱情。《诗经·邶风·谷风》："黾勉同心，不宜有怒。"《楚辞·九歌·湘君》："心不同兮媒劳，恩不甚兮轻绝。"

明月皎夜光①

明月皎夜光，促织鸣东壁。②玉衡指孟冬，③众星何历历。④白露沾野草，时节忽复易。秋蝉鸣树间，玄鸟逝安适？⑤昔我同门友，高举振六翮。⑥不念携手好，弃我如遗迹。⑦南箕北有斗，牵牛不负轭。⑧良无盘石固，虚名复何益？⑨

【注释】

①这首诗写同门友新贵而弃旧情，有名无实。②促织：即蟋蟀，立秋鸣，古时妇女要在此时赶制寒衣，故名"促织"。《诗经·豳风·七月》："七月在野，八月在宇，九月在户，十月蟋蟀入我床下。"鸣东壁：与"在宇"、"在户"意近。这两句写仲秋夜的景象。③玉衡：指北斗七星中的第五星。古人以斗星所指的方位来辨别节令和时辰。马茂元以为这里的"孟冬"代表星空中的亥宫，并非实指孟冬十月的节令，这句是说已过夜半的两三个时辰。④历历：清晰。⑤玄鸟：燕子。逝：语助词，无义。安适：去哪里。燕是候鸟，避寒就暖，故有此问，亦赋亦比也。《礼记·月令》："仲秋之月，玄鸟归。"曹丕《燕歌行》："群燕辞归鹄南翔。"⑥同门友：同在师门受学的朋

友。六翮（hé）：鸟的翅膀。翮：羽茎。《韩诗外传》："夫鸿鹄一举千里，所恃者，六翮耳。"这句喻同门的飞黄腾达。⑦ 携手好：指友情。《诗经·邶风·北风》："惠而好我，携手同行。"遗迹：指脚印。《国语·楚语下》："（楚）灵王不顾其民，一国弃之，如遗迹焉。"⑧ 箕、斗、牵牛：皆星名。《诗经·小雅·大东》："维南有箕，不可以播扬；维北有斗，不可以挹酒浆……睆彼牵牛，不以服箱。"负轭：与"服箱"义同，拉车。这两句用《诗经》成语，比喻同门友有名无实，不顾念交情。⑨ 良：确实。盘石：大石，象征坚固的感情。《古诗为焦仲卿妻作》："君当作磐石，妾当作蒲苇……盘石方且厚，可以卒千年。"又阮籍《咏怀》："如何金石交，一旦更离伤？"

冉冉孤生竹 ①

冉冉孤生竹，结根泰山阿。② 与君为新婚，菟丝附女萝。③ 菟丝生有时，夫妇会有宜。④ 千里远结婚，悠悠隔山陂。⑤ 思君令人老，轩车来何迟。⑥ 伤彼蕙兰花，含英扬光辉。⑦ 过时而不采，将随秋草萎。君亮执高节，贱妾亦何为？⑧

【注释】

① 这首诗写新婚久别的相思。② 冉冉：渐渐生长的样子。阿：山曲。两句喻已托身于夫。③ 菟丝：一种蔓生植物，属旋花科。茎细长，略黄。夏季开淡红小花。女萝：参见《九歌·山鬼》注。菟丝、女萝都是依附而生的植物。这句喻夫妇新婚，两相依恋，情长而密。④ 会：相聚。宜：适当的时间。⑤ 悠悠：遥远。陂（bēi）：山坡。上句说离家远嫁，下句说婚后远别。⑥ 轩车：古时高而有帷幕的车，为大夫以上乘坐。⑦ 蕙、兰：皆香草。含英：即将盛开的花朵。"伤彼"以下四句，以蕙兰自比。⑧ 亮：诚信。高节：指坚贞不渝的爱情。贱妾：妻子对丈夫自谦的称呼。亦何为：意谓我还能怎么样呢，惟有耐心等待而已。

庭中有奇树 ①

庭中有奇树，绿叶发华滋。② 攀条折其荣，将以遗所思。③ 馨香盈怀袖，路远莫致之。[4] 此物何足贡？但感别经时。[5]

【注释】

① 这首诗写思妇怀远。② 奇树：珍贵美好的树木。发华滋：花开得繁盛。华：同“花”。滋：繁盛。③ 荣：花，即上句中的“华”。④ 馨香盈怀袖：这句是说把花怀藏了很长时间。李清照《醉花阴》“东篱把酒黄昏后，有暗香盈袖”本于此。路远莫致之：《诗・卫风・竹竿》：“岂不尔思，远莫致之。”致：送达。⑤ 贡：献。一作“贵”。别：离别。经时：历时很久。

迢迢牵牛星[1]

迢迢牵牛星，[2] 皎皎河汉女。[3] 纤纤擢素手，[4] 札札弄机杼。[5] 终日不成章，[6] 泣涕零如雨。[7] 河汉清且浅，相去复几许。[8] 盈盈一水间，脉脉不得语。[9]

【注释】

① 这首诗写织女与牵牛隔河相望的幽怨。② 迢迢（tiáo）：遥远。牵牛星：河鼓三星之一，是天鹰座的主星，在银河南。③ 皎皎：明亮。河汉：银河。河汉女：即织女星，是天琴座主星，在银河北，与牵牛星相对。“迢迢”、“皎皎”互文对举。④ 纤纤（xiān）：细长。素：白皙。擢（zhuó）：举。⑤ 札札：织机声。弄：有心不在焉之意。⑥ 终日：整日。不成章：言不能织成经纬纹理。《诗经・小雅・大东》：“跂彼织女，终日七襄。虽则七襄，不成报章。”⑦ 零：落。所谓不成章、泣如雨，皆因离别忧愁而起。⑧ 相去：相距。几许：多少，意谓距离很近。⑨ 盈盈：端丽美好。脉脉（mò）：含情相视。

【泛读】

回车驾言迈

回车驾言迈，悠悠涉长道。四顾何茫茫，东风摇百草。所遇无故物，焉得不速老？盛衰各有时，立身苦不早。人生非金石，岂能长寿考？奄忽随物化，荣名以为宝。

东城高且长

东城高且长，逶迤自相属。回风动地起，秋草萋已绿。四时更变化，岁暮一何速。晨风怀苦心，蟋蟀伤局促。荡涤放情志，何为自结束？燕赵多佳人，美者颜如玉。被服罗裳衣，当户理清曲。音响一何悲，弦急知柱促。驰情整中带，沉吟聊踯躅。思为双飞燕，衔泥巢君屋。

驱车上东门

驱车上东门，遥望郭北墓。白杨何萧萧，松柏夹广路。下有陈死人，杳杳即长暮。潜寐黄泉下，千载永不寤。浩浩阴阳移，年命如朝露。人生忽如寄，寿无金石固。万岁更相送，贤圣莫能度。服食求神仙，多为药所误。不如饮美酒，被服纨与素。

去者日以疏

去者日以疏，来者日以亲。出郭门直视，但见丘与坟。古墓犁为田，松柏摧为薪。白杨多悲风，萧萧愁杀人。思还故里闾，欲归道无因。

生年不满百

生年不满百，常怀千岁忧。昼短苦夜长，何不秉烛游？为乐当及时，何能待来兹？愚者爱惜费，但为后世嗤。仙人王子乔，难可与等期。

凛凛岁云暮

凛凛岁云暮，蝼蛄夕鸣悲。凉风率已厉，游子寒无衣。锦衾遗洛浦，同袍与我违。独宿累长夜，梦想见容辉。良人惟古欢，枉驾惠前绥。“愿得常巧笑，携手同车归。”既来不须臾，又不处重闱。亮无晨风翼，焉能凌风飞？眄睐以适意，引领遥相睎。徙倚怀感伤，垂涕沾双扉。

孟冬寒气至

孟冬寒气至，北风何惨慄。愁多知夜长，仰观众星列。三五明月满，四五蟾兔缺。客从远方来，遗我一书札。上言长相思，下言久离别。置书怀袖中，三岁字不灭。一心抱区区，惧君不识察。

客从远方来

客从远方来，遗我一端绮。相去万余里，故人心尚尔。文采双鸳鸯，裁为合欢被。著以长相思，缘以结不解。以胶投漆中，谁能别离此？

明月何皎皎

明月何皎皎，照我罗床帏。忧愁不能寐，揽衣起徘徊。客行虽云乐，不如早旋归。出户独彷徨，愁思当告谁。引领还入房，泪下沾裳衣。

【延伸阅读】

1.（清）沈德潜：《古诗源》，中华书局，1963。
2.（清）张玉谷：《古诗赏析》，上海古籍出版社，2000。
3. 陆侃如、冯沅君：《中国诗史》，百花文艺出版社，1999。
4.《朱自清马茂元说古诗十九首》，上海古籍出版社，1999。
5. 余冠英：《乐府诗选》，人民文学出版社，1954。
6. 余冠英：《汉魏六朝诗选》，人民文学出版社，1978。
7. 萧涤非：《萧涤非说乐府》，上海古籍出版社，2002。
8. 曹旭：《古诗十九首与汉乐府选评》，上海古籍出版社，2002。

第五章　风清骨峻，篇体光华：建安诗文与正始诗文

【导读】

经过《诗经》与《楚辞》的陶铸和淬炼，中国古典诗歌日臻成熟，无论在思想情感之丰富，还是艺术形式之创新上，都达到了很高的阶段。至汉代，汉赋在楚歌、楚辞基础上发展壮大而渐成气候，经过枚乘、司马相如、扬雄诸人的努力，终于成为“苞括宇宙，总览人物”(《西京杂记》卷二）的“一代之文学”。作为一种诗歌和韵文之间的新文体，汉赋体制宏大，铺张扬厉，文采斐然，在中国文学史上衢路分明，自成一格，地位独特，影响深远，雄视今古。然在辞赋一体独大的有汉一代，诗歌的长河依旧汩汩滔滔，未曾断流。汉乐府民歌和《古诗十九首》，就是最能代表汉代诗歌成就的两朵奇葩。

民歌的实践必将对文人的诗歌创作产生影响。在诗歌形式上，汉乐府进行了大胆的试验，到了《古诗十九首》，终于以“有意味的形式”——五言诗——得到了定型。锺嵘《诗品序》云：“五言居文词之要，是众作之有滋味者也。”盖因五言诗乃“指事造形，穷情写物，最为详切者也”。《古诗十九首》对于五言诗的发展影响深远，在中国诗史上也有相当重要的地位和价值。后世许多文人如陆机、鲍照、李白、韦应物等都有寄意幽微、情思婉转的拟古之作。没有汉乐府和《古诗十九首》，“志深笔长”、“梗概多气”的建安文学是不可想象的。

建安（196—220）是东汉末年汉献帝的年号。这一时期，政治动荡，天下大乱，群雄逐鹿中原，民生凋敝，人口锐减。公元200年的官渡之战后，曹操打败袁绍，统一北方，遂有君临天下之志。在政治上，曹操的许多举措，如削平割据，致力于统一；实行屯田，抑制兼并；兴办水利，恢复生产；唯才是举，改革吏治；崇尚刑名之学，主张以严刑峻法来保障自己的统治；等等，都是顺应时代潮流的。尤其是，曹操父子雅好文艺，皆是当时首屈一指的文章巨擘。由于他们的提倡，在当时建都的邺城（今河北省临漳县境内），聚集了一大批文人。他们的创作以诗歌为主，吸收了汉乐府民歌"感于哀乐，缘事而发"的写实精神，以乐府旧题写时事，格调俊爽，情词并茂，具有慷慨悲凉的艺术风格，真实地反映了汉末的社会现实，有的篇章堪称"诗史"。刘勰在《文心雕龙·时序篇》中评价建安文学说："观其时文，雅好慷慨，良由世积乱离，风衰俗怨，并志深而笔长，故梗概而多气也。"一般认为，建安文学的代表人物是"三曹"（曹操、曹丕、曹植）、"七子"（孔融、陈琳、王粲、阮瑀、刘桢、应玚、徐幹）和蔡琰等，他们开创的"建安风骨"影响了后世无数诗人作家，形成了《古诗十九首》以来文人诗歌创作的一个高峰。

曹操诗今存22首，皆为乐府歌辞。曹操的乐府诗虽沿用汉乐府古题，却并不因袭古辞古意，而是继承了汉乐府民歌的写实传统，以政治家的眼光和胸襟观察现实，反映民情，高瞻远瞩，视野开阔。其代表作有《蒿里行》、《薤露行》、《步出夏门行》等。那种全景式的俯瞰视角使他的乐府诗承旧题而富新意，不仅拓展了题材的领域，而且展现出新的时代面貌。特别是他的以《短歌行》为代表的四言诗，继承了"国风"、"小雅"的抒情传统，独出机杼，大气磅礴，使四言诗继《诗经》后再一次放出光彩。沈德潜《古诗源》卷五云："曹公四言，于《三百篇》外，自开奇响。"后世嵇康、陶渊明等人的四言诗都是沿着这条路走下去的。至于曹丕和曹植二兄弟，无不文采斐然，成就巨大，经由他们，诗歌的文人化进程加快了，文学的"自觉时代"悄然来临。曹丕的《燕歌行》是中国诗歌史上第一首成熟的七言诗，曹植的《白马篇》和

《洛神赋》更是一代佳构，还有建安七子和蔡琰的诗歌，都为“建安风骨”[1]的形成做出了巨大贡献，限于篇幅，这里就不展开了。

正始文学主要指正始（240—249）以后直到西晋立国（265）这一段时间的文学。正始，是魏少帝曹芳的年号。这一时期，正是曹魏政权被司马氏所操控的多事之秋，政治极为黑暗，“天下名士，少有全者”(《晋书·阮籍传》)。建安文学的昂扬基调逐渐消弭，转为个人面对外部强大压力的“忧生之嗟”。玄学思潮的兴起使正始文学富于理性色彩和个性精神。以何晏、王弼为代表的“正始名士”，和以阮籍、嵇康为代表的“竹林名士”，是这个时代精神的杰出代表。就文学创作而言，阮籍的五言咏怀诗82首，和嵇康的四言诗及玄学论文，代表了当时文学的最高成就。刘勰《文心雕龙》称“嵇志清峻，阮旨遥深”，可谓笃论也。

西晋文学（265—316）虽然只有短短数十年，却是一个文学形式美发展的重要阶段。尽管“风骨”有所减弱，但强调文学的抒情性，仍是这一时期文学的主调。文学的修辞性受到重视，追求华美的倾向被推向极致。不仅写景的成分增多，而且笔触更为细腻工巧。尤为值得一提的是，西晋太康（280—289）前后，整个文坛作家辈出，群星璀璨，傅玄、张华之外，还有所谓“三张（张载、张协、张亢）、二陆（陆机、陆云）、两潘（潘岳、潘尼）、一左（左思）”，加上刘琨、郭璞等人，可谓云兴霞蔚，络绎不绝。陆机的拟古诗，潘岳的悼亡诗，左思的咏史诗，郭璞的游仙诗，并为一时

1 “建安风骨”是中国文学史上一个非常重要的命题。“风骨”本是汉末以来人物品藻中常用的一个概念，风指风姿、风度、风气、风神之美，骨则指形态、骨相之美。后来，这种以“风骨”、“气力”论人的风气很快为文论家们所接受，并被运用于文学批评的实践上。锺嵘《诗品》多次将“风”、“骨”对举，如评刘桢：“贞骨凌霜，高风跨俗。”评曹植：“骨气奇高，词采华茂。”《文心雕龙·风骨》云：“结言端直，则文骨成焉；意气俊爽，则文风成焉。”又说：“故练于骨者，析辞必精；深乎风者，述情必显。”“若能确乎正式，使文明以健，则风清骨峻，篇体光华。”便都是直接以“风骨”论诗衡文了。所谓风骨，是指作品内在的生气和感染力以及语言表达上刚健俊爽的特点。“风”和“骨”既有区别又相联系，形成水乳交融、相辅相成的一个整体。具体说，就是作品中慷慨悲凉的思想感情和刚健俊爽的语言风格的高度融合，是内容和形式的有机统一。后世作家在反对片面追求形式和单纯的修辞之美，强调文学的热情和内在感染力时，往往就把“建安风骨”作为标举的旗帜和学习的楷模。

佳构，脍炙人口。如果不是贾后专权，引发“八王之乱”，导致“五胡乱华”，中原倾覆，诗人纷纷凋零，西晋诗文应当还有更大的发展空间。

东晋政权偏安江左，沐浴玄风，政治上虽乏善可陈，文学艺术上却极具创新能力，故在西晋文学题材创新之路上又迈出一步，酝酿出了称雄一代的玄言诗和源远流长的田园诗和山水诗。玄言诗是一种以阐释老庄思想和佛教义理为主要内容的诗歌类型和流派，约起于西晋之末而盛行于东晋。代表作家有孙绰、许询、庾亮、桓温等；其特点是玄理入诗，以诗为老庄哲学的说教和注解。玄言诗在历史上颇受诟病，刘勰说：“晋世群才，稍入轻绮。张潘左陆，比肩诗衢。采缛于正始，力柔于建安。或析文以为妙，或流靡以自妍，此其大略也。（论西晋）江左篇制，溺乎玄风，嗤笑徇务之志，崇盛忘机之谈，袁（宏）、孙（盛）已下，虽各有雕采，而辞趣一揆，莫与争雄，所以景纯《仙篇》，挺拔而为隽矣。（论东晋）”（《文心雕龙·明诗》）又锺嵘《诗品·总论》：“永嘉时，贵黄老，稍尚虚谈。于时篇什，理过其辞，淡乎寡味。爰及江表，微波尚传。孙绰、许询、桓、庾诸公，诗皆平典似道德论，建安风力尽矣。”然而，玄言诗在诗歌史上自有其不可替代之价值，其写景与言理的成分对于诗歌题材本身颇有开拓之功，如果不经过这一历史阶段，则田园诗和山水诗的出现都是不可想象的。

【精读一·建安诗文】

苦寒行①

曹操

北上太行山②，艰哉何巍巍③！羊肠坂诘屈④，车轮为之摧⑤。树木何萧瑟⑥，北风声正悲！熊罴对我蹲⑦，虎豹夹路啼⑧。溪谷少人民，雪落何霏霏⑨！延颈⑩长叹息，远行多所怀。我心何怫郁？思欲一东归。⑪水深桥梁绝，中路正徘徊。⑫迷惑失故路，薄暮无宿栖。⑬行行日已远，人马同时饥。担囊行取薪，斧冰持作糜。⑭悲彼《东山》诗⑮，悠悠令我哀。

【注释】

①《苦寒行》，属汉乐府《相和歌·清调曲》，曹操借旧题写时事，反映严寒时节在太行山中行军的艰辛。② 太行山：起于河南北部，向北经山西、河北边境入河北北部。③ 巍巍：高峻貌。④ 羊肠坂（bǎn）：地名，在壶关西南。坂，斜坡。诘（jié）屈：盘旋曲折。⑤ 摧：折毁。⑥ 萧瑟：凄凉、凋零貌。⑦ 罴（pí）：一种大熊。⑧ 啼：号叫。⑨ 溪谷：山中低而有水之地，山里人多住于此。连溪谷也"少人民"，他处则更无人了。霏（fēi）霏：雪花纷飞飘扬貌。⑩ 延颈：伸长脖子眺望。⑪ 怫（fú）郁：忧虑不安。东归：指返回故乡。⑫ 中路：中途。⑬ 薄暮：傍晚。薄，迫近。⑭ 担囊：挑着行囊。斧：砍，用作动词。糜：粥。⑮《东山》：《诗经·豳风》中的一篇，写远征士卒对故乡的思念。

燕歌行①

曹丕

秋风萧瑟天气凉，草木摇落露为霜，② 群燕辞归鹄南翔。念君客游思断肠，慊慊思归恋故乡，君何淹留寄他方？③ 贱妾茕茕守空房④，忧来思君不敢忘，不觉泪下沾衣裳。援琴鸣弦发清商⑤，短歌微吟不能长。明月皎皎照我床，星汉西流夜未央。⑥ 牵牛织女遥相望，尔独何辜限河梁⑦？

【注释】

① 本篇属《相和歌·平调曲》。燕是北方边地，征戍不绝，故《燕歌行》多半写离别。② 摇落：凋零。③ 慊慊（qiàn qiàn）：心不满足貌；不自满貌。《后汉书·五行志一》："石上慊慊舂黄粱者，言永乐虽积金钱，慊慊常苦不足，使人舂黄粱而食之也。"淹留：久留。④ 茕茕（qióng）：形容孤独无依靠。⑤ 清商：乐名。清商音节短促，故下句说"短歌微吟不能长"。⑥ 夜未央：夜已深而未尽的时候。⑦ 尔：指牵牛、织女。河梁：河上的桥。传说牵牛和织女隔着天河，只能在每年七月七日相见，有乌鹊为他们搭桥。

白马篇①

曹植

白马饰金羁，连翩西北驰。② 借问谁家子，幽并游侠儿。③ 少小去乡邑，扬声沙漠垂。宿昔秉良弓，楛矢何参差。④ 控弦破左的，右发摧月支。⑤ 仰手接飞猱，俯身散马蹄。⑥ 狡捷过猴猿，勇剽若豹螭。⑦ 边城多警急，虏骑数迁移。羽檄从北来，厉马登高堤。⑧ 长驱蹈匈奴，左顾陵鲜卑。⑨ 弃身锋刃端，性命安可怀？⑩ 父母且不顾，何言子与妻！名编壮士籍，不得中顾私。⑪ 捐躯赴国难，视死忽如归。⑫

【注释】

① 本篇属《杂歌曲·齐瑟行》，又名《游侠篇》。② 羁：马络头。连翩：接连不断，形容轻捷迅急的样子。当时西北方为匈奴、鲜卑等少数民族居住区，西北驰即驰向边疆战场。③ 幽并：幽州和并州，即今河北、山西和陕西诸省的一部分地区。游侠儿：重义轻生的青年男子。④ 扬：传扬。垂：边疆。宿昔：昔时，往日。秉：持。楛（hù）矢：用楛木做箭杆的箭。何：多么。"宿昔"二句：意思是说昔日良弓不离手，箭出尽楛矢。⑤ 控：引，拉开。左的：左方的射击目标。摧：毁坏，与下文的"散"（破裂），都有穿透之意。月支：与"马蹄"都是射贴（箭靶）的名称。⑥ 接：迎接飞驰而来的东西。猱(náo)：猿类，善攀缘，上下如飞。⑦ 剽（piào）：行动轻捷。螭（chī）：传说中的猛兽，如龙而色黄。⑧ 虏：胡虏，古时对北方少数民族的蔑称。数：屡次。羽檄：檄是军事方面用于征召的文书，插上羽毛表示军情紧急，所以叫羽檄。厉马：奋马，策马。⑨ 蹈：奔赴。陵：陵轹，践踏。⑩ 怀：顾惜。⑪ 中：心中。顾：念。⑫ 视死忽如归：《韩非子·外储说左下》："三军既成阵，使士视死如归，臣不如公子成父。"《吕氏春秋·勿躬》："三军之士，视死如归。"

七哀诗①

王粲

西京乱无象，② 豺虎方遘患。③ 复弃中国去，委身适荆蛮。④ 亲戚对我悲，朋友相追攀。⑤出门无所见，白骨蔽平原。路有饥妇人，抱子弃草间。顾闻号泣声，挥涕独不还。“未知身死处，何能两相完？⑥”驱马弃之去，不忍听此言。南登霸陵岸，⑦回首望长安。悟彼《下泉》人，喟然伤心肝！⑧

【注释】

①《乐府古题要解》说“七哀起于汉末”，以反映战乱、瘟疫、死亡、离别、失意等为主要内容。曹植、阮瑀也各有《七哀诗》一首。王粲有《七哀诗》三首，不是同时所作。②西京：指长安。无象：犹言无道或无法。③豺虎：指李傕、郭汜等人。初平三年（192）李、郭等在长安叛乱。遘：同“构”，造。④委身：托身。荆蛮：指荆州。《三国志·王粲传》：“年十七，司徒辟，诏除黄门侍郎，以西京扰乱，皆不就。乃之荆州依刘表。”荆州刺史刘表曾从王粲祖父王畅受学，和王氏是旧交，故王粲全家去依投。⑤追攀：谓攀车依恋。⑥完：保全。以上二句是作者所闻妇人的话。⑦霸陵：汉文帝的葬处，在长安东。岸，高地。⑧下泉：《诗经·曹风》篇名。《毛诗序》：“《下泉》，思治也，曹人疾共公侵刻下民，不得其所，忧而思明王贤伯也。”末二句是说终于明白作《下泉》的诗人为什么伤叹了。

【泛读】

曹操《短歌行》

对酒当歌，人生几何？譬如朝露，去日苦多。慨当以慷，忧思难忘。何以解忧？唯有杜康。青青子衿，悠悠我心。但为君故，沉吟至今。呦呦鹿鸣，食野之苹。我有嘉宾，鼓瑟吹笙。明明如月，何时可掇？忧从中来，不可断绝。越陌度阡，枉用相存。契阔谈宴，心念旧恩。月明星稀，乌鹊南飞。绕树三匝，何枝可依。山不厌高，海不厌深。周公吐哺，天下归心。

曹操《蒿里行》

关东有义士，兴兵讨群凶。初期会盟津，乃心在咸阳。军合力不齐，踌躇而雁行。

势利使人争，嗣还自相戕。淮南弟称号，刻玺于北方。铠甲生虮虱，万姓以死亡。白骨露于野，千里无鸡鸣。生民百遗一，念之断人肠。

曹操《步出夏门行·观沧海》

东临碣石，以观沧海。水何澹澹，山岛竦峙。树木丛生，百草丰茂。秋风萧瑟，洪波涌起。日月之行，若出其中；星汉灿烂，若出其里。幸甚至哉，歌以咏志。

曹操《步出夏门行·龟虽寿》

神龟虽寿，犹有竟时。腾蛇乘雾，终为土灰。老骥伏枥，志在千里；烈士暮年，壮心不已。盈缩之期，不但在天；养怡之福，可得永年。幸甚至哉，歌以咏志。

曹操《让县自明本志令》

孤始举孝廉，年少，自以本非岩穴知名之士，恐为海内人之所见凡愚，欲为一郡守，好作政教，以建立名誉，使世士明知之；故在济南，始除残去秽，平心选举，违迕诸常侍，以为强豪所忿，恐致家祸，故以病还。

去官之后，年纪尚少，顾视同岁中，年有五十，未名为老。内自图之，从此却去二十年，待天下清，乃与同岁中始举者等耳。故以四时归乡里，于谯东五十里筑精舍，欲秋夏读书，冬春射猎，求底下之地，欲以泥水自蔽，绝宾客往来之望，然不能得如意。

后征为都尉，迁典军校尉，意遂更欲为国家讨贼立功，欲望封侯作征西将军，然后题墓道言“汉故征西将军曹侯之墓”，此其志也。而遭值董卓之难，兴举义兵。是时合兵能多得耳，然常自损，不欲多之；所以然者，多兵意盛，与强敌争，倘更为祸始。故汴水之战数千，后还到扬州更募，亦复不过三千人，此其本志有限也。

后领兖州，破降黄巾三十万众。又袁术僭号于九江，下皆称臣，名门曰建号门，衣被皆为天子之制，两妇预争为皇后。志计已定，人有劝术使遂即帝位，露布天下，答言“曹公尚在，未可也”。后孤讨禽其四将，获其人众，遂使术穷亡解沮，发病而死。及至袁绍据河北，兵势强盛，孤自度势，实不敌之；但计投死为国，以义灭身，足垂于后。幸而破绍，枭其二子。又刘表自以为宗室，包藏奸心，乍前乍却，以观世事，据有当州，孤复定之，遂平天下。身为宰相，人臣之贵已极，意望已过矣。

今孤言此，若为自大，欲人言尽，故无讳耳。设使国家无有孤，不知当几人称帝，几人称王！或者人见孤强盛，又性不信天命之事，恐私心相评，言有不逊之志，妄相忖度，每用耿耿。齐桓、晋文所以垂称至今日者，以其兵势广大，犹能奉事周室也。《论语》云："三分天下有其二，以服事殷，周之德可谓至德矣。"夫能以大事小也。昔乐毅走赵，赵王欲与之图燕。乐毅伏而垂泣，对曰："臣事昭王，犹事大王；臣若获戾，放在他国，没世然后已，不忍谋赵之徒隶，况燕后嗣乎！"胡亥之杀蒙恬也，恬曰："自吾先人及至子孙，积信于秦三世矣；今臣将兵三十余万，其势足以背叛，然自知必死而守义者，不敢辱先人之教以忘先王也。"孤每读此二人书，未尝不怆然流涕也。孤祖、父以至孤身，皆当亲重之任，可谓见信者矣，以及子桓兄弟，过于三世矣。

孤非徒对诸君说此也，常以语妻妾，皆令深知此意。孤谓之言："顾我万年之后，汝曹皆当出嫁，欲令传道我心，使他人皆知之。"孤此言皆肝鬲之要也。所以勤勤恳恳叙心腹者，见周公有《金縢》之书以自明，恐人不信之故。然欲孤便尔委捐所典兵众，以还执事，归就武平侯国，实不可也。何者？诚恐己离兵为人所祸也。既为子孙计，又己败则国家倾危，是以不得慕虚名而处实祸，此所不得为也。前朝恩封三子为侯，固辞不受，今更欲受之，非欲复以为荣，欲以为外援，为万安计。

孤闻介推之避晋封，申胥之逃楚赏，未尝不舍书而叹，有以自省也。奉国威灵，仗钺征伐，推弱以克强，处小而禽大。意之所图，动无违事，心之所虑，何向不济，遂荡平天下，不辱主命。可谓天助汉室，非人力也。然封兼四县，食户三万，何德堪之！江湖未静，不可让位；至于邑土，可得而辞。今上还阳夏、柘、苦三县户二万，但食武平万户，且以分损谤议，少减孤之责也。

曹丕《杂诗》

西北有浮云，亭亭如车盖。惜哉时不遇，适与飘风会。吹我东南行，行行至吴会。

吴会非我乡，安得久留滞？弃置勿复陈，客子常畏人。

曹丕《典论·论文》

文人相轻，自古而然。傅毅之于班固，伯仲之间耳；而固小之，与弟超书曰："武仲以能属文为兰台令史，下笔不能自休。"夫人善于自见，而文非一体，鲜能备善，是以各以所长，相轻所短。里语曰："家有弊帚，享之千金。"斯不自见之患也。今之文人：鲁国孔融文举、广陵陈琳孔璋、山阳王粲仲宣、北海徐幹伟长、陈留阮瑀元瑜、汝南应玚德琏、东平刘桢公幹，斯七子者，于学无所遗，于辞无所假，咸以自骋骥騄于千里，仰齐足而并驰。以此相服，亦良难矣！盖君子审己以度人，故能免于斯累，而作论文。

王粲长于辞赋，徐幹时有齐气，然粲之匹也。如粲之《初征》、《登楼》、《槐赋》、《征思》，幹之《玄猿》、《漏卮》、《圆扇》、《橘赋》，虽张、蔡不过也。然于他文，未能称是。琳、瑀之章表书记，今之隽也。应玚和而不壮，刘桢壮而不密。孔融体气高妙，有过人者，然不能持论，理不胜辞，以至乎杂以嘲戏，及其所善，扬、班俦也。

常人贵远贱近，向声背实，又患闇于自见，谓己为贤。夫文，本同而末异。盖奏议宜雅，书论宜理，铭诔尚实，诗赋欲丽。此四科不同，故能之者偏也；唯通才能备其体。

文以气为主，气之清浊有体，不可力强而致。譬诸音乐，曲度虽均，节奏同检，至于引气不齐，巧拙有素，虽在父兄，不能以移子弟。

盖文章，经国之大业，不朽之盛事。年寿有时而尽，荣乐止乎其身，二者必至之常期，未若文章之无穷。是以古之作者，寄身于翰墨，见意于篇籍，不假良史之辞，不托飞驰之势，而声名自传于后。故西伯幽而演《易》，周旦显而制《礼》，不以隐约而弗务，不以康乐而加思。夫然，则古人贱尺璧而重寸阴，惧乎时之过已。而人多不强力，贫贱则慑于饥寒，富贵则流于逸乐，遂营目前之务，而遗千载之功。日月逝于上，体貌衰于下，忽然与万物迁化，斯志士之大痛也！融等已逝，唯幹著论，成一家言。

曹丕《与吴质书》

二月三日，丕白：岁月易得，别来行复四年。三年不见，《东山》犹叹其远，况乃过之，思何可支？虽书疏往返，未足解其劳结。

昔年疾疫，亲故多离其灾。徐、陈、应、刘，一时俱逝，痛可言邪？昔日游处，行则连舆，止则接席，何曾须臾相失。每至觞酌流行，丝竹并奏，酒酣耳热，仰而赋诗，当此之时，忽然不自知乐也。谓百年已分，可长共相保，何图数年之间，零落略尽，言之伤心。顷撰其遗文，都为一集。观其姓名，已为鬼录。追思昔游，犹在心目。而此诸子，化为粪壤，可复道哉？

观古今文人，类不护细行，鲜能以名节自立。而伟长独怀文抱质，恬淡寡欲，有箕山之志，可谓彬彬君子者矣。著《中论》二十余篇，成一家之言，辞义典雅，足传于后，此子为不朽矣。德琏常斐然有述作之意，其才学足以著书，美志不遂，良可痛惜！间者历览诸子之文，对之抆泪；既痛逝者，行自念也。孔璋章表殊健，微为繁富。公幹有逸气，但未遒耳；其五言诗之善者，妙绝时人。元瑜书记翩翩，致足乐也。仲宣独自善于辞赋，惜其体弱，不足起其文；至于所善，古人无以远过。

昔伯牙绝弦于锺期，仲尼覆醢于子路，痛知音之难遇，伤门人之莫逮。诸子但为未及古人，亦一时之隽也。今之存者，已不逮矣。后生可畏，来者难诬，然恐吾与足下不及见也。

年行已长大，所怀万端，时有所虑，至通夜不瞑。志意何时复类昔日？已成老翁，但未白头耳。光武有言："年三十余，在兵中十岁，所更非一。"吾德不及之，年与之齐矣。以犬羊之质，服虎豹之文；无众星之明，假日月之光；动见瞻观，何时易乎？恐永不复得为昔日游也。少壮真当努力，年一过往，何可攀援？古人思秉烛夜游，良有以也。

顷何以自娱？颇复有所述造否？东望於邑，裁书叙心。丕白。

曹丕《短歌行》

仰瞻帷幕，俯察几筵。其物如故，其人不存。神灵倏忽，弃我遐迁。靡瞻靡恃，泣涕连连。呦呦游鹿，衔草鸣麑。翩翩飞鸟，挟子巢栖。我独孤茕，怀此百离。忧心孔疚，莫我能知。人亦有言，忧令人老。嗟我白发，生一何早。长吟永叹，怀我圣考。曰仁者寿，胡不是保？

曹植《美女篇》

美女妖且闲，采桑歧路间。柔条纷冉冉，落叶何翩翩。攘袖见素手，皓腕约金环。头上金爵钗，腰佩翠琅玕。明珠交玉体，珊瑚间木难。罗衣何飘飘，轻裾随风还。顾盼遗光彩，长啸气若兰。行徒用息驾，休者以忘餐。借问女安居？乃在城南端。青楼临大路，高门结重关。容华耀朝日，谁不希令颜？媒氏何所营？玉帛不时安。佳人慕高义，求贤良独难。众人徒嗷嗷，安知彼所观？盛年处房室，中夜起长叹。

曹植《洛神赋》

黄初三年，余朝京师，还济洛川。古人有言，斯水之神，名曰宓妃。感宋玉对楚王神女之事，遂作斯赋。其辞曰：

余从京域，言归东藩。背伊阙，越轘辕，经通谷，陵景山。日既西倾，车殆马烦。尔乃税驾乎蘅皋，秣驷乎芝田，容与乎阳林，流眄乎洛川。于是精移神骇，忽焉思散。俯则未察，仰以殊观，睹一丽人，于岩之畔。乃援御者而告之曰："尔有觌于彼者乎？彼何人斯？若此之艳也！"御者对曰："臣闻河洛之神，名曰宓妃。然则君王所见，无乃是乎？其状若何？臣愿闻之。"

余告之曰：其形也，翩若惊鸿，婉若游龙。荣曜秋菊，华茂春松。髣髴兮若轻云之蔽月，飘摇兮若流风之回雪。远而望之，皎若太阳升朝霞；迫而察之，灼若芙蕖出渌波。秾纤得衷，修短合度。肩若削成，腰如约素。延颈秀项，皓质呈露。芳泽无加，铅华弗御。云髻峨峨，修眉联娟。丹唇外朗，皓齿内鲜。明眸善睐，靥辅承权。瑰姿艳逸，仪静体闲。柔情绰态，媚于语言。奇服旷世，骨像应图。披罗衣之璀粲兮，珥瑶碧之华琚。戴金翠之首饰，缀明珠以耀躯。践远游之文履，曳雾绡之轻裾。微幽兰之芳蔼兮，步踟蹰于山隅。

于是忽焉纵体，以遨以嬉。左倚采旄，右荫桂旗。攘皓腕于神浒兮，采湍濑之玄芝。余情悦其淑美兮，心振荡而不怡。无良媒以接欢兮，托微波而通辞。愿诚素之先达兮，解玉佩以要之。嗟佳人之信修，羌习礼而明诗。抗琼珶以和予兮，指潜渊而为期。执眷眷之款实兮，惧斯灵之我欺。感交甫之弃言兮，怅犹豫而狐疑。收和颜而静志兮，申礼防以自持。

于是洛灵感焉，徙倚彷徨，神光离合，乍阴乍阳。竦轻躯以鹤立，若将飞而未翔。践椒涂之郁烈，步蘅薄而流芳。超长吟以永慕兮，声哀厉而弥长。

尔乃众灵杂遝，命俦啸侣。或戏清流，或翔神渚，或采明珠，或拾翠羽。从南湘之二妃，携汉滨之游女。叹匏瓜之无匹兮，咏牵牛之独处。扬轻袿之猗靡兮，翳修袖以延伫。体迅飞凫，飘忽若神。凌波微步，罗袜生尘。动无常则，若危若安。进止难期，若往若还。转眄流精，光润玉颜。含辞未吐，气若幽兰。华容婀娜，令我忘餐。

于是屏翳收风，川后静波。冯夷鸣鼓，女娲清歌。腾文鱼以警乘，鸣玉鸾以偕逝。六龙俨其齐首，载云车之容裔，鲸鲵踊而夹毂，水禽翔而为卫。

于是越北沚，过南冈，纡素领，回清阳。动朱唇以徐言，陈交接之大纲。恨人神之道殊兮，怨盛年之莫当。抗罗袂以掩涕兮，泪流襟之浪浪。悼良会之永绝兮。哀一逝而异乡。无微情以效爱兮，献江南之明珰。虽潜处于太阴，长寄心于君王。忽不悟其所舍，怅神宵而蔽光。

于是背下陵高，足往神留，遗情想像，顾望怀愁。冀灵体之复形，御轻舟而上溯。浮长川而忘反，思绵绵而增慕。夜耿耿而不寐，沾繁霜而至曙。命仆夫而就驾，吾将归乎东路。揽騑辔以抗策，怅盘桓而不能去。

王粲《登楼赋》

登兹楼以四望兮，聊暇日以销忧。览斯宇之所处兮，实显敞而寡仇。挟清漳之通浦兮，倚曲沮之长洲。背坟衍之广陆兮，临皋隰之沃流。北弥陶牧，西接昭丘。华实蔽野，黍稷盈畴。虽信美而非吾土兮，曾何足以少留？

遭纷浊而迁逝兮，漫逾纪以迄今。情眷眷而怀归兮，孰忧思之可任？凭轩槛以遥望兮，向北风而开襟。平原远而极目兮，蔽荆山之高岑。路逶迤而修迥兮，川既漾而济深。悲旧乡之壅隔兮，涕横坠而弗禁。昔尼父之在陈兮，有归欤之叹音。钟仪幽而楚奏兮，庄舄显而越吟。人情同于怀土兮，岂穷达而异心！

惟日月之逾迈兮，俟河清其未极。冀王道之一平兮，假高衢而骋力。惧匏瓜之徒悬兮，畏井渫之莫食。步栖迟以徙倚兮，白日忽其将匿。风萧瑟而并兴兮，天惨惨而无色。兽狂顾以求群兮，鸟相鸣而举翼。原野阒其无人兮，征夫行而未息。心凄怆以感发兮，意忉怛而憯恻。循阶除而下降兮，气交愤于胸臆。夜参半而不寐兮，怅盘桓以反侧。

蔡琰《悲愤诗》

汉季失权柄，董卓乱天常。志欲图篡弑，先害诸贤良。逼迫迁旧邦，拥主以自强。海内兴义师，欲共讨不祥。卓众来东下，金甲耀日光。平土人脆弱，来兵皆胡羌。猎野围城邑，所向悉破亡。斩截无孑遗，尸骸相撑拒。马边悬男头，马后载妇女。长驱西入关，迥路险且阻。还顾邈冥冥，肝脾为烂腐。所略有万计，不得令屯聚。或有骨肉俱，欲言不敢语。失意几微间，辄言弊降虏。要当以亭刃，我曹不活汝。岂敢惜性命，不堪其詈骂。或便加棰杖，毒痛参并下。旦则号泣行，夜则悲吟坐。欲死不能得，欲生无一可。彼苍者何辜？乃遭此厄祸！

边荒与华异，人俗少义理。处所多霜雪，胡风春夏起。翩翩吹我衣，肃肃入我耳。感时念父母，哀叹无穷已。有客自外来，闻之常欢喜。迎问其消息，辄复非乡里。邂逅徼时愿，骨肉来迎己。己得自解免，当复弃儿子。天属缀人心，念别无会期。存亡永乖隔，不忍与之辞。儿前抱我颈，问母欲何之。人言母当去，岂复有还时。阿母常仁恻，今何更不慈。我尚未成人，奈何不顾思。见此崩五内，恍惚生狂痴。号泣手抚摩，当发复回疑。兼有同时辈，相送告离别。慕我独得归，哀叫声摧裂。马为立踟蹰，车为不转辙。观者皆嘘唏，行路亦呜咽。

去去割情恋，遄征日遐迈。悠悠三千里，何时复交会？念我出腹子，胸臆为摧败。既至家人尽，又复无中外。城廓为山林，庭宇生荆艾。白骨不知谁，纵横莫覆盖。出门无人声，豺狼号且吠。茕茕对孤景，怛咤糜肝肺。登高远眺望，魂神忽飞逝。奄若寿命尽，旁人相宽大。为复强视息，虽生何聊赖。托命于新人，竭心自勖励。流离成鄙贱，常恐复捐废。人生几何时，怀忧终年岁。

【精读二・正始诗文】

咏怀①（其三）

阮籍

嘉树下成蹊，东园桃与李。②秋风吹飞藿，③零落从此始。④繁华有憔悴，⑤堂上生荆杞。⑥驱马舍之去，去上西山趾。⑦一身不自保，何况恋妻子。凝霜被野草，岁暮亦云已。⑧

【注释】

①咏怀：阮籍所创的一种诗体，以诗歌来抒发情怀，寄托抱负。《晋书・阮籍传》称："籍本有济世志，属魏、晋之际，天下多故，名士少有全者，籍由是不与世事，遂酣饮为常。"由于政治险恶，阮籍的咏怀往往比较隐晦，故锺嵘《诗品》称其诗"言在耳目之内，情寄八荒之表"，《文选》李善注也说："嗣宗身仕乱朝，常恐罹谤遇祸，因兹发咏，故每有忧生之嗟。虽志在刺讥，而文多隐避，百代之下，难以情测。"②嘉树：佳树，美树。《左传・昭公二年》："晋侯使韩宣子来聘……既享，宴于季氏，有嘉树焉。"桃与李：语本《汉书・李广传・赞》："桃李不言，下自成蹊。"蹊：小路。③藿：豆叶。④零落：凋零。《楚辞・离骚》："唯草木之零落兮，恐美人之迟暮。"沈约注曰："风吹飞藿之时，盖桃李零落之日。华实既尽，柯叶又凋，无复一毫可乐悦。"⑤繁华有憔悴：班固《答宾戏》曰："朝为荣华，夕为憔悴。"⑥荆杞：指荆棘和枸杞，皆野生灌木，带钩刺，每视为恶木。因亦用以形容蓁莽荒秽、残破萧条的景象。⑦西山：指首阳山。伯夷、叔齐所居，言欲从之以避世祸。趾：山脚。⑧凝霜：严霜。被：覆盖。岁暮：一年将尽之时。已：尽，毕。

赠秀才入军（其十四）①

嵇康

息徒兰圃，秣马华山。②流磻平皋，垂纶长川。③目送归鸿，手挥五弦。④俯仰自得，游心太玄。⑤嘉彼钓叟，得鱼忘筌。⑥郢人逝矣，谁与尽言？⑦

【注释】

①《赠秀才入军》是嵇康送给他哥哥嵇喜从军的一组诗，共有十八首，有写景，有抒情，多表达对自由生活的向往及兄弟间的深情。秀才，指嵇喜，他曾举秀才。②息徒：休整步卒。兰圃：长满兰草的野外。秣马：喂马。华山：长满鲜花的山。③流磻（bō）：习射。磻，古代射鸟用的拴在丝绳上的石箭镞。垂纶：垂钓。纶：钓鱼的长线。④挥：弹琴的动作。⑤俯仰自得：一举一动自由自在。太玄：道家所称的大道，可以理解为自然。⑥筌：捕鱼用的竹器。得鱼忘筌：捕到了鱼，忘掉了筌。比喻事情成功以后就忘了本来依靠的东西。《庄子·外物》："筌者所以在鱼，得鱼而忘筌；蹄者所以在兔，得兔而忘蹄。"⑦"郢人"两句：语本《庄子·徐无鬼篇》："庄子送葬，过惠子之墓，顾谓从者曰：'郢人垩漫其鼻端，若蝇翼，是匠石斫制，尽垩而鼻不伤，郢人立不失容。'"慨叹惠子死后自己没有知音了。这里嵇康引此典故说明嵇喜走后，自己也没有可说话的人了。

与山巨源绝交书

嵇康

康白：足下昔称吾于颍川，吾尝谓之知言。①然经怪此意尚未熟悉于足下，何从便得之也？②前年从河东还，显宗、阿都说足下议以吾自代；③事虽不行，知足下故不知之。足下傍通，多可而少怪；④吾直性狭中，多所不堪，偶与足下相知耳。⑤间闻足下迁，惕然不喜，⑥恐足下羞庖人之独割，引尸祝以自助，手荐鸾刀，漫之膻腥，⑦故具为足下陈其可否。

吾昔读书，得并介之人，或谓无之，今乃信其真有耳。⑧性有所不堪，真不可强。⑨今空语同知有达人，无所不堪，外不殊俗，而内不失正，与一世同其波流，而悔吝不生耳。⑩老子、庄周，吾之师也，亲居贱职；⑪柳下惠、东方朔，达人也，安乎卑位。⑫吾岂敢短之哉！⑬又仲尼兼爱，不羞执鞭；子文无欲卿相，而三登令尹。⑭是乃君子思济物之意也。所谓达能兼善而不渝，穷则自得而无闷。⑮以此观之，故尧、舜之君世，许由之岩栖⑯，子房之佐汉⑰，接舆之行歌⑱，其揆一也⑲。仰瞻数君，可谓能遂其志者也。故君子百行，殊途而同致，循性而动，各附所安。⑳故有处朝廷而不出，入山林而不反之论。㉑且延陵高子臧之风㉒，长卿慕相如之节㉓，志气所托，不可夺也。

【注释】

①足下，对人的敬称，此指山涛。颍川，指山涛族父山嵚（qīn），曾为颍川太守，此以官职称之。这两句意谓：足下从前在颍川那里称许我（不愿做官）的话，我曾以为那是知己之言。②经，常。此，上述“知言”之事。意：心想。这二句是说：然而我经常奇怪这件事，心想我还没有为您所熟悉，您从何处得知我的志趣呢？③河东，地名，今山西夏县西北。显宗、阿都，指嵇康的朋友公孙崇（字显宗）和吕安（字仲悌，小名阿都）。这二句意为：前年从河东回来，公孙崇和吕安告诉我足下打算要我替代您的职务。④傍通：谓善于应变。这二句是说：足下善于应变，遇事多认可而少疑怪。⑤直性狭中：谓性情耿直，心地狭窄。堪：忍受。这三句是说：我是个心地偏狭的直性子人，许多事不能忍受，只是偶然与您认识罢了。⑥间闻：最近听说。迁：升官。惕然：忧惧的样子。⑦庖人：厨师。尸祝：祭师。《庄子·逍遥游》：“庖人虽不治庖，尸祝不越樽俎（谓祭器）而代之。”意谓祭师不会越职去做厨师的工作。此处活用其意。鸾刀，屠宰用的刀，鸾是刀柄上装饰的铃铛。漫：玷污。这四句意为：恐怕足下独自做这样的官害羞，要拉我给你当助手，就像厨师羞于一个人屠宰，拉上祭师去帮忙一样，是想让我手执屠刀，也沾上一身腥膻气。⑧并：兼善天下。介：耿介孤直。并介之人：谓即能兼善天下又是耿介孤直的人，这是讽刺山涛的话。⑨强：勉强。这两句是说：生性对某些事情不能忍受，真不可勉强。⑩空语：空说。同知：

共同知道。达人：通达之人。外不殊俗：外表上不异于世俗。内不失正：内心没有失去正道。同其波流：随波逐流。悔吝：悔恨。这六句是说：现在空谈什么彼此都知道有这么一种通达之人，没有什么不能忍受，外表与世俗没有什么不同，而内心又没有失去正道，他可以与世随波逐流而不生悔恨之心。实则讽刺山涛想把自己装扮成这种事实上并不存在的"达人"。⑪ 老子、庄周，都是道家学派的宗师。老子曾为周朝柱下史，庄周曾为漆园吏，所以说他们"亲居贱职"。⑫ 柳下惠：即展禽，名获，字季，春秋时鲁国人；居于柳下，死后谥惠，故称柳下惠。东方朔：汉武帝时人，字曼卿。此二人的职位都低下，故言"安乎卑位"。⑬ 短之：轻视他们。⑭ 仲尼：孔丘，字仲尼。兼爱：施爱广博。不羞执鞭：不以做执鞭之士为羞耻。《论语·述而》："子曰：富而可求也，虽执鞭之士，吾亦为之；如不可求，从吾所好。"子文：春秋楚人。令尹：楚国最高的执政官，相当于卿相。子文曾三次任令尹，又三次被罢免，但他没有喜怒之色。⑮ 济物：犹言济世。达：显达。渝：改变。穷：仕途困厄，失意。闷：苦闷。《孟子·尽心》："穷则独善其身，达则兼善天下。"以上三句是说：这是君子（指孔子）想救济世人的心意啊！所谓显达时能够兼善天下而不改变心志，失意时则自得其乐而没有苦闷。⑯ 尧、舜：传说中上古的两位贤君。君世：做世上的君主。许由：相传上古尧时的隐士。尧欲禅位于他，不受，逃隐于箕山。岩栖：栖宿于山岩之下，指隐居。⑰ 子房：张良，字子房，辅佐刘邦统一天下，建立汉朝。⑱ 接舆：春秋时楚国隐士。行歌：边走路边唱歌。《论语·微子》："楚狂接舆歌而过孔子。"⑲ 揆（kuí）：法度，准则。这句是说：（上述诸人）他们的出处行为虽然不同，而原则却是一样的（指下文"能遂其志"而言）。⑳ 百行：指各种行为表现。殊途而同致：《易经·系辞》："天下同归而殊途，一致而百虑。"循性：顺着本性。附：归附。这四句接上文，言君子的行为虽各有不同，但"殊途同归"，都是顺着本性而行，各得其安。㉑ "处朝廷"二句：《韩诗外传》："朝廷之人为禄，故入而不出；山林之士为名，故往而不返。"处朝廷：指做官。入山林：指隐居。㉒ 延陵：春秋时吴国公子季札。高：动词，以……为高。子臧：春秋时曹国公子，又名欣时。《左传》记载，曹宣公死，曹人欲立子臧，子臧不从，离国而去。后吴国欲立季札为君，季札引子臧自勉，亦拒绝为君。㉓ 长卿：

指西汉的司马相如，字长卿。相如：指战国时赵国人蔺相如，曾出使秦国而“完璧归赵”。《史记·司马相如列传》：“相如既学，慕蔺相如之为人，更名相如。”

吾每读尚子平、台孝威传，① 慨然慕之，想其为人。少加孤露，母兄见骄，不涉经学。② 性复疏懒，筋驽肉缓，③ 头面常一月十五日不洗；不大闷痒，不能沐也。④ 每常小便而忍不起，令胞中略转，乃起耳。⑤ 又纵逸来久，⑥ 情意傲散，简与礼相背，懒与慢相成，⑦ 而为侪类见宽，不攻其过。⑧ 又读《庄》、《老》，重增其放。⑨ 故使荣进之心日颓，任实之情转笃。⑩ 此由禽鹿，少见驯育，则服从教制；⑪ 长而见羁，则狂顾顿缨，赴蹈汤火；⑫ 虽饰以金镳，飨以嘉肴，逾思长林而志在丰草也。⑬

阮嗣宗口不论人过⑭，吾每师之而未能及。至性过人，与物无伤，唯饮酒过差耳。⑮ 至为礼法之士所绳，疾之如仇，幸赖大将军保持之耳。⑯ 吾不如嗣宗之贤，而有慢弛之阙；⑰ 又不识人情，闇于机宜；⑱ 无万石之慎，而有好尽之累，久与事接，疵衅日兴，虽欲无患，其可得乎？⑲

【注释】

① 尚子平、台孝威：均为东汉人，隐士。② 孤露：魏晋时以父亲早亡为孤露。见骄：被宠爱。涉：涉猎。以上三句说：加之我从小父亲亡故，被母亲和哥哥宠爱，又不学习经学。③ 疏懒：疏顽懒惰。驽：劣马，这里比喻筋骨迟钝。这句是说自己筋骨迟钝，肌肉松缓。④ 闷痒：长久不洗沐而引起的身体发闷发痒的感觉。不能：意谓不愿。以上二句是说：自己经常一个多月不洗头脸，如身体不太闷痒，是绝不肯去洗澡的。⑤ 胞：这里指膀胱。略转：指尿胀时膀胱发颤的感觉。以上三句是说：每当小便时，总是忍着不肯起身，直到膀胱发胀发颤时才不得不起身。⑥ 纵逸：放纵，被母兄放纵的时间已经很久了。⑦ 傲散：孤傲散漫。简：简略，谓举止随便。这三句是说：自己的性情孤傲散漫，而行为随便是与礼法相违背的，性情懒散却与为人傲慢相辅相成。⑧ 侪（chái）类：同辈们。这二句意谓：（这种疏懒傲慢的性情）又为朋辈们所宽容，他们也不责备我的过错。⑨ 重增：犹言更加助长。放：放荡。⑩ 荣进：求荣仕进。

颓：减退。任实，谓放任本性。笃：厚。这二句意谓：由于上述原因，我对做官求荣的进取之心一天天减弱，而放纵任性的情意愈益强烈。⑪ 由：同“犹”。禽：同“擒”。驯育：驯服养育。教制：管教约制。这三句说：如果鹿从小就捉来驯育，那就会服从主人的管教和约制。⑫ 见羁：被束缚。缨：丝绳。顿缨：谓挣扎摆脱羁绳。汤：沸水。这三句是承接上文，说如果鹿长大而被束缚，那么它一定会疯狂四顾，乱蹦乱跳地挣脱羁绳，即使赴汤蹈火也在所不顾。⑬ 镳 (biāo)：原为马笼头，此为鹿笼头。“金镳”言其贵重。飨：饮宴。嘉肴：美食。长林：深林。丰草：茂盛的草地。以上三句说：虽然给禽兽戴上贵重的笼头，让它们吃美味佳肴，但他们却越发思念向往它所习惯了的长林丰草之地。⑭ 阮嗣宗：阮籍，字嗣宗，嵇康好友，“竹林七贤”之一。口不论人过：嘴上不谈论别人的过失。⑮ 至性：醇厚的本性。无伤：没有伤害之心。过差：过度。史载阮籍醉酒常数月不醒，和口不论人过一样，饮酒也是阮籍全身远祸的手段之一。⑯ 绳：纠绳，指弹劾罪过。保持：保护。《世说新语·任诞》记载：阮籍遭母丧，在晋文王坐进酒肉。司隶何曾亦在坐，曰：“明公方以孝治天下，而阮籍以重丧显于公坐饮酒食肉，宜流之海外，以正风教。”文王曰：“嗣宗毁顿如此，君不能共忧之，何谓？且有疾而饮酒食肉，固丧礼也！”籍饮啖不辍，神色自若。这里的“礼法之士”就是指何曾之流。“大将军”即指司马昭。⑰ 慢弛：傲慢懈怠。阙：同“缺”，缺点。⑱ 闇：同“暗”，不明。机宜：指处世为人的机变。这句意谓，不知道随机应变。⑲ 万石：汉朝官僚石奋和四子均官至二千石，汉景帝称他为万石君。万石君为人处世以谨慎著称。好尽：指说话好尽情而言，不避忌讳。累：牵累，指过失。与事接：接触人事。疵：毛病，缺点。衅（xìn）：过隙，事端。患：危害。这四句是说，我若长久与人事接触，那么得罪人的事每天都会发生，虽然想求太平无事，那又怎能得到呢？

又人伦有礼，朝廷有法，自惟至熟①，有必不堪者七，甚不可者二。卧喜晚起，而当关呼之不置，一不堪也；②抱琴行吟，弋钓草野，而吏卒守之，不得妄动，二不堪也；③危坐一时，痹不得摇，性复多虱，把搔无已，而当裹以章服，揖拜上官，三不堪也；④素不便书，又不喜作书，而人间多事，堆案盈机，不相酬答，则犯教伤义，欲自勉强，则不能久，四不堪也；⑤不喜吊丧，而人道以此为重，已为未见恕者所怨，至欲见中伤者，虽瞿然自责，然性不可化，欲降心顺俗，则诡故不情，亦终不能获无咎无誉如此，五不堪也；⑥不喜俗人，而当与之共事，或宾客盈坐，鸣声聒耳，嚣尘臭处，千变百伎，在人目前，六不堪也；⑦心不耐烦，而官事鞅掌，机务缠其心，世故繁其虑，七不堪也。⑧又每非汤、武而薄周、孔，在人间不止此事，会显世教所不容，此其甚不可一也；⑨刚肠疾恶，轻肆直言，遇事便发，此甚不可二也。⑩以促中小心之性，统此九患，不有外难，当有内病，宁可久处人间邪？⑪

又闻道士遗言，饵术、黄精，令人久寿，意甚信之；⑫游山泽，观鱼鸟，心甚乐之。一行作吏，此事便废，安能舍其所乐，而从其所惧哉！⑬

【注释】

①人伦：指封建君臣、父子等伦理关系。礼：礼教。惟：思。这句是说：我各方面都想得烂熟了。②当关：守门的差役。这三句是说：第一件不能忍受的事，是我喜欢睡懒觉，但是做官以后，守门的差役就要叫我早起。③弋钓：射鸟钓鱼。这几句意谓：第二件不能忍受的事，是我喜欢抱着琴漫步行吟，或在野外射鸟钓鱼，但是做官以后，出入有吏卒守着，不能随意行动。④危坐：端坐。痹：同“痹”，麻木。性：指身体。把搔：用手搔痒。章：冠。章服：冠服，指官用的礼貌礼服。上官：上级官员。这几句意谓：第三件不能忍受的事，是为官要端正地坐着办公，腿脚麻痹又不能动摇，而我身上又多虱子，搔起痒来没个完，然而还要衣冠端正，去拜迎官长。⑤素：平常。不便书：不习惯写字。机：同“几”，案也。犯教伤义：指触犯礼教。这几句是说：自己素来不善于写信札，也不喜欢写信札，但为官以后，人世间事多，公文信件堆满案上，如不应酬，则有伤礼教，若是勉强去做，又不能持久。⑥瞿：一作“惧”，惊惧惶恐的样子。化：变。降心：压抑自己的心志。诡：违背。故：旧有的本性。不情：指不是真情。咎：过失。誉：荣誉。这几句是说：我不喜欢吊丧，但是世俗人情对此却很看重，自己的这种行为被不肯见谅的人怨恨，甚至还有人借此对

我进行中伤。我虽然惶恐地责备自己，然而本性终究不能改变，想要抑制自己的心志去顺从世俗的要求，则又违背了自己的本性，不是我所情愿的，而且即使如此也不能做到不露心迹，无咎无誉。⑦ 盈坐：满座。聒（guō）：喧闹。嚣尘：声音嘈杂、尘埃飞扬。伎：伎俩，花招。这八句是说：第六件不能忍受的事，是不喜欢俗人，但为官以后，要和他们共事，或者宾客满座，喧闹嘈杂之声刺耳；在那嚣尘秽浊之处，各种各样的花招伎俩，全摆在眼前。⑧ 鞅掌：本指事多无暇整理仪容，这里指公事忙碌。机务：官府要务。这五句是说：第七件不能忍受的事，是心不耐烦，但为官以后，公事纷繁，官府要务和人情世故都要费心思去考虑。⑨ 非：动词，非难。汤、武：商和周的开国明君。薄：鄙薄。周、孔：周公和孔子，儒家尊奉的圣贤。这几句是说：我又常菲薄汤、武、周、孔，如果在官场上不停止这种议论，久则必会显露，定为礼教所不容。按：司马氏为篡夺政权，极力推崇汤、武、周、孔，嵇康却公然菲薄之，这是在政治上与司马氏对立的态度，骨子里倒未必真的反对儒家的圣贤。⑩ 以上三句是说：第二件不可的事，是自己心性刚直，疾恶如仇，说话轻率放肆，直言不讳，遇事便发脾气。⑪ 促中小心：谓心胸狭隘。九患：九种祸患，指上文"七不堪"、"二不可"之患。宁：怎能。久处人间：长久地活在世上。⑫ 遗言：传言。饵：服食。这四句是说：又听道士传言，服食术和黄精可使人长寿，心里很相信。⑬ 一行：犹言一旦去。安：怎么。这二句意谓：怎能舍弃自己乐意的事而去做那些自己所惧怕的事情呢？

夫人之相知，贵识其天性，因而济之。① 禹不偪伯成子高，全其节也。② 仲尼不假盖于子夏，护其短也。③ 近诸葛孔明不偪元直以入蜀，华子鱼不强幼安以卿相。④ 此可谓能相终始，真相知者也。足下见直木不可以为轮，曲者不可以为桷，盖不欲以枉其天才，令得其所也。⑤ 故四民有业，各以得志为乐，唯达者为能通之，此足下度内耳。⑥ 不可自见好章甫，强越人以文冕也；⑦ 已嗜臭腐，养鸳雏以死鼠也。⑧ 吾顷学养生之术，方外荣华，去滋味，游心于寂寞，以无为为贵，纵无九患，尚不顾足下所好者。⑨ 又有心闷疾，顷转增笃，私意自试，不能堪其所不乐。⑩ 自卜已审，若道尽途穷则已耳。足下无事冤之，令转于沟壑也。⑪

吾新失母兄之欢，意常凄切⑫。女年十三，男年八岁，未及成人，况复多病，顾此悢悢⑬，如何可言。今但愿守陋巷，教养子孙；时与亲旧叙阔，陈说平生。⑭浊酒一杯，弹琴一曲，志愿毕矣。足下若嬲之不置，不过欲为官得人，以益时用耳。⑮足下旧知吾潦倒粗疏，不切事情，自惟亦皆不如今日之贤能也。⑯若以俗人皆喜荣华，独能离之，以此为快，此最近之，可得言耳。⑰然使长才广度，无所不淹，而能不营，乃可贵耳！⑱若吾多病困，欲离事自全，以保余年，此真所乏耳。⑲岂可见黄门而称贞哉！⑳若趣欲共登王途，期于相致，时为欢益，一旦迫之，必发其狂疾，㉑自非重怨，不至于此也。㉒

野人有快炙背而美芹子者，欲献之至尊，虽有区区之意，亦已疏矣。㉓愿足下勿似之。㉔其意如此。既以解足下，并以为别。㉕嵇康白。

【注释】

①因：循。济：成就，成全。以上三句是说：大凡人之间的相互了解，所贵在于彼此认识对方的天性，并循其天性而成全对方。②偪：同“逼”。伯成子高：人名，据说是尧、舜、禹时的贤者。《庄子·天地》篇说，伯成子高辞为诸侯而去耕田，并批评禹的政治搞得不好，禹并未逼迫他。全其节：保全他的节操。③子夏：孔子学生，名卜商，字子夏。假：借。盖：伞。护：回护，掩饰。《孔子家语》记载，孔子出门遇雨，有的学生叫他向子夏借伞，孔子知道子夏小气，就不向他借伞，这样就掩饰了子夏的缺点。④元直：徐庶的字。徐庶与诸葛亮都在刘备手下做事，但徐庶母为曹操所俘，不得以投降曹操，刘备和诸葛亮未加阻留。华子鱼：华歆字子鱼。强：勉强。幼安：管宁字幼安。三国魏时华歆为明帝太尉，屡荐管宁做官，宁辞而不受。这句是说：华歆不以卿相之位勉强管宁。⑤桷（jué）：屋上的椽子。枉：屈。天才：即天材，天然的材料。这几句意谓：直木一定不能做车轮，曲木不可以当椽子，因为人们不想委屈它们天生的材料，而让它们各得其所。⑥四民：指士、农、工、商。度：识度。这几句是说：四民各有职业，各自以能够达到自己的志愿为乐事，这惟有通达的人才能懂得，这本来是您的识见所能明了的。⑦章甫：冠名。文冕：饰有图文的华冠，与

"章甫"同。此用《庄子·逍遥游》"越人断发文身，无所用之"的典故。这两句是说：不可因为自己见了漂亮的帽子，就强迫断发文身的越人去戴（他们用不着戴帽子）。⑧ 嗜：嗜好。臭腐：腐烂发臭的食物。这两句是说：不能自己喜欢吃腐臭的东西，就用死老鼠来喂养鸳雏。⑨ 顷：不久，近来。养身之术：修身养性的方法。外：鄙弃，排斥。滋味：美味佳肴。寂寞：道家追求的安静无虑的心境。这几句是说：我最近在学习养身之术，正要排除荣华，摒弃美味，致力于养成恬淡寂寞的心境，以悠游无为为贵，即使没有上述"九患"，尚且不屑于看足下所喜好的那些东西。⑩ 心闷疾：心闷之疾。笃：指病情严重。自试：自己设想。不能堪其所不乐：不能忍受自己所不乐意的事。⑪ 卜：考虑。审：明确。无事：不要。冤：委屈。转于沟壑：辗转于山沟河谷之间，意谓流离而死。这几句是说：自己已经深思熟虑并已确定，如果我无路可走也就算了，您就不要平白无故地使我蒙受委屈，让我陷于绝境了。⑫ 这两句是说：我刚死了母亲和兄长，失去了他们的欢爱，心里常常感到悲切。⑬ 悢悢 (liàng)：悲伤。⑭ 守陋巷：指过贫穷艰苦的生活。阔，离别。叙阔：言叙离别之情。⑮ 毕：犹言足，尽。嬲（niǎo）：纠缠。不置：不放。时用：为当局所用。"足下"三句是说：您若是缠住我不放，那也不过是想替当局拉人，对办事有利罢了。⑯ 旧知：原本知道。潦倒粗疏：行为疏慢，不守礼法。自惟：自认为。⑰ 这几句意谓：倘若认为俗人都喜欢荣华富贵，而我独能离弃它，并以此为快乐之事，这话最接近我的性情了，可以这么说。⑱ 长才：大才。广度：度量很大。淹：淹通，贯通。营：经营，此处指谋求仕进。这四句是说：如果原本是个才能高、度量大、无所不通的人，而又能不营谋于仕途，那才真的可贵。⑲ 乏：短。这四句是说：至于像我这样因为多病多累，而想躲开世事顾全自己、以保余年的人，那真是不长于做官的。⑳ 黄门：指宦官。贞：贞洁。宦官有生理缺陷，故近妇人亦无所谓失德，但不能据此说宦官本身就是贞洁的。这句是说：怎么能见了宦官就说他贞洁呢？用比喻来说明自己不慕荣华是天性短于此，并非如"长才广度"而不求仕进者那样值得称赞。㉑ 趣：同"趋"，急于。王途：仕途。致：招致。这四句是说：如果你急于要我共登仕途，想把我招去，时时与你欢聚相帮，一旦逼我，我必定会发疯病的。㉒ 自非：若不是。这二句是反话，意谓你对我若不是有深仇大恨，是不至于这样做的。㉓ 野人：指种田人。炙：烤。芹子：即芹菜。至尊：指天子。区区：诚意。疏：远，不切实际。《列子·杨朱篇》说：宋国有一农夫，春天耕作于野外，被太阳晒得很暖和，就对妻子说，这样暖和的阳光应该献给君上，必有重赏。妻子说：从前有个人以为芹菜是天下美味，于是对同乡富豪称美芹菜，富人一吃，又扎嘴，又腹痛。于是大家都嘲笑他。此四句用其事，说那种“快炙背而美芹子”的行为虽然出于一片诚意，但毕竟太不切实际了。㉔ 这句是说：愿足下不要像那个不切实际的“野人”（自己喜欢做官就以为别人一定也喜欢）。㉕ 解：解释，也可理解为摆脱。这两句意谓：写这封信，既是为了向你解释，从而摆脱足下对我的推荐，同时也是向你告别的。别，表示绝交之意。

【泛读】

阮籍《咏怀诗》

其一

夜中不能寐，起坐弹鸣琴。薄帷鉴明月，清风吹我襟。孤鸿号外野，翔鸟鸣北林。徘徊将何见？忧思独伤心。

其三十二

朝阳不再盛，白日忽西幽。去此若俯仰，如何似九秋。人生若尘露，天道邈悠悠。齐景升丘山，涕泗纷交流。孔圣临长川，惜逝忽若浮。去者余不及，来者吾不留。愿登太华山，上与松子游。渔父知世患，乘流泛轻舟。

其三十三

一日复一夕，一夕复一朝。颜色改平常，精神自损消。胸中怀汤火，变化故相招。万事无穷极，知谋苦不饶。但恐须臾间，魂气随风飘。终身履薄冰，谁知我心焦！

其三十四

一日复一朝，一昏复一晨。容色改平常，精神自飘沦。临觞多哀楚，思我故时人。

对酒不能言，凄怆怀酸辛。愿耕东皋阳，谁与守其真？愁苦在一时，高行伤微身。曲直何所为？龙蛇为我邻。

其三十九

壮士何慷慨，志欲威八荒。驱车远行役，受命念自忘。良弓挟乌号，明甲有精光。临难不顾生，身死魂飞扬。岂为全躯士，效命争战场。忠为百世荣，义使令名彰。垂声谢后世，气节故有常。

其六十

儒者通六艺，立志不可干。违礼不为动，非法不肯言。渴饮清泉流，饥食并一箪。岁时无以祀，衣服常苦寒。屣履咏《南风》，缊袍笑华轩。信道守诗书，义不受一餐。烈烈褒贬辞，老氏用长叹！

嵇康《赠秀才入军》

第九首

良马既闲，丽服有晖。左揽繁弱，右接忘归。风驰电逝，蹑景追飞。凌厉中原，顾盼生姿。

第十二首

轻车迅迈，息彼长林。春木载荣，布叶垂阴。习习谷风，吹我素琴。交交黄鸟，顾俦弄音。感悟驰情，思我所钦。心之忧矣，永啸长吟。

第十三首

浩浩洪流，带我邦畿。萋萋绿林，奋荣扬晖。鱼龙瀺灂，山鸟群飞。驾言出游，日夕忘归。思我良朋，如渴如饥。愿言不获，怆矣其悲。

嵇康《幽愤诗》

嗟余薄祜，少遭不造。哀茕靡识，越在襁褓。母兄鞠育，有慈无威。恃爱肆姐，不训不师。爰及冠带，凭宠自放。抗心希古，任其所尚。托好老庄，贱物贵身。志在守朴，养素全真。曰余不敏，好善暗人。子玉之败，屡增惟尘。大人含弘，藏垢怀耻。民之多僻，政不由己。惟此褊心，显明臧否。感悟思愆，怛若创痏。欲寡其过，谤议沸腾。性不伤物，频致怨憎。昔惭柳惠，今愧孙登。内负宿心，外恧良朋。仰慕严郑，乐道闲居。与世无营，神气晏如。咨予不淑，婴累多虞。匪降自天，实由顽疏。理弊患结，卒致囹圄。对答鄙讯，絷此幽阻。实耻讼冤，时不我与。虽曰义直，神辱志沮。澡身沧浪，岂云能补。嗈嗈鸣雁，奋翼北游。顺时而动，得意忘忧。嗟我愤叹，曾莫能俦。事与愿违，遘兹淹留。穷达有命，亦又何求。古人有言，善莫近名。奉时恭默，咎悔不生。万石周慎，安亲保荣。世务纷纭，祗搅予情。安乐必诫，乃终利贞。煌煌灵芝，一生三秀。予独何为，有志不就。惩难思复，心焉内疚。庶勖将来，无馨无臭。采薇山阿，散发岩岫。永啸长吟，颐性养寿。

刘伶《酒德颂》

有大人先生者，以天地为一朝，万朝为须臾，日月为扃牖，八荒为庭衢。行无辙迹，居无室庐，幕天席地，纵意所如。止则操卮执觚，动则挈榼提壶。唯酒是务，焉知其余？

有贵介公子，缙绅处士，闻吾风声，议其所以。乃奋袂攘襟，怒目切齿，陈说礼法，是非锋起。先生于是方奉罂承槽，衔杯漱醪。奋髯箕踞，枕麴藉糟。无思无虑，其乐陶陶。兀然而醉，豁尔而醒。静听不闻雷霆之声，熟视不睹太山之形。不觉寒暑之切肌，利欲之感情。俯观万物，扰扰焉如江汉三载浮萍。二豪侍侧焉，如蜾蠃之与螟蛉。

向秀《思旧赋》

余与嵇康、吕安居止接近，其人并有不羁之才。然嵇志远而疏，吕心旷而放，其后各以事见法。嵇博综技艺，于丝竹特妙。临当就命，顾视日影，索琴而弹之。余逝将西迈，经其旧庐。于时日薄虞渊，寒冰凄然。邻人有吹笛者，发音寥亮。追思曩昔游宴之好，感音而叹，故作赋云：

将命适于远京兮，遂旋反而北徂。济黄河以泛舟兮，经山阳之旧居。瞻旷野之萧条兮，息余驾乎城隅。践二子之遗迹兮，历穷巷之空庐。叹黍离之愍周兮，悲麦秀于殷墟。惟古昔以怀今兮，心徘徊以踌躇。栋宇存而弗毁兮，形神逝其焉如。昔李斯之受罪兮，叹黄犬而长吟。悼嵇生之永辞兮，顾日影而弹琴。托运遇于领会兮，寄余命于寸阴。听鸣笛之慷慨兮，妙声绝而复寻。停驾言其将迈兮，遂援翰而写心。

【精读三 · 两晋诗文】

咏史（其二）

左思

郁郁涧底松，离离山上苗。① 以彼径寸茎，荫此百尺条。② 世胄蹑高位，英俊沉下僚。③ 地势使之然，由来非一朝。④ 金张籍旧业，七叶珥汉貂。⑤ 冯公岂不伟？白首不见招！⑥

【注释】

① 郁郁：茂密浓绿的样子。涧：两山之间。涧底松：比喻才高位卑的寒士。离离：下垂的样子。苗：初生的草木。山上苗：山上小树。② 彼：指山上苗。径：直径。径寸：直径一寸。径寸茎：即一寸粗的茎。荫：遮蔽。此：指涧底松。条：树枝，这里指树木。③ 胄：长子。世胄：世家子弟。蹑（niè）：履、登。下僚：下级官员，即属员。沉下僚：沉没于下级的官职。④ 这两句是说这种情况恰如涧底松和山上苗一样，是地势造成的，其所从来久矣。⑤ 金：指汉金日（mì）磾（dī），他家自汉武帝到汉平帝，七代为内侍。张：指汉张汤，他家自汉宣帝以后，有十余人为侍中、中常侍。《汉书 · 张汤传赞》云："功臣之世，唯有金氏、张氏亲近贵宠，比于外戚。"七叶：七代。珥（ěr）：插。珥汉貂：汉代侍中、中常侍的帽子上皆插貂尾。这两句意谓：金张两家的子弟凭借祖先的世业，七代做汉朝的贵官。⑥ 冯公：指汉冯唐，他曾指责汉文帝不会用人，使得他年老了还做中郎署长的小官。伟：奇。招：招见。不见

招：不被进用。这两句是说冯唐难道不奇伟，年老了还不被重用。以上四句引证史实说明“世胄蹑高位，英俊沉下僚”的情况，由来已久。

悼亡诗①（其一）

潘岳

荏苒冬春谢，寒暑忽流易。②之子归穷泉，重壤永幽隔。③私怀谁克从，淹留亦何益？④黾勉恭朝命，回心反初役。⑤望庐思其人，入室想所历。⑥帏屏无仿佛，翰墨有余迹。⑦流芳未及歇，遗挂犹在壁。⑧怅恍如或存，回遑忡惊惕。⑨如彼翰林鸟，双栖一朝只；⑩如彼游川鱼，比目中路析。⑪春风缘隙来，晨霤承檐滴。⑫寝息何时忘，沉忧日盈积。庶几有时衰，庄缶犹可击。⑬

【注释】

①本篇是潘岳《悼亡诗》三首中的第一首，叙亡妻安葬后将要赴任时的怅惘之情。悼亡一体，西晋始萌，一般以为是潘岳首创，又《世说新语·文学》：“孙子荆除妇服，作诗以示王武子。王曰：‘未知文生于情，情生于文。览之凄然，增伉俪之重。’”后世乃专以悼念亡妻的诗词为“悼亡”。②荏苒：形容时间渐渐逝去。谢：代谢，更替。流易：消逝、变换。古代礼制，妻死夫服丧一年，可知此诗当作于妻亡一周年时。③之子：那人，指亡妻。穷泉：九泉，指墓中。④私怀：犹私衷，指个人的心情。淹留：逗留，滞留。⑤黾（mǐn）勉：勉励，尽力。回心：转念。反初役：返回到原官任所。⑥所历：共同经历过的生活细节。⑦帏屏：帏帐和屏风，借指寝息之所。仿佛：相似的形影。⑧“流芳”、“遗挂”：言亡妻所用的芳香品及挂在墙上的衣物。⑨怅恍（huǎng）：恍惚。回遑：惶恐的意思。忡：忧。惕：惊惧。⑩翰：本指长而坚硬的羽毛，这里有飞翔意。⑪比目：比目鱼。析：分开。⑫隙：门缝。霤：屋檐下接水的水槽。⑬庶几：表示希望的词。“庄缶”，典出《庄子·至乐》：“庄子妻死，惠子吊之，庄子则方箕踞鼓盆而歌。惠子曰：‘与人居，长子老身，死不哭亦足矣，子鼓盆而歌，不亦甚乎！’庄子曰：‘不然。是其始死也，我独何能无概！然

察其始，而本无生；非徒无生也，而本无形；非徒无形也，而本无气。杂乎芒芴之间，变而有气，气变而有形，形变而有生。今又变而之死。是相与为春秋冬夏四时行也。人且偃然寝于巨室，而我噭噭然随而哭之，自以为不通乎命，故止也。’”这两句是说：我的沉忧逐日累积，片刻也不能忘，但愿有时衰减，还可以像庄周那样达观。

【泛读】

陆机《赴洛道中作二首》

其一

总辔登长路，呜咽辞密亲。借问子何之，世网婴我身。永叹遵北渚，遗思结南津。行行遂已远，野途旷无人。山泽纷纡馀，林薄杳阡眠。虎啸深谷底，鸡鸣高树巅。哀风中夜流，孤兽更我前。悲情触物感，沉思郁缠绵。伫立望故乡，顾影凄自怜。

其二

远游越山川，山川修且广。振策陟崇丘，安辔遵平莽。夕息抱影寐，朝徂衔思往。顿辔倚嵩岩，侧听悲风响。清露坠素辉，明月一何朗。抚枕不能寐，振衣独长想。

陆机《拟古诗二首》

拟迢迢牵牛星

昭昭清汉晖，粲粲光天步。牵牛西北回，织女东南顾。华容一何冶，挥手如振素。怨彼河无梁，悲此年岁暮。跂彼无良缘，睆焉不得度。引领望大川，双涕如霑露。

拟青青河畔草

靡靡江蓠草，熠熠生河侧。皎皎彼姝女，阿那当轩织。粲粲妖容姿，灼灼华美色。良人游不归，偏栖独只翼。空房来悲风，中夜起叹息。

陆机《文赋》

余每观才士之所作，窃有以得其用心。夫放言遣辞，良多变矣，妍蚩好恶，可得而言。每自属文，尤见其情。恒患意不称物，文不逮意。盖非知之难，能之难也。故作《文赋》，以述先士之盛藻，因论作文之利害所由，它日殆可谓曲尽其妙。至于操斧伐柯，虽取则不远，若夫随手之变，良难以辞逮。盖所能言者具于此云。

伫中区以玄览，颐情志于典坟。遵四时以叹逝，瞻万物而思纷。悲落叶于劲秋，喜柔条于芳春。心懔懔以怀霜，志眇眇而临云。咏世德之骏烈，诵先人之清芬。游文章之林府，嘉丽藻之彬彬。慨投篇而援笔，聊宣之乎斯文。

其始也，皆收视反听，耽思傍讯。精骛八极，心游万仞。其致也，情曈昽而弥鲜，物昭晰而互进。倾群言之沥液，漱六艺之芳润。浮天渊以安流，濯下泉而潜浸。于是沉辞怫悦，若游鱼衔钩，而出重渊之深；浮藻联翩，若翰鸟缨缴，而坠曾云之峻。收百世之阙文，采千载之遗韵。谢朝华于已披，启夕秀于未振。观古今于须臾，抚四海于一瞬。

然后选义按部，考辞就班。抱暑者咸叩，怀响者毕弹。或因枝以振叶，或沿波而讨源。或本隐以之显，或求易而得难。或虎变而兽扰，或龙见而鸟澜。或妥帖而易施，或岨峿而不安。罄澄心以凝思，眇众虑而为言。笼天地于形内，挫万物于笔端。始踯躅于燥吻，终流离于濡翰。理扶质以立干，文垂条而结繁。信情貌之不差，故每变而在颜。思涉乐其必笑，方言哀而已叹。或操觚以率尔，或含毫而邈然。

伊兹事之可乐，固圣贤之所钦。课虚无以责有，叩寂寞而求音。函绵邈于尺素，吐滂沛乎寸心。言恢之而弥广，思按之而逾深。播芳蕤之馥馥，发青条之森森。粲风飞而猋竖，郁云起乎翰林。

体有万殊，物无一量。纷纭挥霍，形难为状。辞程才以效伎，意司契而为匠。在有无而僶俛，当浅深而不让。虽离方而遁圆，期穷形而尽相。故夫夸目者尚奢，惬心者贵当。言穷者无隘，论达者唯旷。

诗缘情而绮靡，赋体物而浏亮。碑披文以相质，诔缠绵而凄怆。铭博约而温润，箴顿挫而清壮。颂优游以彬蔚，论精微而朗畅。奏平彻以闲雅，说炜晔而谲诳。虽区分之在兹，亦禁邪而制放。要辞达而理举，故无取乎冗长。

其为物也多姿，其为体也屡迁；其会意也尚巧，其遣言也贵妍。暨音声之迭代，若五色之相宣。虽逝止之无常，故崎锜而难便。苟达变而识次，犹开流以纳泉。如失机而后会，恒操末以续颠。谬玄黄之袟叙，故淟涊而不鲜。

或仰逼于先条，或俯侵于后章；或辞害而理比，或言顺而意妨。离之则双美，合之则两伤。考殿最于锱铢，定去留于毫芒；苟铨衡之所裁，固应绳其必当。

或文繁理富，而意不指适。极无两致，尽不可益。立片言而居要，乃一篇之警策；虽众辞之有条，必待兹而效绩。亮功多而累寡，故取足而不易。

或藻思绮合，清丽千眠。炳若缛绣，凄若繁弦。必所拟之不殊，乃暗合乎曩篇。虽杼轴于予怀，怵他人之我先。苟伤廉而愆义，亦虽爱而必捐。

或苕发颖竖，离众绝致。形不可逐，响难为系。块孤立而特峙，非常音之所纬。心牢落而无偶，意徘徊而不能揥。石韫玉而山辉，水怀珠而川媚。彼榛楛之勿翦，亦蒙荣于集翠。缀《下里》于《白雪》，吾亦济夫所伟。

或托言于短韵，对穷迹而孤兴。俯寂寞而无友，仰寥廓而莫承。譬偏弦之独张，含清唱而靡应。或寄辞于瘁音，徒靡言而弗华。混妍蚩而成体，累良质而为瑕。象下管之偏疾，故虽应而不和。或遗理以存异，徒寻虚以逐微。言寡情而鲜爱，辞浮漂而不归。犹弦么而徽急，故虽和而不悲。或奔放以谐和，务嘈囋而妖冶。徒悦目而偶俗，故高声而曲下。寤《防露》与《桑间》，又虽悲而不雅。或清虚以婉约，每除烦而去滥。阙大羹之遗味，同朱弦之清汜。虽一唱而三叹，固既雅而不艳。

若夫丰约之裁，俯仰之形。因宜适变，曲有微情。或言拙而喻巧，或理朴而辞轻。或袭故而弥新，或沿浊而更清。或览之而必察，或研之而后精。譬犹舞者赴节以投袂，歌者应弦而遣声。是盖轮扁所不得言，故亦非华说之所能精。

普辞条与文律，良余膺之所服。练世情之常尤，识前脩之所淑。虽濬发于巧心，或受蚩于拙目。彼琼敷与玉藻，若中原之有菽。同橐籥之罔穷，与天地乎并育。虽纷蔼于此世，嗟不盈于予掬。患挈缾之屡空，病昌言之难属。故踸踔于短垣，放庸音以足曲。恒遗恨以终篇，岂怀盈而自足？惧蒙尘于叩缶，顾取笑乎鸣玉。

若夫应感之会，通塞之纪。来不可遏，去不可止。藏若景灭，行犹响起。方天机之骏利，夫何纷而不理？思风发于胸臆，言泉流于唇齿。纷葳蕤以馺遝，唯豪素之所拟。文徽徽以溢目，音泠泠而盈耳。及其六情底滞，志往神留，兀若枯木，豁若涸流。揽营魂以探赜，顿精爽于自求。理翳翳而愈伏，思乙乙（音轧）其若抽。是以或竭情而多悔，或率意而寡尤。虽兹物之在我，非余力之所勠。故时抚空怀而自惋，吾未识夫开塞之所由。

伊兹文之为用，固众理之所因。恢万里而无阂，通亿载而为津。俯贻则于来叶，仰观象乎古人。济文武于将坠，宣风声于不泯。涂无远而不弥，理无微而弗纶。配沾润于云雨，象变化乎鬼神。被金石而德广，流管弦而日新。

左思《咏史诗》（选四）

其一

弱冠弄柔翰，卓荦观群书。著论准《过秦》，作赋拟《子虚》。边城苦鸣镝，羽檄飞京都。虽非甲胄士，畴昔览穰苴。长啸激清风，志若无东吴。铅刀贵一割，梦想骋良图。左眄澄江湘，右盼定羌胡。功成不受爵，长揖归田庐。

其四

济济京城内，赫赫王侯居。冠盖荫四术，朱轮竟长衢。朝集金张馆，暮宿许史庐。南邻击钟磬，北里吹笙竽。寂寂扬子宅，门无卿相舆。寥寥空宇中，所讲在玄虚。言论准宣尼，辞赋拟相如。悠悠百世后，英名擅八区。

其五

皓天舒白日。灵景耀神州。列宅紫宫里，飞宇若云浮。峨峨高门内。蔼蔼皆王侯。自非攀龙客，何为欻来游？被褐出阊阖，高步追许由。振衣千仞冈，濯足万里流。

其六

荆轲饮燕市。酒酣气益振。哀歌和渐离，谓若傍无人。虽无壮士节，与世亦殊伦。高眄邈四海，豪右何足陈。贵者虽自贵，视之若埃尘。贱者虽自贱，重之若千钧。

潘岳《闲居赋》(并序)

岳尝读《汲黯传》，至司马安四至九卿，而良史书之，题以巧宦之目，未曾不慨然废书而叹曰：嗟乎！巧诚有之，拙亦宜然。顾常以为士之生也，非至圣无轨，微妙玄通者，则必立功立事，效当年之用。是以资忠履信以进德，修辞立诚以居业。

仆少窃乡曲之誉，忝司空太尉之命，所奉之主，即太宰鲁武公其人也，举秀才为郎。逮事世祖武皇帝，为河阳、怀令，尚书郎，廷尉平。今天子谅暗之际，领太傅主簿。府主诛，除名为民。俄而复官，除长安令。迁博士，未召拜，亲疾，辄去官免。自弱冠涉乎知命之年，八徙官而一进阶，再免，一除名，一不拜职，迁者三而已矣。虽通塞有遇，抑亦拙者之效也。

昔通人和长舆之论余也，固谓拙于用多。称多则吾岂敢？言拙信而有微。方今俊乂在官，百工惟时，拙者可以绝意乎宠荣之事矣。太夫人在堂，有羸老之疾，尚何能违膝下色养，而屑屑从斗筲之役乎？

于是览止足之分，庶浮云之志，筑室种树，逍遥自得。池沼足以渔钓，舂税足以代耕。灌园粥（同鬻）蔬，供朝夕之膳；牧羊酤酪，以俟伏腊之费。“孝乎惟孝，友于兄弟。”此亦拙者之为政也。乃作《闲居赋》以歌事遂情焉。其辞曰：

遨坟素之长圃，步先哲之高衢。虽吾颜之云厚，犹内愧于宁、蘧。有道吾不仕，无道吾不愚。何巧智之不足，而拙艰之有余也！

于是退而闲居，于洛之涘。身齐逸民，名缀下士。背京沂伊，面郊后市。浮梁黝以径度，灵台杰其高峙。窥天文之秘奥，究人事之终始。其西则有元戎禁营，玄幕绿徽。谿子巨黍，异絭同机。砲石雷骇，激矢虻飞。以先启行，耀我皇威。其东则有明堂辟雍，清穆敞闲。环林萦映，圆海回泉。聿追孝以严父，宗文考以配天。祗圣敬以明顺，养更老以崇年。

若乃背冬涉春，阴谢阳施，天子有事于柴燎，以郊祖而展义。张钧天之广乐，备千乘之万骑。服振振以齐玄，管啾啾而并吹。煌煌乎，隐隐乎，兹礼容之壮观，而王制之巨丽也。两学齐列，双宇如一。右延国胄，左纳良逸。祁祁生徒，济济儒术，或升之堂，或入之室。教无常师，道在则是。胡髦士投绂，名王怀玺。训若风行，应犹草靡。此里仁所以为美，孟母所以三徙也。

爰定我居，筑室穿池。长杨映沼，芳枳树篱。游鳞瀺灂，菡萏敷披。竹木蓊蔼，灵果参差。张公大谷之梨，梁侯乌椑之柿，周文弱枝之枣，房陵朱仲之李，靡不毕植。三桃表樱胡之别，二柰耀丹白之色。石榴蒲桃之珍，磊落蔓延乎其侧。梅杏郁棣之属，繁荣丽藻之饰。华实照烂，言所不能极也。

菜则葱韭蒜芋，青笋紫姜。堇荠甘旨，蓼荾芬芳。蘘荷依阴，时藿向阳。绿葵含露，白薤负霜。

于是凛秋暑退，熙春寒往。微雨新晴，六合清朗。太夫人乃御版舆，升轻轩，远览王畿，近周家园。体以行和，药以劳宣。常膳载加，旧痾有痊。

席长筵，列孙子。柳垂荫，车结轨。陆摘紫房，水挂赪鲤。或宴于林，或禊于汜。昆弟斑白，儿童稚齿。称万寿以献觞，咸一惧而一喜。寿觞举，慈颜和。浮杯乐饮，绿竹骈罗。顿足起舞，抗音高歌。人生安乐，孰知其他？

退求己而自省，信用薄而才劣。奉周任之格言，敢陈力而就列。几陋身之不保，而奚拟于明哲？仰众妙而绝思，终优游以养拙。

孙绰《兰亭诗二首》

其一

春咏登台，亦有临流。怀彼伐木，宿此良俦。修竹荫沼，旋濑萦丘。穿池激湍，连滥觞舟。

其二

流风拂枉渚，停云荫九皋。莺语吟脩竹，游鳞戏澜涛。携笔落云藻，微言剖纤毫。时珍岂不甘，忘味在闻《韶》。

【延伸阅读】

1. 余冠英：《三曹诗选》，人民文学出版社，1957。

2. 余冠英：《汉魏六朝诗选》，人民文学出版社，1978。

3. 曹道衡：《魏晋南北朝诗选评》，三秦出版社，2004。

4. 顾农：《建安文学史》，湖南教育出版社，2000。

5. 徐公持：《魏晋文学史》，人民文学出版社，1999。

6. 徐公持：《阮籍与嵇康》，上海古籍出版社，1986。

7. 陈伯君：《阮籍集校注》，中华书局，2004。

8. 戴明扬：《嵇康集校注》，人民文学出版社，1962。

9. 刘强：《竹林七贤》，中国青年出版社，2010。

10. 罗宗强：《玄学与魏晋士人心态》，南开大学出版社，2003。

11. 罗宗强：《魏晋南北朝文学思想史》，中华书局，1996。

12. 刘运好：《陆士衡文集校注》，凤凰出版社，2007。

13. 王澧华：《两晋诗风》，上海古籍出版社，2005。

14. 杨合林：《玄言诗研究》，上海古籍出版社，2011。

第六章　田园与山水的交响：陶渊明与谢灵运

【导读】

自淝水之战后，东晋皇室日益衰微腐朽，王、谢士族也渐趋没落，代之而起的是各路军阀，他们觊觎皇权，互相残杀。桓玄借讨孙恩、卢循叛乱之机，于晋安帝元兴二年（403）称帝，旋即又为刘裕所灭，最终刘裕篡晋，建立刘宋王朝。这是一个战乱连年、民生凋敝的时代。但在文化艺术方面，却有另一番景象。与陶、谢差不多同时期，先后出现了书法家王羲之，画家顾恺之、宗炳，玄言诗人孙绰、许询，思想家支遁、鸠摩罗什、慧远，历史家裴松之，诗人谢惠连、颜延之、鲍照，以及《世说新语》的编著者刘义庆等。

陶渊明（365—427）字元亮，入宋后更名潜。江州浔阳柴桑（今江西九江）人。曾祖陶侃，东晋开国元勋，拜大将军，封长沙郡公。陶侃以“致力中原”为己任，“勤于吏职，恭而近礼，爱好人伦”（《晋书》本传）。外祖父孟嘉，东晋名士，征西大将军桓温长史。陶渊明作《孟府君传》，说他：“行不苟合，言无夸矜，未尝有喜愠之容。好酣饮，逾多不乱，至于任怀得意，融然远寄，旁若无人。”从陶渊明的人格里，多少可见两位先祖的影子。

陶渊明少怀高趣，不慕荣利。闲静少言，游好六经。二十九岁初仕，“亲老家贫，起为州祭酒，不堪吏职，少日自解归”（《宋书》本传）。此后又有几次仕隐徘徊的经历，先后入刘牢之、桓玄、刘裕（或说刘敬宣）幕府，其时正当东晋末年政局最动荡的时期，陶渊明东西奔走，卷入政治斗争的漩涡，内心充满矛盾和苦闷。一方面受儒家思想熏陶，有济世之志，另一方面热爱自然，受老庄哲学影响，有些散淡自由。加以天性真淳高洁，厌恶官场上的争权夺利、尔虞我诈。他在羁旅行役中写的诗都反映了这种思想矛盾，如“静念园林好，人间良可辞”（《庚子岁五月中从都还阻风于规林二首》）、“望云惭高鸟，临水愧游鱼”（《始作镇军参军经曲阿作》）、“园田日梦想，安得久离析”（《乙巳岁三月为建威参军使都经钱溪》）。义熙元年（405），陶渊明做彭泽令八十天后，不愿为五斗米向乡里小人折腰，赋《归去来兮辞》，去职归田，从此认真而执着地过着躬耕田园的生活，直到宋元嘉四年（427）病逝，时年六十三岁。

陶渊明的性格为人，融会了儒家恭谨端庄勤勉的风范和道家任真率性洒脱的情致，形成独特的人格魅力。如萧统《陶渊明集序》所言，“（渊明）贞志不休，安道苦节，不以躬耕为耻，不以无财为病，自非大贤笃志，与道污隆，孰能如此乎？”其人如此，其诗亦然。他的诗平淡自然，真旷淳厚，卓尔不群。苏轼给他弟弟的信说：“渊明作诗不多，然其诗质而实绮，癯而实腴，自曹、刘、鲍、谢、李、杜诸人，皆莫及也。”

渊明诗对后世影响最大的，莫过于他描写田园的诗歌。他满心欢喜、毫无杂念地融入自然，以亲切的眼光看周围景物，一切都那么朴真且富于人情味，如“鸟哢欢新节，泠风送余善”、“平畴交远风，良苗亦怀新”（《癸卯岁始春怀古田舍二首》）。那静谧优美的田园风光，无须登奇涉险，远寻外求，每天都在他眼前，在他的日常生活里，如“暧暧远人村，依依墟里烟。狗吠深巷中，鸡鸣桑树巅”（《归园田居》其一），淡而现成，此所以王维“渡头余落日，墟里上孤烟”虽学陶而不及。陶渊明躬耕陇亩，亲力亲为，或喜或忧，与他的农民邻居没有两样，如“桑麻日已长，我土日已广。常恐霜霰至，零落同草莽”（《归园田居》其二），诗句平易却是从肺腑间流出，此自来隐逸诗人所无。

在自然面前，诗人还显示出一种特有的幽默风趣，如“种豆南山下，草盛豆苗稀”(《归园田居》其三)，并以此幽默与自然达成和解。而“晨兴理荒秽，带月荷锄归”，真景真味，风度依依。李白有“暮从碧山下，山月随人归”句，虽清旷英气似陶而终觉浅，因为此景于李白乃偶然、巧合，与其生命所发生的究竟只是浅层次的关系；而“晨兴”两句于渊明则为必然，其中有他解决生存的办法，他的立身之道，还有他最高的人生理想，一句话，他的整个人格都在其中，所以美，而且浑朴有力。

《读山海经》(其一)写出了千金不易、纯粹感人的快乐。在苏轼的《前赤壁赋》里，苏子与客你来我往，费尽周折，竭力说服自己去体会清风明月的快乐，在陶渊明这里却是“本来如此”。让陶渊明如此快乐的，都是极简单极平常的事情：农活干完了，可以看书了，有一杯酒，有一碟新鲜蔬菜，下过一阵微雨，吹了一阵凉风。可是我们扪心自问，环顾四周，又有几人能体会这样的快乐而别无所求呢？所以又极不简单极不平常。

当然陶渊明的生活不全是宁静与快乐。他既有“纵浪大化中，不喜亦不惧。应尽便须尽，无复独多虑”(《形影神·神释》)的旷达；也有为时光流逝、有志不骋而感到的焦灼：“日月掷人去，有志不获骋。念此怀悲戚，终晓不能静”(《杂诗八首》其二)；更在极度穷困之时，艰难地坚守自己的理想和信念：“竟抱固穷节，饥寒饱所更。弊庐交悲风，荒草没前庭。被褐守长夜，晨鸡不肯鸣”(《饮酒》其十六)。对于晋宋易代之际发生的事情，也不能不发出深沉的感慨。试涵泳《拟古九首》(其八)，颇有阮籍《咏怀》意味，“又协左思风力”(锺嵘《诗品》)，这正是陶渊明让我们寻味无尽的地方。

谢灵运(385—433)与陶渊明同时，却属于刘宋一代的诗人。陈郡阳夏人，出身于豪贵世家，晋车骑将军谢玄之孙，袭封康乐公。入宋后降爵为侯。“性褊激，多愆礼度。朝廷唯以文义处之，不以应实相许。自谓才能宜参权要，既不见知，常怀愤愤。”(《宋书》本传)少帝即位，权在大臣，谢灵运受排挤，出为永嘉太守，遂肆意游遨山水，遍历诸县，所至辄为诗咏，以致其意。文帝时征为秘书监，寻迁侍中。以名辈自居，却未得重用。见有名位素不踰之者并见任遇，意不平，多称疾不朝。后以疾东归，而游娱宴集，以夜续昼，元嘉五年（428）复坐以免官。谢灵运凭祖父资业，领奴僮义故门生数百，凿山浚湖，寻山陟岭，必造幽峻岩嶂数十重，莫不备尽。在会稽亦多以众从，饮酒不节，裸身大呼，惊动县邑。因言论傲慢伤人，与会稽太守生隙。元嘉十年（433），谢灵运在临川内史任上兴兵叛逆，被擒就刑，时年四十九岁。

西晋尚玄学清谈，“于时篇什，理过其辞，淡乎寡味”（锺嵘《诗品》）。延及东晋，玄言诗盛行，以孙绰、许询等为代表，其诗“皆平典似道德论”（同上）。而陶渊明如空谷幽兰，在风气之外，鲜有人识得。这时谢灵运以名门之后，自许才高，颇负众望，写出了很多模山范水的诗作，创为山水诗一派，大为时人推崇。锺嵘《诗品》说：“元嘉中有谢灵运，才高词盛，富艳难踪，固已含跨刘、郭，陵轹潘、左。”

中国古典诗歌自来讲究情景交融，实则写景还是为了抒情。山水多半以比兴的形式存在，居于背景，在人的后面，或曰景中有人。但在谢诗里，出现了为山水而写山水的倾向，山水逐渐成为主角，乃至目的，走到人的前面。这是一种新的审美眼光，对于山水的观察更为细致，雕琢刻画，锤炼精严，选景繁密，语典工巧，诗歌结构盘旋层折。然而有趣的是，谢灵运最为人称道的“池塘生春草，园柳变鸣禽”（《登池上楼》）两句，写病起即目，清新自然（其实还是情景交融），在谢诗中实不多见，连他自己都以为“此语有神助，非吾语也”（《诗品》引《谢氏家录》）。

在抒情一面，谢灵运因种种放不下，虽曰归隐，常怀幽愤，故言不由衷，艰涩费解。情与景往往泾渭分明，或曰景中无人，谢灵运的长处也正是他的短处，他无法从山水中得到真正的慰藉。

陶、谢同在世近三十年，他们有共同的朋友颜延年。颜与陶时相过从，饮酒赋诗，后作《陶徵士诔》。颜与谢曾共事，诗歌齐名，刘宋一代并称“颜谢”。又释慧远在庐山结白莲社，陶、谢都与之有或浅或深的关系。但从现存资料来看，陶、谢二人从未有过交往。的确，两人性格、志趣迥异，诗歌风格也大相径庭。陶诗平淡自然，谢诗雕刻繁富。陶诗实有汉魏的古朴，谢诗则为南朝的工巧。不过从诗歌发展史来说，陶的田园诗，谢的山水诗，都开创了新的诗歌风气和表现领域，也算是在晋宋时期共同奏响了一部田园山水的交响乐吧。

【精读一 · 陶渊明诗】

和郭主簿（其二）①

和泽周三春，② 清凉素秋节。③ 露凝无游氛，④ 天高肃景澈。⑤ 陵岑耸逸峰，⑥ 遥瞻皆奇绝。⑦ 芳菊开林耀，⑧ 青松冠岩列。⑨ 怀此贞秀姿，卓为霜下杰。⑩ 衔觞念幽人，⑪ 千载抚尔诀。⑫ 检素不获展，⑬ 厌厌竟良月。⑭

【注释】

① 据王瑶校注《陶渊明集》，此诗作于晋安帝元兴元年壬寅（402），时陶渊明三十八岁，丁忧在家。主簿：官名。汉代中央及郡县官府均设此官，负责文书簿籍，掌管印鉴。晋时三公大臣府亦皆有主簿。郭主簿事迹不详。《和郭主簿二首》，其一言夏，其二写秋，当作于同一年。这里选其中第二首，第一首见本章【泛读】。② 和泽：温和润泽。周：遍及。三春：春天的三个月。此诗写秋景，而以春起句，有陶渊明《劝农》诗"气节易过，和泽难久"之意。③ 素秋：秋天。《文选》张茂先《励志诗》："星火既夕，忽焉素秋。"李善注："《尔雅》曰：'秋曰白藏，故云素秋。'"古直《陶渊明诗笺》："秋属金，金色白，故梁元帝《纂要》曰：'秋曰藏，亦曰素秋。'"节：时节。④ 露凝：露水凝结为霜。游氛：游气。潘岳《秋兴赋》："游氛朝兴，槁叶夕陨。"⑤ 肃：安静。澈：清澈。"露凝"两句写秋高气爽，风景澄澈安静。⑥ 陵岑：高岭。岑，《说文》："山小而高。"逸：特出。⑦ 遥瞻：远望。⑧ 开林耀：逯钦立《陶渊明集》校注："开林耀，当作耀林开。与冠岩列对文。江淹《杂诗》：'时菊耀岩阿，云霞冠秋岭'与此句法同。"这句是说菊花开放，光耀树林。⑨ 冠：超越。列：排列。⑩ 怀：念。贞秀：坚贞秀雅。⑪ 衔觞：指端着酒杯饮酒。幽人：隐逸高人。⑫ 抚：持守。尔：指松菊。诀：秘诀。这两句是说自古以来的隐者都持守松菊之道。咏松菊，念幽人，且以自励。⑬ 检素：书信。检：同"缄"。素：写在绢帛上的信。

展：打开。这句是说未能展阅对方书信。方东树《昭昧詹言》：“言不通讯问也。”⑭厌厌：没有心绪的样子。竟：终了。末二句是对郭主簿而言，应题。

癸卯岁始春怀古田舍①

其一

在昔闻南亩，当年竟未践。②屡空既有人，春兴岂自免？③夙晨装吾驾，④启途情已缅。⑤鸟哢欢新节，泠风送余善。⑥寒草被荒蹊，⑦地为罕人远。是以植杖翁，悠然不复返。⑧即理愧通识，⑨所保讵乃浅？⑩

【注释】

①诗作于晋安帝元兴二年癸卯（403），时陶渊明三十九岁，本年春，开始躬耕。怀古田舍：在田舍中怀古。诗中言及荷蓧丈人、长沮、桀溺事，故有此说。②在昔：从前。陶诗习用“在昔”一词，如《移居二首》其一：“抗言谈在昔。”《有会而作》：“在昔余多师。”当年：与“在昔”同义。未践：没有亲自去耕作。③屡空：时常贫穷。《论语·先进》：“回也其庶乎！屡空。”既有人：说颜回，也说自己。《五柳先生传》：“短褐穿结，箪瓢屡空，晏如也。”春兴：指春耕。④夙晨：早晨。夙：早。装：整理。驾：指马车。⑤启途：启程。缅：邈远。这句是说车子刚一启动，心已飞到了很远的田间。⑥哢（lòng）：鸟鸣。新节：指春天。泠（líng）风：微风，和风。《庄子·齐物论》：“泠风则小和。”余善：未尽的善意。这两句是陶渊明写景名句。⑦被：覆盖。蹊：小路。⑧植杖翁：指荷蓧丈人。《论语·微子》：“子路从而后，遇丈人，以杖荷蓧。子路问曰：‘子见夫子乎？’丈人曰：‘四体不勤，五谷不分。孰为夫子？’植其杖而芸，子路拱而立。止子路宿，杀鸡为黍而食之，见其二子焉。明日，子路行，以告。子曰：‘隐者也。’使子路反见之。至，则行矣。”悠然：自得貌。⑨即理：就此事理，指隐居躬耕之理。愧：愧对。通识：晋时一般士人以媚从世俗，没有节操为通识。古直《陶渊明诗笺》：“魏晋之际，所谓通字，从后论之，每不为佳号。《晋书·傅玄传》：‘魏文慕通达，而天下贱守节。’陶公所谓通识，殆即此流耳。”

这句“愧”字是反语，实乃不愿、不屑于“通识”。王叔岷《陶渊明诗笺证稿》：“愧字甚佳，非真愧也。《始作镇军参军经曲阿》‘临水愧游鱼’乃真愧矣。”⑩ 保：保全。讵（jù）：岂。古直《陶渊明诗笺》：“《后汉书·逸民传》：庞公者，襄阳人也。刘表就候之曰：‘夫保全一身，孰若保全天下乎？’庞公笑曰：‘鸿鹄巢于高林之上，暮而得所栖；鼋鼍穴于深渊之下，夕而得所宿。夫趣舍行止，亦人之巢穴也，且各得其栖宿而已，天下非所保也。’因释耕于垄上，妻子耘于前。”

其二

先师有遗训，忧道不忧贫。① 瞻望邈难逮，转欲志长勤。② 秉耒欢时务，③ 解颜劝农人。④ 平畴交远风，良苗亦怀新。⑤ 虽未量岁功，即事多所欣。⑥ 耕种有时息，行者无问津。⑦ 日入相与归，壶浆劳近邻。⑧ 长吟掩柴门，聊为陇亩民。⑨

【注释】

① 先师：指孔子。忧道不忧贫：《论语·卫灵公》：“君子谋道不谋食。耕也，馁在其中矣；学也，禄在其中矣。君子忧道不忧贫。”② 瞻望：向高远处看。陶渊明《命子》：“嗟余寡陋，瞻望弗及。”邈：高远。难逮：难以企及。长勤：长年勤于农耕。这两句意谓孔子遗训高远难及，转而立志于长年勤力耕种。③ 秉：持。耒：犁柄，这里泛指农具。时务：当及时而为之务，指春季农活。④ 解颜：开颜，和颜悦色。劝农人：陶渊明有《劝农》诗，其中有言：“民生在勤，勤则不匮。宴安自逸，岁暮奚冀。”又《归去来兮辞》：“农人告余以春及，将有事于西畴。”可见是相互劝勉。⑤ 平畴：平整的田野。《说文》：“畴，耕治之田也。”交：相交，接遇。怀新：生意盎然。“平畴”两句是陶渊明写景名句。⑥ 岁功：指一年中的收获，年成。即事：眼前正在做的事。⑦ 问津：问路。《论语·微子》：“长沮、桀溺耦而耕，孔子过之，使子路问津焉。”⑧ 日入：王充《论衡》：“击壤者曰：吾日出而作，日入而息。凿井而饮，耕田而食。”相与：一同。壶浆：指酒。陶渊明《饮酒》其九：“壶浆远见候。”劳：慰劳。⑨ 柴门：用木条或树枝做的门，寓意清贫。聊：姑且。陇亩：田野，田亩。陇亩

民：田野之人，即农人。

停云（并序）①

《停云》，思亲友也。② 罇湛新醪，③ 园列初荣，④ 愿言不从，⑤ 叹息弥襟。⑥

霭霭停云，⑦ 濛濛时雨。⑧ 八表同昏，⑨ 平路伊阻。⑩ 静寄东轩，⑪ 春醪独抚。⑫ 良朋悠邈，⑬ 搔首延伫。⑭

停云霭霭，时雨濛濛。八表同昏，平陆成江。有酒有酒，⑮ 闲饮东窗。愿言怀人，舟车靡从。⑯

【注释】

①《停云》四章，每章八句。陶渊明《停云》、《时运》、《荣木》三首，皆四言四章，每章八句，以首句命题；前有小序，序文结构、句法悉同，当为同一年所作。因《荣木》有“四十无闻，斯不足贵”，王瑶、逯钦立均系之于晋安帝元兴三年甲辰（404），时陶渊明四十岁。② 亲友：亲密的朋友。③ 罇（zūn）：盛酒的器具，同“樽”。湛：盈满。“罇湛新醪”与《归去来兮辞》：“有酒盈樽”意同。醪（láo）：今称甜酒或醪糟。④ 初荣：初开的花。⑤ 愿言：思慕。言：语助词，无义。《诗经・邶风・终风》：“愿言则怀。”不从：不顺遂，指朋友无由见面。⑥ 弥襟：满怀。⑦ 霭霭：云集貌。停云：停留不散的云。自陶渊明写此诗，后人遂以“停云”表示对友人的思慕。⑧ 濛濛：雨密貌。时雨：应时之雨。⑨ 八表：八荒，意为极远处。陶渊明《归鸟》：“远之八表。”⑩ 平路：平坦的路。伊阻：阻塞不通。伊：语助词。⑪ 寄：留。东轩：即东窗。陶渊明《饮酒》其七：“啸傲东轩下，聊复得此生。”⑫ 抚：持。陶渊明《九日闲居》序：“秋菊盈园而持醪靡由。”⑬ 悠邈：遥远。⑭ 搔首：心绪烦乱的样子。延伫：久立。⑮ 有酒有酒：本《诗经・周颂・有客》“有客有客，亦白其马”句法。又陶渊明《酬丁柴桑》“有客有客，爰来爰止”，径用《诗经》成语。⑯ 舟车靡从：因“时雨濛濛”、“平陆成江”，深不载舟船，浅不通车马，故有此言。靡从：无路可从。

东园之树，枝条载荣。① 竞用新好，以怡余情。② 人亦有言，③ 日月于征。④ 安得促席，⑤ 说彼平生。⑥

翩翩飞鸟，⑦ 息我庭柯。⑧ 敛翮闲止，⑨ 好声相和。⑩ 岂无他人，⑪ 念子实多。⑫ 愿言不获，⑭ 抱恨如何。⑮

【注释】

① 载荣：即“初荣”，初开的花。载，始。② 用：以。新好：指初开的花。怡：愉悦。这两句是说东园之树竞相以初开的花愉悦我情。③ 人亦有言：《诗·大雅·荡》：“人亦有言，颠沛之揭。”魏晋人诗中习用此语，如王粲《赠士孙文始》：“人亦有言，靡日不思。”陶渊明《命子》：“人亦有言，斯情无假。”④ 日月于征：《诗经·唐风·蟋蟀》：“今我不乐，日月其迈。”《诗经·小雅·小宛》：“我日斯迈，而月斯征。”《郑笺》：“征、迈，皆行也”。⑤ 促席：接席而坐，挨得很近。促：靠近。⑥ 说彼平生：交谈平素之事。⑦ 翩翩：轻飞貌，又有自得之意。⑧ 庭柯：庭院的树枝。⑨ 敛翮：收敛翅膀。陶渊明《饮酒》其四：“因值孤生松，敛翮遥来归。”闲止：静止。⑩ 好声相和：陶渊明《归鸟》：“晨风清兴，好音时交。”⑪ 岂无他人：《诗经》成语。《诗经·唐风·羔裘》：“岂无他人，维子之故。”⑫ 念：思念。子：指序中所言的“亲友”，也即“良朋悠邈”的良朋。⑬ 愿言不获：思念而不得。嵇康《赠秀才入军》其三：“愿言不获，怆矣其悲！”⑭ 抱恨：心怀遗憾。如何：无可奈何。

归园田居 ①

其一

少无适俗韵，② 性本爱丘山。③ 误落尘网中，④ 一去三十年。⑤ 羁鸟恋旧林，池鱼思故渊。⑥ 开荒南野际，守拙归园田。⑦ 方宅十余亩，⑧ 草屋八九间。榆柳荫后檐，桃李罗堂前。暧暧远人村，依依墟里烟。⑨ 狗吠深巷中，鸡鸣桑树巅。⑩ 户庭无尘杂，虚室有余闲。⑪ 久在樊笼里，⑫ 复得返自然。⑬

【注释】

①陶渊明《归去来兮辞》序明言辞彭泽令归田在“乙巳岁十一月”，这五首诗写辞官后归耕田园的欣悦，其中有“榆柳荫后檐，桃李罗堂前”及“桑麻长”、“豆苗稀”等语，是春日景象，故当作于归田后次年春，即晋安帝义熙二年丙午（406），时陶渊明四十二岁。园田居：陶渊明老宅，在柴桑县柴桑里，两年后遭火烧毁。②适俗：适应世俗。韵：气质、性情、性格。③性：天性。丘山：借指自然。“韵”、“性”皆当时习用语，逯钦立《陶渊明集》注：“《晋书·王坦之传》：‘人之体韵，犹器之方圆。’又《郗昙传》：‘性韵方质。’”④尘网：世俗人事的束缚。合下文“羁鸟”二句看，这里“尘网”当指官场。⑤三十年：此句注家众说纷纭。宋吴仁杰《陶靖节先生年谱》以为自渊明初仕为州祭酒，至去彭泽而归，恰为十三年，故此句当作“一去十三年”。今人王叔岷则以为当从《与子俨等疏》“少而穷苦，东西游走”计之，作“三十年”不误。按，若从“少而穷苦”，则“羁鸟”二句无着落；若从“东西游走”，则仍当从初为州祭酒计之，故以吴说为是。⑥“羁鸟”二句：追叙做官时的心情。陶渊明《始作镇军参军经曲阿作》：“望云惭高鸟，临水愧游鱼。”正是羁鸟、池鱼之愧。又羁鸟、池鱼的比喻，由来有自。陆机《赠从兄车骑》：“孤兽思故薮，羁鸟悲旧林。”潘岳《秋兴赋序》：“譬犹池鱼、笼鸟，有江湖、山薮之思。”⑦守拙：守住本性中的朴真。拙：愚笨，与“机巧”相对而言。陶诗常写己“拙”，如《乞食》“叩门拙言辞”，是真拙；《与子俨等疏》“性刚才拙”，是自谦。“守拙归园田”，直将此“拙”当信念、节操而坚守，正是渊明认真处。⑧方宅：屋宅四周。⑨暧暧（ài）：模糊不清。依依：轻柔的样子。墟里：村落。⑩“狗吠”二句：本汉乐府民歌《鸡鸣》：“鸡鸣高树巅，狗吠深宫中。”这两句写乡村的和平宁静：狗虽吠，却处深巷，故隐约相闻；鸡虽鸣，但在树巅，益显悠扬，均以闹衬静。⑪尘杂：既指灰尘，又指俗务杂事。虚室：既指室内陈设简朴整洁，又喻心地清净悠闲。《庄子·人间世》：“瞻彼阕者，虚室生白。”⑫樊笼：关鸟兽的笼子，喻官场。此句应“误落尘网中”。⑬自然：既指田园自然，应“守拙归园田”；又指天性自然，应“性本爱丘山”。《归去来兮辞》序：“质性自然，非矫厉所得。”外境与心境，在陶渊明此时已然是二而一的。

其二

野外罕人事，①穷巷寡轮鞅。②白日掩荆扉，③虚室绝尘想。④时复墟曲中，披草共来往。⑤相见无杂言，但道桑麻长。桑麻日已长，我土日已广。⑥常恐霜霰至，⑦零落同草莽。⑧

【注释】

①人事：世俗交往。陶诗习用“人事”一词，《归去来兮辞》序：“尝从人事，皆口腹自役。”《饮酒》其十六：“少年罕人事，游好在六经。”《咏贫士》其六：“人事固以拙。”②穷巷：僻陋小巷。轮鞅：借指车马。轮：车轮。鞅：套在马颈上的皮带。起二句与《读山海经》其一“穷巷隔深辙，颇回故人车”、《戊申岁六月中遇火》“草庐寄穷巷，甘以辞华轩”意同。③荆扉：用荆条编成的门扇，犹“柴门”。“白日掩荆扉”乃因“罕人事”、“寡轮鞅”也。陶渊明《癸卯岁十二月中作与从弟敬远》：“荆扉昼常闭。”《归去来兮辞》：“门虽设而常关。”④绝尘想：断绝俗念。⑤墟曲：丘墟偏僻处，犹乡野。披：拨开。“时复”二句写与邻居农人的交往。⑥我土日已广：“开荒南野际”（《归园田居》其一）的成果。⑦常恐：汉魏人诗中习见语。汉乐府民歌《长歌行》：“常恐秋节至，焜黄华叶衰。”霰（xiàn）：雪珠。⑧莽：即草。“桑麻”二句言喜，“常恐”二句言忧。因为所忧，见其真喜；因为所喜，见其真忧。皆农夫之喜与忧也。

其三

种豆南山下，①草盛豆苗稀。晨兴理荒秽，②带月荷锄归。③道狭草木长，夕露沾我衣。④衣沾不足惜，但使愿无违。⑤

【注释】

①“种豆”句：是即事，也是用典。《汉书·杨恽传》：“田彼南山，芜秽不治。种一顷豆，落而为萁。人生行乐耳，须富贵何时。”南山：指庐山。②晨兴：晨起。理：治理。荒秽：指田间杂草。③带月：一作“戴月”。④“道狭”二句：《文选》王粲《从

军诗》："草露沾我衣。"李善注："《说苑》曰：'孺子不觉露之沾衣。'"⑤"衣沾"二句：衣沾本不足惜，也无所谓惜与不惜。而陶渊明说"衣沾不足惜"，不过借此带出末句。但使愿无违：这是陶诗贯穿始终的信念。《归去来兮辞》序："饥冻虽切，违己交病。"

其四

久去山泽游，① 浪莽林野娱。② 试携子侄辈，披榛步荒墟。③ 徘徊丘垅间，依依昔人居。④ 井灶有遗处，桑竹残朽株。⑤ 借问采薪者，此人皆焉如？⑥ 薪者向我言，死没无复余。⑦ 一世异朝市，⑧ 此语真不虚。⑨ 人生似幻化，⑩ 终当归空无。

【注释】

①去：离开。山泽：陶渊明《始作镇军参军经曲阿作》："目倦川途异，心念山泽居。"②浪莽：广大貌。王叔岷《陶渊明诗笺证稿》"浪莽犹旷废也"，亦通。娱：可娱。③试：姑且。披：分开。榛：草木丛生。荒墟：荒废的村落。④丘垅：废墟。依依：依稀可辨貌。⑤遗处：遗迹。残：残留。桑竹盖亦人手所植，今只留残株矣。⑥焉如：哪里去了？⑦死没：复文，没，亦死。无复：不再。余：幸存。⑧一世：三十年。王叔岷《陶渊明诗笺证稿》引丁福保注："三十年为一世。古者爵人于朝，刑人于市。言为公众之地，人所指目也。'一世异朝市'盖古语，言三十年间，公众指目之朝市，已迁改也。"异朝市：朝市变迁。古直《陶渊明诗笺》："古《(步)出夏门行》曰：'市朝人易，千岁墓平。'"⑨不虚：不假。⑩幻化：变幻无常。《淮南子·精神训》："化者，复归于无形也。"陶渊明《饮酒》其八："吾生梦幻间，何事绁尘羁。"《还旧居》："流幻百年中，寒暑日相推。常恐大化尽，气力不及衰。"

其五

怅恨独策还，① 崎岖历榛曲。② 山涧清且浅，可以濯吾足。③ 漉我新熟酒，④ 只鸡招近局。⑤ 日入室中暗，⑥ 荆薪代明烛。⑦ 欢来苦夕短，已复至天旭。⑧

【注释】

①怅恨：失意伤感。承上首而言，因“徘徊丘垅间，依依昔人居”，而感叹“人生似幻化，终当归空无”，故有此“怅恨”。策还：扶杖而返。②历：经过。榛曲：草木丛生、曲折隐僻的道路。③可：一作“遇”，作“可”较胜。《楚辞·渔父》：“沧浪之水清兮，可以濯吾缨。沧浪之水浊兮，可以濯吾足。”④漉（lù）：过滤。《南史·陶渊明传》：“酒熟，取头上葛巾漉酒，毕，还复著之。”《饮酒》其二十：“若复不快饮，空负头上巾。”⑤只鸡：一只鸡。近局：近邻。⑥日入：太阳落山。⑦荆薪：荆条。⑧苦夕短：《古诗十九首》其十五：“昼短苦夜长，何不秉烛游？天旭：天明。”

读山海经（其一）①

孟夏草木长，绕屋树扶疏。②众鸟欣有托，吾亦爱吾庐。③既耕亦已种，时还读我书。④穷巷隔深辙，⑤颇回故人车。⑥欢言酌春酒，⑦摘我园中蔬。微雨从东来，好风与之俱。泛览周王传，流观山海图。⑧俯仰终宇宙，⑨不乐复何如。

【注释】

①《读山海经》共十三首，这里选其中第一首。诗言“既耕亦已种”，当为渊明归耕田园后所作；“穷巷隔深辙”与《归园田居五首》其二“穷巷寡轮鞅”意同；又“欢言酌春酒，摘我园中蔬”，知其生活尚宽裕，故应是《归园田居五首》之后、戊申岁六月遭火之前的作品，暂从逯钦立《陶渊明事迹诗文系年》，将这一组诗系于晋义熙四年戊申（408），时陶渊明四十四岁。《山海经》十八卷，是一部记载古代神话传说、史地文献、原始风俗、奇境异物的书。汉刘歆校订，晋郭璞有注和赞。②孟夏：农历四月。《广雅》：“孟，始也。”扶疏：枝叶茂盛，四下分布。③“众鸟”二句：“亦”字可谓于无情处生有情。其中隐然有人与鸟的对答，你爱你的巢，我也爱我的家，于两造都似乎找到了依据。《饮酒》其四“托身已得所，千载不相违”可作此二句注脚，但《饮酒》中的两句是郑重其言，“众鸟”二句是简单的欢喜。④亦：一作“且”，义同。时：就，便。王叔岷《陶渊明诗笺证稿》：“时犹即也。”⑤深辙：贵人所乘的大

车的车迹。《文选》李善注："《汉书》曰：'张负随陈平至其家，乃负郭穷巷。以席为门，门外多长者车辙。'《韩诗外传》：'楚狂接舆妻曰：门外车辙何其深？'"⑥颇：每，常。回：转回，掉转。"穷巷"二句言居处僻陋，车辙不通，常使故人回车而去。是宽厚说法。⑦欢言：欢喜。言：语助词。一作"欢然"。春酒：冬酿春熟之酒。《诗经·豳风·七月》。"为此春酒，以介眉寿。"王叔岷《陶渊明诗笺证稿》："应璩《与从弟君苗君胄书》：'酌彼春酒。'《北堂书钞》一四八引应璩诗亦云'酌彼春酒'，或即陶公'欢然酌春酒'所本。"⑧泛览、流观：二词同义。《离骚》："周流观乎上下。"周王传：指《穆天子传》，记述周穆王往观四荒，西游作宾于西王母的故事。西晋太康二年（281），汲郡人从魏襄王墓得此书。山海图：指《山海经》图。陶渊明所见，应即郭璞所见并作注及赞之图，今已佚。⑨俯仰：低头抬头之间，比喻很短的时间。曹植《杂诗》："俯仰岁将暮，荣耀难久恃。"终：穷尽。

饮酒（其十七）①

幽兰生前庭，②含熏待清风。③清风脱然至，④见别萧艾中。⑤行行失故路，⑥任道或能通。⑦觉悟当念还，⑧鸟尽废良弓！⑨

【注释】

①《饮酒》诗二十首，这里选其中第十七首。《饮酒》序曰："余闲居寡欢，兼比夜已长，偶有名酒，无夕不饮，顾影独尽，忽焉复醉。既醉之后，辄题数句自娱，纸墨遂多。辞无诠次，聊命故人书之，以为欢笑尔。"故此二十首为同年所作。又第十九首："终死归田里"、"亭亭复一纪"，一纪是十二年，因知《饮酒》诗作于陶渊明辞彭泽令归田十二年之后，即义熙十三年丁巳（417），时陶渊明五十三岁。②幽兰：幽隐之泽兰，此渊明以自喻。《离骚》："结幽兰而延伫。"生前庭：喻出仕。《世说新语·言语》："谢太傅问诸子侄：'弟子亦何预人事，而正欲使其佳？'诸人莫有言者。车骑曰：'譬如芝兰玉树，欲使其生于庭阶耳。'"③熏：同"薰"，花草的香气。江淹《别赋》"陌上草薰"，李善注："薰，香气也。"④脱然：舒展的样子。《淮南子·精

神训》“则脱然而喜矣”。高诱注：“脱，舒也。”王叔岷《陶渊明诗笺证稿》：“脱亦有忽、猝义。”脱然，释“忽然”，亦通。⑤见别：被区别。萧艾：恶草，喻小人。《离骚》：“何昔日之芳草兮，今直为此萧艾也。”⑥失故路：迷路。故路：所从来的路。曹操《苦寒行》：“迷惑失故路。”曹公实指迷失征行之路；陶公喻指迷失人生之路。王叔岷《陶渊明诗笺证稿》：“此云‘失故路’，盖陶公悔其出仕耳。”按，幽兰本生于山谷，而今却“生前庭”，岂非“行行失故路”？⑦任道：指顺其本性，归耕田园。⑧觉悟：复语，觉即悟。念：思。还：还归。“觉悟当念还”即《归去来兮辞》“实迷途其未远，觉今是而昨非”意。⑨鸟尽废良弓：《史记·淮阴侯列传》：“高鸟尽，良弓藏。狡兔死，走狗烹。”古直《陶渊明诗笺》：“晋义熙八、九年之交，刘裕诛锄异己，不遗余力。刘藩、谢混、刘毅、诸葛长民兄弟，皆见夷戮。史记诸葛长民言曰：‘昔年醢彭越，今年杀韩信，祸其至矣！’诗盖因此托讽。”

拟古（其八）①

少时壮且厉，②抚剑独行游。③谁言行游近，张掖至幽州。④饥食首阳薇，⑤渴饮易水流。⑥不见相知人，惟见古时丘。⑦路边两高坟，伯牙与庄周。⑧此士难再得，吾行欲何求？

【注释】

①《拟古》九首，这里选其中第八首。《拟古》乃托古讽今，多追慕节义、伤时慨世之作，诗意深曲。其第九首“种桑长江边，三年当望采。枝条始欲茂，忽值山河改”则近于直言，当指义熙十四年戊午（418）刘裕立恭帝，至恭帝元熙二年庚申（420）六月刘裕逼禅自立之事。恭帝前后历三年，东晋以亡。因诗中多写春景，如“仲春遘时雨”、“春风扇微和”，故这一组诗当作于宋武帝永初二年辛酉（421），时陶渊明五十七岁。②厉：猛，刚烈。③抚：持。陶渊明《命子》：“抚剑风迈。”④张掖：汉郡名，晋凉州地，在今甘肃省。幽州：古燕国，在今河北北部及辽宁部分地区。首四句写少时壮志，与《杂诗十二首》其五“忆我少壮时，无乐自欣豫。猛志逸四海，

骞翮思远翥”意近。⑤ 饥食首阳薇：追慕伯夷、叔齐。《史记·伯夷列传》：“伯夷、叔齐义不食周粟，隐于首阳山，采薇而食之。及饿且死，作歌。”陶渊明另有《读史述九章》首章写“夷齐”：“二子让国，相将海隅。天人革命，绝景穷居。采薇高歌，慨想黄虞。贞风凌俗，爰感懦夫。”⑥ 易水流：表示追慕荆轲。《史记·刺客列传》：“至易水之上，既祖，取道，高渐离击筑，荆轲和而歌，为变徵之声，士皆垂泪涕泣。又前而歌曰：‘风萧萧兮易水寒，壮士一去兮不复还！’”陶渊明另有《咏荆轲》。⑦ 不见相知人：慨叹世无与我同慕夷齐、荆轲之义者。丘：丘垅，即坟墓。⑧ 伯牙：伯牙善鼓琴，钟子期善听，为其知音。陶渊明《怨诗楚调示庞主簿邓治中》：“慷慨独悲歌，钟期信为贤！”庄周：《庄子·徐无鬼篇》：“庄子送葬，过惠子之墓，顾谓从者曰：‘……自夫子之死也，吾无以为质矣，吾无与言之矣。’”刘向《说苑·尊贤篇》：“钟子期死，而伯牙绝弦破琴，知世莫可为鼓也；惠施卒，而庄子深瞑不言，见世莫可与语也。”

【泛读】

陶渊明《和郭主簿二首（其一）》

蔼蔼堂前林，中夏贮清阴。凯风因时来，回飙开我襟。息交游闲业，卧起弄书琴。园蔬有余滋，旧谷犹储今。营己良有极，过足非所钦。舂秫作美酒，酒熟吾自斟。弱子戏我侧，学语未成音。此事真复乐，聊用忘华簪。遥遥望白云，怀古一何深。

陶渊明《时运（并序）》

《时运》，游暮春也。春服既成，景物斯和，偶景独游，欣慨交心。

迈迈时运，穆穆良朝。袭我春服，薄言东郊。山涤余霭，宇暧微霄。有风自南，翼彼新苗。

洋洋平津，乃漱乃濯。邈邈遐景，载欣载瞩。称心而言，人亦易足。挥兹一觞，陶然自乐。

延目中流，悠想清沂。童冠齐业，闲咏以归。我爱其静，寤寐交挥。但恨殊世，邈不可追。

斯晨斯夕，言息其庐。花药分列，林竹翳如。清琴横床，浊酒半壶。黄唐莫逮，慨独在余。

陶渊明《移居（二首）》

昔欲居南村，非为卜其宅。闻多素心人，乐于数晨夕。怀此颇有年，今日从兹役。弊庐何必广，取足蔽床席。邻曲时时来，抗言谈在昔。奇文共欣赏，疑义相与析。

春秋多佳日，登高赋新诗。过门更相呼，有酒斟酌之。农务各自归，闲暇辄相思。相思则披衣，言笑无厌时。此理将不胜，无为忽去兹。

陶渊明《形影神三首（并序）》

贵贱贤愚，莫不营营以惜生，斯甚惑焉。故极陈形影之苦，言神辨自然以释之。好事君子，共取其心焉。

形赠影

天地长不没，山川无改时。草木得常理，霜露荣悴之。谓人最灵智，独复不如兹。适见在世中，奄去靡归期。奚觉无一人，亲识岂相思？但余平生物，举目情凄洏。我无腾化术，必尔不复疑。愿君取吾言，得酒莫苟辞。

影答形

存生不可言，卫生每苦拙。诚愿游昆华，邈然兹道绝。与子相遇来，未尝异悲悦。憩阴若暂乖，止日终不别。此同既难常，黯尔俱时灭。身没名亦尽，念之五情热。立善有遗爱，胡可不自竭。酒云能消忧，方此讵不劣。

神释

大钧无私力，万物自森著。人为三才中，岂不以我故。与君虽异物，生而相依附。结托善恶同，安得不相语。三皇大圣人，今复在何处？彭祖爱永年，欲留不得住。老少同一死，贤愚无复数。日醉或能忘，将非促龄具？立善常所欣，谁当为汝誉？甚念伤吾生，正宜委运去。纵浪大化中，不喜亦不惧。应尽便须尽，无复独多虑。

陶渊明《杂诗（其二）》

白日沦西河，素月出东岭。遥遥万里辉，荡荡空中景。风来入房户，夜中枕席冷。气变悟时易，不眠知夕永。欲言无予和，挥杯劝孤影。日月掷人去，有志不获骋。念此怀悲戚，终晓不能静。

陶渊明《饮酒二十首》

其四

栖栖失群鸟，日暮犹独飞。徘徊无定止，夜夜声转悲。厉响思清晨，远去何所依？因值孤生松，敛翮遥来归。劲风无荣木，此荫独不衰。托身已得所，千载不相违。

其五

结庐在人境，而无车马喧。问君何能尔？心远地自偏。采菊东篱下，悠然见南山。山气日夕佳，飞鸟相与还。此中有真意，欲辨已忘言。

其九

清晨闻叩门，倒裳往自开。问子为谁与？田父有好怀。壶浆远见候，疑我与时乖。褴褛茅檐下，未足为高栖。一世皆尚同，愿君汩其泥。深感父老言，禀气寡所谐。纡辔诚可学，违己讵非迷！且共欢此饮，吾驾不可回。

其十三

有客常同止，趣舍邈异境。一士长独醉，一夫终年醒。醒醉还相笑，发言各不领。规规一何愚，兀傲差若颖。寄言酣中客，日没烛当秉。

其十六

少年罕人事，游好在六经。行行向不惑，淹留遂无成。竟抱固穷节，饥寒饱所更。

弊庐交悲风，荒草没前庭。被褐守长夜，晨鸡不肯鸣。孟公不在兹，终以翳吾情。

陶渊明《诸人共游周家墓柏下》

今日天气佳，清吹与鸣弹。感彼柏下人，安得不为欢。清歌散新声，绿酒开芳颜。未知明日事，余襟良已殚。

陶渊明《拟古九首》

其一

荣荣窗下兰，密密堂前柳。初与君别时，不谓行当久。出门万里客，中道逢嘉友。未言心相醉，不在接杯酒。兰枯柳亦衰，遂令此言负。多谢诸少年，相知不忠厚。意气倾人命，离隔复何有。

其七

日暮天无云，春风扇微和。佳人美清夜，达曙酣且歌。歌竟长叹息，持此感人多。皎皎云间月，灼灼叶中华。岂无一时好，不久当如何！

陶渊明《咏荆轲》

燕丹善养士，志在报强嬴。招集百夫良，岁暮得荆卿。君子死知己，提剑出燕京。素骥鸣广陌，慷慨送我行。雄发指危冠，猛气冲长缨。饮饯易水上，四座列群英。渐离击悲筑，宋意唱高声。萧萧哀风逝，淡淡寒波生。商音更流涕，羽奏壮士惊。心知去不归，且有后世名。登车何时顾，飞盖入秦廷。凌厉越万里，逶迤过千城。图穷事自至，豪主正怔营。惜哉剑术疏，奇功遂不成。其人虽已没，千载有余情。

陶渊明《五柳先生传》

先生不知何许人也，亦不详其姓字；宅边有五柳树，因以为号焉。闲静少言，不慕荣利。好读书，不求甚解；每有会意，便欣然忘食。性嗜酒，家贫，不能常得，亲旧知其如此，或置酒而招之。造饮辄尽，期在必醉。既醉而退，曾不吝情去留。环堵萧然，不蔽风日；短褐穿结，箪瓢屡空，晏如也。常著文章自娱，颇示己志。忘怀得失，以此自终。

赞曰：黔娄之妻有言："不戚戚于贫贱，不汲汲于富贵。"极其言兹若人之俦乎？衔觞赋诗，以乐其志，无怀氏之民欤？葛天氏之民欤？

陶渊明《桃花源记》

晋太元中，武陵人捕鱼为业，缘溪行，忘路之远近。忽逢桃花林，夹岸数百步，中无杂树，芳草鲜美，落英缤纷，渔人甚异之。复前行，欲穷其林。林尽水源，便得一山，山有小口，仿佛若有光，便舍船，从口入。初极狭，才通人，复行数十步，豁然开朗。土地平旷，屋舍俨然，有良田美池桑竹之属。阡陌交通，鸡犬相闻。其中往来种作，男女衣着，悉如外人。黄发垂髫，并怡然自乐。

见渔人，乃大惊，问所从来。具答之。便要还家，设酒杀鸡作食。村中闻有此人，咸来问讯。自云先世避秦时乱，率妻子邑人来此绝境，不复出焉，遂与外人隔绝。问今是何世，乃不知有汉，无论魏晋。此人一一为具言所闻，皆叹惋。余人各复延至其家，皆出酒食。停数日，辞去。此中人语云，不足为外人道也。

既出，得其船，便扶向路，处处志之。及郡下，诣太守，说如此。太守即遣人随其往，寻向所志，遂迷，不复得路。南阳刘子骥，高尚士也，闻之，欣然规往，未果，寻病终。后遂无问津者。

陶渊明《归去来兮辞（并序）》

余家贫，耕植不足以自给。幼稚盈室，瓶无储粟，生生所资，未见其术。亲故多劝余为长吏，脱然有怀，求之靡途。会有四方之事，诸侯以惠爱为德，家叔以余贫苦，遂见用于小邑。于时风波未静，心惮远役。彭泽去家百里，公田之利，足以为酒，故便求之。及少日，眷然有归欤之情。何则？质性自然，非矫厉所得；饥冻虽切，违己交病。尝从人事，皆口腹自役；于是怅然慷慨，深愧平生之志。犹望一稔，当敛裳宵逝。寻程氏妹丧于武昌，情在骏奔，自免去职。仲秋至冬，在官八十余日。

因事顺心，命篇曰《归去来兮》。乙巳岁十一月也。

归去来兮，田园将芜胡不归！既自以心为形役，奚惆怅而独悲？悟已往之不谏，知来者之可追。实迷途其未远，觉今是而昨非。

舟遥遥以轻扬，风飘飘而吹衣。问征夫以前路，恨晨光之熹微。乃瞻衡宇，载欣载奔。僮仆欢迎，稚子候门。三径就荒，松菊犹存。携幼入室，有酒盈樽。引壶觞以自酌，眄庭柯以怡颜。倚南窗以寄傲，审容膝之易安。园日涉以成趣，门虽设而常关。策扶老以流憩，时矫首而遐观。云无心以出岫，鸟倦飞而知还。景翳翳以将入，抚孤松而盘桓。

归去来兮，请息交以绝游。世与我而相违，复驾言兮焉求！悦亲戚之情话，乐琴书以消忧。农人告余以春及，将有事于西畴。或命巾车，或棹孤舟。既窈窕以寻壑，亦崎岖而经丘。木欣欣以向荣，泉涓涓而始流。善万物之得时，感吾生之行休。

已矣乎！寓形宇内复几时，曷不委心任去留？胡为乎遑遑欲何之？富贵非吾愿，帝乡不可期。怀良辰以孤往，或植杖而耘耔。登东皋以舒啸，临清流而赋诗。聊乘化以归尽，乐乎天命复奚疑！

【精读二·谢灵运诗】

登池上楼①

潜虬媚幽姿，飞鸿响远音。②薄霄愧云浮，栖川怍渊沉。③进德智所拙，退耕力不任。④徇禄反穷海，卧疴对空林。⑤衾枕昧节候，褰开暂窥临。⑥倾耳聆波澜，举目眺岖嵚。⑦初景革绪风，新阳改故阴。⑧池塘生春草，园柳变鸣禽。⑨祁祁伤豳歌，萋萋感楚吟。⑩索居易永久，离群难处心。⑪持操岂独古，无闷征在今。⑫

【注释】

①池上楼：在永嘉郡（今浙江温州）。永初三年（422），谢灵运任永嘉太守，在

郡一年后，称病去职。这首诗作于次年。② 虬：有角的小龙。媚幽姿：以深潜的姿态自媚自怜。③ 薄：迫近。霄：云霄。云浮：指飞鸿。这是说我想像飞鸿那样飞近云霄，又自愧不如。比喻自己不能飞黄腾达，参与政治。怍：惭愧。这句是说我想像虬龙那样栖身于水底，又自愧做不到。比喻自己也不能真正退隐潜居。④"进德"两句是说：自己有心进仕立德，可是才智笨拙，退隐躬耕，又非力所能任。⑤ 徇：从，求。徇禄：指做官。反：到。穷海：边远的海滨，这里指永嘉。这句是说为做官来到这边远的海滨。卧疴：卧病。空林：叶落后的树林。⑥ 衾：被子。昧：暗。褰：掀，揭。这句是说卧病在床，感觉不到节侯的变化，揭开帘子，暂且登楼窥看外边的景物。⑦ 倾耳：侧耳。聆：听。岖嵚（qīn）：形容山巍峨险峻的样子。⑧ 初景：初春的阳光。革：改变。绪风：秋冬的余风。语本《楚辞·涉江》："欸秋冬之绪风。"新阳：指春天。故阴：指冬季。⑨ 变鸣禽：啼鸣的鸟儿变换了种类。⑩ 祁祁：众多。豳歌：指《诗经·豳风·七月》，其中有"春日迟迟，采蘩祁祁。我心伤悲，殆及公子同归"的句子。意思是说，看到外面的景物，不由得想起"采蘩祁祁"这首豳歌，心里黯然伤怀。萋萋：草茂盛的样子。楚吟：指《楚辞·招隐士》，其中有"王孙游兮不归，春草生兮萋萋"的句子。这句意为：外面春草茂盛，让我感伤于那首"春草生兮萋萋"的楚辞了。⑪ 索居：独自闲居。这句是说独自闲居容易觉得岁月长久，离开朋友很难安心。⑫ 持操：坚持节操。岂独古：难道只是古人才能做到的？无闷：没有烦忧。《易经·乾卦》："龙德而隐者也，不易乎世，不成乎名，遁世无闷。"征：同"证"。指《乾卦》的这句话在今天的我身上得到了验证。

登江中孤屿①

江南倦历览，②江北旷周旋。③怀新道转迥，④寻异景不延。⑤乱流趋正绝，⑥孤屿媚中川。⑦云日相辉映，空水共澄鲜。表灵物莫赏，⑧蕴真谁为传？⑨想像昆山姿，⑩缅邈区中缘。⑪始信安期术，⑫得尽养生年。⑬

【注释】

① 江：永嘉江。以下皆同。孤屿：即孤屿山，在永嘉江中流，距温州南四里，有

东西二峰，景色秀异。②历览：遍览。倦：与下文“旷”对举，其义相关，乃因“历览”而生“倦”。③旷：久。周旋：应酬，这里指游览。首二句言在永嘉江南北两岸游览已久。由“江南”、“江北”夹出“江中”二字。④怀新道转迥：意谓一心想发现新境，不觉绕了很远的路。迥：远。⑤寻异景不延：意谓探寻奇异，又恨时光短暂。景：光景，时光。延：长。⑥乱流：指船横截江流而渡。《文选》李善注：“《尔雅》曰：‘水正绝流曰乱。’”趨：疾驶。正绝：指孤屿山正挡在前面。⑦媚：秀美可爱。中川：川中。⑧表：显明呈现。灵：灵异。这句是说孤屿山风物灵异，如此显著，而世人不知欣赏。⑨蕴：藏。真：真人，仙人。《说文》：“真，仙人变形也。”传：传述。⑩昆山：昆仑山的简称，传说中神仙的住处。姿：仙人的姿容。⑪缅邈：遥远。区中：指人世。语本司马相如《大人赋》：“迫区中之隘陋兮。”缘：尘缘。⑫安期：传说中的仙人。《列仙传》：“安期先生者，琅琊阜乡人也。卖药于东海边，时人皆言千岁翁。秦始皇东游，请见，与语三日三夜，赐金璧。”安期术：即长生不老之术。⑬得尽养生年：《庄子·养生主》：“可以尽年。”郭象注：“养生非求过分，盖全理尽年而已。”

石壁精舍还湖中作①

昏旦变气候，②山水含清晖。清晖能娱人，游子憺忘归。③出谷日尚早，入舟阳已微。④林壑敛暝色，云霞收夕霏。⑤芰荷迭映蔚，⑥蒲稗相因依。⑦披拂趋南径，⑧愉悦偃东扉。⑨虑澹物自轻，⑩意惬理无违。⑪寄言摄生客，试用此道推。⑫

【注释】

①此诗作于景平元年（423）之后，时谢灵运隐居始宁老家。其祖父谢玄故宅始宁墅，依山傍湖（太康湖），尽幽居之美。石壁精舍即在此附近。《文选》李善注曰：“精舍，今读书斋是也。谢灵运《游名山志》曰：‘湖三面悉高山，枕水渚山，溪涧凡有五处。南第一谷，今在所谓石壁精舍。’”②昏旦：黄昏和早上。指一夜之间。③“清晖”二句：化用《楚辞·九歌·东君》：“羌声色兮娱人，观者憺兮忘归。”憺：安适。④阳已微：日落。微：昏暗。⑤夕霏：傍晚的云气。⑥芰（jì）荷：出水的荷

叶荷花。映蔚：茂密而相映衬。⑦蒲：菖蒲，植物名。稗（bài）：蒲类植物，似蒲而小者。相因依：相互依倚。⑧披拂：轻风吹拂的样子。趋：行。⑨偃：息卧。东扉：指其所居东面的屋舍。扉：门扇。⑩虑：思虑。澹：恬淡，淡泊。物：与"我"相对的外物，如名利等。"虑澹物自轻"与陶渊明《饮酒》其五"心远地自偏"句法相同，意思相近。⑪惬：快意，满足。理无违：不违背本性。黄节《谢康乐诗注》引《乐记》郑注："理，犹性也。"⑫摄生：养生。此道：指"虑澹"两句所包含的道理。推：推求。

【泛读】

谢灵运《七里濑》

羁心积秋晨，晨积展游眺。孤客伤逝湍，徒旅苦奔峭。石浅水潺湲，日落山照曜。荒林纷沃若，哀禽相叫啸。遭物悼迁斥，存期得要妙。既秉上皇心，岂屑末代诮。目睹严子濑，想属任公钓。谁谓古今殊，异代可同调。

谢灵运《晚出西射堂》

步出西掖门，遥望城西岑。连障叠巘崿，青翠杳深沉。晓霜枫叶丹，夕曛岚气阴。节往戚不浅，感来念已深。羁雌恋旧侣，迷鸟怀故林。含情尚劳爱，如何离赏心。抚镜华缁鬓，揽带缓促衿。安排徒空言，幽独赖鸣琴。

谢灵运《邻里相送方山》

祗役出皇邑，相期憩瓯越。解缆及流潮，怀旧不能发。析析就衰林，皎皎明秋月。含情易为盈，遇物难可歇。积痾谢生虑，寡欲罕所阙。资此永幽栖，岂伊年岁别。各勉日新志，音尘慰寂灭。

谢灵运《富春渚》

宵济渔浦潭，旦及富春郭。定山缅云雾，赤亭无淹薄。遡流触惊急，临圻阻参错。

亮乏伯昏分，险过吕梁壑。济至宜便习，兼山贵止托。平生协幽期，沦踬困微弱。久露干禄请，始果远游诺。宿心渐申写，万事俱零落。怀抱既昭旷，外物徒龙蠖。

谢灵运《初往新安桐庐口》

絺绤虽凄其，授衣尚未至。感节良已深，怀古亦云思。不有千里棹，孰申百代意。远协尚子心，遥得许生计。既及泠风善，又即秋水驶。江山共开旷，云日相照媚。景夕群物清，对玩咸可喜。

谢灵运《游南亭》

时竟夕澄霁，云归日西驰。密林含余清，远峰隐半规。久痗昏垫苦，旅馆眺郊岐。泽兰渐被径，芙蓉始发池。未厌青春好，已观朱明移。戚戚感物叹，星星白发垂。药饵情所止，衰疾忽在斯。逝将候秋水，息景偃旧崖。我志谁与亮，赏心惟良知。

谢灵运《石门新营所住四面高山回溪石濑修竹茂林》

跻险筑幽居，披云卧石门。苔滑谁能步，葛弱岂可扪？袅袅秋风过，萋萋春草繁。美人游不还，佳期何由敦？芳尘凝瑶席，清醑满金樽。洞庭空波澜，桂枝徒攀翻。结念属霄汉，孤景莫与谖。俯濯石下潭，仰看条上猨。早闻夕飙急，晚见朝日暾。崖倾光难留，林深响易奔。感往虑有复，理来情无存。庶持乘日车，得以慰营魂。匪为众人说，冀与智者论。

谢灵运《岁暮》

殷忧不能寐，苦此夜难颓。明月照积雪，朔风劲且哀。运往无淹物，年逝觉已催。

谢灵运《东阳溪中赠答（二首）》

其一

可怜谁家妇，缘流洗素足。明月在云间，迢迢不可得。

其二

可怜谁家郎，缘流乘素舸。但问情若为？月就云中堕。

【延伸阅读】

1. 余冠英：《汉魏六朝诗选》，人民文学出版社，1978。

2. 李长之：《陶渊明传论》，天津人民出版社，2007。

3. 王叔岷：《陶渊明诗笺证稿》，中华书局，2007。

4. 袁行霈：《陶渊明集笺注》，中华书局，2003。

5. 袁行霈：《陶渊明研究》，北京大学出版社，2009。

6. 顾绍柏：《谢灵运集校注》，中州古籍出版社，1987。

7. 曹明纲：《陶渊明谢灵运鲍照诗文选评》，上海古籍出版社，2002。

中　编

第七章　情韵天然的青春歌吟：唐诗（上）

【导读】

唐诗是中国文学史上最耀眼的明珠，是进取、张扬、开放、热烈、感性的唐文化的典型代表。以公元755年“安史之乱”爆发为界，唐诗发展可分为前后两期。本章重点介绍唐代前期的诗歌发展情况。

公元618年李唐立国，此后一百余年间，政治开明，社会安定，经济发展迅速，国力持续上升，至唐玄宗天宝年间达到顶点。唐代诗歌亦与整个社会同步发展，诗人们既延续了南朝文学的清绮文采，又秉承了北朝文学的贞刚气质，与乐观自信、蓬勃向上的时代精神相结合，创造出令后世无限景仰而又难以企及的审美范式。

当然，文学发展是一个动态的过程，唐代前期诗歌并不是一个笼统的概念，它至少包含三个不同的发展阶段。

自唐朝建立（618）到高宗武后交割政权（660）是第一个阶段。那时诗坛的主流是爱好齐梁体诗歌的宫廷诗人。南朝盛行的宫体诗虽已遭到抵制，但艺术品味仍是一脉相承。诗人们以高雅的词汇、含蓄的语义、曲折的句法、华丽的藻饰，精心撰构出一篇篇典雅精致的颂歌和庄重有益的箴规。活泼质朴的口语自然必须避免，直接的、个性化色彩强烈的抒情也不符合宫廷规范，就连结构也有固定的模式：首先是点题，然后展开描写，最后发表感慨。本章泛读篇目中所选李百药《奉和初春出游应令》、虞世南《奉和咏日午》、上官仪《咏雪》等，即是这类诗歌的典范。这一切严重地限制了诗歌的独创性，也阻隔了诗歌与生命情感的内在关联，诗人的内心生活基本上被淹没。然而，“在自由与深度方面失去的，宫廷诗人们试图从技巧、文体精致等方面加以补偿”（宇文所安《初唐诗》），宫廷诗人对技巧的狂热追求，不仅加快了诗歌的格律化，而且对诗歌语言、表现手法、风格等诸多方面都有突出贡献。与此同时，尽管宫廷诗人的个人兴趣都不免偏于齐梁文风，理论上却多主张南北兼融。因此，他们有时也试图以南朝文学的声辞之美来表现新朝恢宏的气象与刚健的情思，从而摆脱宫廷风格与惯例，写出带有自我表现意味的诗篇。如，魏徵《述怀》抒写诗人的宏伟抱负和重意气、讲信义、不计功名的精神品格，慷慨简劲，直抒胸臆，承续了建安、正始文学的传统；李百药《秋晚登古城》中的景物描写也不像宫廷诗那般客观，而初步显现了情景交融的特征；虞世南《春夜》用各种宫廷诗惯用的要素，表现诗人于刹那间捕捉的自然之美，显示了出色的技巧；上官仪《入朝洛堤步月》，音韵浏亮，融情于景，创造了接近盛唐诗的浑融境界。除了这些主流的宫廷诗人，隐逸诗人王绩是当时诗坛的另类。他的诗语言朴素，句法质直，不加修饰，与宫廷诗人的追求背道而驰。《野望》是他最有名的作品，这是一首纯粹的自我抒情诗，直率地抒写了作者与环境的隔膜与疏离，秋天黄昏万物各寻归途的山野景色，从诗人眼中看去，深深染上了一层落寞的暗淡之色，正所谓“以我观物，故物皆着我之色彩”（王国维《人间词话》）。

然而，真正有力地推动诗歌革新的诗人出现在第二个阶段，即武则天到唐睿宗时期（660—712）。“初唐四杰”（王勃、杨炯、卢照邻、骆宾王）与稍后登上诗坛的陈子昂是其中杰出的代表。在艺术上，“四杰”与宫廷诗人一样，乐于采用齐梁以来的新型诗歌体裁和创作技巧，不同的是，他们的诗中充满了崭新、真实、极富个性化和时代性的内容与情绪。新主题的出现与自我表现的欲望，有力地冲击了宫廷诗保守的程式与风格，诗歌由此走向新的发展方向。王勃《滕王阁》以高度律化的七言古诗，表现繁华易逝的伤感，正是唐初朝野见亡戒危时代心理的艺术表现；骆宾王的五言律诗

《在狱咏蝉》，与其说是咏物，不如说是感怀，以无限凄婉的笔触写出了诗人失志不平的苍凉心绪。陈子昂则走了一条与“四杰”不太相同的道路。从理论到创作，他都试图跳过晋宋以来的积习，直承汉魏，上蹑风骚。他几乎不采用任何流行的新型体裁，而是效法汉魏古诗，以最为质朴、直率的方式，表达强烈的现实关怀以及由此激发的热烈情感。《感遇》三十八首是他的代表作，其二以传统的比兴手法，将岁月流逝、生命落空的深沉悲慨写得极为动人；其三十五则以直抒胸臆的笔法述怀言志，成功地刻画出诗人不甘平庸、胸怀社稷的自我形象。这种昂扬壮伟的意气与雄浑慷慨的风格，正是盛唐诗风的前奏。然而，在陈子昂自己的时代，他的光芒却被杜审言、宋之问、沈佺期等宫廷诗人掩盖。这是宫廷诗最后的黄金时代。宫廷诗人依然是诗坛主流，依然保持着对形式与技巧的浓厚兴趣，齐梁时代萌芽的格律诗，尤其是五言律诗和五言绝句，至此终于成熟定型，其中“沈宋”的贡献最为卓著。不过，和前一阶段相比，在“四杰”与陈子昂等代表的新诗风冲击下，无个性的宫廷诗风也开始发生微妙的变化。除了一如既往地以歌颂和说教为主题的应制诗外，个人诗与日常应酬诗也日益增多，如杜审言《和晋陵陆丞早春游望》，以精练的词语与模糊多义的句法抒写“宦游人”对春光的感触，含蓄蕴藉，情景相生。

经过近百年漫长而艰难的努力，一个辉煌的诗歌时代终于来临。唐玄宗开元、天宝年间（713—756），史称“盛唐”。这是唐诗发展的最高峰。盛唐诗歌鲜明、开朗、深入浅出，“思想性与艺术性在这里统一为丰富无尽的言说”（林庚《盛唐气象》）。山水田园是盛唐诗人最为钟爱的主题之一。他们几乎人人都热衷于游山玩水，几乎人人都一度隐居田园，也几乎人人都在写山水田园诗，其中写作数量最多、成就最高的是孟浩然和王维。孟浩然的诗语淡情真，含蓄清丽，善于以自我精神统摄外物，意随境显，自然浑成。《夏日南亭怀辛大》以行云流水般的笔触抒写凉爽宜人的夏夜，闲适中带一点淡淡孤寂的情怀，细腻入微，诗意盎然。《夜归鹿门山歌》以他一贯的清疏简淡描写了一幅黄昏归村图，虽然诗人远离争渡的喧闹，但心境恬淡安闲，完全不同于王绩《野望》中的落寞无依。王维是诗人兼画家，对于自然美有着敏锐的感受与细致的观察力，他的诗时而疏放简劲，如《汉江临眺》；时而自然淳朴，如《渭川田家》；时而清新超逸，如《山居秋暝》；变化多姿，造诣极高。总体而言，盛唐山水田园诗感情基调真率、平和、闲雅、冲淡，艺术上形神兼备，思与境偕，含蓄凝练，空灵明秀，富于韵外之致，完美地表现了那个黄金时代的和谐与宁静，表现了唐人任情适性、享受自然的乐趣，和静心澄虑、物我合一的精神境界，是理性与感性高度统一的产物，代表了中国诗歌美学的极致。

国力的强盛，疆域的扩大，各民族之间经济、文化的交流，引起了人们对边塞生活的关切，许多文人投身军旅，希望有所作为，因此，边塞生活成为另一备受诗人关注的题材。盛唐边塞诗或歌颂戍边将士保家卫国、建功立业的豪迈气概，或抒发思乡厌战、相思怨别的真挚情怀，或描绘粗犷豪放、壮丽新奇的边地风情，或揭露穷兵黩武、苦乐不均的现实问题，无不积极向上、激昂慷慨。悲壮高亢的基调和雄浑壮美的意境，典型地反映了中华民族处于全盛时期的精神风貌。边塞诗的写作同样有一个十分庞大的诗人群体，其中高适、岑参最为突出，并称“高岑”，他们都曾亲临边塞，擅长以七言古诗表现边地生活。高适《燕歌行》不仅描述了一场战争的全过程，而且揭示了军中生活的方方面面，诗中多用讲究韵律的对偶语句，声情顿挫，笔力矫健。《蓟中作》抒发了诗人见微知著、心忧国事却报国无门的愤懑情怀。岑参《走马川行奉送封大夫出师西征》，通过对边地恶劣气候的着意渲染，突出唐军的英武豪迈。《热海行送崔侍御还京》以夸张的手法、丰富的想象描写热海的神奇景色。此外，王昌龄、李颀也取得了令人瞩目的成绩，李白、杜甫、王维、祖咏、王之涣、崔颢、王翰等皆留下了脍炙人口的名篇。

在波澜壮阔、气象万千的盛唐诗潮中，李白无疑是最优秀的代表。他充满幻想，渴望有所作为，这种积极入世、乐观进取的精神成为他理想人生的出发点。他仰慕传说中崛起草泽、际会风云的英雄，歌颂视功名富贵如敝屣的义士。《古风》其十歌咏鲁仲连却秦救赵的事迹，着重写出其洒脱豪迈的气概和功成不居的思想，表现了诗人试图将排难解纷的济世理想与豪放不羁的个性自由相统一的人生追求。理想化的人生设计在现实生活中却不免遭受挫折，这使他常常陷于愤怒和不平之中，发出“大道如青天，我独不得出”(《行路难》其二）的悲怆呼喊。但是，无论生活境遇的顺逆，他始终自信、豁达、意气昂扬，“天生我材必有用，千金散尽还复来”（《将进酒》）、“长风破浪会有时，直挂云帆济沧海”（《行路难》其一），这些无比激越的诗句，将健康向上、入世进取的时代精神升华到一个理想化的境界。虽然他一生功名不显，却保持着人格的独立，敢于以布衣之身藐视权贵，表现出重视个人价值、维护自我尊严的强烈意识，并进而对腐败的社会现象提出尖锐的批判，一句“安能摧眉折腰事权贵，使我不得开心颜”（《梦游天姥吟留别》）的响亮宣言，艺术地概括了一代文人的傲骨冰心，推进了盛唐文化的英雄主义精神。他热爱生活，任何时候都能以健康明朗的心境品味人生、欣赏自然。旅行、聚会、饮酒、狂欢……他访问了无数名山胜水，他的英风豪气、单纯明洁与笔下多姿的自然相映生辉，构成了景与情的完美交融；他有一颗天真淳朴的赤子之心，对一切人情人性之美充满眷恋和赞赏，心心相印的爱情、真挚深纯的友谊和明月朗照中遥远的故乡，都让他感动和向往。澎湃的激情与豪迈的气概以及爆发式的抒情方式，是李白诗歌最引人注目之处。与之相关的是诗人瑰丽的想象与大胆的夸张。他诗歌中所表现的人格力量和个性魅力，曾吸引过无数士人，他的自信、潇洒、独立、不羁，在个体人格意识备受压抑的中国封建社会显得极为难能可贵。尽管他的诗歌具有一种不可复制的天才之美，但他豪放飘逸的诗风、丰富奇丽的想象、清新自然的语言，仍深深地影响了后代的诗人。

【精读一·初唐诗】

述　怀

魏徵①

中原初逐鹿，投笔事戎轩。② 纵横计不就，慷慨志犹存。杖策谒天子，驱马出关门。③ 请缨系南越，凭轼下东藩。④ 郁纡陟高岫，出没望平原。⑤ 古木鸣寒鸟，空山啼夜猿。既伤千里目，还惊九逝魂。⑥ 岂不惮艰险？深怀国士恩。⑦ 季布无二诺，侯嬴重一言。⑧ 人生感意气，功名谁复论。

【注释】

①魏徵（580—643），字玄成，魏州曲城（今山东莱州市东北）人。唐开国名臣，官至左光禄大夫，封郑国公。存诗三十余首，多宫廷应制之作，仅《述怀》一篇是言志诗。该诗题一作《出关》，作于高祖李渊称帝之初。其时魏徵受命赴华山以东地区，说服李密旧部。一说作于太宗李世民即位之初。②逐鹿：比喻争夺政权。中原地区是争夺政权的焦点，故云中原逐鹿。《史记·淮阴侯列传》："秦失其鹿，天下共逐之。"投笔：东汉班超少时为抄书小吏，曾投笔长叹："大丈夫无他志略，犹当效傅介子、张骞立功异域，以取封侯，安能久事笔砚间乎！"（《后汉书·班超传》）戎轩：兵车。事戎轩，即从军。按：隋末李密起兵，魏徵为其幕僚，后李密兵败，魏徵随其归唐。诗歌前四句即追溯这一段往事。③"杖策"二句为互文。策，马捶。天子，指李渊。关，指潼关。④"请缨"二句：用终军、郦食其的典故说明此行的决心与任务。西汉终军出使南越，临行前向汉武帝慷慨陈词："愿受长缨，必羁南越王而致之阙下。"（《汉书·终军传》）汉初郦食其说降齐王田广，"凭轼下齐七十余城"（《汉书·郦食其传》）。轼：车前横木。东藩：东方属国。⑤郁纡：形容山路曲折难行，也用来形容心情不舒展。陟：登。岫：山。出没望平原：即望平原出没，意谓因山岭阻隔，平原时隐时现。⑥伤千里目：《楚辞·招魂》："目极千里兮伤春心。"九逝魂：屈原《楚辞·抽思》："惟郢路之辽远兮，魂一夕而九逝。"这里借以极言旅途艰险，惊魂失魄。⑦国士：一国范围内的杰出人物。魏徵曾说："主上既以国士见待，安可不以国士报之乎？"（《旧唐书·魏徵传》）⑧季布：楚汉时人，以守信用著称，当时有"得黄金百斤，不如得季布一诺"之语（《史记·季布栾布列传》）。侯嬴：战国魏信陵君的门客。信陵君救赵，侯嬴因年老不能随行，表示要杀身以报，后来果然实践了诺言。（《史记·魏公子列传》）

野 望

王绩[①]

东皋薄暮望，[②]徙倚欲何依？[③]树树皆秋色，山山唯落晖。牧人驱犊返，猎马带禽归。相顾无相识，长歌怀采薇。④

【注释】

① 王绩（585—644），字无功，号东皋子。隋末大儒王通之弟。先后任职于隋、唐两朝，官职都不高。性格简傲，好饮酒，追慕陶渊明的为人，故一生大半时光皆在隐逸中度过，不仅归隐田园，而且退隐“醉乡”，曾做《醉乡记》歌颂“酒德”。有《王无功集》(一名《东皋子集》)。② 东皋：在今山西省河津市，王绩隐居于此，故号东皋子。皋：水边高地。③ 徙倚：徘徊，彷徨。④ 采薇：一说，指伯夷、叔齐首阳采薇。《史记·伯夷列传》：“隐于首阳山，采薇而食之。及饿且死，作歌。其辞曰：‘登彼西山兮，采其薇矣。以暴易暴兮，不知其非矣。神农、虞、夏忽焉没兮，我安适归矣？于嗟徂兮，命之衰矣！’”一说，借《诗经》中关于“采薇”的片断抒发苦闷。《诗经·召南·草虫》末章：“陟彼南山，言采其薇。未见君子，我心伤悲。”《诗经·小雅·采薇》首章：“采薇采薇，薇亦作止。曰归曰归，岁亦莫止。靡室靡家，猃狁之故。不遑启居，猃狁之故。”

滕王阁

王勃①

滕王高阁临江渚②，佩玉鸣鸾罢歌舞③。画栋朝飞南浦云，珠帘暮卷西山雨。闲云潭影日悠悠，物换星移几度秋？阁中帝子今何在？槛外长江空自流。

【注释】

① 王勃（650—676），字子安，王绩的侄孙。自幼以神童见称于世，但身世坎坷，年寿不永。曾为沛王府修撰，后任虢州参军，因罪革职。有《王子安集》。② 滕王：唐高祖李渊第二十二子李元婴，滕王阁即元婴任洪州（治所在今江西南昌）都督时所建，下临赣江。江渚：江中小洲。③ 佩玉鸣鸾：歌女身上的装饰品。

在狱咏蝉

骆宾王[①]

西陆蝉声唱，[②]南冠客思侵。[③]那堪玄鬓影，[④]来对白头吟。露重飞难进，风多响易沉。无人信高洁，[⑤]谁为表予心。

【注释】

①骆宾王（约640—约684），义乌（今属浙江）人。少年早慧，却坎坷不遇，沉沦下僚。徐敬业起兵反对武则天，他代作《讨武曌檄》，传诵一时。兵败后下落不明，有被杀、自杀、逃亡等多种说法。有《骆临海集》。诗作于唐高宗仪凤三年（678），其时诗人因上书言事获罪下狱。②西陆：指秋天。古代天文学术语。③南冠：楚冠。《左传·成公九年》："晋侯观于军府，见钟仪，问之曰：'南冠而絷者谁也？'有司对曰：'郑人所献楚囚也。'"后世遂以南冠指囚徒。④玄鬓：指蝉。⑤古人以为蝉餐风饮露，将它视为高洁的象征。这里诗人以蝉自比。

和晋陵陆丞早春游望

杜审言[①]

独有宦游人，偏惊物候新[②]。云霞出海曙，梅柳渡江春。淑气催黄鸟，[③]晴光转绿蘋。忽闻歌古调，归思欲沾巾。

【注释】

①杜审言（约646—约708），字必简，原籍襄阳（今属湖北），自父辈起迁居巩县（今河南巩义市）。高宗咸亨元年（670）进士，曾任膳部员外郎、国子监主簿等职。有《杜审言集》。他是杜甫的祖父，在初唐诗坛与崔融、李峤、苏味道并称为"文章四友"。《和晋陵陆丞早春游望》是赓和之作。晋陵，今江苏常州。陆丞，作者友人，名不详，时任晋陵丞。②物候：随季节转换的万物的现象。③淑气：春天和暖的气息。黄鸟，即黄鹂。

感　遇

陈子昂[①]

其二

兰若生春夏，[②]芊蔚何青青。[③]幽独空林色，[④]朱蕤冒紫茎。[⑤]迟迟白日晚，袅袅秋风生。岁华尽摇落，[⑥]芳意竟何成！

【注释】

①陈子昂（661—702），字伯玉，梓州射洪（今属四川）人。睿宗文明元年（684）进士。官至右拾遗，屡次上书议政，切直敢言。圣历元年（698）辞官回乡，为县令段简陷害至死。有《陈拾遗集》。《感遇》三十八首是陈子昂的代表作，各篇并非作于一时，所咏并非一事。本篇原列第二首。②兰若：兰草与杜若，皆为香草名。③芊蔚、青青：都是形容草木茂盛。青青，同"菁菁"。④以上三句言兰草与杜若幽独地生于林中，有着空绝群芳的秀色。⑤朱蕤：红色的花朵。蕤（ruí）：草木花朵下垂的样子。⑥华：同"花"。摇落：凋零。

其三十五

本为贵公子，[①]平生实爱才。感时思报国，拔剑起蒿莱。[②]西驰丁零塞，北上单于台。[③]登山见千里，怀古心悠哉。[④]谁言未忘祸，磨灭成尘埃。

【注释】

①本篇原列《感遇》第三十五首。贵公子：陈子昂出身豪富之家，故自称贵公子。②蒿莱：草野，即民间，相对于在朝而言。③丁零塞：丁零人所居住的边地。丁零：古代边地民族，西汉时居今贝加尔湖以南地区，东汉时部分南迁，与其他民族融合，另一支西迁于今哈萨克斯坦额尔齐斯湖与巴尔喀什湖之间。单于台：故址在今内蒙古自治区呼和浩特市西。④悠哉：忧思深长的样子。《诗经·周南·关雎》："悠哉悠哉，辗转反侧。"

【泛读】

李百药《奉和初春出游应令》

鸣笳出望苑，飞盖下芝田。水光浮落照，霞彩淡轻烟。柳色临三月，梅花隔一年。日斜归骑动，余兴满山川。

李百药《秋晚登古城》

日落征途远，怅然临古城。颓墉寒雀集，荒堞晚乌惊。萧森灌木上，迢递孤烟生。霞景焕余照，露气澄晚清。秋风转摇落，此志安可平。

虞世南《奉和咏日午》

高天净秋色，长汉转曦车。玉树阴初正，桐圭影未斜。翠盖飞圆彩，明镜发轻花。再中良表瑞，共仰璧晖赊。

虞世南《蝉》

垂緌饮清露，流响出疏桐。居高声自远，非是藉秋风。

虞世南《春夜》

春苑月徘徊，竹堂侵夜开。惊鸟排林度，风花隔水来。

上官仪《咏雪》

禁园凝朔气，瑞雪掩晨曦。花明栖凤阁，珠散影娥池。飘素迎歌上，翻花向舞移。幸因千里映，还绕万年枝。

上官仪《入朝洛堤步月》

脉脉广川流，驱马历长洲。鹊飞山月曙，蝉噪野风秋。

沈佺期《奉和晦日驾行昆明池》

法驾乘春转，神池象汉回。双星移旧石，孤月隐残灰。战鹢逢时去，恩鱼望幸来。岸花缇骑绕，堤柳幔城开。思逸横汾唱，欢承宴镐杯。微臣凋朽质，羞睹豫章材。

沈佺期《独不见》

卢家少妇郁金堂，海燕双栖玳瑁梁。九月寒砧催木叶，十年征戍忆辽阳。白狼河北音书断，丹凤城南秋夜长。谁为含愁独不见，更教明月照流黄。

宋之问《奉和晦日驾行昆明池应制》

春豫灵池会，沧波帐殿开。舟凌石鲸渡，香拂斗牛回。节晦蓂全落，春迟柳暗催。象溟看浴景，烧劫辨沉灰。镐饮周文乐，汾歌汉武才。不愁明月尽，自有夜珠来。

宋之问《度大庾岭》

度岭方辞国，停轺一望家。魂随南翥鸟，泪尽北枝花。山雨初含霁，江云欲变霞。但令归有日，不敢恨长沙。

宋之问《渡汉江》

岭外音书断，经冬复历春。近乡情更怯，不敢问来人。

王勃《送杜少府之任蜀川》

城阙辅三秦，风烟望五津。与君离别意，同是宦游人。海内存知己，天涯若比邻。无为在歧路，儿女共沾巾。

王勃《易阳早发》

饬装侵晓月，奔策候残星。危阁寻丹嶂，回梁属翠屏。云间迷树影，雾里失峰形。

复此凉飙至，空山飞夜萤。

王勃《江亭夜月王送别》其二

乱烟笼碧砌，飞月向南端。寂寂离亭掩，江山此夜寒。

王勃《山中》

长江悲已滞，万里念将归。况属高风晚，山山黄叶飞。

杨炯《从军行》

烽火照西京，心中自不平。牙璋辞凤阙，铁骑绕龙城。雪暗凋旗画，风多杂鼓声。宁为百夫长，胜作一书生。

卢照邻《长安古意》

长安大道连狭斜，青牛白马七香车。玉辇纵横过主第，金鞭络绎向侯家。龙衔宝盖承朝日，凤吐流苏带晚霞。百丈游丝争绕树，一群娇鸟共啼花。啼花戏蝶千门侧，碧树银台万种色。复道交窗作合欢，双阙连甍垂凤翼。梁家画阁中天起，汉帝金茎云外直。楼前相望不相知，陌上相逢讵相识？借问吹箫向紫烟，曾经学舞度芳年。得成比目何辞死，愿作鸳鸯不羡仙。比目鸳鸯真可羡，双去双来君不见？生憎帐额绣孤鸾，好取门帘帖双燕。双燕双飞绕画梁，罗帏翠被郁金香。片片行云著蝉鬓，纤纤初月上鸦黄。鸦黄粉白车中出，含娇含态情非一。妖童宝马铁连钱，娼妇盘龙金屈膝。御史府中乌夜啼，廷尉门前雀欲栖。隐隐朱城临玉道，遥遥翠幰没金堤。挟弹飞鹰杜陵北，探丸借客渭桥西。俱邀侠客芙蓉剑，共宿娼家桃李蹊。娼家日暮紫罗裙，清歌一啭口氛氲。北堂夜夜人如月，南陌朝朝骑似云。南陌北堂连北里，五剧三条控三市。弱柳青槐拂地垂，佳气红尘暗天起。汉代金吾千骑来，翡翠屠苏鹦鹉杯。罗襦宝带为君解，燕歌赵舞为君开。别有豪华称将相，转日回天不相让。意气由来排灌夫，专权判不容萧相。专权意气本豪雄，青虬紫燕坐春风。自言歌舞长千载，自谓骄奢凌五公。节物风光不相待，桑田碧海须臾改。昔时金阶白玉堂，即今唯见青松在。寂寂寥寥扬子居，年年岁岁一床书。独有南山桂花发，飞来飞去袭人裾。

张若虚《春江花月夜》

春江潮水连海平，海上明月共潮生。滟滟随波千万里，何处春江无月明？江流宛转绕芳甸，月照花林皆似霰。空里流霜不觉飞，汀上白沙看不见。江天一色无纤尘，皎皎空中孤月轮。江畔何人初见月？江月何年初照人？人生代代无穷已，江月年年只相似。不知江月待何人，但见长江送流水。白云一片去悠悠，青枫浦上不胜愁。谁家今夜扁舟子？何处相思明月楼？可怜楼上月徘徊，应照离人妆镜台。玉户帘中卷不去，捣衣砧上拂还来。此时相望不相闻，愿逐月华流照君。鸿雁长飞光不度，鱼龙潜跃水成文。昨夜闲潭梦落花，可怜春半不还家。江水流春去欲尽，江潭落月复西斜。斜月沉沉藏海雾，碣石潇湘无限路。不知乘月几人归？落月摇情满江树。

陈子昂《登幽州台歌》

前不见古人，后不见来者。念天地之悠悠，独怆然而涕下！

贺知章《咏柳》

碧玉妆成一树高，万条垂下绿丝绦。不知细叶谁裁出，二月春风似剪刀。

贺知章《回乡偶书》

少小离家老大回，乡音无改鬓毛衰。儿童相见不相识，笑问客从何处来。

张旭《山行留客》

山光物态弄春辉，莫为轻阴便拟归。纵使晴明无雨色，入云深处亦沾衣。

【精读二·盛唐山水田园诗】

夏日南亭怀辛大

孟浩然①

山光忽西落，池月渐东上。散发乘夜凉，②开轩卧闲敞。③荷风送香气，竹露滴清响。欲取鸣琴弹，恨无知音赏。感此怀故人，中宵劳梦想。

【注释】

①孟浩然（689—740），湖北襄阳人。壮年时曾往吴越漫游，又赴长安谋求官职，未能遂愿。一生大部分时间隐居故乡。有《孟浩然集》。②散发：披散头发，表示无拘无束。古人男子蓄长发，将头发挽在头顶。③轩：窗。闲敞：安静、宽敞的地方。

夜归鹿门山歌①

孟浩然

山寺钟鸣昼已昏，渔梁渡头争渡喧。②人随沙路向江村，余亦乘舟归鹿门。鹿门月照开烟树，忽到庞公栖隐处。③岩扉松径长寂寥，惟有幽人自来去。

【注释】

①鹿门山：在今湖北襄阳市，孟浩然隐居在此。②渔梁：鱼梁州，位于汉江中游今襄阳市区河段。③庞公：庞德公，东汉末年隐士。《后汉书·逸民传》："庞公者，南郡襄阳人也……荆州刺史刘表数延请，不能屈……后遂携妻子登鹿门山，因采药不返。"

汉江临眺

王维①

楚塞三湘接，②荆门九派通。③江流天地外，山色有无中。④郡邑浮前浦，波澜动远空。⑤襄阳好风日，留醉与山翁。⑥

【注释】

①王维（701—761），字摩诘，蒲州（今山西永济市）人。玄宗开元九年（721）进士，官至尚书右丞，有《王右丞集》。王维出身于佛教气氛浓郁的家庭，且终身信仰佛教，他的名和字即取自佛教人物维摩诘居士。维摩诘是佛门弟子，却过着世俗贵族的生活。王维的人生也是如此，亦官亦隐亦居士。王维是全面体现盛唐时代诗歌、绘画、音乐等多方面文化艺术水平的大师，其诗歌主要有两大特点：其一，善于以绘画的眼光与技法取景造境，所谓“诗中有画”；其二，以禅入诗，充满了闲澹空静的禅意。王维在诗歌史上影响极大，历代都有众多追随者，形成了一个以清淡秀雅为特点的诗歌流派，绵延千年而不绝。有《王右丞集》。《汉江临眺》，一作《汉江临泛》。汉江：即汉水，流经湖北省境内。临眺：面江远望。②楚塞：楚国的边界，战国时代湖南属楚国。三湘：代指湖南。流经湖南境内的湘水有三条支流：流至永州的一支与潇水合为潇湘，流到沅江的一支与沅水合为沅湘，流到衡阳的一支与蒸水合为蒸湘，故称三湘。③荆门：山名，在湖北省宜都市西北。九派：长江在这一带的支流。九：泛言其多。派：支流。④这两句的意思是：江水无际，好像流出天地之外；远山若隐若现。⑤郡邑：指城市。水势很盛，城市好像在水上漂浮，远处的天空也好像随着波澜一起翻动。⑥山翁：山简，晋代“竹林七贤”之一山涛之子，曾镇守襄阳，常去郡中豪族习氏的园池饮酒，每饮必醉。这里借指当时襄阳的地方长官。

渭川田家①

王维

斜光照墟落，穷巷牛羊归。②野老念牧童，倚杖候荆扉。雉雊麦苗秀，蚕眠桑叶稀。③田夫荷锄至，相见语依依。即此羡闲逸，怅然吟《式微》。④

【注释】

①渭川：即渭水，黄河第一大支流，流经甘肃、宁夏、陕西三省区，在陕西潼关汇入黄河。诗中所写当为咸阳、潼关流域。②斜光：夕阳。墟落：村庄。穷巷：深巷。

③ 雉雊（zhì gòu）：野鸡鸣叫。秀：麦子吐华。蚕眠：蚕蜕皮时，不食不动，像睡眠一样；经过四次睡眠即吐丝做茧。④ 式微：《诗经·邶风·式微》："式微，式微，胡不归。"此处只取"胡不归"，表归隐之意。

阙　题

刘昚虚①

道由白云尽，春与青溪长。时有落花至，远随流水香。闲门向山路，②深柳读书堂。幽映每白日，清辉照衣裳。

【注释】

① 刘昚虚，字全乙，江东（一说新吴）人。玄宗开元十一年（723）进士，曾任崇文馆校书郎等职。今存诗十五首。这首诗写暮春山居，题目原缺。② 闲门：言门前清静。

钓鱼湾

储光羲①

垂钓绿湾春，春深杏花乱。潭清疑水浅，荷动知鱼散。日暮待情人，②维舟绿杨岸。

【注释】

① 储光羲（707—约760），兖州（治所在今山东兖州北）人，玄宗开元十四年（726）进士。曾任监察御史。安禄山陷长安后，他受伪官，乱平后被贬到岭南。有《储光羲集》。② 情人：这里指友人。

【泛读】

王湾《次北固山下》

客路青山下，行舟绿水前。潮平两岸阔，风正一帆悬。海日生残夜，江春入旧年。

乡书何处达，归雁洛阳边。

张九龄《感遇》(其一)

兰叶春葳蕤，桂华秋皎洁。欣欣此生意，自尔为佳节。谁知林栖者，闻风坐相悦。草木有本心，何求美人折？

张九龄《感遇》(其七)

江南有丹橘，经冬犹绿林。岂伊地气暖？自有岁寒心。可以荐嘉客，奈何阻重深。运命唯所遇，循环不可寻。徒言树桃李，此木岂无阴。

张九龄《望月怀远》

海上生明月，天涯共此时。情人怨遥夜，竟夕起相思。灭烛怜光满，披衣觉露滋。不堪盈手赠，还寝梦佳期。

孟浩然《耶溪泛舟》

落景余清辉，轻桡弄溪渚。澄明爱水物，临泛何容与。白首垂钓翁，新妆浣纱女。相看似相识，脉脉不得语。

孟浩然《万山潭作》

垂钓坐盘石，水清心亦闲。鱼行潭树下，猿挂岛藤间。游女昔解佩，传闻于此山。求之不可得，沿月棹歌还。

孟浩然《过故人庄》

故人具鸡黍，邀我至田家。绿树村边合，青山郭外斜。开轩面场圃，把酒话桑麻。待到重阳日，还来就菊花。

孟浩然《春晓》

春眠不觉晓，处处闻啼鸟。夜来风雨声，花落知多少。

孟浩然《宿建德江》

移舟泊烟渚，日暮客愁新。野旷天低树，江清月近人。

孟浩然《望洞庭湖赠张丞相》

八月湖水平，涵虚混太清。气蒸云梦泽，波撼岳阳城。欲济无舟楫，端居耻圣明。坐观垂钓者，徒有羡鱼情。

孟浩然《秋登万山寄张五》

北山白云里，隐者自怡悦。相望始登高，心随雁飞灭。愁因薄暮起，兴是清秋发。时见归村人，平沙渡头歇。天边树若荠，江畔洲如月。何当载酒来，共醉重阳节。

王维《新晴野望》

新晴原野旷，极目无氛垢。郭门临渡头，村树连溪口。白水明田外，碧峰出山后。农月无闲人，倾家事南亩。

王维《山居秋暝》

空山新雨后，天气晚来秋。明月松间照，清泉石上流。竹喧归浣女，莲动下渔舟。随意春芳歇，王孙自可留。

王维《终南山》

太乙近天都，连山到海隅。白云回望合，青霭入看无。分野中峰变，阴晴众壑殊。欲投人处宿，隔水问樵夫。

王维《终南别业》

中岁颇好道，晚家南山陲。兴来每独往，胜事空自知。行到水穷处，坐看云起时。偶然值林叟，谈笑无还期。

王维《鸟鸣涧》

人闲桂花落，夜静春山空。月出惊山鸟，时鸣春涧中。

王维《鹿柴》

空山不见人，但闻人语响。返景入深林，复照青苔上。

王维《竹里馆》

独坐幽篁里，弹琴复长啸。深林人不知，明月来相照。

王维《辛夷坞》

木末芙蓉花，山中发红萼。涧户寂无人，纷纷开且落。

王维《山中》

荆溪白石出，天寒红叶稀。山路元无雨，空翠湿人衣。

常建《题破山寺后禅院》

清晨入古寺，初日照高林。竹径通幽处，禅房花木深。山光悦鸟性，潭影空人心。万籁此都寂，但余钟磬音。

祖咏《终南望残雪》

终南阴岭秀，积雪浮云端。林表明霁色，城中增暮寒。

崔颢《黄鹤楼》

昔人已乘黄鹤去，此地空余黄鹤楼。黄鹤一去不复返，白云千载空悠悠。晴川历历汉阳树，芳草萋萋鹦鹉洲。日暮乡关何处是？烟波江上使人愁。

【精读三·盛唐边塞诗】

老将行

王维

少年十五二十时，步行夺得胡马骑。① 射杀山中白额虎，肯数邺下黄须儿。② 一身转战三千里，一剑曾当百万师。汉兵奋迅如霹雳，虏骑崩腾畏蒺藜。③ 卫青不败由天幸，李广无功缘数奇。④ 自从弃置便衰朽，世事蹉跎成白首。昔时飞箭无全目，今日垂杨生左肘。⑤ 路旁时卖故侯瓜，门前学种先生柳。⑥ 苍茫古木连穷巷，寥落寒山对虚牖。誓令疏勒出飞泉，不似颍川空使酒。⑦ 贺兰山下阵如云，羽檄交驰日夕闻。⑧ 节使三河募年少，诏书五道出将军。⑨ 试拂铁衣如雪色，聊持宝剑动星文。⑩ 愿得燕弓射大将，耻令越甲鸣吾君。⑪ 莫嫌旧日云中守，犹堪一战立功勋。⑫

【注释】

① 此处用汉名将李广典故表现年轻人的勇敢机智。《史记·李将军列传》："（李）广以卫尉为将军，出雁门，击匈奴。匈奴兵多，破败广军，生得广……胡骑得广，广时伤病，置广两马间，络而盛卧广（让李广躺在用绳子结成的担架上）。行十余里，广佯死。睨其旁有一胡儿，骑善马，广暂（忽）腾而上胡儿马，因推堕儿，取其弓。鞭马南驰数十里；复得其余军，因引而入塞。" ② 白额虎：虎中最凶猛的一种。晋代名将周处曾杀白额虎（《晋书·周处传》）。肯：岂肯。数：推许。邺下黄须儿：指曹操次子曹彰，他的胡须是黄色的，以勇猛著称。邺下：曹操封魏王，建都于邺（今河北临漳县西）。③ 蒺藜：蔓生地上的草本植物，果实有刺。古代兵家制铁如蒺藜，用于阻止敌人。④ 汉代名将卫青，其外甥霍去病远征匈奴，深入敌境，未遭挫败，称为"天幸"

(《史记·卫将军骠骑列传》)。数奇：运气不好。偶为吉，奇为凶。汉武帝曾说李广年老“数奇”(《史记·李将军列传》)。⑤无全目：《文选》鲍照《拟古》李善注引《帝王世纪》：“帝羿有穷氏与吴贺北游，贺使羿射雀。羿曰：‘生之乎？杀之乎？’贺曰：‘射其左目。’羿引弓射之，误中右目。”这里借以表现老将精绝的射箭本领。垂杨，即垂柳。柳，与“瘤”谐音。“垂杨生左肘”，意思是老将久不习武，胳臂像长了疙瘩一样不利落了。⑥故侯瓜：召平，本秦东陵侯，秦亡为平民，贫，种瓜长安城东，瓜味甘美（《史记·萧相国世家》)。先生柳：晋陶渊明弃官归隐后，因门前有五株杨柳，遂自号“五柳先生”，并作《五柳先生传》。⑦疏勒：指疏勒城（今新疆喀什疏勒县），东汉名将耿恭曾引兵在此与匈奴作战。匈奴截断城外涧水，城中士兵掘井十五丈仍不见水，耿恭向井拜祝，不久，井水涌出。匈奴以为有神助，遂引去(《后汉书·耿弇传》)。“颍川空使酒”句：汉将军灌夫，颍川人，性格刚直，常借酒使气，后被人诬陷而灭族(《史记·魏其武安侯列传》)。⑧贺兰山：在今宁夏与内蒙古交界处。羽檄：军中紧急文书。⑨节使：受命办事的官吏。三河：汉时称河东、河南、河内为三河。“五道出将军”句：《汉书·常惠传》载有五将军分道出击匈奴的事。⑩星文：宝剑上所刻的七星花纹。⑪燕弓：燕地所产的良弓。越甲：越兵。《说苑·立节篇》载：越兵攻齐，齐国的雍门子狄说“越甲至，其鸣吾君”，深以为耻，故自刎而死。“耻令越甲鸣吾君”意谓以敌人甲兵惊动国君为耻。⑫《汉书·冯唐传》记载：汉文帝时云中守魏尚极得军心，匈奴不敢进犯，因斩获不多，被削爵为民。后因冯唐进言而恢复职务。

望蓟门

祖咏①

燕台一望客心惊，②箫鼓喧喧汉将营。万里寒光生积雪，三边曙色动危旌。③沙场烽火侵胡月，海畔云山拥蓟城。④少小虽非投笔吏，论功还欲请长缨。⑤

【注释】

①祖咏，洛阳人，玄宗开元十二年（724）进士。蓟门，是当时幽州的治所（今

北京市大兴区)，一作关名，即居庸关。② 燕台：即幽州台，又名蓟北楼。相传是战国时代燕国中兴之主燕昭王所建，昭王置金于台上，延请天下才士。③ 三边：幽州、并州、凉州，古称三边。④ 蓟城，即蓟门城，靠近渤海，故说“海畔云山”。⑤“少小”二句：参见魏徵《述怀》注释 ② 和注释 ④。

古从军行

李颀 ①

白日登山望烽火，黄昏饮马傍交河。② 行人刁斗风沙暗，公主琵琶幽怨多。③ 野云万里无城郭，雨雪纷纷连大漠。胡雁哀鸣夜夜飞，胡儿眼泪双双落。闻道玉门犹被遮，应将性命逐轻车。④ 年年战骨埋荒外，空见蒲桃入汉家。⑤

【注释】

① 李颀(690—751)，东川(今四川省东部)人。玄宗开元十三年(725)进士，曾任新乡县尉，后归隐故乡。《从军行》是乐府古题，多描写军旅生活。② 交河：安西都护府治所，在今新疆吐鲁番西北，是两条小河交叉环抱的一个小岛。③ 刁斗：古代军中巡逻、煮饭两用的铜器。公主琵琶：汉代乌孙公主(刘细君)远嫁时，为排遣寂寞，曾在马上弹奏琵琶。故称“公主琵琶”。④“闻道”句：《史记·大宛传》：汉武帝太初元年，命李广利攻大宛，欲至贰师城取善马。攻战不利，请求罢兵。武帝大怒，“使使遮玉门曰：军有敢入者辄斩之。”轻车：汉有轻车将军之职，这里指将军。⑤ 蒲桃：即葡萄。《汉书·西域传》：“宛王蝉封与汉约，岁献天马两匹，汉使采蒲陶、目宿种归。天子以天马多，又外国使来众，益种蒲陶、目宿离宫馆旁。”

从军行

王昌龄 ①

其二

琵琶起舞换新声，总是关山旧别情。撩乱边愁听不尽，高高秋月照长城。

其五

大漠风尘日色昏，红旗半卷出辕门。② 前军夜战洮河北③，已报生擒吐谷浑④。

【注释】

① 王昌龄（698—约 757），字少伯，京兆长安（今陕西西安）人。玄宗开元十五年（727）进士，因曾先后贬为江宁丞、龙标尉，世称王江宁、王龙标。《从军行》是乐府旧题，王昌龄原作七首，这里选取第二首和第五首。② 辕门：军营的门。③ 洮（táo）河：即洮水，黄河上游的支流之一，发源于今甘肃省临潭县西北。④ 吐谷浑（tǔ yù hún）：晋时鲜卑族慕容氏的后裔，据有洮水西南等处，时扰边界，后为唐高宗与吐蕃联军所败。这里泛指敌人。

燕歌行（并序）

高适①

开元二十六年，② 客有从御史大夫张公出塞而还者，③ 作《燕歌行》以示，适感征戍之事，因而和焉。

【注释】

① 高适（702—765），字达夫，一字仲武。渤海蓨（今河北景县南）人。早年浪游梁、宋（今河南开封、商丘）一带，后因人荐举，中“有道科”，做过封丘县尉。哥舒翰镇河西，高适投奔幕下，任记室参军。安史之乱后，官至散骑常侍。有《高常侍集》。《燕歌行》：乐府旧题，歌辞多咏东北边地征戍之事。② 开元二十六年，即公元 738 年。③ 张公：指张守珪。他在开元二十三年（735）因与契丹作战有功，拜辅国大将军兼御史大夫。开元二十六年（738），其部将败于奚族余部，张隐瞒实情虚报军功，事泄后贬括州刺史。

汉家烟尘在东北①，汉将辞家破残贼。男儿本自重横行，天子非常赐颜色。② 纵金伐鼓下榆关，旌旆逶迤碣石间。③ 校尉羽书飞瀚海，单于猎火照狼山。④ 山川萧条极边土，胡骑凭陵杂风雨。⑤ 战士军前半死生，美人帐下犹歌舞。大漠穷秋塞草衰，孤城落日斗兵稀。身当恩遇常轻敌，力尽关山未解围。铁衣远戍辛勤久，玉箸应啼别离后。⑥ 少妇城南欲断肠，征人蓟北空回首。⑦ 边庭飘摇那可度，绝域苍茫无所有！杀气三时作阵云，寒声一夜传刁斗。⑧ 相看白刃血纷纷，死节从来岂顾勋？君不见沙场征战苦，至今犹忆李将军！⑨

【注释】

①汉家：指唐朝。唐人诗中写时事，多托言汉代。烟尘：烽烟与尘土，指敌人入侵。②横行：驰骋奋战。赐颜色：赏识。③摐（chuāng）：敲击。伐：击打。金、鼓：古时部队行军时发布号令的铜制乐器。榆关：即山海关。旌旆（pèi）：军中的各种旗帜。旆：旗边上下垂的装饰品。④校尉：泛指统兵的将帅。羽书：插有羽毛的军用紧急公文。翰海：沙漠。单（chán）于：这里指入侵的北方少数民族首领。猎火：打猎时燃起的火。古代游牧民族出征前往往举行大规模的打猎活动，作为军事演习。狼山：狼居胥山，在今内蒙古自治区境内。⑤凭陵：侵凌，进攻。⑥铁衣：铠甲，这里借指远征士兵。玉箸（zhù）：玉做的筷子。这里用来形容思妇的眼泪。⑦城南：长安城之南。唐代长安城北为宫廷所在地，城南为居民住宅区。蓟（jì）北：泛指今河北、东北边地。⑧三时：早、午、晚，即整天；一说，三时指春、夏、秋，因春、夏、秋三季是耕桑的季节，古人作战一般选择冬季，可以不妨碍生产，容易征召兵士。三时都有杀气，说明整年都有战事。阵云：某种形状的云，据说出现了这种云，就预示着会发生战争。⑨李将军：指汉代名将李广，据载，他作战时身先士卒，平时能与士卒同甘苦。

蓟中作①

高适

策马自沙漠，长驱登塞垣。② 边城何萧条，白日黄云昏。一到征战处，每愁胡虏翻。③ 岂无安边书，诸将已承恩。④ 惆怅孙吴事，⑤ 归来独闭门。

【注释】

① 蓟中：即蓟门，见祖咏《望蓟门》注①。② 塞垣：边塞城墙。这里指长城。③ 翻：反复，指反叛。④ 安边书：安定边境的奏论。承恩：受到皇帝宠信。意谓言路不通，自己徒有经世之才，无处施展。⑤ 孙吴：春秋战国时代著名军事家孙武和吴起。孙吴事：用兵之事。这里指决胜千里的才华与抱负。

走马川行奉送封大夫出师西征

岑参①

君不见走马川行雪海边，②平沙莽莽黄入天。轮台九月风夜吼，③一川碎石大如斗，随风满地石乱走。匈奴草黄马正肥，金山西见烟尘飞，④汉家大将西出师。将军金甲夜不脱，半夜军行戈相拨，风头如刀面如割。马毛带雪汗气蒸，五花连钱旋作冰，⑤幕中草檄砚水凝。⑥虏骑闻之应胆慑，料知短兵不敢接，车师西门伫献捷！⑦

【注释】

① 岑参（715—770），祖籍南阳（今河南南阳），世居江陵（今湖北江陵）。玄宗天宝三载（744）进士，曾几度出塞，在安西都护府与北庭都护府任掌书记、节度判官等职。官至嘉州刺史，世称岑嘉州，有《岑嘉州集》。岑参长于七言歌行，多描写塞上风光和军中生活，与高适齐名，是盛唐边塞诗的代表作家。他的诗歌特点，其一是慷慨悲壮，其二是意奇语奇。南宋爱国诗人陆游曾自述其“绝好岑嘉州诗”，“每醉归，倚胡床睡，辄令儿曹诵之”（陆游《跋岑嘉州诗集》）。本篇作于天宝年间，岑参时任安西、北庭节度判官。走马川：地名，在今新疆境内的车尔成河。行：即歌行，古代诗歌的一种体裁。封大夫：指封常清，天宝十三年（754）任北庭都护、伊西节度、翰海军使。岑参时任安西、北庭节度判官。② 行：当是衍文。雪海：地名，在天山主峰与伊塞克湖之间，其地整年雨雪苦寒。这里泛指西北苦寒之地。③ 轮台：地名，在今新疆米泉县境内。④ 金山：即阿尔泰山，这里泛指塞外山脉。烟尘飞：指战争已经发生。⑤ 五花连钱：即五花马、连钱马。唐开元、天宝年间流行将马鬣剪成花瓣形，

剪五瓣的叫五花马。连钱马，即毛皮色花纹、形状如青钱相连。⑥草檄：起草声讨敌人的文书。⑦车师：汉西域国名，这里指唐安西都护府所在地，今新疆吐鲁番附近。

热海行送崔侍御还京①

岑参

侧闻阴山胡儿语，西头热海水如煮。②海上众鸟不敢飞，中有鲤鱼长且肥。岸旁青草常不歇，空中白雪遥旋灭。蒸沙烁石然虏云，③沸浪炎波煎汉月。阴火潜烧天地炉，④何事偏烘西一隅？势吞月窟侵太白，气连赤坂通单于。⑤送君一醉天山郭⑥，正见夕阳海边落。柏台霜威寒逼人，热海炎气为之薄。⑦

【注释】

①热海：今吉尔吉斯斯坦境内的伊塞克湖，唐时属安西都护府管辖。侍御：官名，即侍御史，负责纠察非法。②阴山：在今内蒙古自治区境内，这里泛指边地的山。西头：西边地的尽头。③然：同"燃"。④阴火：指地下的火，与太阳的阳火相对。⑤月窟：月中。太白：太白金星，即启明星。赤坂：赤石山，在今吐鲁番西北部。单于：单于都护府，唐代所置六大都护府之一，所辖地区为今内蒙古自治区境内。⑥郭：城郭。⑦柏台：御史台，因多种柏树而得名，这里借指侍御史。薄：消减。

【泛读】

王维《少年行》

新丰美酒斗十千，咸阳游侠多少年。相逢意气为君饮，系马高楼垂柳边。

王维《观猎》

风劲角弓鸣，将军猎渭城。草枯鹰眼疾，雪尽马蹄轻。忽过新丰市，还归细柳营。回看射雕处，千里暮云平。

王维《使至塞上》

单车欲问边，属国过居延。征蓬出汉塞，归雁入胡天。大漠孤烟直，长河落日圆。萧关逢候骑，都护在燕然。

王维《送元二使安西》

渭城朝雨浥轻尘，客舍青青柳色新。劝君更尽一杯酒，西出阳关无故人。

王翰《凉州词》

葡萄美酒夜光杯，欲饮琵琶马上催。醉卧沙场君莫笑，古来征战几人回。

王之涣《登鹳雀楼》

白日依山尽，黄河入海流。欲穷千里目，更上一层楼。

王之涣《凉州词》

黄河远上白云间，一片孤城万仞山。羌笛何须怨杨柳，春风不度玉门关。

王昌龄《从军行》

烽火城西百尺楼，黄昏独坐海风秋。更吹羌笛《关山月》，无那金闺万里愁。

青海长云暗雪山，孤城遥望玉门关。黄沙百战穿金甲，不破楼兰终不还。

王昌龄《出塞》

秦时明月汉时关，万里长征人未还。但使龙城飞将在，不教胡马度阴山。

高适《使青夷军入居庸》

匹马行将久，征途去转难。不知边地别，只讶客衣单。溪冷泉声苦，山空木叶干。莫言关塞极，云雪尚漫漫。

高适《营州歌》

营州少年厌原野，狐裘蒙茸猎城下。虏酒千钟不醉人，胡儿十岁能骑马。

岑参《白雪歌送武判官归京》

北风卷地白草折，胡天八月即飞雪。忽如一夜春风来，千树万树梨花开。散入珠帘湿罗幕，狐裘不暖锦衾薄。将军角弓不得控，都护铁衣冷难着。瀚海阑干百丈冰，愁云惨淡万里凝。中军置酒饮归客，胡琴琵琶与羌笛。纷纷暮雪下辕门，风掣红旗冻不翻。轮台东门送君去，去时雪满天山路。山回路转不见君，雪上空留马行处。

岑参《逢入京使》

故园东望路漫漫，双袖龙钟泪不干。马上相逢无纸笔，凭君传语报平安。

岑参《行军九日思长安故园》

强欲登高去，无人送酒来。遥怜故园菊，应傍战场开。

《哥舒歌》(民歌)

北斗七星高，哥舒夜带刀。至今窥牧马，不敢过临洮。

【精读四·李白】

秋下荆门①

霜落荆门江树空，布帆无恙挂秋风。②此行不为鲈鱼脍，③自爱名山入剡中。④

【注释】

①李白（701—762），字太白，号青莲居士。祖籍陇西成纪（今甘肃天水附近），

先世曾居西域，至其父始迁居绵州昌隆县（今四川江油市）青莲乡。有关李白的出生地，一直以来都是学术界争议的话题，至今尚无定论。李白二十五岁离蜀漫游，诗名远播。天宝元年（742）被诏进京，供奉翰林，不久赐金放还，继续漫游生活。“安史之乱”期间，入永王李璘幕。肃宗至德二年（757）李璘兵败，李白受牵连流放夜郎，行至巫山遇赦。几年后病逝当涂。李白的诗歌，风格豪迈奔放，想象丰富瑰丽，意境空灵奇妙，语言清新自然，素有“诗仙”之称。有《李太白诗集》。荆门：山名，在今湖北宜都市西北长江南岸。② 布帆无恙：晋朝大画家顾恺之在荆州刺史殷仲堪幕做参军，请假东归，殷仲堪将布帆借他使用，路遇大风，顾恺之写信告殷：“行人安稳，布帆无恙。”(《晋书·顾恺之传》) ③ 鲈鱼脍：吴越之地的名菜。《世说新语·识鉴篇》：“张季鹰辟齐王东曹掾（yuàn），在洛，见秋风起，因思吴中菰（gū）菜莼（chún）羹、鲈鱼脍（kuài）。曰：‘人生贵得适意尔，何能羁宦数千里以要名爵乎。’遂命驾便归。”脍：把肉切成细片。④ 剡（shàn）中：今浙江嵊州市，市南有剡溪，山水佳丽。

秋浦歌①

炉火照天地，红星乱紫烟。赧郎明月夜，②歌曲动寒川。

白发三千丈，缘愁似个长。③不知明镜里，何处得秋霜。④

【注释】

① 原诗共十七首，这里选取第十四、十五首。秋浦：今安徽省池州市，是唐代产银产铜的地方。② 赧郎：指被炉火照耀面呈红色的冶炼工人。赧：红色。③ 缘：因为。个：这样。④ 秋霜：指白发。

清溪行①

清溪清我心，水色异诸水。借问新安江，见底何如此？②人行明镜中，鸟度屏风里。向晚猩猩啼，空悲远游子。

【注释】

①清溪：水名，在今安徽省池州市。②“借问”二句：梁沈约有《新安江至清浅深见底贻京邑游好》一诗，李白以新安江与清溪相比。

金陵城西楼月下吟

金陵夜寂凉风发，独上高楼望吴越。白云映水摇空城，白露垂城滴秋月。月下沉吟久不归，古来相接眼中稀。①解道澄江静如练，令人长忆谢玄晖。②

【注释】

①沉吟：沉思。相接：精神相感，心灵默契。②澄江静如练：谢朓《晚登三山还望京邑》中的名句。谢玄晖：南朝著名诗人谢朓，字玄晖。

送友人入蜀

见说蚕丛路，①崎岖不易行。山从人面起，云傍马头生。芳树笼秦栈，②春流绕蜀城。升沉应已定，不必问君平。③

【注释】

①见说：唐代俗语，即“听说”。蚕丛：传说中蜀国开国君王。蚕丛路：代称入蜀的道路。②秦栈：由秦入蜀的栈道。③升沉：进退升沉，即人在世间的遭遇和命运。君平：西汉严遵，字君平，隐居不仕，曾在成都以占卜为生。

古　风①

齐有倜傥生，鲁连特高妙。②明月出海底，③一朝开光耀。却秦振英声，后世仰末照。④意轻千金赠，顾向平原笑。⑤吾亦澹荡人，拂衣可同调。⑥

【注释】

①《古风》共五十九首，是表现李白政治理想和人生感慨的重要诗篇。本篇原列第十首。② 倜傥：形容气度昂扬，不受拘束的样子。鲁连：即鲁仲连，战国时齐人。③ 明月：指夜明珠。④“却秦”句：《史记·鲁仲连列传》载：战国赵孝成王时，秦围攻赵都邯郸。魏安釐王派客将军新垣衍劝赵国投降，尊秦王为帝。时鲁仲连在围城中，往见赵相平原君，和新垣衍展开激烈辩论，坚定了赵国抗秦的信心。恰在此时，魏国信陵君率兵救赵，秦军不战而退。末照：余光。⑤“意轻”二句：邯郸解围后，平原君以千金酬谢鲁仲连，仲连笑曰：“所贵于天下之士者，为人排患、释难、解纷乱而无取也。即有取者，是商贾之事也，而连不忍为也。”遂辞去，终身不复见平原君（《史记·鲁仲连列传》）。⑥ 澹荡：意谓淡泊荣利、放浪自适。拂衣：超然高举的样子。同调：志趣相合，如曲调相同。

长相思①

长相思，在长安。络纬秋啼金井阑，② 微霜凄凄簟色寒。③ 孤灯不明思欲绝，卷帷望月空长叹，美人如花隔云端。上有青冥之长天，下有渌水之波澜。天长地远魂飞苦，梦魂不到关山难。长相思，摧心肝。

【注释】

① 长相思：乐府旧题，多写思妇之辞。② 络纬：虫名，俗称纺织娘。③ 簟：竹席。

行路难①

大道如青天，我独不得出。羞逐长安社中儿，赤鸡白狗赌梨栗。② 弹剑作歌奏苦声，曳裾王门不称情。③ 淮阴市井笑韩信，汉朝公卿忌贾生。④ 君不见昔时燕家重郭隗，拥篲折节无嫌猜。剧辛乐毅感恩分，输肝剖胆效英才。⑤ 昭王白骨萦蔓草，谁人更扫黄金台。行路难，归去来。

【注释】

①行路难：乐府旧题，多写世路艰难和别离的悲伤。原作共三首，这是第二首。②社：古代以二十五户为一社，这里泛指街巷。赤鸡白狗：指唐玄宗喜好的斗鸡走狗游戏，当时有不少人因擅于斗鸡获得宠幸。赌梨栗：用梨、栗作为赌资进行赌博。③“弹剑”句：出自《战国策·齐策》。齐公子孟尝君门下食客冯谖曾屡次弹剑作歌埋怨自己生活不如意。曳裾王门：指奔走于王侯权贵之门。曳：拖、牵引。裾：外衣的大襟。曳裾：拉起衣服的前襟表示谦卑。不称（chèng）情：不如意。④“淮阴”句：韩信，汉朝开国元勋，淮阴人。《史记·淮阴侯列传》载，韩信年轻时曾受市井少年的侮辱。贾生：即贾谊，曾上书汉文帝，劝他改制度、兴礼乐，受到当时元老重臣的反对和排挤。⑤“君不见”四句：用燕昭王礼贤下士的典故。战国时，燕昭王为了富国强兵，吸引人才，师事郭隗，并筑台置黄金其上以招徕贤士，乐毅、邹衍、剧辛等纷纷来到燕国。拥篲：《史记·孟子荀卿列传》记载，邹衍来燕，燕昭王“拥彗（篲）先驱”，亲自扫除道路迎接，表示恭敬。篲：扫帚。折节，屈己下人。

【泛读】

李白《静夜思》

床前明月光，疑是地上霜。举头望明月，低头思故乡。

李白《夜宿山寺》

危楼高百尺，手可摘星辰。不敢高声语，恐惊天上人。

李白《独坐敬亭山》

众鸟高飞尽，孤云独去闲。相看两不厌，只有敬亭山。

李白《春思》

燕草如碧丝，秦桑低绿枝。当君怀归日，是妾断肠时。春风不相识，何事入罗帏？

李白《子夜吴歌》

长安一片月，万户捣衣声。秋风吹不尽，总是玉关情。何日平胡虏，良人罢远征。

李白《金乡送韦八之西京》

客自长安来，还归长安去。狂风吹我心，西挂咸阳树。此情不可道，此别何时遇？望望不见君，连山起烟雾。

李白《渡荆门送别》

渡远荆门外，来从楚国游。山随平野尽，江入大荒流。月下飞天镜，云生结海楼。仍怜故乡水，万里送行舟。

李白《送友人》

青山横北郭，白水绕东城。此地一为别，孤蓬万里征。浮云游子意，落日故人情。挥手自兹去，萧萧班马鸣。

李白《访戴天山道士不遇》

犬吠水声中，桃花带露浓。树深时见鹿，溪午不闻钟。野竹分青霭，飞泉挂碧峰。无人知所去，愁倚两三松。

李白《听蜀僧濬弹琴》

蜀僧抱绿绮，西下峨眉峰。为我一挥手，如听万壑松。客心洗流水，遗响入霜钟。不觉碧山暮，秋云暗几重。

李白《塞下曲》

五月天山雪，无花只有寒。笛中闻折柳，春色未曾看。晓战随金鼓，宵眠抱玉鞍。愿将腰下剑，直为斩楼兰。

李白《月下独酌》

花间一壶酒，独酌无相亲。举杯邀明月，对影成三人。月既不解饮，影徒随我身。暂伴月将影，行乐须及春。我歌月徘徊，我舞影零乱。醒时同交欢，醉后各分散。永结无情游，相期邈云汉。

李白《赠汪伦》

李白乘舟将欲行，忽闻岸上踏歌声。桃花潭水深千尺，不及汪伦送我情。

李白《山中问答》

问余何意栖碧山，笑而不答心自闲。桃花流水窅然去，别有天地非人间。

李白《闻王昌龄左迁龙标遥有此寄》

杨花落尽子规啼，闻道龙标过五溪。我寄愁心与明月，随君直到夜郎西。

李白《峨眉山月歌》

峨眉山月半轮秋，影入平羌江水流。夜发清溪向三峡，思君不见下渝州。

李白《春夜洛城闻笛》

谁家玉笛暗飞声，散入春风满洛城。此夜曲中闻折柳，何人不起故园情。

李白《望庐山瀑布》

日照香炉生紫烟，遥看瀑布挂前川。飞流直下三千尺，疑是银河落九天。

李白《早发白帝城》

朝辞白帝彩云间，千里江陵一日还。两岸猿声啼不住，轻舟已过万重山。

李白《黄鹤楼送孟浩然之广陵》

故人西辞黄鹤楼，烟花三月下扬州。孤帆远影碧空尽，惟见长江天际流。

李白《望天门山》

天门中断楚江开，碧水东流至此回。两岸青山相对出，孤帆一片日边来。

李白《金陵酒肆留别》

风吹柳花满店香，吴姬压酒唤客尝。金陵子弟来相送，欲行不行各尽觞。请君试问东流水，别意与之谁短长。

李白《把酒问月》

青天有月来几时？我今停杯一问之。人攀明月不可得，月行却与人相随。皎如飞镜临丹阙，绿烟灭尽清辉发。但见宵从海上来，宁知晓向云间没？白兔捣药秋复春，嫦娥孤栖与谁邻？今人不见古时月，今月曾经照古人。古人今人若流水，共看明月皆如此。唯愿当歌对酒时，月光长照金樽里。

李白《蜀道难》

噫吁嚱，危乎高哉！蜀道之难，难于上青天。蚕丛及鱼凫，开国何茫然！尔来四万八千岁，不与秦塞通人烟。西当太白有鸟道，可以横绝峨嵋巅。地崩山摧壮士死，然后天梯石栈相钩连。上有六龙回日之高标，下有冲波逆折之回川。黄鹤之飞尚不得过，猿猱欲度愁攀援。青泥何盘盘，百步九折萦岩峦。扪参历井仰胁息，以手抚膺坐长叹。问君西游何时还？畏途巉岩不可攀。但见悲鸟号古木，雄飞雌从绕林间。又闻子规啼夜月，愁空山。蜀道之难，难于上青天，使人听此凋朱颜！连峰去天不盈尺，枯松倒挂倚绝壁。飞湍瀑流争喧豗，砯崖转石万壑雷。其险也如此，嗟尔远道之人胡为乎来哉！剑阁峥嵘而崔嵬，一夫当关，万夫莫开。所守或匪亲，化为狼与豺。朝避猛虎，夕避长蛇，磨牙吮血，杀人如麻。锦城虽云乐，不如早还家。蜀道之难，难于上青天，侧身西望长咨嗟！

李白《梦游天姥吟留别》

海客谈瀛洲，烟涛微茫信难求。越人语天姥，云霓明灭或可睹。天姥连天向天横，势拔五岳掩赤城。天台四万八千丈，对此欲倒东南倾。我欲因之梦吴越，一夜飞度镜湖月。湖月照我影，送我至剡溪。谢公宿处今尚在，渌水荡漾清猿啼。脚着谢公屐，身登青云梯。半壁见海日，空中闻天鸡。千岩万转路不定，迷花倚石忽已暝。熊咆龙吟殷岩泉，慄深林兮惊层巅。云青青兮欲雨，水澹澹兮生烟。列缺霹雳，丘峦崩摧。洞天石扉，訇然中开。青冥浩荡不见底，日月照耀金银台。霓为衣兮风为马，云之君兮纷纷而来下。虎鼓瑟兮鸾回车，仙之人兮列如麻。忽魂悸以魄动，恍惊起而长嗟。惟觉时之枕席，失向来之烟霞。世间行乐亦如此，古来万事东流水。别君去兮何时还？且放白鹿青崖间，须行即骑访名山。安能摧眉折腰事权贵，使我不得开心颜！

李白《将进酒》

君不见黄河之水天上来，奔流到海不复回！君不见高堂明镜悲白发，朝如青丝暮成雪！人生得意须尽欢，莫使金樽空对月。天生我材必有用，千金散尽还复来。烹羊宰牛且为乐，会须一饮三百杯。岑夫子、丹丘生：将进酒，杯莫停。与君歌一曲，请君为我倾耳听。钟鼓馔玉不足贵，但愿长醉不愿醒。古来圣贤皆寂寞，惟有饮者留其名。陈王昔时宴平乐，斗酒十千恣欢谑。主人何为言少钱，径须沽取对君酌。五花马，千金裘，呼儿将出换美酒，与尔同销万古愁。

李白《行路难》

金樽清酒斗十千，玉盘珍羞直万钱。停杯投箸不能食，拔剑四顾心茫然。欲渡黄河冰塞川，将登太行雪满山。闲来垂钓碧溪上，忽复乘舟梦日边。行路难，行路难！多歧路，今安在？长风破浪会有时，直挂云帆济沧海。

李白《宣州谢朓楼饯别校书叔云》

弃我去者，昨日之日不可留；乱我心者，今日之日多烦忧。长风万里送秋雁，对此可以酣高楼。蓬莱文章建安骨，中间小谢又清发。俱怀逸兴壮思飞，欲上青天揽明月。抽刀断水水更流，举杯消愁愁复愁。人生在世不称意，明朝散发弄扁舟。

李白《长干行》

妾发初覆额，折花门前剧。郎骑竹马来，绕床弄青梅。同居长干里，两小无嫌猜。十四为君妇，羞颜未尝开。低头向暗壁，千唤不一回。十五始展眉，愿同尘与灰。常存抱柱信，岂上望夫台。十六君远行，瞿塘滟滪堆。五月不可触，猿声天上哀。门前迟行迹，一一生绿苔。苔深不能扫，落叶秋风早。八月蝴蝶黄，双飞西园草。感此伤妾心，坐愁红颜老。早晚下三巴，预将书报家。相迎不道远，直至长风沙。

【延伸阅读】

1. 王力：《诗词格律》，中华书局，2012。
2. 闻一多：《唐诗杂论》，上海古籍出版社，2006。
3. 喻守真：《唐诗三百首详析》，中华书局，2005。
4. 林庚：《诗人李白》，上海古籍出版社，2000。
5. 李泽厚：《美的历程》，生活·读书·新知三联书店，2009。
6. 周振甫：《诗词例话》，江苏教育出版社，2005。

第八章　多元多样的诗歌走向：唐诗（下）

【导读】

唐玄宗天宝十四载（755）安史之乱爆发，唐王朝由盛转衰，现实的沉重让诗人无法回避，唐诗随之发生重大变化。豪迈自信的精神开始减退，激荡的热情与浪漫的幻想也基本消失，青春的歌吟戛然而止，取而代之的是饱经忧患与沧桑的中年思虑。在题材内容上，诗歌与时事政治、凡庸琐碎的日常生活的关系日趋紧密；在审美趣味上，从追求境界的自然浑融、蕴藉空灵逐渐转变为注重有意识的字锤句炼；在风格上，多样化与个性化趋势更加突出，“以奇为诗”、“以文为诗”、“以学为诗”、“以俗为诗”等多种新的尝试，进一步拓宽了诗歌发展的路径。

杜甫是这一重大转变的发轫者。他生长在唐王朝的全盛时期，也曾满怀信心，积极进取，但是天宝后期的黑暗政治摧毁了他的理想，他比同时代的许多诗人更早清醒，大乱将至的预感使他忧心如焚却无计可施，作为诗人，唯有用手中的笔抒写愤懑与忧思。长诗《自京赴奉先县咏怀五百字》作于安史之乱爆发之际，既是他对自己半生追求的回顾与总结，也是对当时社会政治的全面揭露和批判，“真恳切至，淋漓沉痛”(《杜诗镜铨》)，激愤悲忧的复杂情感与回环曲折、跌宕起伏的诗歌章法完美结合，典型地体现了杜诗“沉郁顿挫”的主体风格。在此后数十年国家残破、哀鸿遍野的苦难中，杜甫更是自觉地背负起对国家和民族的沉重责任，忠实地记录下时代的面貌和内心的感慨。《月夜》抒写离乱中对妻子的深情思念，《羌村三首》其一叙述死里逃生后与亲人的团聚，《赠卫八处士》歌咏战乱中旧友重逢的喜悦，这些悲欢离合之情，既是诗人的自我抒发，也是那个苦难时代每一位普通百姓所共有的情感与经历。与此同时，始终贯穿于杜甫全部作品中的另一突出主题，就是对国家命运的忧念与无奈，“抚事煎百虑”、“艰难愧深情”（《羌村三首》），“杖藜叹世”、“泣血迸空”（《白帝城最高楼》），无论他说与不说，我们都不难从字里行间体会出这份沉重与悲哀。除了以忧世悯人之心写出诸多堪称“诗史”的不朽篇章，在诗歌艺术上，杜甫也是一位承前启后的关键人物。他不仅以超卓的诗才融会了自《诗经》、楚辞直至初盛唐以来数千年古典诗歌丰富的表现手法，而且以称雄百代的开创精神，为后人展示了新的艺术前景，开出了中晚唐各种艺术流派的蹊径。他那些字字珠玑的杰出诗篇，不仅标志着唐诗内容与风格的重大转折，也对中唐至宋代诗歌的发展产生了深刻的影响。因此，他被尊为“诗圣”，“在中国古典诗歌史上的地位就像孔子在中国古代思想史上的地位一样是无与伦比的”（程千帆等《杜诗集大成说》）。

代宗大历至德宗贞元年间（766—805），大多数诗人延续着盛唐诗的传统创作方法，但精神实质已大不相同。活跃在诗坛的刘长卿、元结、顾况、韦应物以及“大历十才子”等诗人，大多经历了时代盛衰的巨变，感受到强烈的失落和痛苦。一些人关注社会，希望拯危济困，救世劝俗，写下不少反映现实的作品，如元结《舂陵行》、顾况《囝》等；更多的人则深感个人的渺小无力，试图寄情山水、佛道，为心灵找寻一个憩息的港湾，幽远、清冷甚至荒寂的审美境界遂成为众多诗人共同的追求。这是唐诗发展的一个低谷，但诗歌的新高峰也在这一时期开始酝酿。

顺宗永贞至穆宗长庆（805—824）年间，唐诗出现新变，韩孟、元白两大诗派，以迥然不同的艺术追求与艺术风格，开辟了新的诗美领域，形成第二个发展高峰。

韩孟诗派以奇险为主要特征，代表人物有韩愈、孟郊、李贺、贾岛、卢仝等。他们大多有着相似的人生经历：出身寒微，一生坷坎，穷愁潦倒；也有着相似的个性气质：愤世嫉俗，褊狭狷介，孤僻内向。他们的诗歌多抒写穷愁潦倒的遭遇、怀才不遇的愤激，感叹人情冷暖、世态炎凉；艺术追求上刻意求新、求奇、求险、求怪，在诗歌语言、意象、韵律、句法、章法诸方面，都进行了大胆的尝试，试图道人所不曾道，言人所不敢言，从而打破因过于精雅而日趋凝固、停滞的古典诗歌传统，体现出强烈的个性化倾向。如韩愈《山石》，采用散文笔法，抒写游山观寺的所见所感，于幽美的境界呈现中表现诗人的个性与追求；其《谒衡岳庙遂宿岳寺题门楼》，意境雄怪，笔力强劲，也是以文为诗的成功之作，全诗情景交替，夹叙夹议，像游记散文一样具体详尽、挥洒自如。孟郊诗的奇主要表现在用字和意象上，他喜欢使用令人有透骨钻心之感的词语以及阴暗、冰冷、枯瘦、坚硬的意象，构成生硬、艰涩的诗句，传达内心的愤懑愁苦。如“冷箭何处来，棘针风骚骚”(《寒夜百姓吟》)、“秋月颜色冰，老客志气单”(《秋怀》）等。李贺诗中荒诞怪异的想象往往与生活实感巧妙结合，铜人下泪“如铅水”、“衰兰送客咸阳道”(《金铜仙人辞汉歌》)，“天河夜转漂回星，银浦流云学水声”(《天上谣》）等等，新颖奇特，匪夷所思。此外，李贺还喜欢运用通感表现独特的感受，以浓重艳丽的辞彩表现凄凉幽寂的意境，因而被称为“诗鬼”。

与韩孟诗派相反，元白诗派最突出的特征是浅俗，主张以眼前事为现成话，信手拈来，随意成诗，从而开阔了诗的境界，表现出强烈的世俗化倾向。元白诗派的代表人物是元稹、白居易、李绅等，他们在诗歌史上最突出的贡献，在于大力倡导并写作关注现实、讽喻时事的新乐府诗歌，对当时政治和其后诗歌的发展产生了显著影响。这一文学现象，文学史上称之为“新乐府运动”。“新乐府”一名由白居易正式提出，是指一种用新题写时事的乐府式的诗，肇端于盛唐，自天宝末到贞元、元和年间为众多诗人所采用，如杜甫、元结、顾况、韦应物、王建、张籍等都创作了不少新题乐府，其中包含着一些关注现实、反映时事的作品。元和初年，白居易、元稹、李绅出于补察时政、变易风俗的目的，以兴喻规刺的标准对这一文学现象进行了总结和规范，并先后创作了《秦中吟》十首（白居易)、《新乐府》五十首（白居易)、《乐府新题》二十首（李绅)、《和李校书新题乐府十二首》(元稹）等组诗作为示范。元白的新乐府讽喻诗广泛触及了中唐的各种社会政治问题，反映现实的深度和广度都是中唐前期的新题乐府所不能企及的。如白居易《轻肥》批判统治者骄奢淫逸的生活，元稹《织妇词》，李绅《悯农》，白居易《观刈麦》、《卖炭翁》等描述底层百姓的悲惨生活。这些作品大多通俗平易，形象生动，具有很强的艺术感染力。不过，就元、白的整个创作历程而言，写作新乐府讽喻诗的数量有限，持续时间也不长。元稹真正爱好并费心创作的主要是一些表现内心细微婉约情感的艳丽浅近的小诗，其中《遣悲怀三首》、《离思五首》最为人称道。白居易在屡受挫折之后政治热情也渐渐消退，转而写作旷达平和的闲适诗，如《问刘十九》、《钱塘湖春行》等。在讽喻、闲适之外，白居易还把自己的诗歌分出“感伤”一类，其中《长恨歌》、《琵琶行》代表了白居易诗歌的最高艺术成就。元、白这种通俗浅易的诗风在元和年间（806—820）风靡一时，被称为“元和体”。

除了韩孟、元白两大流派，这一时期还有不少具有独特个性的诗人，其中比较杰出的是刘禹锡和柳宗元。他们两人同年进士及第，同为永贞革新的主要人物，改革失败后又同遭贬谪，所谓“二十年来万事同”，而且交情甚笃，相同的际遇奠定了他们诗歌相似的思想基础，但诗歌风格却并不相同。刘禹锡性格刚毅，诗风简捷明快，雄直俊爽；柳宗元孤直激切，诗风沉重悲凉，含蕴深厚。刘禹锡最为人称道的是咏史怀古之作，柳宗元则以山水诗而著称。

文宗大和年间到唐末（827—907），文学史上一般称为晚唐。此时，唐王朝已陷入无法挽救的危机，逐步走向衰亡。绝望与沮丧弥漫于文人的心中，诗歌创作也从整体上呈现出衰退的趋势。与中唐以前的诗歌相比较，晚唐诗最突出的特征是情调哀婉感伤，精神颓唐衰飒，艺术表现尖新纤巧。尽管开宗立派的大诗人很少，但现实的无望使文人们更倾心尽力于诗歌，以敏锐的审美感觉发掘诗材，用精致的语言表现丰富细腻的内心体验，从而为唐诗开创了又一新的局面。以“小李杜”并称于世的李商隐、杜牧，是晚唐诗坛最富创造性的诗人。李商隐继承和发展了杜甫、李贺的诗歌艺术，以精细绵密的语言技巧、委婉含蓄的情感表达、曲折回环的结构布局和深邃朦胧的诗歌意境，在晚唐诗坛独树一帜。《安定城楼》感慨才多遭忌，抱负虚成，《无题》（来是空言去绝踪）抒写执着却无望的缠绵情愫、复杂矛盾的心境、惆怅莫名的情绪，非现实的多变的意象、大量的用典，乃至错综跳跃的思维方式，与繁艳纤丽的语言、精致优雅的结构相结合，使诗歌充满了朦胧多义的美感。杜牧的诗歌则于清新俊逸、豪爽开朗之中，蕴含着深沉的历史感和伤今怀古的忧患意识。一方面，和同时代大多数士人不同，杜牧对国家的命运和前途依然抱有幻想，因而不甘沉沦，积极进取，如《闻庆州赵纵使君与党项战中箭而死辄书长句》即抒发诗人的报国之志，慷慨豪壮；另一方面，末世的黯淡又不可避免地蚕食着他的理想主义精神，因而在他所最为擅长的怀古咏史诗中弥漫着浓重的历史虚无感，蕴含着盛衰兴亡不可抗拒的哲理思索。

【精读一·杜甫】

自京赴奉先咏怀五百字①

杜陵有布衣，老大意转拙。②许身一何愚？窃比稷与契。③居然成濩落，白首甘契阔。④盖棺事则已，此志常觊豁。⑤穷年忧黎元，⑥叹息肠内热。取笑同学翁，浩歌弥激烈。非无江海志，潇洒送日月。生逢尧舜君，不忍便永诀。当今廊庙具，构厦岂云缺？葵藿倾太阳，⑦物性固莫夺。顾惟蝼蚁辈⑧，但自求其穴。胡为慕大鲸，辄拟偃溟渤？⑨以兹悟生理，独耻事干谒。⑩兀兀遂至今⑪，忍为尘埃没。终愧巢与由，⑫未能易其节。沉饮聊自适，放歌破愁绝。

【注释】

①杜甫（712—770），字子美，原籍襄阳（今湖北襄阳），迁居巩县（今属河南巩义市）。安史之乱期间任左拾遗等职。晚年居成都，一度在剑南节度使严武幕中任参谋，检校工部员外郎，世称杜工部。天宝十四载（755）冬十一月，杜甫由长安赴奉先（今陕西蒲城县）探望寄居在那里的家属。此诗作于到家后。当时安禄山已在范阳起兵，消息尚未传到长安，但杜甫对于巨大的社会危机已有预感。②杜陵：地名，在长安东南，秦时为杜县，汉宣帝葬于此，故称杜陵。杜陵东南有少陵，是汉宣帝许后葬地。杜甫远祖杜预是京兆杜陵人，杜甫又曾在杜陵以北、少陵以西住过，故自称“杜陵布衣”、“少陵野老”。拙：与下句的“愚”都是指不愿趋时取巧。③许身：自我期许。稷与契（xiè）：传说中舜的两位大臣。稷是周代祖先，为农官，教百姓种植五谷；契是殷代祖先，为司徒，掌管文化教育。④濩落：即廓落、瓠落，大而无用的

意思。契阔：辛勤劳苦。⑤ 觊（jì）豁：希望实现。⑥ 穷年：终年。黎元：老百姓。⑦ 葵藿：葵是向日葵；藿是豆叶。藿并不向日，葵藿是惯用的偏义复词。⑧ 惟：思。⑨ 胡为：为何。辄拟：常常打算。偃溟渤：游息于大海。⑩ 干谒：奔走于权贵之门，以请托为事。⑪ 兀兀：穷困劳碌。⑫ 巢与由：巢父、许由，传说中两位避世的隐士。

岁暮百草零，疾风高冈裂。天衢阴峥嵘，[①] 客子中夜发。霜严衣带断，指直不得结。凌晨过骊山，御榻在嵽嵲。[②] 蚩尤塞寒空，[③] 蹴踏崖谷滑。瑶池气郁律，羽林相摩戛。[④] 君臣留欢娱，乐动殷胶葛。[⑤] 赐浴皆长缨，与宴非短褐。[⑥] 彤庭所分帛，[⑦] 本自寒女出。鞭挞其夫家，聚敛贡城阙。圣人筐篚恩，[⑧] 实欲邦国活。臣如忽至理，君岂弃此物？多士盈朝廷，仁者宜战栗。况闻内金盘，尽在卫霍室。[⑨] 中堂舞神仙，烟雾蒙玉质。暖客貂鼠裘，悲管逐清瑟。[⑩] 劝客驼蹄羹，霜橙压香橘。朱门酒肉臭，路有冻死骨。荣枯咫尺异，惆怅难再述。

【注释】

① 天衢：天空。峥嵘：山高峻的样子，这里形容乌云滚滚。② 骊山：在今陕西临潼区，距长安六十里。嵽嵲（dié niè）：山高峻的样子，这里用作高山的代称。③ 蚩尤：传说中能造雾的人，这里代指大雾；一说，蚩尤是一种预兆兵乱将兴的赤气，叫蚩尤旗。④ 瑶池：传说中西王母与周穆王宴会的地方，这里借指骊山温泉。郁律：暖气蒸腾的样子。羽林：皇帝的禁卫军。摩戛：武器相撞击。⑤ 殷（yǐn）：震动。胶葛：辽阔的空间。⑥ 长缨：贵人的装饰，借指贵人。短褐：粗布短袄，借指平民。⑦ 彤庭：朝廷。宫廷楹柱多用朱红涂饰，故称。⑧ 圣人：唐时口语称皇帝为圣人。筐篚：盛帛用的竹器，方曰筐，圆曰篚。⑨ 内金盘：内府的金盘。卫、霍：汉代外戚，这里借指杨贵妃的亲属。⑩ 悲：形容乐声嘹亮激越，酣畅淋漓。

北辕就泾渭，官渡又改辙。[①] 群冰从西下，极目高崒兀。[②] 疑是崆峒来，恐触天柱折。[③] 河梁幸未坼，枝撑声窸窣。[④] 行李相攀援，[⑤] 川广不可越。老妻寄异县，[⑥]

十口隔风雪。谁能久不顾？庶往共饥渴。⑦入门闻号咷，幼子饿已卒。吾宁舍一哀，里巷犹呜咽。所愧为人父，无食致夭折。岂知秋禾登，贫窭有仓卒？⑧生常免租税，名不隶征伐。⑨抚迹犹酸辛，平人固骚屑。⑩默思失业徒，因念远戍卒。忧端齐终南，澒洞不可掇。⑪

【注释】

①北辕：车向北行。泾渭：泾水和渭水在陕西临潼境内汇合，称泾渭。官渡：官府设立的渡口。改辙：换了地方。河边津渡，因水势不定，故迁徙无常。②崒兀：危险而高峻的样子。③崆峒：山名，在今甘肃省岷县。恐触天柱折：借"共工怒触不周山"的神话，形容冰水汹涌，使人有天崩地塌之感。④枝撑：桥柱交木。窸窣：象声词，木桥摇动的声音。⑤行李：行人。李：一作"旅"。⑥异县：指奉先县，相对故乡而言。⑦庶：希望。⑧登：秋收。贫窭（jù）：贫穷。仓卒：这里指意外的不幸事件。卒：同"猝"。⑨杜甫出身于官僚世家，根据朝廷规定，享有免征赋税和兵役、劳役的特权。⑩平人：平民。骚屑：动荡不安。⑪澒（hòng）洞：无边无际。掇：收拾。

月　夜①

今夜鄜州月，闺中只独看。遥怜小儿女，未解忆长安。香雾云鬟湿，清辉玉臂寒。何时倚虚幌，②双照泪痕干。

【注释】

①诗作于天宝十五载（756，即至德元载）。当时是安史之乱中，杜甫妻儿寓居鄜州（今陕西省富县），杜甫本人则在已为叛军沦陷的长安城。②虚幌：轻薄透明的帷幕。

羌村三首①

其一

峥嵘赤云西，日脚下平地。②柴门鸟雀噪，归客千里至。妻孥怪我在，③惊定还拭泪。世乱遭飘荡，生还偶然遂。[4]邻人满墙头，感叹亦嘘唏。夜阑更秉烛，相对如梦寐。

【注释】

① 至德二载（757）四月，杜甫由长安逃至唐肃宗所在的凤翔（今陕西凤翔），五月授左拾遗，因言事得罪，八月放还鄜州探望妻儿。诗作于还家之后。羌村，在鄜州城外，为羌族人聚居地。当时杜甫家居于此。② 峥嵘：山高峻的样子，这里形容重重叠叠的晚霞。日脚：从云层中斜射到地面的阳光。③ 妻孥（nú）：妻子和儿女。怪我在：写战乱中家人骤然重见出乎意料的情景。④ 遂：遂愿，即如愿。

其二

晚岁迫偷生，[1]还家少欢趣。娇儿不离膝，畏我复却去。[2]忆昔好追凉，故绕池边树。萧萧北风劲，抚事煎百虑。[3]赖知禾黍收，已觉糟床注。[4]如今足斟酌，且用慰迟暮。

【注释】

① 晚岁：晚年。杜甫当时四十六岁，感觉时不我与，当此世乱方殷，本应为国尽忠，却被迫休假，故有苟且偷生之感。②“娇儿”二句：谓孩子们担心父亲再次离家。却去：离去。③“忆昔”四句：天宝十五载（756）六月，杜甫一家逃难至此，七月，唐肃宗在灵武即位，杜甫满怀报国之志前往投效。当时正当盛夏，离家前在池边乘凉。一年多后回到羌村，国家多故，百虑煎心。④ 赖知：幸亏知道。糟床：制酒的工具。糟床注：糟床里注出酒来。

其三

群鸡正乱叫，客至鸡斗争。驱鸡上树木，始闻叩柴荆。[1]父老四五人，问我久远行。[2]手中各有携，倾榼浊复清。[3]“莫辞酒味薄[4]，黍地无人耕。兵革既未息，儿童尽东征。[5]”请为父老歌，艰难愧深情。歌罢仰天叹，四座泪纵横。

【注释】

①“驱鸡”句：乐府《鸡鸣》：“鸡鸣高树颠。”阮籍《咏怀》：“晨鸡鸣高树。”可知古时鸡栖于树上。柴荆：柴门。② 问：慰问。③ 榼（kē）：盛酒的器皿。浊复清：浊酒和清酒。④“莫辞”句：一作“苦辞酒味薄”，因酒味薄而表示歉意。⑤ 儿童：年轻人。

赠卫八处士[1]

人生不相见，动如参与商。[2]今夕复何夕，[3]共此灯烛光。少壮能几时？鬓发各已苍。访旧半为鬼，惊呼热中肠。[4]焉知二十载，重上君子堂。昔别君未婚，儿女忽成行。怡然敬父执，[5]问我来何方。问答殊未已，儿女罗酒浆。[6]夜雨剪春韭，新炊间黄粱。主称会面难，一举累十觞。十觞亦不醉，感子故意长。[7]明日隔山岳，世事两茫茫。[8]

【注释】

① 卫八处士：名不详。处士，未出仕的士人的通称。诗作于乾元二年（759）春。② 参（shēn）、商：两星宿名，商星居东，参星居西，此升彼沉，永不相见。动如：往往就像。③“今夕”句：《诗经·唐风·绸缪》：“今夕何夕，见此良人。”因喜出望外，故曰“何夕”。④“访旧”句：遭遇了战乱，寻访过去的亲友大多都已去世。“惊呼”句：与卫八重逢，彼此惊喜万分，情绪激动。⑤ 怡然：喜悦的样子。父执：父亲的朋友。⑥ 殊未已：孩子们对父亲的朋友很亲热，问长问短，似有说不完的话。殊：很。未已：没有停止。儿女：一作“驱儿”。⑦ 故意：老朋友的情谊。⑧“世事”句：当时安史之乱尚未平定，局势非常紧张，别后两地相隔，会合难期。

野　望[1]

清秋望不极，迢递起层阴。[2]远水兼天净[3]，孤城隐雾深。叶稀风更落，山迥日初沉。[4] 独鹤归何晚，昏鸦已满林。

【注释】

① 诗作于乾元二年（759），当时杜甫寓居秦州（治所在今甘肃天水）。② 迢递：远远的。③ 兼天：连天。④ 迥：远。

白帝城最高楼 [1]

城尖径仄旌旆愁，独立缥缈之飞楼。[2] 峡坼云霾龙虎卧，江清日抱鼋鼍游。[3] 扶桑西枝对断石，弱水东影随长流。[4] 杖藜叹世者谁子？泣血迸空回白头。

【注释】

① 这是一首拗体律诗，是律诗的一种变体，句法和声调参以古体，篇章和对仗则符合格律。诗作于大历元年（766），时杜甫流寓夔州（今重庆奉节）。② 城尖：指楼的最高层。仄：狭窄。缥缈：高远空阔。③“峡坼”两句：云雾缭绕在峡谷间，有如龙虎之状；日光映照着波光粼粼的清江，好似有鼋鼍在游动。坼：裂开。霾（mái）：晦暗。鼋：鳖。鼍：扬子鳄。④“扶桑”两句：是说西边是陡峭的悬崖，东边是滔滔的江水。扶桑：传说中的神树，太阳升起的地方。扶桑在东边，它的“西枝”自然是伸向西边。弱水：西方之水（《尚书·禹贡》）。源于西方之水朝着东方流去。

秋兴八首（其一）[1]

玉露凋伤枫树林，巫山巫峡气萧森。[2] 江间波浪兼天涌，塞上风云接地阴。丛菊两开他日泪，[3] 孤舟一系故园心。[4] 寒衣处处催刀尺，白帝城高急暮砧 [5]。

【注释】

① 诗作于大历元年（766），时杜甫流寓夔州（今四川奉节县）。秋兴（xìng）：因秋天而引发的感慨。② 玉露：白露。巫山：在今重庆市巫山县东，沿江重岩叠嶂，绵

延一百六十里，其间峡谷即为巫峡。萧森：萧瑟阴森。③丛菊两开：杜甫离开成都后，原想尽快出峡，不料去年秋天留居云安，今年秋天又滞留夔州。他日泪：因回忆往昔而流泪。④孤舟一系：意思是归舟老是系在江岸上，开不出去。故园心：指思念长安的心情。⑤刀尺：都是制作衣服的工具。砧：捣衣用的垫石。古代妇女常在秋夜捣衣，所捣为未经缝制的衣料。因此，秋夜的捣衣声格外容易激发游子思归的伤感。白帝城：地名，在夔州白帝山上。

【泛读】

杜甫《绝句》

迟日江山丽，春风花草香。泥融飞燕子，沙暖睡鸳鸯。

杜甫《望岳》

岱宗夫如何？齐鲁青未了。造化钟神秀，阴阳割昏晓。荡胸生层云，决眦入归鸟。会当凌绝顶，一览众山小。

杜甫《房兵曹胡马》

胡马大宛名，锋棱瘦骨成。竹批双耳峻，风入四蹄轻。所向无空阔，真堪托死生！骁腾有如此，万里可横行。

杜甫《春望》

国破山河在，城春草木深。感时花溅泪，恨别鸟惊心。烽火连三月，家书抵万金。白头搔更短，浑欲不胜簪。

杜甫《春夜喜雨》

好雨知时节，当春乃发生。随风潜入夜，润物细无声。野径云俱黑，江船火独明。

晓看红湿处，花重锦官城。

杜甫《旅夜书怀》

细草微风岸，危樯独夜舟。星垂平野阔，月涌大江流。名岂文章著，官应老病休。飘飘何所似？天地一沙鸥。

杜甫《登岳阳楼》

昔闻洞庭水，今上岳阳楼。吴楚东南坼，乾坤日夜浮。亲朋无一字，老病有孤舟。戎马关山北，凭轩涕泗流。

杜甫《江畔独步寻花》

黄四娘家花满蹊，千朵万朵压枝低。留连戏蝶时时舞，自在娇莺恰恰啼。

杜甫《绝句》

两个黄鹂鸣翠柳，一行白鹭上青天。窗含西岭千秋雪，门泊东吴万里船。

杜甫《赠花卿》

锦城丝管日纷纷，半入江风半入云。此曲只应天上有，人间能得几回闻？

杜甫《江南逢李龟年》

岐王宅里寻常见，崔九堂前几度闻。正是江南好风景，落花时节又逢君。

杜甫《蜀相》

蜀相祠堂何处寻，锦官城外柏森森。映阶碧草自春色，隔叶黄鹂空好音。三顾频烦天下计，两朝开济老臣心。出师未捷身先死，长使英雄泪满襟。

杜甫《客至》

舍南舍北皆春水，但见群鸥日日来。花径不曾缘客扫，蓬门今始为君开。盘飧市远无兼味，樽酒家贫只旧醅。肯与邻翁相对饮，隔篱呼取尽余杯。

杜甫《闻官军收河南河北》

剑外忽传收蓟北，初闻涕泪满衣裳。却看妻子愁何在，漫卷诗书喜欲狂。白日放歌须纵酒，青春作伴好还乡。即从巴峡穿巫峡，便下襄阳向洛阳。

杜甫《登楼》

花近高楼伤客心，万方多难此登临。锦江春色来天地，玉垒浮云变古今。北极朝廷终不改，西山寇盗莫相侵。可怜后主还祠庙，日暮聊为《梁甫吟》。

杜甫《登高》

风急天高猿啸哀，渚清沙白鸟飞回。无边落木萧萧下，不尽长江滚滚来。万里悲秋常作客，百年多病独登台。艰难苦恨繁霜鬓，潦倒新停浊酒杯。

杜甫《秋兴八首》

其二

夔府孤城落日斜，每依北斗望京华。听猿实下三声泪，奉使虚随八月槎。画省香炉违伏枕，山楼粉堞隐悲笳。请看石上藤萝月，已映洲前芦荻花。

其三

千家山郭静朝晖，日日江楼坐翠微。信宿渔人还泛泛，清秋燕子故飞飞。匡衡抗疏功名薄，刘向传经心事违。同学少年多不贱，五陵衣马自轻肥。

其四

闻道长安似弈棋，百年世事不胜悲。王侯第宅皆新主，文武衣冠异昔时。直北关山金鼓震，征西车马羽书驰。鱼龙寂寞秋江冷，故国平居有所思。

其五

蓬莱宫阙对南山，承露金茎霄汉间。西望瑶池降王母，东来紫气满函关。云移雉尾开宫扇，日绕龙鳞识圣颜。一卧沧江惊岁晚，几回青琐点朝班。

其六

瞿唐峡口曲江头，万里风烟接素秋。花萼夹城通御气，芙蓉小苑入边愁。珠帘绣柱围黄鹄，锦缆牙樯起白鸥。回首可怜歌舞地，秦中自古帝王州。

其七

昆明池水汉时功，武帝旌旗在眼中。织女机丝虚夜月，石鲸鳞甲动秋风。波漂菰米沉云黑，露冷莲房坠粉红。关塞极天唯鸟道，江湖满地一渔翁。

其八

昆吾御宿自逶迤，紫阁峰阴入渼陂。香稻啄余鹦鹉粒，碧梧栖老凤凰枝。佳人拾翠春相问，仙侣同舟晚更移。彩笔昔曾干气象，白头吟望苦低垂。

杜甫《兵车行》

车辚辚，马萧萧，行人弓箭各在腰。耶娘妻子走相送，尘埃不见咸阳桥。牵衣顿足拦道哭，哭声直上干云霄。道旁过者问行人，行人但云点行频。或从十五北防河，便至四十西营田。去时里正与裹头，归来头白还戍边。边庭流血成海水，武皇开边意未已。君不闻汉家山东二百州，千村万落生荆杞。纵有健妇把锄犁，禾生陇亩无东西。况复秦兵耐苦战，被驱不异犬与鸡。长者虽有问，役夫敢伸恨？且如今年冬，未休关西卒。县官急索租，租税从何出？信知生男恶，反是生女好。生女犹得嫁比邻，生男埋没随百草。君不见青海头，古来白骨无人收。新鬼烦冤旧鬼哭，天阴雨湿声啾啾！

杜甫《哀江头》

少陵野老吞声哭，春日潜行曲江曲。江头宫殿锁千门，细柳新蒲为谁绿？忆昔霓旌下南苑，苑中万物生颜色。昭阳殿里第一人，同辇随君侍君侧。辇前才人带弓箭，白马嚼啮黄金勒。翻身向天仰射云，一笑正坠双飞翼。明眸皓齿今何在？血污游魂归不得。清渭东流剑阁深，去住彼此无消息。人生有情泪沾臆，江水江花岂终极！黄昏胡骑尘满城，欲往城南望城北。

杜甫《石壕吏》

暮投石壕村，有吏夜捉人。老翁逾墙走，老妇出门看。吏呼一何怒！妇啼一何苦！听妇前致词：三男邺城戍。一男附书至，二男新战死。存者且偷生，死者长已矣！室中更无人，惟有乳下孙。有孙母未去，出入无完裙。老妪力虽衰，请从吏夜归，急应河阳役，犹得备晨炊。夜久语声绝，如闻泣幽咽。天明登前途，独与老翁别。

杜甫《茅屋为秋风所破歌》

八月秋高风怒号，卷我屋上三重茅。茅飞渡江洒江郊，高者挂罥长林梢，下者飘转沉塘坳。南村群童欺我老无力，忍能对面为盗贼。公然抱茅入竹去，唇焦口燥呼不得，归来倚仗自叹息。俄顷风定云墨色，秋天漠漠向昏黑。布衾多年冷似铁，娇儿恶卧踏里裂。床头屋漏无干处，雨脚如麻未断绝。自经丧乱少睡眠，长夜沾湿何由彻！安得广厦千万间，大庇天下寒士俱欢颜！风雨不动安如山。呜呼！何时眼前突兀见此屋，吾庐独破受冻死亦足！

【精读二 · 大历、贞元间诗】

穆陵关北逢人归渔阳

刘长卿 ①

逢君穆陵路，匹马向桑乾。② 楚国苍山古，幽州白日寒。城池百战后，耆旧几家残？③ 处处蓬蒿遍，归人掩泪看。④

【注释】

① 刘长卿（？—791），字文房，宣城（今属安徽）人，一作河间（今河北河间市）人。约天宝中登第，曾任监察御史、随州刺史等职。有《刘随州集》。穆陵关，在今湖北麻城市北。渔阳：即蓟州，又名幽州。天宝时，属范阳节度使，是安禄山起兵叛乱的根据地。② 桑乾：河名，即芦沟河，流经渔阳。③ 耆旧：年高望重者，这里指世家望族。④ 看：读 kān。

春陵行

元结 ①

癸卯岁，② 漫叟授道州刺史。道州旧四万余户，经贼已来，不满四千，大半不胜赋税。到官未五十日，承诸使征求符牒二百余封，皆曰："失其限者，罪至贬削。"於戏！若悉应其命，则州县破乱，刺史欲焉逃罪；若不应命，又即获罪戾，必不免也。吾将守官，静以安人，待罪而已。此州是春陵故地，故作《春陵行》以达下情。

军国多所需，切责在有司。③ 有司临郡县，刑法竞欲施。供给岂不忧？征敛又可悲。州小经乱亡，遗人实困疲。④ 大乡无十家，大族命单羸。⑤ 朝餐是草根，暮食是木皮。出言气欲绝，意速行步迟。追呼尚不忍，况乃鞭扑之！邮亭传急符，来往迹相追。⑥ 更无宽大恩，但有迫促期。欲令鬻儿女，言发恐乱随。悉使索其家，而又无生资。⑦ 听彼道路言，怨伤谁复知！"去冬山贼来，杀夺几无遗。所愿见王官，抚养以惠慈。奈何重驱逐，不使存活为？"安人天子命，符节我所持。⑧ 州县忽乱亡，得罪复是谁？逋缓违诏令，⑨ 蒙责固其宜。前贤重守分，恶以祸福移。亦云贵守官，不爱能适时。顾惟孱弱者，正直当不亏。何人采国风，吾欲献此辞。

【注释】

① 元结（719—772），字次山，自号漫叟，河南鲁山人。天宝十二载（753）进士。曾任道州（治所在今湖南道县）刺史等职。有《元次山集》。② 癸卯岁：即广德元年（763）。③ 有司：有所职掌，引申为有专职的官吏。这里指地方行政长官。

④ 遗人：战乱后遗留下来的人民。⑤ 单：单，人丁稀少。羸（léi）：弱。⑥ 急符：紧急的催征文书。迹相追：络绎不绝。⑦“欲令”四句：贫困的人民已无可搜刮，除非叫他们卖儿卖女，但此言一出，恐怕立刻就会引起变乱。生资：生活资料。⑧ 符节：古代将帅出征时皇帝颁发的兵符，这里代指责任。⑨ 逋缓：逋，豁免。缓，延缓。都是指催征租税而言。

寄李儋元锡

韦应物[①]

去年花里逢君别，今日花开又一年。世事茫茫难自料，春愁黯黯独成眠。身多疾病思田里，邑有流亡愧俸钱。[②] 闻道欲来相问讯，[③] 西楼望月几回圆。

【注释】

① 韦应物（约 732—约 789），京兆长安（今陕西西安）人。曾任苏州刺史等职，世称韦苏州。有《韦苏州集》。李儋、元锡是韦应物的好友。② 邑有流亡：安史之乱后，赋税沉重，人民不堪其苦，大量流亡外地。③ 问讯：探望。

囝

顾况[①]

囝，哀闽也[②]。

囝生闽方，闽吏得之，乃绝其阳。[③] 为臧为获[④]，致金满屋。为髡为钳[⑤]，如视草木。天道无知，我罹其毒。神道无知，彼受其福。郎罢别囝，吾悔生汝。及汝既生，人劝不举[⑥]。不从人言，果获是苦。囝别郎罢，心摧血下。隔地绝天，及至黄泉，不得在郎罢前。

【注释】

① 顾况（约 727—约 820），字逋翁，海盐（今浙江海盐）人，一说苏州人。至德

二载（757）进士。官著作郎。有《华阳集》。这首诗是《上古之什补亡训传》十三章中的一首。诗人自注："囝，音蹇。闽俗呼子为囝，父为郎罢。"② 闽：古代种族名，居住在今福建省一带。③ 绝：这里是阉割的意思。④ 臧、获：即奴隶。⑤ 髡、钳：刑罚的名称，奴隶身上的标志。髡：剃去头发。钳：有铁圈套在头上。⑥ 不举：把初生婴儿扼死。举：养育。

从军北征

李益①

天山雪后海风寒，横笛遍吹《行路难》。碛里征人三十万，②一时回首月中看。③

【注释】

① 李益（748—约 829），字君虞，陕西姑臧（今甘肃武威市）人。大历四年（769）进士。官至礼部尚书。"大历十才子"之一。《全唐诗》存其诗二卷。② 碛（qì）：沙漠。③ 看：读平声。

春夜闻笛

李益

寒山吹笛唤春归，迁客相看泪满衣。洞庭一夜无穷雁，不待天明尽北飞。

夜上受降城闻笛①

李益

回乐烽前沙似雪，②受降城下月如霜。③不知何处吹芦管，一夜征人尽望乡。

【注释】

① 受降城：唐代有三座受降城：中城在朔州，东城在胜州，西城在灵州。这里指的是西城。灵州治所在今宁夏灵武市。② 回乐烽：回乐县附近的烽火台，在今宁夏灵

武市西南。烽：一作“峰”。③ 城下：一作“城外”。

【泛读】

刘长卿《逢雪宿芙蓉山主人》

日暮苍山远，天寒白屋贫。柴门闻犬吠，风雪夜归人。

李嘉祐《自常州还江阴途中作》

处处空篱落，江村不忍看。无人花色惨，多雨鸟声寒。黄霸初临郡，陶潜未去官。乘春务征伐，谁肯问凋残。

韦应物《滁州西涧》

独怜幽草涧边生，上有黄鹂深树鸣。春潮带雨晚来急，野渡无人舟自横。

张继《枫桥夜泊》

月落乌啼霜满天，江枫渔火对愁眠。姑苏城外寒山寺，夜半钟声到客船。

韩翃《寒食即事》

春城无处不飞花，寒食东风御柳斜。日暮汉宫传蜡烛，轻烟散入五侯家。

刘方平《夜月》

更深月色半人家，北斗栏干南干斜。今夜偏知春气暖，虫声新透绿窗纱。

卢纶《塞下曲》

其一

林暗草惊风，将军夜引弓。平明寻白羽，没在石棱中。

其二

月黑雁飞高，单于夜遁逃。欲将轻骑逐，大雪满弓刀。

司空曙《峡口送友人》

峡口花飞欲尽春，天涯去住泪沾巾。来时万里同为客，今日翻成送故人。

司空曙《江村即事》

钓罢归来不系船，江村月落正堪眠。纵然一夜风吹去，只在芦花浅水边。

李益《喜见外弟又言别》

十年离乱后，长大一相逢。问姓惊初见，称名忆旧容。别来沧海事，语罢暮天钟。明日巴陵道，秋山又几重。

李益《江南曲》

嫁得瞿塘贾，朝朝误妾期。早知潮有信，嫁与弄潮儿。

【精读三·元和前后诗】

寒地百姓吟

孟郊①

无火炙地眠，②半夜皆立号。冷箭何处来，棘针风骚骚。霜吹破四壁，苦痛不可逃。高堂捶钟饮，到晓闻烹炮。③寒者愿为蛾，烧死彼华膏。④华膏隔仙罗，⑤虚绕千万遭。到头落地死，踏地为游遨。游遨者是谁？君子为郁陶！⑥

【注释】

①孟郊（751—814），字东野，湖州武康（今属浙江）人。贞元十二年（796）进

士。曾任溧阳尉等职。有《孟东野集》。该诗题下原注："为郑相。其年居河南，畿内百姓，大蒙矜恤。"郑相，即郑馀庆，永贞元年（805）以尚书左丞同平章事，元和元年（806）罢相，出为河南尹。当时，孟郊在郑馀庆幕下任水陆转运判官。② 谚语："烧地卧，炙地眠。"是说穷人没有炕，没有被子，冬天只能用柴火烘热地面，然后睡卧。③ 捶钟饮：形容贵族的豪华排场，所谓钟鸣鼎食。钟：古代乐器。炮：用泥涂裹带毛的肉放火中烤熟。此指烧烤。④ 华膏：华美的灯烛。膏：灯烛的油脂。⑤ 仙罗：指富贵人家室内所挂的丝质帷幔，在灯烛的映照下有如仙境般美妙。⑥ 郁陶（yáo）：悲愤郁结而无可奈何。

秋　怀

孟郊

秋月颜色冰，老客志气单。① 冷露滴梦破，峭风梳骨寒。席上印病文，肠中转愁盘。② 疑怀无所凭，虚听多无端。③ 梧桐枯峥嵘，声响如哀弹。④

【注释】

① 冰：读去声，寒冷。志气单：意气消沉。单：薄弱，孤怯。② 席上印病文：即"病印席上文"，意思是久卧病床，皮肤上嵌印着席上的花纹。肠中转愁盘：即愁肠百转。③ "疑怀"二句：是说因为精神空虚寂寞，常常无端地产生幻觉。④ 哀弹：悲哀的琴声。

山　石

韩愈 ①

山石荦确行径微，② 黄昏到寺蝙蝠飞。升堂坐阶新雨足，芭蕉叶大栀子肥。僧言古壁佛画好，以火来照所见稀。铺床拂席置羹饭，疏粝亦足饱我饥。③ 夜深静卧百虫绝，清月出岭光入扉。天明独去无道路，④ 出入高下穷烟霏。⑤ 山红涧碧纷烂漫，时见松枥皆十围。当流赤足蹋涧石，水声激激风生衣。人生如此自可乐，岂必局束为人鞿！⑥ 嗟哉吾党二三子，⑦ 安得至老不更归！⑧

【注释】

①韩愈（768—824），字退之，河阳（今河南孟县）人，郡望昌黎（今属河北），常自称昌黎韩愈，故世称韩昌黎。贞元八年（792）进士。官至吏部侍郎，谥号“文”，故后人又称他为韩吏部、韩文公。韩愈诗文皆擅，既是中唐险怪诗派的代表人物，又是中唐古文运动的领袖。其诗意境雄奇，笔力强劲，以文为诗，挥洒自如；其散文名列“唐宋八大家”之首，与柳宗元并称“韩柳”。有《昌黎先生集》。这是一首纪游诗，取首句“山石”二字标题。②荦（luò）确：石头堆积，险峻不平的样子。微：隐蔽，藏匿。这里指山路狭窄、芜漫难辨。③疏粝（lì）：粗糙的食物。粝：糙米。④无道路：辨不清道路。⑤穷：尽。烟霏：流动的云雾。⑥局束：即拘束。为人鞿（jī）：为别人所控制，不得自由。鞿：套在马口上的缰绳。⑦吾党二三子：我们志同道合的几个朋友。⑧安得：怎么能。不更归：更不归。归：辞官还乡。

谒衡岳遂宿岳寺题门楼①

韩愈

五岳祭秩皆三公②，四方环镇嵩当中。火维地荒足妖怪，天假神柄专其雄。③喷云泄雾藏半腹，虽有绝顶谁能穷。我来正逢秋雨节，阴气晦昧无清风。潜心默祷若有应，岂非正直能感通。须臾静扫众峰出，仰见突兀撑青空。紫盖连延接天柱，石廪腾掷堆祝融。④森然魄动下马拜，松柏一迳趋灵宫。⑤粉墙丹柱动光彩，鬼物图画填青红。升阶伛偻荐脯酒⑥，欲以菲薄明其衷。庙令老人识神意，睢盱侦伺能鞠躬。⑦手持杯珓导我掷⑧，云此最吉余难同。窜逐蛮荒幸不死，衣食才足甘长终。侯王将相望久绝，神纵欲福难为功。夜投佛寺上高阁，星月掩映云朣胧。⑨猿鸣钟动不知曙，杲杲寒日生于东。⑩

【注释】

①贞元十九年（803），时任监察御史的韩愈因上书言事贬为阳山（今广东阳山）令，永贞元年（805）遇赦北归。诗作于北归途中。衡岳即衡山。②祭秩：祭礼的等

级。周以太师、太傅、太保为三公，后泛指朝廷最高官位。祭秩皆三公，意思是祭祀五岳比照祭祀三公的礼仪。③ 火维：南方。按五行的分布，南方属火。维：方，隅。足：多。假：授予。柄：权力。④ 紫盖、天柱、石廪、祝融：皆衡山著名的山峰。⑤ 灵宫：指衡岳庙。⑥ 伛偻（yǔ lǚ）：弯腰。荐：进献。脯（fǔ）：干肉。⑦ 庙令老人：掌管神庙的老人。唐时，五岳四渎（江、淮、河、汉）庙各设庙令一人，正九品上，掌祭祀及判祠事。睢盱（suī xū）：瞪眼看着。侦伺：观察。能鞠躬：惯于鞠躬。⑧ 杯珓（jiào）：占卜用的工具。导我掷：占卜时杯珓应由卜者自掷，故云。⑨ 朣胧：光线隐约的样子。⑩ 杲杲（gǎo）：光明的样子。

南涧中题

柳宗元①

秋气集南涧，独游亭午时。② 回风一萧瑟，林影久参差。始至若有得，稍深遂忘疲。羁禽响幽谷，寒藻舞沦漪。③ 去国魂已游④，怀人泪空垂。孤生易为感，失路少所宜。⑤ 索寞竟何事，徘徊只自知。谁为后来者，当与此心期。⑥

【注释】

① 柳宗元（773—819），字子厚，河东（今山西永济市）人。贞元九年（793）进士，又中博学宏词科。官至礼部员外郎。因参加王叔文革新，贬为永州司马，调柳州刺史。世称柳柳州或柳河东。有《柳河东集》。南涧，在永州。② 亭午：中午。③ 羁禽：诗人身处羁绊之中，以我观物，故称禽为羁禽。沦漪：微风吹动，水面泛起的波纹。④ 去国：贬谪离京。魂已游：精神恍惚。⑤ 孤生：孤独的生涯。失路：政治上失意。少所宜：动辄得咎。⑥“谁为”两句：意谓假若以后有人处于同样境遇，当能理解我此时的心情。期：契合。

织妇词

元稹①

织妇何太忙，蚕经三卧行欲老。② 蚕神女圣早成丝，③ 今年丝税抽征早。早征非是官人恶，去岁官家事戎索。④征人战苦束刀疮，主将勋高换罗幕。缫丝织帛犹努力，变缉撩机苦难织。⑤东家头白双女儿，为解挑纹嫁不得。⑥檐前袅袅游丝上，上有蜘蛛巧来往。羡他虫豸解缘天⑦，能向虚空织罗网。

【注释】

①元稹（779—831），字微之，河南（今河南洛阳）人。贞元九年（793）明经及第，又登才识兼茂明于体用科，名列第一。长庆二年（822）官至宰相。有《元氏长庆集》。②三卧：即三眠。蚕蜕皮时，不食不动，像睡眠一样。经过四次睡眠即吐丝作茧。③蚕神女圣：传说黄帝的妃子嫘祖是第一个发明养蚕取丝的人，民间奉为蚕神。④官家：皇帝。戎索：战争。这里指元和年间朝廷打击地方割据势力的战争。⑤缫（sāo）丝：抽茧出丝。变缉撩机：变动丝缕，在织品上挑出花纹。⑥诗人自注："予掾荆（任江陵士曹参军）时，目击贡绫户有终老不嫁之女。"⑦豸（zhì）：虫。缘天：在天空中往来走动。

轻　肥

白居易①

意气骄满路，鞍马光照尘。借问何为者，人称是内臣。②朱绂皆大夫，紫绶悉将军。③夸赴军中宴，走马去如云。樽罍溢九酝，④水陆罗八珍。⑤果擘洞庭橘，⑥脍切天池鳞⑦。食饱心自若⑧，酒酣气益振。是岁江南旱，衢州人食人！

【注释】

①白居易（772—846），字乐天，晚号香山居士，原籍太原，后迁居下邽（今陕西渭南市）。贞元十五年（799）进士。官至刑部尚书。世称白香山。有《白氏长庆集》。本篇为《秦中吟》十首之一。轻肥：轻裘肥马，指豪华生活。诗题一作《江南旱》。②内臣：宦官。③绂（fú）、绶（shòu）：系官印的丝带，官阶高的用红色和紫色。④樽罍（léi）：盛酒的器皿。九酝：泛指美酒。⑤"水陆"句：摆满了水里和陆

地所产的各种珍贵美食。⑥擘（bāi）：同“掰”，用手将东西分开。洞庭橘：指江苏太湖洞庭山所产的名贵柑橘。⑦鲙（kuài）：通“脍”。细切的鱼肉。天池：海的别名。鳞：鱼。⑧心自若：心里坦然自得。

金铜仙人辞汉歌（并序）

李贺①

魏明帝青龙元年八月，②诏宫官牵车西取汉武帝捧露盘仙人，欲立置前殿。宫官既拆盘，仙人临载乃潸然泪下。唐诸王孙李长吉遂作《金铜仙人辞汉歌》。③

茂陵刘郎秋风客，④夜闻马嘶晓无迹。画栏桂树悬秋香，三十六宫土花碧。⑤魏宫牵车指千里，东关酸风射眸子。⑥空将汉月出宫门，忆君清泪如铅水。⑦衰兰送客咸阳道，天若有情天亦老。携盘独出月荒凉，渭城已远波声小。⑧

【注释】

①李贺（790—816），字长吉，昌谷（今河南宜阳县）人。唐皇室远支。因避家讳不得参加进士科考试。曾官奉礼郎。年少失意，郁郁而死。其诗注重表现内心的情绪、感觉，想象奇异荒诞，常用华美艳丽之词描写幽寂衰残的境界。有《李长吉歌诗》。据朱自清《李贺年谱》推测，《金铜仙人辞汉歌》约作于元和八年（813），其时李贺因病辞去奉礼郎，离京赴洛，“百感交集，故作非非想，寄其悲于金铜仙人耳”。金铜仙人：即汉建章宫内铜柱，汉武帝所立，高二十丈，上置铜盘，名仙人掌，以承天露。武帝好神仙，每天取露水和玉屑服食，求长生不老。②青龙：魏明帝曹叡的年号。据《魏略》记载，折移铜人事当在景初元年（237，即青龙五年）。③唐诸王孙：李贺是唐宗室郑王李亮（高祖李渊之叔）的后代。④茂陵：汉武帝的陵墓，在今陕西省兴平市东北。刘郎：指汉武帝刘彻。秋风客：秋风中的过客，刘彻曾作《秋风辞》，故称。⑤画栏：绘有花纹图案的栏杆。秋香：指桂花。三十六宫：汉代长安有宫殿三十六所。土花：苔藓。⑥东关：长安东门。酸风：刺眼的冷风。⑦君：指汉武帝。⑧渭城：秦都咸阳，汉改为渭城县，在长安之北，渭水流经于此。

【泛读】

孟郊《游子吟》

慈母手中线，游子身上衣。临行密密缝，意恐迟迟归。谁言寸草心，报得三春晖。

韩愈《早春呈水部张十八员外》

天街小雨润如酥，草色遥看近却无。最是一年春好处，绝胜烟柳满皇都。

韩愈《雉带箭》

原头火烧静兀兀，野雉畏鹰出复没。将军欲以巧伏人，盘马弯弓惜不发。地形渐窄观者多，雉惊弓满劲箭加。冲人决起百余尺，红翎白镞随倾斜。将军仰笑军吏贺，五色离披马前堕。

韩愈《左迁至蓝关示侄孙湘》

一封朝奏九重天，夕贬潮州路八千。欲为圣明除弊事，肯将衰朽惜残年！云横秦岭家何在？雪拥蓝关马不前。知汝远来应有意，好收吾骨瘴江边。

柳宗元《江雪》

千山鸟飞绝，万径人踪灭。孤舟蓑笠翁，独钓寒江雪。

柳宗元《渔翁》

渔翁夜傍西岩宿，晓汲清湘燃楚竹。烟销日出不见人，欸乃一声山水绿。回看天际下中流，岩上无心云相逐。

刘禹锡《酬乐天扬州初逢席上见赠》

巴山楚水凄凉地，二十三年弃置身。怀旧空吟闻笛赋，到乡翻似烂柯人。沉舟侧畔千帆过，病树前头万木春。今日听君歌一曲，暂凭杯酒长精神。

刘禹锡《秋词》

自古逢秋悲寂寥，我言秋日胜春朝。晴空一鹤排云上，便引诗情到碧霄。

刘禹锡《石头城》

山围故国周遭在，潮打空城寂寞回。淮水东边旧时月，夜深还过女墙来。

刘禹锡《竹枝词》

杨柳青青江水平，闻郎江上唱歌声。东边日出西边雨，道是无晴还有晴。

刘禹锡《乌衣巷》

朱雀桥边野草花，乌衣巷口夕阳斜。旧时王谢堂前燕，飞入寻常百姓家。

刘禹锡《望洞庭》

湖光秋月两相和，潭面无风镜未磨。遥望洞庭山水色，白银盘里一青螺。

刘禹锡《浪淘沙》

九曲黄河万里沙，浪淘风簸自天涯。如今直上银河去，同到牵牛织女家。

王建《水夫谣》

苦哉生长当驿边，官家使我牵驿船。辛苦日多乐日少，水宿沙行如海鸟。逆风上水万斛重，前驿迢迢后淼淼。半夜缘堤雪和雨，受他驱遣还复去。夜寒衣湿披短蓑，臆穿足裂忍痛何！到明辛苦无处说，齐声腾踏牵船歌。一间茅屋何所值，父母之乡去不得。我愿此水作平田，长使水夫不怨天。

王建《羽林行》

长安恶少出名字，楼下劫商楼上醉。天明下直明光宫，散入五陵松柏中。百回杀人身合死，赦书尚有收城功。九衢一日消息定，乡吏籍中重改姓。出来依旧属羽林，立在殿前射飞禽。

张籍《野老歌》

老农家贫在山住，耕种山田三四亩。苗疏税多不得食，输入官仓化为土。岁暮锄犁傍空室，呼儿登山收橡实。西江贾客珠百斛，船中养犬长食肉。

元稹《遣悲怀三首》其一

昔日戏言身后意，今朝都到眼前来。衣裳已施行看尽，针线犹存未忍开。尚想旧情怜婢仆，也曾因梦送钱财。诚知此恨人人有，贫贱夫妻百事哀。

元稹《离思五首》其一

曾经沧海难为水，除却巫山不是云。取次花丛懒回顾，半缘修道半缘君。

白居易《赋得古原草送别》

离离原上草，一岁一枯荣。野火烧不尽，春风吹又生。远芳侵古道，晴翠接荒城。又送王孙去，萋萋满别情。

白居易《问刘十九》

绿蚁新醅酒，红泥小火炉。晚来天欲雪，能饮一杯无？

白居易《钱塘湖春行》

孤山寺北贾亭西，水面初平云脚低。几处早莺争暖树，谁家新燕啄春泥。乱花渐欲迷人眼，浅草才能没马蹄。最爱湖东行不足，绿杨阴里白沙堤。

白居易《望月有感》（并序）

自河南经乱，关内阻饥，兄弟离散，各在一处。因望月有感，聊书所怀，寄上浮梁大兄、於潜七兄、乌江十五兄，兼示符离及下邽弟妹。

时难年荒世业空，弟兄羁旅各西东。田园寥落干戈后，骨肉流离道路中。吊影分为千里雁，辞根散作九秋蓬。共看明月应垂泪，一夜乡心五处同。

白居易《观刈麦》

田家少闲月，五月人倍忙。夜来南风起，小麦覆陇黄。妇姑荷箪食，童稚携壶浆。相随饷田去，丁壮在南冈。足蒸暑土气，背灼炎天光。力尽不知热，但惜夏日长。复有贫妇人，抱子在其旁，右手秉遗穗，左臂悬敝筐。听其相顾言，闻者为悲伤。家田输税尽，拾此充饥肠。今我何功德，曾不事农桑。吏禄三百石，岁晏有余粮。念此私自愧，尽日不能忘。

白居易《卖炭翁》

卖炭翁，伐薪烧炭南山中。满面尘灰烟火色，两鬓苍苍十指黑。卖炭得钱何所营？身上衣裳口中食。可怜身上衣正单，心忧炭贱愿天寒。夜来城外一尺雪，晓驾炭车碾冰辙。牛困人饥日已高，市南门外泥中歇。翩翩两骑来是谁？黄衣使者白衫儿。手把文书口称敕，回车叱牛牵向北。一车炭，千余斤，宫使驱将惜不得。半匹红绡一丈绫，系向牛头充炭直。

白居易《琵琶行》（并序）

元和十年，予左迁九江郡司马。明年秋，送客湓浦口，闻舟中夜弹琵琶者。听其音，铮铮然有京都声。问其人，本长安倡女，尝学琵琶于穆、曹二善才。年长色衰，委身为贾人妇。遂命酒，使快弹数曲。曲罢悯然，自叙少小时欢乐事，今漂沦憔悴，转徙于江湖间。予出官二年，恬然自安，感斯人言，是夕始觉有迁谪意。因为长句，歌以赠之，凡六百一十六言，命曰《琵琶行》。

浔阳江头夜送客，枫叶荻花秋瑟瑟。主人下马客在船，举酒欲饮无管弦。醉不成欢惨将别，别时茫茫江浸月。忽闻水上琵琶声，主人忘归客不发。寻声暗问弹者谁？琵琶声停欲语迟。移船相近邀相见，添酒回灯重开宴。千呼万唤始出来，犹抱琵琶半遮面。转轴拨弦三两声，未成曲调先有情。弦弦掩抑声声思，似诉平生不得志。低眉信手续续弹，说尽心中无限事。轻拢慢捻抹复挑，初为《霓裳》后《六幺》。大弦嘈嘈如急雨，小弦切切如私语。嘈嘈切切错杂弹，大珠小珠落玉盘。间关莺语花底滑，幽咽泉流冰下难。冰泉冷涩弦凝绝，凝绝不通声暂歇。别有幽愁暗恨生，此时无声胜有声。银瓶乍破水浆迸，铁骑突出刀枪鸣。曲终收拨当心画，四弦一声如裂帛。东舟西舫悄无言，唯见江心秋月白。沉吟放拨插弦中，整顿衣裳起敛容。自言本是京城女，家在虾蟆陵下住。十三学得琵琶成，名属教坊第一部。曲罢曾教善才服，妆成每被秋娘妒。五陵年少争缠头，一曲红绡不知数。钿头银篦击节碎，血色罗裙翻酒污。今年欢笑复明年，秋月春风等闲度。弟走从军阿姨死，暮去朝来颜色故。门前冷落鞍马稀，老大嫁作商人妇。商人重利轻别离，前月浮梁买茶去。去来江口守空船，绕船月明江水寒。夜深忽梦少年事，梦啼妆泪红阑干。我闻琵琶已叹息，又闻此语重唧唧。同是天涯沦落人，相逢何必曾相识！我从去年辞帝京，谪居卧病浔阳城。浔阳地僻无音乐，终岁不闻丝竹声。住近湓江地低湿，黄芦苦竹绕宅生。其间旦暮闻何物？杜鹃啼血猿哀鸣。春江花朝秋月夜，往往取酒还独倾。岂无山歌与村笛，呕哑嘲哳难为听。今夜闻君琵琶语，如听仙乐耳暂明。莫辞更坐弹一曲，为君翻作《琵琶行》。感我此言良久立，却坐促弦弦转急。凄凄不似向前声，满座重闻皆掩泣。座中泣下谁最多？江州司马青衫湿。

李贺《雁门太守行》

黑云压城城欲摧，甲光向日金鳞开。角声满天秋色里，塞上燕脂凝夜紫。半卷红旗临易水，霜重鼓寒声不起。报君黄金台上意，提携玉龙为君死。

李贺《李凭箜篌引》

吴丝蜀桐张高秋，空山凝云颓不流。江娥啼竹素女愁，李凭中国弹箜篌。昆山玉碎凤凰叫，芙蓉泣露香兰笑。十二门前融冷光，二十三丝动紫皇。女娲炼石补天处，石破天惊逗秋雨。梦入神山教神妪，老鱼跳波瘦蛟舞。吴质不眠倚桂树，露脚斜飞湿寒兔。

李贺《天上谣》

天河夜转漂回星，银浦流云学水声。玉宫桂树花未落，仙妾采香垂佩缨。秦妃卷帘北窗晓，窗前植桐青凤小。王子吹笙鹅管长，呼龙耕烟种瑶草。粉霞红绶藕丝裙，青洲步拾兰苕春。东指羲和能走马，海尘新生石山下。

贾岛《寻隐者不遇》

松下问童子，言师采药去。只在此山中，云深不知处。

贾岛《题李凝幽居》

闲居少邻并，草径入荒园。鸟宿池边树，僧敲月下门。过桥分野色，移石动云根。暂去还来此，幽期不负言。

刘皂《旅次朔方》

客舍并州数十霜，归心日夜忆咸阳。无端又渡桑乾水，却望并州是故乡。

【精读四·晚唐诗】

闻庆州赵纵使君与党项战中箭而死辄书长句

杜牧 ①

将军独乘铁骢马，榆溪战中金仆姑。② 死绥却是古来有，骁将自惊今日无。③ 青史文章争点笔，朱门歌舞笑捐躯。谁知我亦轻生者，不得君王丈二殳。④

【注释】

①杜牧（803—852），字牧之，京兆万年（今陕西西安）人。宰相杜佑之孙。太和二年（828）进士。官终中书舍人。杜牧以济世之才自负，可是生逢末世，怀才不遇，不免寄情声色，放浪形骸。其诗多怀古伤今，感慨时事，骨气豪宕，雄姿英发，在晚唐诗坛独树一帜。后人称其为“小杜”，与杜甫（老杜）相区别。又与李商隐齐名，并称“小李杜”。有《樊川集》。党项：西羌种族名，当时聚居庆州（今甘肃省庆阳市），原已归附唐王朝。文宗大和、开成年间，藩镇贪暴勒索，造成变乱。此后经常侵扰边地，战争不断。赵纵生平不详，诗题称之为使君，知是庆州刺史。②榆溪：即榆林塞，在今内蒙古自治区鄂尔多斯境内黄河北岸。中：读去声。金仆姑：箭。③死绥：军败战死。骁将：勇将。④殳（shū）：古兵器名，长一丈二。

登乐游原①

杜牧

长空澹澹孤鸟没，②万古销沉向此中。③看取汉家何事业，五陵无树起秋风。④

【注释】

①乐游原：在今西安市南，唐时为游览胜地，居京城最高处，地势高敞，可以眺望全城和周围汉朝的陵墓。②澹澹：广漠。③销沉：消逝。④五陵：指西汉高祖、惠帝、景帝、武帝、昭帝的陵园。

安定城楼

李商隐①

迢递高城百尺楼②，绿杨枝外尽汀洲。贾生年少虚垂涕，王粲春来更远游。③永忆江湖归白发，欲回天地入扁舟。④不知腐鼠成滋味，猜意鹓雏竟未休。⑤

【注释】

①李商隐（813—858），字义山，号玉溪生，怀州河内（今河南省沁阳）人。开

成二年（837）进士，授秘书省校书郎，补弘农尉。因卷入牛、李党争，一生困顿失意。有《李义山诗集》。诗作于开成三年（838），李商隐试博学宏词落选，客游泾州（今甘肃泾川），寄居岳父泾原节度使王茂元幕中。唐泾州又称安定郡，安定城楼即泾州城楼。② 迢递：高峻的样子。③ 贾生：即贾谊。汉文帝六年（前174）贾谊上疏陈时事云："臣窃惟今之事势，可为痛苦者一，可为流涕者二，可为长太息者六。"忧时念国，而无可奈何，故云"虚垂涕"。王粲：建安七子之一，东汉末，北方大乱，至荆州投奔刘表，曾登上当阳（今属湖北）城楼，作《登楼赋》。诗人以贾生、王粲自比。④"永忆"两句，暗用范蠡功成不居、泛舟五湖的典故，表明自己的志向。⑤ 鹓（yuān）雏：凤一类的神鸟。《庄子·秋水》：惠子相梁，庄子往见之。或谓惠子曰："庄子来，欲代子相。"于是惠子恐，搜于国中，三日三夜。庄子往见之，曰："南方有鸟，其名为鹓雏，子知之乎？夫鹓雏发于南海，而飞于北海，非梧桐不止，非练实不食，非醴泉不饮。于是鸱得腐鼠，鹓雏过之，仰而视之曰：'吓！'今子欲以子之梁国吓我耶？"

无　题①

李商隐

来是空言去绝踪，月斜楼上五更钟。梦为远别啼难唤，书被催成墨未浓。② 蜡照半笼金翡翠，③ 麝熏微度绣芙蓉。④ 刘郎已恨蓬山远，⑤ 更隔蓬山一万重。

【注释】

① 无题：古代诗歌的一种标题方式，多用于主旨不便明言的诗歌。② 墨未浓：墨汁未来得及研浓。③ 笼：笼罩。金翡翠：绘有金色翡翠鸟的屏风。一说：绣有金色翡翠鸟的被子。④ 麝熏：麝香的香气。微度：微微穿过。绣芙蓉：绣着芙蓉花的帐子。⑤ 刘郎：指汉武帝。汉武帝曾派人寻找海外仙山，求觅不死之药。蓬山：蓬莱山，神话中的海上仙山。

【泛读】

李德裕《登崖州城作》

独上高楼望帝京，鸟飞犹是半年程。青山似欲留人住，百匝千遭绕郡城。

朱庆馀《闺意献张水部》

洞房昨夜停红烛，待晓堂前拜舅姑。妆罢低声问夫婿：画眉深浅入时无？

张祜《宫词》

故国三千里，深宫二十年。一声《何满子》，双泪落君前。

杜牧《赤壁》

折戟沉沙铁未销，自将磨洗认前朝。东风不与周郎便，铜雀春深锁二乔。

杜牧《泊秦淮》

烟笼寒水月笼沙，夜泊秦淮近酒家。商女不知亡国恨，隔江犹唱《后庭花》。

杜牧《江南春》

千里莺啼绿映红，水村山郭酒旗风。南朝四百八十寺，多少楼台烟雨中。

杜牧《过华清宫绝句》

长安回望绣成堆，山顶千门次第开。一骑红尘妃子笑，无人知是荔枝来。

杜牧《金谷园》

繁华事散逐香尘，流水无情草自春。日暮东风怨啼鸟，落花犹似坠楼人。

杜牧《山行》

远上寒山石径斜，白云深处有人家。停车坐爱枫林晚，霜叶红于二月花。

杜牧《清明》

清明时节雨纷纷，路上行人欲断魂。借问酒家何处有，牧童遥指杏花村。

杜牧《秋夕》

银烛秋光冷画屏，轻罗小扇扑流萤。天阶夜色凉如水，卧看牵牛织女星。

杜牧《寄扬州韩绰判官》

青山隐隐水迢迢，秋尽江南草木凋。二十四桥明月夜，玉人何处教吹箫？

杜牧《早雁》

金河秋半虏弦开，云外惊飞四散哀。仙掌月明孤影过，长门灯暗数声来。须知胡骑纷纷在，岂逐春风一一回。莫厌潇湘少人处，水多菰米岸莓苔。

许浑《咸阳城西楼晚眺》

一上高楼万里愁，蒹葭杨柳似汀洲。溪云初起日沉阁，山雨欲来风满楼。鸟下绿芜秦苑夕，蝉鸣黄叶汉宫秋。行人莫问当年事，故国东来渭水流。

李商隐《乐游原》

向晚意不适，驱车登古原。夕阳无限好，只是近黄昏。

李商隐《夜雨寄北》

君问归期未有期，巴山夜雨涨秋池。何当共剪西窗烛，却话巴山夜雨时。

李商隐《宿骆氏亭寄怀崔雍崔衮》

竹坞无尘水槛清，相思迢递隔重城。秋阴不散霜飞晚，留得枯荷听雨声。

李商隐《贾生》

宣室求贤访逐臣，贾生才调更无伦。可怜夜半虚前席，不问苍生问鬼神。

李商隐《嫦娥》

云母屏风烛影深，长河渐落晓星沉。嫦娥应悔偷灵药，碧海青天夜夜心。

李商隐《无题》

相见时难别亦难，东风无力百花残。春蚕到死丝方尽，蜡炬成灰泪始干。晓镜但愁云鬓改，夜吟应觉月光寒。蓬山此去无多路，青鸟殷勤为探看。

李商隐《无题》

昨夜星辰昨夜风，画楼西畔桂堂东。身无彩凤双飞翼，心有灵犀一点通。隔座送钩春酒暖，分曹射覆蜡灯红。嗟余听鼓应官去，走马兰台类转蓬。

李商隐《锦瑟》

锦瑟无端五十弦，一弦一柱思华年。庄生晓梦迷蝴蝶，望帝春心托杜鹃。沧海月明珠有泪，蓝田日暖玉生烟。此情可待成追忆，只是当时已惘然。

赵嘏《江楼感旧》

独上江楼思渺然，月光如水水如天。同来望月人何处？风景依稀似去年。

温庭筠《商山早行》

晨起动征铎，客行悲故乡。鸡声茅店月，人迹板桥霜。槲叶落山路，枳花明驿墙。

因思杜陵梦，凫燕满回塘。

雍陶《送蜀客》

剑南风景腊前春，山鸟江风得雨新。莫怪送君行较远，自缘身是忆归人。

曹邺《官仓鼠》

官仓老鼠大如斗，见人开仓亦不走。健儿无粮百姓饥，谁遣朝朝入君口！

聂夷中《咏田家》

父耕原上田，子劚山下荒。六月禾未秀，官家已修仓。二月卖新丝，五月粜新谷。医得眼前疮，剜却心头肉。我愿君王心，化作光明烛。不照绮罗筵，只照逃亡屋。

李昌符《秋晚归故居》

马省曾行处，连嘶渡晚河。忽惊乡树出，渐识路人多。细径穿禾黍，颓垣压薜萝。乍归犹似客，邻叟亦相过。

皮日休《橡媪叹》

秋深橡子熟，散落榛芜冈。伛伛黄发媪，拾之践晨霜。移时始盈掬，尽日方满筐。几曝复几蒸，用作三冬粮。山前有熟稻，紫穗袭人香。细获又精舂，粒粒如玉珰。持之纳于官，私室无仓箱。如何一石余，只作五斗量！狡吏不畏刑，贪官不避赃。农时作私债，农毕归官仓。自冬及于春，橡实诳饥肠。吾闻田成子，诈仁犹自王。吁嗟逢橡媪，不觉泪沾裳。

陆龟蒙《自遣诗》

五年重到旧山村，树有交柯犊有孙。更喜下峰颜色好，晓云才散便当门。

曹松《己亥岁》

泽国江山入战图，生民何计乐樵苏。凭君莫话封侯事，一将功成万骨枯。

秦韬玉《贫女》

蓬门未识绮罗香，拟托良媒益自伤。谁爱风流高格调？共怜时世俭梳妆。敢将十指夸纤巧，懒把双眉斗画长。苦恨年年压金线，为他人作嫁衣裳。

杜荀鹤《春宫怨》

早被婵娟误，欲妆临镜慵。承恩不在貌，教妾若为容？风暖鸟声碎，日高花影重。年年越溪女，相忆采芙蓉。

【延伸阅读】

1. 葛晓音:《杜甫诗选评》，上海古籍出版社，2002。
2. 刘逸生:《唐诗小札》，中国青年出版社，2011。
3. 王运熙等:《唐代五大文豪》，上海古籍出版社，1996。
4. 刘学锴、余恕诚:《李商隐诗选》，人民文学出版社，1986。
5. 葛兆光、戴燕:《晚唐风韵：杜牧与李商隐》，江苏古籍出版社，1991。
6. 霍松龄:《唐诗鉴赏举隅》，中国青年出版社，2011。

第九章　从娱宾遣兴到自我抒发：唐宋词

【导读】

词是中国文学中独具特色的一种文学样式，是隋、唐以来与新兴音乐燕乐相结合而形成的一种新诗体。当时一般称“曲”、“曲子”或“曲子词”，后来才称词，别称“乐府”、“诗余”、“长短句”。词虽是广义的诗，却又有异于诗，可谓“诗庄词媚”，它有着自身的独立性和本质特征。王国维《人间词话》曰：“词之为体，要眇宜修，能言诗之所不能言，不能尽言诗之所能言，诗之境阔，词之言长。”正道出了词与诗之别。缪钺《诗词散论·论词》高度概括词之特征为四端：一曰其文小，二曰其质轻，三曰其径狭，四曰其境隐。的确，词是最为幽微深隐精美的一种文体，它起源于隋、唐之际，历晚唐、五代日趋成熟定型，至两宋繁荣鼎盛，元、明两代近于衰微，清代再度中兴，逮至近代，余音袅袅。

词最初源自于民间，敦煌写本《云谣集》是我国现存最早的一部民间词选集。中唐以后文人习作渐多，晚唐、五代发展成熟，出现了“花间”、“南唐”两大词派，产生了温庭筠、韦庄、冯延巳、李煜等一批大家名家。

五代后蜀赵崇祚编选的《花间集》堪称我国现存第一部文人词集。欧阳炯《〈花间集〉序》云：“则有绮筵公子，绣幌佳人，递叶叶之花笺，文抽丽锦；举纤纤之玉指，拍按香檀。不无清绝之词，用助娇娆之态。”可见，早期文人词多是文士写作，歌伎演唱，旨在娱宾遣兴的香艳歌词。自此，词体文学这一新兴的文学样式便以长短句的形式、相思别离的内容、婉约妩媚的格调作为正统被规范成型，占据了词坛的主导地位。

晚唐温庭筠（字飞卿）是词史上第一座里程碑，他的词是文人词成熟的标志，被后世誉为《花间》之鼻祖。飞卿词题材多为闺阁绮怨，风格秾艳香软，意象精美华丽，情致欲露不露，富有暗示性想象性，犹如花间之美人、画屏之鹧鸪，精妙绝人，奠定了“词为艳科”的基调。《菩萨蛮》十四首为飞卿词代表作，第一首“小山重叠金明灭”写女子懒起梳妆的过程，并以“新帖绣罗襦，双双金鹧鸪”的衣饰之美、鹧鸪成双，暗兴如花女子膏沐谁容的哀感。次首“水精帘里颇黎枕”以“江上柳如烟，雁飞残月天”的凄清迷梦，透露闺阁女子悠悠怀人之思。“玉楼明月长相忆”则以“长相忆”与“残梦迷”的交错映衬抒写痴情女子难遣的相思与无奈。

南唐后主李煜，其词前期不出“花间”题材，后期则写其亡国的愁苦、悔恨及绝望，全然脱去了脂腻粉香，任情任性任真，直率直切直抒，如《虞美人》(春花秋月)、《相见欢》(林花谢了)，那愁、那恨皆如“一江春水”汩汩而出、滔滔不尽，却是“粗服乱头，不掩国色”(周济语)，震撼“天上人间”，芸芸众生，极富感染力。词从娱宾遣兴的工具到士大夫寄意抒情手段的转变由李煜始。

晚唐五代词尽管历时并不算长，作品也不算多，但对此后三百余年的宋词发展产生了深远的影响。一部《花间集》几乎成了宋代词人必读的“教科书”，而南唐词则对后世的文人雅词影响甚巨。

词体文学发展到宋代取得了辉煌璀璨的成就，宋词因此而成为一代文学之代表。

北宋初期，词仍被视为艳科小道，晏殊、欧阳修、张先、晏几道等人的小令以及柳永的长调慢词最为杰出。晏、欧词主要承续了南唐词之遗风，大晏词好似“梨花院落溶溶月，柳絮池塘淡淡风”，缠绵伤感又雍容闲雅，小晏词婉若“落花人独立，微雨燕双飞”，淡语皆有味，浅语皆有致，颇为动摇人心。欧词则“寸寸柔肠，盈盈粉泪”与“文章太守，挥毫万字”并兼，深婉柔媚与疏隽沉着同风致。真正给宋词带来新变的是柳永的慢词创作，他扩充了词的容量，擅长铺叙白描，不避俚俗，将花间绣屏中的深闺女子一变而为秦楼楚馆的歌儿舞女，男女艳情与羁旅行愁相交融，都市风光与尘世生活相杂糅，雅俗共赏，流播四方，“凡有井水处，即能歌柳词”（叶梦得《避暑录话》）。如《八声甘州》（对潇潇暮雨）便是其羁旅闺情词中雅俗共赏的杰作，苏轼赞赏云：“世言柳耆卿曲俗，非也。如《八声甘州》云：‘霜风凄紧，关河冷落，残照当楼。’此语于诗句不减唐人高处。”（赵令畤《侯鲭录》）要之，柳永创造性的艺术实践，为宋代长调慢词的发展开辟了道路，功莫大焉。北宋中叶，苏轼词“一洗绮罗香泽之态，摆脱绸缪婉转之度，使人登高望远，举首高歌，而逸怀浩气超然乎尘垢之外”（胡寅《题酒边词》），由此开创了以词来全力抒发作家主观情性的新格局。其作题材宽广，风格多样，如《永遇乐》（明月如霜）以清幽之夜景与迷离之梦境交织，似真似幻，并由此将古今盛衰之情事提升至普遍的人生大梦之浩叹，思路超宕，笔法则韶秀清雅。东坡词的豪放之作数量并不多，却以此震惊词坛，“天风海雨逼人”（陆游语），突破了“词为艳科”的藩篱，在改革词风、拓展词境、提升词品上都具有划时代的意义。以东坡为代表的北宋中期词坛乃北宋词的鼎盛时期，如黄庭坚词之山石荦确、秦观词之丝雨凄迷、贺铸词之梅子风絮，以及晁补之、张耒、陈师道、毛滂等，名家如林，五彩纷呈。北宋末期，“词至美成，乃有大宗”（陈廷焯《白雨斋词话》），周邦彦（字美成）成为承前启后之大家，雅词之典范。他“结北开南”，前集婉约词艺术之大成，后启南宋雅词一派。“顾曲周郎”作词十分讲究法度音律，注重精雕细刻，言情体物穷极工巧，审音协律格调精严，浑厚和雅又富艳精工。如《兰陵王·柳》，以柳托兴，伤离恨别，无非一个一咏再咏的古老主题，但美成写来感情之深细、章法之变幻、笔力之劲健、音律之考究，在宋人中鲜有其匹。

公元1126年发生的“靖康之变”，不仅改变了国家的命运，词坛的面貌也为之改观。

南宋初期，词人大多由北入南，代表作家有叶梦得、朱敦儒、李清照、张元幹等。南渡词人在北宋末年多写婉丽之作，南渡后一变而为慷慨悲凉，其中出类拔萃者当推女词人李清照，其词大胆地抒写“帘卷西风，人比黄花瘦”的闺阁轻愁以及“只恐双溪舴艋舟，载不动、许多愁”的家国哀愁，清新雅洁，明白如话，尤其善于从口语中提炼明净而富有表现力的语言，“以寻常语度入音乐”，形成独具特色的“易安体”。如《永遇乐》（落日熔金）以“元宵佳节”今与昔的强烈对比，吟咏历经丧乱后的忧惧和凄伤，用语寻常却又工致清新，细节日常却显沧桑盛衰。南宋中后期，以辛弃疾为代表的辛派词人登上词坛，前有陆游、陈亮、刘过等，后有戴复古、刘克庄、刘辰翁等，他们的词作语壮声宏，悲歌高亢，反映了时代的心声。辛弃疾乃“一世之豪，以气节自负，以功业自许”（范开《稼轩词序》），其词纵横卓绝，刚柔兼济，悲愤交加，如《水龙吟·登建康赏心亭》抒写英雄报国无门、壮志难伸的忧愤，雄劲悲壮中寓风流沉郁。刘克庄曰：“公所作大声镗鞳（tāng dā），小声铿訇（kēng hōng），横绝六合，扫空万古，自有苍生所未见。其秾丽绵密处，亦不在小晏、秦郎之下。”（刘克庄《后村诗话》）可谓定评。要之，稼轩词在东坡词的基础上进一步扩展了题材和词境，真正做到了无意不可入、无事不可言，无论在词的数量还是质量上，也无论在词的社会功能还是艺术形式上都开拓了新天地，登上了最高峰，代表了宋词的最高成就。南宋晚期，词坛上悲壮激扬之声渐消，深雅幽隐之吟四起，出现了以姜夔、吴文英为代表的骚雅词派，该派继承和发展了周邦彦的词风。姜夔以江西诗派的瘦硬笔法入词，以健笔写柔情，清空清刚清雅，如“野云孤飞，去留无迹”（张炎《词源》）。吴文英则反姜之清泚而为密丽，以艳笔写哀情，秾艳沉挚深涩，如“七宝楼台，眩人眼目”（张炎《词源》）。姜、吴两人在词坛上各树一帜，都具有开宗立派的重要意义。宋元之际，最后一批词人如蒋捷、周密、王沂孙、张炎以及刘辰翁、文天祥、汪元量等，抒情写意或深隐凄咽或悲愤难抑，皆成为宋词最后一抹绚烂的夕阳晚照。

【精读一·晚唐五代词】

菩萨蛮①

温庭筠②

水精帘里颇黎枕，③暖香惹梦鸳鸯锦。江上柳如烟，雁飞残月天。　藕丝秋色浅，④人胜参差剪。⑤双鬓隔香红，玉钗头上风。

【注释】

①菩萨蛮：唐宣宗时教坊曲名，是一种模仿外国装束的舞队所用的曲调，后用为词牌。②温庭筠（约812—约870），字飞卿，籍贯太原。飞卿才思敏捷，精于音律，善鼓琴吹笛，能逐弦吹之音，为侧艳之词，然恃才不羁，放浪傲岸，又好讥刺权贵，一生数举进士不第。曾为隋县（今属湖北）尉、方城（今属河南）尉，仕终国子助教，世称"温方城"、"温助教"。诗与李商隐齐名，号"温李"。今存词近70首。③水精：即水晶。颇黎：即玻璃，古代多指天然水晶石。④藕丝秋色：谓所穿衣裳的质料为丝，颜色为浅淡黄绿色。⑤人胜：剪成人形的彩胜，妇女用作首饰。梁宗懔（lǐn）《荆楚岁时记》："正月七日为人日，以七种菜为羹，剪彩为人，或镂金箔为人，以贴屏风，亦戴之头鬓。"

又

玉楼明月长相忆，柳丝袅娜春无力。①门外草萋萋，送君闻马嘶。　画罗金翡翠，②香烛销成泪。③花落子规啼，④绿窗残梦迷。

【注释】

①袅娜（niǎo nuó）：形容草木柔软细长。②画罗：有彩绣的丝织品，这里指屋里的帘帷。③销成泪：指蜡烛融化，烛油如泪滴似的下流。④子规：即杜鹃鸟，夜啼达旦，其声凄切，好像在说："不如归去！"因此古代诗文中常以杜鹃悲啼衬托离人愁思。

女冠子①二首

韦庄②

四月十七，正是去年今日。别君时，忍泪佯低面，③含羞半敛眉。　不知魂已断，空有梦相随。除却天边月，没人知。

昨夜夜半，枕上分明梦见。语多时。依旧桃花面，频低柳叶眉。　半羞还半喜，欲去又依依。觉来知是梦，不胜悲。

【注释】

①女冠子：唐教坊曲名。小令始于温庭筠，长调始于宋代柳永。唐词小令多咏女道士，为本意。②韦庄（836—910），字端己，京兆杜陵（今陕西西安市）人。少孤家贫，广明元年（880）应举时，值黄巢入京，陷于兵中。后流落江南十数年。唐昭宗乾宁元年（894）进士及第，任校书郎。晚年入蜀，任王建掌书记，唐亡，终身仕蜀，卒于成都。韦庄工诗，尤善长短句，与温庭筠齐名，并称“温韦”。今存词50余首。③佯（yáng）：假装。

鹊踏枝[①]

冯延巳[②]

谁道闲情抛弃久，[③]每到春来，惆怅还依旧。日日花前常病酒，[④]不辞镜里朱颜瘦。[⑤]　河畔青芜堤上柳，[⑥]为问新愁，何事年年有。独立小桥风满袖，平林新月人归后。[⑦]

【注释】

①鹊踏枝：原唐教坊曲名，后用作词调名，有不同格体。以后所创变体，改名为“蝶恋花”。②冯延巳（903—960），一名延嗣，字正中，广陵（今江苏扬州）人，历事南唐二主。能言善辩，工诗，尤喜填词，存词110余首，为南唐词坛数量最多的大家。冯词语言清丽，情思凄婉，开北宋一代风气。③闲情：闲散的心情。④病酒：不胜酒力。⑤不辞：不惜，不顾及。⑥青芜：青草。芜，丛生的草。⑦新月：农历月初形状如钩的月亮。

浪淘沙[①]

李煜[②]

帘外雨潺潺，[③]春意阑珊。[④]罗衾不耐五更寒。[⑤]梦里不知身是客，一晌贪欢。[6]　独自莫凭栏，无限江山。别时容易见时难。流水落花春去也，天上人间。

【注释】

①浪淘沙：唐教坊曲名。本为声诗，七言绝句体，咏调名本意。②李煜（937—978），本名从嘉，字重光，号钟隐，徐州（今江苏徐州）人。南唐中主李璟第六子，961年嗣位，史称南唐后主。宋太祖开宝八年（975），南唐都城金陵被宋将攻破，李煜出降，被执入汴京，受封违命侯，前后过了两年多的囚徒式生活，978年被宋太宗赐药酒毒死。李煜工书画，知音律，善诗文，尤擅长于词，作品多散佚，今存词40首。③潺潺（chán）：雨声。④阑珊：衰残，将尽。⑤罗衾（qīn）：丝绸做的被子。⑥一晌（shǎng）：一会儿，片刻。

相见欢[1]

李煜

林花谢了春红，太匆匆，无奈朝来寒雨晚来风。　　胭脂泪，[2]留人醉，[3]几时重？[4]自是人生长恨水长东！

【注释】

①相见欢：唐教坊曲名，后用为词牌，又名《乌夜啼》等，此调有多种体格。②胭脂泪：指花瓣上的雨滴看起来像美人脸上的泪珠。杜甫《曲江对酒》诗："林花着雨胭脂湿"，用之于此，语意双关。③留人：《乐府雅词》作"相留"。④重（chóng）：重逢。

【泛读】

白居易《忆江南》

江南好，风景旧曾谙。日出江花红胜火，春来江水绿如蓝。能不忆江南？

江南忆，最忆是杭州。山寺月中寻桂子，郡亭枕上看潮头。何日更重游?

张志和《渔歌子》

西塞山前白鹭飞，桃花流水鳜鱼肥。青箬笠，绿蓑衣，斜风细雨不须归。

温庭筠《菩萨蛮》

小山重叠金明灭，鬓云欲度香腮雪。懒起画蛾眉，弄妆梳洗迟。　照花前后镜，花面交相映。新贴绣罗襦，双双金鹧鸪。

温庭筠《望江南》

梳洗罢，独倚望江楼，过尽千帆皆不是，斜晖脉脉水悠悠，肠断白蘋洲。

李煜《乌夜啼》

无言独上西楼，月如钩。寂寞梧桐深院锁清秋。　剪不断，理还乱，是离愁，别是一番滋味在心头。

李煜《虞美人》

春花秋月何时了？往事知多少！小楼昨夜又东风，故国不堪回首月明中。　雕栏玉砌应犹在，只是朱颜改。问君能有几多愁？恰似一江春水向东流。

【精读二·北宋词】

蝶恋花①

晏殊②

槛菊愁烟兰泣露。③罗幕轻寒，燕子双飞去。明月不谙离恨苦，④斜光到晓穿朱户。　昨夜西风凋碧树。独上高楼，望尽天涯路。欲寄彩笺兼尺素⑤，山长水阔知何处！

【注释】

①蝶恋花：原名《鹊踏枝》，晏殊词改为今名，出自梁简文帝乐府“翻阶蛱蝶恋花情”。②晏殊（991—1055），字同叔，谥元献，抚州临川（今江西抚州市人）。历事真宗、仁宗两朝，仁宗时官至同平章事兼枢密使。擅长诗文，词名尤为显著，与欧阳修并称为“晏欧”，与其子晏几道并称为“二晏”。今存词130余首。③槛（jiàn）：栏杆。④谙：了解、熟悉。⑤彩笺：彩色的精美笺纸，可供题诗和写信用。尺素：古人书写所用素绢，通常为一尺，故称“尺素”。古乐府《饮马长城窟行》：“客从远方来，遗我双鲤鱼。呼儿烹鲤鱼，中有尺素书。”

朝中措①

欧阳修②

平山阑槛倚晴空，③山色有无中。手种堂前垂柳，④别来几度春风。　文章太守，⑤挥毫万字，一饮千钟。行乐直须年少，尊前看取衰翁？

【注释】

①朝中措：又名《芙蓉曲》、《梅月圆》、《照江梅》。②欧阳修（1007—1072），字永叔，号醉翁，晚年又号六一居士，庐陵（今江西吉安市）人，谥文忠。累官至枢密副使、参知政事。北宋诗文革新的杰出领袖，宋诗之先驱，“唐宋散文八大家”之一，“晏欧体”的代表词人。今存诗860余首，存词240余首。③平山：即平山堂。欧阳修知扬州时，建平山堂于蜀岗，作为游赏之处，居高临下，壮丽为淮南第一。阑槛：栏杆。④“手种”句：张邦基《墨庄漫录》：“扬州蜀岗上大明寺平山堂，欧阳文忠手植柳一株，人谓欧公柳。”⑤太守：宋代知州略同于汉代太守，欧阳修知扬州，故称太守。

八声甘州[①]

柳永[②]

对潇潇暮雨洒江天，[③]一番洗清秋，渐霜风凄紧，关河冷落，残照当楼。是处红衰翠减，[④]苒苒物华休。[⑤]惟有长江水，无语东流。　　不忍登高临远，望故乡渺邈，[⑥]归思难收。叹年来踪迹，何事苦淹留！[⑦]想佳人、妆楼颙望，[⑧]误几回、天际识归舟。[⑨]争知我、倚阑干处，正恁凝愁！[⑩]

【注释】

①八声甘州：一名《甘州》。《甘州》本唐教坊大曲名，来自西域，后用为词调。《词谱》卷二十五："此调前后段八韵，故名八声，乃慢词也。与《甘州遍》之曲破，《甘州子》之令词不同。"始见于柳永《乐章集》。②柳永（约984—约1053），原名三变，字景庄，后改名永，字耆卿。崇安（今福建武夷山）人。因排行第七，故称"柳七"。曾官屯田员外郎，世称"柳屯田"。柳永平生颇具风流才调，能诗文，通音律，尤善度曲填词，是第一个大量创制长调慢词的词人，对宋词的发展产生了巨大的影响。今存词200余首。③潇潇，雨势急骤貌。一作"萧萧"，义同。④是处：到处、处处。红衰翠减：花凋叶残。⑤苒苒（rǎn）：同"荏苒"，指光阴流逝。物华：美好的景物。⑥渺邈（miǎo）：遥远。一作"渺渺"。⑦淹留：久留。⑧颙（yóng）望：举头凝望。⑨天际识归舟：谢朓《之宣州城郡出新林浦向板桥》诗："天际识归舟，云中辨江树。"此反用其意。刘采春《望夫歌》："朝朝江口望，错认几人船。"温庭筠《望江南》"过尽千帆皆不是"，皆与此句意近。⑩争：怎。恁：如此。

临江仙[①]

晏几道[②]

梦后楼台高锁，酒醒帘幕低垂，去年春恨却来时。落花人独立，微雨燕双飞。[③]　　记得小蘋初见，[④]两重心字罗衣，[⑤]琵琶弦上说相思。当时明月在，曾照彩云归。

【注释】

①临江仙：原唐教坊曲名，后用为词调。又名《雁后归》、《鸳鸯梦》、《庭院深深》等。②晏几道（约1030—约1106），字叔原，号小山，临川（今江西抚州市）人。晏殊的幼子。一生仕途不达，仅做过卑微的小官，但狷介自守，不傍依权贵之门。其词工于言情，真挚而婉妙。今存词260首。③“落花”二句：袭用五代翁宏《春残》中的成句：“又是春残也，如何出翠帏。落花人独立，微雨燕双飞。”④小蘋：歌女名。⑤心字罗衣：领口如心字状的罗衣，或谓用心字香薰过的罗衣。

永遇乐[①]

苏轼[②]

彭城夜宿燕子楼，梦盼盼，因作此词。[③]

明月如霜，好风如水，清景无限。曲港跳鱼，圆荷泻露，寂寞无人见。紞如三鼓，[④]铿然一叶，[⑤]黯黯梦云惊断。夜茫茫，重寻无处，觉来小园行遍。　天涯倦客，山中归路，望断故园心眼。燕子楼空，佳人何在？空锁楼中燕。古今如梦，何曾梦觉，但有旧欢新怨。异时对、黄楼夜景，[⑥]为余浩叹。

【注释】

①永遇乐：又名《消息》。此调有平韵、仄韵两体。仄韵体始于北宋，平韵体始于南宋。②苏轼（1036—1101），字子瞻，号东坡居士，眉州眉山（今四川眉山市）人。文学史上罕见的兼擅诗词文赋、书法绘画的大文豪，在文化史上产生了深远的影响。今存诗2 700余首，存词340余首。③彭城：今江苏徐州。燕子楼，相传是唐代张建封（实应为张建封之子张愔）为其爱妾关盼盼所建。张死，盼盼念旧，独居燕子楼十余年不嫁。④紞（dǎn）如：击鼓声，犹言“紞然”。⑤铿然：金石声。此处形容落叶声。⑥黄楼：苏轼在徐州东门所改建的楼。

踏莎行①

秦观②

雾失楼台，月迷津渡，③桃源望断无寻处。④可堪孤馆闭春寒，⑤杜鹃声里斜阳暮。⑥　驿寄梅花，⑦鱼传尺素，⑧砌成此恨无重数。郴江幸自绕郴山，⑨为谁流下潇湘去。⑩

【注释】

①踏莎行：又名《踏雪行》、《芳心苦》、《柳长春》等。明杨慎《词品》谓调名取唐韩翃诗“踏莎行草过春溪”句。②秦观（1049—1100），字少游，一字太虚，扬州高邮（今江苏高邮）人。他与黄庭坚、张耒、晁补之并称“苏门四学士”。其词婉约清丽，情韵兼胜，是“出色当行”的婉约词典范。今存词百余首。③“雾失”两句：大雾弥漫，遮蔽了楼台；月色朦胧，掩没了渡口。津渡：渡口。④桃源：即桃花源，陶渊明《桃花源记》中描绘的人间仙境，此指自己所向往的美好地方。陶渊明笔下的“桃花源”，原属武陵郡（今湖南武陵），即在郴州西北。⑤可堪：那堪，受不住。孤馆：指旅舍。⑥杜鹃声：杜鹃鸟啼声凄切，容易引起离人的乡愁。⑦驿寄梅花：南朝宋陆凯与范晔交善，自江南寄梅花一枝，给远离江南故乡的范晔，并赠诗：“折梅逢驿使，寄与陇头人。江南无所有，聊赠一枝春。”驿：驿站，古代指传递文书并供来往官员中途休息的地方。⑧鱼传尺素：尺素指书信。古人书写所用素绢，通常为一尺，故称尺素。古乐府《饮马长城窟行》：“客从远方来，遗我双鲤鱼。呼儿烹鲤鱼，中有尺素书。”⑨郴（chēn）江：在郴州，北流和耒水同入湘江。幸自：本自，本是。⑩为谁：为什么。潇湘：潇水、湘水，湖南二水名，合流后为湘江，诗词中多称潇湘。

兰陵王·柳①

周邦彦②

柳阴直。烟里丝丝弄碧。隋堤上、③曾见几番，拂水飘绵送行色。④登临望故国，⑤谁识、京华倦客。⑥长亭路，年去岁来，应折柔条过千尺。⑦　闲寻旧踪迹，又酒趁哀弦，⑧灯照离席。梨花榆火催寒食。⑨愁一箭风快，半篙波暖，⑩回头迢递便数驿，望人在天北。　　凄恻，恨堆积。渐别浦萦回，⑪津堠岑寂。⑫斜阳冉冉春无极。念月榭携手，⑬露桥闻笛。沉思前事，似梦里，泪暗滴。

【注释】

①兰陵王：原唐教坊曲名，后用作词调名。宋王灼《碧鸡漫志》引《北齐史》及《隋唐嘉话》云：齐文襄帝之长子长恭，封兰陵王。与周师战，尝假面对敌，击周师金墉城下，勇冠三军，武士共歌谣之，曰《兰陵王入阵曲》。调名本此。②周邦彦（1057—1121），字美成，号清真居士，钱塘（今浙江杭州）人。精通音律，能自度曲，徽宗时曾主持朝廷的音乐机构大晟府。其词格律法度精审，为后世词人的轨范。今存词 200 余首。③隋堤：隋炀帝时开凿的通济渠，自洛阳至淮水沿渠筑堤，沿堤栽柳，后人称之为隋堤。这里指汴京城外的一段堤岸，是北宋时京都旅客来往必经之路。④飘绵：柳花飘絮。绵：柳絮。⑤登临：宋玉《九辩》："登山临水兮送将归。"故国：故乡。⑥京华倦客：京华，即京城。因京城乃仕途奔竞之地，故"京华倦客"特指仕途中身心疲惫之人。⑦折柔条：古人有折柳送行的习俗。过千尺：极言送别之频繁。⑧酒趁哀弦：饮酒送别时弹奏哀伤的乐曲。趁：伴随的意思。⑨"梨花"句：梨花，在寒食节前后开放。旧历清明前二日为寒食节，有禁火的风俗，节后另取新火。唐宋时朝廷于清明日取榆柳的火以赐百官。这句指明饯别的时令正是梨花盛开的寒食节前。⑩"一箭"两句：船行顺风，快如飞箭，春江水暖，撑船的竹篙半入水中。⑪别浦萦回：别浦：指送行处的水边。浦：水流分岔处，为古人送行之地。萦回：水流回旋往复。⑫津堠（hòu）：指渡口码头。堠：古代记里程的土堆，五里一堠。⑬月榭（xiè）：月光映照的亭台。榭：有屋顶的台。

【泛读】

晏殊《浣溪沙》

一曲新词酒一杯，去年天气旧亭台，夕阳西下几时回？　　无可奈何花落去，似曾相识燕归来。小园香径独徘徊。

范仲淹《渔家傲》

塞下秋来风景异，衡阳雁去无留意。四面边声连角起。千嶂里，长烟落日孤城闭。　　浊酒一杯家万里，燕然未勒归无计。羌管悠悠霜满地。人不寐，将军白发征夫泪。

柳永《雨霖铃》

寒蝉凄切，对长亭晚，骤雨初歇。都门帐饮无绪，留恋处、兰舟催发。执手相看泪眼，竟无语凝噎。念去去、千里烟波，暮霭沉沉楚天阔。　　多情自古伤离别，更那堪、冷落清秋节！今宵酒醒何处？杨柳岸、晓风残月。此去经年，应是良辰好景虚设。便纵有、千种风情，更与何人说！

柳永《望海潮》

东南形胜，三吴都会，钱塘自古繁华。烟柳画桥，风帘翠幕，参差十万人家。云树绕堤沙，怒涛卷霜雪，天堑无涯。市列珠玑，户盈罗绮，竞豪奢。　　重湖叠巘清嘉。有三秋桂子，十里荷花。羌管弄晴，菱歌泛夜，嬉嬉钓叟莲娃。千骑拥高牙，乘醉听箫鼓，吟赏烟霞。异日图将好景，归去凤池夸。

王安石《桂枝香·金陵怀古》

登临送目，正故国晚秋，天气初肃。千里澄江似练，翠峰如簇。归帆去棹斜阳里，背西风，酒旗斜矗。彩舟云淡，星河鹭起，画图难足。　　念往昔、繁华竞逐，叹门外楼头，悲恨相续。千古凭高，对此漫嗟荣辱。六朝旧事如流水，但寒烟、衰草凝绿。至今商女，时时犹唱，《后庭》遗曲。

苏轼《念奴娇·赤壁怀古》

大江东去，浪淘尽，千古风流人物。故垒西边，人道是、三国周郎赤壁。乱石穿空，惊涛拍岸，卷起千堆雪。江山如画，一时多少豪杰！　　遥想公瑾当年，小乔初嫁了，雄姿英发。羽扇纶巾，谈笑间、强虏灰飞烟灭。故国神游，多情应笑我，早生华发。人生如梦，一樽还酹江月。

苏轼《水调歌头》

丙辰中秋，欢饮达旦，大醉，作此篇，兼怀子由。

明月几时有？把酒问青天。不知天上宫阙，今夕是何年。我欲乘风归去，又恐琼楼玉宇，高处不胜寒。起舞弄清影，何似在人间！　　转朱阁，低绮户，照无眠。不应有恨，何事长向别时圆？人有悲欢离合，月有阴晴圆缺，此事古难全。但愿人长久，千里共婵娟。

苏轼《江城子・密州出猎》

老夫聊发少年狂，左牵黄，右擎苍，锦帽貂裘，千骑卷平冈。为报倾城随太守，亲射虎，看孙郎。　　酒酣胸胆尚开张，鬓微霜，又何妨！持节云中，何日遣冯唐？会挽雕弓如满月，西北望，射天狼。

苏轼《定风波》

三月七日，沙湖道中遇雨，雨具先去，同行皆狼狈，余独不觉。已而遂晴。故作此词。

莫听穿林打叶声，何妨吟啸且徐行。竹杖芒鞋轻胜马，谁怕？一蓑烟雨任平生。　　料峭春风吹酒醒，微冷，山头斜照却相迎。回首向来萧瑟处，归去，也无风雨也无晴。

苏轼《浣溪沙》

游蕲水清泉寺，寺临兰溪，溪水西流。

山下兰芽短浸溪，松间沙路净无泥，萧萧暮雨子规啼。　　谁道人生无再少？门前流水尚能西，休将白发唱黄鸡。

秦观《鹊桥仙》

纤云弄巧，飞星传恨，银汉迢迢暗度。金风玉露一相逢，便胜却、人间无数。　　柔情似水，佳期如梦，忍顾鹊桥归路。两情若是久长时，又岂在、朝朝暮暮。

黄庭坚《清平乐》

春归何处？寂寞无行路。若有人知春去处，唤取归来同住。　　春无踪迹谁知？除非问取黄鹂。百啭无人能解，因风飞过蔷薇。

贺铸《青玉案》

凌波不过横塘路，但目送、芳尘去。锦瑟华年谁与度？月桥花院，琐窗朱户，只有春知处。　　碧云冉冉蘅皋暮，彩笔新题断肠句。试问闲愁都几许？一川烟草，满城风絮，梅子黄时雨。

周邦彦《苏幕遮》

燎沉香，消溽暑。鸟雀呼晴，侵晓窥檐语。叶上初阳干宿雨，水面清圆，一一风荷举。　　故乡遥，何日去？家住吴门，久作长安旅。五月渔郎相忆否？小楫轻舟，梦入芙蓉浦。

【精读三・南宋词】

永遇乐

李清照①

落日熔金，②暮云合璧，③人在何处？染柳烟浓，吹梅笛怨，④春意知几许？元宵佳节，融和天气，次第岂无风雨？⑤来相召，香车宝马，谢他酒朋诗侣。　　中州盛日，⑥闺门多暇，记得偏重三五。铺翠冠儿，⑦捻金雪柳，⑧簇带争济楚。⑨如今憔悴，风鬟霜鬓⑩，怕见夜间出去。不如向、帘儿底下，听人笑语。

【注释】

① 李清照（约 1084—约 1155），号易安居士，山东章丘区明水镇人，是文学史上最有成就的女作家。她经历了北宋、南宋之交国破家亡的沧桑巨变，后期词作渗透着时代的创痛和苦难。今存词 40 余首。此首《永遇乐》为易安晚年作品，故置于南宋词中。② 熔金：形容落日灿烂的颜色。③ 暮云合璧：谓暮云弥漫，如珠联璧合。④ 吹梅笛怨：吹奏出《梅花落》哀怨的曲调。古笛曲有《梅花落》。⑤ 次第：转眼。⑥ 中州：今河南省为古豫州地，居九州之中，故称中州。宋朝东京（开封）、西京（洛阳）、南京（商丘）都在中州。此指东京。⑦ 铺翠冠儿：饰有翡翠羽毛的妇女戴的帽子。⑧ 捻（niǎn）金雪柳：用绢或纸另加金线捻丝做成的头饰。此与“铺翠冠儿”均为北宋元宵节妇女应时的妆饰品。⑨ 簇带争济楚：谓插戴满头，打扮漂亮。簇带：簇，聚集的意思，带即戴。济楚：整齐、漂亮。簇带、济楚均为宋时方言。⑩ 风鬟霜鬓：犹言两鬓斑白，头发松乱。霜：一作“雾”。

水龙吟·登建康赏心亭①

辛弃疾②

楚天千里清秋，③水随天去秋无际。④遥岑远目，献愁供恨，玉簪螺髻。⑤落日楼头，断鸿声里，⑥江南游子，⑦把吴钩看了，⑧栏杆拍遍，无人会、登临意。　　休说鲈鱼堪脍，尽西风、季鹰归未？⑨求田问舍，怕应羞见，刘郎才气。⑩可惜流年，忧愁风雨，树犹如此！⑪倩何人、唤取红巾翠袖，揾英雄泪？⑫

【注释】

① 水龙吟：清毛先舒《填词名解》谓此调名采自唐李白“笛奏龙吟水”诗句。又据周邦彦《片玉词》注，谓此调名本唐李贺“雌龙怨吟寒水光”诗句。此调首见于北宋柳永咏梅之作。建康：今江苏南京市，为东吴、东晋、宋、齐、梁、陈六朝古都。赏心亭：在建康下水门城上，下临秦淮河。② 辛弃疾（1140—1207），字幼安，号稼轩，历城（今山东济南市）人。一生坚决主张抗金，屡遭当权者之忌，曾长期落职闲

居于江西上饶一带。今存词620余首，数量和质量均为两宋之最。③ 楚天：泛指江南的天空。现在长江中下游一带古属楚地，故称。如柳永《雨霖铃》"暮霭沉沉楚天阔"。④"水随"句：长江东流，远接天边，秋色无际。⑤"遥岑"（cén）三句：遥望远处的山峰，很像美人头上的碧玉簪、青螺髻，却惹人愁恨。韩愈《送桂州严大夫》："江作青罗带，山如碧玉簪。"皮日休《缥缈峰》："似将青螺髻，撒在明月中。"遥岑：远山。远目：极目远望。⑥ 断鸿：失群的孤雁。⑦ 江南游子：客居江南的人，作者自称。⑧ 吴钩：古代吴地所造的宝刀，这里泛指刀剑。看吴钩，表示志在杀敌。⑨"休说"三句：用西晋时吴人张翰（字季鹰）弃官归隐的故事。此典意在表示自己不能像张翰那样因思乡而辞官，置国家大事于不顾。⑩"求田"三句：用三国时刘备嘲讽许汜（sì）的故事。《三国志·魏志·陈登传》："许汜与刘备共在荆州牧刘表坐，表与备共论天下人，汜曰：'陈元龙（陈登，字元龙）湖海之士，豪气不除。'……备问汜：'君言豪，宁有事耶？'汜曰：'昔遭乱，过下邳（pī），见元龙。元龙无客主之意，久不相与语，自上大床卧，使客卧下床。'备曰：'君有国士之名，今天下大乱，帝主失所，望君忧国忘家，有救世之意，而君求田问舍，言无可采，是元龙所讳也，何缘当与君语！如小人（刘备自称），欲卧百尺楼上，卧君于地，何但上下床之间耶？'"此典意在表示自己若像许汜那样求田问舍，置办私产不关心国事，会羞于见到雄才大略的刘备。刘郎，指刘备。⑪"可惜流年"三句：自惜年华在国势飘摇中逝去，正无异树木的愁风愁雨，终于衰老。"树犹如此"，出自《世说新语·言语》："桓公（温）北征，经金城，见前为琅玡时种柳皆已十围，慨然曰：'木犹如此，人何以堪！'攀枝折条，泫然流泪。"庾信《枯树赋》引桓温语作："树犹如此，人何以堪！"⑫"倩何人"二句：自伤英雄抱负不能实现，心头郁结，得不到慰藉。倩：请。红巾翠袖：女子的穿戴，借指女子，这里指歌女。揾（wèn）：擦拭。

暗 香①

姜夔②

辛亥之冬，③ 予载雪诣石湖。④ 止既月，授简索句，且征新声。作此两曲，石湖把玩不已，使工妓隶习之⑤，音节谐婉，乃名之曰《暗香》、《疏影》。⑥

旧时月色，算几番照我，梅边吹笛。唤起玉人，不管清寒与攀摘。⑦何逊而今渐老，都忘却春风词笔。⑧但怪得竹外疏花，香冷入瑶席。⑨　江国⑩，正寂寂。叹寄与路遥，⑪夜雪初积。翠尊易泣，⑫红萼无言耿相忆。⑬长记曾携手处，千树压、西湖寒碧。⑭又片片、吹尽也，几时见得？

【注释】

①暗香：又名《红情》，南宋姜夔自度曲，见其《白石道人歌曲》。②姜夔（约1155—约1221），字尧章，号白石道人，鄱阳人。终身布衣，是个清苦古雅的高士。诗、词、音乐、书法俱精。当时的名人如范成大、陆游、辛弃疾、朱熹等，都与他交游唱和。今存词80余首，其中有17首附有自注工尺旁谱，为流传至今的重要词乐文献。③辛亥：宋光宗绍熙二年（1191）。④石湖：范成大晚年居住苏州西南的石湖，自号石湖居士。⑤工妓：乐工和歌妓。隶习：学习。⑥暗香、疏影：用林逋《山园小梅》诗句："疏影横斜水清浅，暗香浮动月黄昏。"⑦"唤起玉人"二句：写过去和美人冒着清寒，攀折梅花的韵事。贺铸《浣溪沙》词："玉人和月摘梅花。"⑧"何逊"二句：何逊，字仲言，南朝梁诗人，曾作扬州法曹，有《咏早梅诗》。这里以何逊来比况自己，叹息逐渐衰老，诗兴、才华也消失了。⑨"香冷"句：寒梅的香气透入室内。瑶席，座席的美称，此用以指代"石湖"的馆舍厅堂。⑩江国：指江南水乡。⑪叹寄与路遥：感叹所思人远，难表深情。寄与，指寄赠梅花以表相思。路遥：指思念的人远。这里暗用陆凯寄范晔诗句："折梅逢驿使，寄与陇头人。"⑫翠尊：翠绿色的酒杯，也指酒。易泣：伤怀落泪的意思。⑬红萼（è）：红梅花。耿：忠诚不忘的意思。⑭"千树"句：写梅花繁茂，与碧水相映成趣的景色。宋时杭州西湖上的孤山梅树成林，故以"千树"二字形容。

风入松①

吴文英②

听风听雨过清明，愁草瘗花铭。③楼前绿暗分携路，一丝柳、一寸柔情。料峭春寒中酒，④交加晓梦啼莺。 西园日日扫林亭，⑤依旧赏新晴。黄蜂频扑秋千索，有当时、纤手香凝。⑥惆怅双鸳不到，幽阶一夜苔生。⑦

【注释】

①风入松：古琴曲有《风入松》，据宋郭茂倩《乐府诗集》载，传为晋嵇康所作。唐释皎然有《风入松》歌。调名本此。②吴文英（约1200—约1260），字君特，号梦窗，晚号觉翁。终身布衣，常往来于苏州、杭州、绍兴一带，以游幕为生。其词奇思壮采、密丽幽邃，如诗家之李商隐。今存词340余首。③瘗（yì）花铭：南北朝时期的作家庾信有《瘗花铭》。瘗：埋葬。铭，文体的一种。瘗花：即葬花，此以葬花寄托别恨。④料峭：清冷，微寒。中（zhòng）酒：醉酒。⑤西园：在苏州，是吴文英与情人寓居之处，其词中屡屡提及西园。⑥“黄蜂”二句：陈洵《海绡说词》：“见秋千而思纤手，因蜂扑而念香凝，纯是痴望神理。”⑦“惆怅”二句：陈洵《海绡说词》：“双鸳不到，犹望其到；一夜苔生，踪迹全无，则唯日日惆怅而已。”双鸳，双鸳履，指女子的绣鞋。

【泛读】

李清照《醉花阴》

薄雾浓云愁永昼，瑞脑消金兽。佳节又重阳，玉枕纱厨，半夜凉初透。 东篱把酒黄昏后，有暗香盈袖。莫道不消魂，帘卷西风，人比黄花瘦。

李清照《一剪梅》

红藕香残玉簟秋。轻解罗裳，独上兰舟。云中谁寄锦书来？雁字回时，月满西楼。 花自飘零水自流。一种相思，两处闲愁。此情无计可消除，才下眉头，却上心头。

李清照《如梦令》

昨夜雨疏风骤，浓睡不消残酒。试问卷帘人，却道“海棠依旧”。“知否？知否？

应是绿肥红瘦”。

李清照《如梦令》

常记溪亭日暮，沉醉不知归路。兴尽晚回舟，误入藕花深处。争渡、争渡，惊起一滩鸥鹭。

李清照《渔家傲》

天接云涛连晓雾，星河欲转千帆舞。仿佛梦魂归帝所，闻天语，殷勤问我归何处。　　我报路长嗟日暮，学诗谩有惊人句。九万里风鹏正举，风休住，蓬舟吹取三山去。

李清照《声声慢》

寻寻觅觅，冷冷清清，凄凄惨惨戚戚。乍暖还寒时候，最难将息。三杯两盏淡酒，怎敌他晚（晓）来风急！雁过也，正伤心，却是旧时相识。　　满地黄花堆积，憔悴损，如今有谁堪摘。守着窗儿，独自怎生得黑！梧桐更兼细雨，到黄昏、点点滴滴。这次第，怎一个、愁字了得！

李清照《武陵春》

风住尘香花已尽，日晚倦梳头。物是人非事事休，欲语泪先流。　　闻说双溪春尚好，也拟泛轻舟。只恐双溪舴艋舟，载不动、许多愁。

辛弃疾《永遇乐·京口北固亭怀古》

千古江山，英雄无觅、孙仲谋处。舞榭歌台，风流总被、雨打风吹去。斜阳草树，寻常巷陌，人道寄奴曾住。想当年，金戈铁马，气吞万里如虎。　　元嘉草草，封狼居胥，赢得仓皇北顾。四十三年，望中犹记、烽火扬州路。可堪回首，佛（bì）狸祠下，一片神鸦社鼓！凭谁问：廉颇老矣，尚能饭否？

辛弃疾《破阵子·为陈同甫赋壮词以寄之》

醉里挑灯看剑，梦回吹角连营。八百里分麾下炙，五十弦翻塞外声，沙场秋点兵。　马作的卢飞快，弓如霹雳弦惊。了却君王天下事，赢得生前身后名，可怜白发生！

辛弃疾《菩萨蛮·书江西造口壁》

郁孤台下清江水，中间多少行人泪。西北望长安，可怜无数山。　青山遮不住，毕竟东流去。江晚正愁余，山深闻鹧鸪。

辛弃疾《西江月·夜行黄沙道中》

明月别枝惊鹊，清风半夜鸣蝉。稻花香里说丰年，听取蛙声一片。　七八个星天外，两三点雨山前。旧时茅店社林边，路转溪桥忽见。

辛弃疾《清平乐》

茅檐低小，溪上青青草。醉里吴音相媚好，白发谁家翁媪？　大儿锄豆溪东，中儿正织鸡笼。最喜小儿无赖，溪头卧剥莲蓬。

辛弃疾《鹧鸪天》

有客慨然谈功名，因追念少年时事，戏作。

壮岁旌旗拥万夫，锦襜（chān）突骑渡江初。燕兵夜娖（chuò）银胡䩮（lù）（簶），汉箭朝飞金仆姑。　追往事，叹今吾，春风不染白髭（zī）须。却将万字平戎策，换得东家种树书。

陆游《诉衷情》

当年万里觅封侯，匹马戍梁州。关河梦断何处？尘暗旧貂裘。　胡未灭，鬓先秋，泪空流。此生谁料，心在天山，身老沧洲。

陆游《卜算子·咏梅》

驿外断桥边，寂寞开无主。已是黄昏独自愁，更著风和雨。　　无意苦争春，一任群芳妒。零落成泥碾作尘，只有香如故。

姜夔《扬州慢》

淮左名都，竹西佳处，解鞍少驻初程。过春风十里，尽荠麦青青。自胡马窥江去后，废池乔木，犹厌言兵。渐黄昏，清角吹寒，都在空城。　　杜郎俊赏，算而今、重到须惊。纵豆蔻词工，青楼梦好，难赋深情。二十四桥仍在，波心荡，冷月无声。念桥边红药，年年知为谁生？

姜夔《疏影》

苔枝缀玉，有翠禽小小，枝上同宿。客里相逢，篱角黄昏，无言自倚修竹。昭君不惯胡沙远，但暗忆、江南江北。想佩环、月夜归来，化作此花幽独。　　犹记深宫旧事，那人正睡里，飞近蛾绿。莫似春风，不管盈盈，早与安排金屋。还教一片随波去，又却怨、玉龙哀曲。等恁时、重觅幽香，已入小窗横幅。

【延伸阅读】

1. 唐圭璋：《唐宋词简释》，上海古籍出版社，1981。
2. 俞陛云：《唐五代两宋词选释》，上海古籍出版社，1985。
3. 沈祖棻：《宋词赏析》，上海古籍出版社，1997。
4. 叶嘉莹：《唐宋词十七讲》，河北教育出版社，1997。
5. 谢桃坊：《柳永词选评》，上海古籍出版社，2011。
6. 王水照、朱刚：《苏轼诗词文选评》，上海古籍出版社，2011。

7. 孙虹、任翌选注：《周邦彦词选》，中华书局，2005。

8. 施议对：《辛弃疾词选评》，上海古籍出版社，2002。

9. 赵晓岚：《姜夔与南宋文化》，学苑出版社，2001。

10. 周茜：《映梦窗　零乱碧——吴文英及其词研究》，广东教育出版社，2006。

第十章　以筋骨思理见胜的学者之诗：宋诗

【导读】

宋诗是我国古代诗歌史上堪与唐诗并峙媲美的又一座艺术高峰。“宋人生唐后，开辟真难为”（清蒋士铨《辩诗》），在巍峨的唐诗之后，宋人以其高度的文化学术自信心，大胆的疑古创新精神，学唐而更能变唐，使诗歌发生了显著的新变，形成了与唐诗迥然而异的风貌特质。早在南宋末年，严羽《沧浪诗话》便对本朝的诗歌做了批评总结：“近代诸公乃作奇特解会，遂以文字为诗，以才学为诗，以议论为诗。”虽然严羽旨在尊盛唐黜“江西”，然而却准确地道出了宋诗的特点。现代学者钱锺书先生于《谈艺录》云：“唐诗、宋诗，亦非仅朝代之别，乃体格性分之殊。天下有两种人，斯分两种诗。唐诗多以丰神情韵擅长，宋诗多以筋骨思理见胜。”又云：“且又一集之内，一生之中，少年才气发扬，遂为唐体，晚节思虑深沉，乃染宋调。”此外，缪钺先生《诗词散论·论宋诗》亦有精妙之喻：“唐诗以韵胜，故浑雅，而贵蕴藉空灵；宋诗以意胜，故精能，而贵深折透辟。唐诗之美在情辞，故丰腴；宋诗之美在气骨，故瘦劲。唐诗如芍药海棠，秾华繁采；宋诗如寒梅秋菊，幽韵冷香。”故文学史上有“唐音”、“宋调”之称。

宋诗发展的荦荦大端如下：

北宋初期诗坛仍然在唐诗的云遮雾蔽之下，有学唐“三体”，所作不出中晚唐范围。“白体”诗人效法白居易，以李昉、徐铉、王禹偁为代表。王禹偁诗语言平易流畅，风格简雅古淡。其代表作《村行》“万壑有声含晚籁，数峰无语立斜阳”，以清新自然之笔写出村野的迷人景致与作者去国怀乡的内心感受。“晚唐体”诗人以贾岛、姚合为宗，有“九僧”、魏野、寇准、林逋、潘阆等人，他们多为江湖隐士僧侣，专精五律，以贾岛式的苦吟艰深矫正白体诗的浅易，追求闲散、野逸、清寒的风格。“西昆体”主要师承李商隐，以台阁诗人杨亿、刘筠、钱惟演为代表。他们的诗大抵音律谐美、用典繁缛、富丽精工，虽不乏佳作，却难有义山诗那种隐藏于精美表象之下的深情厚意。尽管如此，西昆派在宋初风靡近半个世纪。

在“西昆体”盛行之时，有志有才之士不甘空言袭唐人，决意另辟蹊径，革新诗风。梅尧臣、苏舜钦、欧阳修等人在矫正西昆体流弊，变唐音为宋调方面导夫先路，大有开拓之功。梅尧臣被誉为宋诗之开山祖师。其诗以风格平淡、意境深邃见长。“作诗无古今，惟造平淡难”是他反复强调并不断实践的诗歌新风。此平淡非平易浅淡，而是绚烂之极复归于平淡，是语淡而情深，言淡而味厚。如《东溪》一诗中之“野凫”、“老树”、“蒲茸”、“沙石”，物象皆平淡安闲，却是作者移情于物中。苏舜钦诗感情奔放，笔力豪迈，多冷峻沉着之作。欧阳修则德高望重、才识兼备，他大力倡导诗文革新，在内容上将诗歌引向了更为广阔的自然和社会，一如韩愈之“资谈笑，助谐谑，叙人情，状物态，一寓于诗而曲尽其妙”（欧阳修《六一诗话》），同时在形式风格上“以文为诗”，以“平易”为旗，坚决反对怪诞奇险、无病呻吟。其诗意新语工、雄健苍劲又流畅委婉。如《戏答元珍》为作者贬谪夷陵令所作，全诗通过天时风物的生动描绘，寄寓自身伤时不遇的怨思，意在自作宽解却又淡而含蓄。再如小诗《画眉鸟》以“始知锁向金笼听，不及林间自在啼”的议论对比，来阐发追求自由的人生哲理。

经过梅、苏、欧等人的共同努力，宋诗不同于唐诗的散文化、议论化、平淡美的新风尚开始奠定。

北宋中期是宋诗发展的鼎盛期。此期诗歌创作呈现繁荣景象，名家辈出，异彩纷呈，尤其是王安石、苏轼、黄庭坚三大宗匠的出现，使宋诗的独特面目终于定型成熟。

王安石是宋人“以理为诗”的代表。作为大政治家，他的襟抱、他的理想、他的个性、他的快乐和哀伤，无不鲜明地反映在他的创作中。其诗早年多关涉政治，以意气自许，议论说理锋芒直露，翻案出奇。如历来咏王昭君的名作不乏，荆公以《明妃曲》二首标新立异，一举推翻旧案，其识见与想象皆人所未到，独具只眼，以至于轰动一时，欧阳修、司马光、曾巩等人都纷纷和作，“引无数英雄竞折腰”。其诗晚年则诗艺内敛精炼，“看似寻常最奇崛，成如容易却艰辛”（王安石《题张司业诗》）。以其雅丽精绝又深婉华妙的绝句再次耸动天下。如果说王安石以政治家入诗，苏轼则以哲人智者入诗，他在哲学上看透人生，在美学上穿透物理，善于将人生命运、生命价值的深刻体悟和反思化为富有智慧理趣和充满达观幽默的卓绝诗篇，如《和子由渑池怀旧》，既以“雪泥鸿爪”喻行止无定的人生变幻，又有对前尘往事的深情眷恋。《六月二十日夜渡海》则表现了诗人历经宦海风波数十年后“苦雨终风也解晴”的达观，那九死未悔、宠辱不惊的铮铮傲骨如巍巍高山壁立千仞，令人仰止。在艺术上，东坡以其气盛才大而大放厥词，如天马行空，如行云流水，“有必达之隐，无难显之情”，那高风绝尘之境，令后人心驰神往却无从追摹步趋。黄庭坚诗歌堪称宋诗的典范，诗坛一时“苏黄”并称，各有独诣。“豫章（黄庭坚，人称豫章先生）稍后，会粹百家句律之长，究极历代体制之变，搜讨古书，穿穴异闻，作为古律，自成一家，虽只字半句不轻出，遂为本朝诗家宗祖”（刘克庄《刘后村诗话》）。的确，黄诗苦心孤诣，立意深曲，章法谨严细密，风格瘦硬峭拔而又老朴沉雄。如果说“苏轼之胸襟开阔，诗如长江大河，风起涛涌，自成奇观；黄庭坚则刻厉深思，如危峰千尺，拔地而起，别有胜境”（赵义山、李修生主编《中国分体文学史·诗歌卷》）。总之，“王介甫以工，苏子瞻以新，黄鲁直以奇”（陈师道《后山诗话》），各成“荆公体”、“东坡体”、“山谷体”，并由此共同构成了宋诗艺术的最高风范。此外，陈师道由衷倾慕苏、黄，然于东坡“落世不敢学”，乃以山谷为师，闭门觅句，勤学苦吟，终至成就了“后山体”。此期还有苏门弟子张耒、晁补之、秦观，他们风格不一，各有所好，亦各有所成。

两宋之交的诗坛以效法黄庭坚的“江西诗派”最为流行，该派因吕本中作《江西诗社宗派图》而得名，黄庭坚、陈师道、陈与义被后世追奉为“江西诗派”之“三宗”。其实，“江西派非江西，实皆学老杜耳。”（方回《瀛奎律髓》）该派为宋代影响最大的诗派，南宋诗人的创作少有不受其沾溉者。

南渡之初，经历了靖康之变，诗人们主战反和、御敌复国的呼声高起，诗风也随之而变。其中吕本中、陈与义、曾几是从“江西”入而又从“江西”变的关键人物。经过南宋初期的过渡之后，中期出现了诗歌的繁荣局面，其重要标志是“中兴四大诗人”——“尤、杨、范、陆”的出现。杨万里初学“江西”，后突破其樊篱，善于从人们熟视无睹的寻常景物和生活现象中发掘诗材，运用新鲜活泼、幽默风趣的手法和语言体物抒情，形成独具特色的“小品诗”体，即“诚斋体”。范成大诗清新温润、工稳适度，以联章七绝记途中见闻的使金诗，以季节时序描写农家生活的田园诗最为著名。陆游是一位壮怀激烈又转益多师的大诗人。“集中什九从军乐，亘古男儿一放翁”（梁启超《读陆放翁集》），其诗之主旋律激荡着报国抗金的热情，充满了壮志难酬的悲愤，如《关山月》借边地的壮士心和中原的遗民泪，表达诗人对屈辱的“和戎”政策的谴责和抗议。与此同时，放翁集中“凡一草一木，一鱼一鸟，无不裁剪入诗”（赵翼《瓯北诗话》），皆情深意浓，生机盎然。“六十年间万首诗”，作诗“工夫在诗外”，放翁实在寿高诗富才卓，风格多样，无体不备，兼容并包又自成一家，悲壮雄豪又清圆流丽，七古、七律艺术成就最高。

南宋后期，诗坛的代表是“四灵诗派”和“江湖诗人”。此期宋金对峙已成定局，国人习于苟安，一些下层文士遭逢不偶，无计政治进取，以吟啸江湖相尚。“永嘉四灵”即徐照、徐玑、翁卷、赵师秀，他们的字或号都有灵字，又都是永嘉（今浙江温州）人，故称“永嘉四灵”。他们承袭晚唐，师法贾岛、姚合，以清新灵秀之词，写山野田园之趣，以五律为主，兼及绝句，尚白描，忌用典，辞清意浅，取径狭窄。“江湖诗人”因书商陈起刊刻《江湖诗集》而得名。江湖派诗人身份复杂，历时甚久，以小官吏、中下层布衣文人为主，成员流品不齐，诗作水平不一，他们基本上都反对“江西诗派”而崇尚晚唐诗。其中该派诗名最大、地位最高的刘克庄诗深沉婉曲；少孤飘零、身世落寞的戴复古诗幽深沉郁；而“求与古人合，不若求与古人异”的姜夔诗清远俊逸，自成一格。他们都是“江湖派”的代表人物。南宋末年，身经时代巨变，目睹国破家亡的晚宋诗人，深悲剧痛，发为吟咏，写出了大批浸满血泪的爱国诗篇，文天祥、谢枋得、谢翱、汪元量、林景熙等人为其中的佼佼者。他们以沉郁悲壮、感人至深的诗篇为宋诗画下了毫无愧色的句号。

【精读一 · 北宋诗】

村　行

王禹偁①

马穿山径菊初黄，信马悠悠野兴长。②万壑有声含晚籁，③数峰无语立斜阳。棠梨叶落胭脂色，④荞麦花开白雪香。何事吟余忽惆怅？村桥原树似吾乡。⑤

【注释】

① 王禹偁（954—1001），字元之，济州巨鹿（今山东巨野）人，晚年贬居黄州，人称王黄州。曾历任知县、左司谏、知制诰等职，后为翰林学士。屡以言事降职外任。他作诗崇尚杜甫、白居易，诗风简淡，为宋诗的先驱。今存诗500余首。② 野兴：对山野的游兴。③ 晚籁：傍晚从孔穴中发出的声音，这里指秋声。④ 棠梨：又名杜梨，一种野果树。⑤ 原树：原野上的树。

东　溪①

梅尧臣②

行到东溪看水时，坐临孤屿发船迟。③野凫眠岸有闲意，④老树着花无丑枝。短短蒲茸齐似剪，⑤平平沙石净于筛。⑥情虽不厌住不得，薄暮归来车马疲。

【注释】

① 东溪：一名宛溪，在梅尧臣故乡宣城。② 梅尧臣（1002—1060），字圣俞，宣

州宣城（今安徽宣城）人。宣城古名宛陵，人称宛陵先生。他一生坎坷，以诗著名，诗风平淡简远，为宋诗开山祖师。今存诗2 800余首。③屿：小岛。④野凫（fú）：野鸭子。⑤蒲茸（róng）：蒲草的花。⑥净于筛（shāi）：比用筛子筛过的还干净。

戏答元珍①

欧阳修

春风疑不到天涯，二月山城未见花。②残雪压枝犹有桔，冻雷惊笋欲抽芽。夜闻归雁生乡思，③病入新年感物华。④曾是洛阳花下客，⑤野芳虽晚不须嗟。

【注释】

①元珍：丁宝臣，字元珍，时任峡州（治所在夷陵，今湖北宜昌）判官。这首诗作于欧阳修贬谪在夷陵时。②天涯、山城：均指夷陵。③乡思：怀乡之情。隋薛道衡《人日思归》："人归落雁后，思发在花前。"本诗二五句暗含薛诗之意。④物华：犹物色，指美好的景物。⑤"曾是"句：洛阳是宋代的西京，盛产牡丹。欧阳修曾于仁宗天圣八年（1030）中进士后初仕西京留守推官，写有《洛阳牡丹记》。

明妃曲二首①

王安石②

其一

明妃初出汉宫时，泪湿春风鬓脚垂。低徊顾影无颜色，尚得君王不自持。③归来却怪丹青手，④入眼平生几曾有？⑤意态由来画不成，当时枉杀毛延寿。一去心知更不归，可怜着尽汉宫衣。寄声欲问塞南事，只有年年鸿雁飞。家人万里传消息，好在毡城莫相忆。⑥君不见咫尺长门闭阿娇，⑦人生失意无南北！

【注释】

①明妃：即王昭君，汉南郡秭归（今湖北秭归）人，名嫱，字昭君。汉元帝宫

妃。晋时避晋文帝司马昭讳改称明君，后人又称明妃。她入宫数年，一直不得召见，匈奴首领呼韩邪单于入朝求和亲，自请远嫁。② 王安石（1021—1086），字介甫，号半山，抚州临川（江西抚州）人。神宗即位后，任参知政事、平章事，执掌国政，力行新法。晚年退居金陵（今江苏南京），封荆国公，卒谥文。其诗、文在北宋都属大家。今存诗 1 500 余首，文 1 300 余篇。③ "低徊"二句：《后汉书 · 南匈奴传》载："呼韩邪临辞，大会。帝召王女以示之，昭君丰容靓饰，光明汉宫，顾影徘徊，竦动左右。帝见大惊，意欲留之，而难于失信，遂与匈奴。" ④ 丹青手：画师，指毛延寿。传元帝令画师画宫人像，昭君拒绝贿赂毛延寿，毛故意将她画丑。及昭君行，帝大悔，杀毛延寿。⑤ 几曾：一作"未曾"。⑥ 毡城：匈奴人为游牧民族，住毡帐，故称毡城。⑦ 咫（zhǐ）尺：形容距离很近。周代八寸为咫。长门：长门宫。阿娇：汉武帝陈皇后小名。她失宠后贬居长门宫。

其二

明妃初嫁与胡儿，毡车百两皆胡姬。① 含情欲说独无处，传语琵琶心自知。黄金杆拨春风手，② 弹看飞鸿劝胡酒。汉宫侍女暗垂泪，沙上行人却回首，汉恩自浅胡自深，人生乐在相知心。可怜青冢已芜没，③ 尚有哀弦留至今。

【注释】

① "毡车"句：《诗经 · 召南 · 鹊巢》："之子于归，百两御之"，写贵族女子出嫁，陪从很多。这里写匈奴派了大队胡姬来接昭君。两：同"辆"。② 黄金杆拨：用黄金涂饰的琵琶拨子。③ 青冢：昭君墓，在内蒙古呼和浩特市南，因相传墓地上草色四季常青而名。

和子由渑池怀旧 ①

苏轼

人生到处知何似？应似飞鸿踏雪泥。泥上偶然留指爪，鸿飞那复计东西？老僧已死成新塔，[2] 坏壁无由见旧题。[3] 往日崎岖还记否？路长人困蹇驴嘶。[4]

【注释】

① 子由：苏辙，字子由，苏轼弟。渑（miǎn）池：今河南渑池县。嘉祐元年（1056）三苏自蜀赴京，路过渑池，在县中寺庙内借宿，并在主持奉闲和尚居室的壁上题诗。嘉祐六年（1061），苏轼赴任凤翔，再次路过渑池。苏辙有《怀渑池寄子瞻兄》诗，苏轼此诗即为和作。② 老僧：指奉闲和尚。新塔：指佛塔。僧人圆寂后，建塔埋葬火化后的骨灰。③ 无由：无从。旧题：指嘉祐元年曾题在寺壁上的诗句。④ 蹇（jiǎn）驴：跛足的驴。多指劣等驴子。诗末作者自注："往岁马死于二陵，骑驴至渑池。"

六月二十日夜渡海

苏轼

参横斗转欲三更，[1] 苦雨终风也解晴。[2] 云散月明谁点缀？[3] 天容海色本澄清。空余鲁叟乘桴意，[4] 粗识轩辕奏乐声。[5] 九死南荒吾不恨，[6] 兹游奇绝冠平生。

【注释】

① 参（shēn）、斗：二十八宿（xiù）中的两宿。横、转：指星座位置的移动。② 苦雨：下个不停的雨。终风：吹个不停的风。《诗经·邶风·终风》"终风且暴"，《毛传》释为终日风。③ 点缀：这里指遮蔽。《晋书·谢重传》载：重在司马道子家作客，正值月色明净。道子认为极好，谢重却认为不如有点云彩点缀。道子开玩笑说：你自己心地不干净，还想将天空也弄得污秽吗？④ 鲁叟：指孔子。乘桴（fú）：乘船。桴，小筏。据《论语·公冶长》载，孔子曾说："道（王道）不行，乘桴浮于海。"⑤ 轩辕奏乐声：这里指涛声，也隐指老庄玄理。《庄子·天运》中说，黄帝在洞庭湖边演奏《咸池》乐曲，并借音乐说了一番玄理。轩辕：即黄帝。⑦ 九死：意谓历尽艰险。屈原《离骚》："亦余心之所善兮，虽九死其犹未悔。"南荒：南方边疆，指岭南的惠州、儋州。

寄黄几复①

黄庭坚②

我居北海君南海，③寄雁传书谢不能。④桃李春风一杯酒，江湖夜雨十年灯。持家但有四立壁，⑤治病不蕲三折肱。⑥想得读书头已白，隔溪猿哭瘴溪藤。

【注释】

①黄几复：黄介，黄庭坚的同乡好友。此诗作于元丰八年（1085），时庭坚在德平（今山东德州），黄介在四会（今属广东）。②黄庭坚（1045—1105），字鲁直，号山谷道人，晚号涪翁，洪州分宁（今江西修水）人。他在政治上同苏轼一样，于哲宗绍圣后，屡遭新党打击，被贬川黔边境，徽宗朝再谪宜州，卒于贬所。其诗学杜甫，诗风瘦硬奇峭，主张“夺胎换骨”、“无一字无来处”，被推为“江西诗派”之宗。今存诗1 900余首。③北海、南海：因德平、四会两地都滨海，故称。《左传·僖公四年》：“君处北海，寡人处南海，唯是风马牛不相及也。”故此句化用楚子与齐桓公语。④寄雁传书：托鸿雁传递书信。“得雁，足有系帛书”故事，见于《汉书·苏武传》。另：旧说湖南衡阳有回雁峰，雁南飞至此便折返。⑤四立壁：言家居清贫。《史记·司马相如传》：“家居徒四壁立。”⑥蕲（qí）：通“祈”，祈求。三折肱（gōng）：屡次折断胳膊。《左传·定公十三年》：“三折肱而为良医。”此处比喻几经挫折方可成为有经验的良才。

雨中登岳阳楼望君山二首①

黄庭坚

投荒万死鬓毛斑，②生出瞿塘滟滪关。③未到江南先一笑，岳阳楼上对君山。

满川风雨独凭栏，绾结湘娥十二鬟。④可惜不当湖水面，银山堆里看青山。

【注释】

①岳阳楼：在湖南岳阳城西门，面临洞庭湖。君山：一称洞庭山，在岳阳西南洞

庭湖中。② 投荒：被流放到荒远的边地。万死：喻经历了无数险阻危难，九死一生。③ 瞿塘：长江三峡之一。滟滪：滟滪堆，瞿塘峡口最险峻之处。④ 绾（wǎn）结：将头发向上梳起。湘娥：传说中的湘水女神娥皇、女英，君山是她们居住的地方。十二鬟：是说君山丘陵起伏，有如女神各式各样的发鬟。

春怀示邻里[①]

陈师道[②]

断墙着雨蜗成字，[③] 老屋无僧燕作家。剩欲出门追语笑，[④] 却嫌归鬓着尘沙。风翻蛛网开三面，[⑤] 雷动蜂窠趁两衙。[⑥] 屡失南邻春事约，[⑦] 只今容有未开花。

【注释】

① 春怀：春天的情怀。邻里：邻居。诗作于元符三年（1100），作者时在徐州。② 陈师道（1053—1102），字无己，又字履常，号后山居士，彭城（今江苏徐州）人。初受业于曾巩，后学诗于黄庭坚，并称“黄陈”。其诗如其人，个性鲜明，风骨磊落，清劲孤洁，以苦吟闻名。③ 蜗成字：蜗牛爬行时黏液所留的痕迹，形同篆字。④ 剩欲：颇想。⑤ 开三面：商汤曾教猎人要网开三面，留下一面猎取那些实在该死的动物，并说这是仿效蜘蛛的办法（《史记·殷本纪》）。⑥ 趁两衙：蜂群早晚出入蜂房时排成行列，犹如在衙门参见长官。趁：赶着。⑦ 春事约：约请游春。

【泛读】

欧阳修《画眉鸟》

百啭千声随意移，山花红紫树高低。始知锁向金笼听，不及林间自在啼。

王安石《泊船瓜州》

京口瓜洲一水间，钟山只隔数重山。春风又绿江南岸，明月何时照我还。

王安石《书湖阴先生壁》

茅檐长扫净无苔，花木成畦手自栽。一水护田将绿绕，两山排闼送青来。

王安石《登飞来峰》

飞来山上千寻塔，闻说鸡鸣见日升。不畏浮云遮望眼，自缘身在最高层。

王安石《元日》

爆竹声中一岁除，春风送暖入屠苏。千门万户曈曈日，总把新桃换旧符。

王安石《梅花》

墙角数枝梅，凌寒独自开。遥知不是雪，为有暗香来。

王安石《北陂杏花》

一陂春水绕花身，身影妖娆各占春。纵被春风吹作雪，绝胜南陌碾成尘。

王安石《示长安君》

少年离别意非轻，老去相逢亦怆情。草草杯盘供笑语，昏昏灯火话平生。自怜湖海三年隔，又作尘沙万里行。欲问后期何日是，寄书应见雁南征。

苏轼《六月二十七日望湖楼醉书》

黑云翻墨未遮山，白雨跳珠乱入船。卷地风来忽吹散，望湖楼下水如天。

苏轼《饮湖上初晴后雨》

水光潋滟晴方好，山色空蒙雨亦奇。欲把西湖比西子，淡妆浓抹总相宜。

苏轼《题西林壁》

横看成岭侧成峰，远近高低各不同。不识庐山真面目，只缘身在此山中。

苏轼《惠崇春江晓景》

竹外桃花三两枝，春江水暖鸭先知。蒌蒿满地芦芽短，正是河豚欲上时。

苏轼《赠刘景文》

荷尽已无擎雨盖，菊残犹有傲霜枝。一年好景君须记，最是橙黄橘绿时。

黄庭坚《登快阁》

痴儿了却公家事，快阁东西倚晚晴。落木千山天远大，澄江一道月分明。朱弦已为佳人绝，青眼聊因美酒横。万里归船弄长笛，此心吾与白鸥盟。

黄庭坚《王充道送水仙五十枝》

凌波仙子生尘袜，水上轻盈步微月。是谁招此断肠魂，种作寒花寄愁绝。含香体素欲倾城，山矾是弟梅是兄。坐对真成被花恼，出门一笑大江横。

黄庭坚《鄂州南楼书事》

四顾山光接水光，凭栏十里芰荷香。清风明月无人管，并作南楼一味凉。

【精读二·南宋诗】

襄邑道中①

陈与义②

飞花两岸照船红，百里榆堤半日风。③卧看满天云不动，不知云与我俱东。

【注释】

①襄邑：在河南。②陈与义（1090—1138），字去非，号简斋，洛阳（今属河南）人。累官至参知政事。其诗早年受黄庭坚、陈师道影响较深，经历了靖康之变后，以

杜甫为师，忧国伤时，寄托遥深，成为南渡初最负盛名的诗人。③“百里”句：船趁着顺风，半天就走了一百里，沿堤都是榆树。

关山月[①]

陆游[②]

和戎诏下十五年，[③]将军不战空临边。朱门沉沉按歌舞，厩马肥死弓断弦。[④]戍楼刁斗催落月，[⑤]三十从军今白发。笛里谁知壮士心，沙头空照征人骨。中原干戈古亦闻，岂有逆胡传子孙。[⑥]遗民忍死望恢复，[⑦]几处今宵垂泪痕。

【注释】

①关山月：汉乐府横吹曲名。横吹曲原为西域军乐。②陆游（1125—1210），字务观，号放翁，越州山阴（今浙江绍兴）人。平生志在复国，力主抗金，爱国忧民。其诗激情奔涌，风光无限，篇什近万（今存9 300余首）。③“和戎”句：孝宗隆兴元年（1163）宋与金交战失败，次年宋金订立隆兴和议，下距淳熙四年（1177）陆游作此诗时近十五年。④厩（jiù）：马房。⑤戍楼：边防的岗楼。刁斗：古代军中用来打更报时的用具。⑥“岂有”句：金朝自太祖阿骨打建国，其后侵灭北宋，盘踞中原，至南宋孝宗时已传国五世。逆胡：指女真族统治者。⑦遗民：北方沦陷区的百姓。

五月十一日夜且半，梦从大驾亲征，尽复汉唐故地，见城邑人物繁丽，云“西凉府”也。喜甚，马上作长句，未终篇而觉，乃足成之[①]

陆游

天宝胡兵陷两京，[②]北庭安西无汉营。[③]五百年间置不问，[④]圣主下诏初亲征。[⑤]熊罴百万从銮驾，[⑥]故地不劳传檄下。[⑦]筑城绝塞进新图，[⑧]排仗行宫宣大赦。[⑨]冈峦极目汉山川，文书初用淳熙年。驾前六军错锦绣，[⑩]秋风鼓角声满天。苜蓿峰前尽亭障，[⑪]平安火在交河上。[⑫]凉州女儿满高楼，梳头已学京都样。[⑬]

【注释】

① 大驾：御驾，皇帝的车马。西凉府：今甘肃武威，即诗中的凉州，其时早被西夏占领。长句：七言诗的别名。②“天宝”句：指唐玄宗天宝十四载（755），安禄山发动叛乱，先后攻陷唐东都洛阳和西都长安。③ 北庭、安西：唐代设置的两个都护府，前者治所在今新疆孚远县，为汉代乌孙国故地，后者治所在今新疆吐鲁番，为汉代龟兹国故地。唐贞元时，两都护府先后被吐蕃侵占。④ 五百年：本诗作于淳熙七年（1180），上距天宝十四载，计四百二十五年，说五百年，是举其整数。⑤ 圣主：指宋孝宗。⑥ 熊罴（pí）：两种猛兽，这里喻指勇猛的武士。銮驾：即大驾，皇帝的车驾。銮：一种铃铛，用来悬挂在车驾上。皇帝的车子上有八个銮铃。⑦ 故地：凉州原为中国属地。檄：古代官府的文书。⑧ 绝塞：极远的边塞。这里指唐北庭、安西两都护府原来的辖区。新图：新绘制的地图。⑨ 排仗：排列仪仗队。行宫：皇帝临时住处。宣大赦：由于国家收复失地，取得重大胜利，所以宣布大赦。⑩ 六军：据《周礼》，国王拥有六军，后泛指朝廷的军队。白居易《长恨歌》“六军不发无奈何”。错锦绣：形容王师着装华丽。⑪ 苜蓿峰：在新疆边境，借指边关要塞。亭障：边防的堡垒。⑫ 平安火：唐代于边塞地每隔约三十里设一烽火报警点，称平安火。交河：县名，在今新疆吐鲁番西，唐置安西都护府于此。⑬ 京都：指南宋都城临安。

四时田园杂兴二首

范成大①

蝴蝶双双入菜花，日长无客到田家。鸡飞过篱犬吠窦，②知有行商来买茶。

村巷冬年见俗情，③邻翁讲礼拜柴荆。④长衫布缕如霜雪，云是家机自织成。

【注释】

① 范成大（1126—1193），字致能，号石湖居士，吴郡（今苏州）人。孝宗时曾

出使金国，历经险难，全节而归。晚年自请解职，退居苏州石湖。他素有文名，尤工于诗，以写江南农村生活和地方风俗最著名。为南宋“中兴四大诗人”之一。② 犬吠窦：狗在洞边吼叫。窦，指狗洞。③ 俗情：指风俗人情。④ 柴荆：用木柴树条编织的宅门，泛指村舍。杜甫《羌村》其三：“驱鸡上树木，始闻扣柴荆。”

闲居初夏午睡起二绝句

杨万里 ①

梅子留酸软齿牙，② 芭蕉分绿与窗纱。日长睡起无情思，③ 闲看儿童捉柳花。

松阴一架半弓苔，偶欲看书又懒开。戏掬清泉洒蕉叶，④ 儿童误认雨声来。

【注释】

① 杨万里（1127—1206），字廷秀，号诚斋，吉州吉水（今江西吉安）人。历仕光宗、宁宗朝。其人刚直不阿，其诗富于想象，活处见理，涉笔成趣，人称“诚斋体”。今存诗 4 000 余首。② 留酸：酸味久留口中。软齿牙：牙齿觉软，俗称倒牙。③ 无情思：闲得无聊无趣。④ 掬（jū）：两手捧。

过垂虹 ①

姜夔

自作新词韵最娇，② 小红低唱我吹箫。曲终过尽松陵路，③ 回首烟波十四桥。④

【注释】

① 垂虹：垂虹桥，又称长桥，北宋庆历年间修建，在江苏吴江。绍熙二年（1191）除夕，作者从苏州范成大家回湖州乘船过垂虹桥，作此诗。② 新词：指作者在范成大家创作的两首咏梅词《暗香》、《疏影》。③ 松陵：吴江区的别称。④ 十四桥：指一路经过的桥，包括垂虹桥在内。

约　客

赵师秀[1]

黄梅时节家家雨，[2] 青草池塘处处蛙。有约不来过夜半，闲敲棋子落灯花。[3]

【注释】

①赵师秀（1170—1220），字紫芝，号灵秀（或称灵芝），永嘉（今浙江温州）人。“永嘉四灵”诗人中成就最高者。②黄梅时节：指江南梅子黄熟的季候，即春末夏初间。③灯花：油灯的灯芯久燃成炭，结成花形，叫作灯花。

扬子江[1]

文天祥[2]

几日随风北海游，[3] 回从扬子大江头。[4] 臣心一片磁针石，[5] 不指南方不肯休。

【注释】

①景炎元年（1276）宋端宗赵昰（xià）在福州即位，文天祥从元兵营逃出，因扬州守将不肯收留，便一心要到福州去，与残存的宋政权共生死。这首诗即作于途中。扬子江就是长江。②文天祥（1236—1282），字宋瑞，又字履善，号文山，吉水（今属江西吉安）人。他是南宋末年的民族英雄。1275 年元兵南下，他应诏起兵。1276 年南宋降元后，组织义军转战于福建、江西、广东等地，兵败被俘，囚于燕京三余年，坚贞不屈，英勇就义。他在诗、词、散文方面都有较高的造诣。③北海：泛指长江口以北的海域。④扬子大江头：指长江南下的渡口。⑤磁针石：指南针。

【泛读】

陆游《临安春雨初霁》

世味年来薄似纱，谁令骑马客京华。小楼一夜听春雨，深巷明朝卖杏花。矮纸斜行闲作草，晴窗细乳戏分茶。素衣莫起风尘叹，犹及清明可到家。

陆游《剑门道中遇微雨》

衣上征尘杂酒痕，远游无处不消魂。此身合是诗人未？细雨骑驴入剑门。

陆游《书愤》

早岁那知世事艰，中原北望气如山。楼船夜雪瓜洲渡，铁马秋风大散关。塞上长城空自许，镜中衰鬓已先斑。出师一表真名世，千载谁堪伯仲间。

陆游《秋夜将晓出篱门迎凉有感》

三万里河东入海，五千仞岳上摩天。遗民泪尽胡尘里，南望王师又一年。

陆游《十一月四日风雨大作》

僵卧孤村不自哀，尚思为国戍轮台。夜阑卧听风吹雨，铁马冰河入梦来。

陆游《游山西村》

莫笑农家腊酒浑，丰年留客足鸡豚。山重水复疑无路，柳暗花明又一村。箫鼓追随春社近，衣冠简朴古风存。从今若许闲乘月，拄杖无时夜叩门。

陆游《示儿》

死去原知万事空，但悲不见九州同。王师北定中原日，家祭毋忘告乃翁。

范成大《四时田园杂兴二首》

梅子金黄杏子肥，麦花雪白菜花稀。日长篱落无人过，唯有蜻蜓蛱蝶飞。

昼出耘田夜绩麻，村庄儿女各当家。童孙未解供耕织，也傍桑阴学种瓜。

杨万里《小池》

泉眼无声惜细流，树阴照水爱晴柔。小荷才露尖尖角，早有蜻蜓立上头。

杨万里《晓出净慈寺送林子方》

毕竟西湖六月中，风光不与四时同。接天莲叶无穷碧，映日荷花别样红。

杨万里《宿新市徐公店》

篱落疏疏一径深，树头新绿未成阴。儿童急走追黄蝶，飞入菜花无处寻。

杨万里《新柳》

柳条百尺拂银塘，且莫深青只浅黄。未必柳条能蘸水，水中柳影引他长。

【延伸阅读】

1. 钱锺书：《宋诗选注》，人民文学出版社，1989。
2. 程千帆：《宋诗精选》，江苏古籍出版社，2002。
3. 王水照、崔铭：《欧阳修传：达者在纷争中的坚持》，天津人民出版社，2008。
4. 高克勤：《王安石诗文选评》，上海古籍出版社，2002。
5. 王水照、崔铭：《苏轼传：智者在苦难中的超越》，天津人民出版社，2000。
6. 黄宝华：《黄庭坚诗词文选评》，上海古籍出版社，2003。
7. 莫砺锋：《江西诗派研究》，齐鲁书社，1986。
8. 刘扬忠：《陆游诗词选评》，三秦出版社，2008。

第十一章　一种文学观念与文章范式的确立：唐宋散文

【导读】

自先秦至唐宋，主流的文学样式无外乎诗、文两大类。文与诗一样源远流长，多姿多彩，“文”的包容范围极广，面貌亦极为纷繁复杂。体式上经历了由散到骈、由骈到散，乃至骈散夹杂、并行不悖的演变过程，功用上也由单纯的实用性而逐步呈现出实用与审美分途或兼备的趋势。文的骈俪化是六朝文学走向自觉的一个突出成果，体现了人们对文的艺术性、抒情性的认识与追求。然而，随着时间的推移，诸多严重的弊端亦随之凸显：过分讲究用典、声律、对偶，好尚繁辞丽藻和一成不变的四字句与六字句交错的句型，严重削弱了文章抒情、叙事、说理的功能，束缚了思想感情的表达，加剧了陈陈相因的不良文风。因此，文体的改革不可避免。早在西魏时宇文泰、苏绰就提出过文体复古的主张，隋初时隋文帝、李谔也曾试图用行政手段改革文体，但都未能产生实际影响。

隋唐以来科举制的实行，打破了世家大族垄断国家政治、文化领域的局面，使社会中下层士人有了以文从政的机会，文章的作者发生了变化，追求华丽典雅的文化心理和审美习惯逐渐失去存在的土壤，文章的内容、形式、风格也随之发生变化。初盛唐以后，一方面骈体文开始向简洁质朴、骈中夹散的方向转化，另一方面纯粹实用的散体文中也产生了少数艺术性较高的作品。而文体改革作为一种思潮的出现则是在安史之乱以后。唐王朝由盛转衰的现实，促使一部分士人急切地寻找拯时济世的方案，复兴儒学，变移世风，肃清华而不实的浮靡文风，使文章能为政教所用，与现实相关，能更好地表达思想感情，遂成为有识之士的普遍共识，中唐古文运动由此兴起。“古文”是韩愈等人针对骈文（又称“时文”）而提出的一个概念，指先秦两汉时单行散句、没有固定格式的文体。中唐古文运动主张用散体取代骈体，恢复切于实用的文章传统。韩愈、柳宗元是其中最杰出的代表，他们先后创作了八百多篇散文，无论是政论、书启、赠序、杂说、传记、祭文、墓志、寓言、游记还是传奇小说，都充满了浓郁的感情色彩和鲜明的个性特征，富于艺术感染力，打破了魏晋以来的“文”、“笔”界限，不仅使历来以论理记事为专职的散文具备了抒情写景的功能，而且强化了散文的艺术性，以创作实绩证明了散文的文学审美价值。韩愈的散文雄奇奔放，感情充沛。他敢说真话，敢于突破儒家传统观念和社会上的流俗之见，毫不掩饰自己的感情，同时又非常重视文章的艺术性。在语言上，他善于将前人的语汇推陈出新，从当时的口语中提炼新词，加以自己的匠心雕琢，熔铸成精警独到、别具一格的新颖语汇；在句法上，他善于吸收骈体文的优长，在散句单行中辅以排比、对仗、层递句式，形成长短错落、音调铿锵的声情效果，增加了文章的变化与气势。如《伯夷颂》，开篇以简洁的语言对“特立独行之士”加以阐释，接着用三个句式相似的层递句，层层逼进，将伯夷之“特立独行”推至“千百年乃一人而已耳”的高度，随后又以三个排比句横向展开，对伯夷的高标绝韵予以热烈歌颂。在章法上，他善于用变化多端的构思方法组织文章，“一波未平，一波已作，出入变化，不可纪极”（刘熙载《艺概·文概》）。如《获麟解》，以麟之“祥”与“不祥”为眼目，正说之后接以反说，反说之后又接以正说，最后又归结于反说，反映了现实社会中杰出之士往往得不到赏识，反而遭受歧视与打击的可悲事实，曲折含蓄地抒发内心的愤懑之情。柳宗元的散文简古峭拔，含蓄隽永。他的论说文逻辑谨严，立意深远，针砭时弊，不为空谈；他的寓言文想象丰富，假物为说，因事言理，结构短小而寓意深刻。如《罴说》以猎者为主角，展开一个富于戏剧性的情节，猎者借虎驱貙，借罴驱虎，完全依靠外在的力量来解决眼前的困境，最后落得为罴所食的悲惨结局。结合柳宗元所处时代不难看出，这则寓言是对朝廷试图采取“以藩治藩”方针解决藩镇拥兵割据、尾大不掉的政治问题的巧妙讽喻，具有鲜明的现实针对性。柳宗元最为人称道的是山水游记，体物深微，刻画精细，虚实相生，变化无穷。他笔下的山水往往都是高洁、清雅却沉埋不遇的清冷、幽寂之景，寄托了作者不为世用、远谪荒蛮的苦闷与悲哀。如《石渠记》中那水鸣幽幽、忽大忽细的石渠，流经大石，注入石泓，北堕小潭，环绕于诡石怪木、奇卉美竹之间，蜿蜒纡曲、艰难坎坷，其景清美雅静，折射出作者深沉的身世之感与悲凉之情。除韩、柳之外，中唐文坛还活跃着大批散文作家，一时间散文创作蔚为风气。然而，随着韩愈及其同道们的相继谢世，古文运动逐步走上了求奇求怪的窄路，丧失了内在生命力。因此，晚唐五代，骈体文重新占据主流。

一度中断的古文运动在北宋初期开始复兴。首先是柳开、穆修的大声疾呼，他们尖锐批判晚唐五代以来流行的骈文，崇道尊韩，把复兴古文视为振兴儒道的必要途径，但是，对散文艺术性的完全忽视使他们难以获得众人的响应。宋初在散文创作上成就较高的作家是王禹偁，他的文章言之有物，清丽晓畅，富于抒情色彩，显示出一种新文风的端倪。到宋仁宗庆历（1041—1048）前后，随着“庆历新政”的展开，文学革新的要求变得更为迫切和广泛。最早开创一代文风的文坛领袖是欧阳修。在理论上，欧阳修主张文道并重，在坚持明道致用的基础上重视文章的艺术形式，纠正了柳开等古文家的偏颇；他尊韩却并不盲目，对韩愈、柳宗元散文取其文从字顺的一面，摒弃奇险深奥的倾向，矫正了韩柳古文的某些缺点；对骈文的艺术成就也并不全盘否定，认为“偶俪之文，苟合于理，未必为非”(《论尹师鲁墓志》)。在社会身份上，欧阳修品德高尚，拥有崇高的政治地位，善于培养后起之秀，提携尚不知名的作者，如：曾巩、王安石、苏洵、苏轼、苏辙等，都曾得到他的识拔或荐举。因此，在他周围形成了集团性的力量，更有利于文学革新的推进。在创作实践上，欧阳修亦取得了杰出成就。无论是政论、史论、亭台记、游记，还是墓志、祭文、书简、题跋，他都能得心应手地驾驭，写出了诸多传诵千古的名篇佳作。欧阳修散文的主体风格是婉转流畅、雍容舒缓、风神摇曳、极富情韵，于韩柳之外别开生面。如《读李翱文》即典型地体现了这一特征。全文三大段，先后运用欲扬先抑法、对照烘托法和以古论今法等多种手法，由远及近，曲折写来，“极吞吐往复参差离合之致”（魏禧《魏叔子日录》）。欧阳修健全通达的文学观念和具有典范性的创作成就，正确地引导了宋代古文运动的发展方向，奠定了宋代散文平易自然、流畅婉转的群体风格，取得了古文运动的全面胜利，结束了骈文从南北朝以来长达六百年的统治地位，为元明清三代提供了一种较之唐代散文更便于论事说理、抒情言志的新型“古文”。继欧阳修之后，苏轼主盟北宋文坛，和欧阳修一样，苏轼也喜欢奖掖后进，他门下人才辈出，进一步巩固了文学革新的成果。苏轼之文如行云流水，自然流畅而又波澜起伏。他长于史论和政论，平易明快，辩才无碍，往往能随机生发，翻空出奇，表现出极高的论说技巧。如《刑赏忠厚之至论》是他二十二岁应礼部试的应试之作，即已体现出这一特点。为了阐述古代先王“罚疑为轻”、慎于用刑的忠厚用心，竟“想当然”地杜撰出“皋陶曰‘杀之’三，尧曰‘宥之’三”的事典，虽属乌有，却合乎事理，真所谓以无为有。更能代表苏轼散文成就的是随笔、游记、书札、序跋等文体，这些文章形式更加轻松活泼，抒情、写景、议论、叙事等多种手法综合运用，信笔挥洒而气脉流贯，理趣极深而辞极浅易。如晚年谪居儋州所作《书上元夜游》，全文不过百余字，前半记述与海南文士月夜出游的生活片断，描写小城的繁荣景象、祥和风俗，后半抒写作者悟得的随遇而安、当下即是的生活哲理，文笔简净，含蕴深永，真率自然，字字皆从性灵中流出。苏轼的创作，代表了宋代散文的最高成就，标志着北宋古文运动的圆满成功。欧、苏之外，宋代文坛群星璀璨，中期有名列“唐宋八大家”的王安石、曾巩、苏洵、苏辙，后期有名列“四学士”、“六君子”的晁补之、张耒、秦观、李廌，皆以出色的散文成就名标史册。南宋散文在此基础上持续发展，虽然没有产生像欧、苏那样的大家，但在政论和笔记小品等文体中，对前人仍有所发展和超越，总体成就不可忽视。

【精读一·唐代散文】

伯夷颂[①]

韩愈

士之特立独行，适于义而已，[②]不顾人之是非，皆豪杰之士，信道笃而自知明者也。③一家非之，力行而不惑者，④寡矣；至于一国一州非之，力行而不惑者，盖天下一人而已矣；若至于举世非之，力行而不惑者，则千百年乃一人而已耳！若伯夷者，穷天地，亘万世而不顾者也。⑤昭乎日月不足为明，崒乎泰山不足为高，巍乎天地不足为容也！⑥

当殷之亡、周之兴，微子贤也，抱祭器而去之；⑦武王、周公圣也，从天下之贤士与天下之诸侯而往攻之。⑧未尝闻有非之者也。彼伯夷、叔齐者，乃独以为不可。殷既灭矣，天下宗周，⑨彼二子乃独耻食其粟，饿死而不顾。由是而言，夫岂有求而为哉？信道笃而自知明也。

今世之所谓士者，一凡人誉之，则自以为有余；一凡人沮之，则自以为不足。彼独非圣人，⑩而自是如此。夫圣人乃万世之标准也。余故曰：若伯夷者，特立独行，穷天地、亘万世而不顾者也。虽然，微二子，乱臣贼子接迹于后世矣。⑪

【注释】

①伯夷：商朝孤竹君之子。相传孤竹君临死，遗命立次子叔齐为继承人。叔齐让位给伯夷，伯夷不受，叔齐也不愿登位，先后都逃到周国。周武王伐纣，两人曾叩马谏阻。武王灭商后，他们耻食周粟，逃到首阳山，采薇而食，饿死在山里。②适于义：符合道义。③信道笃：信仰道义坚定。自知明：清楚地知道自己应该怎么做。④力行而不惑：勉力而行不感到疑惑。⑤穷天地，亘万世：穷尽天地之间，穿越古今万代之中。亘（gèn）：横贯。不顾：不见。⑥昭：明亮。为：谓。崒（zú）：高峻。巍：高广。这几句的意思是：比起伯夷来，明亮的日月称不上光明，高峻的泰山称不上崇高，天地之大包容不下。⑦微子：商纣王之庶兄，商朝著名贤臣，曾屡次劝谏纣王，不听，遂抱祭器投降周武王。祭器：祭祀用的礼器。《史记·宋微子世家》："周武王伐纣克殷，微子乃持其祭器造于军门，肉袒面缚，左牵羊，右把茅，膝行而前以告。于是武王乃释微子，复其位如故。"⑧从（zòng）天下之贤士：联合天下的贤士。从：合从。与天下之诸侯：会同天下的诸侯。与：会同。据《史记·周本纪》：武王伐纣前，会八百诸侯于盟津，皆曰可伐。居二年，率师东伐，诸侯咸会，战于牧野。⑨天下宗周：

天下诸侯以周国为宗主。⑩彼：指伯夷。非：否定，非议。圣人：周武王。⑪微二子：没有（伯夷、叔齐）这两个人。乱臣贼子：逆乱的臣子。接迹：相继。

获麟解①

韩愈

麟之为灵昭昭也：咏于《诗》，②书于《春秋》，③杂出于传记百家之书，④虽妇人小子，皆知其为祥也。

然麟之为物，不畜于家，不恒有于天下。其为形也不类，⑤非若马牛、犬豕、豺狼、麋鹿然。然则虽有麟，不可知其为麟也。

角者吾知其为牛，鬣者吾知其为马，犬豕、豺狼、麋鹿，吾知其为犬豕、豺狼、麋鹿，惟麟也不可知。不可知，则其谓之不祥也亦宜。

虽然，麟之出，必有圣人在乎位：麟为圣人出也。圣人者必知麟，麟之果不为不祥也。

又曰：麟之所以为麟者，以德不以形。若麟之出，不待圣人，则谓之不祥也亦宜。

【注释】

①麟：即麒麟。据说它的外形是“麇（jūn，即獐）身、牛尾、一角”（《尔雅·释兽》）。②咏于《诗》：《诗经·周南》有《麟之趾》。③书于《春秋》：《春秋·哀公十四年》：“春，西狩获麟。”《左传》：“西狩于大野。叔孙氏之车子鉏商获麟，以为不祥，以赐虞人。仲尼观之曰：麟也。然后取之。”④传记百家之书：如东汉王充《论衡·讲瑞篇》、班固《白虎通·封禅篇》、东晋葛洪《抱朴子·自叙》等皆叙及麟。⑤不类：即不伦不类。

罴　说①

柳宗元

鹿畏貙，②貙畏虎，虎畏罴。罴之状，被发人立，③绝有力而甚害人焉。楚之南有猎者，能吹竹为百兽之音。昔云持弓矢罂火而即之山，④为鹿鸣以感其类，⑤伺其至，发火而射之。貙闻其鹿也，趋而至。其人恐，因为虎而骇之。貙走而虎至，愈恐，则又为罴。虎亦亡去。罴闻而求其类，至则人也，捽搏挽裂而食之。⑥今夫不善内而恃外者，未有不为罴之食也。

【注释】

①罴（pí）：一种熊。②貙（chū）：一种似狐狸的野兽。③被：同“披”。④罂（yīng）：腹大口小的瓶子。这里用作动词。罂火：即用器皿盛火种。⑤感：感应，召唤。⑥捽（zuó）：揪。搏：抓，扑。挽：牵引，拉。

石渠记①

柳宗元

自渴西南行不能百步，②得石渠。民桥其上。有泉幽幽然，其鸣乍大乍细。渠之广，或咫尺，或倍尺，其长可十许步。其流抵大石，伏出其下。逾石而往有石泓，③昌蒲被之，青鲜环周。又折西行，旁陷岩石下，北堕小潭。潭幅员减百尺，清深多鲦鱼。④又北曲行纡余，睨若无穷，⑤然卒入于渴。其侧皆诡石怪木，奇卉美箭，⑥可列坐而庥焉。⑦风摇其巅，韵动崖谷，视之既静，其听始远。

予从州牧得之，⑧揽去翳朽，⑨决疏土石，⑩既崇而焚，⑪既酾而盈。⑫惜其未始有传焉者，故累记其所属，遗之其人，⑬书之其阳，俾后好事者求之得以易。

元和七年正月八日蠲渠至大石，⑭十月十九日逾石得石泓、小潭。渠之美于是始穷也。

【注释】

①本篇是《永州八记》的第六篇。作于元和七年（812）。②渴：指袁家渴。作者在《永州八记》第五篇《袁家渴记》中说：“楚越之间方言，谓水之支流为渴。”③石泓：凹石积水而形成的潭。④鲦（tiáo）鱼：一种生于淡水的小白鱼。⑤睨（nì）：视。

⑥ 箭：小竹。⑦ 庥（xiū）：同“休”，止息。⑧ 州牧：官名，一州之长。这里指刺史。⑨ 翳：遮蔽。翳朽：遮蔽在水上的枯枝朽木。⑩ 决疏：排除阻塞物，疏通水道。⑪ 崇：聚积。⑫ 酾（shī）：分流，疏导。⑬ 遗（wèi）：送给。⑭ 蠲（juān）：疏通。

【泛读】

韩愈《杂说》

世有伯乐，然后有千里马。千里马常有，而伯乐不常有。故虽有名马，祇辱于奴隶人之手，骈死于槽枥之间，不以千里称也。

马之千里者，一食或尽粟一石；食马者不知其能千里而食也。是马也，虽有千里之能，食不饱，力不足，才美不外见；且欲与常马等不可得，安求其能千里也？

策之不以其道，食之不能尽其材，鸣之而不能通其意，执策而临之曰：“天下无马。”呜呼！其真无马邪？其真不知马也！

韩愈《师说》

古之学者必有师。师者，所以传道受业解惑也。人非生而知之者，孰能无惑？惑而不从师，其为惑也终不解矣。

生乎吾前，其闻道也固先乎吾，吾从而师之；生乎吾后，其闻道也亦先乎吾，吾从而师之。吾师道也，夫庸知其年之先后生于吾乎！是故无贵无贱，无长无少，道之所存，师之所存也。

嗟乎！师道之不传也久矣！欲人之无惑也难矣！古之圣人，其出人也远矣，犹且从师而问焉；今之众人，其下圣人也亦远矣，而耻学于师。是故圣益圣，愚益愚；圣人之所以为圣，愚人之所以为愚，其皆出于此乎？

爱其子，择师而教之，于其身也，则耻师焉，惑矣！彼童子之师，授之书而习其句读者也，非吾所谓传其道解其惑者也。句读之不知，惑之不解，或师焉，或不焉，小学而大遗，吾未见其明也。

巫医乐师百工之人，不耻相师；士大夫之族，曰师曰弟子云者，则群聚而笑之。问之，则曰："彼与彼年相若也，道相似也。位卑则足羞，官盛则近谀。"呜呼！师道之不复可知矣！巫医乐师百工之人，君子不齿。今其智乃反不能及，其可怪也欤！

圣人无常师，孔子师郯子、苌弘、师襄、老聃。郯子之徒，其贤不及孔子。孔子曰："三人行，则必有我师。"是故弟子不必不如师，师不必贤于弟子，闻道有先后，术业有专攻，如是而已。

李氏子蟠，年十七，好古文，六艺经传，皆通习之。不拘于时，学于余，余嘉其能行古道，作《师说》以贻之。

韩愈《蓝田县丞厅壁记》

丞之职所以贰令，于一邑无所不当问。其下主簿、尉，主簿、尉乃有分职。丞位高而偪，例以嫌不可否事。文书行，吏抱成案诣丞。卷其前，钳以左手，右手摘纸尾，雁鹜行以进，平立，睨丞曰："当署。"丞涉笔占位署，惟谨。目吏，问："可不可？"吏曰："得。"则退。不敢略省，漫不知何事。官虽尊，力势反出主簿、尉下。谚数慢，必曰："丞。"至以相訾謷，丞之设，岂端使然哉！

博陵崔斯立，种学绩文，以蓄其有，泓涵演迤，日大以肆。贞元初，挟其能，战艺于京师，再进再屈千人。元和初，以前大理评事言得失黜官，再转而为丞兹邑。始至，喟然曰："官无卑，顾材不足塞职。"既噤不得施用，又喟然曰："丞哉，丞哉！余不负丞，而丞负余。"则尽枿去牙角，一蹑故迹，破崖岸而为之。

丞厅故有记，坏漏污不可读。斯立易桷与瓦，墁治壁，悉书前任人名氏。庭有老槐四行，南墙巨竹千挺，俨立若相持，水㶁㶁循除鸣。斯立痛扫溉，对树二松，日吟哦其间。有问者，辄对曰："余方有公事，子姑去。"考功郎中、知制诰韩愈记。

韩愈《送董邵南游河北序》

燕、赵古称多感慨悲歌之士。董生举进士，连不得志于有司，怀抱利器，郁郁适兹土。吾知其必有合也。董生勉乎哉！

夫以子之不遇时，苟慕义强仁者皆爱惜焉。矧燕、赵之士出乎其性者哉！然吾尝闻风俗与化移易，吾恶知其今不异于古所云邪？聊以吾子之行卜之也。董生勉乎哉！

吾因子有所感矣。为我吊望诸君之墓，而观于其市，复有昔时屠狗者乎？为我谢曰："明天子在上，可以出而仕矣。"

柳宗元《捕蛇者说》

永州之野产异蛇，黑质而白章，触草木尽死，以啮人，无御之者。然得而腊之以为饵，可以已大风、挛踠、瘘、疠，去死肌，杀三虫。其始太医以王命聚之，岁赋其二。募有能捕之者，当其租入。永之人争奔走焉。

有蒋氏者，专其利三世矣。问之，则曰："吾祖死于是，吾父死于是，今吾嗣为之十二年，几死者数矣。"言之，貌若甚戚者。

余悲之，且曰："若毒之乎？余将告于莅事者，更若役，复若赋，则何如？"

蒋氏大戚，汪然出涕曰："君将哀而生之乎？则吾斯役之不幸，未若复吾赋不幸之甚也。向吾不为斯役，则久已病矣。自吾氏三世居是乡，积于今六十岁矣。而乡邻之生日蹙。殚其地之出，竭其庐之入。号呼而转徙，饿渴而顿踣。触风雨，犯寒暑，呼嘘毒疠，往往而死者相藉也。曩与吾祖居者，今其室十无一焉。与吾父居者，今其室十无二三焉。与吾居十二年者，今其室十无四五焉。非死而徙尔，而吾以捕蛇独存。悍吏之来吾乡，叫嚣乎东西，隳突乎南北，哗然而骇者，虽鸡狗不得宁焉。吾恂恂而起，视其缶，而吾蛇尚存，则弛然而卧。谨食之，时而献焉。退而甘食其土之有，以尽吾齿。盖一岁之犯死者二焉，其余则熙熙而乐，岂若吾乡邻之旦旦有是哉。今虽死乎此，比吾乡邻之死则已后矣，又安敢毒耶？"

余闻而愈悲，孔子曰："苛政猛于虎也。"吾尝疑乎是。今以蒋氏观之，犹信。呜呼！孰知赋敛之毒有甚是蛇者乎！故为之说，以俟夫观人风者得焉。

柳宗元《三戒》

吾恒恶世之人，不知推己之本，而乘物以逞，或依势以干非其类，出技以怒强，窃时以肆暴，然卒迨于祸。有客谈麋、驴、鼠三物，似其事，作《三戒》。

临江之麋

临江之人畋，得麋麑，畜之。入门，群犬垂涎，扬尾皆来，其人怒，怛之。自是日抱就犬，习示之，使勿动，稍使与之戏。积久，犬皆如人意。麋麑稍大，忘己之麋也，以为犬良我友，抵触偃仆，益狎。犬畏主人，与之俯仰甚善，然时啖其舌。

三年，麋出门，见外犬在道甚众，走欲与为戏。外犬见而喜且怒，共杀食之，狼藉道上。麋致死不悟。

黔之驴

黔无驴，有好事者船载以入。至则无可用，放之山下。虎见之，庞然大物也，以为神。蔽林间窥之，稍出近之，慭慭然莫相知。

他日，驴一鸣，虎大骇远遁，以为且噬己也，甚恐。然往来视之，觉无异能者，益习其声，又近出前后，终不敢搏。稍近益狎，荡倚冲冒，驴不胜怒，蹄之。虎因喜，计之曰："技止此耳！"因跳踉大㘎，断其喉，尽其肉，乃去。

噫，形之庞也类有德，声之宏也类有能，向不出其技，虎虽猛，疑畏，卒不敢取；今若是焉，悲夫！

永某氏之鼠

永有某氏者，畏日，拘忌异甚。以为己生岁直子；鼠，子神也，因爱鼠，不畜猫犬，禁僮勿击鼠。仓廪庖厨，悉以恣鼠，不问。

由是鼠相告，皆来某氏，饱食而无祸。某氏室无完器，椸无完衣，饮食大率鼠之余也。昼累累与人兼行，夜则窃啮斗暴，其声万状，不可以寝，终不厌。

数岁，某氏徙居他州。后人来居，鼠为态如故。其人曰："是阴类，恶物也，盗暴尤甚。且何以至是乎哉？"假五六猫，阖门，撤瓦灌穴，购僮罗捕之。杀鼠如丘，弃之隐处，臭数月乃已。

呜呼！彼以其饱食无祸为可恒也哉！

柳宗元《始得西山宴游记》

自余为僇人，居是州，恒惴栗。其隙也，则施施而行，漫漫而游，日与其徒上高山，入深林，穷回溪，幽泉怪石，无远不到。到则披草而坐，倾壶而醉；醉则更相枕以卧，卧而梦，意有所极，梦亦同趣；觉而起，起而归。以为凡是州之山水有异态者，皆我有也，而未始知西山之怪特。

今年九月二十八日，因坐法华西亭，望西山，始指异之。遂命仆人过湘江，缘染溪，斫榛莽，焚茅茷，穷山之高而止。攀援而登，箕踞而遨，则凡数州之土壤，皆在衽席之下。其高下之势，岈然，洼然，若垤，若穴。尺寸千里，攒蹙累积，莫得遁隐；萦青缭白，外与天际，四望如一。然后知是山之特立，不与培塿为类。悠悠乎与颢气俱，而莫得其涯；洋洋乎与造物者游，而不知其所穷。引觞满酌，颓然就醉，不知日之入。苍然暮色，自远而至，至无所见，而犹不欲归。心凝形释，与万化冥合。然后知吾向之未始游，游于是乎始。

故为之文以志。是岁，元和四年也。

柳宗元《至小丘西小石潭记》

从小丘西行百二十步，隔篁竹，闻水声，如鸣佩环，心乐之。伐竹取道，下见小潭，水尤清洌。全石以为底，近岸，卷石底以出，为坻，为屿，为嵁，为岩。青树翠蔓，蒙络摇缀，参差披拂。

潭中鱼可百许头，皆若空游无所依。日光下澈，影布石上，佁然不动，俶尔远逝，往来翕忽，似与游者相乐。

潭西南而望，斗折蛇行，明灭可见。其岸势犬牙差互，不可知其源。坐潭上，四面竹树环合，寂寥无人，凄神寒骨，悄怆幽邃。以其境过清，不可久居，乃记之而去。

同游者：吴武陵，龚古，余弟宗玄。隶而从者，崔氏二小生：曰恕己，曰奉壹。

柳宗元《愚溪诗序》

灌水之阳有溪焉，东流入于潇水。或曰：冉氏尝居也，故姓是溪为冉溪。或曰：

可以染也，名之以其能，故谓之染溪。余以愚触罪，谪潇水上，爱是溪，入二三里，得其尤绝者家焉。古有愚公谷，今余家是溪，而名莫能定，士之居者，犹龂龂然，不可以不更也，故更之为愚溪。

愚溪之上，买小丘，为愚丘。自愚丘东北行六十步，得泉焉，又买居之，为愚泉。愚泉凡六穴，皆出山下平地，盖上出也。合流屈曲而南，为愚沟。遂负土垒石，塞其隘，为愚池。愚池之东，为愚堂。其南为愚亭。池之中，为愚岛。嘉木异石错置，皆山水之奇者，以余故，咸以“愚”辱焉。

夫水，智者乐也。今是溪独见辱于愚，何哉？盖其流甚下，不可以灌溉；又峻急多坻石，大舟不可入也。幽邃浅狭，蛟龙不屑，不能兴云雨，无以利世，而适类于余，然则虽辱而愚之，可也。

宁武子“邦无道则愚”，智而为愚者也；颜子“终日不违如愚”，睿而为愚者也：皆不得为真愚。今余遭有道而违于理，悖于事，故凡为愚者，莫我若也。夫然，则天下莫能争是溪，余得专而名焉。

溪虽莫利于世，而善鉴万类，清莹秀澈，锵鸣金石，能使愚者喜笑眷慕，乐而不能去也。余虽不合于俗，亦颇以文墨自慰，漱涤万物，牢笼百态，而无所避之。以愚辞歌愚溪，则茫然而不违，昏然而同归，超鸿蒙，混希夷，寂寥而莫我知也。于是作《八愚》诗，纪于溪石上。

柳宗元《段太尉逸事状》

太尉始为泾州刺史时，汾阳王以副元帅居蒲。王子晞为尚书，领行营节度使，寓军邠州，纵士卒无赖。邠人偷嗜暴恶者，率以货窜名军伍中，则肆志，吏不得问。日群行丐取于市，不嗛，辄奋击折人手足，椎釜鬲瓮盎盈道上，袒臂徐去，至撞杀孕妇人。邠宁节度使白孝德以王故，戚不敢言。

太尉自州以状白府，愿计事。至则曰：“天子以生人付公理，公见人被暴害，因恬然。且大乱，若何？”孝德曰：“愿奉教。”太尉曰：“某为泾州，甚适，少事；今不忍人无寇暴死，以乱天子边事。公诚以都虞候命某者，能为公已乱，使公之人不得害。”

孝德曰："幸甚！"如太尉请。

既署一月，晞军士十七人入市取酒，又以刃刺酒翁，坏酿器，酒流沟中。太尉列卒取十七人，皆断头注槊上，植市门外。晞一营大噪，尽甲。孝德震恐，召太尉曰："将奈何？"太尉曰："无伤也！请辞于军。"孝德使数十人从太尉，太尉尽辞去。解佩刀，选老躄者一人持马，至晞门下。甲者出，太尉笑且入曰："杀一老卒，何甲也？吾戴吾头来矣！"甲者愕。因谕曰："尚书固负若属耶？副元帅固负若属耶？奈何欲以乱败郭氏？为白尚书，出听我言。"

晞出见太尉。太尉曰："副元帅勋塞天地，当务始终。今尚书恣卒为暴，暴且乱，乱天子边，欲谁归罪？罪且及副元帅。今邠人恶子弟以货窜名军籍中，杀害人，如是不止，几日不大乱？大乱由尚书出，人皆曰尚书倚副元帅，不戢士。然则郭氏功名，其与存者几何？"言未毕，晞再拜曰："公幸教晞以道，恩甚大，愿奉军以从。"顾叱左右曰："皆解甲散还火伍中，敢哗者死！"太尉曰："吾未晡食，请假设草具。"既食，曰："吾疾作，愿留宿门下。"命持马者去，旦日来。遂卧军中。晞不解衣，戒候卒击柝卫太尉。旦，俱至孝德所，谢不能，请改过。邠州由是无祸。

先是，太尉在泾州为营田官。泾大将焦令谌取人田，自占数十顷，给与农，曰："且熟，归我半。"是岁大旱，野无草，农以告谌。谌曰："我知入数而已，不知旱也。"督责益急，农且饥死，无以偿，即告太尉。

太尉判状辞甚巽，使人求谕谌。谌盛怒，召农者曰："我畏段某耶？何敢言我！"取判铺背上，以大杖击二十，垂死，舆来庭中。太尉大泣曰："乃我困汝！"即自取水洗去血，裂裳衣疮，手注善药，旦夕自哺农者，然后食。取骑马卖，市谷代偿，使勿知。

淮西寓军帅尹少荣，刚直士也。入见谌，大骂曰："汝诚人耶？泾州野如赭，人且饥死；而必得谷，又用大杖击无罪者。段公，仁信大人也，而汝不知敬。今段公唯一马，贱卖市谷入汝，汝又取不耻。凡为人傲天灾、犯大人、击无罪者，又取仁者谷，使主人出无马，汝将何以视天地，尚不愧奴隶耶！"谌虽暴抗，然闻言则大愧流汗，不能食，曰："吾终不可以见段公！"一夕，自恨死。

及太尉自泾州以司农征，戒其族："过岐，朱泚幸致货币，慎勿纳。"及过，泚固致大绫三百匹。太尉婿韦晤坚拒，不得命。至都，太尉怒曰："果不用吾言！"晤谢曰："处贱无以拒也。"太尉曰："然终不以在吾第。"以如司农治事堂，栖之梁木上。泚反，太尉终，吏以告泚，泚取视，其故封识具存。

太尉逸事如右。

元和九年月日，永州司马员外置同正员柳宗元谨上史馆。今之称太尉大节者出入，以为武人一时奋不虑死，以取名天下，不知太尉之所立如是。宗元尝出入岐周邠斄间，过真定，北上马岭，历亭障堡戍，窃好问老校退卒，能言其事。太尉为人姁姁，常低首拱手行步，言气卑弱，未尝以色待物；人视之，儒者也。遇不可，必达其志，决非偶然者。会州刺史崔公来，言信行直，备得太尉遗事，覆校无疑，或恐尚逸坠，未集太史氏，敢以状私于执事。谨状。

柳宗元《童区寄传》

柳先生曰：越人少恩，生男女必货视之。自毁齿已上，父兄鬻卖，以觊其利。不足，则盗取他室，束缚钳梏之，至有须鬣者，力不胜，皆屈为僮。当道相贼杀以为俗。幸得壮大，则缚取幺弱者。汉官因以为己利，苟得僮，恣所为，不问。以是越中户口滋耗。少得自脱，惟童区寄以十一岁胜，斯亦奇矣，桂部从事杜周士为余言之。

童寄者，郴州荛牧儿也。行牧且荛。

二豪贼劫持，反接，布囊其口，去逾四十里之虚所卖之。寄伪儿啼，恐栗为儿恒状。贼易之，对饮酒，醉。一人去为市；一人卧，植刃道上。童微伺其睡，以缚背刃，力上下，得绝；因取刃杀之。

逃未及远，市者还，得童，大骇，将杀。童遽曰："为两郎僮，孰若为一郎僮耶？彼不我恩也；郎诚见完与恩，无所不可。"市者良久计曰："与其杀是僮，孰若卖之？与其卖而分，孰若吾得专焉？幸而杀彼，甚善！"即藏其尸，持童抵主人所，愈束缚牢甚。夜半，童自转，以缚即炉火，烧绝之，虽疮手勿惮；复取刃杀市者。因大号。一虚皆惊。童曰："我区氏儿也，不当为僮。贼二人得我，我幸皆杀之矣。愿以闻于官。”

虚吏白州。州白大府。大府召视儿，幼愿耳。刺史颜证奇之，留为小吏，不肯。与衣裳，吏护还之乡。

乡之行劫缚者，侧目莫敢过其门，皆曰：“是儿少秦武阳二岁，而讨杀二豪，岂可近耶！”

柳宗元《种树郭橐驼传》

郭橐驼，不知始何名。病偻，隆然伏行，有类橐驼者，故乡人号之驼。驼闻之，曰：“甚善。名我固当。”因舍其名，亦自谓橐驼云。

其乡曰丰乐乡，在长安西。驼业种树，凡长安豪富人为观游及卖果者，皆争迎取养。视驼所种树，或移徙，无不活；且硕茂，早实以蕃。他植者虽窥伺效慕，莫能如也。

有问之，对曰：“橐驼非能使木寿且孳也，以能顺木之天，以致其性焉尔。凡植木之性，其本欲舒，其培欲平，其土欲故，其筑欲密。既然已，勿动勿虑，去不复顾。其莳也若子，其置也若弃，则其天者全而其性得矣。故吾不害其长而已，非有能硕茂之也；不抑耗其实而已，非有能早而蕃之也。他植者则不然：根拳而土易。其培之也，若不过焉则不及。苟有能反是者，则又爱之太恩，忧之太勤。旦视而暮抚，已去而复顾；甚者爪其肤以验其生枯，摇其本以观其疏密，而木之性日以离矣。虽曰爱之，其实害之；虽曰忧之，其实仇之。故不我若也，吾又何能为哉！”

问者曰：“以子之道，移之官理，可乎？”驼曰：“我知种树而已，官理非吾业也。然吾居乡，见长人者好烦其令，若甚怜焉，而卒以祸。旦暮吏来而呼曰：官命促尔耕，勖尔植，督尔获，早缫而绪，早织而缕，字而幼孩，遂而鸡豚！鸣鼓而聚之，击木而召之。吾小人辍飧饔以劳吏者，且不得暇，又何以蕃吾生而安吾性耶？故病且殆。若是，则与吾业者，其亦有类乎？”

问者嘻曰：“不亦善夫！吾问养树，得养人术。”传其事以为官戒也。

【精读二·宋代散文】

读李翱文①

欧阳修

予始读翱《复性书》三篇，曰：此《中庸》之义疏尔。②智者诚其性，当读《中庸》；愚者虽读此不晓也，不作可焉。又读《与韩侍郎荐贤书》，③以谓翱特穷时愤世无荐己者，故丁宁如此，使其得志，亦未必然。以韩为秦汉间好侠行义之一豪俊，亦善论人者也。最后读《幽怀赋》，然后置书而叹，叹已复读，不自休。恨翱不生于今，不得与之交，又恨予不得生翱时，与翱上下其论也。④

凡昔翱一时人，有道而能文者，莫若韩愈。愈尝有赋矣，不过羡二鸟之光荣，叹一饱之无时尔。此其心使光荣而饱，则不复云矣。⑤若翱独不然，其赋曰："众嚣嚣而杂处兮，咸叹老而嗟卑；视予心之不然兮，虑行道之犹非。"⑥又怪神尧以一旅取天下，后世子孙不能以天下取河北，以为忧。⑦呜呼！使当时君子皆易其叹老嗟卑之心，为翱所忧之心，则唐之天下岂有乱与亡哉！

然翱幸不生今时，见今之事，⑧则其忧又甚矣。奈何今之人不忧也！余行天下，见人多矣，脱有一人能如翱忧者，又皆贱远，与翱无异。⑨其余光荣而饱者⑩，一闻忧世之言，不以为狂人，则以为病痴子，不怒则笑之矣。呜呼！在位而不肯自忧，又禁他人使皆不得忧，可叹也夫！

景祐三年十月十七日，欧阳修书。

【注释】

①景祐三年（1036）抵达夷陵前夕作。李翱（772—841），字习之，韩愈的门人，有《李文公集》。②《复性书》：李翱研究人性的著作，有上中下三篇。关于人性，自孟子的"性善说"、荀子的"性恶说"、汉代扬雄的"性善恶混说"出现后，历代思想家多有专门著述。李翱阐扬韩愈的观点，主张性善，他以《中庸》作为理论根据，把性和情分割开来，认为"情有善有不善，而性无不善也"，强调去情复性。这个见

解，是宋代理学的先导。欧阳修主张“修身治人”，强调后天教学的作用，反对空谈人性。义疏：对经书的说明、注解。③《与韩侍郎荐贤书》：即李翱《答韩侍郎书》。韩侍郎：韩愈，曾官吏部侍郎。④上下其论：指讨论古今政事的得失。⑤“愈尝有赋矣”五句：韩愈于唐德宗贞元十一年（795）五月未入仕前，作《感二鸟赋》，主题是借有人向皇帝献二鸟事，以抒发自己不得志的不平。⑥“其赋”五句：唐代自德宗、顺宗以后，政治形势江河日下，战乱不息，朝廷逐渐失去对全国的控制，人民生活困苦。李翱在《幽怀赋》中表现的思想和当时的士大夫不同，他不为个人遭遇不幸而愁叹，担心国家的命运和前途。⑦“又怪神尧”三句：指《幽怀赋》所述。神尧：指唐高祖。一旅：一支军队，古代五百人为一旅。此指唐王朝发祥地的太原部队。后世子孙：唐代自安史乱后，河北、河南诸重镇相继被藩镇割据，战乱频仍，唐王朝始终未能收复。⑧今之事：指宋王朝积贫积弱，国外强邻压境，国内民变纷起，岌岌可危。⑨脱有：纵有。贱远：指地位卑微、为朝廷摈斥于远方的人。与翱无异：李翱因性格耿直，论议不屈，官位不显，多任地方官，很少留在朝廷。这是作者对当时朝廷贬斥范仲淹等人的感慨之词。⑩光荣而饱者：指显贵的当权者。这是作者对吕夷简等人的斥责。

送杨寘序①

欧阳修

予尝有幽忧之疾，②退而闲居，不能治也。既而学琴于友人孙道滋，受宫声数引，③久而乐之，不知疾之在其体也。④

夫琴之为技小矣，及其至也，大者为宫，细者为羽，⑤操弦骤作，忽然变之：急者凄然以促，缓者舒然以和。如崩崖裂石，高山出泉，而风雨夜至也；如怨夫寡妇之叹息，雌雄雍雍之相鸣也。其忧深思远，则舜与文王、孔子之遗音也；⑥悲愁感愤，则伯奇孤子、⑦屈原忠臣之所叹也。喜怒哀乐，动人心深，而纯古淡泊，与夫尧、舜、三代之言语，孔子之文章、《易》之忧患、《诗》之怨刺无以异。其能听之以耳，应之以手，取其和者，道其堙郁，⑧写其忧思，则感人之际，亦有至者焉。

予友杨君，好学有文，累以进士举，不得志。及从荫调，⑨为尉于剑浦区区，⑩在东南数千里外，是其心固有不平者。且少又多疾，而南方少医药，风俗、饮食异宜，⑪以多疾之体，有不平之心，居异宜之俗，其能郁郁以久乎？然欲平其心以养其疾，于琴亦将有得焉。故予作"琴说"以赠其行，且邀道滋酌酒进琴以为别。

【注释】

①寘：同"置"。②幽忧之疾：过度忧劳而成的疾病。③受宫声数引：学得琴曲数支。宫声：此泛指乐曲。引：本为乐曲体裁名，有序奏之意，这里用做量词。④"不知"句下：据《欧阳修诗文集校笺》（上海古籍出版社2009年版）原校：一本有"夫疾，生乎忧者也。药之毒者能攻其疾之聚，不若声之至者能和其心之所不平。心而平，不和者和，则疾之忘也宜哉"四十五字。按：中华书局本《欧阳修全集》将此四十五字补入正文。⑤宫、羽：古代音乐术语，五音中的宫声和羽声。宫声宏亮，羽声细弱。⑥舜与文王、孔子之遗音：传说三位古代圣贤都善于以琴声表达思想感情。《孔子家语》："舜弹五弦之琴，造《南风》之诗。"桓谭《新论》："《文王操》者，文王之时纣无道……文王援琴作操。故其声纷以扰，骇角震商。"《礼记》："孔子既祥，五日，弹琴而不成声；十日，而成笙歌。"父母之丧满一年为小祥，满两年为大祥，皆有祭。此当指母卒大祥之祭。⑦伯奇：周代人，他本孝顺后母，其父却听后母之言驱逐他，作《履霜操》自伤。⑧堙（yīn）郁：郁塞，不舒畅。⑨荫调：靠父祖的功劳德泽而获得官位。⑩为尉于剑浦区区：到福建南平一带去做个小小的县尉。⑪异宜：不相宜，不适应。

刑赏忠厚之至论①

苏轼

尧、舜、禹、汤、文、武、成、康之际，②何其爱民之深，忧民之切，而待天下以君子长者之道也。有一善，从而赏之，又从而咏歌嗟叹之，所以乐其始而勉其终。有一不善，从而罚之，又从而哀矜惩创之，③所以弃其旧而开其新。故其吁俞之声，④欢休惨戚，见于虞、夏、商、周之书。

成、康既没，穆王立，而周道始衰，然犹命其臣吕侯而告之以祥刑。⑤其言忧而不伤，威而不怒，慈爱而能断，恻然有哀怜无辜之心，故孔子犹有取焉。⑥

《传》曰："赏疑从与"。所以广恩也；"罚疑从去"，⑦所以慎刑也。当尧之时，皋陶为士，⑧将杀人，皋陶曰"杀之"三，尧曰"宥之"三，故天下畏皋陶执法之坚，而乐尧用刑之宽。四岳曰：⑨"鲧可用。"尧曰："不可，鲧方命圮族。"⑩既而曰："试之。"何尧之不听皋陶之杀人，而从四岳之用鲧也？然则圣人之意，盖亦可见矣。《书》曰："罪疑惟轻，功疑惟重。与其杀不辜，宁失不经。"⑪呜呼！尽之矣！

可以赏，可以无赏，赏之过乎仁；可以罚，可以无罚，罚之过乎义。过乎仁，不失为君子；过乎义，则流而入于忍人。故仁可过也，义不可过也。

古者，赏不以爵禄，刑不以刀锯。赏以爵禄，是赏之道行于爵禄之所加，而不行于爵禄之所不加也。刑以刀锯，是刑之威施于刀锯之所及，而不施于刀锯之所不及也。先王知天下之善不胜赏，而爵禄不足以劝也；知天下之恶不胜刑，而刀锯不足以裁也，是故疑则举而归之于仁。以君子长者之道待天下，使天下相率而归于君子长者之道，故曰：忠厚之至也。

《诗》曰："君子如祉，乱庶遄已；君子如怒，乱庶遄沮。"⑫夫君子之已乱，岂有异术哉？时其喜怒而无失乎仁而已矣。《春秋》之义，立法贵严，而责人贵宽。因其褒贬之义，以制赏罚，亦忠厚之至也。

【注释】

①本文是宋仁宗嘉祐二年（1057）二十二岁的苏轼参加礼部进士考试时所写的应试文章。②成、康：周成王与周康王。史称其时天下安宁，刑措不用，故用以称至治之世。③哀矜：哀怜，怜悯。惩创：惩戒。④吁俞（xū yú）：叹词。吁：表示惊疑、感叹。俞：表示同意、许可。⑤祥刑：谨慎用刑。此句谓命吕侯制刑，称"吕刑"。⑥孔子犹有取焉：《尚书》相传为孔子编纂，《吕刑》被收入，故云。⑦传：注释或解释经义的文字，这里指汉儒孔安国注《尚书》的文字。试题出自《尚书·大禹谟》："罪疑惟轻，功疑惟重。"孔安国传注："刑疑附轻，赏疑从重，忠厚之至。"苏轼误记

为“赏疑从与，罚疑从去。”《汉书·冯奉世传》：“传曰：赏疑从予，所以广恩劝功也；罚疑从去，所以慎刑，阙难知也。”或为苏轼所本。⑧皋陶（yáo）：尧时的士官，主管刑罚。⑨四岳：尧的大臣羲、和四子，分掌四方诸侯。⑩鲧（Gǔn）：尧的臣子，传说是大禹的父亲。方命：违背正理。圮（pǐ）族：即毁害族类。⑪宁失不经：宁愿承担失刑的责任。经：常规、原则。引文见《尚书·大禹谟》。⑫祉（zhǐ）：喜。遄（chuán）：迅速。沮（jǔ）：止。引诗见《诗经·小雅·巧言》。

书上元夜游①

苏轼

己卯上元，予在儋州。有老书生数人来过，曰：“良月嘉夜，先生能一出乎？”予欣然从之。步城西，入僧舍，历小巷，民夷杂揉，②屠沽纷然，归舍已三鼓矣。舍中掩关熟睡，已再鼾矣。放杖而笑，孰为得失？过问先生何笑，③盖自笑也；然亦笑韩退之钓鱼无得，更欲远去，不知走海者未必得大鱼也。④

【注释】

①宋哲宗元符二年（1099）己卯，苏轼在海南儋州（今海南儋州市）贬所所写。上元：农历正月十五日。②民：指汉族。夷：指当地少数民族。③过：苏轼的幼子，字叔党。绍圣四年（1097）随侍苏轼于海南。④“然亦”三句：语出韩愈《赠侯喜》“我今行事尽如此，此事正好为吾观。半世遑遑就举选，一名始得红颜衰”句及末句“君欲钓鱼须远去，大鱼岂肯居沮洳”。意思是韩愈没有在水浅处钓上大鱼，在远处深水中（大海）的人也未必能钓上大鱼啊。走海者：走到大海边上的人。这里是苏轼自指。

【泛读】

范仲淹《岳阳楼记》

庆历四年春，滕子京谪守巴陵郡。越明年，政通人和，百废具兴。乃重修岳阳楼，增其旧制，刻唐贤、今人诗赋于其上。属予作文以记之。

予观夫巴陵胜状，在洞庭一湖。衔远山，吞长江，浩浩汤汤，横无际涯；朝晖夕阴，气象万千。此则岳阳楼之大观也。前人之述备矣。然则北通巫峡，南极潇湘，迁客骚人，多会于此；览物之情，得无异乎？

若夫霪雨霏霏，连月不开，阴风怒号，浊浪排空；日星隐曜，山岳潜形；商旅不行，樯倾楫摧；薄暮冥冥，虎啸猿啼。登斯楼也，则有去国怀乡，忧谗畏讥，满目萧然，感极而悲者矣。

至若春和景明，波澜不惊，上下天光，一碧万顷；沙鸥翔集，锦鳞游泳；岸芷汀兰，郁郁青青。而或长烟一空，皓月千里，浮光跃金，静影沉璧；渔歌互答，此乐何极！登斯楼也，则有心旷神怡，宠辱偕忘，把酒临风，其喜洋洋者矣。

嗟夫！予尝求古仁人之心，或异二者之为，何哉？不以物喜，不以己悲。居庙堂之高则忧其民，处江湖之远则忧其君。是进亦忧，退亦忧。然则何时而乐耶？其必曰“先天下之忧而忧，后天下之乐而乐”乎。噫！微斯人，吾谁与归？

时六年九月十五日。

欧阳修《醉翁亭记》

环滁皆山也。其西南诸峰，林壑尤美。望之蔚然而深秀者，琅琊也。山行六七里，渐闻水声潺潺，而泻出于两峰之间者，酿泉也。峰回路转，有亭翼然临于泉上者，醉翁亭也。作亭者谁？山之僧智仙也。名之者谁？太守自谓也。太守与客来饮于此，饮少辄醉，而年又最高，故自号曰“醉翁”也。醉翁之意不在酒，在乎山水之间也。山水之乐，得之心而寓之酒也。

若夫日出而林霏开，云归而岩穴暝，晦明变化者，山间之朝暮也。野芳发而幽香，佳木秀而繁阴，风霜高洁，水落而石出者，山间之四时也。朝而往，暮而归，四时之景不同，而乐亦无穷也。

至于负者歌于涂，行者休于树，前者呼，后者应，伛偻提携，往来而不绝者，滁人游也。临溪而渔，溪深而鱼肥；酿泉为酒，泉香而酒洌；山肴野蔌，杂然而前陈者，太守宴也。宴酣之乐，非丝非竹，射者中，弈者胜，觥筹交错，起坐而喧哗者，众宾欢也。苍然白发，颓然乎其间者，太守醉也。

已而夕阳在山，人影散乱，太守归而宾客从也。树林阴翳，鸣声上下，游人去而禽鸟乐也。然而禽鸟知山林之乐，而不知人之乐；人知从太守游而乐，不知太守之乐其乐也。醉能同其乐，醒能述以文者，太守也。太守谓谁？庐陵欧阳修也。

欧阳修《秋声赋》

欧阳子方夜读书，闻有声自西南来者，悚然而听之，曰："异哉！"初淅沥以萧飒，忽奔腾而砰湃，如波涛夜惊，风雨骤至。其触于物也，鏦鏦铮铮，金铁皆鸣；又如赴敌之兵，衔枚疾走，不闻号令，但闻人马之行声。余谓童子："此何声也？汝出视之。"童子曰："星月皎洁，明河在天，四无人声，声在树间。"

余曰："噫嘻，悲哉！此秋声也，胡为而来哉？盖夫秋之为状也：其色惨淡，烟霏云敛；其容清明，天高日晶；其气栗冽，砭人肌骨；其意萧条，山川寂寥。故其为声也，凄凄切切，呼号愤发。丰草绿缛而争茂，佳木葱茏而可悦；草拂之而色变，木遭之而叶脱；其所以摧败零落者，乃其一气之余烈。夫秋，刑官也，于时为阴；又兵象也，于行用金；是谓天地之义气，常以肃杀而为心。天之于物，春生秋实。故其在乐也，商声主西方之音，夷则为七月之律。商，伤也，物既老而悲伤；夷，戮也，物过盛而当杀。嗟乎，草木无情，有时飘零。人为动物，惟物之灵。百忧感其心，万事劳其形。有动于中，必摇其精。而况思其力之所不及，忧其智之所不能；宜其渥然丹者为槁木，黟然黑者为星星。奈何以非金石之质，欲与草木而争荣？念谁为之戕贼，亦何恨乎秋声！"

童子莫对，垂头而睡。但闻四壁虫声唧唧，如助余之叹息。

欧阳修《五代史伶官传序》

呜呼！盛衰之理，虽曰天命，岂非人事哉！原庄宗之所以得天下，与其所以失之者，可以知之矣。

世言晋王之将终也，以三矢赐庄宗，而告之曰："梁，吾仇也；燕王，吾所立，契丹与吾约为兄弟，而皆背晋以归梁。此三者，吾遗恨也。与尔三矢，尔其无忘乃父之志！"庄宗受而藏之于庙。其后用兵，则遣从事以一少牢告庙，请其矢，盛以锦囊，负而前驱，及凯旋而纳之。

方其系燕父子以组，函梁君臣之首，入于太庙，还矢先王，而告以成功，其意气之盛，可谓壮哉！及仇雠已灭，天下已定，一夫夜呼，乱者四应，苍皇东出，未及见贼，而士卒离散，君臣相顾，不知所归；至于誓天断发，泣下沾襟，何其衰也！岂得之难而失之易欤？抑本其成败之迹而皆自于人欤？《书》曰："满招损，谦得益。"忧劳可以兴国，逸豫可以亡身，自然之理也。故方其盛也，举天下之豪杰莫能与之争；及其衰也，数十伶人困之，而身死国灭，为天下笑。

夫祸患常积于忽微，而智勇多困于所溺，岂独伶人也哉！作《伶官传》。

苏洵《六国论》

六国破灭，非兵不利，战不善，弊在赂秦。赂秦而力亏，破灭之道也。或曰："六国互丧，率赂秦耶？"曰："不赂者以赂者丧，盖失强援，不能独完。故曰，弊在赂秦也。"

秦以攻取之外，小则获邑，大则得城。较秦之所得，与战胜而得者，其实百倍；诸侯之所亡，与战败而亡者，其实亦百倍。则秦国之所大欲，诸侯之所大患，固不在战矣。

思厥先祖父，暴霜露，斩荆棘，以有尺寸之地。子孙视之不甚惜，举以予人，如弃草芥。今日割五城，明日割十城，然后得一夕安寝，起视四境，而秦兵又至矣。然则诸侯之地有限，暴秦之欲无厌，奉之弥繁，侵之愈急，故不战而强弱胜负已判矣。至于颠覆，理固宜然。古人云："以地事秦，犹抱薪救火，薪不尽，火不灭。"此言得之。

齐人未尝赂秦，终继五国迁灭，何哉？与嬴而不助五国也。五国既丧，齐亦不免矣。燕、赵之君，始有远略，能守其土，义不赂秦。是故燕虽小国而后亡，斯用兵之效也。至丹以荆卿为计，始速祸焉。赵尝五战于秦，二败而三胜，后秦击赵者再，李牧连却之；洎牧以谗诛，邯郸为郡，惜其用武而不终也。且燕、赵处秦革灭殆尽之际，可谓智力孤危，战败而亡，诚不得已。向使三国各爱其他，齐人勿附于秦，刺客不行，良将犹在，则胜负之数，存亡之理，当与秦相较，或未易量。

呜呼！以赂秦之地，封天下之谋臣；以事秦之心，礼天下之奇才；并力西向，则吾恐秦人食之不得下咽也。悲夫！有如此之势，而为秦人积威之所劫，日削月割，以趋于亡。为国者，无使为积威之所劫哉！

夫六国与秦皆诸侯，其势弱于秦，而犹有可以不赂而胜之之势；苟以天下之大，下而从六国破亡之故事，是又在六国下矣。

王安石《伤仲永》

金溪民方仲永，世隶耕。仲永生五年，未尝识书具。忽啼求之。父异焉，借旁近与之，即书诗四句，并自为其名。其诗以养父母、收族为意。传一乡秀才观之。自是，指物作诗，立就，其文理皆有可观者。

邑人奇之，稍稍宾客其父，或以钱币乞之。父利其然也，日扳仲永环谒于邑人，不使学。余闻之也久。明道中，从先人还家，于舅家见之，十二三矣。令作诗，不能称前时之闻。又七年，还自扬州，复到舅家，问焉。曰："泯然众人矣。"

王子曰："仲永之通悟，受之天也。其受之天也，贤于材人远矣。卒之为众人，则其受于人者不至也。彼其受之天也，如此其贤也，不受之人，且为众人。今夫不受之天，固众人，又不受之人，得为众人而已邪？"

王安石《游褒禅山记》

褒禅山亦谓之华山，唐浮图慧褒始舍于其址，而卒葬之，以故其后名之曰"褒禅"。今所谓慧空禅院者，褒之庐冢也。距其院东五里，所谓华山洞者，以其乃华山之阳名之也。距洞百余步，有碑仆道，其文漫灭，独其为文犹可识曰"花山"。今言"华"如"华实"之"华"者，盖音谬也。

其下平旷，有泉侧出，而记游者甚众，所谓“前洞”也。由山以上五六里，有穴窈然，入之甚寒，问其深，则其好游者不能穷也，谓之“后洞”。予与四人拥火以入，入之愈深，其进愈难，而其见愈奇。有怠而欲出者，曰：“不出，火且尽。”遂与之俱出。盖予所至，比好游者尚不能十一，然视其左右，来而记之者已少。盖其又深，则其至又加少矣。方是时，予之力尚足以入，火尚足以明也。既其出，则或咎其欲出者，而予亦悔其随之，而不得极夫游之乐也。

于是予有叹焉。古人之观于天地、山川、草木、虫鱼、鸟兽，往往有得，以其求思之深而无不在也。夫夷以近，则游者众；险以远，则至者少。而世之奇伟、瑰怪、非常之观，常在于险远，而人之所罕至焉，故非有志者不能至也。有志矣，不随以止也，然力不足者，亦不能至也。有志与力，而又不随以怠，至于幽暗昏惑而无物以相之，亦不能至也。然力足以至焉，于人为可讥，而在己为有悔。尽吾志也而不能至者，可以无悔矣，其孰能讥之乎？此予之所得也。

余于仆碑，又以悲夫古书之不存，后世之谬其传而莫能名者，何可胜道也哉！此所以学者不可以不深思而慎取之也。

四人者：庐陵萧君圭君玉，长乐王回深父，予弟安国平父、安上纯父。

至和元年七月某日，临川王某记。

王安石《答司马谏议书》

某启：昨日蒙教，窃以为与君实游处相好之日久，而议事每不合，所操之术多异故也。虽欲强聒，终必不蒙见察，故略上报，不复一一自辩；重念蒙君实视遇厚，于反复不宜卤莽，故今具道所以，冀君实或见恕也。

盖儒者所争，尤在于名实，名实已明，而天下之理得矣。今君实所以见教者，以为侵官、生事、征利、拒谏，以致天下怨谤也。某则以谓受命于人主，议法度而修之于朝廷，以授之于有司，不为侵官；举先王之政，以兴利除弊，不为生事；为天下理财，不为征利；辟邪说，难壬人，不为拒谏。至于怨诽之多，则固前知其如此也。人习于苟且非一日，士大夫多以不恤国事、同俗自媚于众为善。上乃欲变此，而某不量敌之众寡，欲出力助上以抗之，则众何为而不汹汹然。盘庚之迁，胥怨者民也，非特朝廷士大夫而已；盘庚不为怨者故改其度，度义而后动，是而不见可悔故也。如君实责我以在位久，未能助上大有为，以膏泽斯民，则某知罪矣；如曰今日当一切不事事，守前所为而已，则非某之所敢知。

无由会晤，不任区区向往之至。

王安石《读孟尝君传》

世皆称孟尝君能得士，士以故归之，而卒赖其力以脱于虎豹之秦。嗟乎！孟尝君特鸡鸣狗盗之雄耳，岂足以言得士？不然，擅齐之强，得一士焉，宜可以南面而制秦，尚何取鸡鸣狗盗之力哉？鸡鸣狗盗之出其门，此士之所以不至也。

苏轼《记承天寺夜游》

元丰六年十月十二日，夜，解衣欲睡。月色入户，欣然起行。念无与为乐者，遂至承天寺，寻张怀民。怀民亦未寝，相与步于中庭。庭下如积水空明；水中藻荇交横，盖竹柏影也。何夜无月，何处无竹柏，但少闲人如吾两人者耳。

苏轼《石钟山记》

《水经》云："彭蠡之口有石钟山焉。"郦元以为下临深潭，微风鼓浪，水石相搏，声如洪钟。是说也，人常疑之。今以钟磬置水中，虽大风浪不能鸣也，而况石乎！至唐李渤始访其遗踪，得双石于潭上，扣而聆之，南声函胡，北音清越，枹止响腾，余韵徐歇。自以为得之矣。然是说也，余尤疑之。石之铿然有声音，所在皆是也，而此独以钟名，何哉？

元丰七年六月丁丑，余自齐安舟行适临汝，而长子迈将赴饶之德兴尉，送之至湖口，因得观所谓石钟者。寺僧使小童持斧，于乱石间择其一二扣之，硿硿然，余固笑而不信也。至莫夜月明，独与迈乘小舟至绝壁下。大石侧立千尺，如猛兽奇鬼，森然欲搏人；而山上栖鹘，闻人声亦惊起，磔磔云霄间；又有若老人咳且笑于山谷中者，或曰："此鹳鹤也。"余方心动欲还，而大声发于水上，噌吰如钟鼓不绝，舟人大恐。徐而察之，则山下皆石穴罅，不知其浅深，微波入焉，涵澹澎湃而为此也。舟回至两山间，将入港口，有大石当中流，可坐百人，空中而多窍，与风水相吞吐，有窾坎镗鞳之声，与向之噌吰者相应，如乐作焉。因笑谓迈曰："汝识之乎？噌吰者，周景王之无射也；窾坎镗鞳者，魏庄子之歌钟也。古之人不余欺也！"

事不目见耳闻而臆断其有无，可乎？郦元之所见闻殆与余同，而言之不详；士大夫终不肯以小舟夜泊绝壁之下，故莫能知；而渔工水师虽知而不能言，此世所以不传也。而陋者乃以斧斤考击而求之，自以为得其实，余是以记之，盖叹郦元之简，而笑李渤之陋也。

苏轼《喜雨亭记》

亭以雨名，志喜也。古者有喜则以名物，示不忘也。周公得禾，以名其书；汉武得鼎，以名其年；叔孙胜狄，以名其子。其喜之大小不齐，其示不忘一也。

余至扶风之明年，始治官舍，为亭于堂之北，而凿池其南，引流种木，以为休息之所。是岁之春，雨麦于岐山之阳，其占为有年。既而弥月不雨，民方以为忧。越三月乙卯乃雨，甲子又雨，民以为未足；丁卯大雨，三日乃止。官吏相与庆于庭，商贾相与歌于市，农夫相与忭于野，忧者以乐，病者以愈，而吾亭适成。

于是举酒于亭上，以属客而告之曰："五日不雨可乎？"曰："五日不雨则无麦。""十日不雨可乎？"曰："十日不雨则无禾。"无麦无禾，岁且荐饥，狱讼繁兴，而盗贼滋炽，则吾与二三子，虽欲优游以乐于此亭，其可得耶？今天不遗斯民，始旱而赐之以雨，使吾与二三子，得相与优游而乐于此亭者，皆雨之赐也，其又可忘邪？

既以名亭，又从而歌之。歌曰：使天而雨珠，寒者不得以为襦；使天而雨玉，饥者不得以为粟。一雨三日，伊谁之力？民曰太守，太守不有；归之天子，天子曰不；归之造物，造物不自以为功；归之太空，太空冥冥，不可得而名。吾以名吾亭。

苏轼《前赤壁赋》

壬戌之秋，七月既望，苏子与客泛舟，游于赤壁之下。清风徐来，水波不兴。举酒属客，诵明月之诗，歌窈窕之章。少焉，月出于东山之上，徘徊于斗牛之间。白露横江，水光接天。纵一苇之所如，凌万顷之茫然。浩浩乎如冯虚御风，而不知其所止；飘飘乎如遗世独立，羽化而登仙。

于是饮酒乐甚，扣舷而歌之。歌曰："桂棹兮兰桨，击空明兮溯流光；渺渺兮予怀，望美人兮天一方。"客有吹洞箫者，倚歌而和之。其声呜呜然，如怨如慕，如泣如诉，余音袅袅，不绝如缕，舞幽壑之潜蛟，泣孤舟之嫠妇。

苏子愀然，正襟危坐，而问客曰："何为其然也？"客曰："'月明星稀，乌鹊南飞'，此非曹孟德之诗乎？西望夏口，东望武昌，山川相缪，郁乎苍苍，此非孟德之困于周郎者乎？方其破荆州，下江陵，顺流而东也，舳舻千里，旌旗蔽空，酾酒临江，横槊赋诗，固一世之雄也，而今安在哉！况吾与子渔樵于江渚之上，侣鱼虾而友麋鹿，驾一叶之扁舟，举匏樽以相属。寄蜉蝣于天地，渺沧海之一粟。哀吾生之须臾，羡长江之无穷。挟飞仙以遨游，抱明月而长终。知不可乎骤得，托遗响于悲风。"

苏子曰："客亦知夫水与月乎？逝者如斯，而未尝往也；盈虚者如彼，而卒莫消长也。盖将自其变者而观之，而天地曾不能以一瞬；自其不变者而观之，则物与我皆无尽也，而又何羡乎？且夫天地之间，物各有主，苟非吾之所有，虽一毫而莫取。惟江上之清风，与山间之明月，耳得之而为声，目遇之而成色，取之无禁，用之不竭，是造物者之无尽藏也，而吾与子之所共适。"

客喜而笑，洗盏更酌，肴核既尽，杯盘狼藉。相与枕藉乎舟中，不知东方之既白。

《后赤壁赋》

是岁十月之望，步自雪堂，将归于临皋。二客从予过黄泥之坂。霜露既降，木叶尽脱，人影在地，仰见明月，顾而乐之，行歌相答。已而叹曰："有客无酒，有酒无肴，月白风清，如此良夜何？"客曰："今者薄暮，举网得鱼，巨口细鳞，状似松江之鲈。顾安所得酒乎？"归而谋诸妇。妇曰："我有斗酒，藏之久矣，以待子不时之需。"

于是携酒与鱼，复游于赤壁之下。江流有声，断岸千尺，山高月小，水落石出。曾日月之几何，而江山不可复识矣！

予乃摄衣而上，履巉岩，披蒙茸，踞虎豹，登虬龙，攀栖鹘之危巢，俯冯夷之幽宫。盖二客不能从焉。划然长啸，草木震动，山鸣谷应，风起水涌。予亦悄然而悲，肃然而恐，凛乎其不可留也。反而登舟，放乎中流，听其所止而休焉。时夜将半，四顾寂寥。适有孤鹤，横江东来，翅如车轮，玄裳缟衣，戛然长鸣，掠予舟而西也。

须臾客去，予亦就睡。梦一道士，羽衣蹁跹，过临皋之下，揖予而言曰："赤壁之游乐乎？"问其姓名，俛而不答。呜呼噫嘻，我知之矣！"畴昔之夜，飞鸣而过我者，非子也耶？"道士顾笑，予亦惊寤。开户视之，不见其处。

苏辙《黄州快哉亭记》

江出西陵，始得平地，其流奔放肆大；南合沅、湘，北合汉、沔，其势益张；至于赤壁之下，波流浸灌，与海相若。清河张君梦得，谪居齐安，即其庐之西南为亭，以览观江流之胜，而余兄子瞻名之曰"快哉"。

盖亭之所见，南北百里，东西一舍，涛澜汹涌，风云开阖。昼则舟楫出没于其前，夜则鱼龙悲啸于其下。变化倏忽，动心骇目，不可久视。今乃得玩之几席之上，举目而足。西望武昌诸山，冈陵起伏，草木行列，烟消日出，渔夫樵夫之舍，皆可指数，此其所以为快哉者也。至于长洲之滨，故城之墟，曹孟德、孙仲谋之所睥睨，周瑜、陆逊之所骋骛，其流风遗迹，亦足以称快世俗。

昔楚襄王从宋玉、景差于兰台之宫，有风飒然至者，王披襟当之，曰："快哉此风！寡人所与庶人共者耶？"宋玉曰："此独大王之雄风耳，庶人安得共之！"玉之言盖有讽焉。夫风无雄雌之异，而人有遇不遇之变。楚王之所以为乐，与庶人之所以为忧，此则人之变也，而风何与焉？士生于世，使其中不自得，将何往而非病；使其中坦然不以物伤性，将何适而非快！今张君不以谪为患，窃会计之余功，而自放山水之间，此其中宜有以过人者。将蓬户瓮牖，无所不快；而况乎濯长江之清流，揖西山之白云，穷耳目之胜以自适也哉！不然，连山绝壑，长林古木，振之以清风，照之以明月，此皆骚人思士之所以悲伤憔悴而不能胜者，乌睹其为快也哉！

元丰六年十一月朔日，赵郡苏辙记。

【延伸阅读】

1. 王水照：《唐宋散文精选》，江苏古籍出版社，2002。

2. 葛晓音：《唐宋散文》，上海古籍出版社，2011。

第十二章　于真假虚实间演绎曲折人生：唐传奇

【导读】

传奇，是传述奇闻异事之意。唐人用为单篇或单部小说集的题目，今则专指唐宋文人的文言短篇小说及明清以唱南曲为主的戏曲形式。

唐代传奇是中国小说发展成熟的一座里程碑。鲁迅《中国小说史略》曰："小说亦如诗，至唐代而一变，虽尚不离于搜奇记逸，然叙述宛转，文辞华艳，与六朝之粗陈梗概者较，演进之迹甚明，而尤显者乃在是时则始有意为小说。"正因为唐传奇绝大部分是文人"有意为小说"，因此在内容和艺术形式方面都有了极大的改进，无论在反映现实、抒写理想还是在谋篇布局、人物塑造、语言叙事等方面都达到了一个新水平。

唐传奇的兴盛受到多方面因素的影响。首先与六朝志怪有着直接的渊源关系。唐传奇中的神异题材和爱情故事与六朝志怪小说一脉相承。如《古镜记》、《补江总白猿传》、《离魂记》、《枕中记》等，在题材、主题以及艺术构思上都有承袭六朝志怪的明显痕迹。其次，深受史传文学的影响。传奇脱胎于史书中的列传，袭用了史之传、论、赞体，作者中有不少历史学家。然而史传著作局限于真人真事，虽不乏文学色彩，但不能妄加虚构。唐传奇作者则往往"作意好奇"，运用丰富的想象、大胆的虚构、跌宕起伏的情节，于真假虚实间演绎曲折人生，具有了独立的文学品格。此外，城市经济的发展、俗文学的滋生、宗教思潮的活跃等，也对唐传奇的兴盛产生不同的影响。

唐传奇的发展大致可分为三个时期。

初唐至盛唐，是由志怪到传奇的过渡时期。此期作品数量少，题材仍以神怪故事为主，艺术上虽较粗糙，但已逐渐注意到形象的描绘与结构的完整。《古镜记》、《补江总白猿传》为现存最早的唐传奇，尚未全脱志怪的牢笼。张鷟的《游仙窟》标志着传奇题材由志怪向表现市民生活、人情世态的变化。

中唐时期，是唐传奇发展的极盛期。作家辈出，佳作荟萃，出现了诗歌与传奇相辅相成的局面，流传至今的名篇，绝大多数是这一时期的作品。此期传奇内容由志怪为主变为以反映现实生活为主，爱情、神怪、历史、侠义兼而有之，并且都注重表现世态人情，关注现实，关心人的命运；艺术上则更加成熟，着力于构思曲折精巧的情节，塑造人物的形象性格等。其中讽世小说和爱情题材小说取得了最大成功，尤其是后者代表了唐传奇的最高成就。陈玄祐的《离魂记》是产生较早的爱情小说，表现了穿越时空间隔和生死界限的男女之情，昭示了爱情力量的强大与神奇，也宣告了传奇中爱情题材创作高潮的来临。沈既济的《任氏传》，爱情兼神怪，然而作者并非只是讲述一个狐妖的离奇故事，而是歌颂任氏“遇暴不失节，徇人以至死”的贞节行为，由此弘扬传统的女德，“开启了后世小说戏曲中常赋予妖精以美好形象的风气”（李宗为《唐人传奇》）。《任氏传》标志了唐传奇小说艺术的成熟。李朝威的《柳毅传》，爱情、神话、侠义三者合一。龙宫龙女龙族、奇境奇遇奇情，既虚幻缥缈、曲折多姿，又气势激荡、情义干云，极富浪漫奇幻色彩。许尧佐《柳氏传》、蒋防《霍小玉传》、元稹《莺莺传》、白行简《李娃传》则专写人世爱情，把永恒的爱之喜悦和悲伤、丰富和单纯、执着和虚幻、细节和心理等都表现得细腻哀婉，凄艳动人。如《霍小玉传》中的霍小玉，痴情又刚烈，因爱之深而恨之切，最终火山爆发式的悲愤控诉以及化鬼报复的行为都令人震惊。《莺莺传》则把一个大家闺秀的少女，那爱而惧的心理，那情与礼的矛盾，那外冷内热的性格刻画得令人难忘。《李娃传》写平康里妓女与应试举子波澜跌宕的情感纠葛，故事引人入胜，情节大起大落，感情大悲大喜，细节生动细密，乃同类作品中之卓绝者，对后世的小说戏曲有着巨大的影响，“后来小说戏曲中经常出现的那些历尽坎坷而最终团圆的才子佳人类型的情节实际上也滥觞于此”

（李宗为《唐人传奇》）。讽世题材的名作为沈既济的《枕中记》，李公佐的《南柯太守传》，前者文笔简洁，后者精细，更为小说化，两者都以“梦游寓言”托讽唐代官场的种种现实景象，抒发了人生如梦的深刻悲哀，对那些醉心于仕途的千千万万士子们敲响了警钟。此外，李公佐《谢小娥传》、沈亚之《冯燕传》为侠义题材；陈鸿《东城父老传》、《长恨歌传》为历史题材。

晚唐时期，是唐传奇演变和衰微时期。此期单篇减少，传奇专集则大批出现。主要集子有牛僧孺《玄怪录》、李复言《续玄怪录》、薛用弱《集异记》、袁郊《甘泽谣》、裴铏《传奇》、皇甫枚《三水小牍》等。这些集子总的倾向是搜奇猎异，神怪气氛复盛。与此同时，豪侠小说的兴起引人注目，代表作有《虬髯客传》、《昆仑奴》、《聂隐娘》等。如《虬髯客传》所塑造的“风尘三侠”令人惊叹不已。无论是“真丈夫”李靖的出类拔萃，还是天仙丽人红拂女的慧眼识杰，抑或是络腮火红之虬髯客的豪爽卓异，皆形象鲜明、个性独绝、识见超凡，深受后人的赞赏喜爱，以至于后世戏剧影视多取材于此，影响深远。

爱情小说在晚唐已衰微，《三水小牍》中的《步飞烟》是晚唐为数不多的爱情传奇中最为出色的一篇。

唐传奇的艺术成就斐然可观。宋人洪迈云：“唐人小说不可不熟，小小情事，凄惋欲绝，洵有神遇而不自知者，与诗律可称一代之奇。”（《唐人说荟·凡例》）

唐传奇流传至今的单篇作品约四十余篇，专集四十多部，大都收入宋初李昉等编集的《太平广记》里，鲁迅所辑《唐宋传奇集》、汪辟疆的《唐人小说》、张友鹤选注的《唐宋传奇选》都是较好的本子。

【精读】

李娃传

白行简①

汧国夫人李娃，②长安之倡女也。③节行瑰奇，④有足称者。故监察御史白行简为传述。⑤

天宝中，⑥有常州刺史荥阳公者，⑦略其名氏，不书，时望甚崇，家徒甚殷。⑧知命之年，⑨有一子，始弱冠矣，⑩隽朗有词藻，⑪迥然不群，深为时辈推伏。⑫其父爱而器之，⑬曰："此吾家千里驹也。"应乡赋秀才举，⑭将行，乃盛其服玩车马之饰，计其京师薪储之费，⑮谓之曰："吾观尔之才，当一战而霸。今备二载之用，且丰尔之给，将为其志也。"⑯生亦自负，视上第如指掌。⑰自毗陵发，⑱月余抵长安，居于布政里。⑲

【注释】

①白行简（776？—826），字知退，祖籍太原（今属山西），后迁居下邽（今陕西渭南）。诗人白居易之弟。唐德宗贞元末登进士第，官终主客郎中。兼工诗文，有集二十卷，今不存。②汧（qiān）：指唐时的汧阳郡，治所在今陕西汧阳县西。国夫人：《新唐书·百官志一》："文武官一品、国公之母、妻，为国夫人。"③倡：同"娼"。④节行瑰奇：节操品行卓越、美好。⑤监察御史：唐代官名，掌纠察百官，巡按州县。⑥天宝：唐玄宗李隆基的年号（公元742—756年）。⑦常州：治所在今江苏省常州市。刺史：唐代官名，为一州行政长官。荥（xíng）阳公：即郑公。郑姓为荥阳（今河南省荥阳市）望族，故称。公：对有地位的男子的尊称。⑧"时望"二句：当时地位、声望很高，家中仆役众多。徒：仆役。殷：众多。⑨知命之年：五十岁。《论语·为政》："五十而知天命。"⑩弱冠：男子二十岁左右。《礼记·曲礼上》："二十曰弱，冠。"孔颖达疏："二十成人初加冠，体犹未壮，故曰弱也。"⑪隽朗有词藻：俊秀、聪明，富有文才。⑫时辈：同辈。推伏：佩服。⑬器之：器重他。⑭应乡赋秀才举：即由州县选拔至京师应试。乡赋：即乡贡。唐朝科举制度，由州县选送者曰乡贡，应举者通称为秀才。⑮薪储之费：日常生活费用。⑯为（wèi）其志：帮助你达到志愿。⑰上第：考试取得高名次。指掌：轻而易举。⑱毗（pí）陵：即常州。⑲布政里：即布政坊，为长安皇城西第一街第四坊。

尝游东市还，① 自平康东门入，② 将访友于西南。至鸣珂曲，③ 见一宅，门庭不甚广，而室宇严邃，④ 阖一扉。⑤ 有娃方凭一双鬟青衣立，⑥ 妖姿要妙，⑦ 绝代未有。生忽见之，不觉停骖久之，⑧ 徘徊不能去。乃诈坠鞭于地，候其从者，敕取之，⑨ 累眄于娃。⑩ 娃回眸凝睇，情甚相慕，竟不敢措辞而去。

生自尔意若有失，乃密征其友游长安之熟者以讯之。友曰："此狭邪女李氏宅也。"⑪ 曰："娃可求乎？"对曰："李氏颇赡，⑫ 前与通之者，⑬ 多贵戚豪族，所得甚广。非累百万，不能动其志也。"⑭ 生曰："苟患其不谐，虽百万，何惜！"

【注释】

① 东市：唐时长安有东西二市，为商业区。② 平康：长安里（坊）名，亦称北里，为长安皇城东第一街第八坊，是妓女聚居的地方。③ 鸣珂曲（qū）：亦称鸣珂巷，唐代长安胡同名，为妓女聚居之地。④ 严邃：严谨深幽。⑤ 阖：关闭。扉：门扇。古时的门都有两扇，阖一扉：即门户半开半闭。⑥ 娃：美女，少女。双鬟青衣：扎着两个环形发髻的丫环。双鬟：古代年轻女子多扎两个环形发髻。⑦ 妖姿：妩媚的姿态。要妙（yāo miǎo）：同"要眇"，美好。⑧ 骖（cān）：马。⑨ 敕（chì）：命令。⑩ 累：多次。眄（miàn）：斜着眼看。⑪ 狭邪女：指妓女。⑫ 赡（shàn）：富有。⑬ 与通之者：与她来往的人。⑭ 志：心意。

他日，乃洁其衣服，盛宾从而往。① 扣其门，俄有侍儿启扃。② 生曰："此谁之第耶？"侍儿不答，驰走大呼曰："前时遗策郎也。"③ 娃大悦曰："尔姑止之，吾当整妆易服而出。"生闻之私喜。乃引至萧墙间，④ 见一姥垂白上偻，⑤ 即娃母也。生跪拜前致词曰："闻兹地有隙院，⑥ 愿税以居，⑦ 信乎？"⑧ 姥曰："惧其浅陋湫隘，⑨ 不足以辱长者所处，⑩ 安敢言直耶？"⑪ 延生于迟宾之馆，⑫ 馆宇甚丽。与生偶坐，⑬ 因曰："某有女娇小，技艺薄劣，欣见宾客，愿将见之。"乃命娃出，明眸皓腕，举步艳冶。⑭ 生遂惊起，莫敢仰视。与之拜毕，叙寒燠，⑮ 触类妍媚，⑯ 目所未睹。复坐，烹茶斟酒，器用甚洁。

【注释】

①盛宾从：随从众多。②启扃（jiǒng）：开门。③遗策郎：掉马鞭的少年。④萧墙：照壁，屏风。⑤垂白：头发渐白。上偻（lǚ）：驼背。⑥隙院：空房子。⑦税：租。⑧信：确实。⑨湫（jiǎo）隘：狭窄。⑩辱：委屈。长者：地位尊贵的人。⑪直：同“值”，租金。⑫延：邀请。迟宾之馆：即客厅。迟（zhì）：接待，招待。⑬偶坐：相对而坐。⑭艳冶：极艳丽。⑮叙寒燠（yù）：即寒暄，问候冷暖，指应酬话。燠：暖热。⑯触类妍媚：举止动静，无不美丽、妩媚。

久之，日暮，鼓声四动。姥访其居远近。生绐之曰：①“在延平门外数里。”②冀其远而见留也。姥曰：“鼓已发矣，当速归，无犯禁。”③生曰：“幸接欢笑，不知日之云夕。道里辽阔，城内又无亲戚，将若之何？”娃曰：“不见责僻陋，④方将居之，宿何害焉。”生数目姥，⑤姥曰：“唯唯。”⑥生乃召其家僮，持双缣，⑦请以备一宵之馔⑧。娃笑而止之曰：“宾主之仪，且不然也。今夕之费，愿以贫窭之家，⑨随其粗粝以进之。其余以俟他辰。”⑩固辞，终不许。

【注释】

①绐（dài）：欺骗，哄骗。②延平门：长安西城城门之一，与东城的平康里相距很远。③禁：指夜里不让出城的禁令。④不见责：不嫌弃。⑤目：用眼睛看。⑥唯唯：应允之词。⑦缣（jiān）：细绢，古时可当货币使用。⑧馔：酒食。⑨贫窭（jù）：贫寒。⑩以俟他辰：等以后再说。俟：等待。

俄徙坐西堂，帷幙帘榻，焕然夺目；妆奁衾枕，亦皆侈丽。乃张烛进馔，品味甚盛。彻馔，①姥起。生娃谈话方切，②诙谐调笑，无所不至。生曰：“前偶过卿门，遇卿适在屏间。厥后心常勤念，③虽寝与食，未尝或舍。”娃答曰：“我心亦如之。”生曰：“今之来，非直求居而已，④愿偿平生之志。但未知命也若何。”言未终，姥至，询其故，具以告。⑤姥笑曰：“男女之际，大欲存焉。⑥情苟相得，虽父母之命，不能制也。女子固陋，曷足以荐君子之枕席！”⑦ 生遂下阶，拜而谢之曰：“愿以己为厮养。”⑧ 姥遂目之为郎，⑨ 饮酣而散。及旦，尽徙其囊橐，⑩ 因家于李之第。自是生屏迹戢身，⑪ 不复与亲知相闻，日会倡优侪类，⑫ 狎戏游宴。⑬ 囊中尽空，乃鬻骏乘及其家童。⑭ 岁余，资财仆马荡然。迩来姥意渐怠，⑮ 娃情弥笃。

【注释】

①彻：同“撤”。②切：投入。③厥后：此后。④直：只。⑤具：全部，一五一十地。⑥“男女之际”二句：出自《礼记·礼运》：“饮食男女，人之大欲存焉。”欲：欲望。⑦曷：哪里。荐枕席：侍寝。⑧厮养：奴仆。⑨郎：女婿。⑩囊橐（tuó）：行李财物。⑪屏（bǐng）迹戢（jí）身：足不出户。屏：退，隐蔽。戢：收敛。⑫侪（chái）类：一类的人。⑬狎（xiá）：亲近而态度不庄重。⑭鬻（yù）骏乘及其家童：卖掉马和随身的僮仆。鬻：卖。骏乘：骏马。⑮迩来：近来。

他日，娃谓生曰：“与郎相知一年，尚无孕嗣。常闻竹林神者，报应如响，① 将致荐酹求之，② 可乎？”生不知其计，大喜。乃质衣于肆，③ 以备牢醴，④ 与娃同谒祠宇而祷祝焉，信宿而返。⑤ 策驴而后，至里北门，⑥ 娃谓生曰：“此东转小曲中，⑦ 某之姨宅也，⑧ 将憩而觐之，可乎？”生如其言，前行不逾百步，果见一车门。⑨ 窥其际，甚弘敞。其青衣自车后止之曰：“至矣。”生下，适有一人出访曰：“谁？”曰：“李娃也。”乃入告。俄有一妪至，年可四十余，与生相迎曰：“吾甥来否？”娃下车，妪逆访之曰：⑩ “何久疏绝？”相视而笑。⑪ 娃引生拜之，既见，遂偕入西戟门偏院。⑫ 中有山亭，竹树葱蒨，池榭幽绝。生谓娃曰：“此姨之私第耶？”笑而不答，以他语对。俄献茶果，甚珍奇。

【注释】

①如响：如声音之有回声，比喻十分灵验。②致荐酹（lèi）：以酒食祭祀。③质衣于肆：将衣服典押在当铺。质：典押。肆：店铺。④牢醴（lǐ）：祭品。牢：祭祀用

的牛、羊、猪三牲。醴：酒。⑤信宿：过了两夜。⑥里北门：平康里北门。⑦小曲：小巷。⑧某：自称。⑨车门：大门旁专供车马出入的门。⑩逆访：迎上前问候。⑪疏绝：无往来。⑫戟（jǐ）门：唐代三品以上官员可立戟于门。戟：古兵器。

食顷，①有一人控大宛，②汗流驰至，曰："姥遇暴疾颇甚，殆不识人，宜速归。"娃谓姨曰："方寸乱矣，某骑而前去，当令返乘，便与郎偕来。"生拟随之，其姨与侍儿偶语，③以手挥之，令生止于户外，曰："姥且殁矣，④当与某议丧事，以济其急，奈何遽相随而去？"⑤乃止，共计其凶仪斋祭之用。⑥日晚，乘不至。姨言曰："无复命何也？郎骤往觇之，⑦某当继至。"生遂往，至旧宅，门扃钥甚密，以泥缄之。生大骇，诘其邻人。⑧邻人曰："李本税此而居，约已周矣。⑨第主自收，姥徙居而且再宿矣。"征徙何处，⑩曰："不详其所。"生将驰赴宣阳，⑪以诘其姨，日已晚矣，计程不能达。乃弛其装服，⑫质馔而食，赁榻而寝。生恚怒方甚，⑬自昏达旦，目不交睫。质明，⑭乃策蹇而去。⑮既至，连扣其扉，食顷无人应。生大呼数四，有宦者徐出。生遽访之："姨氏在乎？"曰："无之。"生曰："昨暮在此，何故匿之？"访其谁氏之第，曰："此崔尚书宅。⑯昨者有一人税此院，云迟中表之远至者，⑰未暮去矣。"

【注释】

①食顷：一顿饭的时间。形容时间很短。②控大宛（yuān）：骑骏马。控：勒马。大宛：汉西域国名，以产良马著称。故称良马为大宛。③偶语：相对私语。④且殁（mò）：将死。⑤遽（jù）：仓促。⑥凶仪：丧礼。⑦觇（chān）：察看。⑧诘：问。⑨约已周：租约已满期。约：租约。周：满期。⑩征：追问。⑪宣阳：长安里（坊）名，在平康里之南。⑫弛：解下。⑬恚（huì）：怨恨。⑭质明：天刚亮。⑮蹇：蹇驴，跛脚驴。代指驴。⑯尚书：唐朝尚书省各部长官的泛称。⑰迟（zhì）：接待。中表：中表亲。"中"指舅父的子女，为内兄弟姊妹；"表"指姑母的子女，为外兄弟姊妹。

生惶惑发狂，罔知所措，因返访布政旧邸。[①] 邸主哀而进膳。生怨懑，绝食三日，遘疾甚笃，旬余愈甚。邸主惧其不起，徙之于凶肆之中。[②] 绵缀移时，[③] 合肆之人，共伤叹而互饲之。后稍愈，杖而能起。由是凶肆日假之，[④] 令执繐帷，[⑤] 获其直以自给。[⑥] 累月，渐复壮，每听其哀歌，自叹不及逝者，辄呜咽流涕，不能自止，归则效之。生聪敏者也，无何，曲尽其妙，虽长安无有伦比。

【注释】

①邸：旅馆。②凶肆：专门出售丧葬用品并为丧家办理丧事的店铺。③绵缀：病情沉重，气息仅存。移时：过了一段时间。④假：借用，利用。⑤繐帷：灵帐。⑥直：同“值”，报酬。

初，二肆之佣凶器者，[①] 互争胜负。其东肆车舆皆奇丽，[②] 殆不敌，唯哀挽劣焉。[③] 其东肆长知生妙绝，[④] 乃醵钱二万索顾焉。[⑤] 其党耆旧，[⑥] 共较其所能者，阴教生新声，而相赞和。累旬，人莫知之。其二肆长相谓曰：“我欲各阅所佣之器于天门街，[⑦] 以较优劣。不胜者，罚直五万，以备酒馔之用，可乎？”二肆许诺，乃邀立符契，[⑧] 署以保证，然后阅之。士女大和会，[⑨] 聚至数万。于是里胥告于贼曹，贼曹闻于京尹。[⑩] 四方之士，尽赴趋焉，巷无居人。自旦阅之，及亭午，历举辇舆威仪之具，[⑪] 西肆皆不胜，师有惭色。[⑫] 乃置层榻于南隅，[⑬] 有长髯者，拥铎而进，[⑭] 翊卫数人，于是奋髯扬眉，扼腕顿颡而登，[⑮] 乃歌《白马》之词。[⑯] 恃其夙胜，[⑰] 顾眄左右，旁若无人。齐声赞扬之，自以为独步一时，不可得而屈也。有顷，东肆长于北隅上设连榻，[⑱] 有乌巾少年，左右五六人，秉翣而至，[⑲] 即生也。整衣服，俯仰甚徐，申喉发调，容若不胜。乃歌《薤露》之章，举声清越，响振林木。曲度未终，闻者歔欷掩泣。西肆长为众所诮，益惭耻，密置所输之直于前，乃潜遁焉。四座愕眙，[⑳] 莫之测也。

【注释】

①佣凶器：经营丧葬用品。②车舆：车轿。③哀挽：出殡时唱的挽歌。④长：掌柜的。⑤醵（jù）钱二万索顾：凑集二万钱要求雇佣。醵：凑集。索：要求。顾：同“雇”。⑥耆旧：这里指老师傅。⑦阅：陈列，展览。天门街：长安街道名。⑧符契：合同。⑨大和会：即欢乐大聚会。《尚书·周书》：“四方民大和会。”孔安国传：“四方之民大和悦而集会。”⑩里胥：即里正，古时乡官。唐制百户为一里，设里正。贼曹：州郡掌管治安的官吏。京尹：即京兆府尹，京师地区的行政长官。⑪辇舆威仪：指丧车仪仗等。⑫师：长，首领。这里指西肆长。⑬层榻：高椅子。⑭拥：持。铎：唱挽歌时用的大铃。⑮扼腕顿颡（sǎng）：用一只手握住另一只手腕，屈膝下跪，以额角触地。颡：额、脑门子。⑯《白马》之词：即《白马歌》，和下文的《薤露》，均为古时送葬的歌曲。⑰夙：一向。胜：擅长。⑱连榻：并坐的长椅。⑲翣（shà）：扇形棺饰，出殡时所用。⑳愕眙（chì）：瞪眼直视，惊异不已。

先是，①天子方下诏，俾外方之牧，②岁一至阙下，谓之“入计”。时也，适遇生之父在京师，与同列者易服章，③窃往观焉。有老竖，④即生乳母婿也，⑤见生之举措辞气，将认之而未敢，乃泫然流涕。生父惊而诘之，因告曰：“歌者之貌，酷似郎之亡子。”⑥父曰：“吾子以多财为盗所害，奚至是耶？”言讫，亦泣。及归，竖间驰往，⑦访于同党曰：“向歌者谁，若斯之妙欤？”皆曰：“某氏之子。”征其名，⑧且易之矣，竖凛然大惊。徐往，迫而察之。⑨生见竖，色动回翔，⑩将匿于众中。竖遂持其袂曰：“岂非某乎？”相持而泣，遂载以归。

【注释】

①先是：在这之前。②俾：使。外方之牧：即刺史。牧：封建时代称地方长官为牧。③同列者：同僚。易服章：脱去官服换上便装。④竖：仆人。⑤婿：丈夫。⑥郎：旧时奴仆对主人的称呼。⑦间（jiàn）：秘密地，偷偷地。⑧征：追究，追问。⑨迫：靠近。⑩回翔：躲闪的样子。

至其室，父责曰："志行若此，污辱吾门，何施面目，①复相见也？"乃徒行出，至曲江西杏园东，②去其衣服，以马鞭鞭之数百。生不胜其苦而毙，父弃之而去。其师命相狎昵者阴随之，③归告同党，共加伤叹。令二人赍苇席瘗焉。④至则心下微温，举之良久，气稍通。因共荷而归，以苇筒灌勺饮，经宿乃活。月余，手足不能自举，其楚挞之处皆溃烂，秽甚。同辈患之，一夕弃于道周。⑤行路咸伤之，往往投其余食，得以充肠。十旬，方杖策而起。被布裘，裘有百结，褴褛如悬鹑。⑥持一破瓯巡于闾里⑦，以乞食为事。自秋徂冬，夜入于粪壤窟室，昼则周游廛肆。⑧

【注释】

①施：安放。②曲江：即曲江池，在长安城东南，为当时著名风景区。其地南有紫云楼、芙蓉苑，西有杏园、慈恩寺，北有乐游原。③狎昵：亲近。④瘗（yì）：埋葬。⑤道周：路旁。⑥悬鹑：鹌鹑毛短尾秃，因以形容衣服破烂。⑦瓯（ōu）：碗。闾里：街坊。⑧廛（chán）肆：市场。

一旦大雪，生为冻馁所驱。冒雪而出，乞食之声甚苦，闻见者莫不凄恻。时雪方甚，人家外户多不发。①至安邑东门，②循里垣，北转第七八，有一门独启左扉，即娃之第也。生不知之，遂连声疾呼："饥冻之甚！"音响凄切，所不忍听。娃自阁中闻之，谓侍儿曰："此必生也，我辨其音矣。"连步而出。见生枯瘠疥厉，③殆非人状。娃意感焉，乃谓曰："岂非某郎也？"生愤懑绝倒，④口不能言，颔颐而已。⑤娃前抱其颈，以绣襦拥而归于西厢。失声长恸曰："令子一朝及此，我之罪也。"绝而复苏。姥大骇奔至，曰："何也？"娃曰："某郎。"姥遽曰："当逐之，奈何令至此。"娃敛容却睇曰：⑥"不然，此良家子也，当昔驱高车，持金装，至某之室，不逾期而荡尽。且互设诡计，舍而逐之，殆非人。令其失志，不得齿于人伦。⑦父子之道，天性也。使其情绝，杀而弃之，又困踬若此。⑧天下之人尽知为某也。生亲戚满朝，一旦当权者熟察其本末，⑨祸将及矣。况欺天负人，鬼神不祐，无自贻其殃也。某为姥子，迨今有二十岁矣。⑩计其赀，⑪不啻直千金。⑫今姥年六十余，愿计二十年衣食之用以赎身，当与此子别卜所诣。⑬所诣非遥，晨昏得以温凊，⑭某愿足矣。”姥度其志不可夺，因许之。

【注释】

①发：开。②安邑：长安里坊名。③枯瘠疥厉：骨瘦如柴，长满恶疮。疥厉：恶疮。④绝倒：因晕眩而仆倒。⑤颔颐：点头。⑥敛容：脸色严肃。转睇：回头斜视。⑦齿于人伦：列于家庭关系中。齿：排列。⑧困踬（zhì）：穷困潦倒。⑨熟察其本末：详细了解事情的经过。⑩迨（dài）今：至今。⑪赀（zī）：同“资”。钱财。⑫不啻（chì）：不止。⑬别卜所诣：另找住所。⑭晨昏得以温凊（jìng）：早晚可以侍候问安。凊：凉。《礼记》：“凡为人子之礼，冬温而夏凊，昏定而晨省。”意思是侍奉父母，冬天使之温暖，夏天使之凉爽，夜晚铺好床褥，早晨前往问安。

给姥之余，有百金。北隅四五家，税一隙院。乃与生沐浴，易其衣服，为汤粥通其肠，次以酥乳润其脏。旬余，方荐水陆之馔。①头巾履袜，皆取珍异者衣之。未数月，肌肤稍腴。②卒岁，平愈如初。异时，③娃谓生曰：“体已康矣，志已壮矣。渊思寂虑，④默想曩昔之艺业，⑤可温习乎？”生思之曰：“十得二三耳。”娃命车出游，生骑而从。至旗亭南偏门鬻坟典之肆，⑥令生拣而市之，计费百金，尽载以归。因令生斥弃百虑以志学，俾夜作昼，孜孜矻矻。⑦娃常偶坐，宵分乃寐。⑧伺其疲倦，即谕之缀诗赋。⑨二岁而业大就，海内文籍，莫不该览。⑩生谓娃曰：“可策名试艺矣。”⑪娃曰：“未也，且令精熟，以俟百战。”更一年，曰：“可行矣。”于是遂一上登甲科，⑫声振礼闱。⑬虽前辈见其文，罔不敛衽敬羡，⑭愿友之而不可得。娃曰：“未也。今秀士苟获擢一科第，⑮则自谓可以取中朝之显职，⑯擅天下之美名。子行秽迹鄙，不侔于他士。⑰当砻淬利器，⑱以求再捷，方可以连衡多士，⑲争霸群英。”生由是益自勤苦，声价弥甚。其年遇大比，⑳诏征四方之隽。生应直言极谏科，策名第一，授成都府参军。㉑三事以降，㉒皆其友也。

【注释】

①荐水陆之馔（zhuàn）：把山珍海味给他吃。荐：进奉。馔：食物。②腴：丰满。③异时：过了些时候。④渊思寂虑：深思静想。⑤曩（nǎng）昔：以前。艺业：科举文章。⑥鬻坟典之肆：书店。坟典：指“三坟、五典”，伏羲、神农、黄帝的书叫作“三坟”，少昊、颛顼（zhuān xū）、高辛、唐、虞的书叫作“五典”。因而以“坟典”作为古书的代词。⑦孜孜矻矻（kū）：勤奋不懈的样子。⑧宵分：半夜。⑨缀诗赋：写诗作赋。缀：连缀辞句。诗、赋为唐代进士考试的主要科目。⑩该览：广泛阅读。该：完备。⑪策名试艺：报名参加科举考试。⑫甲科：甲等，指成绩最优。唐代进士考试分甲乙两科，依试题的难易分科。“登甲科”，指考取了试题最难的一科。⑬礼闱（wéi）：礼部，唐中央尚书省六部之一。科举考试归礼部主持。⑭敛衽：整理衣襟，表示敬意。⑮秀士：读书人。苟：如果。擢（zhuó）：考取。⑯中朝之显职：朝廷的高官。⑰不侔（móu）：不同，不能相比。⑱砻淬（lóng cuì）：磨炼，引申为钻研。利器：指学问。⑲连衡：结交。⑳大比：重大的考试。这里指唐朝于进士考试之外特设的“制科”考试。《新唐书·选举志》：“其天子自诏者曰制举，所以待非常之才焉。”㉑成都府：治所在今四川成都市。参军：府尹的佐吏。㉒三事以降：即三公以下。三事：即三公，这里指品级最高的官吏。

将之官，娃谓生曰：“今之复子本躯，[1]某不相负也。愿以残年，归养老姥。君当结媛鼎族，[2]以奉蒸尝。[3]中外婚媾，无自黩也。[4]勉思自爱，某从此去矣。”生泣曰：“子若弃我，当自刭以就死。”娃固辞不从，生勤请弥恳。娃曰：“送子涉江，至于剑门，当令我回。”生许诺。月余，至剑门。未及发而除书至，[5]生父由常州诏入，拜成都尹，兼剑南采访使。[6]浃辰，[7]父到。生因投刺，[8]谒于邮亭。[9]父不敢认，见其祖父官讳，[10]方大惊，命登阶，抚背恸哭移时。曰：“吾与尔父子如初。”因诘其由，具陈其本末。大奇之，诘娃安在。曰：“送某至此，当令复还。”父曰：“不可。”翌日，命驾与生先之成都，留娃于剑门，筑别馆以处之。明日，命媒氏通二姓之好，备六礼以迎之，[11]遂如秦晋之偶。[12]

【注释】

①复子本躯：还你本来面目。②鼎族：豪门贵族。③蒸尝：古代秋冬祭祀的名称，秋祭曰尝，冬祭曰蒸。这里以奉蒸尝代指主持家政事务。④“中外”二句：当与高门贵族结姻，不要降低了自己的身份。中外：即内外亲戚，这里指外亲。自黩（dú）：糟蹋自己。⑤除书：任命、调动官吏的文书。⑥剑南：道名，治所在益州（今四川成都），唐时成都府属剑南道管辖。采访吏：掌监察州府官吏之职。⑦浃（jiā）辰：十二日。古代以干支纪日，自子至亥一周十二日为“浃辰”。⑧投刺：送上名片请见。刺：名片，上书姓名履历家世等。⑨邮亭：传送官方文书并供过往官员住宿的驿馆。⑩官讳：官职和名字。称死者或尊长之名为“讳”。⑪六礼：古代结婚需六项手续：纳采、问名、纳吉、纳征、请期、亲迎。⑫秦晋：春秋时秦国和晋国国君世世通婚，后以“秦晋之好”作连姻的代称。

娃既备礼，①岁时伏腊，②妇道甚修，治家严整，极为亲所眷尚。后数岁，生父母偕殁，持孝甚至。有灵芝产于倚庐，一穗三秀，③本道上闻。④又有白燕数十，巢其层甍。⑤天子异之，宠锡加等。终制，⑥累迁清显之任。⑦十年间，至数郡。⑧娃封汧国夫人，有四子，皆为大官，其卑者犹为太原尹。⑨弟兄姻媾皆甲门，⑩内外隆盛，莫之与京。⑪嗟乎，倡荡之姬，节行如是，虽古先烈女，不能逾也。焉得不为之叹息哉！

予伯祖尝牧晋州，⑫转户部，⑬为水陆运使，⑭三任皆与生为代，⑮故谙详其事。贞元中，⑯予与陇西公佐，⑰话妇人操烈之品格，因遂述汧国之事。公佐拊掌竦听，⑱命予为传。乃握管濡翰，⑲疏而存之。时乙亥岁秋八月，⑳太原白行简云。

【注释】

①备礼：依礼结婚。②岁时伏腊：一年四季。伏：夏日。腊：冬日。③倚庐：古时守丧住的草房。一穗三秀：一根穗上开三朵花。一般是一穗一花，一穗三秀十分罕见，故视为祥瑞。④本道：当地地方政府。⑤层甍（méng）：高耸的屋脊。⑥终

制：守制期满。古人遇父母丧事，要三年不问外事，称"守制"。⑦ 清显之任：高贵的官职。⑧ 至数郡：做到同时管辖几个郡的大官。⑨ 其卑者犹为太原尹：四个儿子中官位最低的也做到太原府（治所在今山西太原）尹。⑩ 甲门：高门贵族。⑪ 莫之与京：即"莫与之京"，没有谁能比得上。京：大。⑫ 牧晋州：担任晋州（治所在今山西临汾）刺史。⑬ 户部：尚书省六部之一，掌管全国土地、户籍、赋税及财政收支等事务。⑭ 水陆运使：唐时户部下面管理水陆运输的官员。⑮ 为代：做前后任。⑯ 贞元：唐德宗李适年号（785—805）。⑰ 陇西公佐：陇西人李公佐。李公佐：唐代进士，曾任钟陵（治所在今江西南昌）从事，有《南轲太守传》等传奇作品传世。⑱ 拊（fǔ）掌：拍手。竦（sǒng）听：敬听。⑲ 握管濡翰：执笔沾蘸墨。管：笔。翰：笔尖。⑳ 乙亥岁：唐德宗贞元十一年（795）。

【泛读】

元稹《莺莺传》

贞元中，有张生者，性温茂，美风容，内秉坚孤，非礼不可入。或朋从游宴，扰杂其间，他人皆汹汹拳拳，若将不及，张生容顺而已，终不能乱。以是年二十三，未尝近女色。知者诘之，谢而言曰："登徒子非好色者，是有凶行。余真好色者，而适不我值。何以言之？大凡物之尤者，未尝不留连于心，是知其非忘情者也。"诘者识之。无几何，张生游于蒲。蒲之东十余里，有僧舍曰"普救寺"，张生寓焉。

适有崔氏孀妇，将归长安，路出于蒲，亦止兹寺。崔氏妇，郑女也。张出于郑，绪其亲，乃异派之从母。是岁，浑瑊薨于蒲。有中人丁文雅，不善于军，军人因丧而扰，大掠蒲人。崔氏之家，财产甚厚，多奴仆。旅寓惶骇，不知所托。先是，张与蒲将之党有善，请吏护之，遂不及于难。十余日，廉使杜确将天子命以总戎节，令于军，军由是戢。郑厚张之德甚，因饰馔以命张，中堂宴之。复谓张曰："姨之孤嫠未亡，提携幼稚。不幸属师徒大溃，实不保其身。弱子幼女，犹君之生，岂可比常恩哉！今俾以仁兄礼奉见，冀所以报恩也。"命其子，曰欢郎，可十余岁，容甚温美。次命女："出拜尔兄，尔兄活尔。"久之，辞疾。郑怒曰："张兄保尔之命，不然，尔且掳矣。能复远嫌乎？"久之，乃至。常服睟容，不加新饰，垂鬟接黛，双脸销红而已。颜色艳异，光辉动人。张惊，为之礼。因坐郑旁，以郑之抑而见也，凝涕怨绝，若不胜其体者。问其年纪，郑曰："今天子甲子岁之七月，终于贞元庚辰，生年十七矣。"张生稍以词导之，不对。终席而罢。张自是惑之，愿致其情，无由得也。

崔之婢曰红娘。生私为之礼者数四，乘间遂道其衷。婢果惊沮，腆然而奔。张生悔之。翌日，婢复至。张生乃羞而谢之，不复云所求矣。婢因谓张曰："郎之言，所不敢言，亦不敢泄。然而崔之姻族，君所详也。何不因其德而求娶焉？"张曰："予始自孩提，性不苟合。或时纨绮闲居，曾莫流盼。不为当年，终有所蔽。昨日一席间，几不自持。数日来，行忘止，食忘饱，恐不能逾旦暮。若因媒氏而娶，纳采问名，则三数月间，索我于枯鱼之肆矣。尔其谓我何？"婢曰："崔之贞慎自保，虽所尊不可以非语犯之。下人之谋，固难入矣。然而善属文，往往沉吟章句，怨慕者久之。君试为喻情诗以乱之，不然，则无由也。"张大喜，立缀《春词》二首以授之。是夕，红娘复至，持彩笺以授张，曰："崔所命也。"题其篇曰《明月三五夜》。其词曰：

待月西厢下，迎风户半开。拂墙花影动，疑是玉人来。

张亦微喻其旨。是夕，岁二月旬有四日矣。崔之东有杏花一树，攀援可踰。既望之夕，张因梯其树而踰焉。达于西厢，则户半开矣。红娘寝于床上，因惊之。红娘骇曰："郎何以至？"张因绐之曰："崔氏之笺召我矣，尔为我告之。"无几，红娘复来。连曰："至矣！至矣！"张生且喜且骇，必谓获济。及崔至，则端服严容，大数张曰："兄之恩，活我之家，厚矣。是以慈母以弱子幼女见托。奈何因不令之婢，致淫逸之词？始以护人之乱为义，而终掠乱以求之，是以乱易乱，其去几何？诚欲寝其词，则保人之奸，不义；明之于母，则背人之惠，不祥；将寄于婢仆，又惧不得发其真诚：是用托短章，愿自陈启。犹惧兄之见难，是用鄙靡之词，以求其必至。非礼之动，能不愧心？特愿以礼自持，毋及于乱！”言毕，翻然而逝。张自失者久之。复踰而出，于是绝望。

数夕，张生临轩独寝，忽有人觉之。惊骇而起，则红娘敛衾携枕而至，抚张曰：“至矣！至矣！睡何为哉！”并枕重衾而去。张生拭目危坐，久之，犹疑梦寐；然而修谨以俟。俄而红娘捧崔氏而至。至则娇羞融冶，力不能运支体，曩时端庄，不复同矣。是夕，旬有八日也。斜月晶莹，幽辉半床，张生飘飘然，且疑神仙之徒，不谓从人间至矣。有顷，寺钟鸣，天将晓，红娘促去。崔氏娇啼宛转，红娘又捧之而去，终夕无一言。张生辨色而兴，自疑曰：“岂其梦耶？”及明，睹妆在臂，香在衣，泪光荧荧然，犹莹于茵席而已。

是后又十余日，杳不复知。张生赋《会真诗》三十韵，未毕，而红娘适至，因授之，以贻崔氏。自是复容之。朝隐而出，暮隐而入，同安于曩所谓西厢者，几一月矣。张生常诘郑氏之情。则曰：“我不可奈何矣。”因欲就成之。无何，张生将之长安，先以诗谕之。崔氏宛无难词，然而愁怨之容动人矣。将行之再夕，不复可见，而张生遂西下。数月，复游于蒲，会于崔氏者又累月。崔氏甚工刀札，善属文。求索再三，终不可见。往往张生自以文挑，亦不甚睹览。大略崔之出入者，艺必穷极，而貌若不知；言则敏辩，而寡于酬对。待张之意甚厚，然未尝以词继之。时愁艳幽邃，恒若不识，喜愠之容，亦罕形见。异时独夜操琴，愁弄凄恻。张窃听之。求之，则终不复鼓矣。以是愈惑之。张生俄以文调及期，又当西去。当去之夕，不复自言其情，愁叹于崔氏之侧。崔已阴知将诀矣，恭貌怡声，徐谓张曰：“始乱之，终弃之，固其宜矣，愚不敢恨。必也君乱之，君终之，君之惠也。则没身之誓，其有终矣，又何必深感于此行？然而君既不怿，无以奉宁。君常谓我善鼓琴，向时羞颜，所不能及。今且往矣，既君此诚。”因命拂琴，鼓《霓裳羽衣序》，不数声，哀音怨乱，不复知其是曲也。左右皆歔欷。崔亦遽止之，投琴，泣下流连，趋归郑所，遂不复至。明旦而张行。

明年，文战不胜，张遂止于京。因赠书于崔，以广其意。崔氏缄报之词，粗载于此，曰：“捧览来问，抚爱过深。儿女之情，悲喜交集。兼惠花胜一合，口脂五寸，致耀首膏唇之饰。虽荷殊恩，谁复为容？睹物增怀，但积悲叹耳。伏承便示于京中就业，进修之道，固在便安。但恨僻陋之人，永以遐弃。命也如此，知复何言！自去秋以来，常忽忽如有所失。于喧哗之下，或勉为语笑，闲宵自处，无不泪零。乃至梦寐之间，亦多叙感咽离忧之思，绸缪缱绻，暂若寻常。幽会未终，惊魂已断。虽半衾如暖，而思之甚遥。一昨拜辞，倏逾旧岁。长安行乐之地，触绪牵情，何幸不忘幽微，眷念无斁。鄙薄之志，无以奉酬。至于终始之盟，则固不忒。鄙昔中表相因，或同宴处。婢仆见诱，遂致私诚。儿女之心，不能自固。君子有援琴之挑，鄙人无投梭之拒。及荐寝席，义盛意深。愚陋之情，永谓终托。岂期既见君子，而不能定情，致有自献之羞，不复明侍巾帻，没身永恨，含叹何言！倘仁人用心，俯遂幽眇，虽死之日，犹生之年。如或达士略情，舍小从大，以先配为丑行，谓要盟为可欺，则当骨化形销，丹诚不泯，因风委露，犹托清尘。存没之诚，言尽于此。临纸呜咽，情不能申。千万珍重，珍重千万！玉环一枚，是儿婴年所弄，寄充君子下体所佩。玉取其坚润不渝，环取其终始不绝。兼乱丝一絇，文竹茶碾子一枚。此数物不足见珍，意者欲君子如玉之真，弊志如环不解。泪痕在竹，愁绪萦丝，因物达情，永以为好耳。心迩身遐，拜会无期。幽愤所钟，千里神合。千万珍重！春风多厉，强饭为嘉。慎言自保，无以鄙为深念。”

张生发其书于所知，由是时人多闻之。所善杨巨源好属词，因为赋《崔娘》诗一绝云：

清润潘郎玉不如，中庭蕙草雪销初。风流才子多春思，肠断萧娘一纸书。

河南元稹亦续生《会真》诗三十韵，诗曰：

微月透帘栊，萤光度碧空。遥天初缥缈，低树渐葱茏。龙吹过庭竹，鸾歌拂井桐。罗绡垂薄雾，环佩响轻风。绛节随金母，云心捧玉童。更深人悄悄，晨会雨濛濛。珠莹光文履，花明隐绣龙。瑶钗行彩凤，罗帔掩丹虹。言自瑶华浦，将朝碧玉宫。因游洛城北，偶向宋家东。戏调初微拒，柔情已暗通。低环蝉影动，回步玉尘蒙。转面流花雪，登床抱绮丛。鸳鸯交颈舞，翡翠合欢笼。眉黛羞偏聚，唇朱暖更融。气清兰蕊馥，肤润玉肌丰。无力慵移腕，多娇爱敛躬。汗流珠点点，发乱绿葱葱。方喜千年会，俄闻五夜穷。流连时有限，缱绻意难终。慢脸含愁态，芳词誓素衷。赠环明运合，留结表心同。啼粉流宵镜，残灯远暗虫。华光犹苒苒，旭日渐曈曈。乘鹜还归洛，吹箫亦上嵩。衣香犹染麝，枕腻尚残红。幂幂临塘草，飘飘思渚蓬。素琴鸣怨鹤，清汉望归鸿。海阔诚难渡，天高不易冲。行云无处所，萧史在楼中。

张之友闻之者，莫不耸异之，然而张亦志绝矣。稹特与张厚，因征其词。张曰："大凡天之所命尤物也，不妖其身，必妖于人。使崔氏子遇合富贵，乘宠娇，不为云，为雨，则为蛟，为螭，吾不知其变化矣。昔殷之辛，周之幽，据百万之国，其势甚厚。然而一女子败之，溃其众，屠其身，至今为天下僇笑。余之德不足以胜妖孽，是用忍情。"于时坐者皆为深叹。

后岁余，崔已委身于人，张亦有所娶。适经所居，乃因其夫言于崔，求以外兄见。夫语之，而崔终不为出。张怨念之诚，动于颜色。崔知之，潜赋一章，词曰：

自从消瘦减容光，万转千回懒下床。不为旁人羞不起，为郎憔悴却羞郎。

竟不之见。后数日，张生将行，又赋一章以谢绝 云：

弃置今何道，当时且自亲。还将旧来意，怜取眼前人。

自是，绝不复知矣。时人多许张为善补过者。

予尝于朋会之中，往往及此意者，夫使知者不为，为之者不惑。贞元岁九月，执事李公垂宿于予靖安里第，语及于是。公垂卓然称异，遂为《莺莺歌》以传之。崔氏小名莺莺，公垂以命篇。

杜光庭《虬髯客传》

隋炀帝之幸江都也，命司空杨素守西京。素骄贵，又以时乱，天下之权重望崇者，莫我若也，奢贵自奉，礼异人臣。每公卿入言，宾客上谒，未尝不踞床而见，令美人捧出，侍婢罗列，颇僭于上，末年愈甚，无复知所负荷，有扶危持颠之心。

一日，卫公李靖以布衣上谒，献奇策。素亦踞见。公前揖曰："天下方乱，英雄竞起。公为帝室重臣，须以收罗豪杰为心，不宜踞见宾客。"素敛容而起，谢公；与语，大悦，收其策而退。当公之骋辩也，一妓有殊色，执红拂，立于前，独目公。公既去，而执拂者临轩指吏曰："问去者处士第几？住何处？"公具以对。妓诵而去。

公归逆旅。其夜五更初，忽闻叩门而声低者，公起问焉。乃紫衣戴帽人，杖揭一囊。公问谁。曰："妾，杨家之红拂妓也。"公遽延入。脱衣去帽，乃十八九佳丽人也。素面画衣而拜。公惊答拜。曰："妾侍杨司空久，阅天下之人多矣，无如公者。丝萝非独生，愿托乔木，故来奔耳。"公曰："杨司空权重京师，如何？"曰："彼尸居余气，不足畏也。诸妓知其无成，去者众矣，彼亦不甚逐也。计之详矣，幸无疑焉。"问其姓，曰："张。"问其伯仲之次。曰："最长。"观其肌肤、仪状、言词、气性，真天人也。公不自意获之，愈喜愈惧，瞬息万虑不安，而窥户者无停屦。数日，亦闻追访之声，意亦非峻。乃雄服乘马，排闼而去，将归太原。

行次灵石旅舍，既设床，炉中烹肉且熟。张氏以发长委地，立梳床前。公方刷马，忽有一人，中形，赤髯如虬，乘蹇驴而来。投革囊于炉前，取枕欹卧，看张梳头。公怒甚，未决，犹亲刷马。张熟视其面，一手握发，一手映身摇示公，令勿怒。急急梳头毕，敛衽问其姓。卧客答曰："姓张。"对曰："妾亦姓张，合是妹。"遽拜之。问第几，曰："第三。"问妹第几，曰："最长。"遂喜曰："今夕多幸逢一妹。"张氏遥呼："李郎且来见三兄！"公骤拜之。遂环坐。曰："煮者何肉？"曰："羊肉，计已熟矣。"客曰："饥。"公出市胡饼。客抽腰间匕首，切肉共食。食竟，余肉乱切送驴前食之，甚速。客曰："观李郎之行，贫士也。何以致斯异人？"曰："靖虽贫，亦有心者焉。

他人见问，故不言；兄之问，则不隐耳。”具言其由。曰：“然则将何之？”曰：“将避地太原。”曰：“然。吾故非君所致也。”曰：“有酒乎？”曰：“主人西，则酒肆也。”公取酒一斗。既巡，客曰：“吾有少下酒物，李郎能同之乎？”曰：“不敢。”于是开革囊，取一人头并心肝。却头囊中，以匕首切心肝，共食之。曰：“此人天下负心者，衔之十年，今始获之。吾憾释矣。”又曰：“观李郎仪形器宇，真丈夫也。亦闻太原有异人乎？”曰：“尝识一人，愚谓之真人也；其余，将帅而已。”曰：“何姓？”曰：“靖之同姓。”曰：“年几？”曰：“仅二十。”曰：“今何为？”曰：“州将之子。”曰：“似矣。亦须见之。李郎能致吾一见乎？”曰：“靖之友刘文静者，与之狎。因文静见之可也。然兄何为？”曰：“望气者言太原有奇气，使访之。李郎明发，何日到太原？”靖计之日。曰：“达之明日，日方曙，候我于汾阳桥。”言讫，乘驴而去，其行若飞，回顾已失。公与张氏且惊且喜，久之，曰：“烈士不欺人，固无畏。”促鞭而行。

及期，入太原，果复相见。大喜，偕诣刘氏。诈谓文静曰：“有善相者思见郎君，请迎之。”文静素奇其人，一旦闻有客善相，遽致使迎之。使回而至，不衫不履，褐裘而来，神气扬扬，貌与常异。虬髯默然居末坐，见之心死。饮数杯，招靖曰：“真天子也！”公以告刘，刘益喜，自负。既出，而虬髯曰：“吾得十八九矣。然须道兄见之。李郎宜与一妹复入京。某日午时，访我于马行东酒楼，楼下有此驴及瘦驴，即我与道兄俱在其上矣。到即登焉。”又别而去。公与张氏复应之。

及期访焉，宛见二乘。揽衣登楼，虬髯与一道士方对饮，见公惊喜，召坐。围饮十数巡，曰：“楼下柜中有钱十万。择一深隐处安一妹。某日复会于汾阳桥。”如期至，即道士与虬髯已到矣。俱谒文静，时方弈棋，揖而话心焉。文静飞书迎文皇看棋。道士对弈，虬髯与公傍侍焉。俄而文皇到来，精采惊人，长揖而坐。神气清朗，满坐风生，顾盼炜如也。道士一见惨然，下棋子曰：“此局全输矣！于此失却局哉！救无路矣！复奚言！”罢弈而请去。既出，谓虬髯曰：“此世界非公世界，他方可也。勉之，勿以为念。”因共入京。虬髯曰：“计李郎之程，某日方到。到之明日，可与一妹同诣某坊曲小宅相访。李郎相从一妹，悬然如磬。欲令新妇祗谒，兼议从容，无前却也。”言毕，吁嗟而去。

公策马而归。即到京，遂与张氏同往。乃一小版门子，扣之，有应者，拜曰："三郎令候李郎、一娘子久矣。"延入重门，门愈壮。婢四十人，罗列庭前。奴二十人，引公入东厅。厅之陈设，穷极珍异，巾箱妆奁冠镜首饰之盛，非人间之物。巾栉妆饰毕，请更衣，衣又珍异。既毕，传云："三郎来！"乃虬髯纱帽裼裘而来，亦有龙虎之状，欢然相见。催其妻出拜，盖亦天人耳。遂延中堂，陈设盘筵之盛，虽王公家不侔也。四人对馔讫，陈女乐二十人，列奏于前，若从天降，非人间之曲。食毕，行酒。家人自堂东舁出二十床，各以锦绣帕覆之。既陈，尽去其帕，乃文簿钥匙耳。虬髯曰："此尽宝货泉贝之数。吾之所有，悉以充赠。何者？欲于此世界求事，当或龙战三二十载，建少功业。今既有主，住亦何为？太原李氏，真英主也。三五年内，即当太平。李郎以奇特之才，辅清平之主，竭心尽善，必极人臣。一妹以天人之姿，蕴不世之艺，从夫之贵，以盛轩裳。非一妹不能识李郎，非李郎不能荣一妹。起陆之贵，际会如期，虎啸风生，龙吟云萃，固非偶然也。持余之赠，以佐真主，赞功业也，勉之哉！此后十年，当东南数千里外有异事，是吾得事之秋也。一妹与李郎可沥酒东南相贺。"因命家童列拜，曰："李郎、一妹，是汝主也！"言讫，与其妻从一奴，乘马而去。数步，遂不复见。公据其宅，乃为豪家，得以助文皇缔构之资，遂匡天下。

贞观十年，公以左仆射平章事。适南蛮入奏曰："有海船千艘，甲兵十万，入扶余国，杀其主自立。国已定矣。"公心知虬髯得事也，归告张氏，具衣拜贺，沥酒东南祝拜之。

乃知真人之兴也，非英雄所冀，况非英雄者乎！人臣之谬思乱者，乃螳臂之拒走轮耳。我皇家垂福万叶，岂虚然哉。或曰："卫公之兵法，半乃虬髯所传耳。"

【延伸阅读】

1. 张友鹤选注：《唐宋传奇选》，人民文学出版社，1997。

2. 人民文学出版社编辑部编：《唐传奇鉴赏集》，人民文学出版社，1983。

3. 李宗为：《唐人传奇》，中华书局，1985。

下　　编

第十三章　雅俗文化的分野与交集：宋元话本与戏曲

【导读】

宋代城市文化的繁盛催生了最能代表中国俗文学艺术成就的两种文体：白话小说与戏曲，自此以后，原本一直作为潜流的俗文学正式步入前台，与诗词文等雅文学形态一起双峰并峙，奏响了众美兼备、交相和鸣的文学交响乐章。

广泛意义上的“元曲”指的是元代散曲与戏曲，而元代戏曲又应该包括北曲杂剧和南戏。

虽然元杂剧更为一般人所熟悉，但中国最早的戏曲样式却是始于南宋的南戏。南戏是宋、元时期流行于东南沿海一带的南曲戏文，明何良俊说：“金、元人呼北戏为杂剧，南戏为戏文。”（《四友斋丛说》卷三七）南戏是由流行于宫廷和民间的杂剧、唱赚、词、歌舞戏、南方民间乐曲等艺术形式综合形成的，大约在12世纪20年代由温州一带的艺人创立，故又被称为“永嘉杂剧”、“温州杂剧”，到12世纪90年代流传到南宋都城临安（今浙江杭州），并盛行于今浙江、福建沿海一带。宋元时期有大批书会才人从事南戏的编撰创作，如“古杭书会”、“武林书会”、“永嘉书会”等，但早期南戏剧本大多散佚，现存较早的作品是保存于《永乐大典》中的《张协状元》、《小孙屠》、《错立身》，习称《永乐大典戏文三种》。元代出现了被后人誉为“曲祖”（明魏良辅《曲律》）的《琵琶记》，以及被称为“四大南戏”的“荆、刘、拜、杀”（《荆钗记》、《刘知远白兔记》、《拜月亭记》、《杀狗记》)。总体而言，南戏题材描写婚姻爱情生活，生活情趣、伦理观念更世俗化。元末高明以优秀文人而创作《琵琶记》，比较深入地反映了文人的生存困境和民间的生活疾苦，从此以后，文人较多参与到南戏的创作队伍，提升了南戏的审美品位和创作水准。

与南戏相对应，元杂剧常被称为北曲杂剧、北杂剧，一般用来称谓在13世纪以宋金杂剧为基础，融合说唱、音乐、舞蹈等艺术而形成的戏曲艺术样式。从社会形态来看，元杂剧的兴起主要得力于城市经济的繁荣，宋元时期的城市增加了大量商业性场所——“构肆”、“勾栏”、“乐棚”等，杂剧则是其中供演出和观赏的重要艺术品种，观者往往“挥金与之”(夏庭芝《青楼集》)。同时，各地农村在节日、庙会时所开展的戏曲活动也促进了元杂剧的发展。随着元朝的统一，北曲杂剧逐渐传播到南方。元贞、大德年间(1295—1307)，杂剧已是“举世行”，关汉卿、白朴等人的作品也已是“天下流行”了(钟嗣成《录鬼簿》)。文人大量加入写作队伍也是元杂剧盛行的重要原因。元前期文人社会地位相对降低，大批文人投身于杂剧创作，这对杂剧的形成和兴盛起了关键性的作用，也造就了雅俗文化趣味在这一艺术样式中的初步分野和交集。据元代钟嗣成的《录鬼簿》和元明之际贾仲明(或谓无名氏)的《录鬼簿续编》等书记载，元代(包括元明之际一段时间)有姓名可考的剧作家有一百多人，剧目七百多种。现存的元杂剧的数量，仅以臧懋循《元曲选》和隋树森《元曲选外编》所收相加就有一百六十余种。其代表作家一般标举“元曲四大家”，即关汉卿、马致远、郑光祖、白朴，同时还有对后世文化生活影响深远的《西厢记》的作者王实甫。元杂剧题材极为丰富，广泛涉及元代社会生活的各个方面，并折射出各个阶层人民的精神世界。

宋元时期的文言小说虽然仍在承续魏晋志怪小说、唐传奇小说的脉绪，并出现了《娇红记》这一足可列入历代最优秀小说之林的作品，但整体艺术成就有限。白话小说则异峰突起，开辟了文学创作又一个全新的领域。宋元白话小说通称“话本”，即说书艺人的底本，最初乃是“说话”这一传统艺术的附庸，故其文体有着说唱表演艺术的痕迹，而即便是在文人化程度较高的明清长篇小说那里，其传播的途径之一仍然是民间的说书艺术。宋元话本有长短之分，短篇话本引发了明代“三言”、“二拍”的仿作热情，长篇讲史话本更发展成为中国唯一的长篇小说样式——章回小说。一般认为，在明中叶洪楩所编《清平山堂话本》、晚明冯梦龙编著的“三言”中，尚存有若干较接近原貌的元代小说。长篇话本的早期刻本如《全相平话五种》、《大宋宣和遗事》、《薛仁贵征辽事略》、《大唐三藏取经诗话》等尚有完本。元后期出现了在中国文学史上具有里程碑意义的两部长篇话本——《三国志通俗演义》和《水浒传》。两书大致可以认定乃是经由宋元“讲史”、“平话”、“杂剧”世代累积，经由精英文人整理编写而成。在文体学意义上，两书以其宏大的场面、生动的人物、复杂的情节、蓬勃的气势展现了政治斗争、英雄聚会的历史画卷，确立了“章回体”这一新兴小说类型的叙事轨范，从而开启了章回体小说走向繁荣的时代。整体而言，话本小说重视虚构性与趣味性，其思想感情与市民阶层相通，在小说艺术方面也有明显的进步。

【精读】

汉宫秋（节选）①

马致远

（番使拥旦上，奏胡乐科，旦云）妾身王昭君，自从选入宫中，被毛延寿将美人图点破，② 送入冷宫。甫能得蒙恩幸，又被他献与番王形像。③ 今拥兵来索，待不去，又怕江山有失；没奈何将妾身出塞和番。这一去，胡地风霜，怎生消受也！自古道：“红颜胜人多薄命，莫怨春风当自嗟。”④（驾引文武内官上，⑤ 云）今日灞桥饯送明妃，⑥ 却早来到也。（唱）

【双调 · 新水令】锦貂裘生改尽汉宫妆，⑦ 我则索看昭君画图模样。旧恩金勒短，新恨玉鞭长。⑧ 本是对金殿鸳鸯；分飞翼，怎承望！⑨

【注释】

①《汉宫秋》全名《破幽梦孤雁汉宫秋》，本文选自第三折。② 点破：指作画时

故意丑化其美丽容颜。③ 甫能：刚刚能够，好不容易的意思。恩幸：皇帝的宠幸。形像：画像。④“红颜胜人”二句：是宋代欧阳修《再和明妃曲》中的原句。意谓女子美丽过人则命运多舛，不必怨天尤人而只应自伤自叹。红颜胜人：美丽出众的女子。⑤ 驾：元杂剧中皇帝的代称。⑥ 灞桥：即霸桥，在长安灞水上。汉唐时多于此地送人东行。明妃：即王昭君。西晋时为避晋文帝司马昭讳，改昭君为明君，遂有明妃之称。⑦ 生：勉强，违背心愿。⑧“旧恩”二句：以金勒（金饰的笼辔）喻旧恩，言其短；以玉鞭（玉饰的马鞭）喻新恨，言其长。勒，套在马头上带嚼口的笼头。⑨ 承望：料想，指望。

（云）您文武百官计议，怎生退了番兵，免明妃和番者。（唱）

【驻马听】宰相每商量，大国使还朝多赐赏。早是俺夫妻悒怏，小家儿出外也摇装。① 尚兀自渭城衰柳助凄凉，共那灞桥流水添惆怅。偏您不断肠，想娘娘那一天愁都撮在琵琶上。②

（做下马科）（与旦打悲科）（驾云）左右慢慢唱者，我与明妃饯一杯酒。（唱）

【步步娇】您将那一曲阳关休轻放，俺咫尺如天样，慢慢的捧玉觞。朕本意待尊前捱些时光，且休问劣了宫商，您则与我半句儿俄延着唱。

（番使云）请娘娘早行，天色晚了也。（驾唱）

【落梅风】可怜俺别离重，你好是归去的忙。③ 寡人心先到他李陵台上，④ 回头儿却才魂梦里想，便休题贵人多忘。

（旦云）妾这一去，再何时得见陛下？把我汉家衣服都留下者。

（诗云）正是：今日汉宫人，明朝胡地妾；忍着主衣裳，为人作春色！⑤（留衣服科）（驾唱）

【殿前欢】则甚么留下舞衣裳，被西风吹散旧时香。我委实怕宫车再过青苔巷，猛到椒房，那一会想菱花镜里妆，风流相，兜的又横心上。⑥ 看今日昭君出塞，几时似苏武还乡？⑦

【注释】

①摇装：或作“遥装”，古代一种习俗。据《歧海琐谈》记载，远行者离家前择一吉日由亲友在江边送行，上船稍作行进即返回，改日再正式出行。②撮：凝聚，集中。③好是：真是，甚是。④李陵台：在今内蒙古自治区。李陵原为汉将，后降匈奴。⑤“今日”四句：前两句引李白《王昭君》，后两句出自陈师道《妾薄命》。⑥兜的：陡的，突然地。⑦苏武还乡：《汉书》载，苏武出使匈奴，被禁十九年方回国。

（番使云）请娘娘行罢，臣等来多时了也。（驾云）罢罢罢！明妃你这一去，休怨朕躬也。（做别科，驾云）我那里是大汉皇帝！（唱）

【雁儿落】我做了别虞姬楚霸王，①全不见守玉关征西将。那里取保亲的李左车，送女客的萧丞相？②

（尚书云）陛下不必挂念。（驾唱）

【得胜令】他去也不沙架海紫金梁，③枉养着那边庭上铁衣郎。您也要左右人扶侍，俺可甚糟糠妻下堂？④您但提起刀枪，却早小鹿儿心头撞。今日央及煞娘娘，怎做的男儿当自强！

（尚书云）陛下，咱回朝去罢。（驾唱）

【川拨棹】怕不待放丝缰，咱可甚鞭敲金镫响。你管燮理阴阳⑤，掌握朝纲，治国安邦，展土开疆；假若俺高皇，差你个梅香，⑥背井离乡，卧雪眠霜，若是他不恋恁春风画堂，我便官封你一字王。⑦

【注释】

①别虞姬楚霸王：用楚霸王项羽被围垓下，悲歌与爱姬虞美人诀别事。②李左车：汉初著名谋士，足智多谋。萧丞相：汉初丞相萧何。二人无保亲、送女事，此借以讥刺大臣。③架海紫金梁：元杂剧、话本中常以“擎天白玉柱，架海紫金梁”比喻得力的将相。梁：桥。④糟糠妻下堂：《后汉书·宋弘传》记载，汉光武帝想以姐湖阳公主嫁宋弘，有意让宋弘抛弃原妻。宋弘说：“臣闻贫贱之交不可忘，糟糠之妻不下

堂。”糟糠妻，一般指曾共过患难的妻子。下堂：遗弃。⑤燮（xiè）理阴阳：调理阴阳，燮理：协调治理。比喻大臣辅助皇帝治理国事。⑥梅香：宋元戏曲小说中对婢女的通称。⑦一字王：辽、元之际地位最尊贵的王爵封王只用一个字，谓之“一字王”；地位稍次，则用两字，谓之“二字王”。汉代无此制度，剧中是借用。

（尚书云）陛下，不必苦死留他，着他去了罢。（驾唱）

【七弟兄】说甚么大王、不当、恋王嫱，兀良，① 怎禁他临去也回头望！那堪这散风雪旌节影悠扬，动关山鼓角声悲壮。

【梅花酒】呀！俺向着这迥野悲凉。草已添黄，兔早迎霜。犬褪得毛苍，人搠起缨枪，马负着行装，车运着糇粮，打猎起围场。他、他、他，伤心辞汉主；我、我、我，携手上河梁。② 他部从入穷荒，我銮舆返咸阳。返咸阳，过宫墙；过宫墙，绕回廊；绕回廊，近椒房；近椒房，月昏黄；月昏黄，夜生凉；夜生凉，泣寒螀；③ 泣寒螀，绿纱窗；绿纱窗，不思量！

【收江南】呀！不思量，除是铁心肠；铁心肠也愁泪滴千行。美人图今夜挂昭阳，我那里供养，便是我高烧银烛照红妆。④

（尚书云）陛下回銮罢，娘娘去远了也。（驾唱）

【鸳鸯煞】我只索大臣行说一个推辞谎，又则怕笔尖儿那火编修讲。⑤ 不见他花朵儿精神，怎趁那草地里风光？唱道伫立多时，徘徊半晌，猛听的塞雁南翔，呀呀的声嘹亮，却原来满目牛羊，是兀那载离恨的毡车半坡里响。（下）

【注释】

①兀良：略同于“啊呀”，衬字，起加强语气的作用。②携手上河梁：典出《文选·李少卿与苏武诗》：“携手上河梁，游子暮何之。”表示惜别之意。河梁：桥。③寒螀（jiāng）：寒蝉。④高烧银烛照红妆：苏轼《海棠》诗句。⑤“我只索大臣行”二句：我只需在大臣们面前说句推辞的话，又怕那伙耍笔杆的史臣们啰唆。火：通“伙”。

（番王引部落拥昭君上，云）今日汉朝不弃旧盟，将王昭君与俺番家和亲。我将昭君封为宁胡阏氏，① 坐我正宫。两国息兵，多少是好。众将士，传下号令，大众起行，望北而去。（做行科）（旦问云）这里甚地面了？（番使云）这是黑龙江，番汉交界去处；南边属汉家，北边属我番国。（旦云）大王，借一杯酒，望南浇奠，辞了汉家，长行去罢。（做奠酒科，云）汉朝皇帝，妾身今生已矣，尚待来生也。（做跳江科）（番王惊救不及，叹科，云）嗨！可惜，可惜！昭君不肯入番，投江而死。罢罢罢！就葬在此江边，号为青冢者。我想来，人也死了，枉与汉朝结下这般仇隙，都是毛延寿那厮搬弄出来的。把都儿，② 将毛延寿拿下，解送汉朝处治。我依旧与汉朝结和，永为甥舅，却不是好？（诗云）则为他丹青画误了昭君，背汉王暗地私奔；将美人图又来哄我，要索取出塞和亲。岂知道投江而死，空落的一见消魂。似这等奸邪逆贼，留着他终是祸根；不如送他去汉朝哈喇，③ 依还的甥舅礼两国长存。（下）

【注释】

① 阏氏（yān zhī）：匈奴君主嫡妻的称号，相当于皇后。② 把都儿：蒙语“勇士”的音译，可作武士、兵士、将士解。③ 哈喇：蒙古语“杀”的音译。

西厢记（节选）

第三本《张君瑞害相思》第二折

王实甫

（旦上云）红娘伏侍老夫人不得空便，偌早晚敢待来也。起得早了些儿，困思上来，我再睡些儿咱。（睡科）（红上云）奉小姐言语去看张生，因伏侍老夫人，未曾回小姐话去。不听得声音，敢又睡哩，我入去看一遭。

【中吕·粉蝶儿】风静帘闲，透纱窗麝兰香散，启朱扉摇响双环。绛台高，金荷小，银釭犹灿。① 比及将暖帐轻弹，先揭起这梅红罗软帘偷看。

【醉春风】则见他钗亸玉斜横，② 髻偏云乱挽。日高犹自不明眸，畅好是懒、懒。

（旦做起身长叹科）（红唱）半晌抬身，几回搔耳，一声长叹。

我待便将简帖儿与他，恐俺小姐有许多假处哩。我则将这简帖儿放在妆盒儿上，看他见了说甚么。（旦做照镜科，见帖看科）（红唱）

【普天乐】晚妆残，乌云亸，轻匀了粉脸，乱挽起云鬟。将简帖儿拈，把妆盒儿按，开拆封皮孜孜看，[3]颠来倒去不害心烦。（旦怒叫）红娘！（红做意云）呀，决撒了也！[4]厌的早扢皱了黛眉。[5]（旦云）小贱人，不来怎么！（红唱）忽的波低垂了粉颈，氲的呵改变了朱颜。

（旦云）小贱人，这东西那里将来的？我是相国的小姐，谁敢将这简帖来戏弄我，我几曾惯看这等东西？告过夫人，打下你个小贱人下截来。（红云）小姐使将我去，他着我将来。我不识字，知他写着甚么？

【快活三】分明是你过犯，没来由把我摧残；使别人颠倒恶心烦，你不惯，谁曾惯？

姐姐休闹，比及你对夫人说呵，我将这简帖儿去夫人行出首去来。（旦做揪住科）我逗你耍来。（红云）放手，看打下下截来。（旦云）张生近日如何？（红云）我则不说。（旦云）好姐姐，你说与我听咱！（红唱）

【注释】

①绛台：烛台。金荷：烛台承接烛泪之底座。釭：灯。②亸（duǒ）：斜坠。③孜孜：仔细看。④决撒：事情败露。⑤扢皱：皱。扢（gǔ）：此处为助音，无实际意义。

【朝天子】张生近间、面颜，瘦得来实难看。不思量茶饭，怕待动弹；晓夜将佳期盼，废寝忘餐。黄昏清旦，望东墙淹泪眼。（旦云）请个好太医看他证候咱。[1]（红云）他证候吃药不济。病患、要安，则除是出几点风流汗。

（旦云）红娘，不看你面时，我将与老夫人看，看他有何面目见夫人？虽然我家亏他，只是兄妹之情，焉有外事。红娘，早是你口稳哩；若别人知呵，甚么模样。（红云）你哄着谁哩，你把这个饿鬼弄得他七死八活，却要怎么？

【四边静】怕人家调犯，[2]"早共晚夫人见些破绽，你我何安"。问甚么他遭危难？撺断得上竿，掇了梯儿看。[3]

（旦云）将描笔儿过来，我写将去回他，着他下次休是这般。（旦做写科）（起身科，云）红娘，你将去说："小姐看望先生，相待兄妹之礼如此，非有他意。再一遭儿是这般呵，必告夫人知道。"和你个小贱人都有话说。（旦掷书下）（红唱）

【脱布衫】小孩儿家口没遮拦，一味的将言语摧残。把似你使性子休思量秀才，④做多少好人家风范。（红做拾书科）

【小梁州】他为你梦里成双觉后单，废寝忘餐。罗衣不奈五更寒，愁无限，寂寞泪阑干。⑤

【幺篇】似这等辰勾空把佳期盼，⑥我将这角门儿世不曾牢拴，则愿你做夫妻无危难。我向这筵席头上整扮，⑦做一个缝了口的撮合山⑧。

【注释】

①证候：病情。②调犯：调弄，挖苦。③"撺断"二句：当时俗语，怂恿别人出丑，自己看热闹意。④"把似"句：意谓与其你使性子，还不如别思量张生。⑤阑干：纵横的样子。⑥辰勾：即水星，古名辰星，一名勾星。平时见之甚难，故常用以喻佳期间阻。⑦整扮：整齐的妆扮。此句为当时俗语，犹言完整地将某事完成。⑧撮合山：即媒人。

（红云）我若不去来，道我违拗他，那生又等我回报，我须索走一遭。（下）（末上云）那书倩红娘将去，未见回话。我这封书去，必定成事，这早晚敢待来也。（红上云）须索回张生话去。小姐你性儿忒惯得娇了；有前日的心，那得今日的心来？

【石榴花】当日个晚妆楼上杏花残，犹自怯衣单，那一片听琴心清露月明间。昨日个向晚，不怕春寒，几乎险被"先生馔"，①那其间岂不胡颜。②为一个不酸不醋风魔汉，隔墙儿险化做了望夫山。

【斗鹌鹑】你用心儿拨雨撩云，我好意儿传书寄简。不肯搜自己狂为，则待要觅别人破绽。受艾焙权时忍这番，③畅好是奸。"张生是兄妹之礼，焉敢如此！"对人前巧语花言，没人处便想张生，背地里愁眉泪眼。

（红见末科）（末云）小娘子来了。擎天柱，大事如何了也？（红云）不济事了，④先生休傻。（末云）小生简帖儿是一道会亲的符箓，⑤则是小娘子不用心，故意如此。（红云）我不用心？有天理，你那简帖儿好听！

【上小楼】这的是先生命悭，须不是红娘违慢。那简帖儿倒做了你的招状，⑥他的勾头，⑦我的公案。若不是觑面颜，厮顾盼，担饶轻慢。⑧先生受罪，礼之当然。贱妾何辜？争些儿把你娘拖犯。⑨

【幺篇】从今后相会少，见面难。月暗西厢，凤去秦楼，⑩云敛巫山。你也赸，我也赸；⑪请先生休讪，⑫早寻个酒阑人散。

【注释】

①先生馔：引用《论语》，此处为调侃语。②胡颜：意谓羞愧。③艾焙：用火烘烤艾叶，喻受煎熬。焙：bèi。④不济事：意谓没用。⑤符箓：原是巫术之一种，后为道教引为法术，在黄色纸上画写某些神秘符号，称其有神奇妙用。⑥招状：招供书。⑦勾头：古时拘捕罪犯所用文书，犹今之逮捕证。⑧担饶：宽恕。⑨你娘：红娘自称。拖犯：拖累。⑩凤去秦楼：用弄玉吹箫引凤之典故，喻美梦成空。⑪赸：走开。⑫讪：讪脸，厚着脸皮。

（红云）只此再不必申诉足下肺腑，怕夫人寻，我回去也。（末云）小娘子此一遭去，再着谁与小生分剖；必索做一个道理，方可救小生一命。（末跪下揪住红科）（红云）张先生是读书人，岂不知此意，其事可知矣。

【满庭芳】你休要呆里撒奸；你待要恩情美满，却教我骨肉摧残。老夫人手执着棍儿摩娑看，粗麻线怎透得针关。直待我拄着拐帮闲钻懒，缝合唇送暖偷寒。待去呵，小姐性儿撮盐入火，①消息儿踏着泛；②待不去呵，（末跪哭云）小生这一个性命，都在小娘子身上。（红唱）禁不得你甜话儿热趱：好着我两下里做人难。

我没来由分说；小姐回与你的书，你自看者。（末接科，开读科）呀，有这场喜事，撮土焚香，三拜礼毕。早知小姐简至，理合远接，接待不及，勿令见罪！小娘子，和你也欢喜。（红云）怎么？（末云）小姐骂我都是假，书中之意，着我今夜花园里来，和他“哩也波哩也罗”哩。③（红云）你读书我听。（末云）“待月西厢下，迎风户半开，隔墙花影动，疑是玉人来。”（红云）怎见得他着你来？你解与我听咱。（末云）“待月西厢下”，着我月上来；“迎风户半开”，他开门待我；“隔墙花影动，疑是玉人来”，着我跳过墙来。（红笑云）他着你跳过墙来，你做下来。端的有此说么？（末云）俺是个猜诗谜的社家，④风流隋何，浪子陆贾，⑤我那里有差的勾当。（红云）你看我姐姐，在我行也使这般道儿。

【耍孩儿】几曾见寄书的颠倒瞒着鱼雁，小则小心肠儿转关。写着西厢待月等得更阑，着你跳东墙“女”字边“干”。原来那诗句儿里包笼着三更枣，⑥简帖儿里埋伏着九里山。⑦他着紧处将人慢，⑧您会云雨闹中取静，我寄音书忙里偷闲。

【四煞】纸光明玉板，字香喷麝兰，行儿边湮透非春汗？一缄情泪红犹湿，满纸春愁墨未干。从今后休疑难，放心波玉堂学士，稳情取金雀鸦鬟。⑨

【注释】

①撮盐入火：盐撒入火中，立即爆炸。此处喻性格急躁。②消息儿踏着泛：消息、泛，均指暗中埋伏的机关枢纽。意谓踏中机关。③哩也波哩也罗：原为歌曲之转接处，此处乃男女欢合之讳语。④社家：宋元时精擅某一技艺之团体往往称“社”，社家即社团中人。⑤隋何、陆贾：均为汉初时机智聪敏人物，此处引以自夸。⑥三更枣：禅宗典故，六祖惠能得传大道时，五祖以物喻之，令其三更早来听法。此处指言外之意。⑦九里山：民间文学称韩信设十面埋伏于九里山大败项羽。⑧着紧处：紧要关头。慢：怠慢。⑨稳情：保准，一定。

【三煞】他人行别样的亲，俺根前取次看，①更做道孟光接了梁鸿案。②别人行甜言美语三冬暖，我跟前恶语伤人六月寒。我为头儿看：看你个离魂倩女，③怎发付掷果潘安。④

（末云）小生读书人，怎跳得那花园过也？（红唱）

【二煞】隔墙花又低，迎风户半拴，偷香手段今番按。怕墙高怎把龙门跳，嫌花密难将仙桂攀。放心去，休辞惮；你若不去呵，望穿他盈盈秋水，蹙损他淡淡春山。⑤

（末云）小生曾到那花园里，已经两遭，不见那好处；这一遭知他又怎么？（红云）如今不比往常。

【煞尾】你虽是去了两遭，我敢道不如这番。你那隔墙酬和都胡侃，证果的是今番这一简。⑥

（红下）（末云）万事自有分定，谁想小姐有此一场好处。小生是猜诗谜的社家，风流隋何，浪子陆贾，到那里扢扎帮便倒地。⑦今日颓天百般的难得晚。天，你有万物于人，何故争此一日？疾下去波！读书继晷怕黄昏，不觉西沉强掩门；欲赴海棠花下约，太阳何苦又生根？（看天云）呀，才晌午也，再等一等。（又看科）今日万般的难得下去也呵。碧天万里无云，空劳倦客身心；恨杀鲁阳贪战，⑧不教红日西沉！呀，却早倒西也，再等一等咱。无端三足乌，⑨团团光烁烁；安得后羿弓，射此一轮落？谢天地！却早日下去也！呀，却早发擂也！呀，却早撞钟也！拽上书房门，到得那里，手挽着垂杨滴流扑跳过墙去。⑩（下）

【注释】

①取次看：小瞧，轻视。②孟光接了梁鸿案：用“举案齐眉”典故，调侃崔莺莺之主动邀约。③离魂倩女：引用唐小说《离魂记》，张倩女不舍王宙赴考，魂魄追随而去。此处指莺莺。④掷果潘安：用《世说新语》注引《语林》典故，潘安貌美，所至处群女纷纷掷果于车。此处指张生。⑤春山：指眉。⑥证果：佛教用语，指长期修行，功德圆满，可悟大道。此处指成就姻缘。⑦扢扎帮：迅速，立即。⑧鲁阳贪战：用《淮南子》典故，鲁阳公与敌酣战，不满日暮，挥戈令日倒退。⑨三足乌：古时常用以代称太阳。⑩滴流扑：抛掷、跳跃的样子。

【泛读】

关汉卿《窦娥冤》(第三折)

（外扮监斩官上，云）下官监斩官是也。今日处决犯人，着做公的把住巷口，休放往来人闲走。（净扮公人，鼓三通，锣三下科。刽子磨旗，提刀，押正旦带枷上。）(刽子云）行动些，行动些，监斩官去法场上多时了。（正旦唱）

【正宫·端正好】没来由犯王法，不提防遭刑宪，叫声屈动地惊天！顷刻间游魂先赴森罗殿，怎不将天地也生埋怨。

【滚绣球】有日月朝暮悬，有鬼神掌着生死权。天地也，只合把清浊分辨，可怎生糊突了盗跖颜渊：为善的受贫穷更命短，造恶的享富贵又寿延。天地也，做得个怕硬欺软，却元来也这般顺水推船。地也，你不分好歹何为地？天也，你错勘贤愚枉做天！哎，只落得两泪涟涟。

（刽子云）快行动些，误了时辰也。（正旦唱）

【倘秀才】则被这枷纽的我左侧右偏，人拥的我前合后偃，我窦娥向哥哥行有句言。

（刽子云）你有甚么话说？（正旦唱）前街里去心怀恨，后街里去死无冤，休推辞路远。

（刽子云）你如今到法场上面，有什么亲眷要见的，可教他过来，见你一面也好。（正旦唱）

【叨叨令】可怜我孤身只影无亲眷，则落的吞声忍气空嗟怨。

（刽子云）难道你爷娘家也没的？（正旦云）止有个爹爹，十三年前上朝取应去了，至今杳无音信。（唱）蚤已是十年多不睹爹爹面。（刽子云）你适才要我往后街里去，是什么主意？（正旦唱）怕则怕前街里被我婆婆见。（刽子云）你的性命也顾不得，怕他见怎的？（正旦云）俺婆婆若见我披枷带锁赴法场餐刀去呵，（唱）枉将他气杀也么哥，枉将他气杀也么哥！告哥哥，临危好与人行方便。

（卜儿哭上科，云）天那，兀的不是我媳妇儿！（刽子云）婆子靠后。（正旦云）既是俺婆婆来了，叫他来，待我嘱咐他几句话咱。（刽子云）那婆子，近前来，你媳妇要嘱咐你话哩。（卜儿云）孩儿，痛杀我也！（正旦云）婆婆，那张驴儿把毒药放在羊肚儿汤里，实指望药死了你，要霸占我为妻。不想婆婆让与他老子吃，倒把他老子药死了。我怕连累婆婆，屈招了药死公公，今日赴法场典刑。婆婆，此后遇着冬时年节，月一十五，有瀽不了的浆水饭，瀽半碗儿与我吃；烧不了的纸钱，与窦娥烧一陌儿。则是看你死的孩儿面上。（唱）

【快活三】念窦娥葫芦提当罪愆，念窦娥身首不完全，念窦娥从前已往干家缘；婆婆也，你只看窦娥少爷无娘面。

【鲍老儿】念窦娥伏侍婆婆这几年，遇时节将碗凉浆奠；你去那受刑法尸骸上烈些纸钱，只当把你亡化的孩儿荐。（卜儿哭科，云）孩儿放心，这个老身都记得。天那，兀的不痛杀我也！（正旦唱）婆婆也，再也不要啼啼哭哭，烦烦恼恼，怨气冲天。这都是我做窦娥的没时没运，不明不暗，负屈衔冤。

（刽子做喝科，云）兀那婆子靠后，时辰到了也。（正旦跪科）（刽子开枷科）（正旦云）窦娥告监斩大人，有一事肯依窦娥，便死而无怨。（监斩官云）你有什么事？你说。（正旦云）要一领净席，等我窦娥站立；又要丈二白练，挂在旗枪上：若是我窦娥委实冤枉，刀过处头落，一腔热血休半点儿沾在地下，都飞在白练上者。（监斩官云）这个就依你，打甚么不紧。（刽子做取席站科，又取白练挂旗上科）（正旦唱）

【耍孩儿】不是我窦娥罚下这等无头愿，委实的冤情不浅。若没些儿灵圣与世人传，也不见得湛湛青天。我不要半星热血红尘洒，都只在八尺旗枪素练悬。等他四下里皆瞧见，这就是咱苌弘化碧，望帝啼鹃。

（刽子云）你还有甚的说话，此时不对监斩大人说，几时说那？（正旦再跪科，云）大人，如今是三伏天道，若窦娥委实冤枉，身死之后，天降三尺瑞雪，遮掩了窦娥尸首。（监斩官云）这等三伏天道，你便有冲天的怨气，也召不得一片雪来，可不胡说！（正旦唱）

【二煞】你道是暑气暄，不是那下雪天；岂不闻飞霜六月因邹衍？若果有一腔怨气喷如火，定要感的六出冰花滚似绵，免着我尸骸现。要什么素车白马，断送出古陌荒阡！

（正旦再跪科，云）大人，我窦娥死的委实冤枉，从今以后，着这楚州亢旱三年。（监斩官云）打嘴！那有这等说话！（正旦唱）

【一煞】你道是天公不可期，人心不可怜，不知皇天也肯从人愿。做甚么三年不见甘霖降？也只为东海曾经孝妇冤。如今轮到你山阳县。这都是官吏每无心正法，使百姓有口难言。

（刽子做磨旗科，云）怎么这一会儿天色阴了也？（内做风科，刽子云）好冷风也！（正旦唱）

【煞尾】浮云为我阴，悲风为我旋，三桩儿誓愿明题遍。（做哭科，云）婆婆也，直等待雪飞六月，亢旱三年呵，（唱）那其间才把你个屈死的冤魂这窦娥显。

（刽子做开刀，正旦倒科）（监斩官惊云）呀，真个下雪了，有这等异事！（刽子云）我也道平日杀人，满地都是鲜血，这个窦娥的血都飞在那丈二白练上，并无半点落地，委实奇怪。（监斩官云）这死罪必有冤枉。早两桩儿应验了，不知亢旱三年的说话，准也不准？且看后来如何。左右，也不必等待雪晴，便与我抬他尸首，还了那蔡婆婆去罢。（众应科。抬尸下）

王实甫《西厢记·长亭送别》（第四本第三折）

（夫人、长老上，云）今日送张生赴京，就十里长亭，安排下筵席。我和长老先行，不见张生、小姐来到。（旦、末、红同上，旦云）今日送张生上朝取应。早是离人伤感，况值那暮秋天气，好烦恼人也呵！悲欢聚散一杯酒，南北东西万里程。（旦唱）

【正宫·端正好】碧云天，黄花地，西风紧，北雁南飞。晓来谁染霜林醉？总是离人泪。

【滚绣球】恨相见得迟，怨归去得疾。柳丝长玉骢难系，恨不得倩疏林挂住斜晖。马儿迍迍的行，车儿快快的随，却告了相思回避，破题儿又早别离。听得道一声“去也”，松了金钏；遥望见十里长亭，减了玉肌。此恨谁知！

（红云）姐姐今日怎么不打扮？（旦云）红娘呵，你那知我的心里呵！

【叨叨令】见安排着车儿、马儿，不由人熬熬煎煎的气；有甚么心情花儿、靥儿，打扮得娇娇滴滴的媚；准备着被儿、枕儿，则索昏昏沉沉的睡；从今后衫儿、袖儿，都揾做重重叠叠的泪。兀的不闷杀人也么哥！兀的不闷杀人也么哥！久已后书儿、信儿，索与我凄凄惶惶的寄。

（做到了科，见夫人了）（夫人云）张生和长老坐，小姐这壁坐，红娘将酒来。张生，你向前来，是自家亲眷，不要回避。俺今日将莺莺与你，到京师休辱没了俺孩儿，挣揣一个状元回来者。（末云）小生托夫人余荫，凭着胸中之才，视官如拾芥耳。（洁云）夫人主张不差，张生不是落后的人。（把酒了，坐）（旦长吁科）

【脱布衫】下西风黄叶纷飞，染寒烟衰草萋迷。酒席上斜签着坐的，蹙愁眉死临侵地。

【小梁州】我见他阁泪汪汪不敢垂，恐怕人知。猛然见了把头低，长吁气，推整素罗衣。

【幺篇】虽然久后成佳配，奈时间怎不悲啼。意似痴，心如醉，昨宵今日，清减了小腰围。

（夫人云）小姐把盏者！（红递酒，旦把盏长吁科，云）请吃酒！

【上小楼】合欢未已，离愁相继。想着俺前暮私情，昨夜成亲，今日别离。我谂知这几日，相思滋味，却原来比别离情更增十倍。

【幺篇】年少呵轻远别，情薄呵易弃掷。全不想腿儿相挨，脸儿相偎，手儿相携。你与俺崔相国做女婿，妻荣夫贵，但得一个并头莲，煞强如状元及第。

（红云）姐姐，不曾吃早饭，饮一口儿汤水。（旦云）红娘呵，甚么汤水咽得下！（旦唱）

【满庭芳】供食太急，须臾对面，顷刻别离。若不是酒席间子母每当回避，有心待与他举案齐眉。虽然是厮守得一时半刻，也合着俺夫妻每共桌而食。眼底空留意，寻思起就里，险化做望夫石。

（夫人云）红娘把盏者。（红把酒科）（旦唱）

【快活三】将来的酒共食，尝着似土和泥；假若便是土和泥，也有些土气息，泥滋味。

【朝天子】暖溶溶玉醅，白泠泠似水，多半是相思泪。眼面前茶饭怕不待要吃，恨塞满愁肠胃。蜗角虚名，蝇头微利，拆鸳鸯在两下里。一个这壁，一个那壁，一递一声长吁气。

（夫人云）辆起车儿，俺先回去，小姐随后和红娘来。（下）（末辞洁科）（洁云）此一行别无话说，贫僧准备买登科录看，做亲的茶饭少不了贫僧的。先生在意，鞍马上保重者！从今经忏无心礼，专听春雷第一声。（下）（旦唱）

【四边静】霎时间杯盘狼藉，车儿投东，马儿向西，两意徘徊，落日山横翠。知他今宵宿在那里？有梦也难寻觅。

张生，此一行得官不得官，疾便回来。（末云）小生这一去，白夺一个状元，正是“青霄有路终须到，金榜无名誓不归”。（旦云）君行别无所赠，口占一绝，为君送行：“弃掷今何在，当时且自亲。还将旧来意，怜取眼前人。”（末云）小姐之意差矣，张珙更敢怜谁？谨赓一绝，以剖寸心：“人生长远别，孰与最关亲？不遇知音者，谁怜长叹人。”（旦唱）

【耍孩儿】淋漓襟袖啼红泪，比司马青衫更湿。伯劳东去燕西飞，未登程先问归期。虽然眼底人千里，且尽生前酒一杯。未饮心先醉，眼中流血，心内成灰。

【五煞】到京师服水土，趁程途，节饮食，顺时自保揣身体。荒村雨露宜眠早，野店风霜要起迟！鞍马秋风里，最难调护，最要扶持。

【四煞】这忧愁诉与谁？相思只自知，老天不管人憔悴。泪添九曲黄河溢，恨压三峰华岳低。到晚来闷把西楼倚，见了些夕阳古道，衰柳长堤。

【三煞】笑吟吟一处来，哭啼啼独自归。归家若到罗帏里，昨宵个绣衾香暖留春住，今夜个翠被生寒有梦知。留恋你别无意，见据鞍上马，阁不住泪眼愁眉。

（末云）有甚言语嘱咐小生咱？（旦唱）

【二煞】你休忧“文齐福不齐”，我则怕你“停妻再娶妻”。你休要“一春鱼雁无消息”！我这里“青鸾有信频须寄”，你却休“金榜无名誓不归”。此一节君须记：若见了那异乡花草，再休似此处栖迟。

（末云）再谁似小姐？小生又生此念！（旦唱）

【一煞】青山隔送行，疏林不做美，淡烟暮霭相遮蔽。夕阳古道无人语，禾黍秋风听马嘶。我为甚么懒上车儿内，来时甚急，去后何迟！

（红云）夫人去好一会，姐姐，咱家去！（旦唱）

【收尾】四围山色中，一鞭残照里。遍人间烦恼填胸臆，量这些大小车儿如何载得起？

（旦、红下）（末云）仆童赶早行一程儿，早寻个宿处。泪随流水急，愁逐野云飞。（下）

罗贯中《三国演义·失街亭》

却说魏主曹睿令张郃为先锋，与司马懿一同征进；一面令辛毗、孙礼二人领兵五万，往助曹真。二人奉诏而去。且说司马懿引二十万军，出关下寨，请先锋张郃至帐下曰："诸葛亮平生谨慎，未敢造次行事。若是吾用兵，先从子午谷径取长安，早得多时矣。他非无谋，但怕有失，不肯弄险。今必出军斜谷，来取郿城。若取郿城，必分兵两路，一军取箕谷矣。吾已发檄文，令子丹拒守郿城，若兵来不可出战；令孙礼、辛毗截住箕谷道口，若兵来则出奇兵击之。"郃曰："今将军当于何处进兵？"懿曰："吾素知秦岭之西，有一条路，地名街亭；傍有一城，名列柳城：此二处皆是汉中咽喉。诸葛亮欺子丹无备，定从此进。吾与汝径取街亭，望阳平关不远矣。亮若知吾断其街亭要路，绝其粮道，则陇西一境，不能安守，必然连夜奔回汉中去也。彼若回动，吾提兵于小路击之，可得全胜；若不归时，吾却将诸处小路，尽皆垒断，俱以兵守之。一月无粮，蜀兵皆饿死，亮必被吾擒矣。"张郃大悟，拜伏于地曰："都督神算也！"懿曰："虽然如此，诸葛亮不比孟达。将军为先锋，不可轻进。当传与诸将：循山西路，远远哨探。如无伏兵，方可前进。若是怠忽，必中诸葛亮之计。"张郃受计引军而行。

却说孔明在祁山寨中，忽报新城探细人来到。孔明急唤入问之，细作告曰："司马懿倍道而行，八日已到新城，孟达措手不及；又被申耽、申仪、李辅、邓贤为内应：孟达被乱军所杀。今司马懿撤兵到长安，见了魏主，同张郃引兵出关，来拒我师也。"孔明大惊曰："孟达做事不密，死固当然。今司马懿出关，必取街亭，断吾咽喉之路。"便问："谁敢引兵去守街亭？"言未毕，参军马谡曰："某愿往。"孔明曰："街亭虽小，干系甚重：倘街亭有失，吾大军皆休矣。汝虽深通谋略，此地奈无城郭，又无险阻，守之极难。”谡曰：“某自幼熟读兵书，颇知兵法。岂一街亭不能守耶？”孔明曰：“司马懿非等闲之辈，更有先锋张郃，乃魏之名将：恐汝不能敌之。”谡曰：“休道司马懿、张郃，便是曹睿亲来，有何惧哉！若有差失，乞斩全家。”孔明曰：“军中无戏言。”谡曰：“愿立军令状。”孔明从之，谡遂写了军令状呈上。孔明曰：“吾与汝二万五千精兵，再拨一员上将，相助你去。”即唤王平分付曰：“吾素知汝平生谨慎，故特以此重任相托。汝可小心谨守此地：下寨必当要道之处，使贼兵急切不能偷过。安营既毕，便画四至八道地理形状图本来我看。凡事商议停当而行，不可轻易。如所守无危，则是取长安第一功也。戒之！戒之！”二人拜辞引兵而去。孔明寻思，恐二人有失，又唤高翔曰：“街亭东北上有一城，名列柳城，乃山僻小路，此可以屯兵扎寨。与汝一万兵，去此城屯扎。但街亭危，可引兵救之。”高翔引兵而去。孔明又思：高翔非张郃对手，必得一员大将，屯兵于街亭之右，方可防之，遂唤魏延引本部兵去街亭之后屯扎。延曰：“某为前部，理合当先破敌，何故置某于安闲之地？”孔明曰：“前锋破敌，乃偏裨之事耳。今令汝接应街亭，当阳平关冲要道路，总守汉中咽喉：此乃大任也，何为安闲乎？汝勿以等闲视之，失吾大事。切宜小心在意！”魏延大喜，引兵而去。孔明恰才心安，乃唤赵云、邓芝分付曰：“今司马懿出兵，与旧日不同。汝二人各引一军出箕谷，以为疑兵。如逢魏兵，或战或不战，以惊其心。吾自统大军，由斜谷径取郿城；若得郿城，长安可破矣。”二人受命而去。孔明令姜维作先锋，兵出斜谷。

却说马谡、王平二人兵到街亭，看了地势。马谡笑曰：“丞相何故多心也？量此山僻之处，魏兵如何敢来！”王平曰：“虽然魏兵不敢来，可就此五路总口下寨；却令军士伐木为栅，以图久计。”谡曰：“当道岂是下寨之地？此处侧边一山，四面皆不相连，且树木极广，此乃天赐之险也：可就山上屯军。”平曰：“参军差矣。若屯兵当道，筑起城垣，贼兵总有十万，不能偷过；今若弃此要路，屯兵于山上，倘魏兵骤至，四面围定，将何策保之？”谡大笑曰：“汝真女子之见！兵法云：凭高视下，势如劈竹。若魏兵到来，吾教他片甲不回！”平曰：“吾累随丞相经阵，每到之处，丞相尽意指教。今观此山，乃绝地也：若魏兵断我汲水之道，军士不战自乱矣。”谡曰：“汝莫乱道！孙子云：置之死地而后生。若魏兵绝我汲水之道，蜀兵岂不死战？以一可当百也。吾素读兵书，丞相诸事尚问于我，汝奈何相阻耶！”平曰：“若参军欲在山上下寨，可分兵与我，自于山西下一小寨，为掎角之势。倘魏兵至，可以相应。”马谡不从。忽然山中居民，成群结队，飞奔而来，报说魏兵已到。王平欲辞去。马谡曰：“汝既不听吾令，与汝五千兵自去下寨。待吾破了魏兵，到丞相面前须分不得功！”王平引兵离山十里下寨，画成图本，星夜差人去禀孔明，具说马谡自于山上下寨。却说司马懿在城中，令次子司马昭去探前路：若街亭有兵守御，即当按兵不行。司马昭奉令探了一遍，回见父曰：“街亭有兵守把。”懿叹曰：“诸葛亮真乃神人，吾不如也！”昭笑曰：“父亲何故自堕志气耶？男料街亭易取。”懿问曰：“汝安敢出此大言？”昭曰：“男亲自哨见，当道并无寨栅，军皆屯于山上，故知可破也。”懿大喜曰：“若兵果在山上，乃天使吾成功矣！”遂更换衣服，引百余骑亲自来看。是夜天晴月朗，直至山下，周围巡哨了一遍，方回。马谡在山上见之，大笑曰：“彼若有命，不来围山！”传令与诸将：“倘兵来，只见山顶上红旗招动，即四面皆下。”

却说司马懿回到寨中，使人打听是何将引兵守街亭。回报曰：“乃马良之弟马谡也。”懿笑曰：“徒有虚名，乃庸才耳！孔明用如此人物，如何不误事！”又问：“街亭左右别有军否？”探马报曰：“离山十里有王平安营。”懿乃命张郃引一军，当住王平来路。又令申耽、申仪引两路兵围山，先断了汲水道路；待蜀兵自乱，然后乘势击之。当夜调度已定。次日天明，张郃引兵先往背后去了。司马懿大驱军马，一拥而进，把山四面围定。马谡在山上看时，只见魏兵漫山遍野，旌旗队伍，甚是严整。蜀兵见之，尽皆丧胆，不敢下山。马谡将红旗招动，军将你我相推，无一人敢动。谡大怒，自杀二将。众军惊惧，只得努力下山来冲魏兵。魏兵端然不动。蜀兵又退上山去。马谡见事不谐，教军紧守寨门，只等外应。

却说王平见魏兵到，引军杀来，正遇张郃；战有数十余合，平力穷势孤，只得退去。魏兵自辰时困至戌时，山上无水，军不得食，寨中大乱。嚷到半夜时分，山南蜀兵大开寨门，下山降魏。马谡禁止不住。司马懿又令人于沿山放火，山上蜀兵愈乱。

马谡料守不住，只得驱残兵杀下山西逃奔。司马懿放条大路，让过马谡。背后张郃引兵追来。赶到三十余里，前面鼓角齐鸣，一彪军出，放过马谡，拦住张郃；视之，乃魏延也。延挥刀纵马，直取张郃。郃回军便走。延驱兵赶来，复夺街亭。赶到五十余里，一声喊起，两边伏兵齐出：左边司马懿，右边司马昭，却抄在魏延背后，把延困在垓心。张郃复来，三路兵合在一处。魏延左冲右突，不得脱身，折兵大半。正危急间，忽一彪军杀入，乃王平也。延大喜曰："吾得生矣！"二将合兵一处，大杀一阵，魏兵方退。二将慌忙奔回寨时，营中皆是魏兵旌旗。申耽、申仪从营中杀出。王平、魏延径奔列柳城，来投高翔。此时高翔闻知街亭有失，尽起列柳城之兵，前来救应，正遇延、平二人，诉说前事。高翔曰："不如今晚去劫魏寨，再复街亭。"当时三人在山坡下商议已定。待天色将晚，兵分三路。魏延引兵先进，径到街亭，不见一人，心中大疑，未敢轻进，且伏在路口等候，忽见高翔兵到，二人共说魏兵不知在何处。正没理会，又不见王平兵到。忽然一声炮响，火光冲天，鼓起震地：魏兵齐出，把魏延、高翔围在垓心。二人往来冲突，不得脱身。忽听得山坡后喊声若雷，一彪军杀入，乃是王平，救了高、魏二人，径奔列柳城来。比及奔到城下时，城边早有一军杀到，旗上大书"魏都督郭淮"字样。原来郭淮与曹真商议，恐司马懿得了全功，乃分淮来取街亭；闻知司马懿、张郃成了此功，遂引兵径袭列柳城。正遇三将，大杀一阵。蜀兵伤者极多。魏延恐阳平关有失，慌与王平、高翔望阳平关来。

罗贯中《三国演义·杨修之死》

操屯兵日久，欲要进兵，又被马超拒守；欲收兵回，又恐被蜀兵耻笑，心中犹豫不决。适庖官进鸡汤。操见碗中有鸡肋，因而有感于怀。正沉吟间，夏侯惇入帐，禀请夜间口号。操随口曰："鸡肋！鸡肋！"惇传令众官，都称"鸡肋"。行军主簿杨修，见传"鸡肋"二字，便教随行军士，各收拾行装，准备归程。有人报知夏侯惇。惇大惊，遂请杨修至帐中问曰："公何收拾行装？"修曰："以今夜号令，便知魏王不日将退兵归也：鸡肋者，食之无肉，弃之有味。今进不能胜，退恐人笑，在此无益，不如早归：来日魏王必班师矣。故先收拾行装，免得临行慌乱。"夏侯惇曰："公真知魏王肺腑也！”遂亦收拾行装。于是寨中诸将，无不准备归计。当夜曹操心乱，不能稳睡，遂手提钢斧，绕寨私行。只见夏侯惇寨内军士，各准备行装。操大惊，急回帐召惇问其故。惇曰：“主簿杨德祖先知大王欲归之意。”操唤杨修问之，修以鸡肋之意对。操大怒曰：“汝怎敢造言乱我军心！”喝刀斧手推出斩之，将首级号令于辕门外。

原来杨修为人恃才放旷，数犯曹操之忌：操尝造花园一所；造成，操往观之，不置褒贬，只取笔于门上书一“活”字而去。人皆不晓其意。修曰：“门内添活字，乃阔字也。丞相嫌园门阔耳。”于是再筑墙围，改造停当，又请操观之。操大喜，问曰：“谁知吾意？”左右曰：“杨修也。”操虽称美，心甚忌之。又一日，塞北送酥一盒至。操自写“一合酥”三字于盒上，置之案头。修入见之，竟取匙与众分食讫。操问其故，修答曰：“盒上明书一人一口酥，岂敢违丞相之命乎？”操虽喜笑，而心恶之。操恐人暗中谋害己身，常分付左右：“吾梦中好杀人；凡吾睡着，汝等切勿近前。”一日，昼寝帐中，落被于地，一近侍慌取覆盖。操跃起拔剑斩之，复上床睡；半晌而起，佯惊问：“何人杀吾近侍？”众以实对。操痛哭，命厚葬之。人皆以为操果梦中杀人；惟修知其意，临葬时指而叹曰：“丞相非在梦中，君乃在梦中耳！”操闻而愈恶之。操第三子曹植，爱修之才，常邀修谈论，终夜不息。操与众商议，欲立植为世子，曹丕知之，密请朝歌长吴质入内府商议；因恐有人知觉，乃用大簏藏吴质于中，只说是绢匹在内，载入府中。修知其事，径来告操。操令人于丕府门伺察之。丕慌告吴质，质曰：“无忧也：明日用大簏装绢再入以惑之。”丕如其言，以大簏载绢入。使者搜看簏中，果绢也，回报曹操。操因疑修谮害曹丕，愈恶之。操欲试曹丕、曹植之才干。一日，令各出邺城门；却密使人分付门吏，令勿放出。曹丕先至，门吏阻之，丕只得退回。植闻之，问于修。修曰：“君奉王命而出，如有阻当者，竟斩之可也。”植然其言。及至门，门吏阻住。植叱曰：“吾奉王命，谁敢阻当！”立斩之。于是曹操以植为能。后有人告操曰：“此乃杨修之所教也。”操大怒，因此亦不喜植。修又尝为曹植作答教十余条，但操有问，植即依条答之。操每以军国之事问植，植对答如流。操心中甚疑。后曹丕暗买植左右，偷答教来告操。操见了大怒曰：“匹夫安敢欺我耶！”此时已有杀修之心；今乃借惑乱军心之罪杀之。修死年三十四岁。后人有诗曰：

聪明杨德祖，世代继簪缨。笔下龙蛇走，胸中锦绣成。开谈惊四座，捷对冠群英。身死因才误，非关欲退兵。

施耐庵、罗贯中《水浒传·林教头风雪山神庙》

话说当日林冲正闲走间，忽然背后人叫，回头看时，却认得是酒生儿李小二。当初在东京时，多得林冲看顾；后来不合偷了店主人家钱财，被捉住了，要送官司问罪，又得林冲主张陪话，救了他免送官司，又与他陪了些钱财，方得脱免；京中安不得身，又亏林冲赍发他盘缠，於路投奔人，不想今日却在这里撞见。林冲道："小二哥，你如何也在这里？"李小二便拜，道："自从得恩人救济，发赍小人，一地里投奔人不着，迤逦不想来到沧州，投托一个酒店主人，姓王，留小人在店中做过卖。因见小人勤谨，安排的好菜蔬，调和的好汁水，来吃的人都喝采，以此买卖顺当，主人家有个女儿，就招了小人做女婿。如今丈人丈母都死了，只剩得小人夫妻两个，权在营前开了个茶酒店，因讨钱过来遇见恩人。不知为何事在这里？"林冲指着脸上，道："我因恶了高太尉生事陷害，受了一场官司，刺配到这里。如今叫我管天王堂，未知久后如何。不想今日在此见你。"李小二就请林冲到家里坐定，叫妻子出来拜了恩人。两口儿欢喜道："我夫妇二人正没个亲眷，今日得恩人到来，便是从天降下。"林冲道："我是罪囚，恐怕玷辱你夫妻两个。"李小二道："谁不知恩人大名！休恁地说。但有衣服，便拿来家里浆洗缝补。"当时管待林冲酒食，至夜送回天王堂，次日又来相请；因此，林冲得店小二家来往，不时间送汤送水来营里与林冲吃。因见他两口儿恭敬孝顺，常把些银两与他做本钱。

且把闲话休题，只说正话。迅速光阴，却早冬来。林冲的绵衣裙袄都是李小二浑家整治缝补。忽一日，李小二正在门前安排菜蔬下饭，只见一个人闪将进来，酒店里坐下，随后又一人闪入来；看时，前面那个人是军官打扮，后面这个走卒模样，跟着，也来坐下。李小二入来问道："可要吃酒？"只见那个人将出一两银子与李小二，道："且收放柜上，取三四瓶好酒来。客到时，果品酒馔，只顾将来，不必要问。"李小二道："官人请甚客？"那人道："烦你与我去营里请管营、差拨两个来说话。问时，你只说有个官人请说话，商议些事务，专等，专等。"李小二应承了，来到牢城里，先请了差拨，同到管营家里请了管营，都到酒店里。只见那个官人和管营、差拨，两个讲了礼。管营道："素不相识，动问官人高姓大名？"那人道："有书在此，少刻便知。——取酒来。"李小二连忙开了酒，一面铺下菜蔬果品酒馔。那人叫讨副劝盘来，把了盏，相让坐了。小二独自一个穿梭也似伏侍不暇。那跟来的人讨了汤桶，自行烫酒。约计吃过数十杯，再讨了按酒铺放桌上。只见那人说道："我自有伴当烫酒，不叫，你休来，我等自要说话。"李小二应了，自来门首叫老婆，道："大姐，这两个人来得不尴尬！"老婆道："怎么的不尴尬？"小二道："这两个人语言声音是东京人；初时又不认得管营；向后我将按酒入去，只听得差拨口里呐出一句'高太尉'三个字来，这人莫不与林教头身上有些干碍？——我自在门前理会，你且去阁子背后听说甚么。"老婆道："你去营中寻林教头来认他一认。"李小二道："你不省得。林教头是个性急的人，摸不着便要杀人放火。倘或叫得他来看了，正是前日说的甚么陆虞候，他肯便罢？做出事来须连累了我和你。你只去听一听，再理会。"老婆道："说得是。"便入去听了一个时辰，出来说道："他那三四个交头接耳说话，正不听得说甚么。只见那一个军官模样的人去伴当怀里取出一帕子物事递与管营和差拨。帕子里面的莫不是金钱？只听差拨口里说道：'都在我身上，好歹要结果他生命！'"正说之时，阁子里叫将汤来。李小二急去里面换汤时，看见管营手里拿着一封书。小二换了汤，添些下饭。又吃了半个时辰，算还了酒钱，管营、差拨，先去了；次后，那两个低着头也去了。

转背不多时，只见林冲走将入店里来，说道："小二哥，连日好买卖？"李小二慌忙道："恩人请坐；小二却待正要寻恩人，有些要紧说话。"有诗为证：

谋人动念震天门，悄语低言号六军。岂独隔墙原有耳，满前神鬼尽知闻。

林冲问道："甚么要紧的事？"李小二请林冲到里面坐下，说道："却才有个东京来的尴尬人，在我这里请管营、差拨，吃了半日酒。差拨口里呐出'高太尉'三个字来，小二心下疑惑，又着浑家听了一个时辰。他却交头接耳，说话都不听得。临了，只见差拨口里应道：‘都在我两个身上，好歹要结果了他！’那两个把一包金银递与管营，差拨，又吃一回酒，各自散了。不知甚么样人。小人心疑，只怕在恩人身上有些妨碍。”林冲道：“那人生得甚么模样？”李小二道：“五短身材，白净面皮，没甚髭须，约有三十余岁。那跟的也不长大，紫棠色面皮。”林冲听了大惊道：“这三十岁的正是陆虞候。那泼贱贼，敢来这里害我！休要撞着我，只教骨肉为泥！”李小二道：“只要提防他便了。岂不闻古人言：‘吃饭防噎，走路防跌？’”林冲大怒，离了李小二家。先去街上买把解腕尖刀，带在身上。前街后巷，一地里去寻。李小二夫妻两个捏着两把汗。当晚无事。次日天明起来，洗漱罢，带了刀，又去沧州城里城外，小街夹巷，团团寻了一日。牢城营里，都没动静。林冲又来对李小二道：“今日又无事。”小二道：“恩人，只愿如此。只是自放仔细便了。”林冲自回天王堂，过了一夜，街上寻了三五日，不见消耗，林冲也自心下慢了。到第六日，只见管营叫唤林冲到点视厅上，说道：“你来这里许多时，柴大官人面皮，不曾抬举的你。此间东门外十五里有座大军草场，每月但是纳草纳料的，有些常例钱取觅。原寻一个老军看管，如今我抬举你去替那老军来守天王堂，你在那里寻几贯盘缠。你可和差拨便去那里交割。”林冲应道：“小人便去。”当时离了营中，径到李小二家，对他夫妻两个说道：“今日管营拨我去大军草料场管事，却如何？”李小二道：“这个差使，又好似天王堂。那里收草料时，有些常例钱钞。往常不使钱时，不能够这差使。”林冲道：“却不害我，倒与我好差使，正不知何意？”李小二道：“恩人休要疑心，只要没事便好了。只是小人家离得远了，过几时挪工夫来望恩人。”就在家里安排几杯酒，请林冲吃了。

话不絮烦，两个相别了。林冲自到天王堂取了包裹，带了尖刀，拿了条花枪，与差拨一同辞管营，两个取路投草料场来。正是严冬天气，彤云密布，朔风渐起，却早纷纷扬扬卷下一天大雪来。那雪早下得密了，但见：

凛凛严凝雾气昏，空中祥瑞降纷纷。须臾四野难分路，顷刻千山不见痕。银世界，玉乾坤，望中隐隐接昆仑。若还下到三更后，仿佛填平玉帝门。

林冲和差拨两个在路上，又没买酒吃处，早来到草料场外。看时，一周遭有些黄土墙，两扇大门。推开看里面时，七八间草屋做着仓廒，四下里都是马草堆，中间两座草厅。到那厅里，只见那老军在里面向火。差拨说道："管营差这个林冲来替你回天王堂看守，你可即便交割。"老军拿了钥匙，引着林冲分付道："仓廒内自有官司封记，这几堆草，一堆堆都有数目。"老军都点见了堆数，又引林冲到草厅上，老军收拾行李，临了说道："火盆、锅子、碗碟都借与你。"林冲道："天王堂内，我也有在那里。你要，便拿了去。"老军指壁上挂一个大葫芦，说道："你若买酒吃时，只出草场，投东大路去三二里，便有市井。"老军自和差拨回营里来。只说林冲就床上放了包裹被卧，就坐上生些焰火起来。屋边有一堆柴炭，拿几块来生在地炉里。仰面看那草屋时，四下里崩坏了，又被朔风吹撼，摇振得动。林冲道："这屋如何过得一冬？待雪晴了，去城中唤个泥水匠来修理。"向了一回火，觉得身上寒冷，寻思："却才老军所说二里路外有那市井，何不去沽些酒来吃？"便去包裹里取些碎银子，把花枪挑了酒葫芦，将火炭盖了，取毡笠子戴上，拿了钥匙出来，把草厅门拽上。出到大门首，把两扇草场门反拽上锁了，带了钥匙，信步投东。雪地里踏着碎琼乱玉，迤逦背着北风而行。那雪正下得紧，行不上半里多路，看见一所古庙，林冲顶礼道："神明庇祐，改日来烧纸钱。"又行了一回，望见一簇人家，林冲住脚看时，见篱笆中挑着一个草帚儿在露天里。林冲径到店里，主人问道："客人那里来？"林冲道："你认得这个葫芦么？"主人看了道："这葫芦是草料场老军的。"林冲道："原来如此。"店主道："既是草料场看守大哥，且请少坐。天气寒冷，且酌三杯，权当接风。"店家切一盘熟牛肉，烫一壶热酒，请林冲吃。又自买了些牛肉，又吃了数杯。就又买了一葫芦酒，包了那两块牛肉，留下些碎银子。把花枪挑着酒葫芦，怀内揣了牛肉，叫声相扰，便出篱笆门，仍旧迎着朔风回来。看那雪，到晚越下得紧了。古时有个书生，做了一个词，单题那贫苦的恨雪：

广莫严风刮地，这雪儿下的正好。拈絮挦绵，裁几片大如拷栲。见林间竹屋茅茨，争些儿被他压倒。富室豪家，却言道压瘴犹嫌少。向的是兽炭红炉，穿的是绵衣絮袄。手拈梅花，唱道国家祥瑞，不念贫民些小。高卧有幽人，吟咏多诗草。

再说林冲踏着那瑞雪，迎着北风，飞也似奔到草场门口开了锁，入内看时，只叫得苦。原来天理昭然，佑护善人义士。因这场大雪，救了林冲的性命。那两间草厅，已被雪压倒了。林冲寻思："怎地好？"放下花枪、葫芦在雪里。恐怕火盆内有火炭延烧起来，搬开破壁子，探半身入去摸时，火盆内火种都被雪水浸灭了。林冲把手床上摸时，只拽得一条絮被。林冲钻将出来，见天色黑了，寻思："又没把火处，怎生安排？"想起："离了这半里路上，有一古庙，可以安身。我且去那里宿一夜，等到天明，却作理会。"把被卷了，花枪挑着酒葫芦，依旧把门拽上，锁了，望那庙里来。入得庙门，再把门掩上，傍边止有一块大石头，掇将过来，靠了门。入得里面看时，殿上塑着一尊金甲山神，两边一个判官，一个小鬼，侧边堆着一堆纸。团团看来，又没邻舍，又无庙主。林冲把枪和酒葫芦放在纸堆上，将那条絮被放开。先取下毡笠子，把身上雪都抖了，把上盖白布衫脱将下来，早有五分湿了，和毡笠放在供桌上。把被扯来，盖了半截下身。却把葫芦冷酒提来慢慢地吃，就将怀中牛肉下酒。

正吃时，只听得外面必必剥剥地爆响，林冲跳起身来，就壁缝里看时，只见草料场里火起，刮刮杂杂的烧着。但见：

雪欺火势，草助火威。偏愁草上有风，更讶雪中送炭。赤龙斗跃，如何玉甲纷纷；粉蝶争飞，遮莫火莲焰焰。初疑炎帝纵神驹，此方刍牧；又猜南方逐朱雀，遍处营巢。谁知是白地里起灾殃，也须信暗室中开电目。看这火，能教烈士无明发；对这雪，应使奸邪心胆寒。

当时林冲便拿了花枪，却待开门来救火，只听得外面有人说将话来。林冲就伏门边听时，是三个人脚步响，直奔庙里来，用手推门，却被石头靠住了，推也推不开。三人在庙檐下立地看火，数内一个道："这条计好么？"一个应道："端的亏管营、差拨两位用心！回到京师，禀过太尉，都保你二位做大官。这番张教头没的推故。"那人道："林冲今番直吃我们对付了，高衙内这病必然好了。"又一个道："张教头那厮，三回五次托人情去说：'你的女婿没了。'张教头越不肯应承，因此衙内病患看看重了。太尉特使俺两个央浼二位干这件事，不想而今完备了。"又一个道："小人直爬入墙里去，四下草堆上，点了十来个火把，待走那里去？"那一个道："这早晚烧个八分过了。"又听得一个道："便逃得性命时，烧了大军草料场，也得个死罪。"又一个道："我们回城里去罢。"一个道："再看一看，拾得他一两块骨头回京，府里见太尉和衙内时，也道我们也能会干事。”

林冲听得三个人时，一个是差拨，一个是陆虞候，一个是富安。自思道：“天可怜见林冲！若不是倒了草厅，我准定被这厮们烧死了。”轻轻把石头掇开，挺着花枪，左手拽开庙门，大喝一声：“泼贼那里去？”三个人都急要走时，惊得呆了，正走不动。林冲举手，肐察的一枪，先拨倒差拨。陆虞候叫声：“饶命！”吓的慌了手脚，走不动。那富安走不到十来步，被林冲赶上，后心只一枪，又搠倒了。翻身回来，陆虞候却才行得三四步，林冲喝声道：“好贼，你待那里去！”批胸只一提，丢翻在雪地上，把枪搠在地里，用脚踏住胸脯，身边取出那口刀来，便去陆谦脸上搁着，喝道：“泼贼，我自来又和你无甚么冤仇，你如何这等害我？正是杀人可恕，情理难容。”陆虞候告道：“不干小人事，太尉差遣，不敢不来。”林冲骂道：“奸贼，我与你自幼相交，今日倒来害我，怎不干你事？且吃我一刀！”把陆谦上身衣服扯开，把尖刀向心窝里只一剜，七窍迸出血来，将心肝提在手里。回头看时，差拨正爬将起来要走。林冲按住喝道：“你这厮原来也恁的歹！且吃我一刀。”又早把头割下来，挑在枪上。回来，把富安、陆谦头都割下来。把尖刀插了，将三个人头发结做一处，提入庙里来，都摆在山神面前供桌上，再穿了白布衫，系了搭膊，把毡笠子带上，将葫芦里冷酒都吃尽了。被与葫芦都丢了不要，提了枪，便出庙门投东去。走不到三五里，早见近村人家都拿着水桶钩子来救火。林冲道：“你们快去救应，我去报官了来。”提着枪只顾走，有诗为证：

天理昭昭不可诬，莫将奸恶作良图。若非风雪沽村酒，定被焚烧化朽枯。
自谓冥中施计毒，谁知暗里有神扶。最怜万死逃生地，真是魁奇伟丈夫。

施耐庵、罗贯中《水浒传·智取生辰纲》

却说北京大名府梁中书，收买了十万贯庆贺生辰礼物完备，选日差人起程。当下一日在后堂坐下，只见蔡夫人问道：“相公，生辰纲几时起程？”梁中书道：“礼物都已完备，明后日便可起身，只是一件事在踌躇未决。”蔡夫人道：“有甚事踌躇未决？”梁中书道：“上年费了十万贯收买金珠宝贝送上东京去，只因用人不着，半路被贼人劫将去了，至今无获；今年帐前眼见得又没个了事的人送去，在此踌躇未决。”蔡夫人指着阶下，道：“你常说这个人十分了得，何不着他委纸领状送去走一遭？不致失误。”

梁中书看阶下那人时，却是青面兽杨志。梁中书大喜，随即唤杨志上厅，说道：“我正忘了你。你若与我送生辰纲去，我自有抬举你处。”杨志叉手向前，禀道：“恩相差遣，不敢不依。只不知怎地打点？几时起身？”梁中书道：“着落大名府差十辆太平车子；帐前十个厢禁军，监押着车；每辆上各插一把黄旗，上写着‘献贺太师生辰纲’。每辆车子，再使个军健跟着。三日内便要起身去。”杨志道：“非是小人推托，其实去不得。乞钧旨别差英雄精细的人去。”梁中书道：“我有心要抬举你，这献生辰纲的札子内另修一封书在中间，太师跟前重重保你，受道敕命回来。如何倒生支调，推辞不去？”杨志道：“恩相在上，小人也曾听得上年已被贼人劫去了，至今未获。今岁途中盗贼又多；此去东京又无水路，都是旱路。经过的是紫金山、二龙山、桃花山、伞盖山、黄泥冈、白沙坞、野云渡、赤松林，这几处都是强人出没的去处。便兼单身客人，亦不敢独自经过。他知道是金银宝物，如何不来抢劫！枉结果了性命！以此去不得。”梁中书道：“恁地时多着军校防护送去便了。”杨志道：“恩相便差一万人去也不济事；这厮们一声听得强人来时，都是先走了的。”梁中书道：“你这般地说时，生辰纲不要送去了？”杨志又禀道：“若依小人一件事，便敢送去。”梁中书道：“我既委在你身上，如何不依？你说。”杨志道：“若依小人说时，并不要车子，把礼物都装做十余条担子，只做客人的打扮；行货也点十个壮健的厢禁军，却装做脚夫挑着；只消一个人和小人去，却打扮做客人，悄悄连夜上东京交付，恁地时方好。”梁中书道：“你甚说得是。我写书呈，重重保你，受道诰命回来。”杨志道：“深谢恩相抬举。”当日便叫杨志一面打拴担脚，一面选拣军人。

次日，叫杨志来厅前伺候，梁中书出厅来问道：“杨志，你几时起身？”杨志禀道：“告覆恩相，只在明早准行，就委领状。”梁中书道：“夫人也有一担礼物，另送与府中宝眷，也要你领。怕你不知头路，特地再教奶公谢都管并两个虞候和你一同去。”杨志告道：“恩相，杨志去不得了。”梁中书道：“礼物都已拴缚完备，如何又去不得？”杨志禀道：“此十担礼物都在小人身上，和他众人都由杨志，要早行便早行，要晚行便晚行，要住便住，要歇便歇，亦依杨志提调；如今又叫老都管并虞候和小人去，他是夫人行的人，又是太师府门下奶公，倘或路上与小人别拗起来，杨志如何敢和他争执得？若误了大事时，杨志那其间如何分说？”梁中书道：“这个也容易，我叫他三个都听你提调便了。”杨志答道：“若是如此禀过，小人情愿便委领状。倘有疏失，甘当重罪。”梁中书大喜道：“我也不枉了抬举你！真个有见识！”随即唤老谢都管并两个虞候出来，当厅分付，道：“杨志提辖情愿委了一纸领状监押生辰纲——十一担金珠宝贝——赴京太师府交割。这干系都在他身上，你三人和他做伴去，一路上，早起、晚行、住、歇，都要听他言语，不可和他别拗。夫人处分付的勾当，你三人自理会。小心在意，早去早回，休教有失。”老都管一一都应了。当日杨志领了，次日早起五更，在府里把担仗都摆在厅前。老都管和两个虞候又将一小担财帛，共十一担，拣了十一个壮健的厢禁军，都做脚夫打份。杨志戴上凉笠儿，穿着青纱衫子，系了缠带行履麻鞋，跨口腰刀，提条朴刀。老都管也打扮做个客人模样。两个虞候假装做跟的伴当。各人都拿了条朴刀，又带几根藤条。梁中书付与了札付书呈。一行人都吃得饱了，在厅上拜辞了。梁中书看军人担仗起程。杨志和谢都管、两个虞候监押着，一行共是十五人，离了梁府，出得北京城门，取大路投东京进发。此时正是五月半天气，虽是晴明得好，只是酷热难行。昔日吴七郡王有八句诗道：

玉屏四下朱阑绕，簇簇游鱼戏萍藻。簟铺八尺白虾须，头枕一枚红玛瑙。六龙惧热不敢行，海水煎沸蓬莱岛。公子犹嫌扇力微，行人正在红尘道。

这八句诗单题着炎天暑月，那公子王孙在凉亭上水阁中浸着浮瓜沉李、调冰雪藕避暑，尚兀自嫌热；怎知客人为些微名薄利，又无枷锁拘缚，三伏内，只得在那途路中行。这一行人要取六月十五日生辰，只得在路途上行。自离了这北京五七日，端的只是起五更，趁早凉便行，日中热时便歇。

五七日后，人家渐少，行路又稀，一站站都是山路。杨志却要辰牌起身，申时便歇。那十一个厢禁军，担子又重，无有一个稍轻，天气热了，行不得，见着林子便要去歇息。杨志赶着催促要行，如若停住，轻则痛骂，重则藤条便打，逼赶要行。两个虞候虽只背些包裹行李，也气喘了行不上。杨志便嗔道："你两个好不晓事！这干系须是俺的！你们不替洒家打这夫子，却在背后也慢慢地挨！这路上不是耍处！"那虞候道："不是我两个要慢走，其实热了行不动，因此落后。前日只是趁早凉走，如今恁地正热里要行，正是好歹不均匀！"杨志道："你这般说话，却似放屁！前日行的须是好地面；如今正是尴尬去处，若不日里赶过去，谁敢五更半夜走？"两个虞候口里不言，肚中寻思："这厮不直得便骂人！"杨志提了朴刀，拿着藤条，自去赶那担子。两个虞候坐在柳阴树下等得老都管来，两个虞候告诉道："杨家那厮强杀只是我相公门下一个提辖！直这般会做大！"老都管道："须是相公当面分付道'休要和他别拗'，因此我不做声。这两日也看他不得，权且耐他。"两个虞候道："相公也只是人情话儿，都管自做个主便了。"老都管又道："且耐他一耐。"当日行到申牌时分，寻得一个客店里歇了。那十一个厢禁军两汗通流，都叹气吹嘘，对老都管说道："我们不幸做了军健！情知道被差出来，这般火似热的天气，又挑着重担；这两日又不拣早凉行，动不动老大藤条打来；都是一般父母皮肉，我们直恁地苦！"老都管道："你们不要怨怅，巴到东京时，我自赏你。"那众军汉道："若是似都管看待我们时，并不敢怨怅。"又过了一夜。次日，天色未明，众人起来，都要趁凉起身去。杨志跳起来，喝道："那里去！且睡了！却理会！"众军汉道："趁早不走，日里热时走不得，却打我们！"杨志大骂道："你们省得甚么！"拿了藤条要打。众军忍气吞声，只得睡了。当日直到辰牌时分，慢慢地打火吃了饭走。一路上赶打着，不许投凉处歇。那十一个厢禁军口里喃喃呐呐地怨怅，两个虞候在老都管面前絮絮聒聒地搬口，老都管听了，也不着意，心内自恼他。

话休絮烦。似此行了十四五日，那十四个人没一个不怨怅杨志。当日客店里辰牌时分慢慢地打火吃了早饭行，正是六月初四日时节，天气未及晌午，一轮红日当天，没半点云彩，其日十分大热。古人有八句诗道：

祝融南来鞭火龙，火旗焰焰烧天红。日轮当午凝不去，万国如在红炉中。五岳翠干云彩灭，阳侯海底愁波竭。何当一夕金风起，为我扫除天下热。

当日行的路都是山僻崎岖小径，南山北岭，却监着那十一个军汉，约行了二十余里路程，那军人们思量要去柳阴树下歇凉，被杨志拿着藤条打将来，喝道："快走！教你早歇！"众军人看那天时，四下里无半点云彩，其实那热不可当。但见：

热气蒸人，嚣尘扑面。万里乾坤如甑，一轮火伞当天。四野无云，风寂寂树焚溪坼；千山灼焰，咇剥剥石裂灰飞。空中鸟雀命将休，倒攧入树林深处；水底鱼龙鳞角脱，直钻入泥土窖中。直教石虎喘无休，便是铁人须汗落。

杨志催促一行人在山中僻路里行。看看日色当午，那石头上热了，脚疼走不得。众军汉道："这般天气热，兀的不晒杀人！"杨志喝着军汉道："快走！赶过前面冈子去，却再理会。"正行之间，前面迎着那土冈子。众人看这冈子时，但见：

顶上万株绿树，根头一派黄沙。嵯峨浑似老龙形，险峻但闻风雨响。山边茅草，乱丝丝攒遍地刀枪；满地石头，磣可可睡两行虎豹。休道西川蜀道险，须知此是太行山。

一行十五人奔土冈子来，歇下担仗，十四人都去松林树下睡倒了。杨志说道："苦也！这里是甚么去处，你们却在这里歇凉！起来快走！"众军汉道："你便剁做我七八段也是去不得了！"杨志拿起藤条，劈头劈脑打去。打得这个起来，那个睡倒，杨志无可奈何。只见两个虞候和老都管气喘急急，也巴到冈子上松树下坐下喘气。看这杨志打那军健，老都管见了，说道："提辖！端的热了走不得！休见他罪过！"杨志道："都管，你不知，这里是强人出没的去处，地名叫做黄泥冈，闲常太平时节，白日里兀自出来劫人，休道是这般光景，谁敢在这里停脚！"两个虞候听杨志说了，便道："我见你说好几遍了，只管把这话来惊吓人！"老都管道："权且教他们众人歇一歇，略过日中行，如何？"杨志道："你也没分晓了！如何使得？这里下冈子去，兀自有七八里没人家。甚么去处，敢在此歇凉！"老都管道："我自坐一坐了走，你自去赶他众人先走。"杨志拿着藤条，喝道："一个不走的吃他二十棍！"众军汉一齐叫将起来。数内一个分说道："提辖，我们挑着百十斤担子，须不比你空手走的。你端的不把人当人！便是留守相公自来监押时，也容我们说一句。你好不知疼痒！只顾逞辩！"杨志骂道："这畜生不怄死俺！只是打便了！"拿起藤条，劈脸又打去。老都管喝道："杨提辖！且住！你听我说。我在东京太师府里做奶公时，门下军官见了无千无万，都向着我喏喏连声。不是我口浅，量你是个遭死的军人，相公可怜，抬举你做个提辖，比得芥菜子大小的官职，直得恁地逞能！休说我是相公家都管，便是村庄一个老的，也合依我劝一劝！只顾把他们打，是何看待！”杨志道：“都管，你须是城市里人，生长在相府里，那里知道途路上千难万难！”老都管道：“四川，两广，也曾去来，不曾见你这般卖弄！”杨志道：“如今须不比太平时节。”都管道：“你说这话该剜口割舌！今日天下恁地不太平？”杨志却待要回言，只见对面松林里影着一个人在那里舒头探脑价望。杨志道：“俺说甚么，兀的不是歹人来了！”撇下藤条，拿了朴刀，赶入松林里来，喝一声道：“你这厮好大胆！怎敢看俺的行货！”赶来看时，只见松林里一字儿摆着七辆江州车儿；六个人，脱得赤条条的，在那里乘凉；一个鬓边老大一搭朱砂记，拿着一条朴刀。正是：

说鬼便招鬼，说贼便招贼。却是一家人，对面不能识。

见杨志赶入来，七个人齐叫一声“阿也”，都跳起来。杨志喝道：“你等是甚么人？”那七人道：“你是甚么人？”杨志又问道：“你等莫不是歹人？”那七人问道：“你颠倒问！我等是小本经纪，那里有钱与你！”杨志道：“你等小本经纪人，偏俺有大本钱？”那七人问道：“你端的是甚么人？”杨志道：“你等且说那里来的人？”那七人道：“我等弟兄七人是濠州人，贩枣子上东京去；路途打从这里经过，听得多人说这里黄泥冈上时常有贼打劫客商。我等一面走，一头自道：‘我七个只有些枣子，别无甚财赋，只顾过冈子来。’上得冈子，当不过这热，权且在这林子里歇一歇，待晚凉了行，只听有人上冈子来。我们只怕是歹人，因此使这个兄弟出来看一看。”杨志道：“原来如此，也是一般的客人。却才见你们窥望，惟恐是歹人，因此赶来看一看。”那七个人道：“客官请几个枣子了去。”杨志道：“不必。”提了朴刀再回担边来。老都管坐着，道：“既是有贼，我们去休。”杨志说道：“俺只道是歹人，原来是几个贩枣子的客人。”老都管别了脸对众军道：“似你方才说时，他们都是没命的！”杨志道：“不必相闹，俺只要没事便好。你们且歇了，等凉些走。”众军汉都笑了。杨志也把朴刀插在地上，自去一边树下坐了歇凉。没半碗饭时，只见远远地一个汉子，挑着一副担桶，唱上冈子来；唱道：“赤日炎炎似火烧，野田禾稻半枯焦。农夫心内如汤煮，公子王孙把扇摇！”那汉子口里唱着，走上冈子来，松林里头歇下担桶，坐地乘凉。众军看见了，便问那汉子道：“你桶里是什么东西？”那汉子应道：“是白酒。”众军道：“挑往那里去？”那汉子道：“挑出村里卖。”众军道：“多少钱一桶？”那汉子道：“五贯足钱。”众军商量道：“我们又热又渴，何不买些吃？也解暑气。”正在那里凑钱，杨志见了喝道：“你们又做甚么？”众军道：“买碗酒吃。”杨志调过朴刀杆便打，骂道：“你们不得洒家言语，胡乱便要买酒吃，好大胆！”众军道：“没事又来捣乱！我们自凑钱买酒吃，干你甚事？也来打人！”杨志道：“你这村鸟理会得甚么！到来只顾吃嘴！全不晓得路途上的勾当艰难！多少好汉被蒙汗药麻翻了！”那挑酒的汉子看着杨志冷笑道：“你这客官好不晓事！早是我不卖与你吃，——却说出这般没气力的话来！”

正在松树边闹动争说，只见对面松林里那伙贩枣子的客人提着朴刀走出来问道：“你们做甚么闹？”那挑酒的汉子道：“我自挑这个酒过冈子村里卖，热了，在此歇凉。他众人要问我买些吃，我又不曾卖与他，这个客官道我酒里有甚么蒙汗药，你道好笑么？说出这般话来！”那七个客人说道：“呸！我只道有歹人出来，原来是如此，说一声也不打紧。我们正想酒来解渴，既是他疑心，且卖一桶与我们吃。”那挑酒的道：“不卖！不卖！”这七个客人道：“你这鸟汉子也不晓事！我们须不曾说你。你左右将到村里去卖，一般还你钱，便卖些与我们，打甚么要紧？看你不道得舍施了茶汤，便又救了我们热渴。”那挑酒的汉子便道：“卖一桶与你不争，只是被他们说的不好——又没碗瓢舀吃。”那七人道：“你这汉子忒认真！便说了一声，打甚么要紧？我们自有瓢在这里。”只见两个客人去车子前取出两个椰瓢来，一个捧出一大捧枣子来。七个人立在桶边，开了桶盖，轮替换着舀那酒吃，把枣子过口。无一时，一桶酒都吃尽了。七个客人道：“正不曾问你多少价钱？”那汉道：“我一了不说价，五贯足钱一桶，十贯一担。”一个客人把钱还他，一个客人便去揭开桶盖兜了一瓢，拿上便吃。那汉去夺时，这客人手拿半瓢酒，望松林里便去，那汉赶将去。只见这边一个客人从松林里走将出来，手里拿一个瓢，便来桶里舀了一瓢。那汉看见，抢来劈手夺住，望桶里一倾，便盖了桶盖，将瓢望地下一丢，口里说道：“你这客人好不君子相！戴头识脸的，也这般罗噪！”

那对过众军汉见了，心内痒起来，都待要吃。数中一个看着老都管道：“老爷爷，与我们说一声！那卖枣子的客人买他一桶吃了，我们胡乱也买他这桶吃，润一润喉也好，其实热渴了，没奈何；这里冈子上又没讨水吃处。老爷方便！”老都管见众军所说，自心里也要吃得些，竟来对杨志说：“那贩枣子客人已买了他一桶吃，只有这一桶，胡乱教他们买吃些避暑气。冈子上端的没处讨水吃。”杨志寻思道：“俺在远远处望这厮们都买他的酒吃了；那桶里当面也见吃了半瓢，想是好的。打了他们半日，胡乱容他买碗吃罢。”杨志道：“既然老都管说了，教这厮们买吃了，便起身。”众军健听这话，凑了五贯足钱，来买酒吃。那卖酒的汉子道：“不卖了！不卖了！这酒里有蒙汗药在里头！”众军陪着笑，说道：“大哥，直得便还言语？”那汉道：“不卖了！休缠！”这贩枣子的客人劝道：“你这个鸟汉子！他也说得差了，你也忒认真，连累我们也吃你说了几声。须不关他众人之事，胡乱卖与他众人吃些。”那汉道：“没事讨别人疑心做甚么？”这贩枣子客人把那卖酒的汉子推开一边，只顾将这桶酒提与众军去吃。那军汉开了桶盖，无甚舀吃，陪个小心，问客人借这椰瓢用一用。众客人道：“就送这几个枣子与你们过酒。”众军谢道：“甚么道理！”客人道：“休要相谢，都一般客人，何争在这百十个枣子上？”众军谢了。先兜两瓢，叫老都管吃一瓢，杨提辖吃一瓢。杨志那里肯吃。老都管自先吃了一瓢，两个虞候各吃一瓢。众军汉一发上。那桶酒登时吃尽了。杨志见众人吃了无事，自本不吃，一者天气甚热，二乃口渴难煞，拿起来，只吃了一半，枣子分几个吃了。那卖酒的汉子说道：“这桶酒被那客人饶了一瓢吃了，少了你些酒，我今饶了你众人半贯钱罢。”众军汉凑出钱来还他。那汉子收了钱，挑了空桶，依然唱着山歌，自下冈子去了。

那七个贩枣子的客人立在松树傍边，指着这一十五人，说道：“倒也！倒也！”只见这十五个人，头重脚轻，一个个面面厮觑，都软倒了。那七个客人从松树林里推出这七辆江州车儿，把车子上枣子都丢在地上，将这十一担金珠宝贝都装在车子内，遮盖好了，叫声“聒噪”，一直望黄泥冈下推去了。正是：

诛求膏血庆生辰，不顾民生与死邻。始信从来招劫盗，亏心必定有缘因。

杨志口里只是叫苦，软了身体，挣扎不起，十五个人眼睁睁地看着那七个人把这金宝装了去，只是起不来，挣不动，说不得。我且问你：这七人端的是谁？不是别人，原来正是晁盖、吴用、公孙胜、刘唐、三阮这七个。却才那个挑酒的汉子便是白日鼠白胜。却怎地用药？原来挑上冈子时，两桶都是好酒，七个人先吃了一桶，刘唐揭起桶盖，又兜了半瓢吃，故意要他们看着，只是叫人死心塌地，次后吴用去松林里取出药来，抖在瓢里，只做走来饶他酒吃，把瓢去兜时，药已搅在酒里，假意兜半瓢吃，那白胜劈手夺来倾在桶里：这个便是计策。那计较都是吴用主张。这个唤做“智取生辰纲”。

【延伸阅读】

1. 谭正璧：《元曲六大家略传》，上海文艺联合出版社，1957。
2. 孙楷第：《元曲家考略》，上海古籍出版社，1981。
3. 〔日本〕盐谷温：《元曲概说》，隋树森译，商务印书馆版，1947。
4. 〔日本〕青木正儿：《中国近世戏曲史》，王古鲁译，中华书局，2010。
5. 臧晋叔：《元曲选》，中华书局，1958。
6. 隋树森：《元曲选外编》，中华书局，1964、1981。
7. 程毅中：《古体小说钞》（宋元卷），中华书局，1995。
8. 罗贯中：《三国演义》，中华书局，1995。
9. 施耐庵、罗贯中：《水浒传》，中华书局，2009。

第十四章　风雅流转　美韵竞奏：明清戏曲

【导读】

元明之际，北曲杂剧的创作和演出虽然时有可观之处，但随着文人地位的提升、地域审美趣味的转化已渐趋颓势，而明初皇室对《琵琶记》的“风化”功能的张扬，在推导南戏风行的同时，却也在一定程度上压抑了南戏文本创作的勃勃生机。明初的南戏作品，整体呈现两种形态。一方面，文人审美趣味在部分馆阁之臣的引导下开始浸染南戏创作，戏曲全面文人化的历程就此展开，南戏也因此进入了一个新的历史阶段——传奇；另一方面，自诞生之初就眷眷于市民风味、表现平民生活理想和历史好尚、由下层文人执笔的民间作品依然得到了老百姓的衷心喜爱，如《寻亲记》、《玉簪记》、写岳飞的《精忠记》、写韩信的《千金记》等，一直影响到清末民初，仍盛演不衰。

明清传奇时代的来临奠基于两个前提：嘉靖中后期文人对传奇剧本体制的规范化和对戏曲音乐的改革，特别是后者，使文人审美理想得以在表演层面彻底实现。戏曲音乐的改革主要是指嘉靖间苏州文人以魏良辅为核心、集南北戏曲音乐之大成对昆山腔的完美改造，格调“清柔而婉折”的昆山新声的流行（顾起元《客座赘语》卷九《戏剧》），结合戏曲作品典雅绮丽的艺术风格，使这一时期的戏曲创作竞奏雅音。李开先的《宝剑记》、梁辰鱼的《浣纱记》和阙名的《鸣凤记》为其中代表作，后人将之称为“三大传奇”。这三部作品体现了鲜明的忠奸斗争观念、强烈的政治参与意识和深广的社会忧患意识，引领了其后戏曲作品的创作走向。《浣纱记》是较早运用经过魏良辅改进后的昆腔进行写作的传奇剧本，标志着传奇戏曲形成了独特的艺术风格。明万历年间，汤显祖（1550—1616）撰写了《紫钗记》、《牡丹亭》、《南柯记》、《邯郸记》四部传奇，合称“临川四梦”，或称“玉茗堂四梦”。“临川四梦”塑造出丰满而生动的艺术形象，也融汇了深刻的思想文化追求，历来受到极高评价，汤显祖也被称为“绝代奇才”和“千秋之词匠”(《曲品》卷上)。在万历年间，大批文人士大夫涉入戏曲创作，但大多做不到与舞台演唱相结合创作符合音律要求的作品，包括汤显祖。戏曲理论家沈璟潜心致力于昆腔格律体系的建立，从宫调、曲牌、句式、音韵、声律、板眼诸方面做出严格的规定，撰成《南九宫十三调曲谱》，成为“皎然词林指南车”(徐复祚《三家村老委谈》)，并引导创作，形成了一个声势浩大的戏曲流派——吴江派。汤显祖对文辞才情的推崇与沈璟对音韵格律的推究成为明代后期戏曲界的泾渭分明的两种戏曲创作理念，史称“汤沈之争”，影响极其深远。

明末清初，在苏州及其邻近地区昆剧活动极为兴盛，一批以编剧为生的职业剧作家应运而生，代表人物有李玉、朱素臣等。他们往来密切，形成一个势力盛大的戏曲流派，史家称为“苏州派”，创作了大约150多种剧本，艺术成就较为突出。清代初年，剧坛上还活跃着以李渔（1610—1680）为代表的一批风流文人，李渔的《笠翁十种曲》在内容上追求风流和道学相结合，在艺术上追求新奇，具有独特的艺术魅力。

清康熙中期，洪昇（1645—1703）的《长生殿》和孔尚任（1648—1718）的《桃花扇》两部传奇先后称雄剧坛，“时有‘南洪北孔’之称”(杨恩寿《词余丛话》卷二《原文》)。《长生殿》全剧50出，结构精美谨严，堪称典范。《桃花扇》以复社文人侯方域与秦淮妓女李香君的悲欢离合之情为中心线索，“借离合之情，写兴亡之感”(试一出《先声》)，表达了易帜时代文人与社会生活的多种困境。雍正年间以后，传奇戏曲作品趋向于道德化和诗文化，创作与舞台演出出现了严重的脱节，逐步趋向于案头文学。

从乾隆后期开始，随着各地民间戏班兴盛，昆腔以外的各种声腔剧种（即花部）

崛起，两者对于舞台的竞逐史称“花雅之争”。花部诸腔与雅部昆剧之间最大的区别在于两者的文词一雅一俗。花部诸腔包括高腔（即弋阳腔）、梆子腔、秦腔、吹腔、乱弹腔、罗罗腔、二簧调等，它们成为剧坛上最为盛行的戏曲艺术样式。同时，各种民间小戏也颇为兴盛，如江西的采茶戏、云南的花灯戏、安徽的黄梅戏等。民间小戏贴近底层社会，生活气息浓郁，深受民众喜爱。花部诸腔之间表演技艺相互交融又各具特色，创作出许多为广大民众熟知的优秀剧目，如高腔戏《黄金印》、梆子戏《打金枝》、花鼓戏《刘海砍樵》、黄梅戏《天仙配》等等。在花部诸腔中，皮黄腔后来居上，成为影响最大的声腔。皮黄腔形成于道光初年，道光中期或后期以皮黄腔为主形成了北京皮黄戏。咸丰年间以后，皮黄戏盛行于北京，所以人们又称之为“京剧”或“京戏”。到了光绪年间，京剧更加兴盛，成为全国影响最大的一个剧种。

【精读】

牡丹亭·惊梦①

汤显祖

【绕地游】（旦上）梦回莺啭，乱煞年光遍。②人立小庭深院。（贴）炷尽沉烟，③抛残绣线，恁今春关情似去年。④

〔乌夜啼〕（旦）晓来望断梅关，⑤宿妆残。⑥（贴）你侧着宜春髻子恰凭栏。⑦（旦）剪不断，理还乱，⑧闷无端。（贴）已分付催花莺燕借春看。（旦）春香，可曾叫人扫除花径？（贴）分付了。（旦）取镜台衣服来。（贴取镜台衣服上）“云髻罢梳还对镜，罗衣欲换更添香。”⑨镜台、衣服在此。

【注释】

①《牡丹亭》第十出《惊梦》由“游园”和“惊梦”两段组成，这里选的是前半部分。②乱煞年光遍：令人心绪烦乱的春光到处都是。乱煞：乱甚。③炷（zhù）尽：烧尽。沉烟：即沉香，也叫沉水香，沉香木所制香料。④恁：即恁么，为什么。关情：

牵动人的情怀。⑤ 梅关：即今广东、江西交界的大庾岭，宋代曾在此设梅关。杜丽娘住在江西南安府（府治在今大庾县），地处梅关之北，而她将在梦中与之相爱的柳梦梅，则居于岭南。⑥ 宿妆：隔夜的妆饰。⑦ 宜春髻子：《荆楚岁时记》载，古时立春日，妇女剪彩绸作燕子形，戴在发髻上，并贴上“宜春”二字。⑧“剪不断”二句：语出李煜《相见欢》词，此处形容无端的愁绪难以排遣。⑨“云髻”二句：借用唐人薛逢《宫词》中的两句。云髻：形容妇女的发髻卷曲如云。

【步步娇】（旦）袅晴丝吹来闲庭院，[①] 摇漾春如线。停半晌，整花钿，[②] 没揣菱花，偷人半面，[③] 迤逗的彩云偏。[④]（行介）步香闺怎便把全身现。

（贴）今日穿插的好！

【醉扶归】（旦）你道翠生生出落的裙衫儿茜，[⑤] 艳晶晶花簪八宝填，[⑥] 可知我常一生儿爱好是天然。[⑦] 恰三春好处无人见。[⑧] 不提防沉鱼落雁鸟惊喧，则怕的羞花闭月花愁颤。[⑨]

【注释】

① 袅晴丝：春日空中飘动的游丝、飞丝，于晴朗的日子里最容易看到。袅：细长柔软，飘动的样子。闲庭院：寂静的庭院。② 花钿：指嵌有金花珠宝的妇女首饰。③“没揣”二句：没揣，不料，不意，突然。菱花：古时因铜镜背面常铸有菱花花纹而称镜子为菱花镜，故用“菱花”作镜子的代称。偷人半面：谓镜子偷偷摄入了人的面孔。④ 迤逗：挑逗，撩拨。彩云：形容美丽的发卷。偏：歪到一边。⑤ 翠生生：形容色彩鲜艳、明亮。出落：常用来赞美人容貌长得比以前更好。茜：茜草。因茜草根可作红色染料，故常用以指称红色。如唐李群玉《黄陵庙》诗：“黄陵女儿茜裙新。”⑥ 艳晶晶：光彩闪烁。花簪八宝填：镶着多种宝石的簪子。填：嵌饰。⑦ 爱好：爱美。天然：天性使然，犹本性如此。⑧ 三春好处：比喻自己正当妙龄，容颜美丽。⑨“不提防”二句：形容自己的美貌。沉鱼落雁，典出《庄子·齐物论》：“毛嫱、丽姬，人之所美也，鱼见之深入，鸟见之高飞，麋鹿见之决骤，四者孰知天下之正色哉！”羞花闭月：形容女子美貌使花儿自惭，月儿躲避。

（贴）早茶时了，请行。（行介）你看："画廊金粉半零星，池馆苍苔一片青；踏草怕泥新绣袜，惜花疼煞小金铃。"①（旦）不到园林，怎知春色如许！

【皂罗袍】原来姹紫嫣红开遍②，似这般都付与断井颓垣③。良辰美景奈何天，赏心乐事谁家院！④恁般景致，我老爷和奶奶再不提起。（合）朝飞暮卷，云霞翠轩，⑤雨丝风片，烟波画船。锦屏人忒看的这韶光贱。⑥

（贴）是花都放了，⑦那牡丹还早。

【好姐姐】（旦）遍青山啼红了杜鹃，⑧荼蘼外烟丝醉软。⑨春香呵，牡丹虽好，他春归怎占的先！⑩（贴）成对儿莺燕呵，（合）闲凝眄，⑪生生燕语明如翦，⑫呖呖莺歌溜的圆。⑬

【注释】

①惜花疼煞小金铃：典出《开元天宝遗事》："天宝初，宁王至春日，于后园中纫红丝为绳，密缀金铃，系于花梢之上，每有鸟鹊翔集，则令园吏掣铃索以惊之。盖惜花之故也。"疼煞，言小金铃常常被拉响，致使疼煞。②姹紫嫣红：形容各色鲜花灿烂美丽。③付与：支付与。断井颓垣：指破败的园林。④"良辰美景"二句：典出谢灵运《拟魏太子邺中集诗序》："天下良辰、美景、赏心、乐事，四者难并。"这里是说徒有良辰美景，却没有赏心乐事。⑤"朝飞"二句：典出唐王勃《滕王阁》诗："画栋朝飞南浦云，珠帘暮卷西山雨。"写楼台亭阁的高耸壮丽。⑥锦屏人：指幽居深闺的人。忒：太。韶光：好时光，春光。⑦是：凡是。放：开放。⑧啼红了杜鹃：比喻杜鹃花开得十分艳丽。⑨荼蘼：落叶灌木，晚春开白花。烟丝：晴丝，游丝。⑩"牡丹虽好"二句：牡丹虽美，但暮春才开花，怎能占春花中的第一呢？这里表达青春被误的伤感。⑪凝眄（miàn）：凝视。⑫生生：形容燕子叫声清脆动听。明如翦：也是形容燕子的叫声清脆。⑬呖呖：莺声。溜的圆：形容莺声圆润婉转。

（旦）去罢！（贴）这园子委是观之不足也。①（旦）提他怎的。（行介）

【隔尾】观之不足由他缱，②便赏遍了十二亭台是枉然。到不如兴尽回家闲过遣。③

（作到介）（贴）开我西阁门，展我东阁床；④瓶插映山紫，⑤炉添沉水香。小姐，

你歇息片时，俺瞧老夫人去也。（下）

【注释】

①委是：实在是。观之不足：看不够。②缱：留恋，缠绵。③遣：消遣，打发日子。④“开我”二句：典出《木兰辞》“开我东阁门，坐我西阁床”两句。⑤映山紫：映山红的别名，杜鹃花的一种。

【泛读】

汤显祖《牡丹亭·闺塾》

（末上）“吟余改抹前春句，饭后寻思午晌茶。蚁上案头沿砚水，蜂穿窗眼咂瓶花。”我陈最良杜衙设帐，杜小姐家传《毛诗》，极承老夫人管待。今日早膳已过，我且把毛注潜玩一遍。（念介）“关关雎鸠，在河之洲。窈窕淑女，君子好逑。”好者好也，逑者求也。（看介）这早晚了，还不见女学生进馆，却也娇养的凶；待我敲三声云板。（敲云板介）春香，请小姐解书。

【绕地游】（旦引贴捧书上）素妆才罢，缓步书堂下。对净几明窗潇洒。（贴）昔氏贤文，把人禁杀。恁时节则好教鹦哥唤茶。

（见介）（旦）先生万福。（贴）先生少怪。（末）凡为女子，鸡初鸣，咸盥、漱、栉、笄，问安于父母；日出之后，各供其事。如今女学生以读书为事，须要早起。（旦）以后不敢了。（贴）知道了。今夜不睡，三更时分，请先生上书。（末）昨日上的《毛诗》，可温习？（旦）温习了，则待讲解。（末）你念来。（旦念书介）“关关雎鸠，在河之洲。窈窕淑女，君子好逑。”（末）听讲：“关关雎鸠”，雎鸠是个鸟；关关，鸟声也。（贴）怎样声儿？（末作鸠声）（贴学鸠声诨介）（末）此鸟性喜幽静，在河之洲。（贴）是了。不是昨日是前日，不是今年是去年，俺衙内关着个斑鸠儿，被小姐放去，一去去在何知州家。（末）胡说，这是兴。（贴）兴个甚的那？（末）兴者起也，起那下头。窈窕淑女，是幽闲女子，有那等君子好好的来求他。（贴）为甚好好的求他？（末）多嘴哩。

（旦）师父，依注解书，学生自会。但把《诗经》大意，敷演一番。

【掉角儿】（末）论《六经》，《诗经》最葩，闺门内许多风雅。有指证，姜嫄产哇；不嫉妒，后妃贤达。更有那咏鸡鸣，伤燕羽，泣江皋，思汉广，洗净铅华。有风有化，宜室宜家。（旦）这经文偌多？（末）"《诗》三百，一言以蔽之"，没多些，只"无邪"两字，付与儿家。

书讲了。春香，取文房四宝来模字。（贴下取上）纸、墨、笔、砚在此。（末）这甚么墨？（旦）丫头错拿了，这是螺子黛，画眉的。（末）这甚么笔？（旦作笑介）这便是画眉细笔。（末）俺从不曾见。拿去，拿去！这是甚么纸？（旦）薛涛笺。（末）拿去，拿去。只拿那蔡伦造的来。这是甚么砚？是一个是两个？（旦）鸳鸯砚。（末）许多眼？（旦）泪眼。（末）哭什么子？一发换了来。（贴背介）好个标老儿！待换去。（下换上）这可好？（末看介）着。（旦）学生自会临书。春香还劳把笔。（末）看你临。（旦写字介）（末看惊介）我从不曾见这样好字。这甚么格？（旦）是卫夫人传下美女簪花之格。（贴）待俺写个奴婢学夫人。（旦）还早哩。（贴）先生，学生领出恭牌。（下）（旦）敢问师母尊年？（末）目下平头六十。（旦）学生待绣对鞋儿上寿，请个样儿。（末）生受了。依《孟子》上样儿，做个"不知足而为屦"罢了。（旦）还不见春香来。（末）要唤他么？（末叫三度介）（贴上）害淋的。（旦作恼介）劣丫头那里来？（贴笑介）溺尿去来。原来有座大花园。花明柳绿，好耍子哩。（末）哎也，不攻书，花园去。待俺取荆条来。（贴）荆条做甚么？

【前腔】女郎行，那里应文科判衙？止不过识字儿书涂嫩鸦。（起介）（末）古人读书，有囊萤的，趁月亮的。（贴）待映月，耀蟾蜍眼花；待囊萤，把虫蚁儿活支煞。（末）悬梁刺股呢？（贴）比似你悬了梁，损头发；刺了股，添疤痆。有甚光华！（内叫卖花介）（贴）小姐，你听，一声声卖花，把读书声差。（末）又引逗小姐哩。待俺当真打一下。（末做打介）（贴闪介）你待打，打这哇哇，桃李门墙，险把负荆人唬煞。

（贴抢荆条投地介）（旦）死丫头，唐突了师父，快跪下。（贴跪介）（旦）师父看他初犯，容学生责认一遭儿。

【前腔】手不许把秋千索拿，脚不许把花园路踏。（贴）则瞧罢。（旦）还嘴！这招风嘴，把香头来绰疤；招花眼，把绣针儿签瞎。（贴）瞎了中甚用？（旦）则要你守砚台，跟书案，伴“诗云”，陪“子曰”，没的争差。（贴）争差些罢。（旦挦贴发介）则问你几丝儿头发，几条背花？敢也怕些，夫人堂上那些家法。

（贴）再不敢了。（旦）可知道？（末）也罢，松这一遭儿。起来。（贴起介）

【尾声】（末）女弟子则争个不求闻达，和男学生一般儿教法。你们工课完了，方可回衙。咱和公相陪话去。（合）怎辜负的这一弄明窗新绛纱。

（末下）（贴作背后指末骂介）村老牛，痴老狗，一些趣也不知。（旦作扯介）死丫头，“一日为师，终身为父”，他打不的你？俺且问你：那花园在那里？（贴作不说）（旦做笑问介）（贴指介）兀那不是！（旦）可有什么景致？（贴）景致么，有亭台六七座，秋千一两架。绕的流觞曲水，面着太湖山石。名花异草，委实华丽。（旦）原来有这等一个所在，且回衙去。

（旦）也曾飞絮谢家庭，（贴）欲化西园蝶未成。

（旦）无限春愁莫相问，（合）绿阴终借暂时行。

孔尚任《桃花扇·余韵》

〔西江月〕（净扮樵子挑担上）放目苍崖万丈，拂头红树千枝；云深猛虎出无时，也避人间弓矢。建业城啼夜鬼，维扬井贮秋尸；樵夫剩得命如丝，满肚南朝野史。在下苏昆生，自从乙酉年同香君到山，一住三载，俺就不曾回家，往来牛首、栖霞，采樵度日。谁想柳敬亭与俺同志，买只小船，也在此捕鱼为业。且喜山深树老，江阔人稀；每日相逢，便把斧头敲着船头，浩浩落落，尽俺歌唱，好不快活。今日柴担早歇，专等他来促膝闲话，怎的还不见到。（歇担盹睡介）（丑扮渔翁摇船上）年年垂钓鬓如银，爱此江山胜富春；歌舞丛中征战里，渔翁都是过来人。俺柳敬亭送侯朝宗修道之后，就在这龙潭江畔，捕鱼三载，把些兴亡旧事，付之风月闲谈。今值秋雨新晴，江光似练，正好寻苏昆生饮酒谈心。（指介）你看，他早已醉倒在地，待我上岸，唤他醒来。（作上岸介）（呼介）苏昆生。（净醒介）大哥果然来了。（丑拱介）贤弟偏杯呀！（净）柴不曾卖，那得酒来。（丑）愚兄也没卖鱼，都是空囊，怎么处？（净）有了，有了！你输水，我输柴，大家煮茗清谈罢。（副末扮老赞礼，提弦携壶上）江山江山，一忙一闲，谁赢谁输，两鬓皆斑。（见介）原来是柳、苏两位老哥。（净、丑拱介）老相公怎得到此？（副末）老夫住在燕子矶边，今乃戊子年九月十七日，是福德星君降生之辰；我同些山中社友，到福德神祠祭赛已毕，路过此间。（净）为何挟着弦子，提着酒壶。（副末）见笑见笑！老夫编了几句神弦歌，名曰"问苍天"。今日弹唱乐神，社散之时，分得这瓶福酒。恰好遇着二位，就同饮三杯罢。（丑）怎好取扰。（副末）这叫作"有福同享"。（净、丑）好，好！（同坐饮介）（净）何不把神弦歌领略一回？（副末）使得！老夫的心事，正要请教二位哩。（弹弦唱巫腔）（净、丑拍手衬介）

【问苍天】新历数，顺治朝，岁在戊子；九月秋，十七日，嘉会良时。击神鼓，扬灵旗，乡邻赛社；老逸民，剃白发，也到丛祠。椒作栋，桂为楣，唐修晋建；碧和金，丹间粉，画壁精奇。貌赫赫，气扬扬，福德名位；山之珍，海之宝，总掌无遗。超祖祢，迈君师，千人上寿；焚郁兰，奠清醑，夺户争墀。草笠底，有一人，掀须长叹：贫者贫，富者富，造命奚为？我与尔，较生辰，同月同日；囊无钱，灶断火，不啻乞儿。六十岁，花甲周，桑榆暮矣；乱离人，太平犬，未有亨期。称玉斝，坐琼筵，尔餐我看；谁为灵，谁为蠢，贵贱失宜。臣稽首，叫九阍，开聋启聩；宣命司，检禄籍，何故差池。金阙远，紫宸高，苍天梦梦；迎神来，送神去，舆马风驰。歌舞罢，鸡豚收，须臾社散；倚枯槐，对斜日，独自凝思。浊享富，清享名，或分两例；内才多，外财少，应不同规。热似火，福德君，庸人父母；冷如冰，文昌帝，秀士宗师。神有短，圣有亏，谁能足愿；地难填，天难补，造化如斯。释尽了，胸中愁，欣欣微笑；江自流，云自卷，我又何疑。

（唱完放弦介）出丑之极。（净）妙绝！逼真《离骚》、《九歌》了。（丑）失敬，失敬！不知老相公竟是财神一转哩。（副末让介）请干此酒。（净咂舌介）这寡酒好难吃也。（丑）愚兄倒有些下酒之物。（净）是什么东西？（丑）请猜一猜。（净）你的东西，不过是些鱼鳖虾蟹。（丑摇头介）猜不着，猜不着。（净）还有什么异味？（丑指口介）

是我的舌头。（副末）你的舌头，你自下酒，如何让客。（丑笑介）你不晓得，古人以《汉书》下酒；这舌头会说《汉书》，岂非下酒之物。（净取酒斟介）我替老哥斟酒，老哥就把《汉书》说来。（副末）妙妙！只恐菜多酒少了。（丑）既然《汉书》太长，有我新编的一首弹词，叫做“秣陵秋”，唱来下酒罢。（副末）就是俺南京的近事么？（丑）便是！（净）这都是俺们耳闻眼见的，你若说差了，我要罚的。（丑）包管你不差。（丑弹弦介）六代兴亡，几点清弹千古慨；半生湖海，一声高唱万山惊。（照盲女弹词唱介）

【秣陵秋】陈隋烟月恨茫茫，井带胭脂土带香；骀荡柳绵沾客鬓，叮咛莺舌恼人肠。中兴朝市繁华续，遗孽儿孙气焰张；只劝楼台追后主，不愁弓矢下残唐。蛾眉越女才承选，燕子吴俞早擅场。力士签名搜笛步，龟年协律奉椒房。西昆词赋新温李，乌巷冠裳旧谢王。院院宫妆金翠镜，朝朝楚梦雨云床。五侯阃外空狼燧，二水洲边自雀舫。指马谁攻秦相诈，入林都畏阮生狂。春灯已错从头认，社党重钩无缝藏。借手杀仇长乐老，胁肩媚贵半闲堂。龙钟阁部啼梅岭，跋扈将军噪武昌。九曲河流晴唤渡，千寻江岸夜移防。琼花劫到雕栏损，《玉树》歌终画殿凉。沧海迷家龙寂寞，风尘失伴凤彷徨。青衣衔璧何年返，碧血溅沙此地亡。南内汤池仍蔓草，东陵辇路又斜阳。全开锁钥淮扬泗，难整乾坤左史黄。建帝飘零烈帝惨，英宗困顿武宗荒。那知还有福王一，临去秋波泪数行。

（净）妙妙！果然一些不差。（副末）虽是几句弹词，竟似吴梅村一首长歌。（净）老哥学问大进，该敬一杯。（斟酒介）（丑）倒叫我吃寡酒了。（净）愚弟也有些须下酒之物。（丑）你的东西，一定是山肴野蔌了。（净）不是，不是。昨日南京卖柴，特地带来的。（丑）取来共享罢。（净指口介）也是舌头。（副末）怎的也是舌头？（净）不瞒二位说，我三年没到南京，忽然高兴，进城卖柴。路过孝陵，见那宝城享殿，成了刍牧之场。（丑）呵呀呀！那皇城如何？（净）那皇城墙倒宫塌，满地蒿莱了。（副末掩泪介）不料光景至此。（净）俺又一直走到秦淮，立了半晌，竟没一个人影儿。（丑）那长桥旧院，是咱们熟游之地，你也该去瞧瞧。（净）怎的没瞧，长桥已无片板，旧院剩了一堆瓦砾。（丑捶胸介）咳！恸死俺也。（净）那时疾忙回首，一路伤心，编成一套北曲，名为“哀江南”。待我唱来！（敲板唱弋阳腔介）俺樵夫呵！

【哀江南】【北新水令】山松野草带花挑，猛抬头秣陵重到。残军留废垒，瘦马卧空壕；村郭萧条，城对着夕阳道。

【驻马听】野火频烧，护墓长楸多半焦。山羊群跑，守陵阿监几时逃。鸽翎蝠粪满堂抛，枯枝败叶当阶罩。谁祭扫，牧儿打碎龙碑帽。

【沉醉东风】横白玉八根柱倒，堕红泥半堵墙高。碎琉璃瓦片多，烂翡翠窗棂少，舞丹墀燕雀常朝。直入宫门一路蒿，住几个乞儿饿殍。

【折桂令】问秦淮旧日窗寮，破纸迎风，坏槛当潮。目断魂消。当年粉黛，何处笙箫。罢灯船端阳不闹，收酒旗重九无聊。白鸟飘飘，绿水滔滔，嫩黄花有些蝶飞，新红叶无个人瞧。

【沽美酒】你记得跨青溪半里桥，旧红板没一条。秋水长天人过少，冷清清的落照，剩一树柳弯腰。

【太平令】行到那旧院门，何用轻敲，也不怕小犬哰哰。无非是枯井颓巢，不过些砖苔砌草。手种的花条柳梢，尽意儿采樵；这黑灰是谁家厨灶？

【离亭宴带歇指煞】俺曾见金陵玉殿莺啼晓，秦淮水榭花开早，谁知道容易冰消。眼看他起朱楼，眼看他宴宾客，眼看他楼塌了。这青苔碧瓦堆，俺曾睡风流觉，将五十年兴亡看饱。那乌衣巷不姓王，莫愁湖鬼夜哭，凤凰台栖枭鸟。残山梦最真，旧境丢难掉，不信这舆图换稿。诌一套《哀江南》，放悲声唱到老。

（副末掩泪介）妙是绝妙，惹出我多少眼泪。（丑）这酒也不忍入唇了，大家谈谈罢。（副净时服，扮皂隶暗上）朝陪天子辇，暮把县官门；皂隶原无种，通侯岂有根。自家魏国公嫡亲公子徐青君的便是，生来富贵，享尽繁华。不料国破家亡，剩了区区一口。没奈何在上元县当了一名皂隶，将就度日。今奉本官签票，访拿山林隐逸，只得下乡走走。（望介）那江岸之上，有几个老儿闲坐，不免上前讨火，就便访问。正是：开国元勋留狗尾，换朝逸老缩龟头。（前行见介）老哥们有火借一个？（丑）请坐！（副净坐介）（副末问介）看你打扮，像一位公差大哥。（副净）便是！（净问介）要火吃烟么，小弟带有高烟，取出奉敬罢。（敲火取烟奉副净介）（副净吃烟介）好高烟，好高烟！（作晕醉卧倒介）（净扶介）（副净）不要拉我，让我歇一歇，就好了。（闭目卧介）（丑问副末介）记得三年之前，老相公捧着史阁部衣冠，要葬在梅花岭下，后来怎样？（副末）后来约了许多忠义之士，齐集梅花岭，招魂埋葬，倒也算千秋盛事，但不曾立得碑碣。（净）好事，好事，只可惜黄将军刎颈报主，抛尸路旁，竟无人埋葬。（副末）如今好了，也是我老汉同些村中父老，检骨殡殓，起了一座大大的坟茔，好不体面。（丑）你这两件功德，却也不小哩。（净）二位不知，那左宁南气死战船时，亲朋尽散，却是我老苏殡殓了他。（副末）难得，难得。闻他儿子左梦庚袭了前程，昨日扶柩回去了。（丑掩泪介）左宁南是我老柳知己。我曾托蓝田叔画他一幅影像，又求钱牧斋题赞了几句；逢时遇节，展开祭拜，也尽俺一点报答之意。（副净醒，作悄语介）听他说话，像几个山林隐逸。（起身问介）三位是山林隐逸么？（众起拱介）不敢，不敢，为何问及山林隐逸？（副净）三位不知么，现今礼部上本，搜寻山林隐逸。抚按大老爷张挂告示，布政司行文已经月余，并不见一人报名。府县着忙，差俺们各处访拿，三位一定是了，快快跟我回话去。（副末）老哥差矣，山林隐逸乃文人名士，不肯出山的。老夫原是假斯文的一个老赞礼，那里去得。（丑、净）我两个是说书唱曲的朋友，而今做了渔翁樵子，益发不中了。（副净）你们不晓得，那些文人名士，都是识时务的俊杰，从三年前俱已出山了。目下正要访拿你辈哩。（副末）啐，征求隐逸，乃朝廷盛典，公祖父母俱当以礼相聘，怎么要拿起来。定是你这衙役们奉行不善。（副净）不干我事，有本县签票在此，取出你看。（取看签票欲拿介）（净）果有这事哩。（丑）我们竟走开如何？（副末）有理，避祸今何晚，入山昔未深。（各分走下）（副净赶不上介）你看他登崖涉涧，竟各逃走无踪。

【清江引】大泽深山随处找，预备官家要。抽出绿头签，取开红圈票，把几个白衣山人吓走了。

（立听介）远远闻得吟诗之声，不在水边，定在林下，待我信步找去便了。（急下）（内吟诗曰）

渔樵同话旧繁华，短梦寥寥记不差；曾恨红笺衔燕子，偏怜素扇染桃花。笙歌西第留何客？烟雨南朝换几家？传得伤心临去语，年年寒食哭天涯。

【延伸阅读】

1. 钱南扬：《永乐大典戏文三种校注》，中华书局，1979。

2.（明）毛晋：《六十种曲》，中华书局，1985，1992。

3. 王季思主编：《中国古典十大悲剧集》，上海文艺出版社，1982。

4. 郭汉城主编：《中国古典十大悲喜剧集》，上海文艺出版社，1989。

5. 郭英德：《明清文人传奇研究》，北京师范大学出版社，1992。

6. 郭英德：《明清传奇史》，江苏古籍出版社，1999。

第十五章　叙事传统与叙事智慧的完美结合：明清小说

【导读】

宋元话本的成熟为明清白话小说的发展奠定了基础，四大名著中，前三部都脱胎于长篇话本小说，而《红楼梦》的成书与传播也没有完全解除“说话”艺术的羁绊。但另一方面，明清白话小说的艺术成就和社会影响却是宋元话本无可比拟的，精致的结构设计、精彩的人物刻画、精深的思想理念和精到的语言表达，明清文人的生活理想、人生思考在小说这一文体中得到了淋漓尽致的展现。

明初至明中期的小说主要是对宋元话本的传播与学步。《水浒传》和《三国志通俗演义》虽成书于元末，其广泛流传却是在出版印刷业空前繁荣的明嘉靖以后，即为明显的例证。值得注意的是，这种传播并不仅限于市民阶层，明代前期、中期的上层文人对小说表现出浓厚的兴趣。陈继儒的《藏说小萃序》曾记载了吴中文士喜爱收藏、传写“稗官小说”的诸多事迹。《水浒传》刻行之后，受到文人极高的推崇，甚至有“《史记》而下，便是此书”(李开先《词谑》)的评价。正如戏曲的发展一样，文人阶层对小说创作的关注与涉足是俗文学体裁提升审美品位、伸展审美空间的关键性前提。在此基础上，明代中期的小说创作出现了《西游记》、《金瓶梅》这样的鸿篇巨制。《金瓶梅》标志着小说创作由描写“超人、非人、圣人”的时代向表现“凡人”的时代的转变，同时，也意味着作家独力创作长篇小说的主体意识的增强，还反映出市井人物的喜怒哀乐、利益纠葛全面进入了作家的视野。它改变了以往的做法，以表现生活原生态的叙事理念来展示市井生活的琐碎杂乱，描绘出明代后期社会的全新生活方式。因此，《金瓶梅词话》得到了众多文人名士的激赏，袁宏道称其“云霞满纸，胜于枚生《七发》多矣”（《袁宏道集笺校》卷六《董思白》），袁中道、冯梦龙等当时的精英文人或传抄其书，或筹划付梓，反映出文化意识和小说观念的巨大转变。这自然促使更多文人加入小说的写作，形成了白话小说文人化的思潮。嘉靖后期，由于社会的雅俗观念有了大的转变，于是有一批失意于、疏离于现实政治的文人寄情小说创作及理论批评。《西游记》、《金瓶梅》之后，白话长篇又有《西洋记》、《封神演义》、《隋史遗文》等大量作品，白话短篇则出现了代表这一体裁最高成就的“三言”、“二拍”，从此正式确立了“章回体”、“拟话体”这两种长篇、短篇白话小说的文体规范，使之真正成为具有民族风格的小说样式；就题材而言，以“四大奇书”领衔的历史演义、英雄传奇、神魔小说、世情小说（或称“人情小说”）各擅胜场，涌现出大量优秀作品，共同创造了明代小说的繁荣局面。

清初的小说创作延续晚明而有新变，其主要类别有历史时事小说、名著续作、才子佳人小说等。其中，名著续作开创了“续书”现象，较为突出的是“水浒续书”、“金瓶梅续书”、“西游记续书”等。才子佳人小说专注于表现文人的生活理想，成为文化史上解读明清文人人生观和价值理念的极佳途径，这批作品中较突出的是天花藏主人所作的《平山冷燕》、《玉娇梨》等，一方面表现出较高的文字水平，另一方面也基本拟定了此类小说情节结构的基本模式。清初的白话短篇小说成就有限，比较优秀的作品是李渔的《无声戏》、《十二楼》，开创性地把戏剧的结撰手法用于小说创作，使故事情节更为巧妙精致。康熙年间涌现出中国文言小说的翘楚——《聊斋志异》，蒲松龄“用传奇法而以志怪”的叙事方法最大程度上发挥了文言叙事的优势。康熙间的白话小说数量较为丰富，世情小说重要的有《醒世姻缘传》、《林兰香》、《姑妄言》、《好逑传》；英雄传奇小说则有《隋唐演义》、《说岳全传》、《杨家府演义》等，与其各种续书一起，真实与虚构交杂，演叙了古代历史英雄及英雄后代的悲壮事迹；神魔类则有《女仙外史》、《斩鬼传》、《绿野仙踪》等。比起前一阶段，这三类作品都开始具有艺术上更鲜明的创新之处。乾隆年间问世的《儒林外史》与《红楼梦》把我国白话小说的创作推上了顶峰，二者所含摄的丰富的精英文化内涵，以及作者本人人生体验与心灵感悟的自我指涉，都达到了前所未有的高度。吴敬梓和曹雪芹皆为官宦子弟，身历目击，阅历丰富，较《姑妄言》、《醒世姻缘传》等作品的作者眼界更为开阔，深厚的传统文化修养、出类拔萃的文学天才和高度敏感的心灵，使得他们足以将那个时代的众生相置于历史的、命运的洞烛之下，纤毫毕现地展现了人间的形与神、热闹与悲凉。《歧路灯》、《蜃楼志》等所达到的高度虽不能和上述两部巨著相比，却也颇为可观。这一时期还产生了多部炫学逞才的小说，如《镜花缘》、《野叟曝言》、《燕山外史》等。晚清时期，旧小说的创作渐现滑坡，英雄传奇类的如《儿女英雄传》、《荡寇志》和《三侠五义》，狎邪类的如《品花宝鉴》、《海上花列传》，尚属较为优秀的作品。其中，《儿女英雄传》把武侠与才子佳人冶于一炉，《品花宝鉴》以同性恋为题材，虽不尽高明，却在小说史上别有异色。

【精读】

婴　宁①

蒲松龄

王子服，莒之罗店人，②早孤，绝慧，十四入泮。③母最爱之，寻常不令游郊野。聘萧氏，未嫁而夭，故求凰未就也。会上元，④有舅氏子吴生，邀同眺瞩。⑤方至村外，舅家仆来，招吴去。生见游女如云，乘兴独遨。有女郎携婢，拈梅花一枝，容华绝代，笑容可掬。生注目不移，竟忘顾忌。女过去数武，⑥顾婢子笑曰："个儿郎目灼灼似贼！"遗花地上，笑语自去。生拾花怅然，神魂丧失，怏怏遂返。至家，藏花枕底，垂头而睡，不语亦不食。母忧之，醮禳益剧。⑦肌革锐减，医师诊视，投剂发表，⑧忽忽若迷。母抚问所由，默然不答。适吴生来，嘱秘诘之。吴至榻前，生见之泪下。吴就榻慰解，渐致研诘，⑨生具吐其实，且求谋画。吴笑曰："君意亦复痴！此愿有何难遂？当代访之。徒步于野，必非世家，如其未字，事固谐矣；不然，拚以重赂，计必允遂。但得痊瘳⑩，成事在我。”生闻之，不觉解颐。吴出告母，物色女子居里。⑪而探访既穷，并无踪绪。母大忧，无所为计。然自吴去后，颜顿开，食亦略进。数日，吴复来，生问所谋。吴绐之曰：⑫“已得之矣。我以为谁何人，乃我姑之女，即君姨妹行，今尚待聘。虽内戚有婚姻之嫌，实告之，无不谐者。”生喜溢眉宇，问：“居何里？”吴诡曰：“西南山中，去此可三十余里。”生又付嘱再四，吴锐身自任而去。

【注释】

①本篇选自《聊斋志异》卷二。②莒：周代诸侯国名，今在山东省莒南一带。③入泮：考取秀才。泮：旧指学宫前的水池，此处代指学宫。④上元：指上元节，即元宵节。⑤眺：即眺望，往远处看。瞩：即注视。眺瞩：意为注目远视。此处指游览。⑥数武：几步，旧指迈一次脚的距离为一武。⑦醮禳：指僧道设坛祈祷。⑧投剂：下药，用药。发表：中医术语，认为有些病需要服药发散出来，称发表。⑨研诘：追问，盘问。⑩痊瘳：病除，痊愈。⑪物色：寻访。⑫绐：欺骗。

生由此饮食渐加，日就平复。探视枕底，花虽枯，未便凋落。凝思把玩，如见其人。怪吴不至，折柬招之，①吴支托不肯赴招。生恚怒，悒悒不欢。母虑其复病，急为议姻，略与商榷，辄摇首不愿，惟日盼吴。吴迄无耗，②益怨恨之。转思三十里非遥，何必仰息他人？怀梅袖中，负气自往，而家人不知也。伶仃独步，无可问程，但望南山行去。约三十余里，乱山合沓，空翠爽肌，寂无人行，止有鸟道。遥望谷底，从花乱树中，隐隐有小里落。下山入村，见舍宇无多，皆茅屋，而意甚修雅。北向一家，门前皆丝柳，墙内桃杏尤繁，间以修竹，野鸟格磔其中。③意其园亭，不敢遽入。回顾对户，有巨石滑洁，因据坐少憩。俄闻墙内有女子，长呼：“小荣！”其声娇细。方伫听间，一女郎由东而西，执杏花一朵，俯首自簪；举头见生，遂不复簪，含笑拈花而入。审视之，即上元途中所遇也。心骤喜，但念无以阶进。欲呼姨氏，顾从无还往，惧有讹误。门内无人可问，坐卧徘徊，自朝至于日昃，④盈盈望断，并忘饥渴。

时见女子露半面来窥，似讶其不去者。忽一老媪扶杖出，顾生曰："何处郎君，闻自辰刻来，以至于今。意将何为？得勿饥也？"生急起揖之，答云："将以探亲。"媪聋聩不闻。又大言之。乃问："贵戚何姓？"生不能答。媪笑曰："奇哉！姓名尚自不知，何亲可探？我视郎君亦书痴耳。不如从我来，啖以粗粝，家有短榻可卧。待明朝归，询知姓氏，再来探访。"生方腹馁思啖，又从此渐近丽人，大喜。从媪入，见门内白石砌路，夹道红花片片坠阶上，曲折而西，又启一关，豆棚花架满庭中。肃客入舍，⑤粉壁光如明镜，窗外海棠枝朵，探入室中，裀藉几榻，⑥罔不洁泽。甫坐，即有人自窗外隐约相窥。媪唤："小荣！可速作黍。"外有婢子噭声而应。坐次，具展宗阀。媪曰："郎君外祖，莫姓吴否？"曰："然。"媪惊曰："是吾甥也！尊堂，我妹子。年来以家屡贫，又无三尺之男，遂至音问梗塞。甥长成如许，尚不相识。"生曰："此来即为姨也，匆遽遂忘姓氏。"媪曰："老身秦姓，并无诞育，弱息亦为庶产。⑦渠母改醮，⑧遗我鞠养。颇亦不钝，但少教训，嬉不知愁。少顷，使来拜识。"

【注释】

①折柬：裁纸写信。②迄无耗：终究没有消息。③格磔（zhé）：指鸟鸣的声音。④昃：日西斜。⑤肃：恭敬、庄重的引入。⑥裀藉：坐褥，坐垫。⑦弱息：对人谦称自己的子女。⑧醮（jiào）：指妇女再嫁。

未几婢子具饭，雏尾盈握。①媪劝餐已，婢来敛具。媪曰："唤宁姑来。"婢应去。良久，闻户外隐有笑声。媪又唤曰："婴宁，汝姨兄在此。"户外嗤嗤笑不已。婢推之以入，犹掩其口，笑不可遏。媪瞋目曰："有客在，咤咤叱叱，是何景象？"女忍笑而立，生揖之。媪曰："此王郎，汝姨子。一家尚不相识，可笑人也。"生问："妹子年几何矣？"媪未能解，生又言之。女复笑，不可仰视。媪谓生曰："我言少教诲，此可见矣。年已十六，呆痴如婴儿。"生曰："小于甥一岁。"曰："阿甥已十七矣，得非庚午属马者耶？"生首应之。又问："甥妇阿谁？"答曰："无之。"曰："如甥才貌，何十七岁犹未聘？婴宁亦无姑家，极相匹敌，惜有内亲之嫌。"生无语，目注婴宁，不遑他瞬。②婢向女小语云："目灼灼贼腔未改！"女又大笑，顾婢曰："视碧桃开未？"遽起，以袖掩口，细碎连步而出。至门外，笑声始纵。媪亦起，唤婢襆被，为生安置。曰："阿甥来不易，宜留三五日，迟迟送汝归。如嫌幽闷，舍后有小园，可供消遣，有书可读。"

次日至舍后，果有园半亩，细草铺毡，杨花糁径。③有草舍三楹，花木四合其所。穿花小步，闻树头苏苏有声，仰视，则婴宁在上，见生来，狂笑欲堕。生曰："勿尔，堕矣！"女且下且笑，不能自止。方将及地，失手而堕，笑乃止。生扶之，阴捘其腕。④女笑又作，倚树不能行，良久乃罢。生俟其笑歇，乃出袖中花示之。女接之曰："枯矣！何留之？"曰："此上元妹子所遗，故存之。"问："存之何益？"曰："以示相爱不忘也。自上元相遇，凝思成疾，自分化为异物，不图得见颜色，幸垂怜悯。"女曰："此大细事，至戚何所靳惜？⑤待郎行时，园中花，当唤老奴来，折一巨捆负送之。"生曰："妹子痴耶？"女曰："何便是痴？"生曰："我非爱花，爱拈花之人耳。"女曰："葭莩之情，⑥爱何待言。"

【注释】

①雏尾盈握：典出《礼记·内则》"雏尾不盈握，不食"，形容用来做菜的家禽很肥嫩。②不遑他瞬：顾不上看其他的。③细草铺毡，杨花糁径：意为细草像毡子一样铺在地上，杨花像米粒一样落在小路上。糁（sǎn）：以米和羹为糁。④捘：掐。⑤靳：吝啬。⑥葭莩之情：芦苇管里黏附的薄膜。比喻关系较淡的亲戚，也代指亲戚。

生曰："我所谓爱，非瓜葛之爱，乃夫妻之爱。"女曰："有以异乎？"曰："夜共枕席耳。"女俯首思良久，曰："我不惯与生人睡。"语未已，婢潜至，生惶恐遁去。少时会母所，母问："何往？"女答以园中共话。媪曰："饭熟已久，有何长言，周遮乃尔。"①女曰："大哥欲我共寝。"言未已，生大窘，急目瞪之，女微笑而止。幸媪不闻，犹絮絮究诘。生急以他词掩之，因小语责女。女曰："适此语不应说耶？"生曰："此背人语。"女曰："背他人，岂得背老母？且寝处亦常事，何讳之？"生恨其痴，无术可以悟之。

食方竟，家中人捉双卫来寻生。先是，母待生久不归，始疑。村中搜觅已遍，竟无踪兆，因往寻吴。吴忆曩言，因教于西南山村寻觅。凡历数村，始至于此。生出门，适相值，便入告媪，且请偕女同归。媪喜曰："我有志，匪伊朝夕。但残躯不能远涉，得甥携妹子去，识认阿姨，大好！"呼婴宁，宁笑至。媪曰："大哥欲同汝去，可装束。"又饷家人酒食，始送之出，曰："姨家田产丰裕，能养冗人。到彼且勿归，小学诗礼，亦好事翁姑。即烦阿姨择一良匹与汝。"二人遂发。至山坳回顾，犹依稀见媪倚门北望也。

抵家，母睹姝丽，惊问为谁。生以姨妹对。母曰："前吴郎与儿言者，诈也。我未有姊，何以得甥？"问女，女曰："我非母出。父为秦氏，没时儿在褓中，不能记忆。"母曰："我一姊适秦氏良确。然殂谢已久，那得复存？"因审诘面庞痣赘，一一符合。又疑曰："是矣！然亡已多年，何得复存？"疑虑间，吴生至，女避入室。吴询得故，惘然久之，忽曰："此女名婴宁耶？"生然之。吴极称怪事。问所自知，吴曰："秦家姑去世后，姑丈鳏居，祟于狐，病瘠死。狐生女名婴宁，绷卧床上，家人皆见之。姑丈没，狐犹时来。后求天师符粘壁上，狐遂携女去。将勿此耶？"彼此疑参，但闻室中嗤嗤，皆婴宁笑声。母曰："此女亦太憨。"吴生请面之。母入室，女犹浓笑不顾。母促令出，始极力忍笑，又面壁移时方出。才一展拜。翻然遽入，放声大笑。满室妇女，为之粲然。吴请往觇其异，②就便执柯。寻至村所，庐舍全无，山花零落而已。吴忆葬处仿佛不远，然坟垄湮没，莫可辨识，诧叹而返。母疑其为鬼，入告吴言，女略无骇意。又吊其无家，亦殊无悲意，孜孜憨笑而已。众莫之测，母令与少女同寝止，昧爽即来省问，操女红，精巧绝伦。但善笑，禁之亦不可止。然笑处嫣然，狂而不损其媚，人皆乐之。邻女少妇，争承迎之。母择吉为之合卺，而终恐为鬼物，窃于日中窥之，形影殊无少异。

【注释】

①啁嗻：声音细碎嘈杂。②觇：窥视。

至日，使华装行新妇礼，女笑极不能俯仰，遂罢。生以其憨痴，恐泄漏房中隐事，而女殊密秘，不肯道一语。每值母忧怒，女至一笑即解。奴婢小过，恐遭鞭楚，辄求诣母共话，罪婢投见恒得免。而爱花成癖，物色遍戚党；窃典金钗，购佳种，数月，阶砌藩溷，无非花者。

庭后有木香一架，故邻西家，女每攀登其上，摘供簪玩。母时遇见辄诃之，女卒不改。一日西人子见之，凝注倾倒。女不避而笑。西人子谓女意属己，心益荡。女指墙底笑而下，西人子谓示约处，大悦。及昏而往，女果在焉，就而淫之，则阴如锥刺，痛彻于心，大号而踣。① 细视非女，则一枯木卧墙边，所接乃水淋窍也。邻父闻声，急奔研问，呻而不言，妻来，始以实告。爇火烛窍，见中有巨蝎，如小蟹然，翁碎木，捉杀之。负子至家，半夜寻卒。邻人讼生，讦发婴宁妖异。② 邑宰素仰生才，稔知其笃行士，谓邻翁讼诬，将杖责之，生为乞免，遂释而出。母谓女曰："憨狂尔尔，早知过喜而伏忧也。邑令神明，幸不牵累。设糊涂官宰，必逮妇女质公堂，我儿何颜见戚里？"女正色，矢不复笑。母曰："人罔不笑，但须有时。"而女由是竟不复笑，虽故逗之亦终不笑，然竟日未尝有戚容。

一夕，对生涕零。异之。女哽咽曰："曩以相从日浅，言之恐致骇怪。今日察姑及郎，皆过爱无有异心，直告或无妨乎？妾本狐产。母临去，以妾托鬼母，相依十余年，始有今日。妾又无兄弟，所恃者惟君。老母岑寂山阿，无人怜而合厝之，③ 九泉辄为悼恨。君倘不惜烦费，使地下人消此怨恫，④ 庶养女者不忍溺弃。"生诺之，然虑坟冢迷于荒草。女但言："无虑。"刻日，夫妇舆榇而往。⑤ 女于荒烟错楚中，指示墓处，果得媪尸，肤革犹存。女抚哭哀痛。舁归，寻秦氏墓合葬焉。是夜生梦媪来称谢，寤而述之。女曰："妾夜见之，嘱勿惊郎君耳。"生恨不邀留。女曰："彼鬼也。生人多，阳气胜，何能久居？"生问小荣，曰："是亦狐，最黠。狐母留以视妾，每摄饵相哺，故德之，常不去心。昨问母，云已嫁之。"由是岁值寒食，夫妇登秦墓，拜扫无缺。女逾年生一子，在怀抱中，不畏生人，见人辄笑，亦大有母风云。

异史氏曰："观其孜孜憨笑，似全无心肝者。而墙下恶作剧，其黠孰甚焉！至凄恋鬼母，反笑为哭，我婴宁殆隐于笑者矣。窃闻山中有草，名‘笑矣乎’，嗅之则笑不可止。房中植此一种，则合欢、忘忧，并无颜色矣。若解语花，⑥正嫌其作态耳。”

【注释】

①踣：跌倒。②讦：揭发别人的短处。③厝：安葬的意思。④恫：怨恨。⑤榇：棺材。⑥解语花：典出《天宝遗事》：“太液池千叶白莲开，帝与贵戚宴赏，指贵妃示于左右曰：‘争如我解语花。’”后常以比喻美女。

【泛读】

冯梦龙《警世通言·杜十娘怒沉百宝箱》

扫荡残胡立帝畿，龙翔凤舞势崔嵬。左环沧海天一带，右拥太行山万围。

戈戟九边雄绝塞，衣冠万国仰垂衣。太平人乐华胥世，永永金瓯共日辉。

这首诗单夸我朝燕京建都之盛。说起燕都的形势，北倚雄关，南压区夏，真乃金城天府，万年不拔之基。当先洪武爷扫荡胡尘，定鼎金陵，是为南京。到永乐爷从北平起兵靖难，迁于燕都，是为北京。只因这一迁，把个苦寒地面变作花锦世界。自永乐爷九传至于万历爷，此乃我朝第十一代的天子。这位天子，聪明神武，德福兼全，十岁登基，在位四十八年，削平了三处寇乱。那三处？日本关白平秀吉，西夏哱承恩，播州杨应龙。平秀吉侵犯朝鲜，哱承恩、杨应龙是土官谋叛，先后削平。远夷莫不畏服，争来朝贡。真个是：一人有庆民安乐，四海无虞国太平。

话中单表万历二十年间，日本国关白作乱，侵犯朝鲜。朝鲜国王上表告急，天朝发兵泛海往救。有户部官奏准：目今兵兴之际，粮饷未充，暂开纳粟入监之例。原来纳粟入监的，有几般便宜：好读书，好科举，好中，结末来又有个小小前程结果。以此宦家公子、富室子弟，到不愿做秀才，都去援例做太学生。自开了这例，两京太学生各添至千人之外。内中有一人，姓李名甲，字干先，浙江绍兴府人氏。父亲李布政所生三儿，惟甲居长，自幼读书在庠，未得登科，援例入于北雍。因在京坐监，与同乡柳遇春监生同游教坊司院内，与一个名姬相遇。那名姬姓杜名媺，排行第十，院中都称为杜十娘，生得：

浑身雅艳，遍体娇香，两弯眉画远山青，一对眼明秋水润。脸如莲萼，分明卓氏文君；唇似樱桃，何减白家樊素。可怜一片无瑕玉，误落风尘花柳中。

那杜十娘自十三岁破瓜，今一十九岁，七年之内，不知历过了多少公子王孙。一个个情迷意荡，破家荡产而不惜。院中传出四句口号来，道是：

坐中若有杜十娘，斗筲之量饮千觞；院中若识杜老媺，千家粉面都如鬼。

却说李公子风流年少，未逢美色，自遇了杜十娘，喜出望外，把花柳情怀，一担儿挑在他身上。那公子俊俏庞儿，温存性儿，又是撒漫的手儿，帮衬的勤儿，与十娘一双两好，情投意合。十娘因见鸨儿贪财无义，久有从良之志，又见李公子忠厚志诚，甚有心向他。奈李公子惧怕老爷，不敢应承。虽则如此，两下情好愈密，朝欢暮乐，终日相守，如夫妇一般。海誓山盟，各无他志。真个：

恩深似海恩无底，义重如山义更高。

再说杜妈妈，女儿被李公子占住，别的富家巨室，闻名上门，求一见而不可得。初时李公子撒漫用钱，大差大使，妈妈胁肩谄笑，奉承不暇。日往月来，不觉一年有余，李公子囊箧渐渐空虚，手不应心，妈妈也就怠慢了。老布政在家闻知儿子嫖院，几遍写字来唤他回去。他迷恋十娘颜色，终日延捱。后来闻知老爷在家发怒，越不敢回。

古人云："以利相交者，利尽而疏。"那杜十娘与李公子真情相好，见他手头愈短，心头愈热。妈妈也几遍教女儿打发李甲出院，见女儿不统口，又几遍将言语触突李公子，要激怒他起身。公子性本温克，词气愈和。妈妈没奈何，日逐只将十娘叱骂道："我们行户人家，吃客穿客，前门送旧，后门迎新，门庭闹如火，钱帛堆成垛。自从那李甲在此，混帐一年有余，莫说新客，连旧主顾都断了。分明接了个钟馗老，连小鬼也没得上门，弄得老娘一家人家，有气无烟，成什么模样！"杜十娘被骂，耐性不住，便回答道："那李公子不是空手上门的，也曾费过大钱来。"妈妈道："彼一时，此一时，你只教他今日费些小钱儿，把与老娘办些柴米，养你两口也好。别人家养的女儿便是摇钱树，千生万活，偏我家晦气，养了个退财白虎！开了大门七件事，般般都在老身心上。到替你这小贱人白白养着穷汉，教我衣食从何处来？你对那穷汉说，有本事出几两银子与我，到得你跟了他去，我别讨个丫头过活却不好？”十娘道：“妈妈，这话是真是假？”妈妈晓得李甲囊无一钱，衣衫都典尽了，料他没处设法，便应道：“老娘从不说谎，当真哩。”十娘道：“娘，你要他许多银子？”妈妈道：“若是别人，千把银子也讨了。可怜那穷汉出不起，只要他三百两，我自去讨一个粉头代替。只一件，须是三日内交付与我，左手交银，右手交人。若三日没有银时，老身也不管三七二十一，公子不公子，一顿孤拐，打那光棍出去，那时莫怪老身！”十娘道：“公子虽在客边乏钞，谅三百金还措办得来。只是三日忒近，限他十日便好。”妈妈想道：“这穷汉一双赤手，便限他一百日，他那里来银子？没有银子，便铁皮包脸，料也无颜上门。那时重整家风，媺儿也没得话讲。”答应道：“看你面，便宽到十日。第十日没有银子，不干老娘之事。”十娘道：“若十日内无银，料他也无颜再见了。只怕有了三百两银子，妈妈又翻悔起来。”妈妈道：“老身年五十一岁了，又奉十斋，怎敢说谎？不信时与你拍掌为定。若翻悔时，做猪做狗！”

从来海水斗难量，可笑虔婆意不良。料定穷儒囊底竭，故将财礼难娇娘。

是夜，十娘与公子在枕边，议及终身之事。公子道：“我非无此心。但教坊落籍，其费甚多，非千金不可。我囊空如洗，如之奈何！”十娘道：“妾已与妈妈议定只要三百金，但须十日内措办。郎君游资虽罄，然都中岂无亲友可以借贷？倘得如数，妾身遂为君之所有，省受虔婆之气。”公子道：“亲友中为我留恋行院，都不相顾。明日只做束装起身，各家告辞，就开口假贷路费，凑聚将来，或可满得此致。”起身梳洗，别了十娘出门。十娘道：“用心作速，专听佳音。”公子道：“不须分付。”

公子出了院门，来到三亲四友处，假说起身告别，众人到也欢喜。后来叙到路费欠缺，意欲借贷。常言道：“说着钱，便无缘。”亲友们就不招架。他们也见得是，道李公子是风流浪子，迷恋烟花，年许不归，父亲都为他气坏在家。他今日抖然要回，未知真假，倘或说骗盘缠到手，又去还脂粉钱，父亲知道，将好意翻成恶意，始终只是一怪，不如辞了干净。便回道：“目今正值空乏，不能相济，惭愧，惭愧！”人人如此，个个皆然，并没有个慷慨丈夫，肯统口许他一十二十两。

李公子一连奔走了三日，分毫无获，又不敢回决十娘，权且含糊答应。到第四日又没想头，就羞回院中。平日间有了杜家，连下处也没有了，今日就无处投宿。只得往同乡柳监生寓所借歇。柳遇春见公子愁容可掬，问其来历。公子将杜十娘愿嫁之情，备细说了。遇春摇首道："未必，未必。那杜媺曲中第一名姬，要从良时，怕没有十斛明珠，千金聘礼，那鸨儿如何只要三百两？想鸨儿怪你无钱使用，白白占住他的女儿，设计打发你出门。那妇人与你相处已久，又碍却面皮，不好明言。明知你手内空虚，故意将三百两卖个人情，限你十日。若十日没有，你也不好上门。便上门时，他会说你笑你，落得一场亵渎，自然安身不牢，此乃烟花逐客之计。足下三思，休被其惑。据弟愚意，不如早早开交为上。"公子听说，半晌无言，心中疑惑不定。遇春又道："足下莫要错了主意。你若真个还乡，不多几两盘费，还有人搭救；若是要三百两时，莫说十日，就是十个月也难。如今的世情，那肯顾缓急二字的！那烟花也算定你没处告债，故意设法难你。"公子道："仁兄所见良是。"口里虽如此说，心中割舍不下。依旧又往外边东央西告，只是夜里不进院门了。

公子在柳监生寓中，一连住了三日，共是六日了。杜十娘连日不见公子进院，十分着紧，就教小厮四儿街上去寻。四儿寻到大街，恰好遇见公子。四儿叫道："李姐夫，娘在家里望你。"公子自觉无颜，回复道："今日不得功夫，明日来罢。"四儿奉了十娘之命，一把扯住，死也不放，道："娘叫咱寻你，是必同去走一遭。"李公子心上也牵挂看婊子，没奈何，只得随四儿进院，见了十娘，嘿嘿无言。十娘问道："所谋之事如何？"公子眼中流下泪来。十娘道："莫非人情淡薄，不能足三百之数么？"分子含泪而言，道出二句："不信上山擒虎易，果然开口告人难。一连奔走六日，并无铢两，一双空手，羞见芳卿，故此这几日不敢进院。今日承命呼唤，忍耻而来。非某不用心，实是世情如此。"十娘道："此言休使虔婆知道。郎君今夜且住，妾别有商议。"十娘自备酒肴，与公子欢饮。睡至半夜，十娘对公子道："郎君果不能办一钱耶？妾终身之事，当如何也？"公子只是流涕，不能答一语。渐渐五更天晓。十娘道："妾所卧絮褥内藏有碎银一百五十两，此妾私蓄，郎君可持去。三百金，妾任其半，郎君亦谋其半，庶易为力。限只四日，万勿迟误！”

十娘起身将褥付公子，公子惊喜过望。唤童儿持褥而去。径到柳遇春寓中，又把夜来之情与遇春说了。将褥拆开看时，絮中都裹着零碎银子，取出兑时果是一百五十两。遇春大惊道：“此妇真有心人也。既系真情，不可相负，吾当代为足下谋之。”公子道：“倘得玉成，决不有负。”当下柳遇春留李公子在寓，自出头各处去借贷。两日之内，凑足一百五十两交付公子道：“吾代为足下告债，非为足下，实怜杜十娘之情也。”

李甲拿了三百两银子，喜从天降，笑逐颜开，欣欣然来见十娘，刚是第九日，还不足十日。十娘问道：“前日分毫难借，今日如何就有一百五十两？”公子将柳监生事情，又述了一遍。十娘以手加额道：“使吾二人得遂其愿者，柳君之力也！”两个欢天喜地，又在院中过了一晚。

次日十娘早起，对李甲道：“此银一交，便当随郎君去矣。舟车之类，合当预备。妾昨日于姊妹中借得白银二十两，郎君可收下为行资也。”公子正愁路费无出，但不敢开口，得银甚喜。说犹未了，鸨儿恰来敲门叫道：“媺儿，今日是第十日了。”公子闻叫，启门相延道：“承妈妈厚意，正欲相请。”便将银三百两放在桌上。鸨儿不料公子有银，嘿然变色，似有悔意。十娘道：“儿在妈妈家中八年，所致金帛，不下数千金矣。今日从良美事，又妈妈亲口所订，三百金不欠分毫，又不曾过期。倘若妈妈失信不许，郎君持银去，儿即刻自尽。恐那时人财两失，悔之无及也。”鸨儿无词以对。腹内筹画了半晌，只得取天平兑准了银子，说道：“事已如此，料留你不住了。只是你要去时，即今就去。平时穿戴衣饰之类，毫厘休想！”说罢，将公子和十娘推出房门，讨锁来就落了锁。此时九月天气。十娘才下床，尚未梳洗，随身旧衣，就拜了妈妈两拜。李公子也作了一揖。一夫一妇，离了虔婆大门：

鲤鱼脱却金钩去，摆尾摇头再不来。

公子教十娘且住片时：“我去唤个小轿抬你，权往柳荣卿寓所去，再作道理。”十娘道：“院中诸姊妹平昔相厚，理宜话别。况前日又承他借贷路费，不可不一谢也。”乃同公子到各姊妹处谢别。姊妹中惟谢月朗、徐素素与杜家相近，尤与十娘亲厚。十娘先到谢月朗家。月朗见十娘秃髻旧衫，惊问其故。十娘备述来因，又引李甲相见。十娘指月朗道："前日路资，是此位姐姐所贷，郎君可致谢。"李甲连连作揖。月朗便教十娘梳洗，一面去请徐素素来家相会。十娘梳洗已毕，谢、徐二美人各出所有，翠钿金钏，瑶簪宝珥，锦袖花裙，鸾带绣履，把杜十娘装扮得焕然一新，备酒作庆贺筵席。月朗让卧房与李甲、杜媺二人过宿。次日，又大排筵席，遍请院中姊妹。凡十娘相厚者，无不毕集，都与他夫妇把盏称喜。吹弹歌舞，各逞其长，务要尽欢，直饮至夜分。十娘向众姊妹一一称谢。众姊妹道："十姊为风流领袖，今从郎君去，我等相见无日。何日长行，姊妹们尚当奉送。"月朗道："候有定期，小妹当来相报。但阿姊千里间关，同郎君远去，囊箧萧条，曾无约束，此乃吾等之事。当相与共谋之，勿令姊有穷途之虑也。"众姊妹各唯唯而散。

是晚，公子和十娘仍宿谢家。至五鼓，十娘对公子道："吾等此去，何处安身？郎君亦曾计议有定着否？"公子道："老父盛怒之下，若知娶妓而归，必然加以不堪，反致相累。辗转寻思，尚未有万全之策。"十娘道："父子天性，岂能终绝？既然仓卒难犯，不若与郎君于苏、杭胜地，权作浮居。郎君先回，求亲友于尊大人面前劝解和顺，然后携妾于归，彼此安妥。"公子道："此言甚当。"

次日，二人起身辞了谢月朗，暂往柳监生寓中，整顿行装。杜十娘见了柳遇春，倒身下拜，谢其周全之德："异日我夫妇必当重报。"遇春慌忙答礼道："十娘钟情所欢，不以贫窭易心，此乃女中豪杰。仆因风吹火，谅区区何足挂齿！"三人又饮了一日酒。

次早，择了出行吉日，雇倩轿马停当。十娘又遣童儿寄信，别谢月朗。临行之际，只见肩舆纷纷而至，乃谢月朗与徐素素拉众姊妹来送行。月朗道："十姊从郎君千里间关，囊中消索，吾等甚不能忘情。今合具薄赆，十姊可检收，或长途空乏，亦可少助。"说罢，命从人挈一描金文具至前，封锁甚固，正不知什么东西在里面。十娘也不开看，也不推辞，但殷勤作谢而已。须臾，舆马齐集，仆夫催促起身。柳监生三杯别酒，和众美人送出崇文门外，各各垂泪而别。正是：

他日重逢难预必，此时分手最堪怜。

再说李公子同杜十娘行至潞河，舍陆从舟。却好有瓜州差使船转回之便，讲定船钱，包了舱口。比及下船时，李公子囊中并无分文余剩。你道杜十娘把二十两银子与公子，如何就没了？公子在院中嫖得衣衫蓝缕，银子到手，未免在解库中取赎几件穿着，又制办了铺盖，剩来只够轿马之费。公子正当愁闷，十娘道："郎君勿忧，众姊妹合赠，必有所济。"及取钥开箱。公子在傍，自觉惭愧，也不敢窥觑箱中虚实。只见十娘在箱里取出一个红绢袋来，掷于桌上道："郎君可开看之。"公子提在手中，觉得沉重，启而观之，皆是白银，计数整五十两。十娘仍将箱子下锁，亦不言箱中更有何物。但对公子道："承众姊妹高情，不惟途路不乏，即他日浮寓吴、越间，亦可稍佐吾夫妻山水之费矣。"公子且惊且喜道："若不遇恩卿，我李甲流落他乡，死无葬身之地矣。此情此德，白头不敢忘也！"自此每谈及往事，公子必感激流涕，十娘亦曲意抚慰。一路无话。

不一日，行至瓜州，大船停泊岸口，公子别雇了民船，安放行李。约明日侵晨，剪江而渡。其时仲冬中旬，月明如水，公子和十娘坐于舟首。公子道："自出都门，困守一舱之中，四顾有人，未得畅语。今日独据一舟，更无避忌。且已离塞北，初近江南，宜开怀畅饮，以舒向来抑郁之气。恩卿以为何如？"十娘道："妾久疏谈笑，亦有此心，郎君言及，足见同志耳。"公子乃携酒具于船首，与十娘铺毡并坐，传杯交盏。饮至半酣，公子执卮对十娘道："恩卿妙音，六院推首。某相遇之初，每闻绝调，辄不禁神魂之飞动。心事多违，彼此郁郁，鸾鸣凤奏，久矣不闻。今清江明月，深夜无人，肯为我一歌否？"十娘兴亦勃发，遂开喉顿嗓，取扇按拍，呜呜咽咽，歌出元人施君美《拜月亭》杂剧上"状元执盏与婵娟"一曲，名《小桃红》。真个：

声飞霄汉云皆驻，响入深泉鱼出游。

却说他舟有一少年，姓孙名富，字善赉，徽州新安人氏。家资巨万，积祖扬州种盐。年方二十，也是南雍中朋友。生性风流，惯向青楼买笑，红粉追欢，若嘲风弄月，到是个轻薄的头儿。事有偶然，其夜亦泊舟瓜州渡口，独酌无聊，忽听得歌声嘹亮，凤吟鸾吹不足喻其美。起立船头，伫听半晌，方知声出邻舟。正欲相访，音响倏已寂然，乃遣仆者潜窥踪迹，访于舟人。但晓得是李相公雇的船，并不知歌者来历。孙富想道："此歌者必非良家，怎生得他一见？"辗转寻思，通宵不寐。捱至五更，忽闻江风大作。及晓，彤云密布，狂雪飞舞。怎见得，有诗为证：

千山云树灭，万径人踪绝。扁舟蓑笠翁，独钓寒江雪。

因这风雪阻渡，舟不得开。孙富命艄公移船，泊于李家舟之傍。孙富貂帽狐裘，推窗假作看雪。值十娘梳洗方毕，纤纤玉手揭起舟傍短帘，自泼盂中残水，粉容微露，却被孙富窥见了，果是国色天香。魂摇心荡，迎眸注目，等候再见一面，杳不可得。沉思久之，乃倚窗高吟高学士《梅花诗》二句，道：

雪满山中高士卧，月明林下美人来。

李甲听得邻舟吟诗，舒头出舱，看是何人。只因这一看，正中了孙富之计。孙富吟诗，正要引李公子出头，他好乘机攀话。当下慌忙举手，就问："老兄尊姓何讳？"李公子叙了姓名乡贯，少不得也问那孙富。孙富也叙过了。又叙了些太学中的闲话，渐渐亲热。孙富便道："风雪阻舟，乃天遣与尊兄相会，实小弟之幸也。舟次无聊，欲同尊兄上岸，就酒肆中一酌，少领清诲，万望不拒。"公子道："萍水相逢，何当厚扰？"孙富道："说那里话！'四海之内，皆兄弟也。'"喝教艄公打跳，童儿张伞，迎接公子过船，就于船头作揖。然后让公子先行，自己随后，各各登跳上涯。

行不数步，就有个酒楼。二人上楼，拣一副洁净座头，靠窗而坐。酒保列上酒肴。孙富举杯相劝，二人赏雪饮酒。先说些斯文中套话，渐渐引入花柳之事。二人都是过来之人，志同道合，说得入港，一发成相知了。孙富屏去左右，低低问道："昨夜尊舟清歌者，何人也？"李甲正要卖弄在行，遂实说道："此乃北京名姬杜十娘也。"孙富道："既系曲中姊妹，何以归兄？"公子遂将初遇杜十娘，如何相好，后来如何要嫁，如何借银讨他，始末根由，备细述了一遍。孙富道："兄携丽人而归，固是快事，但不知尊府中能相容否？"公子道："贱室不足虑，所虑者老父性严，尚费踌躇耳！"孙富将机就机，便问道："既是尊大人未必相容，兄所携丽人，何处安顿？亦曾通知丽人，共作计较否？"公子攒眉而答道："此事曾与小妾议之。"孙富欣然问道："尊宠必有妙策。"公子道："他意欲侨居苏杭，流连山水。使小弟先回，求亲友宛转于家君之前，俟家君回嗔作喜，然后图归。高明以为何如？"孙富沉吟半晌，故作愀然之色，道："小弟乍会之间，交浅言深，诚恐见怪。"公子道："正赖高明指教，何必谦逊？"孙富道："尊大人位居方面，必严帷薄之嫌，平时既怪兄游非礼之地，今日岂容兄娶不节之人？况且贤亲贵友，谁不迎合尊大人之意者？兄枉去求他，必然相拒。就有个不识时务的进言于尊大人之前，见尊大人意思不允，他就转口了。兄进不能和睦家庭，退无词以回复尊宠。即使留连山水，亦非长久之计。万一资斧困竭，岂不进退两难！"公子自知手中只有五十金，此时费去大半，说到资斧困竭，进退两难，不觉点头道是。孙富又道："小弟还有句心腹之谈，兄肯俯听否？"公子道："承兄过爱，更求尽言。"孙富道："疏不间亲，还是莫说罢。"公子道："但说何妨！"孙富道："自古道：'妇人水性无常。'况烟花之辈，少真多假。他既系六院名姝，相识定满天下；或者南边原有旧约，借兄之力，挈带而来，以为他适之地。"公子道："这个恐未必然。"孙富道："既不然，江南子弟，最工轻薄。兄留丽人独居，难保无逾墙钻穴之事。若挈之同归，愈增尊大人之怒。为兄之计，未有善策。况父子天伦，必不可绝。若为妾而触父，因妓而弃家，海内必以兄为浮浪不经之人。异日妻不以为夫，弟不以为兄，同袍不以为友，兄何以立于天地之间？兄今日不可不熟思也！"

公子闻言，茫然自失，移席问计："据高明之见，何以教我？"孙富道："仆有一计，于兄甚便。只恐兄溺枕席之爱，未必能行，使仆空费词说耳！"公子道："兄诚有良策，使弟再睹家园之乐，乃弟之恩人也，又何惮而不言耶？"孙富道："兄飘零岁余，严亲怀怒，闺阁离心。设身以处兄之地，诚寝食不安之时也。然尊大人所以怒兄者，不过为迷花恋柳，挥金如土，异日必为弃家荡产之人，不堪承继家业耳！兄今日空手而归，正触其怒。兄倘能割衽席之爱，见机而作，仆愿以千金相赠。兄得千金以报尊大人，只说在京授馆，并不曾浪费分毫，尊大人必然相信。从此家庭和睦，当无间言。须臾之间，转祸为福。兄请三思，仆非贪丽人之色，实为兄效忠于万一也！"李甲原是没主意的人，本心惧怕老子，被孙富一席话，说透胸中之疑，起身作揖道："闻兄大教，顿开茅塞。但小妾千里相从，义难顿绝，容归与商之。得妾心肯，当奉复耳。"孙富道："说话之间，宜放婉曲。彼既忠心为兄，必不忍使兄父子分离，定然玉成兄还乡之事矣。"二人饮了一回酒，风停雪止，天色已晚。孙富教家僮算还了酒钱，与公子携手下船。正是：

逢人且说三分话，未可全抛一片心。

却说杜十娘在舟中，摆设酒果，欲与公子小酌，竟日未回，挑灯以待。公子下船，十娘起迎。见公子颜色匆匆，似有不乐之意，乃满斟热酒劝之。公子摇首不饮，一言不发，竟自床上睡了。十娘心中不悦，乃收拾杯盘为公子解衣就枕，问道："今日有何见闻，而怀抱郁郁如此？"公子叹息而已，终不启口。问了三四次，公子已睡去了。十娘委决不下，坐于床头而不能寐。

到夜半，公子醒来，又叹一口气。十娘道："郎君有何难言之事，频频叹息？"公子拥被而起，欲言不语者几次，扑簌簌掉下泪来。十娘抱持公子于怀间，软言抚慰道："妾与郎君情好，已及二载，千辛万苦，历尽艰难，得有今日。然相从数千里，未曾哀戚。今将渡江，方图百年欢笑，如何反起悲伤？必有其故。夫妇之间，死生相共，有事尽可商量，万勿讳也。"公子再四被逼不过，只得含泪而言道："仆天涯穷困，蒙恩卿不弃，委曲相从，诚乃莫大之德也。但反复思之，老父位居方面，拘于礼法，况素性方严，恐添嗔怒，必加黜逐。你我流荡，将何底止？夫妇之欢难保，父子之伦又绝。日间蒙新安孙友邀饮，为我筹及此事，寸心如割！"十娘大惊道："郎君意将如何？"公子道："仆事内之人，当局而迷。孙友为我画一计颇善，但恐恩卿不从耳！"十娘道："孙友者何人？计如果善，何不可从？"公子道："孙友名富，新安盐商，少年风流之士也。夜间闻子清歌，因而问及。仆告以来历，并谈及难归之故，渠意欲以千金聘汝。我得千金，可借口以见吾父母，而恩卿亦得所耳。但情不能舍，是以悲泣。"说罢，泪如雨下。十娘放开两手，冷笑一声道："为郎君画此计者，此人乃大英雄也！郎君千金之资既得恢复，而妾归他姓，又不致为行李之累，发乎情，止乎礼，诚两便之策也。那千金在那里？"公子收泪道："未得恩卿之诺，金尚留彼处，未曾过手。"十娘道："明早快快应承了他，不可挫过机会。但千金重事，须得兑足交付郎君之手，妾始过舟，勿为贾竖子所欺。"

时已四鼓，十娘即起身挑灯梳洗道："今日之妆，乃迎新送旧，非比寻常。"于是脂粉香泽，用意修饰，花钿绣袄，极其华艳，香风拂拂，光采照人。装束方完，天色已晓。孙富差家童到船头候信。十娘微窥公子，欣欣似有喜色，乃催公子快去回话，及早兑足银子。公子亲到孙富船中，回复依允。孙富道："兑银易事，须得丽人妆台为信。"公子又回复了十娘，十娘即指描金文具道："可便抬去。"孙富喜甚。即将白银一千两，送到公子船中。十娘亲自检看，足色足数，分毫无爽，乃手把船舷，以手招孙富。孙富一见，魂不附体。十娘启朱唇，开皓齿道："方才箱子可暂发来，内有李郎路引一纸，可检还之也。"孙富视十娘已为瓮中之鳖，即命家童送那描金文具，安放船头之上。十娘取钥开锁，内皆抽替小箱。十娘叫公子抽第一层来看，只见翠羽明珰，瑶簪宝珥，充牣于中，约值数百金。十娘遽投之江中。李甲与孙富及两船之人，无不惊诧。又命公子再抽一箱，乃玉箫金管；又抽一箱，尽古玉紫金玩器，约值数千金。十娘尽投之于大江中。岸上之人，观者如堵，齐声道："可惜，可惜！"正不知什么缘故。最后又抽一箱，箱中复有一匣。开匣视之，夜明之珠约有盈把。其他祖母绿、猫儿眼，诸般异宝，目所未睹，莫能定其价之多少。众人齐声喝采，喧声如雷。十娘又欲投之于江。李甲不觉大悔，抱持十娘恸哭，那孙富也来劝解。

十娘推开公子在一边，向孙富骂道："我与李郎备尝艰苦，不是容易到此。汝以奸淫之意，巧为谗说，一旦破人姻缘，断人恩爱，乃我之仇人。我死而有知，必当诉之神明，尚妄想枕席之欢乎！"又对李甲道："妾风尘数年，私有所积，本为终身之计。自遇郎君，山盟海誓，白首不渝。前出都之际，假托众姊妹相赠，箱中韫藏百宝，不下万金。将润色郎君之装，归见父母，或怜妾有心，收佐中馈，得终委托，生死无憾。谁知郎君相信不深，惑于浮议，中道见弃，负妾一片真心。今日当众目之前，开箱出视，使郎君知区区千金，未为难事。妾椟中有玉，恨郎眼内无珠。命之不辰，风尘困瘁，甫得脱离，又遭弃捐。今众人各有耳目，共作证明，妾不负郎君，郎君自负妾耳！"于是众人聚观者，无不流涕，都唾骂李公子负心薄倖。公子又羞又苦，且悔且泣，方欲向十娘谢罪。十娘抱持宝匣，向江心一跳。众人急呼捞救，但见云暗江心，波涛滚滚，杳无踪影。可惜一个如花似玉的名姬，一旦葬于江鱼之腹！

三魂渺渺归水府，七魄悠悠入冥途。

当时旁观之人，皆咬牙切齿，争欲拳殴李甲和那孙富。慌得李、孙二人手足无措，急叫开船，分途遁去。李甲在舟中，看了千金，转忆十娘，终日愧悔，郁成狂疾，终身不痊。孙富自那日受惊，得病卧床月余，终日见杜十娘在旁诟骂，奄奄而逝。人以为江中之报也。

却说柳遇春在京坐监完满，束装回乡，停舟瓜步。偶临江净脸，失坠铜盆于水，觅渔人打捞。及至捞起，乃是个小匣儿。遇春启匣观看，内皆明珠异宝，无价之珍。遇春厚赏渔人，留于床头把玩。是夜梦见江中一女子，凌波而来，视之，乃杜十娘也。近前万福，诉以李郎薄倖之事，又道："向承君家慷慨，以一百五十金相助。本意息肩之后，徐图报答，不意事无终始。然每怀盛情，悒悒未忘。早间曾以小匣托渔人奉致，聊表寸心，从此不复相见矣。"言讫，猛然惊醒，方知十娘已死，叹息累日。

后人评论此事，以为孙富谋夺美色，轻掷千金，固非良士；李甲不识杜十娘一片苦心，碌碌蠢才，无足道者。独谓十娘千古女侠，岂不能觅一佳侣，共跨秦楼之凤，乃错认李公子，明珠美玉，投于盲人，以致恩变为仇，万种恩情，化为流水，深可惜也！有诗叹云：

不会风流莫妄谈，单单情字费人参。若将情字能参透，唤作风流也不惭。

曹雪芹《红楼梦·林黛玉进贾府》

且说黛玉自那日弃舟登岸时，便有荣国府打发了轿子并拉行李的车辆久候了。这林黛玉常听得母亲说过，他外祖母家与别家不同。他近日所见的这几个三等仆妇，吃穿用度，已是不凡了，何况今至其家。因此步步留心，时时在意，不肯轻易多说一句话，多行一步路，惟恐被人耻笑了他去。自上了轿，进入城中，从纱窗向外瞧了一瞧，其街市之繁华，人烟之阜盛，自与别处不同。又行了半日，忽见街北蹲着两个大石狮子，三间兽头大门，门前列坐着十来个华冠丽服之人。正门却不开，只有东西两角门有人出入。正门之上有一匾，匾上大书"敕造宁国府"五个大字。

黛玉想道：这必是外祖之长房了。想着，又往西行，不多远，照样也是三间大门，方是荣国府了。却不进正门，只进了西边角门。那轿夫抬进去，走了一射之地，将转弯时，便歇下退出去了。后面的婆子们已都下了轿，赶上前来。另换了三四个衣帽周全十七八岁的小厮上来，复抬起轿子。众婆子步下围随至一垂花门前落下。众小厮退出，众婆子上来打起轿帘，扶黛玉下轿。

林黛玉扶着婆子的手，进了垂花门，两边是抄手游廊，当中是穿堂，当地放着一个紫檀架子大理石的大插屏。转过插屏，小小的三间厅，厅后就是后面的正房大院。正面五间上房，皆雕梁画栋，两边穿山游廊厢房，挂着各色鹦鹉、画眉等鸟雀。台矶之上，坐着几个穿红着绿的丫头，一见他们来了，便忙都笑迎上来，说："刚才老太太还念呢，可巧就来了。"于是三四人争着打起帘笼，一面听得人回话："林姑娘到了。"

黛玉方进入房时，只见两个人搀着一位鬓发如银的老母迎上来，黛玉便知是他外祖母。方欲拜见时，早被他外祖母一把搂入怀中，心肝儿肉叫着大哭起来。当下地下侍立之人，无不掩面涕泣，黛玉也哭个不住。一时众人慢慢解劝住了，黛玉见拜见了外祖母。——此即冷子兴所云之史氏太君，贾赦、贾政之母也。当下贾母一一指与黛玉："这是你大舅母；这是你二舅母；这是你先珠大哥的媳妇珠大嫂子。"黛玉一一拜见过。贾母又说："请姑娘们来。今日远客才来，可以不必上学去了。"众人答应了一声，便去了两个。

不一时，只见三个奶嬷嬷并五六个丫鬟，簇拥着三个姊妹来了。第一个肌肤微丰，合中身材，腮凝新荔，鼻腻鹅脂，温柔沉默，观之可亲。第二个削肩细腰，长挑身材，鸭蛋脸面，俊眼修眉，顾盼神飞，文彩精华，见之忘俗。第三个身量未足，形容尚小。其钗环裙袄，三人皆是一样的妆饰。黛玉忙起身迎上来见礼，互相厮认过，大家归了坐。丫鬟们斟上茶来。不过说些黛玉之母如何得病，如何请医服药，如何送死发丧。不免贾母又伤感起来，因说："我这些儿女，所疼者独有你母，今日一旦先舍我而去，连面也不能一见，今见了你，我怎不伤心！"说着，搂了黛玉在怀，又呜咽起来。众人忙都宽慰解释，方略略止住。

众人见黛玉年貌虽小，其举止言谈不俗，身体面庞虽怯弱不胜，却有一段自然的风流态度，便知他有不足之症。因问："常服何药，如何不急为疗治？"黛玉道："我自来是如此，从会吃饮食时便吃药，到今日未断，请了多少名医修方配药，皆不见效。那一年我三岁时，听得说来了一个癞头和尚，说要化我去出家，我父母固是不从。他又说：'既舍不得他，只他的病一生也不能好的了。若要好时，除非从此以后总不许见哭声；除了父母之外，凡有外姓亲友之人，一概不见，方可平安了此一世。'疯疯癫癫，说了这些不经之谈，也没人理他。如今还是吃人参养荣丸。"贾母道："正好，我这里正配丸药呢，叫他们多配一料就是了。"

一语未了，只听后院中有人笑声，说："我来迟了，不曾迎接远客！"黛玉纳罕道："这些人个个皆敛声屏气，恭肃严整如此，这来者系谁，这样放诞无礼？"心下想时，只见一群媳妇丫鬟围拥着一个人从后房门进来。这个人打扮与众姑娘不同，彩绣辉煌，恍若神妃仙子：头上戴着金丝八宝攒珠髻，绾着朝阳五凤挂珠钗；项上带着赤金盘螭璎珞圈；裙边系着豆绿宫绦，双衡比目玫瑰佩；身上穿着缕金百蝶穿花大红洋缎窄褃袄，外罩五彩刻丝石青银鼠褂；下着翡翠撒花洋绉裙。一双丹凤三角眼，两弯柳叶吊梢眉，身量苗条，体格风骚，粉面含春威不露，丹唇未启笑先闻。

黛玉连忙起身接见。贾母笑道："你不认得他。他是我们这里有名的一个泼皮破落户儿，南省俗谓作'辣子'，你只叫他'凤辣子'就是了。"黛玉正不知以何称呼，只见众姊妹都忙告诉他道："这是琏嫂子。"黛玉虽不识，也曾听见母亲说过，大舅贾赦之子贾琏，娶的就是二舅母王氏之内侄女，自幼假充男儿教养的，学名王熙凤。黛玉忙陪笑见礼，以"嫂"呼之。

这熙凤携着黛玉的手，上下细细打谅了一回，仍送至贾母身边坐下，因笑道："天下真有这样标致的人物，我今儿才算见了！况且这通身的气派，竟不像老祖宗的外孙女儿，竟是个嫡亲的孙女，怨不得老祖宗天天口头心头一时不忘。只可怜我这妹妹这样命苦，怎么姑妈偏就去世了！"说着，便用帕拭泪。贾母笑道："我才好了，你倒来招我。你妹妹远路才来，身子又弱，也才劝住了，快再休提前话。"这熙凤听了，忙转悲为喜道："正是呢！我一见了妹妹，一心都在他身上了，又是喜欢，又是伤心，竟忘记了老祖宗。该打，该打！"又忙携黛玉之手，问；"妹妹几岁了？可也上过学？

现吃什么药？在这里不要想家，想要什么吃的、什么玩的，只管告诉我；丫头老婆们不好了，也只管告诉我。”一面又问婆子们：“林姑娘的行李东西可搬进来了？带了几个人来？你们赶早打扫两间下房，让他们去歇歇。”

说话时，已摆了茶果上来。熙凤亲为捧茶捧果。又见二舅母问他：“月钱放过了不曾？”熙凤道：“月钱已放完了。才刚带着人到后楼上找缎子，找了这半日，也并没有见昨日太太说的那样的，想是太太记错了？”王夫人道：“有没有，什么要紧。”因又说道：“该随手拿出两个来给你这妹妹去裁衣裳的，等晚上想着叫人再去拿罢，可别忘了。”熙凤道：“这倒是我先料着了，知道妹妹不过这两日到的，我已预备下了，等太太回去过了目好送来。”王夫人一笑，点头不语。

当下茶果已撤，贾母命两个老嬷嬷带了黛玉去见两个母舅。时贾赦之妻邢氏忙亦起身，笑回道：“我带了外甥女过去，倒也便宜。”贾母笑道：“正是呢，你也去罢，不必过来了。”邢夫人答头了一声“是”字，遂带了黛玉与王夫人作辞，大家送至穿堂前。出了垂花门，早有众小厮们拉过一辆翠幄青绸车，邢夫人携了黛玉，坐在上面，众婆子们放下车帘，方命小厮们抬起，拉至宽处，方驾上驯骡，亦出了西角门，往东过荣府正门，便入一黑油大门中，至仪门前方下来。众小厮退出，方打起车帘，邢夫人搀着黛玉的手，进入院中。黛玉度其房屋院宇，必是荣府中花园隔断过来的。进入三层仪门，果见正房厢庑游廊，悉皆小巧别致，不似方才那边轩峻壮丽；且院中随处之树木山石皆在。一时进入正室，早有许多盛妆丽服之姬妾丫鬟迎着，邢夫人让黛玉坐了，一面命人到外面书房去请贾赦。一时人来回话说：“老爷说了：‘连日身上不好，见了姑娘彼此倒伤心，暂且不忍相见。劝姑娘不要伤心想家，跟着老太太和舅母，即同家里一样。姊妹们虽拙，大家一处伴着，亦可以解些烦闷。或有委屈之处，只管说得，不要外道才是。’”黛玉忙站起来，一一听了。再坐一刻，便告辞。邢夫人苦留吃过晚饭去，黛玉笑回道：“舅母爱惜赐饭，原不应辞，只是还要过去拜见二舅舅，恐领了赐去不恭，异日再领，未为不可。望舅母容谅。”邢夫人听说，笑道：“这倒是了。”遂令两三个嬷嬷用方才的车好生送了姑娘过去。于是黛玉告辞。邢夫人送至仪门前，又嘱咐了众人几句，眼看着车去了方回来。

一时黛玉进了荣府，下了车。众嬷嬷引着，便往东转弯，穿过一个东西的穿堂，向南大厅之后，仪门内大院落，上面五间大正房，两边厢房鹿顶，耳门钻山，四通八达，轩昂壮丽，比贾母处不同。黛玉便知这方是正经正内室，一条大甬路，直接出大门的。进入堂屋中，抬头迎面先看见一个赤金九龙青地大匾，匾上写着斗大的三个大字，是“荣禧堂”，后有一行小字，“某年月日，书赐荣国公贾源”，又有“万几宸翰之宝”。大紫檀雕螭案上，设着三尺来高青绿古铜鼎，悬着待漏随朝墨龙大画，一边是錾金彝，一边是玻璃盒。地下两溜十六张楠木交椅，又有一副对联，乃乌木联牌，镶着錾银的字迹，道是：

座上珠玑昭日月，堂前黼黻焕烟霞。

下面一行小字，道是：“同乡世教弟勋袭东安郡王穆莳拜手书。”

原来王夫人时常居坐宴息，亦不在这正室，只在这正室东边的三间耳房内。于是老嬷嬷引黛玉进东房门来。临窗大炕上铺着猩红洋罽（jì），正面设着大红金钱蟒靠背，石青金钱蟒引枕，秋香色金钱蟒大条褥。两边设一对梅花式洋漆小几。左边几上文王鼎匙箸香盒；右边几上汝窑美人觚——觚内插着时鲜花卉，并茗碗痰盒等物。地下面西一溜四张椅上，都搭着银红撒花椅搭，底下四副脚踏。椅之两边，也有一对高几，几上茗碗瓶花俱备。其余陈设，自不必细说。

老嬷嬷们让黛玉炕上坐，炕沿上却有两个锦褥对设，黛玉度其位次，便不上炕，只向东边椅子上坐了。本房内的丫鬟忙捧上茶来。黛玉一面吃茶，一面打量这些丫鬟们，妆饰衣裙，举止行动，果亦与别家不同。

茶未吃了，只见一个穿红绫袄青缎掐牙背心的丫鬟走来笑说道：“太太说，请林姑娘到那边坐罢。”老嬷嬷听了，于是又引黛玉出来，到了东廊三间小正房内。正房炕上横设一张炕桌，桌上堆着书籍茶具，靠东壁面西设着半旧的青缎背引枕。王夫人却坐在西边下首，亦是半旧的青缎靠背坐褥。见黛玉来了，便往东让。黛玉心中料定这是贾政之位。因见挨炕一溜三张椅子上，也搭着半旧的弹墨椅袱，黛玉便向椅上坐了。王夫人再四携他上炕，他方挨王夫人坐了。王夫人因说：“你舅舅今日斋戒去了，再见罢。只是有一句话嘱咐你：你三个姊妹倒都极好，以后一处念书认字学针线，或是偶一顽笑，都有尽让的。但我不放心的最是一件：我有一个孽根祸胎，是家里的‘混世魔王’，今日因庙里还愿去了，尚未回来，晚间你看见便知了。你只以后不要睬他，你这些姊妹都不敢沾惹他的。”

黛玉亦常听得母亲说过，二舅母生的有个表兄，乃衔玉而诞，顽劣异常，极恶读书，最喜在内帏厮混；外祖母又极溺爱，无人敢管。今见王夫人如此说，便知说的是这表兄了。因陪笑道：“舅母说的，可是衔玉所生的这位哥哥？在家时亦曾听见母亲常说，这位哥哥比我大一岁，小名就唤宝玉，虽极憨顽，说在姊妹情中极好的。况我来了，自然只和姊妹同处，兄弟们自是别院另室的，岂得去沾惹之理？”王夫人笑道：“你不知道原故：他与别人不同，自幼因老太太疼爱，原系同姊妹们一处娇养惯了的。若姊妹们有日不理他，他倒还安静些，纵然他没趣，不过出了二门，背地里拿着他两个小幺儿出气，咕唧一会子就完了。若这一日姊妹们和他多说一句话，他心里一乐，便生出多少事来。所以嘱咐你别睬他。他嘴里一时甜言蜜语，一时有天无日，一时又疯疯傻傻，只休信他。”

黛玉一一的都答应着。只见一个丫鬟来回：“老太太那里传晚饭了。”王夫人忙携黛玉从后房门由后廊往西，出了角门，是一条南北宽夹道。南边是倒座三间小小的抱厦厅，北边立着一个粉油大影壁，后有一半大门，小小一所房室。王夫人笑指向黛玉道：“这是你凤姐姐的屋子，回来你好往这里找他来，少什么东西，你只管和他说就是了。”这院门上也有四五个才总角的小厮，都垂手侍立。

王夫人遂携黛玉穿过一个东西穿堂，便是贾母的后院了。于是，进入后房门，已有多人在此伺候，见王夫人来了，方安设桌椅。贾珠之妻李氏捧饭，熙凤安箸，王夫人进羹。贾母正面榻上独坐，两边四张空椅，熙凤忙拉了黛玉在左边第一张椅上坐了，黛玉十分推让。贾母笑道：“你舅母你嫂子们不在这里吃饭。你是客，原应如此坐的。”黛玉方告了座，坐了。贾母命王夫人坐了。迎春姊妹三个告了座方上来。迎春便坐右手第一，探春左第二，惜春右第二。旁边丫鬟执着拂尘、漱盂、巾帕。李、凤二人立于案旁布让。外间伺候之媳妇丫鬟虽多，却连一声咳嗽不闻。寂然饭毕，各有丫鬟用小茶盘捧上茶来。当日林如海教女以惜福养身，云饭后务待饭粒咽尽，过一时再吃茶，方不伤脾胃。今黛玉见了这里许多事情不合家中之式，不得不随的，少不得一一改过来，因而接了茶。早见人又捧过漱盂来，黛玉也照样漱了口。盥手毕，又捧上茶来，这方是吃的茶。

贾母便说："你们去罢，让我们自在说话儿。"王夫人听了，忙起身，又说了两句闲话，方引凤、李二人去了。贾母因问黛玉念何书。黛玉道："只刚念了《四书》。"黛玉又问姊妹们读何书。贾母道："读的是什么书，不过是认得两个字，不是睁眼的瞎子罢了！"

一语未了，只听外面一阵脚步响，丫鬟进来笑道："宝玉来了！"黛玉心中正疑惑着："这个宝玉，不知是怎生个惫懒人物，懵懂顽童？——倒不见那蠢物也罢了。"心中想着，忽见丫鬟话未报完，已进来了一位年轻的公子：头上戴着束发嵌宝紫金冠，齐眉勒着二龙抢珠金抹额；穿一件二色金百蝶穿花大红箭袖，束着五彩丝攒花结长穗宫绦，外罩石青起花八团倭缎排穗褂；登着青缎粉底小朝靴。面若中秋之月，色如春晓之花，鬓若刀裁，眉如墨画，面如桃瓣，目若秋波。虽怒时而若笑，即瞋视而有情。项上金螭璎珞，又有一根五色丝绦，系着一块美玉。

黛玉一见，便吃一大惊，心下想道："好生奇怪，倒像在那里见过一般，何等眼熟到如此！"只见这宝玉向贾母请了安，贾母便命："去见你娘来。"宝玉即转身去了。一时回来，再看已换了冠带：头上周围一转的短发，都结成小辫，红丝结束，共攒至顶中胎发，总编一根大辫，黑亮如漆，从顶至梢，一串四颗大珠，用金八宝坠角；身上穿着银红撒花半旧大袄，仍旧带着项圈、宝玉、寄名锁、护身符等物；下面半露松花撒花绫裤腿，锦边弹墨袜，厚底大红鞋。越显得面如敷粉，唇若施脂；转盼多情，语言常笑。天然一段风骚，全在眉梢；平生万种情思，悉堆眼角。看其外貌最是极好，却难知其底细。后人有《西江月》二词，批宝玉极恰，其词曰：

无故寻愁觅恨，有时似傻如狂。纵然生得好皮囊，腹内原来草莽。　潦倒不通世务，愚顽怕读文章。行为偏僻性乖张，那管世人诽谤！

富贵不知乐业，贫穷难耐凄凉。可怜辜负好韶光，于国于家无望。　天下无能第一，古今不肖无双。寄言纨袴与膏粱：莫效此儿形状！

贾母因笑道："外客未见，就脱了衣裳，还不去见你妹妹！"宝玉早已看见多了一个姊妹，便料定是林姑妈之女，忙来作揖。厮见毕归坐，细看形容，与众各别：

两弯似蹙非蹙罥烟眉，一双似喜非喜含情目。态生两靥之愁，娇袭一身之病。泪光点点，娇喘微微。闲静时如姣花照水，行动处似弱柳扶风。心较比干多一窍，病如西子胜三分。

宝玉看罢，因笑道："这个妹妹我曾见过的。"贾母笑道："可又是胡说，你又何曾见过他？"宝玉笑道："虽然未曾见过他，然我看着面善，心里就算是旧相识，今日只作远别重逢，亦未为不可。"贾母笑道："更好，更好，若如此，更相和睦了。"

宝玉便走近黛玉身边坐下，又细细打量一番，因问："妹妹可曾读书？"黛玉道："不曾读，只上了一年学，些须认得几个字。"宝玉又道："妹妹尊名是那两个字？"黛玉便说了名。宝玉又问表字。黛玉道："无字。"宝玉笑道："我送妹妹一妙字，莫若'颦颦'二字极妙。"探春便问何出。宝玉道："《古今人物通考》上说：'西方有石名黛，可代画眉之墨。'况这林妹妹眉尖若蹙，用取这两个字，岂不两妙！"探春笑道："只恐又是你的杜撰。"宝玉笑道："除《四书》外，杜撰的太多，偏只我是杜撰不成？"又问黛玉："可也有玉没有？"众人不解其语，黛玉便忖度着因他有玉，故问我有也无，因答道："我没有那个。想来那玉是一件罕物，岂能人人有的。"宝玉听了，登时发作起痴狂病来，摘下那玉，就狠命摔去，骂道："什么罕物，连人之高低不择，还说'通灵'不'通灵'呢！我也不要这劳什子了！"吓的众人一拥争去拾玉。贾母急的搂了宝玉道："孽障！你生气，要打骂人容易，何苦摔那命根子！"宝玉满面泪痕泣道："家里姐姐妹妹都没有，单我有，我说没趣；如今来了这么一个神仙似的妹妹也没有，可知这不是个好东西。"贾母忙哄他道："你这妹妹原有这个来的，因你姑妈去世时，舍不得你妹妹，无法处，遂将他的玉带了去了：一则全殉葬之礼，尽你妹妹之孝心；二则你姑妈之灵，亦可权作见了女儿之意。因此他只说没有这个，不便自己夸张之意。你如今怎比得他？还不好生慎重带上，仔细你娘知道了。"说着，便向丫鬟手中接来，亲与他带上。宝玉听如此说，想一想大有情理，也就不生别论了。

当下，奶娘来请问黛玉之房舍。贾母说："今将宝玉挪出来，同我在套间暖阁儿里，把你林姑娘暂安置碧纱橱里。等过了残冬，春天再与他们收拾房屋，另作一番安置罢。"宝玉道："好祖宗，我就在碧纱橱外的床上很妥当，何必又出来闹的老祖宗不得安静。"贾母想了一想说："也罢了。"每人一个奶娘并一个丫头照管，余者在外间上夜听唤。一面早有熙凤命人送了一顶藕合色花帐，并几件锦被缎褥之类。

黛玉只带了两个人来：一个是自幼奶娘王嬷嬷，一个是十岁的小丫头，亦是自幼随身的，名唤作雪雁。贾母见雪雁甚小，一团孩气，王嬷嬷又极老，料黛玉皆不遂心省力的，便将自己身边的一个二等丫头，名唤鹦哥者与了黛玉。外亦如迎春等例，每人除自幼乳母外，另有四个教引嬷嬷，除贴身掌管钗钏盥沐两个丫鬟外，另有五六个洒扫房屋来往使役的小丫鬟。当下，王嬷嬷与鹦哥陪侍黛玉在碧纱橱内。宝玉之乳母李嬷嬷，并大丫鬟名唤袭人者，陪侍在外面大床上。

曹雪芹《红楼梦·香菱学诗》

且说香菱见过众人之后，吃过晚饭，宝钗等都往贾母处去了，自己便往潇湘馆中来。此时黛玉已好了大半，见香菱也进园来住，自是欢喜。香菱因笑道："我这一进来了，也得了空儿，好歹教给我作诗，就是我的造化了！"黛玉笑道："既要作诗，你就拜我作师。我虽不通，大略也还教得起你。"香菱笑道："果然这样，我就拜你作师。你可不许腻烦的。"黛玉道："什么难事，也值得去学！不过是起承转合，当中承转是两副对子，平声对仄声，虚的对实的，实的对虚的，若是果有了奇句，连平仄虚实不对都使得的。"香菱笑道："怪道我常弄一本旧诗偷空儿看一两首，又有对的极工的，又有不对的，又听见说'一三五不论，二四六分明'。看古人的诗上亦有顺的，亦有二四六上错了的，所以天天疑惑。如今听你一说，原来这些格调规矩竟是末事，只要词句新奇为上。"黛玉道："正是这个道理，词句究竟还是末事，第一立意要紧。若意趣真了，连词句不用修饰，自是好的，这叫作'不以词害意'。"香菱笑道："我只爱陆放翁的诗'重帘不卷留香久，古砚微凹聚墨多'，说的真有趣！"黛玉道："断不可学这样的诗。你们因不知诗，所以见了这浅近的就爱，一入了这个格局，再学不出来的。你只听我说，你若真心要学，我这里有《王摩诘全集》你且把他的五言律读一百首，细心揣摩透熟了，然后再读一二百首老杜的七言律，次再李青莲的七言绝句读一二百首。肚子里先有了这三个人作了底子，然后再把陶渊明、应、刘、谢、阮、庾、鲍等人的一看。你又是一个极聪敏伶俐的人，不用一年的工夫，不愁不是诗翁了！”香菱听了，笑道：“既这样，好姑娘，你就把这书给我拿出来，我带回去夜里念几首也是好的。”黛玉听说，便命紫鹃将王右丞的五言律拿来，递与香菱，又道：“你只看有红圈的都是我选的，有一首念一首。不明白的问你姑娘，或者遇见我，我讲与你就是了。”香菱拿了诗，回至蘅芜苑中，诸事不顾，只向灯下一首一首的读起来。宝钗连催他数次睡觉，他也不睡。宝钗见他这般苦心，只得随他去了。

一日，黛玉方梳洗完了，只见香菱笑吟吟的送了书来，又要换杜律。黛玉笑道：“共记得多少首？”香菱笑道：“凡红圈选的我尽读了。”黛玉道：“可领略了些滋味没有？”香菱笑道：“领略了些滋味，不知可是不是，说与你听听。”黛玉笑道：“正要讲究讨论，方能长进。你且说来我听。”香菱笑道：“据我看来，诗的好处，有口里说不出来的意思，想去却是逼真的。有似乎无理的，想去竟是有理有情的。”黛玉笑道：“这话有了些意思，但不知你从何处见得？”香菱笑道：“我看他《塞上》一首，那一联云：‘大漠孤烟直，长河落日圆。’想来烟如何直？日自然是圆的：这‘直’字似无理，‘圆’字似太俗。合上书一想，倒象是见了这景的。若说再找两个字换这两个，竟再找不出两个字来。再还有‘日落江湖白，潮来天地青’：这‘白’、‘青’两个字也似无理。想来，必得这两个字才形容得尽，念在嘴里倒象有几千斤重的一个橄榄。还有‘渡头余落日，墟里上孤烟’：这‘余’字和‘上’字，难为他怎么想来！我们那年上京来，那日下晚便湾住船，岸上又没有人，只有几棵树，远远的几家人家做晚饭，那个烟竟是碧青，连云直上。谁知我昨日晚上读了这两句，倒象我又到了那个地方去了。”

正说着，宝玉和探春也来了，也都入坐听他讲诗。宝玉笑道：“既是这样，也不用看诗。会心处不在多，听你说了这两句，可知‘三昧’你已得了。”黛玉笑道：“你说他这‘上孤烟’好，你还不知他这一句还是套了前人的来。我给你这一句瞧瞧，更比这个淡而现成。”说着便把陶渊明的“暧暧远人村，依依墟里烟”翻了出来，递与香菱。香菱瞧了，点头叹赏，笑道：“原来‘上’字是从‘依依’两个字上化出来的。”宝玉大笑道：“你已得了，不用再讲，越发倒学杂了。你就作起来，必是好的。”探春笑道：“明儿我补一个柬来，请你入社。”香菱笑道：“姑娘何苦打趣我，我不过是心里羡慕，才学着顽罢了。”探春、黛玉都笑道：“谁不是顽？难道我们是认真作诗呢！若说我们认真成了诗，出了这园子，把人的牙还笑倒了呢。”宝玉道：“这也算自暴自弃了。前日我在外头和相公们商议画儿，他们听见咱们起诗社，求我把稿子给他们瞧瞧。我就写了几首给他们看看，谁不真心叹服，他们都抄了刻去了。”探春、黛玉忙问道：“这是真话么？”宝玉笑道：“说谎的是那架上的鹦哥。”黛玉、探春听说，都道：“你真真胡闹！且别说那不成诗，便是成诗，我们的笔墨也不该传到外头去。”宝玉道：“这怕什么！古来闺阁中的笔墨不要传出去，如今也没有人知道了。”说着，只见惜春打发了入画来请宝玉，宝玉方去了。香菱又逼着黛玉换出杜律来，又央黛玉、探春二人：“出个题目，让我诌去，诌了来，替我改正。”黛玉道：“昨夜的月最好，我正要诌一首，竟未诌成，你竟作一首来。十四寒的韵，由你爱用那几个字去。”

香菱听了，喜的拿回诗来，又苦思一回作两句诗，又舍不得杜诗，又读两首。如此茶饭无心，坐卧不定。宝钗道：“何苦自寻烦恼。都是颦儿引的你，我和他算帐去。你本来呆头呆脑的，再添上这个，越发弄成个呆子了。”香菱笑道：“好姑娘，别混我。”一面说，一面作了一首，先与宝钗看。宝钗看了笑道：“这个不好，不是这个作法。你别怕臊，只管拿了给他瞧去，看他是怎么说。”香菱听了，便拿了诗找黛玉。黛玉看时，只见写道是：

月挂中天夜色寒，清光皎皎影团团。诗人助兴常思玩，野客添愁不忍观。

翡翠楼边悬玉镜，珍珠帘外挂冰盘。良宵何用烧银烛，晴彩辉煌映画栏。

黛玉笑道：“意思却有，只是措词不雅。皆因你看的诗少，被他缚住了。把这首丢开，再作一首，只管放开胆子去作。”

香菱听了，默默的回来，越性连房也不入，只在池边树下，或坐在山石上出神，或蹲在地下抠土，来往的人都诧异。李纨、宝钗、探春、宝玉等听得此信，都远远的站在山坡上瞧看他。只见他皱一回眉，又自己含笑一回。宝钗笑道："这个人定要疯了！昨夜嘟嘟哝哝直闹到五更天才睡下，没一顿饭的工夫天就亮了。我就听见他起来了，忙忙碌碌梳了头就找颦儿去。一回来了，呆了一日，作了一首又不好，这会子自然另作呢。"宝玉笑道："这正是'地灵人杰'，老天生人再不虚赋情性的。我们成日叹说可惜他这么个人竟俗了，谁知到底有今日。可见天地至公。"宝钗笑道："你能够象他这苦心就好了，学什么有个不成的。"宝玉不答。

只见香菱兴兴头头的又往黛玉那边去了。探春笑道："咱们跟了去，看他有些意思没有。"说着，一齐都往潇湘馆来。只见黛玉正拿着诗和他讲究。众人因问黛玉作的如何。黛玉道："自然算难为他了，只是还不好。这一首过于穿凿了，还得另作。"众人因要诗看时，只见作道：

非银非水映窗寒，试看晴空护玉盘。淡淡梅花香欲染，丝丝柳带露初干。

只疑残粉涂金砌，恍若轻霜抹玉栏。梦醒西楼人迹绝，余容犹可隔帘看。

宝钗笑道："不象吟月了，月字底下添一个'色'字倒还使得，你看句句倒是月色。这也罢了，原是诗从胡说来，再迟几天就好了。"香菱自为这首妙绝，听如此说，自己扫了兴，不肯丢开手，便要思索起来。因见他姊妹们说笑，便自己走至阶前竹下闲步，挖心搜胆，耳不旁听，目不别视。一时探春隔窗笑说道："菱姑娘，你闲闲罢。"香菱怔怔答道："'闲'字是十五删的，你错了韵了。"众人听了，不觉大笑起来。宝钗道："可真是诗魔了。都是颦儿引的他！"黛玉道："圣人说，'诲人不倦'，他又来问我，我岂有不说之理。"李纨笑道："咱们拉了他往四姑娘房里去，引他瞧瞧画儿，叫他醒一醒才好。"

说着，真个出来拉了他过藕香榭，至暖香坞中。惜春正乏倦，在床上歪着睡午觉，画缯立在壁间，用纱罩着。众人唤醒了惜春，揭纱看时，十停方有了三停。香菱见画上有几个美人，因指着笑道："这一个是我们姑娘，那一个是林姑娘。"探春笑道："凡会作诗的都画在上头，快学罢。"说着，顽笑了一回。

各自散后，香菱满心中还是想诗。至晚间对灯出了一回神，至三更以后上床卧下，两眼睁睁直到五更方才朦胧睡去了。一时天亮，宝钗醒了，听了一听，他安稳睡了，心下想："他翻腾了一夜，不知可作成了？这会子乏了，且别叫他。"正想着，只听香菱从梦中笑道："可是有了，难道这一首还不好？"宝钗听了，又是可叹，又是可笑，连忙唤醒了他，问他："得了什么？你这诚心都通了仙了。学不成诗，还弄出病来呢。"一面说，一面梳洗了，会同姊妹往贾母处来。原来香菱苦志学诗，精血诚聚，日间做不出，忽于梦中得了八句。梳洗已毕，便忙录出来，自己并不知好歹，便拿来又找黛玉。刚到沁芳亭，只见李纨与众姊妹方从王夫人处回来，宝钗正告诉他们说他梦中作诗说梦话。众人正笑，抬头见他来了，便都争着要诗看。

话说香菱见众人正说笑，他便迎上去笑道："你们看这一首。若使得，我便还学，若还不好，我就死了这作诗的心了。"说着，把诗递与黛玉及众人看时，只见写道是：

精华欲掩料应难，影自娟娟魄自寒。一片砧敲千里白，半轮鸡唱五更残。

绿蓑江上秋闻笛，红袖楼头夜倚栏。博得嫦娥应借问，缘何不使永团圆！

众人看了笑道："这首不但好，而且新巧有意趣。可知俗语说'天下无难事，只怕有心人'，社里一定请你了。"香菱听了心下不信，料着是他们瞒哄自己的话，还只管问黛玉、宝钗等。

吴敬梓《儒林外史·范进中举》

范进进学回家，母亲、妻子俱各欢喜。正待烧锅做饭，只见他丈人胡屠户，手里拿着一副大肠和一瓶酒，走了进来。范进向他作揖，坐下。胡屠户道："我自倒运，把个女儿嫁与你这现世宝，历年以来，不知累了我多少。如今不知因我积了甚么德，带挈你中了个相公，我所以带个酒来贺你。"范进唯唯连声，叫浑家把肠子煮了，烫起酒来，在茅草棚下坐着。母亲自和媳妇在厨下造饭。胡屠户又吩咐女婿道："你如今既中了相公，凡事要立起个体统来。比如我这行事里，都是些正经有脸面的人，又是你的长亲，你怎敢在我们跟前装大？若是家门口这些做田的，扒粪的，不过是平头百姓，你若同他拱手作揖，平起平坐，这就是坏了学校规矩，连我脸上都无光了。你是个烂忠厚没用的人，所以这些话我不得不教导你，免得惹人笑话。"范进道："岳父见教的是。"胡屠户又道："亲家母也来这里坐着吃饭。老人家每日小菜饭，想也难过。我女孩儿也吃些。自从进了你家门，这十几年，不知猪油可曾吃过两三回哩！可怜！可怜！”说罢，婆媳两个都来坐着吃了饭。吃到日西时分，胡屠户吃的醺醺的。这里母子两个，千恩万谢。屠户横披了衣服，腆着肚子去了。

次日，范进少不得拜拜乡邻。魏好古又约了一班同案的朋友，彼此来往。因是乡试年，做了几个文会。不觉到了六月尽间，这些同案的人约范进去乡试。范进因没有盘费，走去同丈人商议，被胡屠户一口啐在脸上，骂了一个狗血喷头，道：“不要失了你的时了！你自己只觉得中了一个相公，就‘癞虾蟆想吃起天鹅肉’来！我听见人说，就是中相公时，也不是你的文章，还是宗师看见你老，不过意，舍与你的。如今痴心就想中起老爷来！这些中老爷的都是天上的‘文曲星’！你不看见城里张府上那些老爷，都有万贯家私，一个个方面大耳？像你这尖嘴猴腮，也该撒抛尿自己照照！不三不四，就想天鹅屁吃！趁早收了这心，明年在我们行事里替你寻一个馆，每年寻几两银子，养活你那老不死的老娘和你老婆是正经！你问我借盘缠，我一天杀一个猪还赚不得钱把银子，都把与你去丢在水里，叫我一家老小嗑西北风！”一顿夹七夹八，骂的范进摸门不着。辞了丈人回来，自心里想：“宗师说我火候已到，自古无场外的举人，如不进去考他一考，如何甘心？”因向几个同案商议，瞒着丈人，到城里乡试。出了场，即便回家。家里已是饿了两三天。被胡屠户知道，又骂了一顿。

到出榜那日，家里没有早饭米，母亲吩咐范进道：“我有一只生蛋的母鸡，你快拿集上去卖了，买几升米来煮餐粥吃，我已是饿的两眼都看不见了。”范进慌忙抱了鸡，走出门去。才去不到两个时候，只听得一片声的锣响，三匹马闯将来。那三个人下了马，把马拴在茅草棚上，一片声叫道：“快请范老爷出来，恭喜高中了！”母亲不知是甚事，吓得躲在屋里；听见中了，方敢伸出头来，说道：“诸位请坐，小儿方才出去了。”那些报录人道：“原来是老太太。”大家簇拥着要喜钱。正在吵闹，又是几匹马，二报、三报到了，挤了一屋的人，茅草棚地下都坐满了。邻居都来了，挤着看。老太太没奈何，只得央及一个邻居去寻他儿子。

那邻居飞奔到集上，一地里寻不见；直寻到集东头，见范进抱着鸡，手里插个草标，一步一踱的，东张西望，在那里寻人买。邻居道：“范相公，快些回去！你恭喜中了举人，报喜人挤了一屋里。”范进道是哄他，只装不听见，低着头往前走。邻居见他不理，走上来，就要夺他手里的鸡。范进道：“你夺我的鸡怎的？你又不买。”邻居道：“你中了举了，叫你家去打发报子哩。”范进道：“高邻，你晓得我今日没有米，要卖这鸡去救命，为甚么拿这话来混我？我又不同你顽，你自回去罢，莫误了我卖鸡。”邻居见他不信，劈手把鸡夺了，掼在地下，一把拉了回来。报录人见了道：“好了，新贵人回来了。”正要拥着他说话，范进三两步走进屋里来，见中间报帖已经升挂起来，上写道：“捷报贵府老爷范讳进高中广东乡试第七名亚元。京报连登黄甲。”

范进不看便罢，看了一遍，又念一遍，自己把两手拍了一下，笑了一声，道：“噫！好了！我中了！”说着，往后一交跌倒，牙关咬紧，不省人事。老太太慌了，慌将几口开水灌了过来。他爬将起来，又拍着手大笑道：“噫！好！我中了！”笑着，不由分说，就往门外飞跑，把报录人和邻居都吓了一跳。走出大门不多路，一脚踹在塘里，挣起来，头发都跌散了，两手黄泥，淋淋漓漓一身的水。众人拉他不住，拍着笑着，一直走到集上去了。众人大眼望小眼，一齐道：“原来新贵人欢喜疯了。”老太太哭道：“怎生这样苦命的事！中了一个甚么举人，就得了这个拙病！这一疯了，几时才得好？”娘子胡氏道：“早上好好出去，怎的就得了这样的病！却是如何是好？”众邻居劝道：“老太太不要心慌。我们而今且派两个人跟定了范老爷。这里众人家里拿些鸡蛋酒米，且管待了报子上的老爹们，再为商酌。”

当下众邻居有拿鸡蛋来的，有拿白酒来的，也有背了斗米来的，也有捉两只鸡来的。娘子哭哭啼啼，在厨下收拾齐了，拿在草棚下。邻居又搬些桌凳，请报录的坐着吃酒，商议他这疯了，如何是好。报录的内中有一个人道：“在下倒有一个主意，不知可以行得行不得？”众人问：“如何主意？”那人道：“范老爷平日可有最怕的人？他只因欢喜狠了，痰涌上来，迷了心窍。如今只消他怕的这个人来打他一个嘴巴，说：‘这报录的话都是哄你，你并不曾中。’他吃这一吓，把痰吐了出来，就明白了。”众邻都拍手道：“这个主意好得紧，妙得紧！范老爷怕的，莫过于肉案子上胡老爹。好了！快寻胡老爹来。他想是还不知道，在集上卖肉哩。”又一个人道：“在集上卖肉，他倒好知道了；他从五更鼓就往东头集上迎猪，还不曾回来。快些迎着去寻他。”

一个人飞奔去迎，走到半路，遇着胡屠户来，后面跟着一个烧汤的二汉，提着七八斤肉，四五千钱，正来贺喜。进门见了老太太，老太太大哭着告诉了一番。胡屠户诧异道：“难道这等没福？”外边人一片声请胡老爹说话。胡屠户把肉和钱交与女儿，走了出来。众人如此这般，同他商议。胡屠户作难道：“虽然是我女婿，如今却做了老爷，就是天上的星宿。天上的星宿是打不得的！我听得斋公们说：打了天上的星宿，阎王就要拿去打一百铁棍，发在十八层地狱，永不得翻身。我却是不敢做这样的事！”邻居内一个尖酸人说道：“罢么！胡老爹，你每日杀猪的营生，白刀子进去，红刀子出来，阎王也不知叫判官在簿子上记了你几千条铁棍，就是添上这一百棍，也打甚么要紧？只恐把铁棍子打完了，也算不到这笔帐上来。或者你救好了女婿的病，阎王叙功，从地狱里把你提上第十七层来，也不可知。”报录的人道：“不要只管讲笑话。胡老爹，这个事须是这般，你没奈何，权变一权变。”屠户被众人局不过，只得连斟两碗酒喝了，壮一壮胆，把方才这些小心收起，将平日的凶恶样子拿出来，卷一卷那油晃晃的衣袖，走上集去。众邻居五六个都跟着走。老太太赶出来叫道：“亲家，你只可吓他一吓，却不要把他打伤了！”众邻居道：“这自然，何消吩咐。”说着，一直去了。

来到集上，见范进正在一个庙门口站着，散着头发，满脸污泥，鞋都跑掉了一只，兀自拍着掌，口里叫道：“中了！中了！”胡屠户凶神似的走到跟前，说道：“该死的畜生！你中了甚么？”一个嘴巴打将去。众人和邻居见这模样，忍不住的笑。不想胡屠户虽然大着胆子打了一下，心里到底还是怕的，那手早颤起来，不敢打到第二下。范进因这一个嘴巴，却也打晕了，昏倒于地。众邻居一齐上前，替他抹胸口，捶背心，舞了半日，渐渐喘息过来，眼睛明亮，不疯了。众人扶起，借庙门口一个外科郎中的板凳上坐着。胡屠户站在一边，不觉那只手隐隐的疼将起来；自己看时，把个巴掌仰着，再也弯不过来。自己心里懊恼道：“果然天上‘文曲星’是打不得的，而今菩萨计较起来了。”想一想，更疼的狠了，连忙问郎中讨了个膏药贴着。

范进看了众人，说道：“我怎么坐在这里？”又道：“我这半日，昏昏沉沉，如在梦里一般。”众邻居道：“老爷，恭喜高中了。适才欢喜的有些引动了痰，方才吐出几口痰来，好了。快请回家去打发报录人。”范进说道：“是了。我也记得是中的第七名。”范进一面自绾了头发，一面问郎中借了一盆水洗洗脸。一个邻居早把那一只鞋寻了来，替他穿上。见丈人在跟前，恐怕又要来骂。胡屠户上前道：“贤婿老爷，方才不是我敢大胆，是你老太太的主意，央我来劝你的。”邻居内一个人道：“胡老爹方才这个嘴巴打的亲切，少顷范老爷洗脸，还要洗下半盆猪油来！”又一个道：“老爹，你这手明日杀不得猪了。”胡屠户道：“我那里还杀猪！有我这贤婿，还怕后半世靠不着也怎的？我每常说，我的这个贤婿，才学又高，品貌又好，就是城里头那张府、周府这些老爷，也没有我女婿这样一个体面的相貌。你们不知道，得罪你们说，我小老这一双眼睛，却是认得人的。想着先年，我小女在家里长到三十多岁，多少有钱的富户要和我结亲，我自己觉得女儿像有些福气的，毕竟要嫁与个老爷，今日果然不错！”说罢，哈哈大笑。众人都笑起来。看着范进洗了脸，郎中又拿茶来吃了，一同回家。范举人先走，屠户和邻居跟在后面。屠户见女婿衣裳后襟滚皱了许多，一路低着头替他扯了几十回。

到了家门，屠户高声叫道：“老爷回府了！”老太太迎着出来，见儿子不疯，喜从天降。众人问报录的，已是家里把屠户送来的几千钱打发他们去了。范进拜了母亲，也拜谢丈人。胡屠户再三不安道：“些须几个钱，不够你赏人。”范进又谢了邻居。正待坐下，早看见一个体面的管家，手里拿着一个大红全帖，飞跑了进来：“张老爷来拜新中的范老爷。”说毕，轿子已是到了门口。胡屠户忙躲进女儿房里，不敢出来。邻居各自散了。

范进迎了出去，只见那张乡绅下了轿进来，头戴纱帽，身穿葵花色圆领，金带、皂靴。他是举人出身，做过一任知县的，别号静斋，同范进让了进来，到堂屋内平磕了头，分宾主坐下。张乡绅先攀谈道：“世先生同在桑梓，一向有失亲近。”范进道：“晚生久仰老先生，只是无缘，不曾拜会。”张乡绅道：“适才看见题名录，贵房师高要县汤公，就是先祖的门生，我和你是亲切的世弟兄。”范进道：“晚生侥幸，实是有愧。却幸得出老先生门下，可为欣喜。”张乡绅四面将眼睛望了一望，说道：“世先生果是清贫。”随在跟的家人手里拿过一封银子来，说道：“弟却也无以为敬，谨具贺仪五十两，世先生权且收着。这华居其实住不得，将来当事拜往，俱不甚便。弟有空房一所，就在东门大街上，三进三间，虽不轩敞，也还干净，就送与世先生；搬到那里去住，早晚也好请教些。”范进再三推辞，张乡绅急了，道：“你我年谊世好，就如至亲骨肉一般；若要如此，就是见外了。”范进方才把银子收下，作揖谢了。又说了一会，打躬作别。胡屠户直等他上了轿，才敢走出堂屋来。

范进即将这银子交与浑家打开看，一封一封雪白的细丝锭子，即便包了两锭，叫胡屠户进来，递与他道：“方才费老爹的心，拿了五千钱来。这六两多银子，老爹拿了去。”屠户把银子攥在手里紧紧的，把拳头舒过来，道：“这个，你且收着。我原是贺你的，怎好又拿了回去？”范进道：“眼见得我这里还有这几两银子，若用完了，再来问老爹讨来用。”屠户连忙把拳头缩了回去，往腰里揣，口里说道：“也罢，你而今相与了这个张老爷，何愁没有银子用？他家里的银子，说起来比皇帝家还多些哩！他家就是我卖肉的主顾，一年就是无事，肉也要用四五千斤，银子何足为奇！”又转回头来望着女儿，说道：“我早上拿了钱来，你那该死行瘟的兄弟还不肯，我说：‘姑老爷今非昔比，少不得有人把银子送上门来给他用，只怕姑老爷还不希罕。’今日果不其然！如今拿了银子家去，骂这死砍头短命的奴才！”说了一会，千恩万谢，低着头，笑迷迷的去了。

【延伸阅读】

1. 鲁迅：《中国小说史略》，《鲁迅全集》第九卷，人民文学出版社，1981。
2. 齐裕焜：《中国古代小说演变史》，敦煌文艺出版社，1990。
3. 齐裕焜：《明代小说史》，浙江古籍出版社，1997。
4. 张俊：《清代小说史》，浙江古籍出版社，1997。
5. 欧阳健：《晚清小说史》，浙江古籍出版社，1997。
6. 刘世德、陈庆浩、石昌渝主编：《古本小说丛刊》，中华书局，1988—1991。

7. 吴承恩:《西游记》，中华书局，1990。

8. 兰陵笑笑生:《金瓶梅》，中华书局，1998。

9. 吴敬梓:《儒林外史》，中华书局，197。

10. 曹雪芹:《红楼梦》，中华书局，2001。

11. 蒲松龄:《聊斋志异》，中华书局，1962。

第十六章　霹雳之后难为雷的困厄与开辟：元明清诗词曲

【导读】

鲁迅先生致杨霁云的信中曾言“我以为一切好诗，到唐已被做完，此后倘非能翻出如来掌心之‘齐天大圣’，大可不必动手”。其本意乃自谦，兼论唐诗之后的诗歌创作走上窄途，并非妄断诗歌高下及命运。综观元明清三代的传统诗词领域，纵然三代文人苦心经营，却仍然难以比肩唐宋。

清蒋士铨《辩诗》云：“宋人生唐后，开辟真难为。”宋人之后，似乎开辟更难。明卓人月《古今词统》也曾叹：“夫诗让唐，词让宋，曲让元。”于是乎，在困厄中求开辟就成了元明清三代在诗词创作中的共同特征。其中亦不乏“翻出如来掌心”之作，散曲尤是，当属韵文发展史上的新碑，也是继诗、词之后兴起的新诗体。元曲的代兴一定程度上弥补了词的式微。元、明两朝词人、词作乏善可陈；至于清代则大为改观，有中兴之势。

本章所论散曲包含小令和套曲。散曲由词而来，是谓“词余”，却后来居上，“僭越”词坛。相较于词，曲更趋散文化。它句式更自由，活泼灵动，可以加衬字，伸缩两可；它语言更自由，俗谣俚曲，方言行话皆可；它精神更自由，元代文人仕途无门，尽情抒愤，淋漓酣畅，审美可，审丑亦可。曲风流派纷呈，八体三品[1]，北曲南腔。简而概之曰豪放与清丽，实则两者时有兼容。

三代散曲，元人自是冠冕。新朝始立，汉族文人失意，避世、玩世而拉近了与市井生活的距离，契合了市井的审美趣尚。元人散曲以大德初年为界，分为前后两期。前期以大都为中心，以关汉卿、马致远、白朴、张养浩等人为代表，富有自然情韵，皆肺腑真言，读之豁然泼辣，即便是烟柳风月，退隐情思，写来也是堂庑甚大，遒劲工丽，曰豪放或曰本色。关汉卿《南吕·一枝花·不伏老》中将不羁表现到极致，言语泼辣率性，眠花卧柳都能说得掷地有声。白朴《仙吕·寄生草》中“糟腌两个功名字，醅渰千古兴亡事，麯埋万丈虹霓志”，度语奇特，虽是牢骚苦闷，却是酣畅淋漓。马致远的《天净沙》纯用白描，浑然天成。元后期曰清丽，以张可久、乔吉、徐再思等人为代表，多为南方人，曲风清丽绵密，如“黄花庭院，青灯夜雨，白发秋风”、“酒醒寒惊梦，笛凄春断肠，淡月昏黄”，他们讲求韵度，炼句为工，俚俗不再，似魂归词风。

明代基本延续这一点，曲盛词衰，曲家及作品的数量远超元代，但大多依傍前人，鲜有开辟。前期如康海、王九思等人常有身世之感，或苦涩之心，或旷达之语，颇有动人之处。冯惟敏不事雕琢，有元曲磊落之仪、关马豪放之风，如他的《双调·折桂令·下第嘲友人独轮车》。而南方作家则与之不同，风格婉约清丽，如南方曲家之冠王磐，多写市井，文辞俊俏利落；梁辰鱼则声律整齐，文辞工丽，似有雅化、词化的倾向。鉴于其受昆山腔的影响，有人尊之为“曲中之圣”，也有人认为词化的倾向抹杀了散曲的本色。

清代散曲内容上趋于雅正，韵高调雅，语言上讲求声律辞藻，一方面提升了曲品，却亦如梁氏，疏离了散曲的活泼本性，被称之为“词味散曲”，尤以朱彝尊领衔之“骚雅派”为著。朝代更迭，文人入清，其沧桑失落也给予了清代散曲特有的黍离

1　明朱权《太和正音谱》将元代曲家分为丹丘、宗匠、黄冠、承安、盛元、江东、西江、东吴八体。清刘熙载《艺概·曲概》中把散曲分为清深、豪旷、婉丽三品。

之悲，比之一般的酬唱之作更多深沉，如扬州吴绮的《南中吕·尾犯序》。此外，清代另有“题画”散曲。

元代诗坛，较为落寞。杂剧、南戏、散曲、小说全面开花，诗歌则相形见绌了。元初作家大多是宋金入元的，入元不仕的元好问是这一时期最早的代表，一般将他归入宋金时代。他论诗求真，循性而写，创作甚丰，存诗千首。赵翼《瓯北诗话》尤赞其七律“沉挚悲凉，自成声调”，其诗饱含对战争中生灵的悲悯情怀。《横波亭为青口帅赋》：“疏星淡月鱼龙夜，老木清霜鸿雁秋。倚剑长歌一杯酒，浮云西北是神州。”甚是感人。南宋覆亡后，江南清丽醇厚的诗风与北方劲健超迈的气骨结合在一起，力与美兼具，代表作家有赵孟頫、刘因、杨载、虞集等。赵孟頫因其宋宗室的身份却屈节仕元，其志也哀，其歌也悲，如《闻捣衣》，颇有老杜沉郁顿挫的风格，又有宋词的细腻绮丽，影响了有元一代。刘因的诗歌则朴素有力，比如《白沟》一诗，是北朝民歌的精神延续。杨载是赵孟頫的学生，延续赵的清丽传统，“一洗宋季之陋”(《元史·杨载传》)。

所谓“国家不幸诗家幸，赋到沧桑句便工”。元末的社会动荡激起了文人内心对历史、社会的反思，作品中充满了人文主义悲悯情怀。杨维祯、萨都剌、高启、宋濂、刘基等人的诗歌多有佳作，如刘基《悲杭城》、高启《登金陵雨花台望大江》等，深刻反映这一历史变革，颇多忧思。而入明之后，因文化专制，文学呈现万马齐喑之态，文人集体失声。

明初，流派始出，有“台阁体”和“茶陵诗派”，基本上都是追求声调格律，并无新声。“台阁”乃重臣所居之地，故而歌功颂德、粉饰太平的气息浓重了些。“茶陵诗派”则一味追求格律，形式主义明显且体弱声微。直到前七子举起复古旗帜，反对台阁体，主张古人文法，所谓“文必秦汉，诗必盛唐”，明代文风才由此改变。但前七子的复古和中唐时韩柳的古文复古不太一样，韩柳的复古实则推新，而七子的复古更多的是模古。所以这两次复古运动在文学史、思想史上评价是完全不同的，当然也不能否认七子对于疗救颓弊雕琢的诗风起到了一定的作用。但七子始立门户，在客观上开启了明代文人门派相争的恶劣传统。明中后期，嘉靖年间，后七子中李攀龙、王世贞等继续推进文学复古运动。唐宋派，以归有光为代表，集王慎之、唐顺之等人，反对七子的复古风气。三袁“公安派”，主张独抒性灵。锺惺、谭元春为代表的“竟陵派”主张孤深幽峭，艰涩深奥。表面看来蔚为大观，实则灵趣大减。

清代诗歌与七子“诗必盛唐”不同，总体而言兼学唐宋，避免将复古执拗化而走入死胡同。清初顺治年间以“江左三大家”为代表。常熟钱谦益主盟虞山诗派，主张向宋元明广泛学习；太仓吴伟业领衔娄东诗派，学白居易“长庆体”自成“梅村体”；龚鼎孳成就不及二人，三人并称或因地缘相近，履历相似，均身仕二姓，且身边皆有秦淮名妓相伴之故。康熙、雍正年间，王士祯倡导“神韵说”，以冲和淡远为尚，主张含蓄蕴藉，追求味外之味，追求清远淡雅，自然流丽，诗情画意，以盛唐为尚，标举王孟清音。乾隆、嘉庆年间流派纷呈，沈德潜力主格调，效仿汉魏、盛唐；翁方纲倡导肌理，注重义理、考据；袁枚标举性灵，反格调和肌理；厉鹗宗祢宋诗，壮大浙派门户。道光、咸丰年间，以龚自珍《己亥杂诗》315首为代表；同治、宣统年间，以黄遵宪为代表的诗界革命，主张“我手写吾口”，“不拘一格，不专一体”，其内容已经和传统诗歌挥手作别，如《咏轮船》、《咏照片》、《咏电报》等；同光体不专主盛唐，亦宗宋；尚有汉魏六朝派及晚唐诗派，其成就皆乏善可陈。

王士祯“元有曲而无词”(《艺苑卮言》)，一句话把元词打入冷宫。“词之于明，而词亡矣”(《白雨斋词话》卷三)，清人陈廷焯又把明词一棍子打死。两代无词，似有偏颇，然曲盛词衰却是不争的事实，领衔三代词坛当属清代词人，且不仅是创作，在词论和词的收集编撰上也值得一提，故作“词学中兴”。

清词与散曲中的黍离乔木悲歌有着共同的色彩。清初词坛，三分天下，阳羡派、浙西派及纳兰性德，前两者对康乾词风影响甚大。

陈维崧及阳羡派，追求以文入词，与苏辛相视而笑，强调家国之恨，关注历史和现实，尤以陈维崧为最，风格相近的还有曹贞吉。陈词量之丰、词调之多足以见其才学渊博，词风爽逸，诙谐狂啸，令人叹服。如《点绛唇・夜宿临洺驿》：“赵魏燕韩，历历堪回首。悲风吼，临洺驿口，黄叶中原走。”意境雄阔，设喻精妙，将身世之感揉碎在四国故地之间，极具艺术感染力。

浙西词派始于朱彝尊，盛于厉鹗，影响深远。词论上不尊北宋，否定苏辛，不师秦七黄九，而推崇南宋，关注慢词，私淑姜夔、张炎。风格上追求清空、醇雅，和声律，避艳情，忌俗秽。由于过度关注格律和技巧，流露真情时往往隔靴搔痒，缺乏感人至深的力量。一般认为此派题材狭小，偏重形式，导致词品卑纤。但朱彝尊功力深厚，锻词造句确为精炼，仍好作不断，如“秋草六朝寒，花雨空坛。更无人处一凭阑。燕子斜阳来又去，如此江山”，感喟不可谓不深。

此外，尚有自成一派的纳兰性德，颇有后主遗风，尤工小令。其论词推崇李煜“花间之词，如古玉器，贵重而不适用，宋词适用而少质重，李后主兼有其美”（《渌水亭杂记》）。其创作追求特立个性，将繁华零落时的个人悲哀与凄凉，率真不加掩饰，倾囊而出。这与南宋以降词的创作惯将情感层层包裹，隐晦复杂大不相同，拥有极强的生命张力。“辛苦最怜天上月，一夕如环，夕夕都成玦”、“一往情深深几许？深山夕照深秋雨”，料已人人成诵，无怪乎王国维如此评价，“北宋以来，一人而已”。但其词往往流连于个人世界，也有人诟其境界、堂庑之病。王士祯、毛奇龄等与之风格相近，所填小令，亦颇有神韵。

嘉庆以降，陈朱、词风渐为世人所厌，陈因真率而失其致密，朱因情深而显碎细，至其末流则更颓靡。此时张惠言及周济等人重倡风骚传统，常州词派继之而起，一改无病呻吟之陋习。张惠言主张“缘情造端”、“感物而发”，反对“雕琢曼词”（《词选序》）。周济推衍张惠言词学，持论精审，进一步发展了常州词派，与前期浙派分出泾渭，旨趣相异。张惠言现存词仅 46 首，多有佳作。如《水调歌头 · 春日赋示杨生子掞》（其一）：“东风无一事，妆出万重花……东皇一笑相语：芳意在谁家？难道春花开落，又是春风来去，便了却韶华？花外春来路，芳草不曾遮。”没有一丝矫情造作，语出清新，疏朗明快。《白雨斋词话》曾这样问：“陈、朱虽工词，究曾到此地步否？”这一问便把张惠言放到了陈、朱地位之上了。常州词派虽力矫浙派琐屑萎靡之态，但其所谓“比兴寄托”亦有以偏概全之处。

【精读一】

南吕·一枝花·不伏老（套）①

关汉卿

【一枝花】攀出墙朵朵花，② 折临路枝枝柳；③ 花攀红蕊嫩，柳折翠条柔。浪子风流，凭着我折柳攀花手，直煞得花残柳败休。④ 半生来折柳攀花，一世里眠花卧柳。

【注释】

①南吕：宫调名，一枝花和梁州等均属这一宫调的曲牌。把同一宫调的若干曲子连缀起来表达同一主题，就是所谓“套数”。通常由《一枝花》、《梁州第七》、《尾声》组成。如有未尽之意，可将《尾声》改成《隔尾》，再多写几支曲子。②出墙朵朵花：陆游《马上作》“杨柳不遮春色断，一枝红杏出墙来”，“出墙花”指代青楼女子。③临路枝枝柳：《敦煌曲子词·望江南》“我是曲江临池柳，这人折了那人攀。恩爱一时间。”后人以“临路柳”指代青楼女子，与“出墙花”相同。④煞：拈、弄的意思。休：语助词。

【梁州第七】我是个普天下郎君领袖，盖世界浪子班头。愿朱颜不改常依旧，花中消遣，酒内忘忧。分茶攧竹，① 打马藏阄，② 通五音六律滑熟，③ 甚闲愁到我心头？伴的是银筝女，银台前理银筝笑倚银屏；伴的是玉天仙，携玉手并玉肩同登玉楼；伴的是金钗客，④ 歌《金缕》、⑤ 捧金樽、满泛金瓯。⑥ 你道我老也暂休。占排场风月功名首，⑦ 更玲珑又剔透，我是个锦阵花营都帅头，⑧ 曾玩府游州⑨。

【注释】

①分茶攧（diān）竹：两种古游戏名，即品茶和博戏。分茶：指沏茶时运用手上功夫使茶汤形成具有趣味的水纹，初始于北宋；后因茶叶冲泡方式改良，此游戏渐渐消失。攧竹：游戏时颠动竹筒使竹签首先跌出，视签上提示以决胜负。攧：即投、掷，

博戏名。② 打马藏阄：两种古游戏名。打马：古代的一种博戏，在圆牌上刻良马名，掷骰子以决胜负。藏阄（jiū）：古人在宴饮时玩的类似猜拳的游戏，手握小物件，使人探猜，输者饮酒。③ 五音六律：五音，亦称“五声”，即五声音阶中的宫、商、角、徵、羽；六律，即黄钟、太簇、姑洗、蕤宾、夷则、无射，古代审定音高的标准，把乐音分为六律各六吕，合称十二律。④ 银筝女、玉天仙、金钗客：皆指乐妓。⑤ 金缕：即《金缕衣》，乐府曲名。⑥ 金樽、金瓯：盛酒器。⑦ 占排场：为首、第一。功名首：功名居第一。⑧ 锦阵花营：都是指风月玩乐场所。都帅头：总头领。⑨ 玩：观赏。

【隔尾】子弟每是个茅草岗、沙土窝、初生的兔羔儿，① 乍向围场上走；② 我是个经笼罩，受索网、苍翎毛老野鸡，蹅踏得阵马儿熟。③ 经了些窝弓冷箭镴枪头，④ 不曾落人后，⑤ 恰不道人到中年万事休，⑥ 我怎肯虚度了春秋。

【注释】

① 子弟每：指寻花问柳的男子。每：们。兔羔儿：兔崽子，指未经世事的青年。② 乍：初。围场：猎场，这里暗指寻欢场所。③ 蹅（chǎ）踏：踩踏。阵马儿熟：熟练的狩猎技术，暗指狎妓的经验丰富。④ 窝弓：伏弩的一种，猎人藏在草丛内射杀猎物的弓弩。镴（là）枪头：用镴做的枪头，通常用以比喻好看而不实用。镴：锡与铅的合金，比银软得多。⑤ 落：读 lào。⑥ 恰：难道。

【尾】我是个蒸不烂、煮不熟、捶不匾、① 炒不爆、响珰珰一粒铜豌豆；② 恁子弟每谁教你钻入他锄不断、③ 斫不下、④ 解不开、顿不脱、慢腾腾千层锦套头。⑤ 我玩的是梁园月，⑥ 饮的是东京酒，⑦ 赏的是洛阳花，⑧ 攀的是章台柳。⑨ 我也会围棋，会蹴踘，⑩ 会打围，⑪ 会插科，⑫ 会歌舞，会吹弹，会嚥作，⑬ 会吟诗，会双陆。⑭ 你便是落了我牙，歪了我嘴，瘸了我腿，折了我手，天赐与我这几般儿歹症候，尚兀自不肯休。⑮ 则除是阎王亲自唤，神鬼自来勾，三魂归地府，七魄丧冥幽，⑯ 天哪！

那其间才不向烟花道儿上走！

【注释】

①匾：同“扁”。②铜豌豆：妓院中对老狎客的称呼。这里用来比喻性格坚强。③恁（nèn）：那些。④斫（zhuó）：砍。⑤锦套头：锦缎制的套头，指圈套、陷阱，喻青楼女子笼络客人的伎俩。⑥梁园：汉梁孝王所造的花园，也称“兔园”，又称“梁苑”，故址在今河南商丘东，这里指汴京，泛指名胜游玩胜地。⑦东京：汉代以洛阳为东京，五代至宋代以汴州（今开封市）为东京，辽时改南京（今辽阳）为东京。此处未必实指，意为繁华胜地。⑧洛阳花：指牡丹。⑨章台：汉长安街名，娼妓所居。《太平广记·柳氏传》载，唐韩翃与妓女柳氏有婚约，安史之乱，两人分离，韩赋诗以表思念：“章台柳，章台柳，昔日青青今在否？纵使长条似旧垂，也应攀折他人手。”章台柳：指青楼女子。⑩蹴踘（cù jū）：中国古代的一种足球运动，《汉书》中已有记载。唐宋时盛行。这种球外面是皮革，里面填充实物，所以又写成“蹴鞠”。⑪打围：即打猎，打猎时要围合，故曰“打围”。⑫插科：插入滑稽动作或诙谐幽默语言的表演，一称“插科打诨”，杂剧演出中常用。⑬嚥作：指歌唱。⑭双陆：又名“双六”，古代一种博戏。据说为曹植所创，已失传。此处另有版本作“会篆籀，会弹丝，会品竹；我也会唱鹧鸪，舞垂手，会打围，会蹴鞠，会双陆”。⑮尚兀自：尚自，还自，元代方言。⑯冥幽：指阴曹地府。

双调·沉醉东风[①]（两首）

关汉卿

咫尺的天南地北，霎时间月缺花飞。[②]手执着饯行杯，眼阁着别离泪。[③]刚道得声保重将息，[④]痛煞煞教人舍不得，[⑤]好去者前程万里。[⑥]

忧则忧鸾孤凤单，[⑦]愁则愁月缺花残为则为俏冤家，[⑧]害则害谁曾惯。[⑨]瘦则瘦不似今番，恨则恨孤帏绣衾寒，[⑩]怕则怕黄昏到晚。[⑪]

【注释】

①双调：宫调名。沉醉东风：是这个调子的曲牌。②霎时间：一会儿。③阁着：噙着，含着。阁：同“搁”。④将息：调养、休息的意思。李清照《声声慢》：“乍暖还寒时候，最难将息。”⑤痛煞煞：表示痛苦的样子，亦作“痛设设”。⑥好去者：安慰行者的套语，犹言“好好走着”。马致远《耍孩儿·借马》套：“道一声好去，早两泪双垂。”⑦“忧则”句：担忧的是夫妻分离。则，犹现代汉语中的“只”。元曲中的“只”多作“则”。鸾：《广雅》“鸾鸟，凤皇属也”，《周书·王会》注“大于凤”，为雄性。鸾凤：旧时用来比喻夫妇。⑧俏冤家：对爱人的亲昵称呼。⑨害则害：病虽病。害：病。则：这里作“虽”讲，下句的“瘦则瘦”同。意即病虽病，也甘心被他折磨。⑩帏：罗帐。衾：被子。⑪怕则怕黄昏到晚：化李清照《声声慢》而来，“守着窗儿，独自怎生得黑？梧桐更兼细雨，到黄昏，点点滴滴。这次第，怎一个愁字了得？”

仙吕·寄生草·饮①

白朴

长醉后方何碍，不醒时有甚思。②糟腌两个功名字，醅渰千古兴亡事，麹埋万丈虹霓志。③不达时皆笑屈原非，④但知音尽说陶潜是。⑤

【注释】

①寄生草：仙吕常用曲牌。本曲一说系范康（字子安）所作，曲题《酒》，为其“酒、色、财、气”四首之一。②“长醉后”二句：长期昏醉有何挂碍，昏睡不醒有何思虑。化用《楚辞·渔父》中“举世皆浊我独清，世人皆醉我独醒”语意。③“糟腌”三句：“糟腌”、“醅渰”、“麹埋”三词同意，用词各别，避免重复。酒把个人的功名，千古的兴亡，无限的壮志都埋葬了。腌，这里有玷污的意思，渰（yǎn）：同“掩”，掩盖，遮蔽。麹：酒糟。虹霓志，气贯长虹的豪情壮志。④屈原：战国时伟大诗人。知音：知己。⑤陶潜：字渊明，东晋著名诗人，淡泊名利，弃县令回乡隐居，诗酒为伴。

双调·夜行船·秋思

马致远

百岁光阴一梦蝶，① 重回首往事堪嗟。今日春来，明朝花谢。急罚盏夜阑灯灭。②

【乔木查】想秦宫汉阙，③ 都做了蓑草牛羊野。不恁么渔樵没话说。④ 纵荒坟横断碑，不辨龙蛇。⑤

【庆宣和】投至狐踪与兔穴，⑥ 多少豪杰。鼎足三分半腰里折，魏耶？晋耶？⑦

【落梅风】天教你富，莫太奢。没多时好天良夜。⑧ 看钱奴更做道你心似铁，⑨ 空辜负了锦堂风月⑩。

【注释】

① 梦蝶：《庄子·齐物论》："昔者庄周梦为蝴蝶，栩栩然蝴蝶也……俄然觉，则蘧蘧然周也。"言即人生就像一场幻梦。②"急罚盏"句：赶快行令罚酒，直到夜深灯熄。夜阑：夜深。③ 秦宫汉阙：秦代的宫殿和汉代的陵阙，这里泛指前代宫阙。④ 不恁（nèn）：不如此，不这样。⑤ 龙蛇：这里指刻在碑上的文字。古人常以龙蛇喻笔势的飞动。李白《草书歌行》："时时只见龙蛇走，左盘右蹙如惊电。"⑥ 至：及至，等到。⑦"鼎足"句：言魏、蜀、吴三国鼎立的形势，到中途就夭折了。最后的胜利者到底是魏呢？还是晋呢？⑧ 好天良夜：好日子，好光景。⑨ 看钱奴：元代杂剧家郑廷玉根据《搜神记》改编的故事，讲述了一个周姓贫民如何变成一个为富不仁，爱财如命的巨富，看钱奴即指此人。一作"看钱奴硬将心似铁"。⑩ 锦堂风月：富贵人家的豪华生活。本句嘲守财奴无福消受。

【风入松】眼前红日又西斜，疾似下坡车。晓来清镜添白雪，① 上床与鞋履相别。② 休笑巢鸠计拙，③ 葫芦提一向装呆。④

【拨不断】利名竭，是非绝。红尘不向门前惹，绿树偏宜屋角遮，青山正补墙头缺，更那堪竹篱茅舍。

【离亭宴煞】蛩吟罢一觉才宁贴，[5]鸡鸣时万事无休歇。争名利何年是彻？[6]看密匝匝蚁排兵，乱纷纷蜂酿蜜，急攘攘蝇争血。裴公绿野堂，[7]陶令白莲社。[8]爱秋来那些：和露摘黄花，带霜烹紫蟹，煮酒烧红叶。想人生有限杯，浑几个重阳节？[9]嘱咐你个顽童记者：便北海探吾来，[10]道东篱醉了也。[11]

【注释】

①添白雪：添白发。②“上床”句：言高卧不起。③鸠巢计拙：指不善于经营生计。《诗·召南·鹊巢》：“维鹊有巢，维鸠居之。”朱熹注：“鸠性拙不能为巢，或有居鹊之成巢者。”一作“莫笑”。④葫芦提：糊糊涂涂。⑤蛩：蟋蟀。宁帖：舒适、熨帖。⑥彻：了结，到头。⑦裴公：唐代的裴度。他历事德宗、宪宗、穆宗、敬宗、文宗五朝，为官二十年。因见宦官当权，便在洛阳修了“绿野堂”，和白居易、刘禹锡饮酒赋诗。⑧陶令：陶潜，因做过彭泽令，所以称“陶令”。相传他曾参加晋代慧远法师在庐山虎溪东林寺组织的白莲社。⑨重阳节：一作登高节，重阳节本有登高习俗。⑩北海：指东汉的孔融。他曾出任过北海相，所以后世称为孔北海。他曾说：“座上客常满，樽中酒不空，吾无忧矣。”⑪东篱：马致远号东篱。他慕陶潜的隐逸生活，因陶潜《饮酒》诗有“采菊东篱下，悠然见南山”之句，乃自号为“东篱”，其散曲集为《东篱乐府》。

中吕·山坡羊·潼关怀古

张养浩

峰峦如聚，[1]波涛如怒，山河表里潼关路。[2]望西都，[3]意踟蹰。[4]伤心秦汉经行处，[5]宫阙万间都做了土。兴，百姓苦。亡，百姓苦。

【注释】

①峰峦如聚：形容群山密集。②“山河”句：言潼关外有黄河，内有华山，形势十分险要。潼关：在今陕西潼关县北，历代皆为军事要地。③西都：指关中一带，周、

秦、汉、北朝、隋、唐等朝均在这里建都。④踟蹰（chí chú）：这里指百感交集，陷入感慨。⑤“伤心”句：言经过秦汉故都，想起兴亡往事，涌起历史的伤感。

正宫·塞鸿秋

郑光祖

功名万里忙如燕，① 斯文一脉微如线，② 光阴寸隙流如电，③ 风霜两鬓白如练④。尽道便休官：林下何曾见？⑤ 至今寂寞彭泽县。⑥

【注释】

①“功名”句：为了功名，像燕子一样忙碌。②“斯文”句：士子的高洁品质已微弱如线。③“光阴”句：时间转瞬即逝。④练：洁白的丝绢。这里指饱经风霜，两鬓白得如素练一样。⑤“尽道”二句：都说就要辞官归隐，可在林下哪里见到了？此是化用唐代灵沏和尚的诗句：“相逢尽道休官去，林下何曾见一人！”⑥“至今”句：直到现在也只有彭泽县令陶渊明真正独自辞官退隐而已。寂寞：此处指孤独、孤单。

黄钟·人月圆·客垂虹

张可久

三高祠下天如镜，① 山色浸空濛。莼羹张翰，② 渔舟范蠡，③ 茶灶龟蒙。④ 故人何在，前程那里，心事谁同？黄花庭院，⑤ 青灯夜雨，白发秋风。

【注释】

①三高祠，在苏州吴县（现属苏州）垂虹桥东，祀越范蠡、晋张翰、唐陆龟蒙，此三人皆吴中高士。②张翰：字季鹰，官洛阳。《晋书·张翰传》载：“因见秋风起，乃思吴中菰菜、莼羹、鲈鱼脍，曰：‘人生贵适志，何能羁宦数千里，以邀名爵乎？’遂命驾而归。”③范蠡：字少伯，生卒年不详，春秋楚国宛（今河南南阳）人。在辅佐勾践复国之后，深知勾践为人“长颈鸟喙”，可与共患难，难与同安乐。《史记·货

殖列传》载："乃乘扁舟浮于江湖，变名易姓，适齐为鸱夷子皮，之陶为朱公。"④ 龟蒙：陆龟蒙，举进士不中；曾为湖州、苏州从事；居松江甫里，经营茶园于顾渚山下。常携书籍、茶灶、笔床、钓具泛舟往来于太湖，自称江湖散人、天随子、甫里先生，后以高士召，不赴。⑤ 黄花：菊花。

中吕·朝天子·西湖

徐再思

里湖，外湖，① 无处是无春处。真山真水真画图，一片玲珑玉。② 宜酒宜诗，宜晴宜雨。销金锅，③ 锦绣窟。④ 老苏，⑤ 老逋，⑥ 杨柳堤梅花墓。

【注释】

① 里湖，外湖：杭州西湖以孤山、白堤、苏堤分隔为里湖、外湖、后湖、南湖。② 玲珑玉：比喻湖光山色澄澈透明像美玉一样。③ 销金锅：比喻挥金如土。周密《武林旧事》载杭人游西湖，"日糜金钱，靡有纪极，故杭谚有'销金锅儿'之号"。④ 锦绣窟：比喻西湖的游人穿金戴银，像堆锦叠绣的窟穴。⑤ 老苏：指苏轼，他曾官杭州刺史，疏浚西湖，葑泥筑堤，后人称之为"苏堤"。因堤上杨柳成荫，又叫"杨柳堤"。⑥ 老逋：指林逋，他隐居西湖孤山，终生未娶，以梅花为妻，鹤为子，人称"梅妻鹤子"，死后葬孤山，世称"梅花墓"。

双调·水仙子·寻梅

乔吉

冬前冬后几村庄，溪北溪南两履霜，① 树头树底孤山上。② 冷风来何处香？忽相逢缟袂绡裳。③ 酒醒寒惊梦，笛凄春断肠，淡月昏黄。

【注释】

① 两履霜：一双鞋沾满了白霜。② 孤山：见徐再思《中吕·朝天子》注释。

③ 缟袂：素绢的衣袖。绡裳：薄绸的下衣。

双调·水仙子·怀友

康海

旧时知己几人存，此日飘零独此身。西风又报黄花信，[1] 越思量越怆神[2]，见如今玉碎花分。奏赋长杨殿，[3] 吟诗五柳村，[4] 怎生能尊酒论文？[5]

【注释】

① 黄花：指菊花。言即秋天到了。② 怆神：悲伤。③ 奏赋长杨殿：长杨殿，即长杨宫。《三辅皇图·宫》："本秦旧宫，至汉修饰之，以备行幸。宫中有垂杨数亩，因为宫名。"故址在陕西省周至县东南。汉代扬雄著有《长杨赋》，此句作者自比为扬雄，回顾他做翰林院修撰的得意之时。④ 吟诗五柳村：晋陶渊明曾写《五柳先生传》自况，五柳村指代隐士的居住处。此句写作者罢官回乡，自比陶潜。⑤"怎生"句：化杜甫《春日忆李白》中"何时一樽酒，重与细论文"句。

双调·水仙子代折桂令·归兴

王九思

一拳打脱凤凰笼，[1] 两脚蹬开虎豹丛，[2] 单身撞出麒麟洞。[3] 望东华人乱拥，[4] 紫罗襕老尽英雄。[5] 参详破邯郸一梦，[6] 叹息杀商山四翁，[7] 思量起华岳三峰。[8]　　思量起华岳三峰，掉臂淮南，[9] 回首关中。[10] 红雨催诗，[11] 青春作伴，黄卷填胸。[12] 骑一个蹇卫儿南村北垅，[13] 过几处古庄而汉阙秦宫。酒盏才空，鼾谁方浓。学得陈抟，[14] 笑杀石崇。[15]

【注释】

① 凤凰笼：束缚个性的牢笼。作者曾任翰林院检讨，因受太监刘瑾案牵连而结束仕途，故曰"打脱凤凰笼"。② 虎豹丛：官场虎豹环伺，喻仕途凶险。③ 麒麟洞：铭

刻功勋的地方，汉宣帝曾在麒麟阁画功臣霍光、苏武等人。④ 东华：即东华门，明代紫禁城东门。⑤ 紫罗襕：达官贵人的官服。⑥ 邯郸一梦：喻富贵如浮云、幻梦。典出沈既济传奇小说《枕中记》，卢生于邯郸道客舍遇吕翁，吕翁授以青瓷枕。卢生梦中进士，官至中书令，封燕国公，生五子，皆显贵。一觉醒来，蒸黍未熟，顿悟，看透穷通荣辱，辞吕翁而去。⑦ 商山四翁：秦末的四位高士，东园公、角（lù）里先生、绮里季、夏黄公，隐于商山，皆八十有余，吕后用张良策招之而出山。⑧ 华岳三峰：指华山。今陕西华阴市境内。⑨ 掉臂淮南：掉臂指摆动手臂，挥手而去。淮南指淮南王刘安，刘安曾作《招隐士》以招天下文士。这里指作者不会顾及别人的召请，挥手而去。⑩ 关中：今陕西，指作者的故乡。⑪ 红雨：指落花，尤指桃花。⑫ 黄卷：古书，古人用辛味、苦味之物染纸以防蠹，纸色黄，故称"黄卷"，写错可用雌黄涂改。⑬ 蹇卫儿：跛驴。卫：驴的别称。⑭ 陈抟：五代宋初著名道士，隐居华山，字图南，号扶摇子。老子故里亳州真源县（今河南鹿邑县太清宫镇陈竹园村）人（或说为普州崇龛人），《宋史》有传，宋太宗赐号希夷先生。⑮ 石崇：（249—300），西晋巨富，字季伦。祖籍渤海南皮（今属河北），生于青州，故小名齐奴。元康初年，出任南中郎将、荆州刺史，在荆州劫掠客商，遂致巨富，有姬绿珠，生活奢豪，与王恺等比富，后为孙秀所谗，招杀身之祸，绿珠自尽。

双调·折桂令·下第嘲友人独轮车

冯惟敏

问先生归计如何？也不张旗，也不鸣锣。小小车儿，低低篷子，款款折磨。① 踡的个腿偎腮软瘫做一朵，② 敦的个手捶胸世不得通活。③ 怕待奔波，且谩腾挪，④ 只落的两眼迷离，四鬓婆娑。⑤

【注释】

① 款款：缓缓地，慢慢地。② 踡（quán）：即蜷，弯曲。③ 世不得：一辈子不得，也作"世不曾"。通活：存活。④ 腾挪：移动。⑤ 婆娑：散乱零落。

双调·夜行船·拟金陵怀古

梁辰鱼

万里涛回，看滔滔不断，古今流水。千年恨都化英雄血泪。徙倚，① 故国秋余，远树云中，归舟天际。山势依旧枕寒流，② 阅尽几多兴废。

【注释】

① 徙倚：徘徊，彷徨。② 山势依旧枕寒流：刘禹锡《西塞山怀古》“山形依旧枕寒流”，一字之变。

中吕·山坡羊·饮池上

朱彝尊

昏鸦初定，凉蝉都静，丝丝鱼尾残霞剩。① 渚烟冷，② 露华凝，香筩笑卷青荷柄。③ 我醉欲眠君又醒。④ 等，帘内声；灯，花外影。

【注释】

① 丝丝鱼尾残霞剩：天空剩下有如丝丝鱼尾一般的红霞。② 渚：水中的小洲。③ 香筩（yǒng）：卷着的，尚未展开的细长荷叶。④ 我醉欲眠：语出梁萧统《陶渊明传》“渊明若先醉，便语客：我醉欲眠，卿可去”。李白《山中与幽人对酌》“我醉欲眠卿且去，明朝有意抱琴来。”

南中吕·尾犯序·赠苏昆生①（套）

吴绮

【尾犯序】风雪打貂裘，相思惊梅，客心催柳。② 古寺栖迟，见白发苏侯，③ 如旧。最喜是中原故老，犹记取《霓裳》雅奏。相怜处，把繁华往事，灯下说从头。

【倾杯序】风流，忆少年，不解愁，游侠争驰骤。也曾向麋鹿台前，④ 貔貅帐里，⑤ 金谷留连，⑥ 玉箫迤逗。⑦ 把豪情倚月，逸气干云，西第南楼，都付与漆园蝴蝶老庄周。⑧

【注释】

①苏昆生：明末清初著名昆曲表演艺术家，与东林党及秦淮名妓李贞丽、李香君关系密切，曾与柳敬亭在左良玉幕下奔走，艺术造诣极高，富于民族气节。词人陈维崧誉之为"南曲当今第一"。②"相思"二句：化用张说《春思》诗"拂黄光变柳，点素早惊梅"，意为见到梅花而思乡，看到柳色则叹做客之久。③苏侯：指苏昆生。古代士大夫之间常以侯为尊称。④麋鹿台：即鹿台，商纣王所建。在今河南境内。一说麋鹿台即姑苏台，吴王夫差所建，在今江苏苏州境内。这里应指南京。⑤貔貅帐里：指英勇善战的军队。貔貅喻勇猛之士，这里指苏昆生曾为左良玉幕僚，左良玉为明末大将。⑥金谷：指金谷园，为晋代石崇所建豪奢宴乐场所，在今河南洛阳。⑦玉箫迤逗：唐代范摅《云溪友议》卷三记载韦皋少游江夏，与侍婢玉箫有情，后两人一别七年，玉箫绝食而死，死后转世成为韦的妾。元代乔吉有杂剧《玉箫女两世姻缘》。这里指苏昆生的风流生活。⑧漆园蝴蝶老庄周：庄周曾为漆园吏，庄周梦蝶言及虚幻。

【玉芙蓉】沧桑一转眸，云雨双翻手。① 到如今萧萧、霜鬓如秋。那些个五侯池馆争相迓，② 只落得六代莺花莽不收。③ 抛红豆，叹知音冷落，向齐廷弹瑟好谁投？④
【小桃红】枉湿了浔江袖，⑤ 还剩得兰陵酒。⑥ 尽红牙拍断红珠溜，⑦ 青鞋踏遍青山瘦，⑧ 把黄冠撇却黄金臭。⑨ 管甚么蛟龙争斗无休。
【尾声】狂歌一曲为君寿，同在此伤心时候，且劝你放眼乾坤做个汗漫游。⑩

【注释】

①云雨双翻手：喻反复无常。②五侯池馆：指权贵之家。③六代莺花：指吴、东晋、宋、齐、梁、陈，言即六代繁华已逝。④齐廷弹瑟：齐国公子孟尝君食客冯谖因不满其待遇，弹铗而歌曰："长铗归来乎！食无鱼。"此处言即怀才不遇。⑤枉湿了浔江袖：化用白居易《琵琶行》"浔阳江头夜送客"、"江州司马青衫湿"之句，有沦落之感。⑥兰陵酒：兰陵在山东，以户美酒著称。李白《客中作》："兰陵美酒郁金香，玉碗盛来琥珀光。"⑦红牙：调节乐曲节拍的拍板，多用檀木做成，红色，故而得名。

⑧ 青鞋：青鞋布袜是云游山水的装束。⑨ 黄冠：道士所戴之帽，也指道士。黄金臭即为铜臭。⑩ 汗漫游：没有目的的闲游逛荡。

【泛读】

王和卿《仙吕·醉中天·咏大蝴蝶》

弹破庄周梦，两翅驾东风，三百座名园一采一个空。谁道风流种？唬杀寻芳的蜜蜂。轻轻的飞动，把卖花人扇过桥东。

刘秉忠《南吕·干荷叶·春感》(二首)

干荷叶，色苍苍，老柄风摇荡。减了清香，越添黄，都因昨夜一场霜，寂寞在秋江上。

干荷叶，色无多，不奈风霜锉。贴秋波，倒枝柯。宫娃齐唱《采莲歌》，梦里繁华过。

卢挚《双调·折桂令·田家》

沙三伴哥来嗏，两腿青泥，只为捞虾。太公庄上，杨柳阴中，磕破西瓜。小二哥细涎剌塔，碌轴上渰着个琵琶。看荞麦开花，绿豆生芽，无是无非，快活煞庄家。

卢挚《黄钟·节节高》

雨晴云散，满江明月，风微浪息，扁舟一叶。半夜心，三更梦，万里别，闷倚篷窗睡些。

关汉卿《双调·大德歌·春夏秋冬》(四首)

子规啼，不如归，道是春归人未归。几日添憔悴，虚飘飘柳絮飞。一春鱼雁无消息，则见双燕斗衔泥。

俏冤家，在天涯，偏那里绿杨堪系马。困坐南窗下，数对清风想念他。蛾眉淡了教谁画？瘦岩岩羞带石榴花。

风飘飘，雨潇潇，便做陈抟睡不着。懊恼伤怀抱，扑簌簌泪点抛。秋蝉儿噪罢寒蛩儿叫，淅零零细雨打芭蕉。

雪纷纷，掩重门，不由人不断魂，瘦损江梅韵。那里是清江江上村？香闺里冷落谁瞅问？好一个憔悴的凭阑人！

马致远《南吕·四块玉·恬退》

酒旋沽，鱼新买，满眼云山画图开，清风明月还诗债。本是个懒散人，又无甚经济才，归去来。

马致远《双调·蟾宫曲·叹世》

咸阳百二山河，两字功名，几阵干戈。项废东吴，刘兴西蜀，梦说南柯。韩信功兀的般证果，蒯通言那里是风魔。成也萧何，败也萧何，醉了由他。

白朴《越调·天净沙·春秋（两首）》

春山暖日和风，阑干楼阁帘栊，杨柳秋千院中。啼莺舞燕，小桥流水飞红。

孤村落日残霞，轻烟老树寒鸦，一点飞鸿影下。青山绿水，白草红叶黄花。

白朴《双调·沉醉东风·渔夫》

黄芦岸白蘋渡口，绿杨堤红蓼滩头。虽无刎颈交，却有忘机友。点秋江白鹭沙鸥。傲杀人间万户侯，不识字烟波钓叟。

白贲《正宫·鹦鹉曲》

侬家鹦鹉洲边住，是个不识字渔父。浪花中一叶扁舟，睡煞江南烟雨。觉来时满眼青山，抖擞绿蓑归去。算从前错怨天公，甚也有安排我处。

贯云石《双调·蟾宫曲》

问东君何处天涯。落日啼鹃，流水桃花。淡淡遥山，萋萋芳草，隐隐残霞。随柳絮吹归那答，趁游丝惹在谁家。倦理琵琶，人倚秋千，月照窗纱。

贯云石《双调·清江引》

弃微名去来心快哉！一笑白云外。知音三五人，痛饮何妨碍？醉袍袖舞嫌天地窄。

张养浩《双调·折桂令·过金山寺》

长江浩浩西来，水面云山，山上楼台。山水相连，楼台相对，天与安排。诗句成风烟动色，酒杯倾天地忘怀。醉眼睁开，遥望蓬莱，一半儿云遮，一半儿烟霾。

张养浩《南吕·一枝花·咏喜雨》

【一枝花】用尽我为国为民心，祈下些值玉值金雨，数年空盼望，一旦遂沾濡。唤省焦枯，喜万象春如故，恨流民尚在途。留不住都弃业抛家，当不的也离乡背土。

【梁州】恨不的把野草翻腾做菽粟，澄河沙都变化做金珠。直使千门万户家豪富，我也不枉受了天禄。眼觑着灾伤教我没是处，只落得雪满头颅。

【尾声】青天多谢相扶助，赤子从今罢叹吁。只愿的三日霖霪不停住。便下的来当街似五湖，都渰了九衢，犹自洗不尽从前受过的苦。

徐再思《黄钟·红锦袍》

那老子陷身在虎狼穴，将夫差仇恨雪，进西施计谋拙。若不早去些，乌喙意儿别。驾着一叶扁舟，披着一蓑烟雨，望他五湖中归去也。

那老子觑功名如梦蝶，五斗米腰懒折，百里侯心便舍。十年事可嗟，九日酒须赊。

种着三径黄花，载着五株杨柳，望东篱归去也。

张可久《中吕·卖花声·怀古》

美人自刎乌江岸，战火曾烧赤壁山，将军空老玉门关。伤心秦汉，生民涂炭，读书人一声长叹！

张可久《正宫·醉太平》

人皆嫌命窘，谁不见钱亲？水晶环入面糊盆，才沾粘便滚。文章糊了盛钱囤，门庭改做迷魂阵。清廉贬入睡馄饨，葫芦提倒稳！

王磐《中吕·朝天子·咏喇叭》

喇叭，唢呐，曲儿小，腔儿大。官船来往乱如麻，全仗你抬声价。军听了军愁，民听了民怕。哪里去辨甚么真共假？眼见得吹翻了这家，吹伤了那家，只吹的水尽鹅飞罢。

无名氏《中吕·朝天子·志感》

不读书有权，不识字有钱，不晓事倒有人夸荐。老天只恁忒心偏，贤和愚无分辨。折挫英雄，消磨良善，越聪明越运蹇。志高如鲁连，德高如闵骞，依本分只落的人轻贱。

不读书最高，不识字最好，不晓事倒有人夸俏。老天不肯辨清浊，好和歹没条道。善的人欺，贫的人笑，读书人都累倒。立身则小学，修身则大学，智和能都不及鸦青钞。

无名氏《中吕·红绣鞋》

窗外雨声声不住，枕边泪点点长吁，雨声泪点急相逐。雨声儿添凄惨，泪点儿助长吁，枕边泪倒多如窗外雨。

孤雁叫教人怎睡？一声声叫的孤凄，向月明中和影一双飞。你云中声嘹亮，我枕上泪双垂，雁儿我争你个甚的。

【精读二】

横波亭为青口帅赋①

元好问

孤亭突兀插飞流，气压元龙百尺楼。②万里风涛接瀛海，千年豪杰壮山丘。③疏星淡月鱼龙夜，老木清霜鸿雁秋。倚剑长歌一杯酒，浮云西北是神州。④

【注释】

①横波亭：位于江苏省连云港市赣榆县，始建于南北朝时期，青口河入海口的南岸，亭台坐落在海边，大约有二十多米高，六角亭盖。金末正大年间，元好问随逃难的人流南下作此诗。②此二句写山亭所在的位置，高耸突兀，亭外波浪滔天，而孤亭挺立，刚勇劲拔。诗人用屹立中流的横波亭作比，激励青口帅移剌瑗抵御外敌。③千年豪杰：从地理形势联想应指刘备，胸怀远志。④“倚剑”二句：旨在劝勉青口屯驻将军不可效许汜之平庸狭隘，应学刘备风采，救国于危亡之际。

同儿辈赋未开海棠（之二）①

元好问

枝间新绿一重重，②小蕾深藏数点红。③爱惜芳心莫轻吐，④且教桃李闹春风。⑤

【注释】

①“同儿辈赋”句：和儿女们一起作关于还没开放的海棠花的诗。②一重重：一

层又一层，形容新生的绿叶茂盛繁密。③ 小蕾：指海棠花的花蕾。④ 芳心：指花的芬芳的花芯。轻吐：轻易、随便地开放。⑤ 且教：还是让。闹春风：在春天里争妍斗艳。

白　沟

刘因

宝符藏山自可攻，儿孙谁是出群雄。① 幽燕不照中天月，② 丰沛空歌海内风。③ 赵普元无四方志，④ 澶渊堪笑百年功。⑤ 白沟移向江淮去，⑥ 止罪宣和恐未公。⑦。

【注释】

① 宝符藏山：《史记·赵世家》中记载："简子乃告诸子曰：'吾藏宝符于常山上，先得者赏。'诸子驰之常山上，求，无所得。毋恤还，曰：'已得符矣。'简子曰：'奏之。'毋恤曰：'从常山上临代，代可取也。'简子于是知毋恤果贤，乃废太子伯鲁，而以毋恤为太子。"这里指宋太祖曾图谋收取幽燕。② 幽燕：今北京及山西大同一带。五代石敬瑭在契丹扶植下建立晋朝，割让燕云十六州给契丹，后汉、后周、宋均未能收复。③ 丰沛：地名，汉高祖刘邦为沛之丰邑人（今江苏省沛县）。④ 赵普：宋太祖、太宗两朝宰相。元，即原。⑤ 澶渊：古湖泊名，在今河南省濮阳市西南。宋真宗景德元年（1004），辽萧太后与辽圣宗亲率大军南下，宋真宗想迁都南逃，因宰相寇准劝阻，勉强至澶州督战。宋军坚守辽军背后的城镇，又在澶州城下射杀辽将萧挞览（一作"凛"）。辽害怕腹背受敌，提出和议。宋真宗畏敌，历来主张议和，先通过降辽旧将王继忠与对方暗通关节，后派曹利用前往辽营谈判，于十二月间（1005年1月）与辽订立和约，规定宋每年送给辽岁币银十万两、绢二十万匹。因澶州在宋朝亦称澶渊郡，故史称"澶渊之盟"。⑥ 白沟：河名，即巨马河，宋辽以此为界。南渡后，江淮就成了宋金的国界了。⑦ 宣和：宋徽宗年号，这里指宋徽宗。公：原本为"平"。

闻捣衣

赵孟頫

露下碧梧秋满天，砧声不断思绵绵。北来风俗犹存古，南渡衣冠不及前。① 苜蓿总肥宛騕袅，② 琵琶曾泣汉婵娟。③ 人间俯仰成今古，何地他时始惘然。

【注释】

① 南渡衣冠：西晋末，晋元帝渡江，建都建业（今江苏南京），中原士族相随南逃，史称“衣冠南渡”。唐刘知幾《史通·邑里》：“异哉，晋氏之有天下也！自雒阳荡覆，衣冠南渡，江左侨立州县，不存桑梓。”后用以借指唐安史之乱后，中原士庶避乱南奔之事。也指北宋末，宋高宗渡江，建都临安（今浙江杭州），中原士庶南迁之事。这句指北方的风俗仍在，南方的风俗却已不见踪影。② 苜蓿：草名，常作为饲料。骙：（fǔ），意为大宛的好马。③ 汉婵娟：指王昭君，琵琶的乐声曾感动昭君。

明皇秉烛夜游图①

高启

花萼楼头日初堕，② 紫衣催上宫门锁。③ 大家今夕燕西园，④ 高爇银盘百枝火。⑤ 海棠欲睡不得成，⑥ 红妆照见殊分明。满庭紫焰作春雾，不知有月空中行。新谱《霓裳》试初按，⑦ 内使频呼烧烛换。知更宫女报铜签，⑧ 歌舞休催夜方半。共言醉饮终此宵，明日且免群臣朝。只忧风露渐欲冷，妃子衣薄愁成娇。琵琶羯鼓相追逐，⑨ 白日君心欢不足。此时何暇化光明，去照逃亡小家屋。⑩ 姑苏台上长夜歌，⑪ 江都宫里飞萤多。⑫ 一般行乐未知极，烽火忽至将如何？⑬ 可怜蜀道归来客，⑭ 南内凄凉头尽白。⑮ 孤灯不照返魂人，⑯ 梧桐夜雨秋萧瑟。

【注释】

① 明皇：唐玄宗李隆基。图画描摹唐玄宗沉溺女色宴乐情景，诗就图画而来。② 花萼楼：花萼相辉楼的简称，是玄宗时代的外交接待、国宴举办的场所，始建于唐代

开元八年（720），位于长安兴庆宫（今日西安市兴庆宫公园）内。“玄宗时登楼，闻诸王音乐之声，咸召登楼，同榻宴谑。”(《旧唐书·让皇帝宪传》) 盛唐时代，花萼相辉楼位列四大名楼之前（即江西的滕王阁、湖北的黄鹤楼、湖南的岳阳楼、山西的鹳雀楼），统称为“天下五大名楼”。③ 紫衣：指宦官。《新唐书·车服志》：“以紫为三品之服。”《新唐书·宦者列传序》：“开元天宝中，宦官黄衣以上三千员，衣朱紫千余人。”④ 大家：指皇帝。蔡邕《独断》“亲近侍从官称（皇帝）曰大家。”燕：一作“宴”。⑤ 爇（ruò）：燃烧。⑥ 海棠：指杨贵妃。《太真外传》：“明皇登沉香亭，召太真妃。于时卯酒未醒，侍儿扶掖而至，妃子醉韵残妆，钗横鬓乱，不能再拜。明皇笑曰：‘海棠春睡未足耶？’”⑦ 霓裳：即《霓裳羽衣曲》。⑧ 知更宫女：宫中专管更漏，报告时间的宫女。铜签：铜铸的更签。⑨ 羯（jié）鼓：古代的一种打击乐器。指各种乐器竞相演奏。续：一作“逐”。⑩“此时”二句：化用聂夷中《田家》诗“我愿君王心，化作光明烛。不照绮罗筵，只照逃亡屋”。⑪ 姑苏台：在苏州城外姑苏山上。《述异记》：“吴王夫差筑姑苏之台，三年乃成。周旋诘曲，横亘五里。崇饰土木，殚耗人力。宫妓千人，上别立春宵宫，为长夜之饮。”⑫ 江都宫：隋炀帝在江都郡（今扬州市）的行宫。⑬ 烽火：本指古代报警的信号，后指战乱。⑭ 蜀道归来客：指唐玄宗。长安收复后，玄宗自蜀中回京，故称。⑮ 南内：即兴庆宫，以其在蓬莱宫之南，故名。明皇自蜀归后居于此。⑯ 返魂人：指杨贵妃。杜甫《哀江头》诗云：“明眸皓齿今何在，血污游魂归不得。”白居易《长恨歌》：“悠悠生死别经年，魂魄不曾来入梦。”

入　塞

于谦

将军归来气如虎，十万貔貅争鼓舞。① 凯歌驰入玉门关，② 邑屋参差认乡土。③ 弟兄亲戚远相迎，拥道拦街不得行。喜极成悲还堕泪，共言此会是更生。④ 将军令严不得住，羽书催入京城去。⑤ 朝廷受赏却还家，父子夫妻保相聚。人生从军可奈何，岁岁防边辛苦多。不须更奏胡笳曲，⑥ 请君听我入塞歌。

【注释】

①貔貅（pí xiū）：猛兽名，比喻勇猛的军队。②玉门关：在今甘肃敦煌西，玉门关外当时也受瓦剌侵扰，但不是作者指挥作战的地区，这里是借用。③此句写战士凯旋归来看到参差不齐饱受战争蹂躏的房屋，还能辨认那里是故乡。④更生：重获生命。⑤羽书：古时征调军队的文书，上插羽毛，表示军情紧急。⑥胡笳：古代胡地的一种器乐，行军时吹奏，这里指军乐。

夏口夜泊别友人①

李梦阳

黄鹤楼前日欲低，汉阳城树乱乌啼。②孤舟夜泊东游客，恨杀长江不向西。

【注释】

①夏口：三国时孙权于今湖北省武昌（旧属鄂州江夏）西筑夏口城。清于此置夏口厅，属湖北省武昌府，民国以后改厅为县，后废县置市，即汉口市，原夏口辖地分别并划归汉口市及蔡甸区。②此二句化用崔颢《黄鹤楼》、李白《黄鹤楼送孟浩然之广陵》。黄鹤楼在今湖北省武昌，与汉阳隔江相对。

初春元美席上赠谢茂秦得关字①

李攀龙

凤城杨柳又堪攀，②谢朓西园未拟还。③客久高吟生白发，④春来归梦满青山。明时抱病风尘下，⑤短褐论交天地间。⑥闻道鹿门妻子在，⑦只今词赋且燕关。

【注释】

①谢茂秦，即谢榛（1495—1575），字茂秦，号四溟山人、脱屣山人，山东临清人。嘉靖间，挟诗卷游京师，与李攀龙、王世贞等结诗社，为“后七子”之一，倡导写诗应摹拟盛唐。②凤城：指京城。③谢朓：南朝齐的诗人，字玄晖，这里借指谢榛。④客久：指谢榛久居京师。⑤此句写谢榛生逢盛世当为进取，却抱病风尘之下，高卧

不起。⑥短褐：粗布衣。此句是说谢榛虽是一介布衣却广交天下。⑦鹿门：山名，在今湖北省襄樊市东南。汉末庞德公携妻子登山，采药不返。此句写谢榛虽客居京师，终会归隐故里。

西湖杂感①（二首）

钱谦益

潋滟西湖水一方，②吴根越角两茫茫。③孤山鹤云花如雪，④葛岭鹃啼月似霜。⑤油壁轻车来北里，⑥梨园小部奏西厢。⑦而今纵会空王法，⑧知是前尘也断肠。（其二）

冬青树老六陵秋，恸哭遗民总白头。⑨南渡衣冠非故国，⑩西湖烟水是清流。⑪早时朔漠翎弹怨，他日居庸宇唤休。⑫苦恨嬉春铁崖叟，⑬锦兜诗报百年愁。⑭（其六）

【注释】

①顺治七年（1650），黄宗羲前往江苏常熟与钱会面，共图抗清，欲招金华马进宝。后钱赴金华访马，东归过杭州，做此诗，共二十首。②潋滟：水光闪动的样子。语出苏轼《饮湖上初晴后雨》“水光潋滟晴方好，山色空蒙雨亦奇”。③吴根越角：指春秋时吴越两国，原指吴越故地之边陲，后泛指江浙一带。④孤山鹤：北宋林逋隐居西湖孤山二十年，种梅养鹤，以梅花为妻，鹤为子，人称“梅妻鹤子”，死后葬孤山。见徐再思《中吕·朝天子·西湖》注释六。⑤葛岭：位于浙江省杭州市西湖之北宝石山西面。海拔166米，相传东晋时著名道士葛洪曾于此结庐修道炼丹，故而得名。⑥油壁轻车：古代女性所乘的车，车壁以油涂饰而得名。北里：唐代长安平康里，因在城之北，故称北里。为当时歌妓聚居之地，泛指风月场所。⑦梨园小部：唐玄宗曾选乐工三百人，宫女数百人，于梨园教授乐曲，选十五岁以下者三十名，称小部。后梨园为戏班的代称。西厢：这里指昆曲《西厢》，即南《西厢》，而王实甫《西厢记》则为北《西厢》。⑧会，悟道。空王：佛的尊称，空王法即佛法。⑨冬青：元至元四年（1267）僧人杨琏真迦，在会稽挖掘南宋六代皇帝的陵墓，会稽人唐珏等召诸少年假扮乞丐，收贮残骸，葬于兰亭山后，上种冬青为识。六陵：南宋六代皇帝的陵墓，

高宗、孝宗、光宗、宁宗、理宗、度宗，位于今浙江绍兴市东三十六里攒宫山下。此二句表达对亡明的哀悼。⑩ 南渡衣冠：见赵孟𫖯《闻捣衣》注释。衣冠：古代士以上的阶层穿戴的服装和帽子，指代士族。这里指宋南渡时从北方避难江南的豪门士族。⑪ 清流：指湖水清澈，这里暗喻坚贞不仕的明代遗民。⑫ 朔漠：指北方。翎：《白翎雀》。白翎雀生于朔漠之地，雌雄和鸣，声调和谐，元世祖忽必烈命伶人因此制曲。这里泛指听到北方的乐曲而哀怨。元朝亡国的时候，皇帝奔逃居庸关外。言即清朝的皇帝也会是如此下场。⑬ 铁崖：元末诗人杨维祯，号铁崖。嬉春：游春。此指杨维祯所作诗名。⑭ 锦兜诗：杨维祯的《嬉春》诗用锦兜押韵。

过吴江有感①

吴梅村

落日松陵道，②堤长欲抱城。③塔盘湖势动，④桥引月痕生。⑤市静人逃赋，江宽客避兵。⑥廿年交旧散，⑦把酒叹浮名。

【注释】

① 吴江：今属苏州市。② 松陵：也指吴江，唐代旧称松陵。③ 堤：宋庆历二年（1042），因风浪大，漕运多有覆舟，故在吴江东修建长堤，明万历三十三年（1605）重修，长八十三里。④ 塔：指吴江华严寺方塔，共七层，宋元祐四年（1089）建。⑤ 桥：指吴江长桥，有七十二洞。月痕：月影。⑥ “市静”二句：是说吴江城因百姓逃避赋税和兵火而显得萧条。⑦ 交旧：旧友。廿年：二十年，指顺治九年复社被取缔，吴梅村感慨二十年的旧友都散落四方。

白　下①

顾炎武

白下西风落叶侵，重来此地一登临。②清笳皓月秋依垒，③野烧寒星夜出林。④万古河山应有主，频年戈甲苦相寻。⑤从教一掬新亭泪，⑥江水平添十丈深。

【注释】

① 白下：古地名，今属南京。② 重来：顾炎武于顺治十四年（1657）曾至南京，顺治十七年（1660）又至南京，故曰“重来”。③ 笳：乐器，汉时流行于西域少数民族一带，这里指清兵的乐器。④ 野烧：野火。⑤ 频年：连年。戈甲：指兵事。相寻：相继。⑥ 新亭：三国时东吴所筑，在今南京市东南。“新亭泪”典出《世说新语·言语》：“过江诸人，每至美日，辄相邀新亭，藉卉饮宴。周候中坐而叹曰：‘风景不殊，正自有山河之异！’皆相视流泪。唯王丞相愀然变色曰：‘当共勠力王室，克复神州，何至作楚囚相对！’”这里用“新亭对泣”的典故表达怀念故国之痛。

内人生日①

吴嘉纪

潦倒丘园二十秋，②亲炊葵藿慰余愁。③绝无暇日临青镜，④频过凶年到白头。海气荒凉门有燕，溪光摇荡屋如舟。不能沽酒持相祝，依旧归来向尔谋。⑤

【注释】

① 内人：妻子的谦称。其妻王睿，字智长，夫妻同是江苏泰州人，能诗。② 潦倒：指人生失意。丘园：指家乡。③ 葵藿：冬葵和豆叶，均可食用。④ 青镜：青铜镜，古时女子用以梳妆。⑤ 尔：你。谋：商量。此用苏轼《后赤壁赋》：“顾安所得酒乎？归而谋诸妇。”

秦淮杂诗①

王士祯

年来肠断秣陵舟，②梦绕秦淮水上楼。十日雨丝风片里，③浓春艳景似残秋。

【注释】

① 此诗作于顺治十八年（1661）。时作者官扬州推官以事至吴郡，归途游南京时所作。秦淮河，在南京城南。② 秣陵：南京古名。秦时改金陵为秣陵，也称“白下”

（见顾炎武《白下》诗注释）。③ 雨丝风片：细雨微风，多指春景。语出汤显祖《牡丹亭·惊梦》："雨丝风片，烟波画船，锦屏人忒看的这韶光贱！"

村家四月词 ①

查慎行

野老篱边独一家，② 卧闻隔竹响缫车。③ 开窗自起看风雨，日在墙头苦楝花。④

【注释】

①《村家四月词》一组，共十首，此为第五。写作者夏历四月在农村的见闻。② 野老：田野中的老人，即老农。③ 缫车：又名缲车，缫丝用具。因有轮旋转以收丝，故谓之车。④ 苦楝：即楝树，楝科落叶乔木，高可达二十米，春季开花，花淡紫色，圆锥花序，花丝合成细管。

【泛读】

元好问《宿菊潭》

田父立马前，来赴长官期。父老切勿往，问汝我所疑。民事古所难，令才又非宜。到官已三月，惠利无毫厘。汝乡之单贫，宁为豪右欺。聚讼几何人，健斗复是谁？官人一耳目，百里安能知。东州长官清，白直下村稀。我虽禁吏出，将无夜叩扉。教汝子若孙，努力逃寒饥。军租星火急，期会则勿违。期会不可违，鞭朴伤汝肌。伤肌尚云可，夭阏令人悲。

元好问《壬辰十二月车驾东狩后即事》

惨澹龙蛇日斗争，干戈直欲尽生灵。高原出水山河改，战地风来草木腥。精卫有冤填瀚海，包胥无泪哭秦庭。并州豪杰知谁在，莫拟分军下井陉。

万里荆襄入战尘，汴州门外即荆榛。蛟龙岂是池中物，虮虱空悲地上臣。乔木他年怀故国，野烟何处望行人？秋风不用吹华发，沧海横流要此身！

赵孟頫《岳鄂王墓》

鄂王坟上草离离，秋日荒凉石兽危。南渡君臣轻社稷，中原父老望旌旗。英雄已死嗟何及，天下中分遂不支。莫向西湖歌此曲，水光山色不胜悲。

刘因《高亭》

高亭云锦绕清流，便是吾家太一舟。山影酒摇千叠翠，雨声窗纳一天秋。襟怀洒落景长胜，云影空明天共游。笑向白鸥问尘世，几人曾信有沧洲？

杨载《春晚喜晴》

积雨俄经月，新晴始见春。苍苔侵别墅，绿水过比邻。性僻居宜远，身闲景易亲。无诗排世累，有酒纵天真。循圃花粘履，凭阑柳拂巾。歌呼从稚子，谈笑或嘉宾。渐喜渔樵狎，仍欣鸟雀驯。幽情延薄莫，浩思集清晨。养拙元非病，为文敢自珍。杜门缘底事，作计懒随人。

萨都剌《送人之浙东》

我还京口去，君入浙东游。风雨孤舟夜，关河两鬓秋。

杨维桢《鸿门会》

天迷关，地迷户，东龙白日西龙雨。撞钟饮酒愁海翻，碧火吹巢双猰貐。照天万古无二乌，残星破月开天余。座中有客天子气，左股七十二子连明珠。军声十万振屋瓦，拔剑当人面如赭。将军下马力排山，气卷黄河酒中泻。剑光上天寒彗残，明朝画地分河山。将军呼龙将客走，石破青天撞玉斗。

刘基《悲杭城》

观音渡口天狗落，北关门外尘沙恶。健儿被发走如风，女哭男啼撼城郭。忆昔江头十五州，钱唐富庶称第一。高门画戟拥雄藩，艳舞清歌乐终日。割膻进酒皆俊郎，呵叱闲人气骄逸。一朝奔迸各西东，玉斝金杯散蓬荜。清都太微天听高，虎略龙韬缄石室。长夜风吹血腥入，吴山浙河惨萧瑟。城上阵云凝不飞，独客无声泪交溢。

刘基《走马引》

天冥冥，云濛濛，当天白日中贯虹。壮士拔剑出门去，手提仇头掷草中。掷草中，血漉漉，追兵夜至深谷伏。精诚感天天心哀，太一乃遣天马从天来，挥霍雷电扬风埃。壮士呼，天马驰，横行白昼，吏不敢窥。戴天之耻，自古有必报，天地亦与相扶持。夫差徒能不忘而报越，栖于会稽又纵之。始知壮士独无愧，鲁庄何以为人为？

刘基《送李子庚之金陵》

含下微波涌碧鳞，湖边草色可怜人。也知使者征书急，莫厌轻舟出郭频。春酒盈缸清似水，时鱼带子白于银。山桃野杏能红紫，醉眼相看意自真。

高启《养蚕词》

东家西家罢来往，晴日深窗风雨响。三眠蚕起食叶多，陌头桑树空枝柯。新妇守箔女执筐，头发不梳一月忙。三姑祭后今年好，满簇如云茧成早。檐前缫车急作丝，又是夏税相催时。

高启《得亡友周记室在系所诗次韵》

拟出罝罗再卜邻，死生俄判两吟身。百年岂料逢今日，四海何由见此人。吴地有园花已尽，楚山无冢草空春。一篇幽愤时时读，风雨寒灯夜独亲。

杨基《登岳阳楼望君山》

洞庭无烟晚风定，春水平铺如练净。君山一点望中青，湘女梳头对明镜。镜里芙蓉夜不收，水光山色两悠悠。直教流下春江去，消得巴陵万古愁。

李东阳《游岳麓寺》

危峰高瞰楚江干，路在羊肠第几盘？万树松杉双径合，四山风雨一僧寒。平沙浅草连天远，落日孤城隔水看。蓟北湘南俱入眼，鹧鸪声里独凭栏。

吴梅村《圆圆曲》

鼎湖当日弃人间，破敌收京下玉关，恸哭六军俱缟素，冲冠一怒为红颜。红颜流落非吾恋，逆贼天亡自荒宴。电扫黄巾定黑山，哭罢君亲再相见。相见初经田窦家，侯门歌舞出如花。许将戚里箜篌伎，等取将军油壁车。家本姑苏浣花里，圆圆小字娇罗绮。梦向夫差苑里游，宫娥拥入君王起。前身合是采莲人，门前一片横塘水。横塘双桨去如飞，何处豪家强载归。此际岂知非薄命，此时唯有泪沾衣。薰天意气连宫掖，明眸皓齿无人惜。夺归永巷闭良家，教就新声倾坐客。坐客飞觞红日暮，一曲哀弦向谁诉？白晰通侯最少年，拣取花枝屡回顾。早携娇鸟出樊笼，待得银河几时渡？恨杀军书抵死催，苦留后约将人误。相约恩深相见难，一朝蚁贼满长安。可怜思妇楼头柳，认作天边粉絮看。遍索绿珠围内第，强呼绛树出雕阑。若非壮士全师胜，争得蛾眉匹马还？蛾眉马上传呼进，云鬟不整惊魂定。蜡炬迎来在战场，啼妆满面残红印。专征箫鼓向秦川，金牛道上车千乘。斜谷云深起画楼，散关月落开妆镜。传来消息满江乡，乌桕红经十度霜。教曲伎师怜尚在，浣纱女伴忆同行。旧巢共是衔泥燕，飞上枝头变凤凰。长向尊前悲老大，有人夫婿擅侯王。当时只受声名累，贵戚名豪竞延致。一斛明珠万斛愁，关山漂泊腰肢细。错怨狂风飏落花，无边春色来天地。尝闻倾国与倾城，翻使周郎受重名。妻子岂应关大计，英雄无奈是多情。全家白骨成灰土，一代红妆照汗青。君不见馆娃初起鸳鸯宿，越女如花看不足。香径尘生乌自啼，屧廊人去苔空绿。换羽移宫万里愁，珠歌翠舞古《梁州》。为君别唱吴宫曲，汉水东南日夜流！

吴梅村《悲歌赠吴季子》

人生千里与万里，黯然销魂别而已。君独何为至于此，山非山兮水非水，生非生兮死非死。十三学经并学史，生在江南长纨绮。词赋翩翩众莫比，白璧青蝇见排诋。一朝束缚去，上书难自理。绝塞千里断行李，送吏泪不止，流人复何倚。彼尚愁不归，我行定已矣。八月龙沙雪花起，橐驼垂腰马没耳，白骨皑皑经战垒，黑河无船渡者几。前忧猛虎后苍兕，土穴偷生若蝼蚁。大鱼如山不见尾，张鬐为风沫为雨。日月倒行入海底，白昼相逢半人鬼。噫嘻乎悲哉！生男聪明慎莫喜，仓颉夜哭良有以，受患只从读书始。君不见，吴季子！

王士祯《秋柳》(四首)

秋来何处最销魂？残照西风白下门。他日差池春燕影，只今憔悴晚烟痕。愁生陌上黄骢曲，梦远江南乌夜村。莫听临风三弄笛，玉关哀怨总难论。

娟娟凉露欲为霜，万缕千条拂玉塘。浦里青荷中妇镜，江干黄竹女儿箱。空怜板渚隋堤水，不见琅琊大道王。若过洛阳风景地，含情重问永丰坊。

东风作絮糁春衣，太息萧条景物非。扶荔宫中花事尽，灵和殿里昔人希。相逢南雁皆愁侣，好语西乌莫夜飞。往日风流问枚叔，梁园回首素心违。

桃根桃叶正相连，眺尽平芜欲化烟。秋色向人犹旖旎，春闺曾与致缠绵。新愁帝子悲今日，旧事王孙忆往年。记否青门珠络鼓，松柏相映夕阳边。

袁枚《马嵬》

莫唱当年长恨歌，人间亦自有银河。石壕村里夫妻别，泪比长生殿上多。

厉鹗《归舟江行望燕子矶作》

石势浑如掠水飞，渔罾绝壁挂清晖。俯江亭上何人坐？看我扁舟望翠微。

龚自珍《歌筵有乞书扇者》

天教伪体领风花，一代材人有岁差。我论文章恕中晚，略工感慨即名家。

【精读三】

点绛唇·夜宿临洺驿

陈维崧

晴髻离离，① 太行山势如蝌蚪。稗花盈亩，② 一寸霜皮厚。③　　赵魏燕韩，④ 历历堪回首。悲风吼，临洺驿口，黄叶中原走。⑤

【注释】

① 晴髻：晴日下的山峰。离离：即历历在目，指状貌清晰。② 稗（bài）花：禾本科植物，可作饲料，泛指稻田里的杂草。③ 霜皮：指稗花的颜色像地面的一层浓霜。④ 赵魏燕韩：指作者的游历之处。⑤ 黄叶：作者自况，喻漂泊不定。

解佩令·自题词集

朱彝尊

十年磨剑，五陵结客，① 把平生涕泪都飘尽。老去填词，一半是空中传恨，几曾围燕钗蝉鬓？　　不师秦七，② 不师黄九，③ 倚新声玉田差近。④ 落拓江湖，且吩咐歌筵红粉，料封侯白头无分！

【注释】

① 五陵：指汉代高祖长陵、惠帝安陵、景帝阳陵、武帝茂陵、昭帝平陵，合称五陵，在今陕西省咸阳市。杜甫《秋兴八首》有“五陵衣马自轻肥”。② 秦七：秦观。③ 黄九：黄庭坚。④ 玉田：张炎。

蝶恋花·出塞

纳兰性德

今古河山无定据。① 画角声中，牧马频来去。满目荒凉谁可语？西风吹老丹枫树。　　从前幽怨应无数。② 铁马金戈，③ 青冢黄昏路。④ 一往情深深几许？深山夕照深秋雨。

【注释】

① 无定据：无定、无准。指自古江山无常，纷争不止。一作“无定数”。② 从前幽怨应无数：一作“幽怨从前何处诉”。③ 铁马金戈：谓战争。《旧五代史·李袭吉传》载李克用与朱温书云：“岂谓运由奇特，谤起奸邪。毒手尊拳，交相于暮夜；金戈铁马，蹂践于明时。”辛弃疾《永遇乐·京口北固亭怀古》：“想当年，金戈铁马，气吞万里如虎。”④ 青冢：用汉代王昭君出塞之典事。《汉书·匈奴传下》：“元帝以后宫良家子王嫱，字昭君赐单于。”昭君死后葬于南匈奴之地（即今内蒙古自治区呼和浩特），北地苦寒，其上却终年有青草，故称“青冢”。此句化用杜甫《咏怀古迹》其三“一去紫台连朔漠，独留青冢向黄昏”。

木兰花慢·杨花①

张惠言

尽飘零尽了，② 何人解当花看？③ 正风避重帘，④ 雨回深幙，⑤ 云护轻幡。⑥ 寻他一春伴侣，只断红相识夕阳间。⑦ 未忍无声委地，⑧ 将低重又飞还。疏狂情性，算凄凉耐得到春阑。⑨ 便月地和梅，花天伴雪，合称清寒。收得十分春恨，做一天愁影绕云山。看取青青池畔，泪痕点点凝班。⑩

【注释】

① 杨花：柳絮。苏轼咏杨花《水龙吟》自注：“柳至易成，飞絮落水中，经宿即

为浮萍。”②尽：任凭。③解：懂得，知道。④正：恰好。⑤回：即避。深幙：幙，同“幕”，帐幕。⑥幡（fān）：泛指旗帜。⑦断红：即“落红”，指落花。⑧未忍：不甘心。委地：落在地下。⑨春阑：春残，春尽。⑩班：同“斑”。

【泛读】

元好问《沁园春·除夕》

再见新正，去岁逐贫，今年逐穷。算公田二顷，谁如元亮。吴牛十角，未比龟蒙。面目堪憎，语言无味，五鬼行来此病同。齑盐里，似扬雄寂寞，韩愈龙钟。　　何人炮凤烹龙，且莫笑先生饭甑空。便看来朝镜，都无勋业。拈将诗笔，犹有神通。花柳横陈，江山呈露，尽入经营惨淡中。闲身在，看薄批明月，细切清风。

元好问《摸鱼儿》

问莲根、有丝多少？莲心知为谁苦。双花脉脉娇相向，只是旧家儿女。天已许！甚不教，白头生死鸳鸯浦。夕阳无语。算谢客烟中，湘妃江上，未是断肠处。　　香奁梦好，好在灵芝瑞露，人间俯仰今古。海枯石烂情缘在，幽恨不埋黄土。相思树，流年度，无端又被西风误。兰舟少住，怕载酒重来，红衣半落，狼藉卧风雨。

陈维崧《贺新郎·赠苏昆生》

吴苑春如绣。笑野老花颠酒恼，百无不有。沦落半生知己少，除却吹箫屠狗。算此外谁欤吾友？忽听一声《河满子》，也非关雨湿青衫透。是鹃血，凝罗袖。　　武昌万叠戈船吼，记当日征帆一片，乱遮樊口。隐隐柁楼歌吹响，月下六军搔首，正乌鹊南飞时候。今日华清风景换，剩凄凉鹤发开元叟！我亦是，中年后。

陈维崧《醉落魄》

寒山几堵，风低削碎中原路。秋空一碧无今古。醉袒貂裘，略记寻呼处。　　男儿身手和谁赌？老来猛气还轩举。人间多少闲狐兔？月黑沙黄，此际偏思汝。

朱彝尊《越调·天净沙》

一行白雁清秋，数声渔笛蘋洲，几点昏鸦断柳。夕阳时候，曝衣人在高楼。

朱彝尊《卖花声·雨花台》

衰柳白门湾，潮打城还。小长干接大长干。歌板酒旗零落尽，剩有渔竿。　秋草六朝寒，花雨空坛。更无人处一凭阑。燕子斜阳来又去，如此江山！

朱彝尊《南乡子》

斗帐杏梁西，不许花蚊内并栖。分与罗衾香缭绕，遮了，一剪微风纨扇小。　明日别离人，未恋今宵月似银。只愿五更风又雨，飞到暮，啼杀杜鹃催不去。

纳兰性德《金缕曲》

谁复留君住？叹人生、几番离合，便成迟暮。最忆西窗同剪烛，却话家山夜雨。不道只、暂时相聚。滚滚长江萧萧木，送遥天、白雁哀鸣去。黄叶下，秋如许。　日归因甚添愁绪。料强似、冷烟寒月，栖迟梵宇。一事伤心君落魄，两鬓飘萧未遇。有解忆、长安儿女。裘敝入门空太息，信古来、才命真相负。身世恨、共谁语。

纳兰性德《蝶恋花》

辛苦最怜天上月，一夕如环，夕夕都成玦。若似月轮终皎洁，不辞冰雪为卿热。　无那尘缘容易绝，燕子依然，软踏帘钩说。唱罢秋坟愁未歇，春丛认取双栖蝶。

张惠言《水调歌头·春日赋示杨生子掞》二首

东风无一事，妆出万重花。闲来阅遍花影，惟有月钩斜。我有江南铁笛，要倚一枝香雪，吹彻玉城霞。清影渺难即，飞絮满天涯。　　飘然去，吾与汝，泛云槎。东皇一笑相语：芳意在谁家？难道春花开落，更是春风来去，便了却韶华。花外春来路，芳草不曾遮。（其一）

今日非昨日，明日复何如？朅来真悔何事，不读十年书。为问东风吹老，几度枫江兰径，千里转平芜。寂寞斜阳外，渺渺正愁予！　　千古意，君知否？只斯须。名山料理身后，也算古人愚。一夜庭前绿遍，三月雨中红透，天地入吾庐。容易众芳歇，莫听子规呼。（其四）

【延伸阅读】

1. 谭正璧：《元曲六大家略传》，上海文艺联合出版社，1957。

2. 孙楷第：《元曲家考略》，上海古籍出版社，1981。

3.〔日本〕盐谷温：《元曲概说》，隋树森译，商务印书馆版，1947。

4.〔日本〕青木正儿：《中国近世戏曲史》，王古鲁译，中华书局，2010。

5. 隋树森：《全元散曲》，中华书局，1964；

6. 隋树森：《元曲选外编》，中华书局，1981。

7. 张景星、姚培谦、王永琪：《元诗别裁集》，岳麓书社，1998。

8.（清）沈德潜：《明诗别裁集》、《清诗别裁集》，岳麓书社，1998。

9. 陆侃如、冯沅君：《中国诗史》，山东大学出版社，1996。

10.（清）朱彝尊：《明诗综》，上海古籍出版社，1993。

11.（明）钱谦益：《列朝诗集小传》，上海古籍出版社，1983。

12. 梁启超：《清代学术概论》、《中国近三百年学术史》，朱维铮校注：《梁启超论清学史二种》，复旦大学出版社，1985。

13. 叶嘉莹：《清词丛论》，北京大学出版社，2008。

14. 龙榆生：《近三百年名家词选》，上海古籍出版社，2012。

15. 钱穆：《中国近三百年学术史》，中华书局，1986。

第十七章　从灵趣空间走向大气格局：明清散文

【导读】

诗文一如并蒂双生花，代表华夏千年文统。千载而来，品诗、论诗自有一套体系。然散文因其“散”，而难以一统圭臬，正所谓“文章千古事，得失寸心知”，静思感悟，沉潜把玩也许是一良方。秦汉、六朝、唐宋散文或沉思翰藻，或经世致用，千年口碑，毋庸置疑。金元散文相对资质平庸，乏善可陈。至于明清散文，陈平原先生将小品文和桐城散文概括为“文人之文”和“学者之文”，小品文轻巧灵秀、光彩流离；桐城散文朴实大气、典制分明。

陈独秀《文学革命论》云：“今日中国之文学，委琐陈腐，远不能与欧洲比肩。此妖魔为何？明之前后七子及八家文派之归、方、刘、姚是也。此十八妖魔辈，尊古蔑今，咬文嚼字，称霸文坛。”除却小品文，两代文章几乎无有幸免，统统打入冷宫。清代最为重要的“桐城派”散文在陈独秀看来也是“悉承前代之弊”。胡适《文学改良刍议》亦横扫了从七子到归有光再到桐城派诸家文章。明清正统散文是否真如陈独秀所言“直无一字有存在之价值”?

明清两代最具价值的当属小品文，尤其是晚明小品。所谓“小品”，原指六朝时佛经略本。虽明以前具备小品性质的文字很多，包括韩柳欧苏、皮日休、陆龟蒙等皆有精彩的文字传世，但尚不能称其为小品文。直到明代，陈继儒、王思任等以“小品”

命名自己的文集，并出现了《皇朝十六家小品》、《闲情小品》等文集，小品文才渐次成为一类散文的专门称谓。"五四"新文化干将对小品文评价甚高，周作人、林语堂等纷纷拥趸。林语堂《四十自叙诗》曾言："近来识得袁中郎，喜从中来乱狂呼。"可见一斑。晚明与"五四"时建立起遥远的默契，值得我们关注。但《四库全书总目》云："明之末造，太仓、历下，余焰犹张，公安、竟陵，新声屡变，文章衰敝，莫甚斯时。"可见小品文在清代并不得厚爱。

林语堂1934年4月《人间世》发刊词中说："盖小品文，可以发挥议论，可以畅泄衷情，可以摹绘人情，可以形容世故，可以札记琐屑，可以谈天说地，本无范围，特以自我为中心，以闲适为格调，与各体别，西方文学所谓个人笔调是也。故善治情感与议论于一炉。"鲁迅先生在《小品文的危机》一文中称之为"文学上的小摆设"，但这小摆设"虽然比较的颓放，却并非全是吟风弄月，其中有不平，有讽刺，有攻击，有破坏"。这对于林语堂所言"以闲适为格调"的见解似有不同。鲁迅先生虽然承认其确实"能给人愉快和休息"，但"它给人的愉快和休息是休养，是劳作和战斗之前的准备"，他强调"生存的小品文，必须是匕首，是投枪，能和读者一同杀出一条生存的血路的东西"。将林、周二人的观点合二为一恐怕比较全面，且兼顾了小品文历来的面貌。

明初，朱元璋推行集权政治，大兴党狱、文字狱，除开国文臣宋濂、刘基尚有"不平"之鸣外，其余皆位卑声弱。宋濂《记李歌》将饱满深挚的情感给予一位风尘娼女，"或有狎之者，辄拂袖径出，弗少留；他日或再招，必拒不往"。为其高洁本质作记讴歌，人文关怀浓烈，文风"雍容浑穆"，有唐宋古文韵致，叙述从容，文字精洁，虽三言两语，却已立体传神。此外，宋濂和刘基皆喜用寓言小品来讽喻时事，如宋濂之《束氏狸狌》、《尊卢沙》等。刘基《郁离子》集中之《狙公》、《僰（bó）人养猴》、《良桐为琴》等也是如此，刺贪刺惰刺妄，刻画如刀如画，尺幅虽小，文意深远。

随后成化、弘治年间的李东阳，上承台阁体，下启前后七子，追求文章典雅流丽，主张师法先秦古文，但未脱台阁体风。理论虽有局限，创作不乏佳作，比如《记女医》，字顺理达，引而不发，将真知洞见藏于笔端。随后，李梦阳、何景明、李攀龙、王世贞等为领袖的前后七子始立门户，以“复古”为大旗，以期疗救“八股文”迂腐之弊、“台阁体”贫乏之病。但旧病未除，却添新病。其病一，七子一味拟古，“文必秦汉”的偏执口号钳制了散文的发展空间，李梦阳“宋德兴而古之文废矣”(《论学上篇》)，李攀龙“文自西京、诗自天宝而下，俱无足观”(《明史·李攀龙传》)，王世贞更是断言“唐之文庸”、“宋之文陋”、“元无文”(《艺苑卮言》卷三)。可见多少好文皆成沧海遗珠。其病二，前后七子历弘治、正德、嘉靖、隆庆，影响颇大，或互为标榜，或互为攻讦，门户相争，令人生厌。但客观来讲，其创作却有突破自身主张的局限，如李梦阳《梅山先生墓志铭》、王世贞《题海天落照图后》皆可圈可点。

此时的七子名播天下，好之者推为一代宗匠，眼见唐宋文章屡遭荼毒，归有光挺身而出，抨击七子谤伤古文，主张研习唐宋诸家，高举“唐宋派”大旗，反对一味拟古。他的散文远承《史记》，近学韩、欧，其中最好的当属记人记事之作。寻常琐事，细腻真挚，感人至深，写侍女寒花“目眶冉冉动”，写年幼小女“见书辄以指循行，口作声，若甚解者”，能将主仆、舐犊之情写得如此缱绻温情的也寻不出第二人了，他的《项脊轩志》、《寒花葬志》、《尚书别解序》、《先妣事略》等都是佳作。继归有光之后，“公安派”再度对七子发难，七子的影响终于偃旗息鼓了。此外，归有光对清代桐城派的影响也值得关注。

“公安三袁”之袁中郎，尔后“竟陵派”、王思任，再加张岱，一波接一波，汇成晚明小品之中流。袁宏道主张“独抒性灵，不拘格套”，亦有李贽《童心说》的影子，写文讲究韵与趣。他的《满井游记》写春色里的京郊一派勃勃生机，不啻看作作家内心的外化，文中“冰皮时解”、“波色乍明”正是“性灵说”的灵魂图画。他的《孤山》虽称林和靖是“世间第一种便宜人”，但其字里行间能读出焦虑和矛盾，联系他在官场和山林之间屡次往复的人生经历就不难明白其心思了。此外不得不提，袁宏道的《徐文长传》堪称奇文，更是写活了徐渭这位奇人，正经替人做传，开篇却用小说笔法，屡设悬念，令人过目不忘，当真是晚明小品文的宗主。王思任则以山水游记见长，他的《剡溪》将自然风物与历史掌故融为一体，内韵深厚。

明清易代之际，张岱的文章遗世独立，堪称小品文之集大成者。《陶庵梦忆》佳作纷呈。《自为墓志铭》从开篇“极爱繁华，好精舍，好美婢，好娈童，好鲜衣，好美食……”，不设过渡，笔锋突转“劳碌半生，皆成梦幻，年过五十，国破家亡”，字字读来不是追忆竟是锥心。不管是《陶庵梦忆》，还是《琅嬛文集》、《西湖梦寻》，张岱执着于武林旧事，西湖烟波，唱戏、扫墓、说书、品茶，看似无意写来，文字亦洗尽铅华，但此中却大有深意。《西湖七月半》阅尽人世百态，各色人等粉墨登场，填满西湖。直到“月色苍凉，东方将白”，稠人散去，“吾辈纵舟，酣睡于十里荷花之中，香气拍人，清梦甚惬”。看似追念逃嚣里湖的一次赏玩，其实是遗老孤臣的魂归，昔日繁华只是今朝清梦，沉湎其中更是因为不愿直面梦醒之后的心灰意冷，家国支离破碎，前路山穷水尽！《湖心亭看雪》可以比照来读，心意相通，深得小品之精髓。

清代文治森严，尤以康乾以降，文人多在训诂、考据中埋头避祸。此前尚有顾炎武、黄宗羲等经世致用之作。顾炎武认为文章若不关六经之旨，不关当世之务就可不必动笔了，“文须有益于天下”。他给友人的论学书札朴实深邃，博学于文，内敛沉静，是真正的“学者之文”，后被收于《日知录》。当然也有人觉得读他的文章水波不兴，少了才子气，不过历来才情与学识总是不能兼得。作为前朝移民，顾炎武亲历抗清，曾血战苏州、昆山。《与叶讱庵书》可见其民族气节，他辞拒博学鸿词的征选，又拒绝编修明史的邀请，直言“七十老翁何所求？正欠一死，若必相逼，则以身殉之矣”，可谓言之切切！

和顾炎武相同，黄宗羲也抗清也主张文章原本“六经”，但他还说“凡情之至者，其文未有不至者也”，这点和顾炎武又有所不同。陈平原先生认为清初学者中，能将生命、性情、学问融为一体，而且能用恰到好处的文字表达出来的，黄宗羲是第一位。其一，其文优点在于格局大，古今体式具备胸中，有史家胸怀，晚明小品诸人拿不起的“大题目”，于他却游刃有余。他的《怪说》一文，真实道出其晚年“死而不死”的绝境。“悬书购余者二，名捕者一，守围城者一，以谋反告讦者二三，绝气沙墠者一昼夜，其他连染逻哨之所及，无岁无之，可谓濒于十死者矣。”即便如此，他仍然著书立说，其胸怀其阅历其气节令人叹服！其二，他讲“叙事须有风韵”，“每写一二无关系之事，使其人之精神生动”，与司马迁心意相通，正可谓写人秘笈，这一点在《女孙阿迎墓砖》、《思旧录》中都可以看到。但后来的桐城派散文诸家却力避此类小说笔法，结果雅洁有余，血肉不足。

康乾以后，文网愈密，文人噤若寒蝉，不敢再写这类文章了。此时出现了主张考据、义理、文章三结合的桐城派，方苞、刘大櫆、姚鼐史称“桐城三祖”。方苞奠其基，刘大櫆继其后，姚鼐集大成。方苞的文章雅洁有度，刘大櫆有棱有角，姚鼐则平淡自然。姚鼐高寿且亲力亲为讲学长达四十余年，对桐城派的传播功不可没。“三祖”之后，嘉、道、咸、同、光、宣代有传人，其名家有梅曾亮、方东树、刘开、曾国藩、张裕钊、吴汝纶、林纾、马其昶等。“天下文章，其在桐城”，绵延两百多年，蔚为奇观。1917 年，钱玄同为响应陈独秀、胡适的“白话文学”运动将其斥为“桐城谬种”、“选学妖孽”(《寄胡适之》)，陈独秀将其视作“八家与八股之混合体也”，周作人更是直到 60 年代仍在扫荡桐城派。客观来讲，此时江山尘埃落定，易代的切肤之痛在乾嘉文人心中已然淡去，文字狱却还在，仅乾隆就兴狱一百三十多次，你让他们如何“赋到沧桑句便工”？所以简淡规矩，四平八稳。桐城派学继程朱，文学韩欧，讲求法度，推崇雅驯，时有卫道热情，但总体而言文章堂堂正正，好学有用，且大抵清通、雅洁。科举不废，桐城不灭，骂也没有用。它将“时文”和“古文”最大限度地调和，审美和功能并举，已属不易。

晚清则有龚自珍、梁启超、章炳麟等人诉诸新思想，其文也曾风行一时，龚自珍的《病梅馆记》，章炳麟的《〈革命军〉序》，梁启超《少年中国说》算是传统散文最后的谢幕。千年“古文”，作为旧时代的殉葬，“五四”以后终于走到了尽头！

【精读一】

记李歌 ①

宋濂

李歌者，霸州人。② 其母一枝梅，倡也。③ 年十四，母教之歌舞。李艴然曰：④ “人皆有配偶，我可独为倡耶？”母告以衣食所仰，不得已。与母约曰：“媪能宽我，不脂泽，⑤不荤肉，则可尔；否则有死而已！”母惧，阳从之。⑥

自是缟衣素裳，唯拂掠翠鬟⑦，然姿容如玉雪，望之宛若仙人，愈致其妍。人有招之者，李必询筵中无恶少年乃行。未行，复遣人觇之。⑧人亦熟李行，不敢以亵语加焉。李至，歌道家游仙辞数阕，俨容默坐。或有狎之者，辄拂袖径出，弗少留；⑨他日或再招，必拒不往。

益津县令年颇少，⑩以白金遗其母，⑪欲私之。李持刀入户，以巨木撑柱，骂曰：“吾闻县令为风化首，⑫汝纵不能而忍坏之耶？今冠裳其形而狗彘其行，⑬乃真贼尔！岂官人耶？汝即来，汝即来，吾先杀汝而后自杀尔！”令惊走。

时监州闻其贤，⑭有子方读书，举秀才，聘为之妇，李尚处子也。居数年，天下大乱，夫妇逃难，俱为贼所执。贼悦李有殊色，欲杀其夫而妻之。李抱其夫诟曰：⑮“汝欲杀吾夫即先杀我，我宁死决不从汝作贼也！”贼怒，并杀之。吁！倡犹能有是哉！可慨也。

【注释】

①李歌：歌妓。②霸州：今河北霸州市。③倡：同“娼”，歌妓。④艴（fú）然：生气的样子。⑤不脂泽：不施脂粉。⑥阳：表面上。⑦缟衣：白绢的衣服。翠鬟：妇女发式的美称。⑧觇（chān）：窥视。⑨径出：直接离开。弗：不。⑩益津：即霸州。⑪白金：指银子。遗（wèi）：赠送。⑫风化首：教化之首。⑬狗彘：犬与猪，常比喻行为恶劣或品行卑劣的人。⑭监州：即“通判”，明代设于府，分掌粮运、督捕、水利等事务。⑮诟：责骂。

寒花葬志①

归有光

婢，魏孺人媵也。②嘉靖丁酉五月四日死，③葬虚丘。④事我而不卒，命也夫！

婢初媵时，年十岁，垂双鬟，⑤曳深绿布裳。⑥一日天寒，爇火煮荸荠熟，⑦婢削之盈瓯。⑧余入自外，取食之，婢持去不与，魏孺人笑之。孺人每令婢倚几旁饭，即饭，目眶冉冉动，⑨孺人又指余以为笑。回思是时，奄忽便已十年，⑩吁！可悲也已！

【注释】

①寒花：婢女名。志：记。②魏孺人：作者的妻子魏氏。孺人：明七品官的妻子的封号。媵（yìng）：古代陪嫁之人。③嘉靖丁酉：嘉靖十六年（1537）。嘉靖，明世宗朱厚熜年号（1522—1566）。④虚丘：古虚丘邑在今山东省境内。江苏昆山东南有邱虚镇，或为二字倒置，归有光即昆山人。一说"虚邱"指荒地。⑤鬟（huán）：妇女梳的环形的发髻。⑥曳：拖着，这里是穿的意思。⑦爇（ruò）：烧。荸荠：多年生草本植物，可以吃。⑧瓯（ōu）：小瓦盆。⑨冉冉：慢慢地。⑩奄忽：快速。

尚书别解序

归有光

嘉靖辛卯，①余自南都下第归，②闭门扫轨，③朋旧少过，④家无闲室，昼居于内，日抱小女儿以嬉。儿欲睡，或乳于母，即读《尚书》。儿亦爱弄书，见书辄以指循行，⑤口作声，若甚解者，故余读常不废。⑥时有所见，用著于录。意到即笔，不得留，昔人所谓兔起鹘落时也。⑦无暇为文章，留之箱笥，⑧以备温故。⑨章分句析，有古之诸家在，不敢以比拟，号曰《别解》。

余尝谓观书若画工之有画耳目口鼻大小肥瘠无不似者，而人见之不以为似也，其必有得其形而不得其神者矣。余之读书也，不敢谓得其神，乃有意于以神求之云。

【注释】

①嘉靖辛卯：即嘉靖十年（1531）。②南都：指南京。下第：即落第，科举未考中。③闭门扫轨：扫轨即扫除车辙，表示断绝交游，这里指闭门断绝与人交往。《后汉书·杜密传》："闭门扫轨，无所干及。"④过：来访。⑤循行：顺着字行。⑥不废：不被耽误。⑦昔人：指苏东坡。兔起鹘（hú）落：鹘，猛禽。兔子刚刚跃起，鹘已

经猛冲下去。指作家、画家下笔迅速，才思敏捷。苏轼《文与可画筼筜谷偃竹记》里说："执笔熟视，乃见其所欲画者，急起从之，振笔直遂，以追其所见，如兔起鹘落，少纵则逝矣。"⑧ 筥（jǔ）：圆形的竹器。⑨ 温故：《论语·为政》云"温故而知新"。

题孔子像于芝佛院①

李贽

人皆以孔子为大圣，吾亦以为大圣；皆以老、佛为异端，② 吾亦以为异端。人人非真知大圣与异端也，以所闻于父师之教者熟也；③ 父师非真知大圣与异端也，以所闻于儒先之教者熟也；④ 儒先亦非真知大圣与异端也，以孔子有是言也。其曰"圣则吾不能"，⑤ 是居谦也。⑥ 其曰"攻乎异端"，⑦ 是必为老与佛也。

儒先亿度而言之，⑧ 父师沿袭而诵之，小子朦聋而听之。⑨ 万口一词，不可破也；千年一律，不自知也。不曰"徒诵其言"，而曰"已知其人"；不曰"强不知以为知"，而曰"知之为知之"。⑩ 至今日，虽有目，⑪ 无所用矣！

余何人也，敢谓有目？亦从众耳。既从众而圣之，亦从众而事之，⑫ 是故吾从众事孔子于芝佛之院。

【注释】

① 芝佛院：湖北省麻城市东十五公里的一座佛院，李贽在此著书讲学十余年。本文即在芝佛院时所写。② 老、佛：指道家与佛教。异端：不符合正统思想的观念和主张，这里指儒家以外的其他思想学说。③ 以：因为。④ 儒先：儒家先辈。此句意为听惯了父亲和老师的教导。⑤ 圣则吾不能：《孟子·公孙丑上》："昔者子贡问于孔子曰：'夫子圣矣乎？'孔子曰：'圣则吾不能，我学不厌而教不倦也。'"⑥ 居谦：表示谦虚。⑦ 攻：攻击，批判。《论语·为政》："子曰：'攻乎异端，斯害也已。'"孔子时还未有道教和佛教，将此处的"异端"解为老、佛，说明这些"儒先"的无知。⑧ 亿度：猜测。亿，通"臆"，料想。⑨ 小子：后生晚辈。朦聋：同"朦胧"。此句指盲目听从。⑩ 知之为知之：《论语·为政》："子曰：'由，诲女知之乎？知之为知之，不知

为不知，是知也。’”⑪ 目：这里指眼力，即明辨是非的能力。⑫ 事之：此处指供奉孔子的佛像。

徐文长传 ①

袁宏道

余一夕坐陶太史楼，② 随意抽架上书，得《阙编》诗一帙。③ 恶楮毛书，④ 烟煤败黑，⑤ 微有字形，稍就灯间读之。读未数首，不觉惊跃，忽呼周望：“《阙编》何人作者？今耶？古耶？”周望曰：“此余乡徐文长先生书也。”两人跃起，灯影下，读复叫，叫复读。僮仆睡者皆惊起。盖不佞生三十年，⑥ 而始知海内有文长先生。噫，是何相识之晚也。因以所闻于越人士者，⑦ 略为次第，⑧ 为《徐文长传》。

【注释】

① 徐文长即徐渭（1521—1593），绍兴府山阴（今浙江绍兴）人。初字文清，后改字文长，号天池山人、青藤道人等。② 一夕：指万历二十五（1597）年三月作者游绍兴时的一天晚上。陶太史：陶望龄，字周望，号石篑，绍兴人。万历十七年（1589）会试第一，廷试第三，初授翰林院编修，官至国子监祭酒。明代史馆事多以翰林任之，故称翰林为太史。③ 帙（zhì）：书册。④ 恶楮（chǔ）毛书：粗糙的纸质，拙劣的书写。楮即榖树，树皮可造纸。⑤ 烟煤败黑：形容印书的墨质不好。⑥ 不佞：自谦词，意同“不才”、“小可”之类。⑦ 越：古国名，地域大致相当于现在浙江东部。⑧ 次第：编排。

徐渭，字文长，为山阴诸生，① 声名藉甚。② 薛公蕙校越时，③ 奇其才，④ 有国士之目。⑤ 然数奇，⑥ 屡试辄蹶。⑦ 中丞胡公宗宪闻之，⑧ 客诸幕。⑨ 文长每见，则葛衣乌巾，⑩ 纵谈天下事，胡公大喜。是时，公督数边兵，⑪ 威振东南，介胄之士，⑫ 膝语蛇行，⑬ 不敢举头，而文长以部下一诸生傲之，议者方之刘真长、杜少陵云。⑭ 会得白鹿，⑮ 属文长作表，⑯ 表上，永陵喜。⑰ 公以是益奇之，一切疏记，⑱ 皆出其手。文长自负才略，好奇计，谈兵多中，视一世士，无可当意者，然竟不偶。⑲

【注释】

①山阴：今浙江绍兴。诸生：明代经过省内各级考试，录取入府、州、县学者，称生员。②声名藉甚：名声很大。藉甚，盛大，很多。语出《汉书·陆贾传》"贾以此游汉廷公卿间，名声藉甚"。③薛公蕙：薛蕙，字君采，亳州（今安徽亳州市）人。正德九年（1514）进士，任吏部考功司郎中。校：考核，他曾任绍兴府考官，所以称"校越"。④奇（qí）：惊叹。⑤国士之目：对杰出人物的评价。国士，国中才能出众的人。目：品评，评价。⑥数奇（jī）：命运坎坷，遭遇不顺。数：命运。奇：不遇，不顺。语出《史记·李将军列传》："以为李广老，数奇，毋令当单于。"⑦辄蹶（jué）：总是考不中。蹶：跌倒。⑧中丞胡公宗宪：胡宗宪，字汝贞，绩溪（今属安徽）人。嘉靖进士，时任浙江巡抚，有平倭之功，因投靠严嵩，严嵩倒台后，他也下狱死。⑨客诸幕：把他请到幕府中做幕僚，作为幕宾。"客"用作动词。⑩葛衣乌巾：身着葛布做的衣，头戴黑纱做的头巾。这里指布衣装束。⑪督数边兵：嘉靖三十五年（1556）胡宗宪总督南直隶、浙、闽等省军务。⑫介胄之士：披甲戴盔之士，指将士们。⑬膝语：跪着说话，蛇行：爬着走路。膝语蛇行，形容恭敬惶恐的样子。⑭方：比拟。刘真长：晋朝刘惔，字真长，著名清谈家，曾为简文帝幕中上宾。杜少陵：杜甫，在蜀时为剑南节度使严武的幕僚。刘真长、杜少陵皆为幕僚但不在长官面前拘礼。⑮会：适逢。白鹿：《徐文长自著畸谱》："三十八岁，孟春之三日，幕再招，时获白鹿二……令草两表以献。"⑯属：同"嘱"。表：一种臣下呈于君主的文体，一般用来陈述衷情，颂贺谢圣。⑰永陵：明世宗嘉靖皇帝的陵墓，这里指嘉靖皇帝。⑱疏记：指奏章、奏记。疏：即臣下给皇帝的奏疏。记：书牍、札子。⑲不偶：不遇，指仕途不顺。

文长既已不得志于有司，①遂乃放浪曲蘖，②恣情山水，走齐、鲁、燕、赵之地，穷览朔漠。③其所见山崩海立、沙起云行、风鸣树偃、幽谷大都、④人物鱼鸟，一切可惊可愕之状，一一皆达之于诗。其胸中又有勃然不可磨灭之气，英雄失路、托足无门之悲，故其为诗，如嗔，⑤如笑，如水鸣峡，如种出土，⑥如寡妇之夜哭，羁人之寒起。⑦虽其体格时有卑者，然匠心独出，有王者气，⑧非彼巾帼而事人者所敢望也。⑨文有卓识，气沉而法严，不以模拟损才，不以议论伤格，⑩韩、曾之流亚也。⑪文长既雅不与时调合，⑫当时所谓骚坛主盟者，⑬文长皆叱而奴之，故其名不出于越，悲夫！喜作书，笔意奔放如其诗，苍劲中姿媚跃出，欧阳公所谓“妖韶女老自有余态”者也。⑭间以其余，⑮旁溢为花鸟，⑯皆超逸有致。

【注释】

①有司：主管部门的官员。②曲蘖（niè）：即酒母，酿酒的发酵物，后指代酒。③穷览朔漠：指游历北方沙漠地区。万历四年（1576），徐渭曾应宣化巡抚吴兑之聘，赴塞北重镇宣化做客。④大都：大的都市。⑤嗔：生气。⑥如种出土：像种子萌芽出土。⑦羁人：客居他乡之人。⑧王者气：指高傲气派。⑨巾帼：古代妇人的头巾和发饰，用以指代妇女。巾帼事人：指阴柔卑屈，趋奉权贵的文人。⑩格：指诗歌格调。⑪韩、曾：指韩愈、曾巩。流亚：同类人物。⑫雅：平素，向来。时调：指当时盛行于文坛的拟古风气。⑬骚坛：文坛。主盟者：指嘉靖时后七子的代表人物王世贞、李攀龙等，崇尚拟古。徐渭因布衣身份被排斥，誓不与之为伍。⑭“欧阳公”句：欧阳修《水谷夜行寄子美圣俞》有句云：“譬如妖韶女，老自有余态。”妖韶：美艳。原文指苏子美的诗，这里借论书法。⑮间：有时。余：余力。⑯花鸟：指画花鸟。

卒以疑杀其继室，①下狱论死。张太史元汴力解，②乃得出。晚年愤益深，③佯狂益甚，④显者至门，或拒不纳；⑤时携钱至酒肆，呼下隶与饮；⑥或自持斧击破其头，血流被面，头骨皆折，揉之有声；或以利锥锥其两耳，深入寸余，竟不得死。⑦周望言：“晚岁诗文益奇，无刻本，集藏于家。”余同年有官越者，⑧托以钞录，今未至。余所见者，《徐文长集》、《阙编》二种而已，⑨然文长竟以不得志于时，抱愤而卒。

石公曰：[10]“先生数奇不已，遂为狂疾。狂疾不已，遂为囹圄。[11]古今文人，牢骚困苦未有若先生者也。虽然，胡公间世豪杰，[12]永陵英主，幕中礼数异等，[13]是胡公知有先生矣；表上，人主悦，是人主知有先生矣，独身未贵耳。先生诗文崛起，一扫近代芜秽之习，[14]百世而下，自有定论，胡为不遇哉？梅客生尝寄予书曰：[15]‘文长吾老友，病奇于人，人奇于诗。’余谓文长，无之而不奇者也。无之而不奇，斯无之而不奇也，悲夫！”

【注释】

①卒以疑：最终由于疑心。继室：续娶的妻子。②张太史元汴：张元汴，字子荩，山阴人，隆庆五年（1571）廷试第一，官至翰林侍读，故称太史，著有《绍兴府志》。③晚年愤益深：胡宗宪被徐阶处死后，徐渭更加愤激。④佯狂：装疯。张汝霖《刻需徐文长佚书序》：“其后少保（指胡宗宪）以缇骑收，文长恐连，遂佯狂，寻乃即真。”⑤显者：富贵人。拒不纳：谢绝宾客。万历十年（1582），徐渭抱病回家。⑥下隶：衙门差役。⑦“或以”三句：徐渭癫狂时的状态。⑧同年：同科考中的人，互称“同年”。⑨《徐文长集》、《阙编》：此为万历十八年（1590）作者自刻的两种文集。⑩石公：作者的号。⑪囹圄（líng yǔ）：监狱。⑫间世豪杰：间隔几世才出现的豪杰。古称三十年为一世。⑬礼数异等：所受的礼遇和别人不同。⑭芜秽：杂乱、繁冗。⑮梅客生：梅国桢，字客生，湖北麻城人。万历进士，官兵部右侍郎。

西湖七月半[1]

张岱

西湖七月半，一无可看，止可看看七月半之人。[2]看七月半之人，以五类看之。其一，楼船箫鼓，[3]峨冠盛筵，[4]灯火优傒，[5]声光相乱，名为看月而实不见月者，看之；其一，亦船亦楼，名娃闺秀，[6]携及童娈，[7]笑啼杂之，环坐露台，[8]左右盼望，身在月下而实不看月者，看之；其一，亦船亦声歌，名妓闲僧，浅斟低唱，弱管轻丝，[9]竹肉相发，[10]亦在月下，亦看月而欲人看其看月者，看之；其一，不舟不车，⑪不衫不帻，⑫酒醉饭饱，呼群三五，跻入人丛，⑬昭庆、断桥，⑭嘄呼嘈杂，⑮装假醉，唱无腔曲，⑯月亦看，看月者亦看，不看月者亦看，而实无一看者，看之；其一，小船轻幌，⑰净几暖炉，茶铛旋煮，⑱素瓷静递，⑲好友佳人，邀月同坐，或匿影树下，或逃嚣里湖，⑳看月而人不见其看月之态，亦不作意看月者，看之。

【注释】

①七月半：农历七月十五，又称“中元节”。②止：同“只”。③楼船：指有楼的大船。箫鼓：指吹打音乐。④峨冠：高帽，古代士大夫峨冠博带，所以这里指士大夫。⑤优傒（xī）：倡优和仆人。⑥娃：美女。⑦童娈（luán）：美貌的少年。⑧露台：游船上的平台。⑨弱管轻丝：管，管乐。丝，弦乐。这里指轻柔的管弦音乐。⑩竹肉：指管乐和歌喉。竹肉相发指歌声和着箫笛的乐声。⑪不舟不车：不坐船，不乘车。⑫不衫不帻（zé）：不穿长衫，不戴头巾，指行止随便。帻：头巾。⑬跻（jī）：通“挤”。⑭昭庆：寺名。断桥：本名宝祐桥，在西湖白堤。⑮嘄（xiāo）：呼叫。⑯无腔曲：没有腔调的歌曲。⑰幌（huǎng）：细薄帷幔。⑱茶铛（chēng）：煮茶、温酒的器具。旋（xuàn）：现，随即。⑲素瓷：雅洁的瓷杯。⑳里湖：西湖白堤以内的部分。

杭人游湖，巳出酉归①，避月如仇。是夕好名，逐队争出，多犒门军酒钱，②轿夫擎燎，③列俟岸上。④一入舟，速舟子急放断桥，⑤赶入胜会。以故二鼓以前人声鼓吹，⑥如沸如撼，如魇如呓，⑦如聋如哑。大船小船一齐凑岸，一无所见，止见篙击篙，舟触舟，肩摩肩，面看面而已。少刻兴尽，官府席散，皂隶喝道去。⑧轿夫叫，船上人怖以关门，灯笼火把如列星，一一簇拥而去。岸上人亦逐队赶门，渐稀渐薄，顷刻散尽矣。

吾辈始舣舟近岸，⑨断桥石磴始凉，⑩席其上，呼客纵饮。此时月如镜新磨，山复整妆，湖复颒面，⑪向之浅斟低唱者出，匿影树下者亦出。吾辈往通声气，⑫拉与同坐。韵友来，⑬名妓至，杯箸安，⑭竹肉发。月色苍凉，东方将白，客方散去。吾辈纵舟，酣睡于十里荷花之中，香气拘人，清梦甚惬。⑮

【注释】

①巳：巳时，上午九时至十一时。酉：酉时，约为下午五时至七时。②犒门军：用酒食或财物慰劳守城门的军士。③擎燎：举着火把。④列俟：排着队等候。⑤速：催促。舟子：船夫。放：开船。⑥二鼓：二更，约为夜里十一点左右。⑦魇（yǎn）：梦中惊叫。呓：说梦话。⑧皂隶：衙门的差役。喝道：官员出行，衙役在前边吆喝开道。⑨舣（yǐ）：拢船靠岸。⑩磴（dèng）：石头台阶。⑪颒（huì）面：洗脸，形容湖面洁净如洗的样子。⑫往通声气：过去打招呼。⑬韵友：风雅的朋友，诗友。⑭箸（zhù）：筷子。安：放好。⑮惬：快意。

【泛读】

宋濂《束氏狸狌》

卫人束氏，举世之物，咸无所好，唯好畜狸狌。狸狌，捕鼠兽也。畜至百余，家东西之鼠捕且尽，狸狌无所食，饥而嗥。束氏日市肉啖之。狸狌生子若孙，以啖肉故，竟不知世之有鼠。但饥辄嗥，嗥则得肉食，食已，与与如也，熙熙如也。

南郭有士病鼠，鼠群行有堕瓮者，急从束氏假狸狌以去。狸狌见鼠双耳耸，眼突露如漆，赤鬓，又磔磔然，意为异物也，沿鼠行不敢下。士怒，推入之。狸狌怖甚，对之大嗥。久之，鼠度其无他技，啮其足，狸狌奋掷而出。

刘基《狙公》

楚有养狙以为生者，楚人谓之狙公。旦日，必部分众狙于庭，使老狙率以之山中，求草木之实，赋什一以自奉。或不给，则加鞭箠焉。群狙皆畏苦之，弗敢违也。

一日，有小狙谓众狙曰："山之果，公所树与？"曰："否也，天生也。"曰："非公不得而取与？"曰："否也，皆得而取也。"曰："然则吾何假于彼而为之役乎？"言未既，众狙皆寤。

其夕，相与伺狙公之寝，破栅毁柙，取其积，相携而入于林中，不复归。狙公卒馁而死。

郁离子曰："世有以术使民而无道揆者，其如狙公乎？惟其昏而未觉也，一旦有开之，其术穷矣。"

陈继儒《小窗幽记·集奇》

我辈寂处窗下，视一切人世，俱若蠛蠓婴愧，不堪寓目。而有一奇文怪说，目数行下，便狂呼叫绝，令人喜，令人怒，更令人悲，低徊数过，床头短剑亦呜呜作龙虎吟，便觉人世一切不平，俱付烟水，集奇第八。

吕圣公之不问朝士名，张师高之不发窃器奴，韩稚圭之不易持烛兵，不独雅量过人，正是用世高手。

花看水影，竹看月影，美人看帘影。

佞佛若可忏罪，则刑官无权；寻仙若可延年，则上帝无主。达士尽其在我，至诚贵于自然。

以货财害子孙，不必操戈入室；以学校杀后世，有如按剑伏兵。

君子不傲人以不如，不疑人以不肖。

读诸葛武侯《出师表》而不堕泪者，其人必不忠；读韩退之《祭十二郎文》而不堕泪者，其人必不友。

世味非不浓艳，可以淡然处之。独天下之伟人与奇物，幸一见之，自不觉魄动心惊。

道上红尘，江中白浪，饶他南面百城；花间明月，松下凉风，输我北窗一枕。

立言亦何容易，必有包天包地、包千古、包来今之识；必有惊天惊地、惊千古、惊来今之才；必有破天破地、破千古、破来今之胆。

圣贤为骨，英雄为胆，日月为目，霹雳为舌。

瀑布天落，其喷也珠，其泻也练，其响也琴。

平易近人，会见神仙济度；瞒心昧己，便有邪祟出来。

佳人飞去还奔月，骚客狂来欲上天。

涯如沙聚，响若潮吞。

诗书乃圣贤之供案，妻妾乃屋漏之史官。

强项者未必为穷之路，屈膝者未必为通之媒。故铜头铁面，君子落得做个君子；奴颜婢膝，小人枉自做了小人。

有仙骨者，月亦能飞；无真气者，形终如槁。

一世穷根，种在一捻傲骨；千古笑端，伏于几个残牙。

石怪常疑虎，云闲却类僧。

大豪杰，舍己为人；小丈夫，因人利己。

一段世情，全凭冷眼觑破；几番幽趣，半从热肠换来。

识尽世间好人，读尽世间好书，看尽世间好山水。

舌头无骨，得言句之总持；眼里有筋，具游戏之三昧。

群居闭口，独坐防心。

当场傀儡，还我为之；大地众生，任渠笑骂。

三徙成名，笑范蠡碌碌浮生，纵扁舟忘却五湖风月；一朝解绶，羡渊明飘飘遗世，命巾车归来满室琴书。

人生不得行胸怀，虽寿百岁，犹夭也。

李东阳《记女医》

京师有女医，主妇女孩稚之疾。其为人不识文字，不辨方脉，不能名药物，不习于炮炼烹煮之用。以金购太医，求妇女孩稚之剂，教之曰："某丸某散。某者丸之，某者散之。"载而归。人有召者，携所购以往，脉其指，灸其面，探药囊中与之。虽误投以他药，弗辨也。然而妇女之爱其身若子者，举其躯付之无疑焉。幸而不至于丧败，捐谷帛金珠予之不少吝。其恒丧且败者，曰"命也"。且传引誉之于邻里；而不足，则誉之乡党；而不足，则又誉之姻戚识知之人。邻里、乡党、姻戚，凡识知之人有疾者，皆乐而求之。幸而不至于丧败，则又引誉之。其丧且败者，则又曰"命也"。

非女医之所治者，虽名家术士未尝信之。其强而治之者，虽治亦弗之贵也。其不幸而丧且败者，则悔且咎之，曰："不用女医之过也。"虽士大夫家亦不免焉。其愚不明亦甚矣！呜呼，岂独女医哉！

王世贞《题海天落照图后》

《海天落照图》，相传小李将军昭道作，宣和秘藏，不知何年为常熟刘以则所收，转落吴城汤氏。嘉靖中，有郡守，不欲言其名，以分宜子大符意迫得之。汤见消息非常，乃延仇英实父别室，摹一本，将欲为米颠狡狯，而为怨家所发。守怒甚，将致叵测。汤不获已，因割陈缉熙等三诗于仇本后，而出真迹，邀所善彭孔嘉辈，置酒泣别，摩挲三日而后归守，守以归大符。大符家名画近千卷，皆出其下。寻坐法，籍入天府。隆庆初，一中贵携出，不甚爱赏，其位下小珰窃之。时朱忠僖领缇骑，密以重赀购，中贵诘责甚急，小珰惧而投诸火。此癸酉秋事也。

余自燕中闻之拾遗人，相与慨叹妙迹永绝。今年春，归息弇园，汤氏偶以仇本见售，为惊喜，不论直收之。按《宣和画谱》称昭道有《落照》、《海岸》二图，不言所谓《海天落照》者。其图有御题，有瘦金瓢印与否，亦无从辨证，第睹此临迹之妙乃尔，因以想见隆准公之惊世也。实父十指如叶玉人，即临本亦何必减逸少《宣示》、信本《兰亭》哉！老人馋眼，今日饱矣，为题其后。

袁宏道《山居斗鸡记》

余向在山居，南邻一姓金氏，隐于掾，爱畜美鸡。一姓蒋氏，隐于商，从燕地归，得一巨鸡。燕地种原巨，而此巨特甚。足高尺许，粗毛厉嘴，行迟迟，有野鸡状，婆娑可人。群鸡见之，辄避去。独掾隐家一鸡，纵步饮啄如常，玉羽金冠，娟然更又可人。然其体状，较之巨鸡，止可五之一。巨鸡遇之，侮其小，随意加啅。美鸡体状虽小，气不肯下，便跃起斗。巨鸡张翅雄视，时欲即下；美鸡惟凝意抵防，不敢重发。于是各张武勇，且前且后，两两相持，每费余刻。

巨鸡或逞雄一下，美鸡自分不能当，即乘来势，从匿巨鸡胯下，避其冲甚巧。巨鸡一时不知美鸡置身何所，美鸡从巨鸡尾后腾起，乘其不意，亦得一加于巨鸡。巨鸡才一受毒，便怒张扑来，美鸡巧不及避，乃大受荼毒。余自初观斗至此，大抵见美鸡或得一捷，则大生欢喜，且睁睁盼美鸡或再捷，而卒不可得，而亦终不想及为之所。

美鸡将不堪，余政在烦恼间，有童子从东来，停足凝眸，既而抱不平，乃手搏巨鸡，容美鸡恣意数啅，复大挥巨鸡几掌。巨鸡失势遁去，美鸡乘势蹑其后，直抵其家。须臾，巨鸡复还追美鸡至斗所，童子仍前如是。

如是再四，适两书生过，见童子谆谆用意为此，乃笑曰："我未见人而乃与畜类相搏以为事也。"童子曰："较之读书带乌纱与豪家横族共搏小民，不犹愈耶？"两书生愧去。

余久病未尝出里许，世间锄强扶弱豪行快举，了不得见。见此以为奇，逢便说说，而人笑余亦笑，人不笑余亦笑，笑而跳，竟以此了一日也。

冯梦龙《序山歌》

书契以来，代有歌谣，太史所陈，并称风雅，尚矣。自楚骚唐律，争妍竞畅，而民间性情之响，遂不得列于诗坛，于是别之曰山歌，言田夫野竖矢口寄兴之所为，荐绅学士家不道也。唯诗坛不列，荐绅学士不道，而歌之权愈轻，歌者之心亦愈浅。今所盛行者，皆私情谱耳。虽然，桑间、濮上，《国风》刺之，尼父录焉，以是为情真而不可废也。山歌虽俚甚矣，独非《郑》、《卫》之遗欤？且今虽季世，而但有假诗文，无假山歌。则以山歌不与诗文争名，故不屑假。苟其不屑假，而吾借以存真，不亦可乎？抑今人想见上古之陈于太史者如彼，而近代之留于民间者如此，倘亦论世之林云尔。若夫借男女之真情，发名教之伪药，其功于《挂枝儿》等，故录《挂枝词》而次及山歌。

王思任《剡溪》

浮曹娥江上，铁面横波，终不快意。将至三界址，江色狎人，渔火村灯，与白月相上下。沙明山静，犬吠声若豹，不自知身在板桐也。昧爽，过清风岭，是溪江交代处，不及一言贞魂。山高岸束，斐绿叠丹。摇身听鸟，杳小清绝，每奏一音，则千峦啾答。秋冬之际，想更难为怀，不识吾家子猷，何故兴尽？雪溪无妨子猷，然大不堪戴。文人薄行，往往借他人爽厉心脾，岂其可！过画图山，是一兰苔盆景。自此万壑相招赴海，如群诸侯敲玉鸣裾。逼折久之，始得豁眼一放地步。山城崖立，晚市人稀。水口有壮台作砥柱，脱帻往登，凉风大饱。城南百丈桥，翼然虹饮，溪逗其下，电流雷语。移舟桥尾，向月碛枕漱取酣，而舟子以为何不傍彼岸，方喃喃怪事我也。

张岱《陶庵梦忆序》

陶庵国破家亡，无所归止，披发入山，骇骇为野人。故旧见之，如毒药猛兽，愕窒不敢与接。作自挽诗，每欲引决，因《石匮书》未成，尚视息人世。然瓶粟屡罄，不能举火，始知首阳二老，直头饿死，不食周粟，还是后人妆点语也。

饥饿之余，好弄笔墨。因思昔人生长王、谢，颇事豪华，今日罹此果报：以笠报颅，以篑报踵，仇簪履也；以衲报裘，以苎报绨，仇轻暖也；以藿报肉，以粝报粻，仇甘旨也；以荐报床，以石报枕，仇温柔也；以绳报枢，以瓮报牖，仇爽垲也；以烟报目，以粪报鼻，仇香艳也；以途报足，以囊报肩，仇舆从也。种种罪案，从种种果报中见之。

鸡鸣枕上，夜气方回，因想余生平，繁华靡丽，过眼皆空，五十年来，总成一梦。今当黍熟黄粱，车旅蚁穴，当作如何消受。遥思往事，忆即书之，持向佛前，一一忏悔。不次岁月，异年谱也；不分门类，别志林也。偶拈一则，如游旧径，如见故人，城郭人民，翻用自喜，真所谓痴人前不得说梦矣。

昔有西陵脚夫，为人担酒，失足破其瓮，念无以偿，痴坐伫想曰：“得是梦便好！”一寒士乡试中式，方赴鹿鸣宴，恍然犹意非真，自啮其臂曰：“莫是梦否？”一梦耳，惟恐其非梦，又惟恐其是梦，其为痴人则一也。

余今大梦将寤，犹事雕虫，又是一番梦呓。因叹慧业文人，名心难化，政如邯郸梦断，漏尽钟鸣，卢生遗表，犹思摹搨二王，以流传后世，则其名根一点，坚固如佛家舍利，劫火猛烈，犹烧之不失也。

张岱《自为墓志铭》

蜀人张岱，陶庵其号也。少为纨裤子弟，极爱繁华，好精舍，好美婢，好娈童，好鲜衣，好美食，好骏马，好华灯，好烟火，好梨园，好鼓吹，好古董，好花鸟，兼以茶淫橘虐，书蠹诗魔，劳碌半生，皆成梦幻。年至五十，国破家亡，避迹山居。所存者，破床碎几，折鼎病琴，与残书数帙，缺砚一方而已。布衣疏莨，常至断炊。回首二十年前，真如隔世。

常自评之，有七不可解。向以韦布而上拟公侯，今以世家而下同乞丐，如此则贵贱紊矣，不可解一。产不及中人，而欲齐驱金谷，世颇多捷径，而独株守于陵，如此则贫富舛矣，不可解二。以书生而践戎马之场，以将军而翻文章之府，如此则文武错矣，不可解三。上陪玉皇大帝而不谄，下陪悲田院乞儿而不骄，如此则尊卑溷矣，不可解四。弱则唾面而肯自干，强则单骑而能赴敌，如此则宽猛背矣，不可解五。夺利争名，甘居人后，观场游戏，肯让人先？如此则缓急谬矣，不可解六。博弈樗蒲，则不知胜负，啜茶尝水，是能辨渑、淄，如此则智愚杂矣，不可解七。有此七不可解，自且不解，安望人解？故称之以富贵人可，称之以贫贱人亦可；称之以智慧人可，称之以愚蠢人亦可；称之以强项人可，称之以柔弱人亦可；称之以卞急人可，称之以懒散人亦可。学书不成，学剑不成，学节义不成，学文章不成，学仙学佛，学农学圃，俱不成。任世人呼之为败子，为废物，为顽民，为钝秀才，为瞌睡汉，为死老魅也已矣。

初字宗子，人称石公，即字石公。好著书，其所成者，有《石匮书》、《张氏家谱》、《义烈传》、《琅嬛文集》、《明易》、《大易用》、《史阙》、《四书遇》、《梦忆》、《说铃》、《昌谷解》、《快园道古》、《傒囊十集》、《西湖梦寻》、《一卷冰雪文》行世。

生于万历丁酉八月二十五日卯时，鲁国相大涤翁之树子也，母曰陶宜人。幼多痰疾，养于外大母马太夫人者十年。外太祖云谷公宦两广，藏生黄丸盈数簏，自余囡地以至十有六岁，食尽之而厥疾始廖。六岁时，大父雨若翁携余之武林，遇眉公先生跨一角鹿，为钱塘游客，对大父曰："闻文孙善属对，吾面试之。"指屏上《李白骑鲸图》曰："太白骑鲸，采石江边捞夜月。"余应曰："眉公跨鹿，钱塘县里打秋风。"眉公大笑，起跃曰："那得灵隽若此！吾小友也。"欲进余以千秋之业，岂料余之一事无成也哉！

甲申以后，悠悠忽忽，既不能觅死，又不能聊生，白发婆娑，犹视息人世。恐一旦溘先朝露，与草木同腐，因思古人如王无功、陶靖节、徐文长皆自作墓铭，余亦效颦为之。甫构思，觉人与文俱不佳，辍笔者再。虽然，第言吾之癖错，则亦可传也已。曾营生圹于项王里之鸡头山，友人李研斋题其圹曰："呜呼！有明著述鸿儒陶庵张长公之圹。"伯鸾，高士，冢近要离，余故有取于项里也。明年，年跻七十，死与葬，其日月尚不知也，故不书。

铭曰：穷石崇，斗金石。盲卞和，献荆玉。老廉颇，战涿鹿。赝龙门，开史局。馋东坡，饿孤竹。五羖大夫，焉能自鬻？空学陶潜，枉希梅福。必也寻三外野人，方晓我之衷曲。

【精读二】

怪 说

黄宗羲

梨洲老人坐雪交亭中，① 不知日之早晚，倦则出门行塍亩间，② 已复就坐，③ 如是而日而月而岁。其所凭之几，④ 双肘隐然。⑤ 庆吊吉凶之礼尽废。⑥ 一女嫁城中，⑦ 终年不与往来。一女三年在越，⑧ 涕泣求归宁，⑨ 闻之不答。莫不怪老人之不情也。⑩

【注释】

① 梨洲老人：作者自称。雪交亭：亭名，在作者家中。② 塍（chéng）亩间：田野中。塍：田间的土埂子。③ 已复就坐：随后又去坐下。已：随后。④ 几：小桌子。

⑤ 双肘隐然：双肘在桌上留下的印痕隐约可见。形容坐的时候很长久。⑥ 庆吊吉凶之礼尽废：关于喜事的庆贺、丧事的吊唁等礼节都不去参与。⑦ 一女嫁城中：指作者的大女儿，嫁给朱林。⑧ 一女三年在越：指作者的第二个女儿嫁给山阴（今浙江省绍兴）刘茂林。山阴古代是越国的地方。⑨ 归宁：旧指已嫁女儿回娘家探望父母为归宁。⑩ 不情：不通人情。

老人曰："自北兵南下，① 悬书购余者二，② 名捕者一，③ 守围城者一，④ 以谋反告讦者二三，⑤ 绝气沙墠者一昼夜，⑥ 其他连染逻哨之所及，⑦ 无岁无之，⑧ 可谓濒于十死者矣。⑨ 李斯将腰斩，⑩ 顾谓其中子曰：⑪ '吾欲与若复牵黄犬俱出上蔡东门逐狡兔，⑫ 岂可得乎！'陆机临死叹曰：⑬ '华亭鹤唳，岂可复闻乎！'吾死而不死，则今日者，是复得牵黄犬出上蔡东门，复闻华亭鹤唳之日也。以李斯、陆机所不能得之日，吾得之，亦已幸矣！不自爱惜，而费之于庆吊吉凶之间，九原可作，⑭ 李斯、陆机其不以吾为怪乎！然则，公之默默而坐，⑮ 施施而行，⑯ 吾方傲李斯、陆机以所不如，而又何怪哉，又何怪哉！"

【注释】

① 北兵：指清兵。② 悬书购余者二：张贴布告，规定奖赏，如此捉拿我就有两次。③ 名捕者：指名逮捕的有一次。④ 守围城者一：被清兵围在城内一次。⑤ 以谋反告讦（jié）者二三：以造反的罪名告发我的有两三次。告讦：告发。⑥ 绝气沙墠：在沙地里死过去。墠（shàn）：场地。⑦ 连染逻哨：被牵连到、被巡逻的兵丁盘查到。⑧ 无岁无之：没一年没有这类事。⑨ 濒：近。⑩ 李斯：上蔡（今河南省上蔡县）人，曾在秦国任廷尉、丞相，后来遭到赵高陷害。公元前 208 年七月，秦二世胡亥下命令将他腰斩。⑪ 顾：回过头看。中子：次子。⑫ 上蔡：今河南上蔡县，李斯为上蔡人。若：你。牵黄犬逐狡兔：指打猎。逐：追赶。⑬ 陆机：吴郡华亭（今上海市松江区）人，西晋文学家。在西晋皇族争夺政权的斗争"八王之乱"中，遭谗被杀。⑭ 九原可作：（死人）在地下如能起来。九原：春秋时晋国卿大夫的墓地，这里泛指墓地。作：起。

⑮ 公：疑系“今”字之误。⑯ 施施（yí yí）：缓慢地。

与友人论学书

顾炎武

比往来南北，[①] 颇承友朋推一日之长，[②] 问道于盲。[③] 窃叹夫百余年以来之为学者，往往言心言性，[④] 而茫乎不得其解也。

命与仁，夫子之所罕言也。[⑤] 性与天道，子贡之所未得闻也。[⑥] 性命之理，著之《易传》，[⑦] 未尝数以语人。[⑧] 其答问士也，则曰：“行己有耻。”[⑨] 其为学，则曰：“好古敏求。”[⑩] 其与门弟子言，举尧舜相传所谓“危微精一”之说，[⑪] 一切不道，而但曰：“允执其中，四海困穷，天禄永终。”[⑫] 呜呼！圣人之所以为学者，何其平易而可循也！故曰：“下学而上达。”[⑬] 颜子之几乎圣也，犹曰：“博我以文。”[⑭] 其告哀公也，明善之功，先之以博学。[⑮] 自曾子而下，笃实无若子夏，而其言仁也，则曰：“博学而笃志，切问而近思。”[⑯]

今之君子则不然，聚宾客门人之学者数十百人，譬诸草木，区以别矣，[⑰] 而一皆与之言心言性，舍多学而识，以求一贯之方；[⑱] 置四海之困穷不言，而终日讲“危微精一”之说，是必其道之高于夫子，而其门弟子之贤于子贡，祧东鲁而直接二帝之心传者也。[⑲] 我弗敢知也。

【注释】

① 比往来南北：比，近来。顾炎武在苏州参加抗清斗争，失败后往来于山东、河北、山西一带，故曰往来南北。② 推一日之长：指因年纪大些而被朋友敬重。推，敬重。长，年龄稍长。③ 问道于盲：向盲人问路，指向无知的人求教。④ 言心言性：指宋、明理学家的学说。⑤ 罕：少。《论语·子罕》：“子罕言利与命与仁。”⑥ “性与”二句：《论语·公冶长》：“夫子之言性与天道，不可得而闻也。”⑦ 易传：《易经》的一部分，解释经的部分，包括《彖》、《象》、《系辞》、《文言》、《序卦》、《说卦》、《杂卦》等，传为孔子所作，多讲性命。⑧ 数（shuò）：屡次。⑨ 行己有耻：指

持身要有廉耻。《论语·子路》："子贡问曰：'如何斯可谓之士矣？'子曰：'行己有耻，使于四方，不辱君命，可谓士矣。'"⑩ 好古敏求：《论语·述而》："子曰：'我非生而知之者，好古敏以求之者也。'"敏：勤勉。⑪ 危微精一：《古文尚书·大禹谟》中"人心惟危，道心惟微，惟精惟一，允执其中"的简称，意谓人心是危险的，道心是微妙的，只能真诚一心，执守中正之道。⑫"允执其中"三句：《论语·尧曰》："尧曰：'咨尔舜，天之历数在尔躬。允执其中，四海困穷，天禄永终。'"朱熹注："允，信也；中者，无过不及之名。四海之人困穷，则君禄亦永绝矣。"是指为政之道在于遵守不偏不倚的准则，否则百姓会因政治混乱而穷困，政权也将不稳。⑬ 下学而上达：语见《论语·宪问》："子曰：'不怨天，不尤人，下学而上达。知我者其天乎？'"意指下学人事，便是上知天命，从小处学习达于高深之意。⑭ 博我以文：指用各种文献来丰富我的知识。语见《论语·子罕》："颜渊喟然叹曰：'……夫子循循然善诱人，博我以文，约我以礼，欲罢不能。'"文：诗书礼乐统属于文。⑮"其告哀公"三句：说明行善的作用。其：指孔子。哀公：鲁哀公姬蒋。明善：辨明善恶。《礼记·中庸》："哀公问政。子曰：'……诚身有道，不明乎善，不诚乎身矣。'"又谈到明善时说："博学之，审问之，慎思之，明辨之，笃行之。"⑯"博学而志笃"二句：语见《论语·子张》："子夏曰：'博学而笃志，切问而近思，仁在其中矣。'"笃志：坚定自己的志向。切问：恳切地发问。近思：考虑当前切实的问题，指教学者不要好高骛远。⑰"譬诸草木"二句：语见《论语·子张》，子夏说："君子之道，孰先传焉，孰后传焉，譬诸草木，区以别矣。"言即个人情况不同，就像不同植物各有区别一样。⑱"舍多学"二句：《论语·卫灵公》"子曰：'赐也，女以予为多学而识之者与？'对曰：'然，非与？'曰：'非也，予一以贯之，'"识：同"志"，记。⑲ 祧（tiāo）：指元祖之庙，这里有继承超越的意思。东鲁：借指孔子。二帝：指尧舜。心传：指道统、心法的传授。

孟子一书，言心言性，亦谆谆矣。乃至万章、公孙丑、陈代、陈臻、周霄、彭更之所问，① 与孟子之所答者，常在乎出处、② 去就、辞受、取与之间。以伊尹之元圣，③尧、舜其君其民之盛德大功，而其本乃在乎千驷、一介之不视不取。④伯夷、伊尹之不同于孔子也；而其同者，则以行一不义，杀一不辜，而得天下不为。⑤是故性也，命也，天也，夫子之所罕言，而今之君子之所恒言也；出处、去就、辞受、取与之辨，孔子、孟子之所恒言，而今之君子所罕言也。谓忠与清之未至于仁，⑥而不知不忠与清而可以言仁者，未之有也。谓不忮不求之不足以尽道，⑦而不知终身于忮且求而可以言道者，未之有也。我弗敢知也。

愚所谓圣人之道者如之何？曰："博学于文。"曰："行己有耻。"自一身以至于天下国家，皆学之事也；自子臣弟友以至出入、往来、辞受、取与之间，皆有耻之事也。耻之于人大矣！不耻恶衣恶食，⑧而耻匹夫匹妇之不被其泽。⑨故曰："万物皆备于我矣，反身而诚。"⑩呜呼！士而不先言耻，则为无本之人；非好古而多闻，则为空虚之学；以无本之人，而讲空虚之学，吾见其日从事于圣人而去之弥远也。虽然，非愚之所敢言也，且以区区之见，私诸同志，而求起予。⑪

【注释】

①"乃至万章"句：万章：孟子弟子。《孟子·万章》中记其与孔子问答颇多。公孙丑：孟子弟子，《公孙丑》篇中曾记孟子回答他有关孔子的处世态度。陈代：孟子弟子，《滕文公》篇记他曾欲孟子往见诸侯，孟子以"孔子非礼招己则不往"回答他。陈臻：孟子弟子，《公孙丑》篇记其曾问孟子何以接受宋、薛两国馈金而不受齐王馈金，孟子答以君子"不可以货取"。周霄：魏国人，《滕文公》篇记其曾问孟子仕进的方法，孟子答以仕由道，譬如女子私奔，将为父母国人贱视。彭更：孟子弟子，《滕文公》篇曾记其问，"后车数十乘，从者数百人，以传食于诸侯，不以秦乎？"孟子答："非其道，则一箪食不可受于人；如其道，则舜受尧之天下，不以为泰。"②出处：出仕和隐居。《易经·系辞上》："君子之道，或出或处。"③伊尹：名挚，商汤时辅相，辅佐汤灭夏桀。元圣：大圣。④驷：古代一车套四马，称为一乘。介、同"芥"。语见《孟子·万章上》："孟子曰：'……伊尹耕于有莘之野，而乐尧舜之道焉。其非义也，其非道也，禄之以天下，弗顾也；系马千驷，弗视也。非其义也，非其道

也，一介不以与人，一介不以取诸人。”⑤“伯夷”句：伯夷为商末孤竹君之长子。武王灭纣后，与弟叔齐逃到首阳山，不食周粟而死。孟子曾说伯夷是“圣之清者”，伊尹是“圣之任者”，孔子是“圣之时者”。因此说伯夷、叔齐不同于孔子。《孟子·万章上》论伊尹、孔子之同，“行一不义，杀一不辜，而得天下，皆不为也”。⑥“谓忠与清”句：语见《论语·公冶长》：“子张问曰：‘令尹子文三仕为令尹，无喜色；三已之，无愠色。旧令尹之政，必以告新令尹，何如也？’子曰：‘忠矣。’曰：‘仁矣乎？’曰：‘未知，焉得仁？’‘崔子弑齐君，陈文子有马十乘，弃而违之，至于他邦，则又曰：‘犹吾大夫崔子也。’违之。之一邦，则又曰：‘犹吾大夫崔子也。违之。何如？’子曰：‘清矣。’曰：‘仁矣乎？’曰：‘未知，焉得仁。’”清：谓洁身自好。⑦忮（zhì），嫉妒。求：贪求。《论语·子罕》：“子曰：‘衣敝缊袍，与衣狐貉者立，而不耻者，其由也与？不忮不求，何用不臧？’子路终身诵之。子曰：‘是道也，何足以臧！’”“不忮不求”二句是《诗经·邶风·雄雉》中的诗句。臧：好。⑧恶衣恶食：《论语·里仁》：“士志于道，而耻恶衣恶食者，未足与议也。”恶：不好的。⑨“而耻”句：语见《孟子·万章上》：“思天下之民，匹夫匹妇有不被尧舜之泽者，若己推而内之沟中。”⑩“万物”二句：语见《孟子·尽心上》：“万物皆备于我矣，反身而诚，乐莫大焉。”反身：反躬自问。⑪“私诸”句：仅告诉几个志同道合的朋友，谦辞。私：不公开。起：启发。起予：启发我。

辕马说

方苞

余行塞上，① 乘任载之车，② 见马之负辕者而感焉。

古之车，独辀加衡而服两马。③ 今则一马夹辕而驾，④ 领局于轭，⑤ 背承乎韅，⑥ 靳前而靽后。⑦ 其登阤也，⑧ 气尽喘汗而后能引其轮之却也；⑨ 其下阤也，股蹙蹄攒而后能抗其辕之伏也。⑩ 鞭策以劝其登，⑪ 棰棘以起其陷，⑫ 乘危而颠，⑬ 折筋绝骨，⑭ 无所避之。而众马之前导而旁驱者，不与焉。⑮ 其渴饮于溪，脱驾而就槽枥，⑯ 则常在众马之后。

【注释】

① 塞上：方苞入值南书房后，常随康熙去承德热河行宫，承德在古长城以北不远，故称此为“塞上”。② 任载：乘人或载物。③ 辀（zhōu）：马车底部正中向前伸出的一根隆起的曲木。先秦时，马车一般只有中间一根车杠，叫辀。汉以后，用两根车杠分列左右，叫辕。衡：辀端的横木。服：驾。④ 夹辕：夹在两辕中间。⑤ 领局于轭（è）：马的颈部被拘限于轭下。领：颈。轭：马具，马驾车时套在颈部。⑥ 韅（xiǎn）：马腹部的皮带。⑦ 靳（jìn）前而靽（bàn）后：前面勒着靳，后面络着靽。靳：马具，勒在马胸部的皮带。靽：马具，套在马臀部的皮带。⑧ 阤（zhì）：山坡。⑨ 引其轮之却：意为拉着车轮向前，不使后退。引：拉。却：退。⑩ 股蹙（cù）蹄攒（cuán）：形容马驾车下坡时大腿收紧，马蹄聚拢，紧张吃力的样子。股：大腿。蹙：收紧。攒：集拢。⑪ 鞭策以劝其登：用鞭打以催促其用力向上登坡。劝：督促。⑫ 棰（chuí）：木棍。棘：带刺的枝条。起：拉起。陷：指陷入泥泞。⑬ 乘危而颠：登上高处而跌倒。乘：登上。危：高处。颠：倒，跌倒。⑭ 绝：断。⑮ 不与：不参与，无关。⑯ 脱驾：卸下马具。就槽枥（lì）：靠近马槽，指去吃草。

噫！马之任，孰有艰于此者乎？然其德与力非试之辕下不可辨。① 其或所服之不称②，则虽善御者不能调也。驽蹇者力不能胜，③ 狡愤者易惧而变，④ 有行坦途惊蹶而偾其车者矣。⑤ 其登也若跛，其下也若崩，⑥ 泞旋淖陷，⑦ 常自顿于辕中，⑧ 而众马皆为所掣。⑨ 呜呼！将车者其慎哉。⑩

【注释】

① 德与力：品行和力气。② 称：相称，适合。③ 驽：能力低下的马。蹇（jiǎn）：跛足，此处指能力低下，行动迟缓的劣马。胜：担任。④ 狡：狡诈。愤：易怒。这里指狡猾易怒的马。变：出乱子。⑤ 惊蹶：受惊而奔跑。偾（fèn）：翻。⑥ 其下也若崩：指驽马驾车下坡时力不能支，车像山崩一样往下滑。⑦ 泞旋淖（nào）陷：指在泥泞

中打转。淖：泥沼。⑧ 顿：困顿疲惫。⑨ 掣（chè）：牵制。⑩ 将车者：赶车的人。其：副词，应当的意思。

随园记

袁枚

金陵自北门桥西行二里，得小仓山。山自清凉胚胎，① 分两岭而下，尽桥而止。蜿蜒狭长，中有清池水田，俗号干河沿。河未干时，清凉山为南唐避暑所，盛可想也。凡称金陵之胜者，南曰雨花台，② 西南曰莫愁湖，③ 北曰钟山，④ 东曰冶城，⑤ 东北曰孝陵，⑥ 曰鸡鸣寺。⑦ 登小仓山，诸景隆然上浮，凡江湖之大，云烟之变，非山之所有者，皆山之所有也。

【注释】

① 清凉：山名，在南京市西，又名石头山。山上昔建有清凉寺，南唐建有清凉道场。相传为避暑宫。寺已废。胚胎：指小仓山为清凉山余脉。② 雨花台：在南京市中华门外。相传南朝梁天监年间（502—519）云光法师讲经于此，感天雨花，因而得名。③ 莫愁湖：在南京市水西门外，相传为南齐时莫愁居处而名。④ 钟山：在南京市中山门外，又名金陵山、紫金山、蒋山、北山。⑤ 冶城：故址在南京市水西门内朝天宫附近，相传吴王夫差冶铁于此，故名。⑥ 孝陵：在南京市中山门外钟山南麓，为明太祖朱元璋陵墓。⑦ 鸡鸣寺：在南京市区北鸡鸣山，梁时与此始建同泰寺，后屡毁屡建。明代洪武年间（1368—1398）在其旧址建鸡鸣寺。

康熙时，织造隋公当山之北巅构堂皇，① 缭垣牖，② 树之荻千章、③ 桂千畦，④ 都人游者翕然盛一时，号曰隋园，因其姓也。后三十年，余宰江宁，园倾且颓弛，其室为酒肆，舆台嚾呶，⑤ 禽鸟厌之，不肯妪伏，⑥ 百卉芜谢，春风不能花。余恻然而悲，问其值，曰三百金，购以月俸。茨墙剪阖，⑦ 易檐改涂。随其高为置江楼，随其下为置溪亭，随其夹涧为之桥，随其湍流为之舟。随其地之隆中而欹侧也，为缀峰岫；随其蓊郁而旷也，⑧为设宧窔。⑨或扶而起之，或挤而止之，皆随其丰杀繁瘠，就势取景，而莫之夭阏者，⑩故仍名曰随园，同其音，易其义。

落成叹曰："使吾官于此，则月一至焉；使吾居于此，则日日至焉。二者不可得兼，舍官而取园者也。"遂乞病，率弟香亭、甥湄君移书史居随园。⑪闻之苏子曰："君子不必仕，不必不仕。"⑫然则余之仕与不仕，与居兹园之久与不久，亦随之而已。夫两物之能相易者，其一物之足以胜之也。余竟以一官易此园，园之奇可以见矣。

己巳三月记。⑬

【注释】

①织造：明清于江宁、苏州、杭州各地设专局，织造衣料及制帛诰敕彩缯之类，以供皇帝及宫廷祭祀颁赏之用。明于三处各置提督织造太监一人，清改任内务府人员，称"织造"。堂皇：广大的堂厦。②垣（yuán）：矮墙。牖（yǒu）：窗户。③荻：即"楸"，落叶乔木，干直树高。千章：千株。④畦：古代称田五十亩为一畦。⑤舆台：地位低贱的人。嚾呶（huān náo）：喧哗，吵闹。⑥妪伏：原指鸟孵卵，引申为栖息。⑦茨（cí）：用茅或苇覆盖。阖（hé）：盖墙用的草帘子。⑧蓊（wěng）郁：茂盛浓密貌。⑨宧（yí）窔（yǎo）：房屋的东北角与东南角。古代建房，多在东南角设溷厕，东北角设厨房。这里代指这些设施。⑩夭阏（è）：《庄子·逍遥游》："背负青天而莫之夭阏者，而后乃今将图南。"夭谓折，阏为阻塞之意。指没有改变山原来的形势。⑪香亭：袁枚弟袁树。湄君：袁枚外甥陆建，字湄君，号豫庭。⑫苏子：宋朝大文学家苏轼。引文出自苏轼《灵壁张氏园亭记》。⑬己巳：乾隆十四年（1749）。

游媚笔泉记①

姚鼐

桐城之西北，连山殆数百里，②及县治而迤平。③其将平也，两崖忽合，屏矗墉回，④崭横若不可径。⑤龙溪曲流，⑥出乎其间。

以岁三月上旬，⑦步循溪西入。积雨始霁，⑧溪上大声泅然，⑨十余里旁多奇石、蕙草、松、枞、槐、枫、栗、橡，⑩时有鸣嶲。⑪溪有深潭，大石出潭中，若马浴起，振鬣宛首而顾其侣。⑫援石而登，⑬俯视溶云，⑭鸟飞若坠。

【注释】

①媚笔泉：在今安徽桐城市西北。②连山：绵延的山峰。殆：将近，大概。③及：到。县治：县之治所，即桐城县城。迤（yí）平：渐渐平伏。④屏矗墉回：山崖像屏障一样矗立，像城墙一样曲折环绕。墉：城墙。⑤崭横：形容山崖高陡，横挡在前面。径：通行。⑥龙溪：水名。⑦以岁：在这年。⑧积雨：长时间下雨。霁：天晴。⑨泅（cóng）然：形容流水声响。⑩蕙草：一名“薰草”，俗称“佩兰”。枞（cōng）：树木名，又叫“冷杉”。⑪嶲（guī）：嶲周，即杜鹃，又叫“子规鸟”，善鸣。⑫振鬣（liè）：形容马脖子挺伸着。“鬣”，马颈上的长毛。宛首：回首。侣：伙伴。⑬援：攀附。⑭溶云：指潭水中云的倒影。

复西循崖可二里，连石若重楼，①翼乎临于溪右。②或曰：“宋李公麟之垂云沜也。”③或曰：“后人求公麟地不可识，④被而名之。”⑤石罅生大树，⑥荫数十人，⑦前出平土，可布席坐。⑧南有泉，明何文端公摩崖书其上，⑨曰“媚笔之泉”。泉漫石上，为圆池，乃引坠溪内。左丈学冲于池侧方平地为室，⑩未就，⑪要客九人饮于是。⑫日暮半阴，山风卒起，肃振岩壁榛莽，⑬群泉矶石交鸣，游者悚焉，遂还。

是日，姜坞先生与往，⑭鼐从，使鼐为记。

【注释】

①连石：崖上岩石连绵。重（chóng）楼：两层楼房。②“翼乎”句：像展翅的鸟立于河的右岸。③李公麟：舒州舒城（今属安徽）人，字伯时，北宋元祐年间（1086—1094）进士，官至御史检法。元符（1098—1100）末年归老桐城龙眠山庄，号龙眠山人。沜（pàn）：同“泮”，古代学宫前半月形状的水池。④求：寻找。公麟

地：即指垂云沜。识：辨认。⑤ 被而名之：这块石头被后人用“李公麟垂云沜”来命名。⑥ 罅（xià）：裂缝。⑦ 荫：遮蔽。⑧ 布：铺开，展开。⑨ 何文端公：何如宠，字康侯，桐城人，明代万历年间（1573—1620）进士，累官礼部尚书、武英殿大学士，死后谥“文端”。摩崖：在山崖石壁上刻的文字。⑩ 左丈学冲：即左世容，字学冲，乾隆举人，曾任武进区教谕。因与姚鼐父、伯父友善，称其为丈。丈：古代对长者的尊称。方：正在。为室：盖住房。⑪ 未就：还没有完工。⑫ 要（yāo）：邀请。⑬“肃振”句：意谓风吹得岩壁上的丛杂草木都抖动。⑭ 姜坞先生：姚范，字南菁，乾隆进士，作者的伯父。与往：一同前往。

【泛读】

傅山《失题》

老人家甚是不待动，书两三行，眵如胶矣。倒是那里有唱三倒腔的，和村老汉都坐在板凳上，听甚么“飞龙闹勾栏”，消遣时光，倒还使得。姚大哥说十九日请看唱，割肉二斤，烧饼煮茄，尽可受用，不知真个请不请？若到眼前无动静，便过红土沟喝碗大锅粥也好。

黄宗羲《原君》

有生之初，人各自私也，人各自利也；天下有公利而莫或兴之，有公害而莫或除之。有人者出，不以一己之利为利，而使天下受其利；不以一己之害为害，而使天下释其害；此其人之勤劳必千万于天下之人。夫以千万倍之勤劳，而己又不享其利，必非天下之人情所欲居也。故古之人君，量而不欲入者，许由、务光是也；入而又去之者，尧、舜是也；初不欲入而不得去者，禹是也。岂古之人有所异哉？好逸恶劳，亦犹夫人之情也。

后之为人君者不然。以为天下利害之权皆出于我，我以天下之利尽归于己，以天下之害尽归于人，亦无不可；使天下之人不敢自私，不敢自利，以我之大私为天下之大公。始而惭焉，久而安焉，视天下为莫大之产业，传之子孙，受享无穷；汉高帝所谓“某业所就，孰与仲多”者，其逐利之情，不觉溢之于辞矣。此无他，古者以天下为主，君为客，凡君之所毕世而经营者，为天下也。今也以君为主，天下为客，凡天下之无地而得安宁者，为君也。是以其未得之也，屠毒天下之肝脑，离散天下之子女，以博我一人之产业，曾不惨然。曰：“我固为子孙创业也。”其既得之也，敲剥天下之骨髓，离散天下之子女，以奉我一人之淫乐，视为当然。曰：“此我产业之花息也。”然则为天下之大害者，君而已矣。向使无君，人各得自私也，人各得自利也。呜呼！岂设君之道固如是乎？

古者天下之人爱戴其君，比之如父，拟之如天，诚不为过也。今也天下之人，怨恶其君，视之如寇雠，名之为独夫，固其所也。而小儒规规焉以君臣之义无所逃于天地之间，至桀纣之暴，犹谓汤武不当诛之，而妄传伯夷、叔齐无稽之事，乃兆人万姓崩溃之血肉，曾不异夫腐鼠！岂天地之大，于兆人万姓之中，独私其一人一姓乎！是故武王圣人也，孟子之言，圣人之言也；后世之君，欲以如父如天之空名，禁人之窥伺者，皆不便于其言，至废孟子而不立，非导源于小儒乎！

虽然，使后之为君者，果能保此产业，传之无穷，亦无怪乎其私之也。既以产业视之，人之欲得产业，谁不如我？摄缄縢，固扃鐍，一人之智力，不能胜天下欲得之者之众，远者数世，近者及身，其血肉之崩溃在其子孙矣。昔人愿世世无生帝王家，而毅宗之语公主，亦曰：“若何为生我家！”痛哉斯言！回思创业时，其欲得天下之心，有不废然摧沮者乎！是故明乎为君之职分，则唐虞之世，人人能让，许由、务光非绝尘也；不明乎为君之职分，则市井之间，人人可欲，许由、务光所以旷后世而不闻也。然君之职分难明，以俄顷淫乐不易无穷之悲，虽愚者亦明之矣。

顾炎武《与叶讱庵书》

去冬韩元少书来，言曾欲与执事荐及鄙人，已而中止。顷闻史局中复有物色及之者。无论昏耄之资，不能黾勉从事，而执事同里人也，一生怀抱，敢不直陈之左右。

先妣未嫁过门，养姑抱嗣，为吴中第一奇节，蒙朝廷旌表。国亡绝粒，以女子而蹈首阳之烈。临终遗命，有无仕异代之言，载于志状。故人人可出而炎武必不可出矣。《记》曰："将贻父母令名，必果；将贻父母羞辱，必不果。"七十老翁何所求？正欠一死，若必相逼，则以身殉之矣！一死而先妣之大节愈彰于天下，使不类之子得附以成名，此亦人生难得之遭逢也。

谨此奉闻。

李渔《梧桐》

梧桐一树，是草木中一部编年史也，举世习焉不察，予特表而出之。

花木种自何年？为寿几何岁？询之主人，主人不知，询之花木，花木不答。谓之"忘年交"则可，予以"知时达务"，则不可也。梧桐不然，有节可纪，生一年，纪一年。树有树之年，人即纪人之年，树小而人与之小，树大而人随之大，观树即所以观身。《易》曰："观我生进退。"欲观我生，此其资也。

予垂髫种此，即于树上刻诗以纪年，每岁一节，即刻一诗，惜为兵燹所坏，不克有终。犹记十五岁刻桐诗云："小时种梧桐，桐叶小于艾。簪头刻小诗，字瘦皮不坏。刹那三五年，桐大字亦大。桐字已如许，人大复何怪。还将感叹词，刻向前诗外。新字日相催，旧字不相待。顾此新旧痕，而为悠忽戒。"此予婴年著作，因说梧桐，偶尔记及，不则竟忘之矣。即此一事，便受梧桐之益。然则编年之说，岂欺人语乎？

汪中《哀盐船文》

乾隆三十五年十二月乙卯，仪征盐船火，坏船百有三十，焚及溺死者千有四百。是时盐纲皆直达，东自泰州，西极于汉阳，转运半天下焉。惟仪征绾其口。列樯蔽空，束江而立。望之隐若城郭。一夕并命，郁为枯腊，烈烈厄运，可不悲邪！

于时玄冥告成，万物休息。穷阴涸凝，寒威凛栗。黑眚拔来，阳光西匿。群饱方嬉，歌咢宴食。死气交缠，视面惟墨。夜漏始下，惊飙勃发。万窍怒号，地脉荡决。大声发于空廓，而水波山立。

于斯时也，有火作焉。摩木自生，星星如血，炎光一灼，百舫尽赤。青烟睒睒，熛若沃雪。蒸云气以为霞，炙阴崖而焦爇。始连楫以下碇，乃焚如以俱没。跳踯火中，明见毛发。痛謈田田，狂呼气竭。转侧张皇，生涂未绝。倏阳焰之腾高，鼓腥风而一吷。洎埃雾之重开，遂声销而形灭。齐千命于一瞬，指人世以长诀。发冤气之焄蒿，合游氛而障日。行当午而迷方，扬沙砾之嫖疾。衣缯败絮，墨查炭屑，浮江而下，至于海不绝。

亦有没者善游，操舟若神。死丧之威，从井有仁。旋入雷渊，并为波臣。又或择音无门，投身急濑，知蹈水之必濡，犹入险而思济。挟惊浪以雷奔，势若隮而终坠。逃灼烂之须臾，乃同归乎死地。积哀怨于灵台，乘精爽而为厉。出寒流以浃辰，目睊睊而犹视。知天属之来抚，慭流血以盈眦。诉强死之悲心，口不言而以意。若其焚剥支离，漫漶莫别。圜者如圈，破者如玦。积埃填窍，攦指失节。嗟狸首之残形，聚谁何而同穴！收然灰之一抔，辨焚余之白骨。呜呼，哀哉！

且夫众生乘化，是云天常。妻孥环之，气绝寝床。以死卫上，用登明堂。离而不惩，祀为国殇。兹也无名，又非其命，天乎何辜，罹此冤横！游魂不归，居人心绝。麦饭壶浆，临江呜咽。日堕天昏，凄凄鬼语。守哭迍邅，心期冥遇。惟血嗣之相依，尚腾哀而属路。或举族之沉波，终狐祥而无主。悲夫！丛冢有坎，泰厉有祀。强饮强食，冯其气类。尚群游之乐，而无为妖祟！人逢其凶也邪？天降其酷也邪？夫何为而至于此极哉！

龚自珍《尊史》

史之尊，非其职语言、司谤誉之谓，尊其心也。心何如而尊？善入。何者善入？天下山川形势，人心风气，土所宜，姓所贵，皆知之；国之祖宗之令，下逮吏胥之所守，皆知之。其于言礼、言兵、言政、言狱、言掌故、言文体、言人贤否，如其言家事，可为入矣。又如何而尊？善出。何者善出？天下山川形势，人心风气，土所宜，姓所贵，国之祖宗之令，下逮吏胥之所守，皆有联事焉，皆非所专官。其于言礼、言兵、言政、言狱、言掌故、言文体、言人贤否，如优人在堂下，号咷舞歌，哀乐万千，堂上观者，肃然踞坐，眄睐而指点焉，可谓出矣。不善入者，非实录，垣外之耳，乌能治堂中之优也耶？则史之言，必有余吃。不善出者，必无高情至论，优人哀乐万千，手口沸羹，彼岂复能自言其哀乐也耶？则史之言，必有余喘。

是故欲为史，若为史之别子也者，毋吃毋喘，自尊其心。心尊，则其官尊矣；心尊，则其言尊矣。官尊言尊，则其人亦尊矣。尊之之所归宿如何？曰：乃又有所大出入焉。何者大出入？曰：出乎史，入乎道。欲知大道，必先为史。此非我所闻，乃刘向、班固之所闻。向、固有征乎？我征之曰：古有柱下史老聃，卒为道家大宗，我无征也欤哉？

【延伸阅读】

1. 钱穆：《中国近三百年学术史》，中华书局，1986。
2. 郭预衡：《中国散文史》，上海古籍出版社，1999。
3. 郭预衡：《明清散文精选》，江苏古籍出版社，2002。
4.（清）王文濡：《明清八大家文钞》，黄山书社，2010。
5. 陈平原：《从文人之文到学者之文》，三联书店，2004。
6. 陈万益：《晚明小品与明季文人生活》，台北：大安出版社，1992。
7. 吴承学：《晚明小品研究》，江苏古籍出版社，1998。
8. 吴孟复：《桐城文派述论》，安徽教育出版社，1992。